We wspólnym rytmie

JOJO MOYES

We wspólnym rytmie

tłumaczenie
Agnieszka Myśliwy

między
słowami

Tytuł oryginału
The Horse Dancer

Projekt okładki
Katarzyna Borkowska
kb-design@o2.pl

Fotografia na okładce
Copyright © Marta Syrko/Trevillion Images

Opieka redakcyjna
Przemysław Pełka
Anna Steć

Opracowanie tekstu i przygotowanie do druku
DreamTeam

ISBN 978-83-240-3820-6

Między Słowami
ul. Kościuszki 37, 30-105 Kraków
e-mail: promocja@miedzy.slowami.pl

Książki z dobrej strony: www.znak.com.pl
Dział sprzedaży: tel. 12 61 99 569, e-mail: czytelnicy@znak.com.pl

Wydanie I, Kraków 2017
Druk: Abedik

Dla C, S, H oraz L
A także dla Mekki Harris

Pokaż mi swojego konia, a powiem ci, kim jesteś.
przysłowie staroangielskie

Prolog

Zanim ją zobaczył, mignęła mu jej żółta sukienka. Jaśniała w bladnącym świetle niczym latarnia na dalekim końcu stajni. Przystanął na chwilę, nie wierząc własnym oczom. Uniosła bladą dłoń, Gerontius pochylił wytworny łeb nad drzwiami, by wziąć przysmak, który mu podała, a on przyspieszył kroku. Niemal biegł, a metalowe czubki jego butów dźwięczały na mokrym bruku.

– Przyjechałaś!

– Henri!

Chwycił ją w ramiona, gdy się odwróciła. Pocałował ją i przechylił głowę, by odetchnąć cudownym zapachem jej włosów. Westchnienie, które wyrwało się z jego gardła, brzmiało tak, jakby wydobyło się z cholewek jego butów.

– Przyjechaliśmy dzisiaj – odparła, kładąc głowę na jego ramieniu. – Nawet nie miałam czasu się przebrać. Pewnie wyglądam okropnie... ale siedziałam na widowni i zauważyłam cię za kurtyną. Przyszłam życzyć ci powodzenia.

Bezładnie wyrzucała z siebie słowa, których i tak prawie nie słyszał. Elektryzowała go sama jej obecność, to, że trzymał ją w ramionach po tylu miesiącach rozłąki.

– No proszę!

Cofnęła się i przesunęła wzrokiem od jego czarnej czapki z daszkiem po nieskazitelny mundur, po czym strzepnęła niewidzialny pyłek z jego złotych epoletów. Ucieszył się, gdy zauważył, z jakim wysiłkiem cofnęła rękę. Zdumiało go, że nie wkradła się pomiędzy nich niezręczność nawet po tych wszystkich miesiącach. Żadnej kokieterii. Była absolutnie prostolinijna. Dziewczyna z jego wyobraźni znów ożyła.

– Wyglądasz wspaniale – powiedziała.

– Nie... nie mogę zostać – odparł. – Za dziesięć minut zaczynamy.

– Wiem... Le Carrousel wygląda fascynująco. Obejrzeliśmy motocyklistów i paradę czołgów. Ale ty, Henri, ty i konie to zdecydowanie największa atrakcja. – Obejrzała się ku arenie. – Chyba cała Francja zjawiła się tutaj, by cię zobaczyć.

– Masz... *les billets*?

Spojrzeli na siebie, marszcząc brwi. Bariera językowa nadal istniała pomimo ich wysiłków.

– *Billets*... – Pokręcił głową poirytowany. – Bilety. Bilety. Najlepsze bilety.

Rozpromieniła się, a jego irytacja od razu się ulotniła.

– O tak. Edith, jej matka i ja siedzimy w pierwszym rzędzie. Nie mogą się doczekać, by cię zobaczyć na koniu. Powiedziałam im o tobie wszystko. Zatrzymaliśmy się w Château de Verrières. – Ściszyła głos do szeptu, choć nikogo nie było w pobliżu. – Jest bardzo wystawny. Wilkinsonowie mają mnóstwo pieniędzy. O wiele więcej niż my. Bardzo miło postąpili, zapraszając mnie.

Patrzył na nią, gdy mówiła. Rozpraszał go łuk Kupidyna na jej górnej wardze. Była tutaj. Jego dłonie w białych rękawiczkach otaczały jej twarz.

– Florence... – szepnął, znów ją całując. Jej skóra pachniała słońcem, choć zapadł już zmierzch. Było to upajające, jakby stworzono ją do tego, by emanowała ciepłem. – Każdego dnia tęsknię za tobą. Dawniej była tylko Le Cadre Noir. Teraz... nic nie jest dobre bez ciebie.

– Henri... – Pogłaskała go po policzku, wtulając się w niego.

Niemal zakręciło mu się w głowie.

– Lachapelle!

Odwrócił się gwałtownie. Didier Picart stał przy swoim koniu, stajenny przygotowywał siodło. Picart wkładał rękawiczki.

– Może jeśli zaczniesz poświęcać jeździe tyle uwagi, ile swojej angielskiej dziwce, w końcu do czegoś dojdziemy, co?

Florence nie znała francuskiego na tyle, by zrozumieć jego słowa, ale dostrzegła przelotny grymas na twarzy Picarta, który zdradził, że komentarz Francuza nie był pochlebny.

Henri to zauważył i ogarnął go znajomy gniew. Zacisnął zęby. Pokręcił głową, pragnąc przekazać Florence, że Picart to głupiec, który nic nie znaczy. Picart zachowywał się w ten sposób – obraźliwie, prowokacyjnie – od podróży do Anglii, podczas której Henri poznał Florence. Angielki nie mają klasy, krzyknął potem w kantynie. Henri wiedział, że te słowa są skierowane do niego. Nie potrafią się ubrać. Jedzą jak świnie przy korycie. Przespałyby się z każdym za kilka franków albo za równowartość pinta tego ich kwaśnego piwa.

Upłynęło wiele tygodni, zanim zrozumiał, że gniew Picarta niewiele ma wspólnego z Florence, za to wszystko z faktem, że jego miejsce w Le Cadre Noir zajął syn farmera. Nie żeby dzięki temu łatwiej się tego słuchało.

Głos Picarta niósł się po podwórzu:

– Podobno przy *quai** Lucien Gautier wynajmują pokoje na godziny. To chyba bardziej odpowiednie miejsce niż stajnie, *n'est-ce pas***?

Henri zacisnął palce wokół dłoni Florence. Próbując zapanować nad sobą, odparł:

– Mógłbyś zostać ostatnim mężczyzną na ziemi, a ona wciąż byłaby dla ciebie za dobra, Picart.

---

* nabrzeże, bulwar (fr.). Wszystkie przypisy pochodzą od tłumaczki.

** czyż nie? (fr.)

– Nie słyszałeś, wieśniaku, że każda dziwka się zgodzi za odpowiednią cenę? – Picart uśmiechnął się znacząco, wsunął nieskazitelnie wypolerowany but w strzemię i wskoczył na konia.

Henri ruszył w jego stronę, lecz Florence go powstrzymała.

– Kochany... Chyba lepiej będzie, jak wrócę na miejsce – powiedziała, odsuwając się. – Musisz się przygotować. – Zawahała się, po czym stanęła na palcach i pocałowała go raz jeszcze, szczupłą bladą dłonią obejmując jego kark.

Wiedział, co próbuje zrobić: pragnęła odwrócić jego uwagę od trucizny Picarta. Udało jej się – mógł czuć tylko radość, gdy jej wargi spoczywały na jego wargach. Uśmiechnęła się.

– *Bonne chance, écuyer**.

– *Écuyer!* – powtórzył, natychmiast zapominając o Picarcie. Wzruszyło go, że pod jego nieobecność nauczyła się właściwego terminu oznaczającego jeźdźca.

– Uczę się!

Posłała mu pocałunek z figlarnym błyskiem i obietnicą w oku, po czym zniknęła. Jego Angielka biegła przez długie stajnie, a jej obcasy stukotały na bruku.

Le Carrousel, doroczny festiwal wojskowy, tradycyjnie już oznaczał koniec roku treningowego dla młodych oficerów kawalerii z Saumur. Jak zwykle w ten lipcowy weekend w średniowiecznym miasteczku roiło się od gości spragnionych widoku nie tylko promocji młodych kawalerzystów, lecz także tradycyjnych pokazów jeździeckich, akrobatyki motocyklowej i parady czołgów, których kadłuby wciąż jeszcze były poznaczone wojennymi bliznami.

Był rok 1960. Stara gwardia ustępowała pod naporem kultury masowej, zmieniających się norm i Johnny'ego Hallydaya, lecz w Saumur jeszcze się tego nie czuło. Doroczny pokaz w wykonaniu dwudziestu

---

* Powodzenia, jeźdźcu (fr.)

dwóch elitarnych francuskich jeźdźców, zarówno wojskowych, jak i cywilów, którzy tworzyli Le Cadre Noir, stanowił najważniejsze wydarzenie weekendu Le Carrousel – bilety zawsze wyprzedawały się w ciągu paru dni. Kupowała je miejscowa społeczność, ci, którym wpojono szacunek dla francuskiego dziedzictwa, oraz – z bardziej przyziemnych pobudek – wszyscy zaintrygowani plakatami rozklejonymi w całej Dolinie Loary, które obiecywały „Majestatyczność, tajemnicę i konie przeczące prawom grawitacji".

Le Cadre Noir powstała niemal dwieście pięćdziesiąt lat temu, po tym jak wojny napoleońskie zdziesiątkowały francuską kawalerię. Aby odbudować to, co kiedyś uważano za elitarną formację, utworzono szkołę w Saumur, mieście będącym domem dla akademii jeździeckiej już w szesnastym wieku. To właśnie tutaj zebrano korpus instruktorów wyselekcjonowany z najlepszych szkół jeździeckich w Wersalu, Tuileries i Saint-Germain, aby przekazywali oni najwspanialsze tradycje jeździectwa nowemu pokoleniu oficerów, zapoczątkowując nową tradycję.

Wraz z nastaniem czołgów i zmechanizowanych maszyn wojennych Le Cadre Noir stanęła w obliczu pytań o celowość istnienia tej tajemnej organizacji. Od wielu dekad jednak żaden rząd nie czuł się władny rozwiązać akademii, która stała się częścią francuskiego dziedzictwa. Jeźdźcy w czarnych mundurach stanowili ikony, a Francja, ojczyzna L'Académie Française, *haute cuisine* i *haute couture*, zawsze rozumiała znaczenie tradycji. Sami jeźdźcy, uznając, że najlepszy sposób na przetrwanie to stworzenie dla siebie nowej roli, poszerzyli swoje kompetencje: poza kształceniem kawalerzystów szkoła otworzyła podwoje, by pokazać wyrafinowane umiejętności swych adeptów i wspaniałe konie masowej publiczności we Francji i za granicą.

W takiej Le Cadre Noir znajdował się obecnie Henri Lachapelle, a pokaz tego wieczoru miał największe znaczenie symboliczne w całym roku, odbywał się bowiem w domu i stanowił szansę zademonstrowania zdobytych ciężką pracą umiejętności przyjaciołom i rodzinie.

Powietrze pachniało karmelem, winem i fajerwerkami, a od tysięcy spokojnie poruszających się ciał bił żar. Wokół placu du Chardonnet, w sercu École de Cavalerie i jej eleganckich, miodowych budynków przelewały się tłumy. Odświętny nastrój pogłębiały jeszcze lipcowy upał, nieruchome wieczorne powietrze, atmosfera napiętego wyczekiwania. Dzieci biegały w kółko z balonami i watą cukrową na patyku, a ich rodzice gubili się w tłumie otaczającym stragany, na których sprzedawano papierowe wiatraki i wino musujące, bądź też przechadzali się w roześmianych grupach po moście i wśród kawiarni po północnej stronie. Towarzyszył im niski pomruk podekscytowania wydobywający się z gardeł tych, którzy już zajęli miejsca wokół Grand Manège, rozległej, wysypanej piaskiem areny, i teraz czekali niecierpliwie, wachlując się i pocąc w bladnącym świetle dnia.

– *Attends!**

Słysząc ten okrzyk, Henri poprawił siodło i uzdę, po raz piętnasty zapytał *dresseur*, czy jego mundur dobrze leży, po czym pogłaskał chrapy Gerontiusa, swojego konia, podziwiając wąskie warkocze wstążek, które stajenny wplótł w lśniącą grzywę, i mrucząc słowa pochwały i otuchy w elegancko przycięte uszy zwierzęcia. Gerontius miał siedemnaście lat, według standardów akademii był już staruszkiem i wkrótce miał odejść na emeryturę. Towarzyszył Henriemu od pierwszego dnia w Le Cadre Noir trzy lata temu. Od razu połączyło ich żarliwe uczucie. Tutaj, w obrębie starych murów szkoły, młodzi mężczyźni często całowali chrapy swoich rumaków i szeptali im słówka tak czułe, że wstydziliby się je wypowiedzieć pod adresem kobiety.

– *Vous êtes prêt?*** – Grand Dieu, główny jeździec, sunął środkiem areny treningowej w otoczeniu innych *écuyers*. Pozłacany mundur i trójgraniasty kapelusz stanowiły dowody jego wysokiej rangi. Stanął przed młodymi jeźdźcami i ich pobudzonymi końmi. – To, jak

* Uwaga! (fr.)

** Jesteście gotowi? (fr.)

wiecie, jest najważniejsze wydarzenie naszego roku. Ceremonia ta ma już ponad sto trzydzieści lat, a tradycje naszej szkoły sięgają jeszcze dalej, aż do Ksenofonta i epoki starożytnych Greków. Tak wiele w otaczającym nas dzisiaj świecie domaga się zmiany, odrzucenia starych dróg i pościgu za tym, co swobodne i łatwe. Le Cadre Noir wierzy, że wciąż istnieje miejsce dla elity, dla umiłowania doskonałości ponad wszystko. Dzisiaj jesteście ambasadorami pokazującymi, że prawdziwy wdzięk, prawdziwe piękno może być rezultatem tylko dyscypliny, cierpliwości, solidarności i wyrzeczenia. – Rozejrzał się wokół. – Nasza sztuka umiera w chwili stworzenia. Sprawmy, by ludzie z Saumur poczuli się zaszczyceni, że mogli uczestniczyć w takim spektaklu.

Rozległ się pomruk aprobaty, a potem jeźdźcy zaczęli dosiadać koni. Poprawiali czapki, ścierali niewidoczne plamy z butów – wykonywali te wszystkie drobne gesty, które pomagają zwalczyć zbliżającą się tremę.

– Jesteś gotowy, Lachapelle? Denerwujesz się?

– Nie, sir. – Henri wyprostował się, czując na sobie wzrok przełożonego, który próbował doszukać się skaz na jego mundurze. Wiedział, że jego udawany spokój zdradza pot spływający po skroniach na sztywną stójkę kołnierza.

– To żaden wstyd odczuwać przypływ adrenaliny podczas pierwszej Carrousel – oświadczył starszy mężczyzna, głaszcząc kark Gerontiusa. – Ten staruszek cię poprowadzi. Wykonasz *capriole* podczas pokazu drugiej grupy. A potem *la croupade* na grzbiecie Phantasme. *D'accord**?

– Tak jest, sir.

Henri wiedział, że *maîtres écuyers* nie byli jednogłośni w swojej decyzji o powierzeniu mu tak znaczącej roli w dorocznym przedstawieniu, pamiętali bowiem o jego wątpliwych osiągnięciach w ostatnich

* Zgoda? (fr.)

miesiącach, o kłótniach oraz o jego rzekomym i katastrofalnym braku dyscypliny... Jego stajenny zdradził mu, o czym mówiło się w siodlarni: że jego buntownicza natura niemal kosztowała go miejsce w Le Cadre Noir.

Nawet nie próbował się bronić. Jak miał bowiem wytłumaczyć tę gigantyczną zmianę, która w nim zaszła? Jak miał im powiedzieć, że dla niego, mężczyzny, który nigdy nie słyszał czułego słowa ani nie czuł delikatnego dotyku, jej głos, jej dobroć, jej piersi, jej zapach i włosy okazały się nie tylko miłą odmianą, lecz wręcz obsesją o wiele potężniejszą niż intelektualne traktaty opisujące niuanse sztuki ujeżdżania?

Dzieciństwo Henriego Lachapelle'a upłynęło pod znakiem chaosu i nieładu oraz dominującego ojca. Szczytem wyrafinowania była butelka wina za dwa franki, a każdy wysiłek nauczenia się czegoś był wyszydzany. Zaciąg do kawalerii okazał się dla Henriego ostatnią deską ratunku, a awanse, które zaowocowały zdobyciem prestiżowego miejsca w Le Cadre Noir, szczytem marzeń każdego mężczyzny. W wieku dwudziestu pięciu lat po raz pierwszy poczuł, że ma dom.

Był wyjątkowo utalentowany. Lata spędzone na farmie nauczyły go ciężkiej pracy. Miał predyspozycje do radzenia sobie z trudnymi końmi. Mówiło się nawet, że pewnego dnia zostanie *maître écuyer*, a może nawet kolejnym Grand Dieu. Żył w przekonaniu, że rygor, dyscyplina, czysta radość i satysfakcja płynące z nauki wystarczą mu na resztę życia.

Aż w końcu Florence Jacobs z Clerkenwell, która nawet nie lubiła koni, lecz skorzystała z darmowego biletu na przedstawienie francuskiej akademii jazdy w Anglii, zniszczyła to wszystko – jego spokój umysłu, jego determinację, jego cierpliwość. Gdyby spotkał ją później, nabywszy perspektywy, która przychodzi tylko z wiekiem, mógłby sobie wytłumaczyć, że taka namiętność to nieodłączna cecha pierwszej miłości, że ta burza uczuć ucichnie, a może nawet zniknie. Ale Henri – samotnik niemający wielu przyjaciół, którzy mogliby posłużyć mu taką mądrą radą – wiedział tylko, że od chwili, gdy zobaczył ciemnowłosą dziewczynę, która oglądała przedstawienie z szeroko otwartymi oczami przez trzy wieczory z rzędu, nie może przestać o niej myśleć. Przedstawił się jej, choć sam nie wiedział, dlaczego w ogóle odszukał ją po widowisku, a potem każda minuta bez niej wpędzała go w rozdrażnienie lub gorzej: była jak spadanie w nieskończoną, bezsensowną otchłań. Jakie znaczenie mogła więc mieć cała reszta?

Jego determinacja wyparowała w ciągu jednej nocy. Po powrocie do Francji zaczął kwestionować doktrynę, irytowały go detale, które uważał za nieistotne. Zarzucił Devaux, jednemu ze starszych *maître écuyer*, że ten utknął w przeszłości. Dopiero gdy zignorował trzecią sesję treningową z rzędu, a jego stajenny ostrzegł go, że grozi mu wydalenie, uświadomił sobie, że musi się wziąć w garść. Studiował Ksenofonta, stopniowo przyswajając jego metodę. Trzymał się z dala od kłopotów. Coraz częstsze listy od Florence, która obiecywała, że odwiedzi go latem, podnosiły go na duchu. Po kilku miesiącach, chyba w nagrodę, przyznano mu kluczową rolę w Le Carrousel: zastąpił Picarta w *la croupade* – jednym z najtrudniejszych manewrów, jakie może wykonać jeździec – co jeszcze pogłębiło urazę już odczuwaną przez uprzywilejowanego młodego mężczyznę.

Grand Dieu dosiadł swojego konia, potężnego portugalskiego ogiera, po czym wykonał na nim dwa eleganckie kroki w stronę Henriego.

– Nie zawiedź mnie, Lachapelle. Potraktujmy ten wieczór jako nowy początek.

Henri pokiwał głową, nie znajdując słów przez nagły atak zdenerwowania. Dosiadł konia, chwycił wodze i poprawił czarny kapelusz na ostrzyżonych na krótko włosach. Słyszał pomruki tłumu, po których zapadła pełna wyczekiwania cisza, gdy orkiestra zagrała kilka próbnych nut – ten rodzaj głębokiej ciszy, która może towarzyszyć tylko tysiącowi oczekujących na coś w napięciu osób. Jak przez mgłę docierały do niego życzenia powodzenia, które składali sobie jego towarzysze, aż w końcu poprowadził Gerontiusa na miejsce w środku ustawionych w wojskowym, równym szyku, błyszczących, ozdobionych wstążkami koni. Jego rumak niecierpliwił się w oczekiwaniu na pierwszy rozkaz, gdy ciężka czerwona kurtyna podniosła się, zapraszając ich na zalaną światłem arenę.

Choć na pierwszy rzut oka dwudziestu dwóch jeźdźców zachowywało pozory spokoju i uporządkowania, a ich publiczne wystąpienia były pełne lekkości i wdzięku, życie w Le Cadre Noir stanowiło wyzwanie zarówno fizyczne, jak i intelektualne. Henri Lachapelle codziennie czuł się wyczerpany; do łez frustracji doprowadzały go niekończące się krytyczne uwagi *maîtres écuyers* i fakt, że nie potrafił przekonać ogromnego, bardzo nerwowego konia do wykonywania figur nad ziemią według wyśrubowanych standardów szkoły. Na własnej skórze odczuwał, nawet jeśli nie potrafił tego udowodnić, uprzedzenia wobec tych, którzy wstępowali do elitarnej szkoły z szeregów armii, jak on, a nie drogą rywalizacji w zawodach dla cywilów, tak jak pochodzący z wyższych sfer członkowie francuskiej socjety, którym od początku towarzyszył luksus posiadania doskonałych koni i czasu na wypracowanie tych umiejętności. W teorii w Le Cadre Noir wszyscy byli równi, odróżniali się od siebie tylko zręcznością na końskim grzbiecie. Henri miał jednak świadomość, że egalitaryzm kończy się na jednakowych mundurach z serży.

Mimo to powoli, miarowo, pracując od szóstej rano do późnego wieczora, parobek z Tours zbudował sobie reputację osoby, która nie boi się wysiłku i ma rękę do najtrudniejszych koni. Henri Lachapelle, jak zauważali *maîtres écuyers*, patrząc na niego spod daszków czarnych czapek, ma „spokojny dosiad". Jest *sympathique**. To właśnie z tego powodu oprócz swojego ukochanego Gerontiusa otrzymał także Phantasme, wybuchowego, młodego stalowoszarego wałacha, któremu wystarczyła najbłahsza wymówka, aby zachować się

---

* życzliwy, pełen empatii (fr.)

katastrofalnie. W głębi ducha Henri przez cały tydzień obawiał się skutków decyzji obsadzenia Phantasme w takiej roli. Teraz jednak, gdy spoczywał na nim wzrok tłumu, melodyjne piękno smyczków wypełniało jego uszy, a miarowy krok Gerontiusa kołysał nim lekko, poczuł się nagle uskrzydlony, jak u Ksenofonta. Czuł na sobie pełen podziwu wzrok Florence, wiedział, że później jego wargi dotkną jej skóry, i dzięki temu dosiadł konia jeszcze głębiej, jeszcze bardziej elegancko, kierując rumakiem weteranem z taką lekkością, że kształtne uszy zwierzęcia aż zastrzygły z rozkoszy. Do tego właśnie zostałem stworzony, pomyślał z wdzięcznością. Wszystko, czego potrzebuję, jest tutaj. Widział płomienie pochodni migoczące na ścianach i wiekowych filarach, słyszał rytmiczne uderzenia końskich kopyt, które współgrały ze sobą wokół niego. Cwałował w formacji wokół maneża zatracony w chwili, świadomy tylko konia, który tak pięknie się pod nim poruszał, i stukotu jego kopyt, który budził w nim radość. Stary rumak się popisywał.

– Siedź prosto, Lachapelle. Dosiadasz konia jak wieśniak.

Zamrugał, zerkając na Picarta, który jechał obok niego ramię w ramię.

– Co się tak wiercisz? Twoja dziwka cię czymś zaraziła? – syknął pod nosem Picart.

Henri już miał coś powiedzieć, lecz powstrzymał się, gdy Grand Dieu zawołał:

– *Levade!*

Na tę komendę jeźdźcy ustawili swoje konie na tylnych nogach, wywołując burzę oklasków.

Gdy konie znów uderzyły przednimi kopytami o ziemię, Picart się odwrócił, ale jego głos wciąż był wyraźnie słyszalny.

– Ona też pieprzy się jak wieśniaczka?

Henri przygryzł wargę od wewnątrz, zmuszając się do zachowania spokoju. Nie mógł pozwolić, by jego gniew spłynął przez lejce na obdarzonego słodką naturą konia. Słyszał, jak prezenter objaśnia szczegóły techniczne ruchów jeźdźców, i próbował zebrać myśli, by słowa mogły przez niego przeniknąć. Pod nosem powtórzył radę Ksenofonta: „Gniew osłabia skuteczną komunikację z koniem". Nie zamierzał pozwolić, by Picart popsuł mu ten wieczór.

– *Mesdames et messieurs**, a teraz pośrodku areny zobaczycie, jak *monsieur* de Cordon wykonuje lewadę. Zwróćcie uwagę, jak koń balansuje na tylnych nogach dokładnie pod kątem czterdziestu pięciu stopni.

Henri niemal nie zauważył czarnego konia stającego dęba gdzieś za nim ani nagłej burzy oklasków. Zmusił się do tego, by się skupić i przykuć uwagę Gerontiusa. Wciąż jednak myślał o minie Florence, gdy Picart wykrzyczał swoje obsceniczne uwagi tuż obok niej, i o niepokoju, który przemknął po jej twarzy. A jeśli znała francuski lepiej, niż deklarowała?

– A teraz zobaczycie Gerontiusa, jednego z naszych starszych koni, który wykona kapriolę. Ta figura należy do najbardziej wymagających zarówno dla konia, jak i jeźdźca. Koń wybija się w górę i będąc jeszcze w powietrzu, wyrzuca obie tylne nogi do tyłu.

Henri zwolnił, koordynując opór własnych dłoni z szybkimi ruchami ostróg. Poczuł, że koń zaczyna się pod nim kołysać w *terre à terre***, stacjonarnym, miarowym ruchu, który budował pod nim moc. Już ja im pokażę, pomyślał, a potem dodał: pokażę jemu.

Wszystko inne zniknęło. Pozostał tylko on i dzielny stary koń rosnący w siłę. Zawołał *Derrière!****, zbliżył rękę z pejczem do końskiego zadu, wbił ostrogi w brzuch zwierzęcia i Gerontius poszybował w górę, w powietrze, wyrzucając tylne nogi poziomo za siebie. Nagle rozbłysły oślepiające flesze, z wszystkich stron rozległy się okrzyki

---

* Panie i panowie (fr.)

** Dosł. na ziemi, przy ziemi (fr.). W tym wypadku chodzi właśnie o stacjonarny, miarowy ruch konia, będący przygotowaniem do wykonania figury „szkoły nad ziemią".

*** Zad! (fr.)

zachwytu i oklaski, a Henri pocwałował ku czerwonej kurtynie, po drodze zerkając na Florence, która również wstała, by bić mu brawo. Jej wargi rozciągały się w dumnym uśmiechu.

– *Bon! C'était bon!** – Już zsuwał się z grzbietu Gerontiusa, masując dłonią końskie łopatki. *Dresseur* odprowadził konia. Jak przez mgłę docierały do niego okrzyki aprobaty, a potem zmiana tempa muzyki na arenie i widok dwóch innych *écuyers* za czerwoną kurtyną, którzy wykonywali własne manewry, prowadząc konie na długich uzdach.

– Phantasme jest bardzo zdenerwowany. – Stanął przed nim stajenny, który z troską zmarszczył grube czarne brwi. Udzielił nagany szaremu rumakowi, który kręcił się wokół nich. – Uważaj na niego, Henri.

– Poradzi sobie – odparł Henri z roztargnieniem, podnosząc czapkę, by otrzeć pot z czoła.

Stajenny wręczył uzdę czekającym za nim jeźdźcom, po czym odwrócił się do Henriego i ostrożnie zdjął mu czapkę. Ten manewr wykonywało się z odkrytą głową, aby uniknąć ryzyka związanego z tym, że czapka może się zsunąć, ale bez niej Henri zawsze czuł się osobliwie obnażony.

Spojrzał na stalowoszarego wałacha, który wkroczył na arenę z szyją ciemną od potu, z obu stron otoczony ludźmi.

– Idź. No już. Idź. *Dresseur* otrzepał tył jego kurtki, po czym wepchnął go na arenę.

Konia otaczali trzej *écuyer* – dwaj z przodu i jeden z tyłu.

Henri stanął w powodzi świateł, żałując nagle, że nie czuje obok siebie uspokajającej obecności zwierzęcia.

– *Bonne chance!*** – usłyszał jeszcze głos stajennego, zanim zagłuszył go aplauz.

---

* Dobrze! To było niezłe! (fr.)

** Powodzenia! (fr.)

– *Mesdames et messieurs, voilà la croupade**, która wywodzi się z siedemnastowiecznej kawalerii, kiedy to była traktowana jak sprawdzian umiejętności kawalerzysty utrzymania się w siodle. Trzeba czterech, a nawet pięciu lat, by opanować ten manewr. *Monsieur* Lachapelle będzie dosiadał Phantasme bez lejców i bez strzemion. Manewr ten, sięgający korzeniami czasów greckich, wymaga o wiele więcej od jeźdźca niż od konia. Dla niektórych to bardziej elegancka wersja rodea.

Rozległ się śmiech. Henri, na wpół oślepiony światłami, zerknął na Phantasme, który przewracał białkami oczu z mieszaniną zdenerwowania i ledwie skrywanej furii. Będąc z natury koniem akrobatą, nie lubił, gdy trzymało się go stanowczo za łeb, a hałas, odgłosy i zapachy La Carrousel zdawały się jeszcze pogarszać jego już zły humor.

Henri dotknął spiętych łopatek konia.

– Sza – wymruczał. – Już dobrze. Już dobrze.

Kątem oka zauważył, że Duchamp i Varjus, dwaj mężczyźni z przodu, uśmiechają się przelotnie. Obaj byli doświadczonymi jeźdźcami i od razu wyczuli zmianę nastroju zwierzęcia.

– Dosiądź go głębiej, co? – doradził Varjus z uśmiechem, podsadzając go. – *Un, deux, trois...*** Hop.

Koń emanował napięciem. To dobrze, powiedział sobie Henri, prostując się w siodle. Adrenalina doda mu wysokości. Będzie to lepiej wyglądało w oczach tłumu i w oczach Grand Dieu. Zmusił się, by głęboko oddychać. Dopiero gdy zaplótł dłonie na krzyżu w tradycyjnej pasywnej postawie, która zawsze kojarzyła mu się nieprzyjemnie z pojmanym zbiegiem, opuścił wzrok i uświadomił sobie, kogo ustawiono przy zadzie Phantasme.

– Może się przekonamy, jakim jeźdźcem naprawdę jesteś, Lachapelle? – powiedział Picart.

---

* Panie i panowie, a oto krupada (fr.)

** Raz, dwa, trzy... (fr.)

Henri nie miał czasu na odpowiedź. Wyciągnął nogi jak najdalej i zacisnął dłonie w rękawiczkach za plecami. Usłyszał, jak prezenter dodaje coś jeszcze, i poczuł aurę wyczekiwania na arenie.

– *Attends**.

Varjus obejrzał się za siebie. *Terre à terre* już pod nim narastał.

– *Un, deux, derrière!***

Poczuł, jak w koniu wzmaga się chęć wykonania manewru, usłyszał nagły trzask bicza, którym Picart uderzył rumaka w zad. Phantasme wierzgnął, stanął dęba na przednich nogach, a Henri poleciał do przodu smagnięty batem, z trudem utrzymując dłonie za plecami. Koń odzyskał równowagę, a wokół rozległy się oklaski.

– Nieźle, Lachapelle – usłyszał pomruk Varjusa stojącego przy piersi Phantasme.

I nagle, zanim zdołał się przygotować, znów usłyszał *Derrière!* Tylne nogi Phantasme wyrzuciły go w górę i do przodu, i tym razem musiał rozłożyć ręce na boki, by utrzymać równowagę.

– Nie tak szybko, Picart. Wysadzisz go z siodła.

Zdezorientowany Henri usłyszał poirytowany głos Varjusa i ledwie wstrzymywany kwik bólu konia, gdy jego grzbiet napiął się pod nim.

– Dwie sekundy. Dajcie mi dwie sekundy – mruknął, próbując się wyprostować. Zanim mu się to jednak udało, bicz znów trzasnął. Tym razem głośniej i z góry, sprawiając, że koń wierzgnął wyjątkowo mocno. Henri poczuł, że znów leci do przodu, a odległość pomiędzy nim a siodłem zaczęła gwałtownie, niepokojąco rosnąć.

Phantasme rzucił się w bok wściekły, a stojący z przodu jeźdźcy z trudem go utrzymali. Varjus syknął coś, czego Henri nie usłyszał. Byli już blisko czerwonej kurtyny. Zauważył Florence w żółtej sukience, widział jej konfuzję i niepokój. A potem rozległo się:

---

* Uwaga (fr.)

** Raz, dwa, zad! (fr.)

– *Enfin! Derrière!**

Zanim zdołał się poprawić, bicz znów trzasnął za nim. Znów poleciał do przodu, wyginając plecy, a Phantasme, rozwścieczony nierozsądnym użyciem pejcza, zaczął się ciskać do przodu i na boki, aż Henri w końcu stracił równowagę. Przesunął się na pleciony grzebień szyi, przewrócił do góry nogami, sięgnął grzywy, lecz koń znów stanął dęba, a wtedy Henri – z głośnym stęknięciem – uderzył o ziemię.

Leżał tam, niemal nie zauważając poruszenia na arenie: przeklinającego Varjusa, protestującego Picarta, śmiejącego się prezentera. Gdy uniósł głowę z piasku, usłyszał słowa:

– I proszę bardzo. Bardzo trudny manewr do usiedzenia. W przyszłym roku będzie lepiej, prawda, *monsieur* Lachapelle? Widzicie, *mesdames et messieurs*, czasami trzeba ćwiczyć wiele, wiele lat, by osiągnąć bardzo wysokie standardy *maître écuyer*.

Usłyszał *un, deux, trois* i nagle znów znalazł się przy nim Varjus, sykiem nakazując mu, by na powrót dosiadł konia. Spojrzał na siebie i zauważył, że jego nieskazitelny czarny mundur jest cały pokryty piaskiem. Dosiadł konia i razem obeszli arenę przy wtórze współczujących oklasków. Najboleśniejszy dźwięk, jaki kiedykolwiek słyszał. Był otępiały z szoku. Widział, że Varjus i Picart kłócą się szeptem, ale prawie ich nie słyszał przez szum krwi w uszach.

– Co to było? – Varjus kręcił głową. – Nikt jeszcze nigdy nie upadł podczas *la croupade*. Przez ciebie wyszliśmy na głupców.

Dopiero po chwili Henri uświadomił sobie, że Varjus mówi do Picarta.

– Nie moja wina, że jedyne, co Lachapelle potrafi ujeżdżać, to jego angielska dziwka.

Henri zsunął się z końskiego grzbietu i podszedł do Picarta. Dzwoniło mu w uszach. Nie był nawet świadom, że zadał pierwszy cios, usłyszał tylko głośny chrzęst swoich knykci na zębach mężczyzny i niemal

---

* No dalej! Zad! (fr.)

natychmiast odczuł satysfakcję płynącą z tego dźwięku i fizycznej świadomości, że coś zostało złamane, zanim jeszcze ból uświadomił mu, że mogła to być jego ręka.

Konie zarżały i rozpierzchły się. Mężczyźni krzyczeli. Picart leżał na piasku z dłonią przyciśniętą do twarzy i oczami zogromniałymi z szoku. W końcu podniósł się i rzucił na Henriego, staranował go głową, pozbawiając go tchu. Taki ruch mógłby powalić większego mężczyznę, a Henri miał tylko metr siedemdziesiąt wzrostu, ale pomogło mu dzieciństwo, podczas którego takie bójki były powszechne, oraz sześć lat w Gwardii Narodowej. Po kilku sekundach siedział na Picarcie i okładał pięściami jego twarz, policzki i tors z wściekłością, która wzbierała w nim od kilku miesięcy.

Jego knykcie napotkały coś twardego i skóra na nich pękła. Jego lewe oko spuchło na skutek brutalnego ciosu. Miał piasek w ustach. A potem jakieś ręce zaczęły go odciągać, bić, rugały go uniesione z niedowierzania głosy.

– Picart! Lachapelle!

Mgła spowijająca jego wzrok rozwiała się, wstał, plując i chwiejąc się. Ktoś chwycił go za ramiona, jego uszy wciąż wypełniało smyczkowe *adagio* rozlegające się za kurtyną. Grand Dieu stał przed nim z twarzą czerwoną z gniewu.

– Co. To. Do cholery. Jest?

Henri pokręcił głową, zauważając przy tym rozpraszające się kropelki krwi.

– Sir... – Dyszał ciężko, dopiero teraz uświadamiając sobie powagę swojego błędu.

– Le Carrousel! – syknął Grand Dieu. – Uosobienie powagi i godności. Dyscypliny. Gdzie twoja samokontrola? Obaj okryliście nas hańbą. Wracaj do stajni. Ja mam występ do dokończenia.

Grand Dieu dosiadł konia, gdy obok przemknął Picart, przyciskając chusteczkę do poszarzałej twarzy. Henri odprowadził go wzrokiem. Powoli docierało do niego, dlaczego za kurtyną panuje taka osobliwa cisza. Oni wszystko widzieli, uświadomił sobie z przerażeniem. Wiedzą.

– Dwie drogi. – Grand Dieu spojrzał na niego z grzbietu portugalskiego rumaka. – Dwie drogi, Lachapelle. Powiedziałem ci ostatnim razem. To był twój wybór.

– Nie mogę... – zaczął mówić.

Grand Dieu wyjechał już jednak na skąpaną w powodzi świateł arenę.

Rozdział pierwszy

Bo też i jest koń unoszący się czemś tak niezmiernie pięknem, podziwienia godnem i zachwycającem, że wszystkich nań spoglądających młodych po równo jak starych spojrzenia niewoli.

Ksenofont, *Hippika, czyli jazda konna*[*]

Sierpień

Pociąg z szóstej czterdzieści siedem zmierzający na stację Liverpool Street kołysał się ciężko na torach. Panował w nim wyjątkowy jak na tak wczesną porę tłok. Natasha Macauley usiadła, już zgrzana pomimo chłodnego poranka, i wymruczała przeprosiny do kobiety, która musiała przesunąć swoją kurtkę, by zrobić jej miejsce. Mężczyzna w garniturze, który wsiadł za nią, wcisnął się pomiędzy pasażerów naprzeciwko i od razu rozłożył gazetę, nie zwracając uwagi na to, że częściowo zasłonił nią książkę swojej sąsiadki.

Nie była to typowa droga Natashy do pracy. Poprzednią noc spędziła w hotelu w Cambridge, gdzie została po seminarium prawniczym.

---

* Wszystkie fragmenty *Hippiki, czyli jazdy konnej* oraz *Hipparcha, czyli Naczelnika jazdy* Ksenofonta pochodzą z przekładu A. Bronikowskiego, Ostrów 1860, cyt. za: e-book wydany przez Polską Bibliotekę Internetową (przyp. tłum.).

W kieszeni żakietu miała satysfakcjonującą liczbę wizytówek od adwokatów i radców prawnych. Gratulowali jej wystąpienia i sugerowali spotkania oraz możliwość pracy. Tanie białe wino, które lało się strumieniami, ciążyło jej teraz na żołądku. Pożałowała przelotnie, że nie znalazła czasu na śniadanie. Zazwyczaj nie piła, a trudno było jej pilnować spożycia podczas takich wydarzeń, gdy bezustannie napełniano jej kieliszek, jednocześnie rozpraszając ją rozmową.

Zacisnęła palce na parzącym styropianowym kubku z kawą i zerknęła do swojego kalendarza, obiecując sobie, że w środku dnia wykroi dla siebie więcej niż pół godziny, by pozbierać myśli. Wpisze też do kalendarza godzinę na siłowni. Na lunch również poświęci godzinę. Zacznie o siebie dbać, o czym wciąż przypominała jej matka.

Na razie jednak wpisy głosiły:

* *9.00 LA vs Santos, sala 7*

* *Rozwód Perseyów. Badania psychologiczne dziecka?*

* *Honoraria! Pogadać z Lindą o pomocy prawnej.*

* *Fielding – gdzie zeznanie świadka? FAKS MUSI WYJŚĆ DZISIAJ*

Na każdą stronę przez co najmniej dwa kolejne tygodnie składały się nieustępliwe, bez końca przepisywane serie list. Jej koledzy z kancelarii Davison Briscoe w większości przestawili się na notesy elektroniczne – tablety i BlackBerry – które prowadziły ich przez życie, lecz ona preferowała prostotę długopisu i papieru, choć Linda narzekała, że jej grafiku nie sposób odczytać.

Upiła łyk kawy, zauważyła datę i skrzywiła się. Dopisała:

* *Kwiaty/przepr. Mamę – urodziny*

Pociąg toczył się ku Londynowi, a równiny Cambridgeshire powoli ustępowały miejsca szarym, przemysłowym przedmieściom. Natasha wpatrywała się w papiery, próbując się skoncentrować. Siedziała naprzeciwko kobiety, która uważała, że hamburger z dodatkowym serem to doskonały pomysł na śniadanie, i nastolatka, którego obojętna mina stanowiła osobliwy kontrast w stosunku do dudnienia dobywającego się z jego słuchawek. Zapowiadał się boleśnie gorący dzień: żar sączył się do zatłoczonego przedziału, przekazywany i wzmacniany przez ściśnięte ciała.

Zamknęła oczy, żałując, że nie potrafi zasnąć w pociągu, po czym otworzyła je, słysząc sygnał komórki. Przeszukała torebkę i zlokalizowała ją pomiędzy podkładem a portmonetką. Rozbłysła wiadomość tekstowa:

Miejscowe władze odroczyły sprawę Watsona. Nie musisz być w sądzie o 9.00. Ben

Od czterech lat Natasha pracowała w Davison Briscoe jako radca prawny i adwokat, specjalizując się w reprezentowaniu nieletnich. Dzieci występowały w sądzie mniej speszone, mając u boku kobietę, w której biurze już wcześniej złożyły zeznania. Natasha z kolei lubiła nawiązywać bliższe relacje ze swoimi klientami, nie rezygnując przy tym z udziału w procesach.

Dzięki. Za pół godziny będę w biurze

– odpisała z westchnieniem ulgi. Potem przeklęła cicho; zupełnie niepotrzebnie zrezygnowała ze śniadania.

Już miała odłożyć telefon, gdy znów zadzwonił. To był Ben, jej stażysta.

– Chciałem ci tylko przypomnieć, że... aa... przełożyliśmy tę pakistańską dziewczynkę na dziesiątą trzydzieści.

– Tę, której rodzice walczą o prawo opieki?

Siedząca obok niej kobieta chrząknęła znacząco. Natasha podniosła wzrok, zauważyła tabliczkę „Zakaz używania telefonów komórkowych" na oknie, pochyliła głowę i zaczęła kartkować notes.

– O drugiej mamy jeszcze rodziców od porwania dziecka. Możesz zebrać potrzebne papiery? – wymamrotała.

– Już zebrałem. I kupiłem croissanty – dodał Ben. – Założyłem, że nic jeszcze nie jadłaś.

Nigdy nie miała na to czasu. Gdyby nie program stażów w Davison Briscoe, pewnie umarłaby z głodu.

– Migdałowe. Twoje ulubione.

– Daleko zajdziesz dzięki temu podlizywaniu się, Ben.

Zamknęła komórkę i futerał. Właśnie wyjmowała akta dziewczynki z teczki, gdy jej telefon znów zadzwonił.

Tym razem rozległo się pełne dezaprobaty cmoknięcie. Wymamrotała przeprosiny, nie patrząc nikomu w oczy.

– Natasha Macauley.

– To ja, Linda. Właśnie dzwonił Michael Harrington. Zgodził się pomóc ci z rozwodem Perseyów.

– Świetnie. – W tym wypadku w grę wchodziły duże pieniądze i spór o opiekę. Potrzebowała eksperta, który wziąłby na siebie kwestie finansowe.

– Chce omówić z tobą kilka spraw dziś po południu. Masz czas o drugiej?

Zastanawiała się nad tym, gdy nagle dotarło do niej, że kobieta obok mamrocze coś pod nosem nieprzyjaznym tonem.

– Chyba tak. – Przypomniała sobie, że wrzuciła notes do aktówki. – Och. Nie. Coś wtedy mam.

Kobieta poklepała ją po ramieniu. Natasha zasłoniła słuchawkę dłonią.

– To potrwa dwie sekundy – oświadczyła bardziej szorstko, niż zamierzała. – Wiem, że to przedział bez komórek, i bardzo mi przykro, ale muszę dokończyć tę rozmowę.

Wcisnęła telefon pomiędzy ucho a ramię, z trudem wydobyła z torby notes, po czym ze złością odwróciła głowę, gdy kobieta znów poklepała ją po ramieniu.

– Powiedziałam, że to zajmie tylko...

– Mam pani kawę na marynarce.

Natasha opuściła wzrok i zauważyła, że kubek niebezpiecznie balansuje na krawędzi kremowego żakietu.

– Och. Przepraszam. – Podniosła go. – Lindo, czy możemy coś poprzestawiać po południu? Muszę mieć gdzieś jakąś dziurę.

– Haha!

Chichot sekretarki dzwonił jej w uszach, gdy zatrzasnęła klapkę telefonu. Wykreśliła z notesu rozprawę, dopisała spotkanie i już miała odłożyć notes do torby, gdy nagle jej uwagę przykuł nagłówek w gazecie naprzeciwko.

Pochyliła się do przodu, sprawdzając, czy poprawnie przeczytała nazwisko w pierwszym akapicie. Wychyliła się tak bardzo, że mężczyzna trzymający gazetę opuścił ją i zmarszczył brwi.

– Przepraszam – powiedziała, wpatrując się w druk. – Czy mogłabym... Czy mogłabym zerknąć na pańską gazetę?

Mężczyznę tak zdumiała jej prośba, że nie zdołał odmówić. Wzięła od niego gazetę, otworzyła na właściwej stronie i przeczytała artykuł dwa razy. Krew odpłynęła jej z twarzy, zanim oddała gazetę.

– Dziękuję – mruknęła słabo.

Nastolatek obok uśmiechał się drwiąco, jakby nie mógł uwierzyć, że doszło w jego obecności do takiego naruszenia pociągowej etykiety.

Sarah przecięła drugą kanapkę na pół i ostrożnie owinęła oba zestawy papierem śniadaniowym. Jeden włożyła do lodówki, a drugi wsunęła do swojej torby razem z dwoma jabłkami. Wytarła blat wilgotną ścierką, obejrzała całą kuchnię, szukając okruchów, po czym wyłączyła radio. Papa nienawidził okruchów.

W dole odległe zawodzenie mlekowozu zasygnalizowało jego wyjazd z podwórza. Mleczarz nie wnosił już butelek po schodach, odkąd ktoś odjechał jego furgonetką, gdy wchodził na piąte piętro. Nadal zostawiał butelki dla starszych pań w domu opieki naprzeciwko, ale wszyscy inni musieli chodzić do supermarketu, by przywieźć swoje kartony do domu zatłoczonym autobusem, albo przynieść je w wypchanych reklamówkach. Jeśli udało jej się zbiec na dół, mleczarz pozwalał jej kupić jedno mleko na miejscu; zazwyczaj zdążała.

Zerknęła na zegarek, a potem na papierowy filtr, sprawdzając, czy ciemnobrązowy płyn już się przesączył. Co tydzień powtarzała papie, że ta prawdziwa kawa kosztuje o wiele więcej niż rozpuszczalna, ale on tylko wzruszał ramionami i mówił, że to byłaby pozorna oszczędność. Wytarła dno kubka, wyszła na wąski korytarz i stanęła przed drzwiami jego pokoju.

– Papo? – Wiele lat temu przestała nazywać go dziadkiem.

Pchnęła drzwi ramieniem. Mały pokój był skąpany w świetle poranka, tak że przez chwilę można by nawet udawać, iż na zewnątrz jest coś ładnego, jak plaża albo wiejski ogród, a nie kiepska dzielnica wschodniego Londynu z lat sześćdziesiątych. Po drugiej stronie łóżka lśniło małe biurko, na którym leżały schludnie szczotki do włosów i do ubrań oraz fotografia nany. Dziadek pozbył się podwójnego łóżka po jej śmierci – powiedział, że w pokoju zrobi się więcej miejsca, jeśli zacznie spać na pojedynczym. Sarah wiedziała jednak, że nie potrafił się zmierzyć z pustką szerokiego materaca, na którym zabrakło babci.

– Kawa.

Staruszek wsparł się na poduszce i dłonią poszukał okularów na nocnym stoliku.

– Wychodzisz? Która godzina?

– Po szóstej.

Sięgnął po zegarek i zmrużył powieki. Wyglądał dziwnie bezbronnie w piżamie; ubrania nosił jak zbroję. Papa był zawsze odpowiednio ubrany.

– Zdążysz na ten dziesięć po?

– Jeśli pobiegnę. Twoje kanapki są w lodówce.

– Powiedz temu szalonemu kowbojowi, że zapłacę mu po południu.

– Mówiłam mu wczoraj, papo. Nie przeszkadza mu to.

– I niech odłoży trochę jaj. Weźmiemy je jutro.

Zdążyła na autobus, ale tylko dlatego, że minutę się spóźnił. Dysząc ciężko, wpadła do środka. Torba obijała się dziko o jej nogi. Pokazała kartę, po czym usiadła, witając się skinieniem głowy z Hinduską, która każdego ranka siadała na tym samym miejscu naprzeciwko z wiadrem i mopem w dłoni.

– Pięknie – powiedziała kobieta, gdy autobus minął bukmachera.

Sarah obejrzała się za siebie na ponure ulice skąpane w wodnistym świetle poranka.

– Zrobi się – przytaknęła.

– Będzie ci gorąco w tych butach – kontynuowała kobieta.

Sarah poklepała torbę.

– Mam szkolne na zmianę – odparła.

Uśmiechnęły się do siebie niezręcznie, jakby zawstydziło je tyle słów po miesiącach milczenia, po czym Sarah usiadła wygodniej i odwróciła twarz do okna.

Podróż do Kowboja Johna zabierała siedemnaście minut o tej porze dnia; godzinę później, gdy na drogach na wschód miasta tworzyły się korki, wydłużała się niemal trzykrotnie. Sarah zazwyczaj zjawiała się na miejscu przed nim i była jedyną osobą, której powierzył dodatkowe klucze. Wypuszczała kury, zanim nadszedł na sztywnych nogach. Często najpierw słyszała jego śpiew.

Sheba, owczarek alzacki, szczeknęła raz, gdy Sarah mocowała się z kłódką na bramie z drutu, ale kiedy tylko uświadomiła sobie, kto to, usiadła i czekała, uderzając ogonem o ziemię. Sarah rzuciła jej przysmak z kieszeni i weszła na małe podwórko, zamykając za sobą bramę z cichym trzaskiem.

Dawniej w tej części Londynu było więcej stajni upchniętych na końcach wąskich brukowanych ulic za wrotami stodół i pod arkadami. Konie ciągnęły platformy browarnicze, wózki z węglem i wozy łachmaniarzy, często też widywało się ukochane przez rodziny anglo-normandzkie koniki lub parę kłusaków na przejażdżce w parku w niedzielne popołudnie. Kowboj John należał do tych nielicznych, którzy pozostali na miejscu. Zajmował cztery arkady kolejowe, w które wbudowano stajnie i boksy na odległym końcu alei dochodzącej aż do ruchliwej ulicy. Przed arkadami rozciągało się ogrodzone murem, wybrukowane podwórze, na którym piętrzyły się palety, klatki dla kurcząt, kosze, skrzynia lub dwie. Stały tam też stare samochody, którymi handlował Kowboj John, oraz nigdy niewygaszany koksiak. Co dwadzieścia minut w górze przejeżdżał pociąg podmiejski, lecz ani ludzie go nie zauważali, ani zwierzęta nie zwracały na niego uwagi. Kurczaki dziobały ziemię, koza z zastanowieniem żuła wszystko, czego nie powinna, a Sheba wpatrywała się czujnie bursztynowymi oczami w świat za bramą, gotowa szczekać na każdego, kogo nie miała na liście gości.

Teraz w stajniach mieszkało dwanaście koni, w tym dwa bliźniacze klajdesdale należące do Tony'ego, emerytowanego woźnicy, kłusaki o pięknych szyjach i dzikich oczach należące do Sala Maltańczyka i jego kumpli od nielegalnych wyścigów, a także kilka zaniedbanych kuców trzymanych tam przez miejscowe dzieci. Sarah nie miała pojęcia, ile osób wie o ich istnieniu – na pewno wiedział dozorca parkowy, który regularnie przeganiał ich z błoń. Czasami otrzymywali też listy adresowane do „Właścicieli koni w Sparepenny Lane Arches", w których grożono im procesami sądowymi, jeśli nadal będą użytkować bezprawnie ten teren. Kowboj John śmiał się w takich wypadach i wrzucał listy do koksiaka.

– O ile mi wiadomo, konie były tu pierwsze – mawiał.

Utrzymywał, że jest jednym z pierwszych członków filadelfijskich Black Cowboys. Nie byli to prawdziwi kowboje, to znaczy nie tacy od zaganiania bydła. W Ameryce również funkcjonowały takie miejskie stajnie jak ta jego, powtarzał, tylko większe, w których mężczyźni mogli trzymać i wystawiać do wyścigów swoje zwierzęta, a dzieciaki mogły się uczyć i wychodzić poza swoje getta. Przyjechał do Londynu w latach sześćdziesiątych za kobietą, która jednak „za bardzo zawracała głowę". Miasto mu się spodobało, ale tak bardzo tęsknił za swoimi końmi, że kupił kulejącego araba czystej krwi na targu w Southall, a od rady miasta nabył rozpadające się ze starości wiktoriańskie stajnie. Podobno rada od tamtej pory nieraz żałowała tej decyzji.

Kowboj John był obecnie człowiekiem instytucją albo też utrapieniem, w zależności od punktu widzenia. Urzędnicy go nie lubili, wiecznie wydawali ostrzeżenia o zdrowiu publicznym i nakazywali deratyzacje, choć John powtarzał im, że mogliby siedzieć w jego stajni przez całą noc zanurzeni w sosie serowym i nie zobaczyliby ani jednego szczura – miał przecież stado wygłodniałych kotów. Deweloperzy go nie lubili, ponieważ chcieli wcisnąć tam swoje bloki, a Kowboj John nie zamierzał sprzedać ziemi. Sąsiedzi natomiast nie protestowali: codziennie wpadali, by z nim porozmawiać albo kupić od niego świeże produkty rolne, którymi handlował. Lubiły go miejscowe restauracje: czasami Ranjeet lub Neela z Raj Palace dzwonili, jeśli potrzebowali kury, jaj lub kozy. Byli też ludzie tacy jak Sarah, która spędzała w stajniach każdą wolną od szkoły chwilę. Schludne wiktoriańskie boksy, stogi siana i słomy stanowiły ucieczkę od nieustającego hałasu i chaosu otaczającego je miasta.

– Wypuściłaś już tę głupią gęś?

Sarah właśnie podrzucała siano kucom, gdy nadszedł Kowboj John. Miał na głowie swojego stetsona – na wypadek gdyby nie wszyscy wiedzieli, kim jest – a jego zapadnięte policzki zaróżowiły się z wysiłku, którego wymagało chodzenie i palenie w coraz cieplejszym słońcu.

– Nie. Ciągle skubie mnie po nogach.

– Mnie też. Zapytam w tej nowej restauracji, czy jej nie wezmą. Mówię ci, całe kostki mam posiniaczone.

Urwali, żeby zerknąć na przerośniętego ptaka, którego John kupił pod wpływem impulsu na targu w zeszłym tygodniu.

– Sos śliwkowy! – warknął, na co gęś syknęła w odpowiedzi.

Sarah nie pamiętała czasów, kiedy nie spędzała większości dni na Sparepenny Lane. Gdy była mała, papa sadzał ją na włochatych kucach szetlandzkich Kowboja Johna, a nana cmokała z dezaprobatą, jakby miłość papy do koni nie należała do pasji wartych przekazywania. Gdy jej matka uciekła z domu, papa przywoził ją tutaj, by nie musiała słuchać płaczu nany ani jej pokrzykiwania na córkę i błagań, by w końcu sporządniała, gdy ta czasami wracała.

To tutaj papa nauczył ją jeździć, poganiał ją w górę i w dół ulicy, aż opanowała kłus. Papie bardzo nie podobało się podejście większości właścicieli, którzy u Kowboja Johna trzymali swoje konie. Mieszkanie w mieście to nie jest wymówka, żeby koń nie mógł codziennie ćwiczyć, powtarzał. Nigdy nie pozwalał jej jeść, zanim nie nakarmiła konia, ani wykąpać się, zanim nie wypastowała swoich butów. A potem, po śmierci nany, zjawił się Baucher, którego nazywali zdrobniale Boo. Oboje potrzebowali czegoś, na czym mogliby się skupić, powodu, by wyjść z domu, który przestał być domem. Papa, który poznał już niebezpieczeństwa grożące szalonookim nastolatkom, doszedł do wniosku, że Sarah potrzebuje jakiegoś wentyla. Zaczął więc szkolić miedzianego źrebaka i własną wnuczkę. Uczył ją czegoś więcej niż tylko tego, co miejscowe dzieciaki nazywały jazdą: wskoczenia na grzbiet kuca i galopu ulicami miasta aż do mokradeł, przeskakiwania przez parkowe ławki, skrzynki z owocami i inne przeszkody, które wywoływały dreszcz. Papa musztrował ją w tematach, o których tamci nie mieli pojęcia – odpowiednim co do milimetra kącie zgięcia dolnej nogi i idealnym bezruchu rąk – aż zanosiła się płaczem, bo czasami miała po prostu ochotę powygłupiać się z innymi, a on jej na to nie pozwalał. Nie dlatego, że chciał ustrzec nogi Boo przed asfaltową nawierzchnią, lecz dlatego, że, jak mówił, ona musi się nauczyć, iż jedynymi sposobami, by osiągnąć coś magicznego, są ciężka praca i dyscyplina.

Cały czas to powtarzał. To dlatego John i inni nazywali go Kapitanem. To miał być żart, lecz Sarah wiedziała, że trochę się go też boją.

– Chcesz herbaty? – Kowboj John wskazał gestem czajnik.

– Nie. Mam tylko pół godziny. Dzisiaj muszę być wcześniej w szkole.

– Wciąż pracujesz nad tymi sztuczkami?

– W zasadzie – odparła z przesadną uprzejmością – dzisiaj będziemy pracować nad trawersem z lotną zmianą nóg i nad piaffem. Zgodnie z poleceniem Kapitana. – Pogłaskała konia po lśniącej szyi.

Kowboj John parsknął śmiechem.

– Jedno muszę przyznać twojemu staruszkowi. Gdy następnym razem cyrk zjedzie do miasta, będą się o niego zabijać.

W branży Natashy nierzadko zdarzało się, że w ciągu paru tygodni dziecko raz reprezentowane przed sądem stawało przed nim znowu z powodu nałożenia zakazu zachowań antyspołecznych lub nakazu skierowania do zakładu dla nieletnich. Czasami takie wypadki trafiały na łamy gazet. Ten młodociany ją jednak zaskoczył, nie tyle z powodu powagi przestępstwa, ile tego, kim był. Dzień po dniu dzieci przychodziły do kancelarii i opowiadały historie pełne rozpaczy o przemocy i zaniedbaniach. Zazwyczaj wysłuchiwała ich, nawet nie mrugnąwszy okiem. Po dziesięciu latach znała ich już tyle, że tylko nieliczne wykraczały poza standardową listę pytań: Czy spełnia kryteria? Czy podpisała papiery? Jak mocna jest ta linia obrony? Czy będzie z niego wiarygodny świadek? Ali Ahmadi powinien wypaść jej z głowy tak jak pozostali klienci przeanalizowani przez jej podwładnych, kolejne nazwisko w wykazie sądowym, o którym można od razu zapomnieć.

Zjawił się w jej biurze dwa miesiące temu ze zmęczonym, pustym, nieufnym, zrozpaczonym spojrzeniem, które nieraz już widywała, stopami wciśniętymi w tanie tenisówki z darów i w za dużej koszuli zwisającej z jego szczupłych barków. Potrzebował nakazu sądowego unieważniającego jego deportację do kraju ojczystego, który według jego słów niemal go zniszczył.

– Nie zajmuję się prawem migracyjnym – wyjaśniła, ale Ravi, prawnik od takich spraw, wziął dzień urlopu, a oni rozpaczliwie potrzebowali pomocy.

– Proszę – powiedziała matka zastępcza. – Znam cię, Natasho. Wiem, że możesz to dla nas zrobić. – Dwa lata temu prawniczka reprezentowała inne z jej dzieci.

Natasha przejrzała dokumenty, podniosła wzrok i uśmiechnęła się do chłopca, a on po chwili odpowiedział tym samym. Jego uśmiech nie wyrażał pewności, lecz raczej rezygnację. Jakby wiedział, że tego się po nim spodziewa. Gdy przeglądała notatki, zaczął mówić, coraz bardziej się zapalał, gdy kobieta tłumaczyła, a jego dłonie ilustrowały słowa, których mogła nie zrozumieć.

Jego rodzina stała się celem ataków, ponieważ działała w opozycji. Ojciec zniknął w drodze z pracy do domu. Matka została pobita na ulicy, a potem zniknęła razem z jego siostrą. Desperacja popchnęła Alego do pokonania pieszo drogi do granicy w trzynaście dni. Zaczął bezgłośnie płakać, gdy mówił. Mrugał, by powstrzymać łzy z młodzieńczym wstydem. Powiedział, że go zabiją, jeśli wróci do domu. Miał piętnaście lat.

Nie była to szczególnie wyróżniająca się historia.

Linda stała przy drzwiach.

– Możesz zadzwonić do sądu? Zapytać, czy dostaniemy salę czwartą?

Gdy wychodzili, Natasha położyła dłoń na ramieniu chłopca – nie zauważyła dotąd, jaki jest wysoki. Miała wrażenie, że się kurczył, gdy opowiadał o swoich przejściach, jakby sama opowieść odzierała go z poszczególnych części.

– Zrobię, co w mojej mocy – obiecała – ale nadal wydaje mi się, że z kimś innym miałbyś większe szanse.

Zdobyła dla niego nakaz i nie myślałaby o nim więcej, gdyby nie to, że wkładając papiery do teczki, gotowa opuścić sąd, zauważyła go w rogu sali. Znów płakał, zanosząc się niemym szlochem. Nieco zaskoczona odwróciła wzrok, gdy go mijała, ale chłopak wyrwał się swojej opiekunce, zerwał łańcuszek z szyi i wcisnął go w jej dłonie. Nie patrzył na nią, nawet kiedy mówiła mu, że to niepotrzebne. Po prostu stał z opuszczoną głową i ciałem wygiętym w znak zapytania, z dłońmi przyciśniętymi do jej dłoni, choć jego religia zabraniała takich kontaktów. Przypomniała sobie, jak jego dłonie objęły jej dłonie w osobliwie dorosłym geście.

Te same dłonie, które dwie noce temu przeprowadziły „przedłużający się i brutalny atak" na niewymienioną z nazwiska dwudziestosześcioletnią ekspedientkę w jej własnym domu.

Jej telefon znów zabrzęczał. Znów rozległo się niezadowolone cmoknięcie, tym razem nieskrywane. Natasha przeprosiła po raz kolejny, wstała, zebrała swoje rzeczy i zaczęła torować sobie drogę przez zatłoczony wagon, próbując utrzymać równowagę, gdy pociąg gwałtownie przechylił się na lewo. Wcisnęła teczkę pod pachę, przecisnęła się do miejsc stojących i znalazła sobie wolną przestrzeń przy oknie jak najbliżej wagonu przyjaznego komórkom. Upuściła torby na ziemię i zaklęła, bo dzwoniący zdążył się rozłączyć. Niepotrzebnie oddała swoje miejsce. Już miała wsunąć telefon do kieszeni, gdy zauważyła esemesa:

Cześć. Muszę zabrać trochę rzeczy. I porozmawiać. Pasuje Ci przyszły tydzień? Mac.

Mac. Gdy wpatrywała się w mały wyświetlacz, wszystko wokół niej znieruchomiało. Mac.

Nie miała wyboru.

W porządku

– odpisała, po czym zatrzasnęła klapkę.

Dawniej w tej części City roiło się od sąsiadujących ze sobą w budynkach jak u Dickensa kancelarii prawnych, których malowane złotą farbą szyldy obiecywały zastępstwo w sprawach biznesowych, podatkowych i rodzinnych. Większość już dawno przeniosła się do położonych na peryferiach nowych biurowców z lśniącego szkła, do zaprojektowanych przez architektów wnętrz przestrzeni, które właściwie odzwierciedlały nowoczesny wizerunek najemców. Kancelaria Davison Briscoe skutecznie opierała się temu trendowi, w związku z czym ciasne, wypchane książkami biuro Natashy w rozklekotanym budynku z epoki georgiańskiej, w którym pracowało razem z nią jeszcze pięcioro prawników, bardziej przypominało pokój w akademiku niż przedsięwzięcie komercyjne.

– To są papiery, o które prosiłaś. – Ben, tyczkowaty, pracowity młody człowiek, który nie wyglądał na dwadzieścia pięć lat przez swoje blade, idealnie gładkie policzki, położył przewiązaną różową wstążką teczkę na jej biurku. – Nawet nie tknęłaś croissantów – dodał.

– Przepraszam. – Przejrzała dokumenty. – Straciłam apetyt. Ben, zrób coś dla mnie. Odszukaj akta Alego Ahmadiego, dobrze? Przesłuchanie w sprawie deportacji sprzed dwóch miesięcy. – Znów spojrzała na gazetę, którą kupiła po drodze ze stacji, na próżno starając się przekonać samą siebie, że to, co przeczytała, było halucynacją zrodzoną z braku snu.

Drzwi się otworzyły i do środka wszedł Conor. Miał na sobie koszulę w niebieskie prążki, którą kupiła mu na urodziny.

– Cześć, gwiazdo. – Pochylił się nad biurkiem i lekko pocałował ją w usta. – Jak poszło?

– Dobrze – odparła. – Naprawdę dobrze. Pytali o ciebie.

– Mój wieczór z chłopcami. Przykro mi, ale wiesz, jak jest. Dopóki nie odbędzie się kolejna rozprawa o opiekę, nie odważę się przepuścić żadnego wieczoru.

– Dobrze się bawiliście?

– Było epicko. DVD z Harrym Potterem, grzanki z fasolką. Prawie urwało dach. To ogromne hotelowe łóżko okazało się dla ciebie za duże beze mnie?

Odsunęła się.

– Conor, bardzo lubię twoje towarzystwo, ale o północy byłam tak wypruta, że mogłabym zasnąć na ławce w parku.

Ben znów wszedł do pokoju, przywitał się z Conorem i położył teczkę na jej biurku.

– Pan Ahmadi – powiedział.

Conor zerknął na akta.

– Czy to nie twoja sprawa o deportację sprzed paru miesięcy? Po co go odszukałaś?

– Ben, przynieś mi świeżą kawę, dobra? Tylko ze sklepu, a nie tę brązową wodę Lindy.

Conor podał mu banknot.

– Dla mnie też. Podwójne espresso. Bez mleka.

– To cię zabije – zauważyła.

– Ale, na Boga, przynajmniej odejdę z przytupem. Okej – zauważył, że czekała, by Ben wyszedł. – Co się stało?

– To. – Podała mu gazetę, wskazując palcem artykuł.

Przeczytał go szybko.

– Ach. To twój klient – mruknął.

– Tak. – Wyciągnęła ręce przed siebie i na chwilę oparła czoło na biurku. Potem sięgnęła po migdałowego croissanta. – Mój klient. Zastanawiam się, czy powinnam powiedzieć Richardowi.

– Naszemu starszemu wspólnikowi? O nie, nie, nie. Nie musisz się tarzać w smole i pierzu, gwiazdo.

– To dość poważne przestępstwo.

– Którego nie mogłaś przewidzieć. Odpuść, Natasha. To jest wpisane w twój zawód, skarbie. Przecież wiesz.

– Wiem. Tyle że to takie... przykre. A on był... – Pokręciła głową na samo wspomnienie. – Sama nie wiem. Po prostu nie wyglądał na kogoś takiego.

– Nie wyglądał. – Conor naprawdę wybuchnął śmiechem.

– No co, nie wyglądał. – Upiła łyk zimnej kawy. – Po prostu nie podoba mi się, że stałam się częścią czegoś tak okropnego. Nic nie poradzę, że czuję się odpowiedzialna.

– Za co? Zmusiłaś go do ataku na tę dziewczynę?

– Wiesz, że nie o to mi chodzi. Argumentowałam za tym, by pozostał w kraju. Jestem odpowiedzialna za to, że tu jest.

– Bo nikt inny by sobie z tym nie poradził, tak?

– No cóż...

– Daj spokój, Natasha. – Conor postukał palcem w teczkę. – Gdyby Ravi był wtedy w pracy, to on wystąpiłby w sądzie. Odpuść sobie. Zapomnij o tym. Widzimy się dziś wieczorem na drinku. To nadal aktualne? Może być Archery? Podobno zaczęli serwować tapas.

Natasha wolała jednak dawać rady, niż ich słuchać. Po jakimś czasie znów sięgnęła po akta Ahmadiego, szukając w nich wskazówek, jakiegoś powodu, dla którego ten chłopiec, który płakał, który tak delikatnie ściskał jej dłonie, dopuścił się tego przypadkowego aktu przemocy. To nie miało sensu.

– Ben, czy możesz mi znaleźć atlas?

– Atlas?

Znalazł jakiś po dwudziestu minutach, poprzecierany, oprawiony w płótno, z dziurami na grzbiecie.

– Chyba jest bardzo nieaktualny. Są w nim jeszcze Persja i Bombaj – powiedział przepraszająco. – Lepiej by było, gdybyś poszukała w necie. Ja poszukam za ciebie.

– Jestem luddystką, Ben – odparła, przerzucając kartki – przecież wiesz. Muszę to zobaczyć na papierze.

Pod wpływem impulsu postanowiła znaleźć miejsce, z którego pochodził chłopak; nazwa miasteczka utkwiła jej w pamięci.

Dopiero gdy spojrzała na mapę, wodząc po nazwach palcem, uświadomiła sobie, że nikt – ani z opieki społecznej, ani z pomocy prawnej, ani nawet matka zastępcza – nie zadał Alemu Ahmadiemu oczywistego pytania. Teraz jednak miała je przed oczami: jakim cudem zdołał pokonać pieszo tysiąc czterysta kilometrów w trzynaście dni?

Tego wieczoru Natasha siedziała w barze i przeklinała się za to, że nie była skrupulatna. Opowiedziała historię Conorowi, a on wybuchnął suchym śmiechem, po czym wzruszył ramionami.

– Przecież wiesz, że te dzieciaki są zdesperowane. Powiedzą ci wszystko, co ich zdaniem chcesz usłyszeć.

Stykała się z nimi na co dzień – z uchodźcami, z dziećmi „z problemami", z młodymi ludźmi, którzy byli wysiedlani i zaniedbywani, z nastolatkami, którym nikt nigdy nie powiedział dobrego słowa ani ich nie przytulił. Widywała przedwcześnie zahartowane twarze i umysły już nastawione na przetrwanie za wszelką cenę. Dotąd wierzyła, że potrafi powiedzieć, którzy kłamią: dziewczynki, które utrzymywały, że rodzice się nad nimi znęcają, bo nie chciały już mieszkać w domu; dzieci szukające azylu, które przysięgały, że mają jedenaście lub dwanaście lat, choć ich policzki porastała już gęsta szczecina dorosłości. Przywykła do tego, że wciąż widuje tych samych młodocianych przestępców w niekończącym się cyklu występków i rzekomej skruchy. Tyle że Ahmadi prawdziwie ją poruszył.

Conor poświęcił jej całą swoją uwagę.

– Okej. Jesteś pewna, że dobrze zapamiętałaś nazwę wioski?

– Mam ją w zeznaniach. – Poprosiła przechodzącego kelnera o wodę mineralną.

– I na pewno nie zdołałby pokonać tego dystansu pieszo?

– W mniej niż dwa tygodnie? – zapytała z sarkazmem. Nie zdołała się powstrzymać. – To ponad sto kilometrów dziennie. Policzyłam.

– Nie wiem, dlaczego jesteś taka zdenerwowana. Chroni cię tajemnica zawodowa. Nic o tym nie wiedziałaś, gdy go reprezentowałaś, więc jakie to ma znaczenie? Nic nie musisz mówić. Nic nie musisz robić. Cholera, mnie to spotyka cały czas. Połowie klientów na pierwszym spotkaniu mówię, że mają się ugryźć w język, zanim powiedzą mi coś, czego nie powinienem usłyszeć.

Gdyby jednak sama zagłębiła się w jego historię, wcześniej domyśliłaby się, że Ahmadi kłamie. Mogłaby się zrzec tej sprawy, powołać się na swoje kłopotliwe położenie. To często sprawiało, że ludzie dokładniej przyglądali się faktom. Mogła ocalić tę kobietę, tę niezidentyfikowaną dwudziestosześcioletnią ekspedientkę. Ona jednak tylko przekartkowała akta. I doprowadziła do wypuszczenia chłopca, pozwoliła mu ukryć się w zakamarkach londyńskiego krajobrazu, założywszy, że należy do tych dobrych, których noga już więcej w sądzie nie postanie.

Jeśli kłamał, opowiadając o tym, jak się tu dostał, mógł kłamać o wszystkim.

Conor odchylił się do tyłu i upił haust wina.

– Och, odpuść sobie, Natasha. Jakiś zdesperowany dzieciak zdołał uniknąć deportacji do jakiejś zawszonej dziury. I co z tego? Zapomnij.

Chociaż prowadził najgłośniejsze sprawy, zawsze emanował zwodniczym optymizmem, poza salą sądową promieniał, witając się z wszystkimi wylewnie, jakby nie miało dla niego żadnego znaczenia, czy wygrał, czy też nie. Poklepał się po kieszeniach.

– Kupisz mi jeszcze jednego? Muszę skoczyć do bankomatu.

Gdy sięgnęła do torebki po portfel, jej palce w coś się zaplątały. Wyjęła rękę. Był to mały amulet, porysowany srebrny koń, którego podarował jej Ahmadi tego ranka, gdy wygrała jego sprawę. Postanowiła odesłać mu go do domu – miał za mało rzeczy, by je rozdawać – ale od razu o tym zapomniała. Teraz przypominał jej o tym, jak bardzo zawiodła. Nagle wrócił do niej osobliwy obrazek, który widziała rano, zupełnie niespotykany w miejskim otoczeniu.

– Conor... Widziałam dzisiaj coś bardzo dziwnego.

Pociąg zatrzymał się na piętnaście minut w tunelu przed stacją Liverpool Street – na tyle długo, by temperatura w wagonie wzrosła do stopnia, w którym ludzie zaczęli się niespokojnie wiercić na siedzeniach i mamrotać z niezadowoleniem. Na tyle długo, by Natasha, chroniona przed kolejnymi rozmowami, wbiła wzrok w atramentową pustkę i zaczęła myśleć o byłym mężu, który jeszcze nie do końca jest byłym.

Lekko przeniosła ciężar z nogi na nogę, gdy nagle pociąg z ostrym piskiem przegrzanego metalu ruszył do przodu w światło dnia. Nie powinna myśleć o Macu. Nie powinna myśleć o Alim Ahmadim, który okazał się tak przygnębiająco różny od osoby, za jaką się podawał.

I właśnie w tej chwili zobaczyła to, tak nagłe, tak nieprawdopodobne, że nawet gdy wyciągnęła szyję, by obejrzeć się za siebie, nie była pewna, czy wzrok jej nie omylił. Wizja zniknęła, połknięta przez rozmazane ulice i podwórka, ponure balkony i poplamione sadzą sznurki z praniem.

Obrazek towarzyszył jej jednak przez cały dzień, jeszcze długo po tym, jak pociąg dowiózł ją do zatłoczonego centrum City. Na cichej brukowanej ulicy wciśniętej pomiędzy wysokie bloki, przemysłowe podwórka i zaparkowane samochody stała młoda dziewczyna z uniesionymi rękami i długim patykiem w dłoni – nie żeby nim grozić, lecz by wydawać instrukcje.

Nad jej głową pośrodku drogi, balansując na lśniących, muskularnych tylnych nogach, stał wielki koń.

Natasha wrzuciła srebrny wisiorek do torebki, z trudem powstrzymując dreszcz.

– Słyszałeś, co powiedziałam?

– Hm? – Conor czytał gazetę. Już stracił zainteresowanie. Daj spokój, ciągle powtarzał. Jakby sam to potrafił.

Spojrzała na niego.

– Nic, nic – powiedziała. – Pójdę po drinki.

Rozdział drugi

Wszakże baczyć na to wypada, ażeby oddawano ujeżdżaczowi źrebca łagodnego, dostępnego i z człowiekiem chętnie przestającego. Tego w domu i po największej części przez oprzątacza koni (koniarka) dokazać można.

Ksenofont, *Hippika, czyli jazda konna*

Na podwórkach wschodniego Londynu nieczęsto spotykało się wierzchowca takiego jak Boo. Nie był ani masywnym koniem pociągowym ze szczotkami na pęcinach, ani też kłusakiem czystej krwi o jeleniej szyi, którego zaprzęgano w pośpiechu do sulek* biorących udział w nielegalnych wyścigach na szosie, by zapisał się potem w tajnej księdze rekordów i sprowokował wymianę grubych zwitków zarobionej na pokątnych zakładach gotówki. Nie był doskonale ułożonym konikiem ze szkółki jazdy w Hyde Parku ani też jednym z wielu niskich, grubych kuców, czarno-białych i upartych, które z różną dozą dobroduszności tolerowały wspinaczkę po schodach, przeskakiwanie przez beczki z piwem i jazdę windą, by przy akompaniamencie wybuchów wesołości ich właściciele mogli cwałować pod balkonami apartamentowców.

---

* Sulki – jednokonny, lekki pojazd dwukołowy używany w wyścigach kłusaków w zaprzęgu i do trenowania młodych koni (przyp. tłum.).

Boo był selle français, muskularnym koniem gorącokrwistym o mocniejszych nogach i silniejszym grzbiecie, niż sugerowałaby jego rasa. Był atletyczny, lecz zwinny. Krótki grzbiet predysponował go do skoków, a przymilna, niemal psia natura sprawiała, że był tolerancyjny i przyjacielski. Nie bał się ruchu ulicznego nawet w godzinach szczytu i uwielbiał towarzystwo. Szybko się jednak nudził, więc papa zawiesił mu na linie w boksie tyle piłek dla rozrywki, że Kowboj John mruknął, iż staruszek próbuje mu chyba załatwić miejsce w lidze koszykarskiej.

Inne dzieci w szkole i sąsiedztwie Sarah bawiły się papierowymi i foliowymi torebkami, jeździły skradzionymi samochodzikami po kurczących się coraz szybciej nieużytkach lub spędzały długie godziny na przebieraniu się za celebrytów i studiowaniu kolorowych magazynów z koncentracją, której nie wykazywały w sali lekcyjnej. Ona miała zupełnie inne zainteresowania. Gdy tylko osiodłała konia i odetchnęła znajomym zapachem rozgrzanej sierści i wyprawionej skóry, zapominała o wszystkim.

Ujeżdżanie Boo wyzwalało ją od tego, co irytujące, brudne i przygnębiające. Dzięki temu mogła zapomnieć, że jest najchudsza w klasie, że tylko ona nie ma jeszcze powodów, by nosić stanik, i że tylko ona – oraz Renee, Turczynka, z którą nikt nie rozmawiał – nie ma komórki ani komputera. Zapominała o tym, że ma tylko papę.

W dobre dni czuła jedynie zachwyt nad majestatycznością swojego rumaka, jego siłą i umiejętnościami. Zachowywał się źle tylko wtedy, kiedy niewłaściwie go o coś poprosiła – gdy myślami wciąż była jeszcze w szkole, gdy czuła pragnienie lub zmęczenie – a słodycz emanująca z niego po dobrze wykonanym manewrze wywoływała ucisk w jej gardle. Boo należał do niej i był wyjątkowy.

Ludziom nieznającym się na koniach papa tłumaczył, że dosiadanie Boo jest jak przesiadanie się z traktora do rollsa: wszystko jest idealnie wyregulowane i eleganckie, reaguje na najlżejszy dotyk. Z Boo należało się komunikować spokojnie, zamiast krzyczeć i wymachiwać rękami. Kluczem była wspólnota umysłów, dusz. Gdy go o coś prosiła, zbierał się w sobie, spinał mięśnie, opuszczał łeb i ulegał. Papa mawiał, że ograniczają go tylko ograniczenia Sarah. Jego zdaniem ten koń miał największe serce ze wszystkich przedstawicieli swojego gatunku, których papa kiedykolwiek znał.

Nie zawsze tak było – Sarah pozostały na ramieniu dwie księżycowate blizny po jego ugryzieniach, i nawet po tym, jak go ujarzmili, zdarzały się dni, kiedy zrywał się z lonży i gnał na złamanie karku przez park z wysoko uniesionym ogonem. Matki prowadzące wózki piszczały i uciekały spod kopyt, a papa głośno modlił się po francusku, by Boo nie wpadł pod samochód. Za każdym razem powtarzał, że to jej wina, aż miała ochotę na niego nakrzyczeć, lecz teraz wiedziała więcej i przyznawała mu rację.

Konie, chyba nawet bardziej niż jakiekolwiek inne stworzenia, są dziełem człowieka. Mogą być z natury narowiste, bojaźliwe lub uparte, lecz wszystkie ich reakcje na otoczenie są kształtowane przez to, co je spotyka. Dziecko da ci drugą szansę z nadzieją, że będzie kochane. Pies odwzajemni ci się niewolniczym przywiązaniem, nawet jeśli jest bity. Koń nigdy nie pozwoli ci się po czymś takim do siebie zbliżyć. Dlatego też papa nigdy na niego nie krzyczał. Nigdy nie tracił panowania nad sobą ani nie wpadał we frustrację, nawet gdy Boo psocił i buntował się jak każdy nastolatek.

Teraz Boo miał osiem lat, dojrzał. Był na tyle dobrze wychowany, by pamiętać o manierach, na tyle sprytny, by umieć zmieniać tempo, i na tyle elegancki, by, według opinii papy, który zdawał się w tych kwestiach nieomylny, ponieść Sarah na swoim grzbiecie ku przyszłości jak najdalej od tego chaotycznego miasta.

Kowboj John oparł się na trzonku miotły i spojrzał przez bramę na park, w którym dziewczynka nakłaniała konia do zataczania cwałem małych kółek w kącie za drzewami, od czasu do czasu zwalniając, by go pochwalić lub pozwolić mu wydłużyć krok. Nie miała na głowie kapelusza – rzadki przejaw buntu wobec dziadka, który nie pozwoliłby jej nawet usiąść w siodle bez nakrycia głowy – a słońce lśniło na jej włosach równie mocno jak na końskim zadku. Obok przejechał na rowerze listonosz i zawołał coś do niej, a ona uniosła dłoń w geście powitania, twarzą wciąż zwrócona do swego zadania.

Dobry był z niej dzieciak, nie jak ta zgraja, która tu przychodziła. Ci gnali konie pustymi ulicami, aż pękały im kopyta, a potem odsyłali je do stajni spocone i przemęczone, po czym zwiewali do domu, obiecując, że mama lub tato przyniesie pieniądze za wynajem boksu na następny dzień. Obrażali dorosłych, a środki na paszę przeznaczali na papierosy, które Kowboj John konfiskował na swoim terenie.

– Gówno mnie obchodzą twoje płuca – mawiał. – Ale nie będę się przyglądał, jak moim chłopcom ktoś przypala tyłki.

Po tych słowach często zaciągał się refleksyjnie własnym papierosem. Ostatnią paczkę zabrał chłopakowi, który miał nie więcej niż osiem lat.

Wątpił, by Sarah Lachapelle kiedykolwiek miała papierosa w ustach. Kapitan trzymał ją na krótkiej wodzy, tak jak tego konia: żadnego włóczenia się do późna, picia, palenia i wystawania na ulicy. Dziewczyna nigdy się nie buntowała. Jakby ją również ujarzmił.

Nie to, co jej matka.

Zdjął kapelusz i otarł czoło, już czując, jak żar dnia sączy się przez zniszczony materiał na jego skórę. Sal Maltańczyk zapewnił go, że jeśli przejmie dzierżawę, koń Kapitana nadal będzie tu bezpieczny, jak koń każdego, kto nie zalega z płatnościami. Nie zamierzał zmieniać przeznaczenia tego miejsca, które od czterdziestu lat służyło za stajnie.

– Potrzebna mi baza – powtarzał Johnowi. – Tu mam blisko. Moim koniom tu wygodnie.

Mówił tak, jakby sprawa już była przesądzona. A to brudne, stare podwórze stanie się wygodną przykrywką dla wszystkiego, co kupujesz i sprzedajesz, chciał mu odpowiedzieć John. Nikt jednak nie rozmawiał z Salem w ten sposób. Zwłaszcza jeśli w grę wchodziły takie pieniądze.

Prawda była taka, że Kowboj John czuł się już zmęczony. Coraz bardziej podobał mu się pomysł emerytury na wsi, zamiany domu w mieście na małą chatę otoczoną spłachetkiem ziemi, na której jego konie mogłyby się paść. Życie w mieście stawało się coraz paskudniejsze, a on się starzał; miał już dość użerania się z radnymi, dość podnoszenia szkła z rozbitych butelek, które pijacy i idioci przerzucali przez ogrodzenie każdej nocy, a które mogło poranić zwierzęta. Miał dość wykłócania się z dzieciakami, które nie chciały płacić tego, co były mu winne. Coraz częściej wyobrażał sobie, że siedzi gdzieś na werandzie i wpatruje się w horyzont w postaci pojedynczej zielonej linii.

Sal chciał tu dalej prowadzić stajnie. I proponował niezłą sumę, dość, by John mógł spełnić swoje marzenie. A jednak... Mimo pieniędzy, mimo pokusy spokoju, pokusy przyglądania się, jak jego staruszkowie omiatają ogonami wysoką trawę, Kowboj John niechętnie myślał o przekazaniu ziemi temu człowiekowi. Dręczyło go przeczucie, że obietnice Sala nie są warte funta kłaków.

– *Bon anniversaire!**

Próbując wyjąć klucz z zamka, Sarah weszła do mieszkania i usłyszała głos dziadka, zanim go zobaczyła.

– *Merci!***

Spodziewała się tortu urodzinowego na kuchennym stole jak w zeszłym roku, lecz zamiast tego zauważyła, że dziadek stoi na końcu korytarza przed telewizorem.

– *Voilà!**** Siadaj, siadaj – ponaglił ją, po czym pocałował w oba policzki.

---

* Wszystkiego najlepszego! (fr.)

** Dziękuję! (fr.)

*** Proszę! (fr.)

Na szyi miał swój najlepszy krawat.

Zerknęła w stronę stołu.

– Nie pijemy herbaty?

– Zamówimy pizzę. Potem. Ty wybierasz – odparł, wskazując palcem ulotkę z menu.

Jedzenie na wynos było w ich domu prawdziwym rarytasem.

– Potem?

Odłożyła plecak i usiadła na kanapie, czując dreszcz podekscytowania. Papa wydawał się taki zadowolony – w kącikach jego ust czaił się uśmiech. Nie mogła sobie przypomnieć, kiedy ostatnio tak wyglądał. Po śmierci nany cztery lata temu zamknął się w sobie i wynurzył się ze skorupy, dopiero gdy zjawił się Boo. Sarah wiedziała, że dziadek ją kocha, lecz nie była to miłość jak w serialach telewizyjnych – rzadko jej o tym mówił, nie pytał, co ją gnębi. Dbał o to, żeby była najedzona, czysta i żeby odrabiała lekcje. Uczył ją rzeczy praktycznych na temat pieniędzy, drobnych napraw i jeździectwa. Wspólnie opanowali obsługę pralki, rozdzielili pomiędzy siebie prace domowe i zaplanowali, jak co tydzień zaopatrywać lodówkę, wydając jak najmniej. Gdy była smutna, kładł dłoń na jej ramieniu i czasami mówił, by zachowała dystans. Jeśli szalała z radości, czekał, aż się uspokoi. Kiedy zrobiła coś złego, wyrażał swoje niezadowolenie szorstkim głosem lub spojrzeniem pełnym dezaprobaty. Krótko mówiąc, chyba traktował ją trochę jak konia.

– Najpierw – powiedział – coś sobie obejrzymy.

Podążyła za jego wzrokiem i dopiero teraz zauważyła odtwarzacz DVD, którego rankiem nie było.

– Kupiłeś mi odtwarzasz DVD? – Uklękła i przesunęła palcem po lśniącej metalizowanej powierzchni.

– Nie jest nowy – odparł przepraszająco – ale *parfait**. I nie jest kradziony. Kupiłem go na podwórkowej wyprzedaży.

---

* w idealnym stanie (fr.)

– Możemy obejrzeć wszystko, co będziemy chcieli? – zapytała podekscytowana. Nareszcie zacznie pożyczać filmy, tak jak to robią koleżanki ze szkoły. Nigdy nie brała udziału w rozmowach o kinie ze względu na swoje zaległości.

– Nie wszystko. Obejrzymy *un spectacle**. Ale najpierw... – Sięgnął po butelkę, otworzył ją teatralnym gestem i rozlał zawartość do kieliszków. – Czternaście lat, co? Dorosłaś do wina. – Pokiwał głową i wręczył jej naczynie.

Upiła łyk, próbując nie pokazywać po sobie, jak rozczarował ją ten cierpki smak. Wolałaby dietetyczną colę, ale nie zamierzała psuć tej chwili taką prośbą.

Usatysfakcjonowany dziadek poprawił okulary na nosie, zerknął na pilota i z nonszalancją, która zdradzała, że to przećwiczył, nacisnął przycisk. Ekran telewizora ożył, a papa usiadł na kanapie obok niej wyprostowany jak struna pomimo zapadających się poduszek. Upił łyk wina. Zauważyła na jego twarzy wyraz ostrożnej satysfakcji i oparła się o niego.

Rozległa się muzyka klasyczna, a na ekranie pojawił się brykający koń.

– Czy to...?

– Le Cadre Noir – potwierdził. – Teraz zobaczysz, do czego dążymy.

Nawet ludzie znający się na koniach rzadko słyszeli o Le Cadre Noir. Była to tajemna organizacja elitarnych francuskich jeźdźców, założona w osiemnastym wieku i do dzisiaj wierna zasadom swoich pomysłodawców, akademia, w której mogła rozgorzeć debata na temat dokładnego kąta ułożenia tylnych nóg konia przy wykonywaniu mających już tysiąc lat manewrów typu krupada bądź lewada. Jeźdźcy nosili staromodne czarne mundury. Szkoła przyjmowała nie więcej

* pokaz (fr.)

niż jednego lub dwóch członków rocznie i nie istniała po to, by zarabiać pieniądze ani by przekazywać umiejętności i wiedzę masom, lecz by dążyć do doskonałości w rzeczach, których większość ludzi nawet nie dostrzegała. Mając tę świadomość, trudno było nie kwestionować zasadności istnienia szkoły, ale każdy, kto widział te konie poruszające się pod posępnymi jeźdźcami w idealnej symetrii, przeczące zasadom grawitacji zdumiewającymi skokami, kto widział osobliwe taneczne kroki i całkowitą uległość wobec życzeń jeźdźca, musiał wpaść w zachwyt nad ich posłuszeństwem, pięknem i zdumiewającą zwinnością. Nawet jeśli ktoś niespecjalnie lubił konie – albo też Francuzów – na ten widok odczuwał radość, że taka organizacja wciąż istnieje.

Sarah oglądała czterdziestominutowy pokaz w całkowitym milczeniu. Była jak zahipnotyzowana. Chciała biec do Boo i powtórzyć wszystko, co zobaczyła. On by to zrobił, wiedziała to. Był ładniejszy, silniejszy niż konie, które widziała na ekranie, lecz dysponował tą samą mocą: często czuła ją pod sobą. Podczas seansu jej dłonie i stopy drżały, jakby dosiadała koni z telewizora, powtarzając ruchy znane już starożytnym Grekom.

Jej osobistą areną był rozdeptany, usiany śmieciami park, a nie obszerny pałac w zabytkowym francuskim mieście. Na jej mundur składały się dżinsy i podkoszulek, a nie oficjalny czarny uniform ze złotym szamerunkiem i wysoka czapka. Wiedziała jednak, co czują ci mężczyźni: gdy kamera zatrzymywała się na ich twarzach, napiętych z wysiłku, współczucia i pragnienia, czuła z nimi więź, jaka nie łączyła jej nawet z koleżankami ze szkoły. Wszystkie te rzeczy, których uczył ją papa, zaczynały się układać w całość. Powtarzał, że przed nimi lata ciężkiej pracy. Mówił, że gdyby pozwolił jej spróbować, równie dobrze mógłby wystawić Kowboja Johna w maratonie z papierosem w dłoni. Teraz jednak widziała, jaka ambicja nim kieruje, jaki jest jego cel: kapriola. Najbardziej złożony, wymagający i najpiękniejszy manewr, jaki mógł wykonać koń, odrywając wszystkie cztery kopyta od ziemi w baletowym skoku, unosząc się nad ziemią jak piórko i wyrzucając tylne nogi w powietrzu, by zadać kłam grawitacji. Piękne. Przerażające. Zachwycające.

Nigdy nie potrafiła określić, co czuje, gdy papa bez końca opowiadał o tej francuskiej szkole, no bo jakie mieli szanse? Pomimo jego opowieści nigdy nie była w stanie przełożyć swojego życia u Kowboja Johna i sesji treningowych w parku na przyszłość, którą opisywał. Teraz jednak, gdy oglądała napisy końcowe, uświadomiła sobie, że DVD odniosło odwrotny skutek, niż planował dziadek. Potwierdziło tylko, że to wszystko mrzonka. To, jak dobry jest jej koń, nie miało znaczenia. Jak ktokolwiek mógłby dokonać najwspanialszego skoku ze wszystkich – z zaułków Londynu do wytwornej wspaniałości Le Cadre Noir?

Gdy tylko o tym pomyślała, poczuła wyrzuty sumienia. Spojrzała na dziadka, zastanawiając się, czy jej myśli są równie przejrzyste jak jego. Wciąż wpatrywał się w ekran. To wtedy zobaczyła łzę spływającą po jego policzku.

– Papo? – zapytała.

Zacisnął szczęki. Przez chwilę odzyskiwał panowanie nad sobą, po czym powiedział cicho:

– Sarah. Tak właśnie uciekniesz.

Ucieknie? Od czego? Nigdy nie uważała, by jej życie było tak złe, jak najwyraźniej postrzegał je dziadek.

– Tego właśnie dla ciebie chcę.

Przełknęła ślinę.

Podniósł pudełko po płycie DVD.

– Mam list od Jacques'a Varjusa, mojego dawnego przyjaciela z Saumur. Pisze, że przyjęli już dwie kobiety. Przez setki lat akademia nie akceptowała kobiet, nie brała ich nawet pod uwagę, a teraz je uwzględnia. Nie musisz mieć za sobą służby wojskowej. Wystarczy, że będziesz doskonała. To twoja szansa, Sarah.

Jego rozgorączkowanie nieco wytrąciło ją z równowagi.

– Masz umiejętności. Potrzebna ci tylko dyscyplina. Nie chcę, żebyś zmarnowała sobie życie. Nie chcę widywać cię tutaj, jak zadajesz się z tymi *imbéciles** i popychasz wózek tymi ulicami. – Wskazał gestem parking za oknem.

– Ale ja...

Uniósł dłoń.

– Nie mam niczego, co mógłbym ci dać. Tylko to. Moją wiedzę. Moje starania. – Uśmiechnął się, próbując złagodzić ton. – Moja dziewczynka w czerni, co? *La fille du Cadre Noir***.

W milczeniu pokiwała głową. Dziadek nigdy nie ulegał emocjom, lecz teraz wydawał się kruchy i pełen żalu, co ją przestraszyło. To przez to wino, powiedziała sobie – rzadko pił alkohol. To wino podsyciło ich emocje. Bawiąc się kieliszkiem, starała się nie patrzeć mu w oczy.

– To był miły prezent.

Przysunął się do niej, opanowując burzę uczuć.

– *Non! Un demi cadeau**** – powiedział. – Chcesz dostać drugą część?

Uśmiechnęła się z ulgą.

– Pizzę?

– Pff! Pizzę! *Non, non... regards*****. – Sięgnął po kopertę i podał ją jej.

– Co to?

Pokiwał głową.

Otworzyła kopertę, a gdy zobaczyła zawartość, jej dłonie znieruchomiały. Cztery bilety. Dwa na prom. Dwa na przedstawienie w Le Cadre Noir.

– Od Varjusa. *En novembre******. Jedziemy na wakacje.

---

* idiotami, głupcami (fr.)
** Córka Cadre Noir (fr.)
*** Nie! Pół prezentu (fr.)
**** Nie, nie... Zobacz (fr.)
***** W listopadzie (fr.)

Nigdy nie byli za granicą, nawet gdy żyła nana.

– Płyniemy do Francji?

– Już czas. Czas, żebyś zobaczyła, żebym ja wrócił. Mój przyjaciel Varjus jest teraz Grand Dieu. Wiesz, kto to jest? Najważniejszy, najbardziej doświadczony jeździec w Le Cadre Noir. *Non*... We Francji.

Spojrzała na ulotkę, na odzianych w czerń jeźdźców i lśniące konie. Papę przepełniał zupełnie nowy entuzjazm.

– Wypełniłem wnioski o paszport. Potrzebne mi tylko twoje zdjęcie.

– Ale skąd wziąłeś pieniądze?

– Sprzedałem parę rzeczy. *Pas du tout**. Jesteś zadowolona? Udane urodziny?

Dopiero wtedy zauważyła, że papa nie ma na przegubie zegarka. Longines był jego prezentem ślubnym od nany. Tak cennym, że gdy była mała, nie wolno jej było go dotykać. Chciała zapytać, ale słowa utknęły jej w gardle.

– Sarah?

Pozwoliła wziąć się w ramiona, nie będąc w stanie nawet wymruczeć podziękowań w ten miękki, znoszony sweter, ponieważ słowa całkiem ją zawiodły.

---

* Tu: Nieważne (fr.)

Rozdział trzeci

Ta zaś rada i ten obyczaj co do koni najzbawienniejszy, żeby się na niego nigdy gniewem nie unosić. Nierozwagą bowiem jest gniew i często porywa do czynów, których potem żałować przychodzi.

Ksenofont, *Hippika, czyli jazda konna*

W tych dniach, kiedy mogła myśleć o tym racjonalnie, Natasha przyznawała z ponurym rozbawieniem, że rozpoczęła małżeństwo lewą ręką, a zakończyła je prawą. Dziwne, że jej palce były w stanie przewidzieć tę katastrofę, ale tak właśnie się stało.

Ironia polegała na tym, że przed odejściem Maca nawet nie całowali się z Conorem. Nie dlatego, że nie mieli ku temu okazji. Gdy jej małżeństwo zaczęło się sypać, a pełne żartów i komplementów lunche z Conorem okazały się miłą rozrywką, mężczyzna wprost dawał jej do zrozumienia, co do niej czuje.

– Wyglądasz jak wrak człowieka, staruszko. Strasznie – mawiał z typowym dla siebie urokiem. Kładł rękę na jej dłoniach, a ona niezmiennie się wycofywała. – Musisz coś postanowić.

– I skończyć jak ty? – Jego brutalny rozwód miał w kancelarii status legendy.

– Ech. To tylko intensywny, osłabiający ból. Można się przyzwyczaić.

Jego sytuacja oznaczała jednak, że lepiej rozumie, przez co przechodziła. Wiedział więcej niż inni.

W świecie jej rodziców małżeństwa kończyły się katastrofą z powodu śmierci, tragedii lub wielokrotnej, bezczelnej zdrady. Kończyły się, bo nie dało się dłużej żyć z ranami, a straty okazywały się zbyt wielkie. Nie umierały jak małżeństwo Natashy – powoli i z powodu zaniedbań. Nieraz w tamtym okresie zastanawiała się, czy w ogóle jest mężatką. Jego nigdy nie było w domu, nie tylko emocjonalnie, ale też fizycznie. Coraz częściej znikał z powodu zleceń za granicą. Gdy był w domu, nawet najniewinniejsza rozmowa zamieniała się w gorzką, mściwą wymianę zdań. Oboje tak bardzo bali się bólu i kolejnej wzgardy, że łatwiej było im w ogóle nie utrzymywać kontaktu.

– Trzeba zapłacić rachunek za gaz – mawiał.

– Prosisz, żebym to zrobiła, czy informujesz mnie, że sam to zrobisz?

– Po prostu uznałem, że chciałabyś rzucić okiem.

– Dlaczego? Ponieważ ty tak naprawdę tu nie mieszkasz? Chcesz rabat?

– Nie bądź śmieszna.

– No to w takim razie zapłać rachunek, zamiast zachowywać się tak, jakby to była tylko moja sprawa. A właśnie, Katrina znów dzwoniła. Wiesz, ta dwudziestojednoletnia Katrina ze sztucznymi cyckami. Ta, która mówi na ciebie „Mackie". – Jej głos zadrżał, gdy gardłowo przedrzeźniała modelkę.

Ostatecznie on trzaskał drzwiami i znikał w jakiejś innej części domu.

Poznali się siedem lat wcześniej podczas lotu do Barcelony. Ona podróżowała z przyjaciółkami ze szkoły prawniczej, świętowały zdany egzamin adwokacki jednej z nich. On wracał po krótkich wakacjach, ponieważ przez przypadek zostawił aparat w mieszkaniu znajomego. Powinna to uznać za ostrzeżenie, uświadomiła sobie potem, ten symbol chaotycznej natury jego życia, jego brak zdrowego rozsądku (no co, nie słyszał nigdy o DHL?). Wtedy jednak mogła myśleć tylko o tym, jakie ma szczęście, że siedzi obok czarującego mężczyzny o gęstych włosach w kurtce khaki, który nie tylko śmieje się z jej dowcipów, lecz także wydaje się zainteresowany, naprawdę zainteresowany jej planami.

– Więc co zamierzasz robić?

– Chcę być adwokatem. Chcę móc reprezentować w sądzie ludzi, z których sprawami się stykam. Specjalizuję się w dzieciach.

– W młodocianych przestępcach?

– Przede wszystkim dzieciach z domów opieki. Trochę działam też w rozwodach, próbując strzec interesu małoletnich. To rozwojowa branża ze względu na Ustawę o dzieciach.

Nadal próbowała negocjować najlepsze warunki dla dzieci poszkodowanych przez rozwody, nadal zmuszała miejscowe władze i ośrodki imigracyjne, by przyznawały dzieciom tymczasowe domy. Na każde zrozpaczone dziecko przypadała jednak cyniczna próba wyłudzenia azylu, na każdą nową rodzinę zastępczą – przygnębiające błędne koło przemocy i powrotów. Starała się nie myśleć o tym zbyt często. Była w tym dobra i powtarzała sobie, że te nieliczne przypadki, w których mogła coś zmienić, jej wystarczają.

Macowi to się w niej spodobało. Powiedział, że ma w sobie prawdziwość, w odróżnieniu od większości ludzi, których poznawał w pracy. Na barcelońskie lotnisko wyszła po niego jakaś nadąsana dziewczyna, która próbowała zasztyletować Natashę wzrokiem, gdy ta się uprzejmie żegnała. Po sześciu godzinach zdążył rzucić dziewczynę i zadzwonić na komórkę Natashy, by zapytać, czy umówi się z nim w Londynie. Nie musi się czuć winna z powodu dziewczyny, dodał radośnie. To nie było nic poważnego. Mac niczego nie traktował poważnie.

To ona wzięła na siebie wszystkie kwestie związane ze ślubem, on mógłby w nieskończoność tylko mieszkać razem. Ona natomiast odkryła, ku własnemu zaskoczeniu, że pragnie małżeństwa. Chciała mieć poczucie trwałości, usunąć ten znak zapytania z ich związku. Oświadczyn nie było.

– Jeśli tyle to dla ciebie znaczy, to okej – zadeklarował w łóżku pewnego popołudnia, zaplatając nogi wokół jej nóg. – Ale ty wszystko zorganizujesz.

Uczestnik na pół gwizdka – idealne podsumowanie ich małżeństwa.

Na początku jej to nie przeszkadzało. Wiedziała o swojej obsesji na punkcie kontroli, jak żartobliwie opisywał to Mac. Po prostu lubiła robić pewne rzeczy po swojemu. W ten sposób radziła sobie ze swoim szalonym życiem – rezultatem dorastania w zatłoczonym, chaotycznym domu. Rozumieli z Makiem swoje słabości, żartowali z nich. Potem jednak dziecko, którego nawet nie chcieli, wywołało pomiędzy nimi rozłam, jak się okazało, nie do pokonania.

Poroniła tydzień po tym, jak się dowiedziała, że jest w ciąży. Brak okresu złożyła na karb stresu (żonglowała dwiema bardzo ważnymi sprawami), a gdy w końcu dotarło do niej, jak bardzo się spóźnia, faktom nie dało się zaprzeczyć. Mac był zszokowany. Nie mogła się o to na niego gniewać, ponieważ sama zareagowała tak samo.

– I co my zrobimy? – zapytała z testem ciążowym w dłoni, modląc się, by nie musiała znienawidzić męża za jego odpowiedź.

Przeczesał dłońmi włosy.

– Pojęcia nie mam, Tash. Poprę każdą twoją decyzję.

Zanim jednak zdołali jakąkolwiek podjąć, potencjalne dziecko, ten zlepek komórek, zadecydowało samo i odeszło.

Zszokował ją żal, który poczuła. Ulga, której się spodziewała, nie nadeszła.

– W przyszłym roku – uzgodnili, gdy wyznała mu to wszystko. – W tym pojedziemy jeszcze na porządne wakacje. A potem zaczniemy się starać.

Trochę kręciło im się w głowach z radości. Mac zadeklarował, że zacznie zbierać poważne zlecenia, zamiast marnować czas na przypadkowe. Ona postanowiła poszukać pracy w jakiejś porządnej kancelarii, która oferowała odpowiednie świadczenia dla młodych matek.

Dostała jednak propozycję z Davison Briscoe, w związku z czym uzgodnili, że najlepiej będzie poczekać jeszcze rok. A potem kolejny, bo kupili w Islington dom, który Mac zaczął odnawiać. W tym roku zdarzyły się dwie rzeczy: kariera Maca wyhamowała, a jej przyspieszyła. Przez wiele miesięcy prawie się nie widywali. Gdy już się spotkali, musiała bardzo uważać, by jej sukcesy nie działały jak szkło powiększające na jego brak sukcesów. I wtedy – chyba raczej przez przypadek niż w wyniku planowania – znów zaszła w ciążę.

Później, o wiele później, oskarżył ją, że się od niego odgrodziła na długo przed tym, zanim zaczęła się cała ta sprawa z Conorem Briscoe. Co miała mu powiedzieć? Wiedziała, że to prawda, lecz czuła, że ma prawo nie chcieć o tym rozmawiać. Co mogła dodać? W cztery lata troje potencjalnych dzieci, z których żadne nie wyszło poza stadium kijanki. Lekarz powiedział jej, że „kwalifikuje się" do dalszych badań, jakby było to jakieś osiągnięcie. A ona nie chciała badań. Nie chciała, by ktoś jej dotykał, nie chciała wracać do tamtych strasznych dni. Nie chciała dowodów na to, co podejrzewała.

Miała nadzieję, że Mac zdoła się przedrzeć przez jej gniew i łzy, że ją przytuli, doda jej otuchy, lecz on się po prostu wycofał. Jakby nie potrafił sobie poradzić z jej bólem, z zasmarkaną, rozbitą Natashą, która przez tydzień nie wychodziła z łóżka i płakała za każdym razem, gdy widziała bobasa w telewizji.

Kiedy w końcu wzięła się w garść, poczuła się zdradzona. Nie było go przy niej, gdy najbardziej go potrzebowała. Wiele miesięcy później przyszło jej do głowy, że może on też cierpiał. Ale wtedy było już za późno. Dostrzegała tylko to, że on woli jechać na kolejne zlecenie, że woli na nią krzyczeć w reakcji na jej marudzenie i na wiecznie stawiane przez nią wymagania. Ich życie erotyczne umarło.

Natasha stała się superwydajna, radziła sobie z wszystkim z lodowatą determinacją i czuła wściekłość, gdy on zawodził.

A te dziewczyny przez cały czas wydzwaniały. Kokieteryjne głosiki ze słowiańskimi akcentami, bezczelne małolaty, które oburzały się, jeśli go nie zastały.

– To tylko praca – powtarzał. – Portfolio to moje źródło utrzymania. Wiesz, że nawet tego nie lubię.

Biorąc pod uwagę brak intymności pomiędzy nimi, sama nie wiedziała, w co wierzyć. Do tego wszystkiego był jeszcze Conor – Conor o wspaniałym umyśle prawnika, który rozumiał małżeńskie katastrofy, ponieważ sam poniósł spektakularną porażkę.

– Była to drobna kwestia wielokrotnej niewierności z mojej strony – wyjaśnił. – Cholera wie, dlaczego niektóre kobiety są takie nierozsądne, jeśli o to chodzi.

Dostrzegała ból za tą radosną fasadą i to zaowocowało więzią, jakby zobaczyła w nim odbicie własnego życia.

Zaczęli jadać razem lunch tak regularnie, że w kancelarii to zauważono. Potem był ten dziwny drink po pracy. Co w tym złego, skoro Maca nigdy nie ma? Czasami czuła wręcz, że jej flirtowanie z Conorem jest usprawiedliwione. Mac też pewnie z kimś teraz flirtuje w jakimś wspaniałym miejscu. Gdy jednak Conor pochylił się pewnego wieczoru nad stolikiem w pubie i lekko musnął ustami jej usta, wycofała się.

– Nadal jestem mężatką, Conor – oświadczyła i gdy tylko to powiedziała, zaczęła się zastanawiać, dlaczego dodała „nadal". Pożałowała, że tak rozpaczliwie pragnie odpowiedzieć na ten pocałunek.

– Och. Nie możesz winić samotnej duszy za to, że próbuje – odparł Conor, po czym następnego dnia zaprosił ją na lunch.

Szybko uzależniła się od jego obecności. Nie czuła się winna; dla Maca nie miało znaczenia, czy była dla niego miła, czy też nie. Przestali się nawet kłócić: ich wspólne życie ograniczało się do serii uprzejmych pytań i odpowiedzi, lecz pod powierzchnią wciąż tlił się gniew i czasami skutkował tym, że Mac odwracał się na pięcie i trzaskał drzwiami.

Ich od dawna planowane przyjęcie miało w założeniu uczcić ukończenie domu przez Maca – obwieścić wyłonienie się z gruzów i rigipsów czegoś nie tyle pięknego, ile wręcz inspirującego. Jej dawno już przeszła ochota na organizowanie imprezy – czuła, że nie za bardzo mają co świętować. Ale jej odwołanie uznała za decyzję tak ostateczną, że nie zdołała się do niej zmusić.

Wynajęli catering i kwartet, który rozłożył się w ogrodzie. Na pozór wyglądali zapewne jak idealne małżeństwo pośród dekoracji Maca, z fotografikami w towarzystwie długonogich modelek i jej znajomymi prawnikami w rolach gości. Śmiech rozbrzmiewał swobodnie pomiędzy wysokimi ścianami z cegły. Uświadomiła sobie, że powinna wykorzystać przyjęcie do zawarcia nowych znajomości, bo chociaż wciąż jeszcze nie przyzwyczaiła się do mieszkania w domu tak dużym i pięknym, wiedziała, że obecność szefa tej kancelarii albo tamtego znanego adwokata nie może jej zaszkodzić. Szampan lał się strumieniami, grała muzyka, londyńskie słońce przenikało mały namiot, który ustawili na końcu ogrodu. Sceneria była perfekcyjna.

A ona – skrajnie nieszczęśliwa.

Mac unikał jej przez większość dnia. Teraz stał plecami do niej w grupie osób, których nie znała, i śmiał się hałaśliwie. Wszystkie kobiety, które zaprosił, mają ponad metr osiemdziesiąt, pomyślała złośliwie. Miały na sobie interesujące kreacje, skomponowane zapewne bez namysłu, dzięki czemu wyglądały wyrafinowanie i seksownie. Ona nie zdążyła wyprasować sukienki, którą planowała włożyć, a top i spódnica, które wybrała, teraz wydawały się jej nudne i mało stylowe. Mac nie powiedział jej, że ładnie wygląda. Ostatnio rzadko komentował jej wygląd.

Stała na szczycie schodów z piaskowca z Yorkshire i przyglądała mu się. Czy już za późno, aby ich uratować? Czy zostało jeszcze coś do uratowania? Gdy tak stała, on szepnął coś do ucha wysokiej kobiecie, coś, co sprawiło, że tamta zmrużyła powieki i uśmiechnęła się figlarnie. Co jej powiedział? Co odpowiedziała?

– Daj spokój – rozległ się głos tuż obok. – Wszystko po tobie widać. Chodźmy się napić.

Conor. Pozwoliła, by sprowadził ją do ogrodu – przeciskała się przez grupy gości z uśmiechem przyklejonym do twarzy.

– Dobrze się czujesz? – zapytał, gdy stanęli w rogu namiotu.

W milczeniu pokręciła głową.

Conor spojrzał jej w oczy. Nie zażartował.

– Margarita – oświadczył. – Lek na wszystkie bolączki. – Poprosił barmana o cztery, po czym, ignorując jej protesty, zmusił ją, by wypiła dwie jedna po drugiej.

– O wow – powiedziała po kilku minutach, uwieszając się na jego ramieniu. – Coś ty zrobił, do cholery?

– Trochę cię rozluźniłem – odparł. – Nie chciałaś przecież, żeby wszyscy szeptali: „Co jest z nią, do licha, nie tak?". Wiesz, jacy z nich plotkarze.

– Conor, coś ty wymyślił? – Zachichotała. – Jestem na siedemdziesiąt procent zrobiona.

– Natasha Margarita – mruknął. – Uroczo to brzmi. Chodź, wtopimy się w tłum.

Poczuła, że jej obcasy wbijają się w trawę, ale nie była pewna, czy zdoła utrzymać równowagę na tyle, żeby je wyciągnąć. Widząc jej problem, Conor podał jej rękę, którą z wdzięcznością ujęła. Podeszli do znajomych prawników, z którymi często współpracowali.

– Z nimi sobie pogadamy – wymamrotał Conor. – Wiesz, że Daniela Hewitsona przyłapali w burdelu w zeszłym miesiącu? Cokolwiek się wydarzy, nie waż się powiedzieć „słyszałam, że przyłapali cię w burdelu". – Odczekał chwilę. – Teraz nie możesz przestać o tym myśleć, no nie?

– Conor! – szepnęła, trzymając się go.

– Lepiej?

– Tylko się nie odsuwaj. Może będę musiała się na tobie wesprzeć.

– Do usług, skarbie.

Wepchnął ich w sam środek grupy, witając się z wszystkimi wesoło. Natasha nie była w pełni świadoma toczącej się wokół rozmowy. Skutek działania margarity wzmagał się, gdy alkohol krążył w jej żyłach. Mało ją to teraz obchodziło – cieszyła się, że ma obok siebie Conora. Nie chciała myśleć o niczym poza jego obecnością, pilnowała, by śmiać się w odpowiednich momentach, kiwała głową i uśmiechała się do swoich gości. Jej szpilki znów ugrzęzły w ziemi, więc oparła się o niego, czując zawroty głowy. W ogrodzie było tyle ludzi, że nie miało to znaczenia; wszyscy stykali się ramionami. Gdy poczuła, że Conor opiera dłoń na jej plecach, ujęła go za mały palec, by zasygnalizować mu swoją wdzięczność. Uratował ją, uchronił przed zrobieniem z siebie idiotki. Był to tak naturalny krok, taka logiczna konsekwencja tego, kim dla siebie byli, że upłynęło parę minut, zanim dotarło do niej, iż żar, który czuje na karku, może nie być tylko konsekwencją słonecznego popołudnia.

Wyłączyła się z rozmowy i odwróciła głowę na tyle, by zauważyć, że Mac stoi pięć metrów dalej. Wpatrywał się w jej dłoń. Wytrącona z równowagi, zaczerwieniona, wypuściła palec Conora. Po wszystkim uświadomiła sobie, że nie mogła postąpić gorzej, że to było przyznanie się do winy. Szkoda już się jednak dokonała.

Wyraz twarzy Maca poinformował ją, że on się wypisuje. Zresztą, wypisał się już dawno temu.

– Powinnaś iść w końcu do prawdziwego fryzjera – powiedziała Linda za jej plecami.

Na wygaszaczu ekranu Natasha zauważyła, że sekretarka wygina usta w podkówkę. Na ramionach Natashy spoczywał mały ręcznik, który służył jako pelerynka ochraniająca ją przed właśnie podciętymi końcówkami włosów w kolorze ciemnoblond.

– Nie mam czasu. – Wróciła do przeglądania dokumentów. Zsunęła okulary na czubek nosa i położyła nogi w pończochach na biurku. – Muszę przeczytać te akta. O drugiej wracam do sądu, żeby wygłosić mowę końcową.

– Masz odrosty. Trzeba je pofarbować.

– A ty nie możesz?

– Od lat nikomu nie robiłam pasemek, na pewno nie podczas przerwy na lunch. Przecież masz pieniądze. Powinnaś iść do prawdziwego fryzjera. Może do jednego z tych stylistów gwiazd. – Podniosła kosmyk włosów, po czym pozwoliła mu opaść.

Natasha prychnęła szyderczo.

– Mój najgorszy koszmar.

– Mogłabyś jakoś wyglądać, gdybyś się postarała.

– Mówisz jak moi rodzice. Będzie kiedyś ta herbata?

Przejrzała ostatnie strony notatek, po czym zamknęła teczkę i sięgnęła po kolejną, pod spodem. Jej telefon zadźwięczał. Mac pisał do niej już dwa razy tego ranka, pytając, kiedy może przyjść do domu. Zwodziła go prawie dziesięć dni.

Wybacz. Jutro za dużo się dzieje. Może czwartek. Dam znać

– odpisała. Nie zdążyła odłożyć telefonu, gdy znów rozległ się sygnał.

Pół godziny. Środa wieczorem.

Nie chciała się z nim widzieć. Tak wiele się wydarzyło. Trzymał się z dala przez rok; dzień lub dwa go nie zbawi. Odpisała:

Nie zdołam się wyrwać. Rewizja sprawy. Przepraszam.

Tego dnia chyba stracił cierpliwość.

Potrzebuję swoich rzeczy. Najpóźniej w piątek. Mogę je zabrać, kiedy nie będzie Cię w domu. Zmieniłaś zamki?

Zamknęła komórkę, by zebrać myśli.

– W każdym razie, Lin – powiedziała – po co mi prawdziwy fryzjer, skoro mam ciebie?

– Bez przesady z tymi pochwałami, pani Macauley.

– Panno.

– No tak. Właśnie miałam pytać, czy chcesz zmiany nagłówka na „panna" w korespondencji. Jeśli tak, muszę zamówić papeterię.

– Dlaczego miałabym chcieć zmiany nagłówka?

Linda wzruszyła ramionami.

– No nie wiem. Bo reprezentujesz pewien typ.

Natasha uciekła spod nożyczek i okręciła się na krześle.

– Jaki typ?

Linda nie dała się zbić z tropu.

– Niezależna, chce, żeby wszyscy o tym wiedzieli, i cieszy się z tego. – Przez chwilę się zastanawiała. – Z drugiej strony „pani" oznacza, że ktoś przeszedł twardą szkołę. Nie jak panna „ojej, wciąż czekam na swoją białą suknię". – Położyła dłonie po obu stronach głowy Natashy i odwróciła ją twarzą do komputera.

– Przeszedł twardą szkołę – powtórzyła Natasha. – Nie wiem, czy właśnie mnie obraziłaś, czy może powiedziałaś mi coś miłego.

Ben wszedł do pokoju i położył kolejną teczkę na biurku. Pochyliła się, by po nią sięgnąć, co sprowokowało przekleństwo za jej plecami.

– Lindo, czy dzwoniła ta opiekunka społeczna w sprawie Ahmadiego? – Nie była pewna, o co chciałaby ją zapytać, lecz potrzebowała wskazówek: jak mogła się tak bardzo pomylić co do tego chłopca? Czy ktoś jeszcze odkrył, że jego historia się nie klei?

– Ahmadi... To ten dzieciak z gazety? Ten, którego reprezentowałaś? Wiedziałam, że skądś znam to nazwisko. – Lindzie nic nie mogło umknąć. – Zaatakował kogoś, tak? Naprawdę zaskakujące. Nie wyglądał na takiego.

Natasha nie chciała o tym rozmawiać w obecności stażysty.

– Nigdy nie wyglądają. No dalej, Lindo, musisz kończyć. Mam być w sądzie za dwadzieścia minut, a jeszcze nie zjadłam kanapki.

– Jak poszło?

Conor czekał na nią przed sądem. Pochyliła się i pocałowała go, nie zwracając uwagi na spojrzenia innych prawników. Teraz już oficjalnie byli parą. Dwoje starszych, mądrzejszych ludzi w separacji. Nic skandalicznego.

– Świetnie. Wiedziałam, że tak będzie. Pennington był żałośnie nieprzygotowany.

– Moja gwiazda. – Conor pogłaskał ją po głowie. – Ładna fryzura. Idziemy na kolację?

– Boże, chciałabym, ale mam jeszcze mnóstwo papierkowej roboty na jutro. – Zauważyła, że jej chłopak pochmurnieje, i ujęła go pod ramię. – Ale chętnie bym się czegoś napiła. Przez cały tydzień cię nie widziałam.

Przeszli szybkim krokiem przez dość spokojne Lincoln's Inn i wyszli na zatłoczoną, hałaśliwą ulicę. Słońce odbijało się od chodników, gdy szli do pubu, więc Natasha zdjęła żakiet, zanim dotarli na miejsce.

– W weekend nie dam rady – zastrzegł na wstępie Conor, gdy stanęli przy barze. – Mam chłopców. Pomyślałem, że powinienem dać ci znać wcześniej.

Dwaj synowie Conora w wieku pięciu i siedmiu lat byli najwyraźniej zbyt zdruzgotani rozwodem i zbyt wrażliwi, by mogli poznać dziewczynę taty, choć ich rodzice rozstali się już ponad rok temu. Natasha próbowała nie dać po sobie poznać, jaki to dla niej zawód.

– Szkoda – odparła lekko. – Zarezerwowałabym Wolseley.

– Żartujesz.

Spróbowała się uśmiechnąć.

– Nie. To nasza sześciomiesięcznica, jeśli nie zauważyłeś.

– A ja myślałem, że jesteś cynicznie nieromantyczna.

– Nie masz monopolu na miłe gesty, wiesz? – szepnęła uwodzicielsko. – Chyba w takim razie będę musiała zaprosić kogoś innego.

Jej deklaracja nie zrobiła na nim wrażenia. Zamówił dla nich drinki, po czym znów się do niej odwrócił.

– Ona jedzie na weekend do Dublina. – Zawsze mówił o byłej żonie „ona". – Będę miał chłopców od piątku do poniedziałku rano. Bóg jeden wie, co będę z nimi robił. Oni chcą iść na łyżwy. Łyżwy, dasz wiarę? Jest dwadzieścia pięć stopni.

Natasha upiła drinka, zastanawiając się, czy powinna coś zaproponować. Gdyby odmówił jej po raz drugi, popsułoby to atmosferę. Udawanie, że nie ma takiej możliwości, by chciała mu towarzyszyć, czyniło sprawę bezpieczniejszą i łatwiejszą dla wszystkich.

– Na pewno coś wymyślisz – odparła z wahaniem.

– A poniedziałek wieczorem? Przyjechałbym prosto do ciebie. Wypomadowany i w ogóle.

– Chyba nie mam wyjścia – zgodziła się bez cienia żalu w głosie. Dlaczego Conor nie chce przedstawić jej swoim synom? Czy była dla niego tylko odskocznią i w związku z tym nie warto jej było przedstawiać? A może, co gorsza, emanowała niemacierzyńską aurą i dlatego bał się to zrobić?

Całymi dniami radziła sobie z konfliktami w sądzie, a po ostatnim roku nie miała ochoty mierzyć się z nimi również w życiu osobistym.

– Czyli poniedziałek – powtórzyła z uśmiechem.

Dopili wino, rozmawiając o pracy. Conor doradził jej w kwestii sędziego, przed którym miała stanąć w kolejnym tygodniu. Rozstali się w drzwiach pubu, a ona jeszcze na godzinę wróciła do biura. Zadzwoniła do matki, wysłuchała litanii narzekań ojca na zdrowie i dała rodzicom do zrozumienia, że prowadzi bujne życie towarzyskie. O dziewiątej zamknęła kancelarię, wyszła na ulicę, rozkoszując się letnim wieczorem, i zawołała taksówkę.

Przez szybę obserwowała ulice Londynu, po których przechadzały się leniwie pary odwiedzające puby i restauracje. Świat wydaje się pełen par, gdy człowiek jest sam. Może jednak trzeba było zjeść kolację z Conorem... Tyle że praca była jedyną stałą rzeczą w jej życiu. Gdyby pozwoliła sobie na zaległości, mogłoby się okazać, że całe to życie jest na nic.

Nagle poczuła obezwładniający smutek. Sięgnęła do torebki po chusteczkę, po czym zmusiła się, by zajrzeć do jednej z teczek na jutro. No dalej, Natasha, weź się w garść, powiedziała sobie, zastanawiając się, dlaczego jest taka rozbita. Odpowiedź nie była trudna.

Zamknęła teczkę, po czym jeszcze raz przejrzała wiadomości w telefonie. Wzięła głęboki oddech i napisała:

Nie zmieniałam zamków. Wpadaj, kiedy chcesz. Jeśli będziesz późno, proszę, nie wyłączaj światła i zaciągnij zasłony przed wyjściem.

Rozdział czwarty

Najprzyjemniejszym ze wszystkiego dźwiękiem dla człowieka jest pochwała własnej osoby.

Ksenofont, *Wspomnienia o Sokratesie**

Gdy dotarła do stajni, przy bramie stał Ralph. Spojrzała na niego pytająco, po czym sprawdziła godzinę za zegarku. Dwunastolatek rzadko wstawał przed południem. Szkoła, powtarzał, to zbędny dodatek. Prowadził aktywne nocne życie.

– Sal Maltańczyk organizuje wyścig – powiedział, obejmując gestem furgonetkę zaparkowaną po drugiej stronie ulicy. Sal wkładał kurtkę, zerkając na komórkę. – Chcesz popatrzeć?

– Gdzie?

– Na wiadukcie. Tym przy boiskach. To zajmie tylko dwadzieścia minut. No chodź... Vicente mówi, że podwiezie nas swoją furgonetką.

Spojrzał na nią wyczekująco, w kąciku jego ust tlił się papieros.

– Pomogłem Salowi przygotować klacz. Zaraz wyskoczy ze skóry.

Teraz zrozumiała, dlaczego na Sparepenny Lane parkuje dwa razy więcej samochodów niż zwykle. Mężczyźni wsiadali do nich i trzaskali

* Cyt. za: Ksenofont, *Pisma sokratyczne*, przeł. L. Joachimowicz, Warszawa 1967, s. 80 (przyp. tłum.).

drzwiami, rozmawiając szeptem w ten spokojny poranek. Słyszała odgłosy zapłonów, czuła atmosferę wyczekiwania w powietrzu. Niepewnie spojrzała na zegarek.

– Kowboj John już tam jest – namawiał Ralph. – No chodź. Będzie świetna zabawa.

Powinna trenować swojego konia, ale Ralph stał tuż obok niej i czekał. A ona jako jedyna w całej stajni nigdy nie widziała wyścigu.

– No chodź... To pewnie ostatni raz tego lata.

Wahała się jeszcze przez chwilę, po czym pobiegła za nim do czerwonej furgonetki, która już buchała purpurowymi oparami spalin. Wrzuciła swój plecak na pakę, ujęła dłoń Ralpha i podciągnęła się na stos lin i brezentu. Vicente nakazał im się trzymać, po czym wyjechał na spokojną ulicę za czterema innymi samochodami. Każdy był pełen ciemnowłosych mężczyzn wydmuchujących dym z papierosów przez częściowo uchylone okna.

– Postawił duży zakład przeciwko Cyganom z Picketts Lock – obwieścił Ralph, przekrzykując ryk silnika. Schowali głowy, gdy obok przejechał radiowóz.

– Która klacz?

– Wystawi tę szarą.

– Tę, która przewróciła sulki?

– Kupił nowe i ma lepsze klapki na oczy dla konia. Postawił mnóstwo kasy, mówię ci. Mnóstwo. – Rozłożył ręce na piętnaście centymetrów, uśmiechając się szeroko.

– Tylko nie mów papie, że pojechałam – zawołała.

Ralph zaciągnął się głęboko, po czym pstryknął niedopałkiem na ulicę. Nie musiała mu tego mówić.

W przeciwieństwie do wyścigów hartów czy niedzielnej ligi piłkarskiej wyścigi sulek stanowiły sporadyczną i niezapowiedzianą rozrywkę w sportowych annałach wschodniej części miasta. Nie było tu stadionu ani zalanego światłem reflektorów toru, na którym rywalizowały najlepsze konie, nie było licencjonowanego bukmachera, który oferował wyrównane zakłady i naganiał graczy. Zamiast tego kilka razy do roku uczestnicy umawiali się na spotkanie w jakimś odosobnionym miejscu z uzgodnionym wcześniej torem gładkiego asfaltu.

Fakt, że ten „tor" był zazwyczaj drogą publiczną, nie stanowił żadnej przeszkody dla ewentualnego wyścigu. Furgonetki wyjeżdżały po obu stronach tuż po świcie, gdy jeszcze nie było ruchu. Manewrowały tak, by zająć oba pasy ruchu, po czym w uzgodnionym punkcie zwalniały i zatrzymywały się, a następnie włączały światła awaryjne, by zatrzymać za sobą wszystkie inne pojazdy. Zanim inni kierowcy mogli się połapać w tym, co się stało, konie współzawodników już wyjeżdżały na trasę, ciągnąc za sobą lekkie dwukółki. Dystans obejmował odcinek półtora kilometra. Towarzyszyły mu okrzyki, pot, przekleństwa, wir rozpędzonych nóg i pejczów. Powożący wyciągali szyję, ponaglając konie ku jakiejś uzgodnionej linii mety, na przykład taśmie trzymanej przez dwóch młodzików. Po paru minutach taśma pękała, wyścig się rozstrzygał, a uczestnicy znikali w bocznych uliczkach, by sobie pogratulować, kłócić się lub przekazać wygrane. Zanim nadjechała policja, nie było śladu po dowodach – poza przypadkową kupką końskich odchodów i kilkoma niedopałkami – które mogłyby zdradzić, co się wydarzyło.

To był, zdaniem Ralpha, ulubiony tor Sala Maltańczyka.

– Nowy asfalt, kumasz? – Z zachwytem przesunął podeszwą po gładkiej nawierzchni.

Zeskoczyli z paki furgonetki i stali teraz pod wiaduktem, który prowadził do strefy przemysłowej. Przyglądali się, jak kilka metrów dalej pieniądze zmieniają właścicieli. Wytatuowani mężczyźni z przyczep kempingowych widocznych pod filarami siedzieli przed połyskującymi furgonetkami na przerośniętych kołach z komórkami przyciśniętymi do uszu i nieodłącznymi papierosami w pulchnych, brudnych palcach. Wyciągali banknoty z grubych zwitków gotówki, pluli sobie w dłonie, po czym je ściskali, a ich zimne, błyszczące oczy zdradzały całkowity brak zaufania i dobrej woli w tym geście. Strona Maltańczyka, ludzie niżsi, schludniejsi niż Cyganie, w gorszych samochodach, ale nieskazitelnych ubraniach, ustawiła się po jednej stronie drogi, a Cyganie po drugiej. Kowboj John opierał się o ciężarówkę, w zamyśleniu zaciągał się skrętem, wskazywał konie i rozmawiał z kimś na siedzeniu pasażera. Chłopiec, którego Sarah nie znała, siedział na oklep na karoszu z wyciągniętymi przed siebie nogami i prowadził zwierzę pomiędzy samochodami na kantarze.

Nieco dalej Sal Maltańczyk sprawdzał uprząż swojego konia i łajał go, gdy ten się ruszał. W szerokim uśmiechu mężczyzny błyszczał jeden złoty ząb, na krótkich włosach tkwiła nisko naciągnięta czapka. Śmiał się i drwił z konia przeciwników, przedrzeźniając jego niefortunnie krzywe nogi i rzekomo zbyt wąską pierś.

– Nienawidzą go – mruknął Ralph, zapalając kolejnego papierosa. – Przyłapali go z czyjąś kobietą w zeszłym roku. Będzie musiał oddać konia.

– Oddać?

Ralph spojrzał na nią jak na idiotkę.

– Jeśli przegra, będzie musiał oddać konia.

– To go nie rozzłości? – zapytała.

Ralph splunął na ziemię.

– Eee. Cyganie znają Sala i jego ludzi. I są przygotowani na wszelki wypadek. Ale moim zdaniem powinniśmy zostać na pace furgonetki Vicente'a... na wypadek, gdybyśmy musieli w pośpiechu odjechać. – Wybuchnął śmiechem. Pespektywa kłopotów zawsze poprawiała mu humor.

Mężczyźni wsiedli do swoich samochodów, a Sarah przeszył dreszcz – sama nie była pewna, czy to nerwy, czy ekscytacja. Nad ich głowami na wiadukcie wspartym na gigantycznych filarach z szorstkiego betonu przetaczał się ruch z częstotliwością wskazującą, że zaczęły się już godziny szczytu.

Ktoś zagwizdał, zaszczekał pies, a Ralph pociągnął Sarah na pobocze. Trzy furgonetki zawróciły w stronę, z której przyjechali, w uzgodnionym szyku. Zniknęły, gotowe włączyć się do ruchu na wiadukcie, a na asfalcie zostali tylko ludzie i konie – z ich nozdrzy buchała para, ich kopyta uderzały delikatnie o ziemię, gdy opiekunowie trzymali je stanowczo za łby. Sal przykucnął w jaskrawoczerwonych sulkach za szarą klaczą, zaparł się nogami i luźno ujął lejce jedną ręką. Cały czas odwracał głowę do tyłu, czekając na sygnał. Miał magnetyczną osobowość. Sarah gapiła się na niego, na jego szeroki, pewny siebie uśmiech i na oczy, które zdawały się wiedzieć wszystko. Ralph zapalił kolejnego papierosa, mamrocząc pod nosem:

– O tak, o tak, o tak…

Wszyscy skoncentrowali się na obserwowaniu ruchu na wiadukcie. Mężczyźni mruczeli coś do siebie. Samochody wciąż przejeżdżały.

– Założę się, że zatrzymali Donny'ego. Nie płaci podatku drogowego.

Ktoś wybuchnął śmiechem, rozładowując napięcie.

Nagle rozległ się okrzyk, a nad ich głowami pojawiła się jedna z furgonetek Cyganów, błyskając światłami awaryjnymi ponad barierką.

– Wio! – krzyknął ktoś. – Wio!

Konie wdarły się na wjazd jednym płynnym ruchem, koła sulek niemal się zetknęły, dwaj powożący pochylili się i unieśli pejcze, ponaglając zwierzęta po opustoszałej drodze.

– Dawaj, Sal! – wrzeszczał Ralph głosem wysokim z podniecenia. – Dawaj!

Sarah poczuła, że chłopak ciągnie ją za rękaw ku furgonetce Vicente'a, który już zapalił silnik, przygotowując się do pościgu za końmi.

Ralph wepchnął ją na pakę, a Sarah usłyszała klaksony stojących samochodów i pisk palonej gumy. Zacisnęła dłonie na kratce tylnej szyby, czując wiatr w uszach.

– No dawaj! – krzyczał Ralph. – Prowadzi!

Zobaczyła szarą klacz, która kłusowała w nienaturalnie szybkim tempie. Zauważyła grymas na twarzy Cygana, który uniósł dłoń z pejczem, by ponaglić własnego konia. Zaklął, gdy koń zerwał się do galopu, co wyrwało ryk protestu z piersi Maltańczyka.

– No dalej, Sal! Zniszcz go!

Miała serce w gardle, nie odrywała wzroku od dzielnej, drobnej klaczy, która natężała każde ścięgno w wysiłku utrzymania takiej szybkości w kłusie. Jej wąskie kopyta niemal nie dotykały ziemi. No dalej, ponaglała ją Sarah, obawiając się, że klacz przegra i zostanie oddana Cyganom, przepadnie na zawsze gdzieś na jakimś pustkowiu w otoczeniu czarno-białych koni pociągowych i połamanych wózków sklepowych. Czuła niemą więź z tym zwierzęciem, które walczyło o własne przetrwanie przy wtórze okrzyków, potu i hałasu. No dawaj.

Nagle rozległ się krzyk zwycięstwa i wszystko się skończyło, konie zbiegły z wiaduktu tak szybko, jak go przejęły, furgonetki podążyły ich śladem, a samochody na wiadukcie pomknęły do przodu, uwożąc złych i zdezorientowanych kierowców. Gdy Vicente gwałtownie skręcił w lewo i wpadł w koleinę, Sarah boleśnie uderzyła kolanami i łokciami o pakę. Jej torba się otworzyła i wypadły z niej książki. Uniosła głowę i zobaczyła Sala, który wyskoczył z sulek w ruchu, wysoko unosząc rękę w triumfalnym geście. Przybił piątkę koledze. Ona i Ralph wybuchnęli śmiechem i uściskali się, zarażeni tym szaleństwem i wygraną Sala.

Szara klacz zapewniła sobie bezpieczeństwo na parę tygodni. Schronienie u Kowboja Johna.

– Postawiłem na to funta! – krzyczał Ralph z zaczerwienioną twarzą, szarpiąc Sarah za bluzę szkolnego mundurka. – Chodź! Sal zapowiedział, że jak wygra, postawi nam wszystkim śniadanie, gdy wrócimy do stajni.

Papa był w stajni, kiedy Sarah wróciła ze szkoły. Stał w boksie Boo, pochylał się i prostował, szczotkując koński zad do lustrzanego połysku. Usłyszała ciężki oddech dziadka, zanim go zobaczyła. Plecy jego odprasowanej koszuli były mokre od potu. Papa uważał, że lepiej nic nie robić, zamiast robić byle jak. To przez te długie lata wojskowej musztry.

Gdy weszła pod arkady, Kowboj John opierał się o drzwi stajni i pił herbatę w odcieniu werniksu. On sam pozornie w nic nie wkładał wysiłku, ale jakimś cudem teren zawsze wyglądał nieskazitelnie.

– Przyszła cyrkówka – mruknął, a Ralph, który opierał się o zad czarno-białego konia zaprzęgowego o płaskim łbie, puścił do niej oko.

– Autobus się spóźnił – wyjaśniła, kładąc torbę na beli siana.

– Zapomniała swojej tutu – wtrącił Kowboj John.

– Oddali klasówkę z matematyki? – zapytał papa.

– Dwanaście na dwadzieścia. – Sarah pomachała książką z nadzieją, że dziadek nie zauważy śladów opon i kurzu na okładce. Kątem oka dostrzegła, że Ralph dostał nagłego ataku kaszlu.

– Mówiłem ci, że Sal Maltańczyk sprzedał dzisiaj tego czarnego konia, tego, którego kupił od Włochów w Northolt?

Dziadek położył dłoń na piersi Boo, a koń posłusznie się cofnął.

– Tego inochodźca? – dopytał.

Sal Maltańczyk wiecznie kupował i sprzedawał konie wyścigowe. Kowboj John pokiwał głową.

– Ktoś przyszedł go odebrać dziś po południu.

– Będzie miał szczęście, jeśli uda mu się namówić tego konia do spaceru – wtrącił Ralph. – Biega jak krzywonogi kowboj w szpilkach.

– Sal zarobił tak, jakby sprzedawał samego Bucefała. – Kowboj John pokręcił głową. – Koń wypadł ze stajni, jakby był gotów na Kentucky Derby.

– Ale jak… – zaczęła mówić Sarah.

– Włożył mu szklaną kulkę do ucha – przerwał jej Ralph.

Kowboj John zdzielił chłopca swoim kapeluszem.

– Podsłuchujesz?

– Mówiłeś to wszystkim, którzy przyszli dziś rano – zaprotestował Ralph.

– Koń wyszedł z boksu, kręcąc łbem jak wariat. Za tę sumę Sal kupił dwa inne. Przyjeżdżają w sobotę. Oba do wyścigów.

Sarah wiedziała, że papa nie pochwala sztuczek starych handlarzy. Udawał, że nie słucha.

Ralph wyjął gumę z ust i przykleił ją do drzwi stajni.

– Pamiętasz, jak sprzedawałeś tego starego palomino temu Włochowi na mokradłach i wetknąłeś mu kawałek imbiru w tyłek, żeby go ożywić?

Kapelusz Kowboja Johna znów wystrzelił do przodu.

– Nie mam pojęcia, skąd to się tam wzięło! – zadeklarował. – Z tym koniem było wszystko w porządku. Wszystko. To wy, dzieciaki, mnie oczerniacie. Masz szczęście, że pozwalam ci się tu kręcić, biorąc pod uwagę, co o mnie wygadujesz. Powinieneś być w szkole. Dlaczego ty, do diabła, nie chodzisz do szkoły… – Odszedł w stronę bramy, mamrocząc do siebie, ale przerwał, by zawołać do przechodzącej chodnikiem rudej kobiety w średnim wieku: – Pani Parry! Czy to panią widziałem wczoraj w telewizji? – Kobieta szła dalej. Zdjął kapelusz i pomachał nim, by przykuć jej uwagę, gdy stanął przy bramie. – No tak! Wiedziałem, że to pani!

Kobieta przyspieszyła kroku i odwróciła lekko głowę zdumiona.

Ralph jęknął głośno.

– W *Top Model. Zostań modelką*. No i proszę. Uśmiecha się pani. Wiedziałem, że to pani. Chce pani kupić trochę jaj? Mam też piękne awokado. Cały karton, jeśli pani chce. Nie? Niech pani wpadnie niedługo, dobra? Jak już się pani ten kontrakt modelki skończy.

Uśmiechał się szeroko, wracając pod arkady.

– Ta pani Parry z poczty to niezła sztuka. – Z zachwytem przeciągnął głoski. – Gdyby była dwadzieścia lat młodsza…

– …mogłaby popychać przed tobą twój balkonik – dopowiedział Ralph.

Papa się nie odzywał. Szczotkował konia mocnymi, energicznymi pociągnięciami: raz za razem Boo musiał się zapierać kopytami, aby nie ulec pod naporem zgrzebła.

Kowboj John upił łyk herbaty.

Sarah uwielbiała takie popołudnia, gdy konie stały sennie w słońcu, a mężczyźni wymieniali dobroduszne obelgi. Tutaj nie odczuwała tak bardzo bolesnego braku nany. Czuła, że tu pasuje.

– Dziecino, ciągle to powtarzam twojemu dziadkowi. Właśnie dlatego nigdy nie znajdzie sobie nowej dziewczyny. Tylko popatrz!

Podążyła za jego wzrokiem do papy, który dziarsko omiatał szczotką błyszczący bok Boo. Kowboj John wyciągnął ręce i z rozmarzeniem przesunął je po drugim boku, puszczając do niej oko.

– Mówię ci, Kapitanie, kobiety lubią powolne ruchy, łagodne traktowanie.

Papa spojrzał na niego karcąco, po czym wrócił do swego zadania.

– A ja myślałem, że Francuzi to najwspanialsi kochankowie na świecie – mruknął Kowboj John.

Dziadek wzruszył ramionami, otrzepując szczotkę z kurzu.

– John, jeśli nie widzisz różnicy pomiędzy uprawianiem miłości a szczotkowaniem zgrzebłem, to nic dziwnego, że twoje konie chodzą takie zdezorientowane.

Chłopcy zawyli śmiechem. Sarah uśmiechnęła się lekko, choć wiedziała, że zdaniem dziadka nie powinna zrozumieć tego żartu, po czym zrobiła poważną minę, gdy papa nakazał jej biec po czapkę.

Słońce zachodziło za wiaduktem kolejowym i zawieszoną nad nim estakadą. Trwały godziny szczytu, a wokół parku roiło się od samochodów – kierowcy od czasu do czasu zerkali na pokaz na trawie.

Sarah ich nie widziała. Papa stał obok niej z wyciągniętymi rękami i podpowiadał jej, jak budować energię, która pomogłaby Boo wznieść się do góry.

– Siedź prosto – mruczał. – Dosiad to klucz do sukcesu, Sarah. Trzymaj nogi wysoko... ale powoli, powoli kieruj nim ze swego miejsca, *comme ça**.

Pociła się z wysiłku. Widziała pejcz papy kątem lewego oka – pejcz nigdy nie dotykał gładkiej gniadej sierści Boo – i czuła, jak kumuluje się pod nią napięcie. Siedziała tak nieruchomo, jak tylko potrafiła, jej nogi opierały się lekko o boki konia, patrzyła prosto przed siebie pomiędzy jego spiczastymi uszami.

– *Non* – powiedział papa. – Do przodu. Pozwól mu iść do przodu. Jeszcze raz.

Pracowali nad piaffem od prawie czterdziestu minut, szkolna bluza lepiła się do jej pleców od potu, a słońce niemiłosiernie grzało jej głowę. Do przodu truchtem, potem stop, znów trucht – tak budowali energię potrzebną do tego, by koń truchtał w miejscu w rytmicznym tempie prowadzącym do bardziej skomplikowanych kroków... choć papa bezustannie powtarzał, że nie jest jeszcze dość dobra, by do nich przejść.

Parę miesięcy temu na skutek jej próśb pokazał jej z ziemi, jak nakłonić Boo do wykonania lewady, czyli balansowania na tylnych nogach, a ona rozpaczliwie pragnęła spróbować innych manewrów – kurbetty i kaprioli – siedząc na jego grzbiecie. Papa jej nie pozwolił. Najpierw podstawy, ciągle i ciągle od nowa. Na pewno nie lewada w miejskim parku pełnym gapiów. Co ona sobie myśli? Że Boo jest koniem cyrkowym? Wiedziała, że papa ma rację, ale czasami tak bardzo ją to nużyło. Jakby na zawsze utknęła na etapie początkującego.

– Możemy sobie zrobić przerwę? Gorąco mi.

– Jak zamierzasz cokolwiek osiągnąć, bez ćwiczeń? Nie. Kontynuuj. On zaczyna łapać.

Wydęła dolną wargę w niemym proteście. Nie było sensu kłócić się z papą, ale czuła się tak, jakby robili to samo od wielu godzin.

---

* Tu: o tak (fr.)

Pomyślała o drobnej szarej klaczy, którą widziała rano. Ona przynajmniej do czegoś doszła.

– Papo...

– Skup się! Przestań gadać i skup się na koniu.

Obok nich przebiegło dwoje dzieci. Jedno z nich krzyknęło:

– Jedź, kowbojko!

Utkwiła wzrok pomiędzy uszami Boo. Wąska przestrzeń pomiędzy nimi lśniła od potu.

– I do przodu. Pochwal go.

Pozwoliła, by koń wykonał krok naprzód, i znów go zatrzymała, próbując nakłonić, by przeniósł ciężar w tył łagodnym naciskiem lejców.

– *Non!* Znów się przechylasz do przodu.

Osunęła się na szyję konia i jęknęła głośno.

– Wcale nie!

– Wysyłasz mu sprzeczne sygnały – oświadczył papa, marszcząc czoło z frustracji. – Jak ma cię zrozumieć, jeśli twoje nogi mówią jedno, a twój zadek drugie?

Przygryzła wargę. Po co my to robimy?, miała ochotę krzyknąć. Nigdy nie będę dość dobra. To zwyczajnie głupie.

– Sarah... Skup się.

– Próbuję. Jemu jest gorąco, jest zmęczony. Już mnie nie słucha.

– Wie, że ty nie słuchasz mnie. I dlatego nie słucha ciebie.

To zawsze była jej wina. Nigdy konia.

– Jeśli siedzisz na nim *comme ça**, uczysz go nie słuchać.

Było jej gorąco.

– Dobra – powiedziała, przekładając lejce do jednej ręki i zsuwając się z końskiego grzbietu. – Jeśli ja jestem taka beznadziejna, ty to zrób.

Stanęła na ubitej ziemi oszołomiona własnym nieposłuszeństwem. Rzadko sprzeciwiała się papie.

---

* Tu: w ten sposób (fr.)

Spojrzał na nią gniewnie z takim błyskiem w oku, że opuściła głowę jak zawstydzony pies.

– *Je m'excuse*[*] – mruknął szorstko.

Czekała, nie wiedząc, co on zrobi. Podszedł dziarsko do Boo, po czym z cichym stęknięciem wsunął lewą stopę w strzemiono i podciągnął się, by łagodnie opaść na koński grzbiet. Boo zastrzygł uszami zdumiony nieznajomym ciężarem. Papa nic nie powiedział. Skrzyżował strzemiona przed siodłem i opuścił nogi swobodnie. Wyprostował plecy i nie ruszając rękami, poprowadził Boo raz naokoło, po czym ponaglił go do działania.

Sarah uniosła dłoń do oczu, by osłonić je przed słońcem, i obserwowała, jak dziadek, człowiek, którego nigdy nie widziała na koniu, niemal niedostrzegalnym gestem poprosił zwierzę o coś, czego ono nie znało, a Boo, choć piana toczyła mu się z pyska, uniósł nogi wyżej, trwając w bezruchu. Oddech uwiązł Sarah w gardle. Papa przypominał teraz tych ludzi z płyty DVD. Robił wszystko, choć na pozór nie robił nic. Zacisnęła dłonie w pięści i wepchnęła je do kieszeni. Boo koncentrował się teraz tak bardzo, że pot płynął cienkimi strumieniami po jego umięśnionej szyi. Dziadek wciąż na pozór nic nie robił, podczas gdy kopyta Boo zaczęły wybijać rytm na spękanej ziemi. Nagle zaczął się kołysać w stacjonarnym cwale *terre à terre*. I w końcu, jakby znikąd, usłyszała „Hop!", a gdy się cofnęła, Boo uniósł się na tylnych nogach, podkurczając przednie. Mięśnie jego zadu drżały, gdy próbował utrzymać równowagę. Lewada.

Ktoś zawiwatował z podziwem na chodniku, a ludzie stojący za nią mruknęli coś z troską. Koń opuścił kopyta. Papa przewiesił nogę nad siodłem; jedynym dowodem jego zmęczenia były ciemne plamy potu na niebieskiej koszuli.

Szepnął coś do konia, przesunął dłoń po jego szyi, dziękując mu, po czym wręczył jej lejce. Chciała zapytać, jak to zrobił, dlaczego już

---

[*] Przepraszam (fr.)

nie dosiada konia, skoro umie tak jeździć. Ale on zabrał głos, zanim zdołała cokolwiek powiedzieć.

– On za bardzo się stara. Jest zbyt spięty. Musimy wrócić do etapu, kiedy mniej się martwi o zachowanie równowagi.

Na trawie siedziała grupa kobiet, obserwowały ich z bezpiecznej odległości. Jadły lody. Spódnice zakasały nad kolana, odsłaniając opalone nogi.

– Zrób to jeszcze raz – zawołała jedna z nich.

Sarah wciąż była oszołomiona tym, co właśnie zobaczyła.

– Mam dalej próbować? – zapytała.

Papa przesunął dłoń po szyi Boo.

– Nie – odparł cicho. Sam otarł twarz z potu. – Nie. On jest zmęczony.

Poluzowała lejce, a Boo z wdzięcznością wyciągnął szyję.

– Wsiadaj. Wracamy do domu.

– Tam stoi furgonetka z lodami – zasugerowała z nadzieją, ale dziadek jej nie usłyszał.

– Nie miej sobie niczego za złe – powiedział, gdy szli. – Czasami... czasami za dużo wymagam. On jest młody... ty jesteś młoda...

Dotknął jej dłoni, a Sarah uświadomiła sobie, że w jego ustach taka deklaracja równała się przyznaniu się do winy.

Obeszli park raz dookoła, by Boo mógł rozciągnąć i rozluźnić mięśnie, po czym weszli na ścieżkę prowadzącą do bramy. Papa rozmyślał, a Sarah nie wiedziała, co powinna powiedzieć. Wciąż miała przed oczami dziadka na końskim grzbiecie. Wyglądał jak ktoś zupełnie obcy. Wiedziała, że papa był jednym z najmłodszych adeptów Le Cadre Noir. Babcia powiedziała jej, że tylko dwudziestu dwóch jeźdźców miało prawo noszenia czarnego munduru ze złotym szamerunkiem, który stanowił symbol mistrzostwa w ich dziedzinie. Większość stanowili zawodowcy reprezentujący swój kraj na międzynarodowym poziomie – w ujeżdżaniu, biegach przełajowych i skokach przez przeszkody – papa natomiast doszedł do tego o wiele trudniejszą drogą. Piął się po szczeblach kariery w kawalerii, aż w końcu on, syn farmera z Toulon, został przyjęty w szeregi elitarnej klasycznej szkoły.

Wpatrując się w ich wspólne zdjęcie, nana powiedziała Sarah, że gdy go po raz pierwszy zobaczyła, był tak przystojny na swoim koniu, że jej serce stanęło. Przestraszyła się, że zemdleje. Nawet nie lubiła koni, lecz każdego dnia jechała na jego pokaz i stawała w pierwszym rzędzie, by podziwiać mężczyznę, który w pełni koncentrował się na czymś, czego nie potrafiła zrozumieć.

To właśnie zobaczyła nana, uświadomiła sobie teraz Sarah, myśląc o dziadku, który pozornie się nie ruszał, a mimo to dał Boo do zrozumienia, jakby telepatycznie, o co go prosi. To była magia.

Kiwnęli głowami i pomachali do stróża, który nigdy ich nie przeganiał, po czym wyszli na drogę prowadzącą do domu. Kopyta Boo uderzały o asfalt, gdy koń ciężko poruszał nogami.

W końcu, gdy przechodzili przez główną drogę, papa przerwał milczenie.

– John zdradził, że myśli o sprzedaży.

Mówił „John", a nie „ten szalony kowboj", tylko gdy sprawa była poważna.

– Gdzie przeniesiemy wtedy Boo? – zapytała.

– Mówi, że nie będziemy musieli go przenosić. Stajnie zostaną sprzedane jako stajnie.

Nie było miesiąca, żeby ktoś nie proponował Kowbojowi Johnowi przeniesienia się z tej działki. Czasami były to ogromne sumy, na których widok John się śmiał, jakby było to całkiem niedorzeczne. Za każdym razem odmawiał, pytając potencjalnego kupca, gdzie jego zdaniem powinien przenieść swoje konie, koty i kury.

Papa pokręcił głową.

– Mówi, że ktoś znajomy jest zainteresowany i że nic się nie zmieni. To mi się nie podoba. – Urwał, żeby otrzeć pot z twarzy; miał rozkojarzoną minę. – Kupiliśmy jaja?

– Już ci mówiłam, że tak, papo. Czekają w stajni.

– To przez ten upał – powiedział dziadek. Kołnierzyk miał ciemny od potu. Poczuł się jeszcze gorzej, niż gdy siedział w siodle. Sięgnął do końskiej szyi, jakby chciał się na niej wesprzeć, i przeczesał grzywę palcami, mrucząc coś.

Gdy Sarah wracała myślami do tej chwili, wyrzucała sobie, że powinna zauważyć, jak zmienił mu się nastrój, że nie zbeształ Boo, który nie chciał stać spokojnie przy krawężniku – przecież zawsze powtarzał, że koń ma stać nieruchomo na czterech nogach i czekać na komendę. Obok nich przejechały dwie ciężarówki, a kierowca jednej z nich wykonał wulgarny gest. Papa stał plecami do niej, więc odpowiedziała tym samym. Niektórzy faceci lubili myśleć, że dziewczęta jeżdżą konno z całkiem niewłaściwych powodów.

Weszli w spokojniejszą ulicę, na której kasztanowce dawały upragniony cień. Boo przeciągnął się i szturchnął plecy dziadka, jakby dopraszał się o uwagę, ale papa tego nie poczuł. Znów potarł twarz, a potem ramię.

– Dzisiaj zjemy omlet – powiedział. – *Omelette aux fines herbes**.

– Ja go zrobię – zaproponowała. Przechodzili przez ulicę prowadzącą na tyły stajni. Podniosła dłoń, by podziękować kierowcy, który zwolnił, chcąc ich przepuścić. – A do tego sałatkę.

Papa puścił lejce.

– Ty weź... jajo – polecił i zacisnął powieki.

– Co?

Nie słuchał jej.

– Czas usiąść...

– Papo? – Zerknęła na czekający samochód. Stali na środku ulicy.

– Wszystko na nic – mruknął.

Nie rozumiała, co się z nim dzieje.

– Papo – zawołała – musimy przejść na drugą stronę.

---

* Omlet z ziołami (fr.)

Boo zaczął się wiercić, uderzał kopytami o bruk, krzesząc iskry, i wykręcał łeb. Dziadek powoli osunął się na asfalt, jakby siadał na łóżku. Jego ciało przechyliło się lekko na bok. Mężczyzna w samochodzie niecierpliwie nacisnął klakson, ale chyba zrozumiał, że coś się stało i wyjrzał przez szybę.

Świat wokół Sarah zwolnił. Zeskoczyła z konia, lekko lądując na stopach.

– Papo! – krzyknęła, ciągnąc go za ramię z lejcami w dłoni.

Miał zamknięte oczy, wyglądał, jakby głęboko zastanawiał się nad tym, co dzieje się gdzieś w jego głowie tak głęboko, że nie usłyszałby jej, nawet gdyby bardzo głośno krzyczała. Jego twarz obwisła z jednej strony, jakby ktoś ściągał mu skórę z policzka. To dziwne zapadanie się człowieka, który zawsze trzymał się prosto i nad sobą panował, przeraziło ją do szpiku kości.

– Papo! Wstawaj!

Krzyk sprawił, że Boo zatańczył na bruku i zaczął szarpać lejce.

– Wszystko z nim w porządku? – zawołał ktoś po drugiej stronie ulicy.

Nie było w porządku. Widziała, że nie jest.

Kierowca wysiadł z samochodu i podszedł szybko do jej dziadka, a ona przywarła do buntującego się konia i krzyknęła piskliwie z przerażeniem:

– John! John! Pomóż mi!

Ostatnie, co zapamiętała, to Kowboj John, który zapomniał o charakterystycznym dla siebie leniwym kroku, gdy tylko zobaczył, co się dzieje, zawołał coś, czego nie usłyszała, po czym popędził sztywno w jej stronę.

Maszyna czyszcząca przesuwała się powoli po linoleum, dwie identyczne szczotki szumiały wydajnie. Kowboj John siedział na twardym plastikowym krzesełku obok dziewczyny i po raz czterdziesty siódmy spoglądał na zegarek. Tkwili tu już prawie cztery godziny. Cztery godziny i tylko jedna pielęgniarka pojawiła się, by zapytać, czy z Sarah wszystko w porządku.

Powinien wracać do stajni. Zwierzęta będą głodne, musiał zamknąć bramę, więc jutro nasłucha się od Sala Maltańczyka i dzieciaków, którzy nie mogli dostać się do środka.

Ale przecież nie mógł jej zostawić. Była tylko dzieckiem, na Boga. Siedziała nieruchomo, zaciskając dłonie na kolanach, z twarzą zastygłą w wyrazie wytężonej koncentracji, jakby siłą woli nakazywała staruszkowi, by wyzdrowiał.

– Dobrze się czujesz? – zapytał. – Chcesz kawy?

Sprzątacz powoli przejechał obok nich. Rzucił okiem na kapelusz Kowboja Johna, po czym skierował się ku oddziałowi kardiologii.

– Nie – odparła, po czym dodała cicho: – dziękuję.

– Nic mu nie będzie – zapewnił ją po raz dziesiąty. – Twój dziadek jest twardy jak stare kalosze. Przecież wiesz.

Pokiwała głową bez przekonania.

– Mówię ci, zaraz ktoś się pojawi, żeby nam to powiedzieć.

Zawahała się lekko, po czym znów pokiwała głową.

Czekali dalej, ignorowani przez pielęgniarki, które mijały ich w plastikowych fartuchach, wsłuchane w odległe pikanie i szum maszyn. John zaczął się wiercić, szukał wymówki, żeby wstać i czymś się zająć. Nie potrafił zapomnieć twarzy staruszka: udręczonego, pełnego wściekłości wyrazu jego oczu, zaciśniętej szczęki, gdy osuwał się na ziemię, wyraźnie przerażony tym, co go spotkało.

– Panna Lachapelle?

Sarah była tak zamyślona, że aż podskoczyła, gdy usłyszała lekarza.

– Tak – odparła. – Co z nim?

– Czy jesteście… rodziną? – Lekarz spojrzał na Johna.

– Powiedzmy – odparł ten, wstając.

Lekarz zerknął na drzwi prowadzące na oddział.

– Według przepisów nie wolno mi rozmawiać z nikim poza…

– Nikogo lepszego pan nie znajdzie – oświadczył John powoli. – Kapitan nie ma żadnej rodziny poza Sarah. A ja jestem jego najstarszym przyjacielem.

Lekarz usiadł na krzesełku obok nich. Zwrócił się do Sarah.

– Twój dziadek miał krwotok śródmózgowy. Wylew. Wiesz, co to jest?

Pokiwała głową.

– Tak jakby.

– Jego stan jest stabilny, ale jest trochę zdezorientowany. Nie może rozmawiać ani się ruszać.

– Ale wyzdrowieje?

– Jego stan jest stabilny, jak już mówiłem. Następna doba będzie bardzo ważna.

– Czy mogę się z nim zobaczyć?

Lekarz spojrzał na Johna.

– Oboje chcielibyśmy się upewnić, że z nim wszystko dobrze – potwierdził John stanowczo.

– Jest podłączony do aparatury. To może być dla was szok.

– Ona jest twarda. Jak dziadek.

Lekarz spojrzał na zegarek.

– Okej. Chodźcie ze mną.

Jezu Chryste, staruszek był w strasznym stanie. Nagle postarzał się o trzydzieści lat, miał rurki w nosie i na skórze, a jego twarz była szara i obwisła. John mimowolnie uniósł dłoń do ust. Maszyneria wokół niego rysowała odblaskowe linie, nawołując się łagodnymi, nieregularnymi piknięciami.

– Co to robi? – zapytał, by przerwać ciszę.

– Monitoruje akcję serca, ciśnienie, takie rzeczy.

– I wszystko z nim w porządku?

Odpowiedź lekarza była wyćwiczona i tak jak podejrzewał John, pozbawiona większego znaczenia.

– Tak jak mówiłem, wszystko pokaże następna doba. Dobrze, że tak szybko wezwaliście pomoc. To kluczowa kwestia przy wylewach.

Dwaj mężczyźni umilkli, gdy Sarah podeszła do łóżka i z wahaniem usiadła na krześle obok, jakby się bała, że obudzi dziadka.

– Możesz do niego mówić, jeśli chcesz – zasugerował łagodnie lekarz. – Daj mu znać, że tu jesteś.

Nie rozpłakała się. Ani jednej łzy. Sięgnęła szczupłą dłonią po dłoń staruszka i uścisnęła ją. Zaciskała zęby. Wnuczka swojego dziadka.

– On wie, że ona tu jest – oświadczył John, po czym przeszedł na drugą stronę kotary, by zapewnić im odrobinę prywatności.

Gdy wychodzili, było już ciemno. John od jakiegoś czasu przebywał na zewnątrz, przechadzał się po podjeździe dla karetek, palił i ignorował ponure spojrzenia pielęgniarek, które go mijały.

– Kochanie – powiedział jednej z nich – powinnaś mi dziękować. Dzięki mnie macie pracę.

Potrzebował swoich fajek. Kapitan zawsze był silny, sprawiał wrażenie, że zawsze tu będzie, dumny i nieugięty, solidny jak drzewo, jeszcze długo po tym, jak John przeniesie się gdzie indziej. Gdy zobaczył, jak leży w łóżku bezradny niczym dziecko, a pielęgniarki wycierają mu ślinę z brody... Cóż, aż się cały wzdrygnął.

Po chwili zauważył ją w drzwiach. Miała zwieszone ramiona, dłonie wepchnęła głęboko do kieszeni. Nie zwracała na niego uwagi.

– Masz – powiedział, gdy zauważył, że nic ze sobą nie wzięła. Weź moją kurtkę. Jesteś przemarznięta.

Pokręciła głową udręczona.

– Na nic się Kapitanowi nie przydasz, jak się przeziębisz – mruknął. – Poza tym zwyzywałby mnie od najgorszych po francusku, gdybym się tobą nie zajął.

Spojrzała na niego.

– John, wiedziałeś, że mój dziadek potrafi jeździć konno? To znaczy, naprawdę jeździć?

Na chwilę zbiła go z tropu. Cofnął się o krok.

– Jeździć? Jasne, że wiedziałem. Nie mogę powiedzieć, że pochwalam te wszystkie sztuczki, ale, cholera, jasne, że wiedziałem. Twój dziadziuś to prawdziwy koniarz.

Próbowała się uśmiechnąć, ale zauważył, jaki to dla niej wysiłek. Przyjęła od niego starą dżinsową kurtkę, którą zarzucił na jej ramiona, po czym ruszyli razem, stary czarny kowboj i mała dziewczynka, w kierunku przystanku.

Rozdział piąty

Widoczna, że w nieujarzmionym jeszcze źrebcu tylko ciało próbować można, duszy bowiem nie wielce wyraźne jeszcze poznaki wykazuje nie dosiadany dotąd.

Ksenofont, *Hippika, czyli jazda konna*

W domu paliły się światła. Spojrzała na okna, gasząc silnik i próbując sobie przypomnieć, czy zostawiła je rano włączone. Nigdy nie rozchylała zasłon, by nie informować wszystkich, że nikogo nie ma w domu. Tym razem ktoś jednak był.

– Och – powiedziała, otwierając drzwi. – Miałeś się zjawić parę tygodni temu. – Zabrzmiało to nieuprzejmie, chociaż tego nie chciała.

Mac stał w korytarzu, trzymał w dłoniach ryzę papieru fotograficznego.

– Przepraszam. W pracy zrobiło się wariacko. Wypadły mi różne rzeczy. Po południu zostawiłem ci wiadomość na poczcie głosowej, że wpadnę.

Zaczęła szukać telefonu w torebce.

– Och – powiedziała, wciąż nie otrząsnąwszy się z tego niespodziewanego spotkania. – Nie dostałam jej.

Stali naprzeciwko siebie. Mac, tutaj, w jej domu, ich domu. Miał nieco inną fryzurę i podkoszulek, którego wcześniej nie widziała.

Wygląda lepiej, zauważyła z ukłuciem bólu – lepiej, bo większą część roku spędził bez niej.

– Potrzebowałem trochę sprzętu – wyjaśnił, obejmując gestem pokój – tyle że nie znalazłem go tam, gdzie szukałem.

– Przeniosłam go – odparła ze świadomością, że to również zabrzmiało nieuprzejmie, jakby za wszelką cenę próbowała się pozbyć wszelkich śladów po nim. – Jest na górze, w gabinecie.

– Ach. To dlatego nie mogłem go znaleźć. – Spróbował się uśmiechnąć.

– Musiałam tu przenieść część papierów i... – Urwała. I za bardzo bolało, gdy otaczały mnie twoje rzeczy. Czasami, tylko czasami, nachodziła mnie ochota, by rozwalić je wszystkie wielkim młotkiem.

Żałowała, że nie zdołała się przygotować na to spotkanie. Pracowała do późna, wypiła za dużo kawy, choć wiedziała, że będzie ją to kosztowało potem wiele godzin snu. Makijaż już dawno starł się z jej twarzy. Podejrzewała, że wygląda blado, jak zmęczona.

– W takim razie skoczę na górę – powiedział Mac. – Nie chcę przeszkadzać.

– Nie... nie! Nie spiesz się. Ja muszę... Miałam jeszcze kupić mleko. Ty spokojnie poszukaj, czego ci trzeba.

„Przepraszam", powiedziała wtedy. „Mac, bardzo cię przepraszam".

„Za co?" Jego głos był taki spokojny, taki rozsądny. „Przecież właśnie zadeklarowałaś, że do niczego nie doszło". Spojrzał na nią z niedowierzaniem. „Naprawdę myślisz, że odchodzę przez niego?"

Uciekła z domu, zanim zdołał zaprotestować. Wiedziała, że próbuje być uprzejmy. Pewnie wyobrażał sobie, że wróciła późno, bo była z Conorem. Chociaż nic nie powiedział. To nigdy nie było w jego stylu.

Nieczęsto chodziła do tego supermarketu, położonego w gorszej części dzielnicy, w którym raz na jakiś czas komuś udawało się przepchnąć wózek przez linię kas bez płacenia, czemu wszyscy inni klienci kibicowali. Zanim jednak zorientowała się, co robi, już siedziała w samochodzie. Wyłączyła telefon ze strachu albo uporu. Po prostu musiała uciec z domu.

Stała w alejce z nabiałem, próbując unikać kontaktu z włóczęgą, który mamrotał coś do mrożonego jogurtu. W jej głowie trwała taka gonitwa myśli, że całkiem zapomniała, po co tu przyszła.

Mac, najbardziej zdaniem jej rodziców nieodpowiedni kandydat na męża, nieodpowiedzialny człowiek zagadka, którego poślubiła, druga poobijana połowa związku, który niemal zniszczył ich oboje, wrócił do jej domu.

Unikała myślenia o nim przez długi czas, a on jej to ułatwił. Czasami czuła się tak, jakby zniknął z powierzchni ziemi. Przez ostatni rok ich małżeństwa wyjeżdżał tak często, że i tak czuła się jak singielka. Gdy wracał, była taka wściekła na wszystko, że nawet samotność wydawała się łatwiejsza. Zabierz swoje rzeczy i idź, ponagliła go w duchu, czując niewygodne echo tamtych mroczniejszych dni, które dopiero niedawno ustąpiły. Nie chcę teraz się z tym mierzyć. Nie chcę czuć nawet cienia tego, co czułam w zeszłym roku. Zrób, co musisz, i zostaw mnie w spokoju.

Z zamyślenia wyrwało ją poruszenie w następnej alejce bliżej kas. Przeszła na koniec półek z płatkami, żeby sprawdzić, co się stało.

Afrykanin z nadwagą szarpał nastoletnią dziewczynkę. Nie mogła mieć więcej niż szesnaście lat, wyrywała mu się z całych sił, włosy zasłaniały jej twarz, a on trzymał jej ramiona w nieustępliwym uścisku.

– Wszystko w porządku? – zapytała Natasha, wyłaniając się zza płatków owsianych. Zwróciła się do dziewczyny, cała ta scena była niepokojąca. – Jestem prawniczką – wyjaśniła. Dopiero wtedy zauważyła u mężczyzny odznakę ochroniarza.

– Proszę bardzo. Przyda ci się prawnik w pace – mruknęła kasjerka. – Nie będziesz musiała po żadnego dzwonić.

– Ja nie kradłam. – Dziewczynka znów szarpnęła ramieniem. Jej twarz wydawała się blada w ostrym świetle jarzeniówek. Miała ogromne, zmęczone oczy.

– Phi. Czyli te paluszki rybne same wyskoczyły z zamrażarki i wylądowały w twojej kieszeni?

– Włożyłam je tam na chwilę, bo szukałam innych rzeczy. Proszę mnie puścić. Przysięgam, że nie kradłam.

Była bliska łez. Nie miała w sobie pyskatej bezczelności dzieciaków, z którymi zazwyczaj stykała się Natasha.

– Przeszła mi przed nosem – kontynuowała kasjerka – jakby myślała, że jestem głupia.

– Może mogłaby teraz zapłacić i iść – zasugerowała Natasha.

– Ona? – Wielkolud wzruszył ramionami. – Ona nie ma forsy.

– Takie nigdy nie mają – dopowiedziała kobieta.

– Musiałam zgubić pieniądze. – Dziewczynka wbiła wzrok w podłogę. – Więcej tu nie wrócę, okej? Proszę mi tylko pozwolić poszukać pieniędzy, zanim ktoś inny je znajdzie.

– Ile za to? – zapytała Natasha, sięgając do torebki. – Ile za paluszki rybne?

Kasjerka uniosła brwi.

Natasha była zmęczona. Chciała już tylko wrócić do domu, wolna od widoku szlochającej nastolatki przyciśniętej do ściany przez ochroniarza.

– Załóżmy na chwilę, że to był błąd. Ja zapłacę za rybę.

Kasjerka i ochroniarz patrzyli na nią jak na wspólniczkę małej, dopóki nie wyjęła pięciofuntowego banknotu. Na ten widok po krótkiej pauzie kasjerka wybiła na kasie paluszki rybne i wręczyła jej resztę.

– Nie chcę cię tu już więcej widzieć, mała złodziejko – oświadczyła, dźgając powietrze poplamionym nikotyną palcem. – Zrozumiano?

Dziewczynka nie odpowiedziała. Wyrwała się ochroniarzowi i pobiegła do drzwi z paluszkami w dłoni. Drzwi otworzyły się automatycznie, wypuszczając ją. Zaraz potem połknął ją mrok.

– Typowe. – Skóra ochroniarza lśniła w świetle jarzeniówek. – Nawet nie podziękowała.

– Ona kradła, niech pani wie. Była tu w zeszłym tygodniu. Tyle że wtedy nie mieliśmy dowodów.

– Jeśli to poprawi państwu humor, pewnie nic lepszego nie zje w tym tygodniu – odparła Natasha. Zapłaciła za mleko, spojrzała na włóczęgę, który teraz sprzeczał się z proszkami do prania, i wyszła na ulicę.

Przeszła tylko kilka kroków, gdy tuż za nią pojawiła się dziewczyna. Gdyby nie była taka zamyślona, pewnie podskoczyłaby ze strachu, zakładając jakiś złowrogi cel, ale dziewczynka wyciągnęła do niej dłoń.

– Znalazłam – oświadczyła. – Musiały mi wypaść z kieszeni.

Natasha zauważyła pięćdziesiąt pensów i jakieś miedziaki. Później przyszło jej do głowy, że był to osobliwie obcesowy gest u dziewczynki w tym wieku.

Nie chciała jednak angażować się bardziej, niż już to zrobiła, więc poszła dalej.

– Zatrzymaj pieniądze – odparła. Otworzyła drzwi samochodu. – Nic się nie stało.

– Ja nie kradłam – powtórzyła uparcie dziewczynka.

Natasha odwróciła się do niej twarzą.

– Zawsze kupujesz sobie kolację o jedenastej wieczorem?

Mała wzruszyła ramionami.

– Musiałam odwiedzić kogoś w szpitalu. Dopiero wróciłam, a w domu nie było nic do jedzenia.

– Gdzie mieszkasz? – Dziewczyna okazała się młodsza, niż zakładała Natasha. Miała nie więcej niż trzynaście–czternaście lat.

– W Sandown.

Natasha spojrzała na monolityczną, bezładnie zabudowaną dzielnicę, w której królowały wieżowce widoczne nawet stąd. Okolica miała złą reputację. Nie wiedziała, co ją do tego popchnęło. Może po prostu nie spodobał jej się widok tego miejsca w nocy. Może nie była gotowa wrócić do domu do Maca albo, co gorsza, do jego nieobecności. Wokół niej kotłowało się miasto: w oddali trąbiły samochody, na rogu dwaj mężczyźni wdali się w gorącą dyskusję, w ich głosach pobrzmiewało oburzenie.

„Moim zdaniem wcale nie jesteś taka twarda, jak się może wydawać", powiedział kiedyś Conor Briscoe, zniżając głos. „Myślę, że w środku kryje się zupełnie inna Natasha Macauley".

Och, jestem pełna niespodzianek, odparła. Nawet w jej uszach zabrzmiało to jak wyzwanie.

Dwaj mężczyźni zaczęli się bić, wymieniali gwałtowne, zamaszyste kopniaki i ciosy. Atmosfera wokół zgęstniała, zassana w wir przemocy. Rozległy się przekleństwa, a potem kroki, gdy do bijących się podbiegli inni mężczyźni. Natasha dostrzegła błysk żelaznego pręta.

– Nie powinnaś chodzić sama po nocy – oświadczyła, idąc żwawo do samochodu. – Chodź. Podrzucę cię do domu.

Dziewczyna przyglądała się przez chwilę jej służbowemu kostiumowi i eleganckim butom, po czym spojrzała na auto. Chyba doszła do wniosku, że osoba jeżdżąca czymś tak statecznym i rozsądnym jak stare volvo nie porywa dzieci.

– Zamek w drzwiach pasażera jest zepsuty – powiedziała Natasha – jeśli to cię jakoś pocieszy...

Dziewczynka westchnęła, jakby nic, co zrobiłaby lub powiedziała Natasha, nie mogło jej przestraszyć, po czym wsiadła do środka.

Natasha zaczęła żałować swojej pochopnej decyzji, jeszcze zanim wjechała na osiedlowy parking. Młodzież zbijała się w bezładne grupki, niektórzy jeździli na rowerach, inni pstrykali niedopałkami i obrzucali się obelgami. Umilkli na chwilę na widok nieznajomego samochodu, gdy zaparkowała.

– Nie powiedziałaś mi, jak masz na imię – zauważyła.

Dziewczynka się zawahała.

– Jane.

– Długo tu mieszkasz?

Pokiwała głową.

– Nic mi nie będzie – zapewniła Natashę cicho, po czym sięgnęła do klamki.

Natasha zapragnęła wrócić do swojego bezpiecznego, przyjaznego salonu. Do spokoju wygodnego domu, miłej muzyki i kieliszka czerwonego wina. Do swojego świata. Doświadczenie podpowiadało jej, że powinna zawrócić samochód i odjechać. Takie bloki stanowiły domenę tych młodych; niektórzy z nich rzadko zapuszczali się kilometr lub dwa dalej i przejawiali palące, niemal zwierzęce zainteresowanie tym, co działo się na ich „terenie". Wiedziała, że samochód i kostium wyróżniają ją jako przedstawicielkę klasy średniej w świecie o wiele agresywniejszym, o wiele twardszym niż ten kilka ulic dalej. Potem spojrzała jednak na bladą, chudą dziewczynkę na siedzeniu obok. Jaki człowiek wyrzuciłby ją z samochodu, nie odprowadziwszy pod same drzwi?

Ukradkiem wsunęła obrączkę do tylnej kieszeni razem z kartą kredytową. Jeśli ukradną jej torebkę, zdobędą tylko trochę gotówki.

– W porządku – powiedziała Jane na ten widok. – Ja ich znam.

– Odprowadzę cię – oświadczyła Natasha pełnym rezerwy, służbowym tonem, jaki przybierała wobec wszystkich młodych klientów. A gdy dziewczynka nie zrobiła zachwyconej miny, dodała: – Nie bój się. Nic nie powiem o tym, co się wydarzyło. Jest późno, chcę tylko, żebyś bezpiecznie wróciła do domu.

– Tylko do drzwi – zastrzegła dziewczynka.

Gdy wysiadły z samochodu, Natasha wyprostowała się z jeszcze większą determinacją niż zwykle. Jej obcasy służbiście stukotały na klejącym się od gumy chodniku.

Gdy dotarły do schodów, obok nich przemknął chłopak na rowerze. Natasha z trudem opanowała wzdrygnięcie. Dziewczynka nawet nie podniosła głowy.

– To nowa ptaszyna twojego dziadka, Sarah? – Chłopak naciągnął kaptur na głowę i odjechał ze śmiechem, osłaniając twarz przed jaskrawym światłem ulicznych lamp.

– Sarah?

Windy nie działały, więc musiały wejść na trzecie piętro. Klatka schodowa wydała się Natashy przygnębiająco znajoma: pomazana graffiti, cuchnąca uryną, zasypana starymi pudełkami po jedzeniu na wynos, z których wciąż unosił się odór zleżałego tłuszczu i ryb. W jednym z korytarzy z otwartych okien płynęła głośna muzyka, poniżej włączył się alarm samochodowy. Dopiero po chwili Natasha stwierdziła, że to nie jej.

– To tutaj – powiedziała Sarah, wskazując korytarz palcem. – Dzięki za podwiezienie.

Potem Natasha nie potrafiła stwierdzić, dlaczego po prostu nie odeszła. Może przez to zmyślone imię. A może dlatego, że dziewczyna tak bardzo chciała się jej pozbyć. Szła jednak dalej za Sarah, która przyspieszyła kroku. Gdy dotarły do drzwi, dziewczynka znieruchomiała. Z jej postawy biło zdumienie, które uświadomiło Natashy, że drzwi nie otworzyły się po to, by powitać ją w domu. Zostały wyłamane. Przez popękane drewno było widać mieszkanie, w którym paliły się wszystkie światła.

Przez chwilę stały w bezruchu. W końcu Natasha podeszła do przodu i pchnęła drzwi na oścież.

– Halo? – zawołała.

Co? Myślała, że włamywacze się z nią przywitają? Zerknęła na Sarah, która uniosła dłoń do ust.

Ktokolwiek tu był, dawno zniknął. Drzwi otwierały się na wąski korytarz, na którego końcu widać było salon na tyle nieskazitelnie utrzymany, by wszystkie dysonanse rzucały się w oczy. Rażąca nieobecność telewizora na stoliku. Pootwierane drzwiczki kuchennych szafek. Powyciągane z małej komody szuflady, ramka do zdjęć roztrzaskana na podłodze. To właśnie tam Sarah podeszła najpierw: podniosła ramkę i czule strzepnęła szkło ze zdjęcia. Czarno-biała odbitka przedstawiała parę z lat sześćdziesiątych. Nagle Sarah wydała się Natashy bardzo młoda i drobna.

– Dzwonię na policję – oświadczyła, wyjmując telefon z torebki i włączając go. Odezwało się w niej poczucie winy, gdy zobaczyła, że Mac próbował się z nią skontaktować.

– Nie ma sensu – odparła Sarah zmęczonym tonem. – Nigdy nie obchodzi ich to, co się tu dzieje. Mieszkanie pani O'Brien zostało okradzione w zeszłym tygodniu, powiedzieli wtedy, że nie opłaca im się tu przyjeżdżać. – Chodziła powoli po mieszkaniu, znikała w pokojach i wyłaniała się z nich.

Natasha wyszła na korytarz i zabezpieczyła drzwi wejściowe łańcuchem. Na dole wciąż słyszała młodzież; próbowała nie martwić się o samochód.

– Co zginęło? – zapytała, idąc za dziewczynką. Nie był to chaotyczny dom, jakiego się spodziewała. Było tu parę przyzwoitych rzeczy, a porządek wyraźnie się liczył.

– Telewizor. – Wargi Sarah drżały. – Moje DVD. Pieniądze na nasze wakacje. – Nagle coś sobie chyba przypomniała, bo popędziła do jednego z pokojów.

Natasha usłyszała, jak otwiera drzwi i czegoś szuka. Po chwili wróciła.

– Tego nie znaleźli. – Na twarzy dziewczynki pojawił się blady uśmiech. – Książeczka emerytalna mojego dziadka.

– Gdzie twoi rodzice, Sarah?

– Moja mama tu nie mieszka. Jestem tylko ja i papa... to znaczy, mój dziadek – poprawiła się niezręcznie.

– Gdzie on jest?

Zawahała się.

– W szpitalu.

– To kto się tobą opiekuje?

Nie odpowiedziała.

– Od jak dawna jesteś sama?

– Parę tygodni.

Natasha jęknęła w duchu. Tak wiele działo się w jej życiu, tak wieloma sprawami musiała żonglować, a teraz sprowadziła na siebie jeszcze to. Mogła po prostu wyjść z supermarketu z kartonem mleka, którego nawet nie potrzebowała. Mogła zostać w domu i pokłócić się z byłym mężem.

Wybrała swój numer stacjonarny.

– Chryste, Tash, gdzie ty się włóczysz, do cholery? – eksplodował Mac. – Ile czasu potrzeba, żeby kupić karton mleka?

– Mac – odparła z wahaniem. – Musisz tu przyjechać. Przywieź swoje narzędzia. I moją teczkę... Potrzebny mi mój notes z kontaktami.

Mac remontował dom przez cztery lata. W oczach jej rodziców trochę się tym zrehabilitował. Położył tynki, stolarkę, w zasadzie zrobił wszystko poza dachem i murarką. Przyłożył nawet rękę do projektu wnętrz. Miał sprawne dłonie, zarówno jeśli chodzi o aparat fotograficzny, jak i narzędzia z napędem elektrycznym. Natasha nie miała żadnej artystycznej smykałki, on natomiast potrafił wyobrazić sobie różne rzeczy na długo przed ich powstaniem: kształt pokoju, kompozycję widoku albo zdjęcie. Jakby miał w głowie bibliotekę pięknych obrazów, które tylko czekały, by przełożyć je na rzeczywistość.

„Nowy zamek w drzwiach nie stanowi problemu", powiedział, gwiżdżąc przez zęby. Natasha szybko zrozumiała, że dziewczynki nie stać na usługę profesjonalnego ślusarza o tej porze, zwłaszcza że wciąż rozpaczała po pieniądzach na wakacje. Mac przywiózł stary zamek, którego montaż zajął mu nie więcej niż czterdzieści minut.

– Crista? Tu Natasha. – Gdy jej rozmówczyni nie odpowiedziała, dodała: – Natasha Macauley.

– Natasha. Cześć. Nie powinno być odwrotnie?

– Wiem. Ale mam tu dziwną sytuację. Muszę znaleźć awaryjny nocleg dla nastoletniej dziewczyny. – Pokrótce zreferowała fakty.

– Nic nie mamy – odparła Crista. – Absolutnie nic. Wczoraj rano gmina musiała znaleźć czternaście miejsc dla pozbawionych opieki dzieci szukających tymczasowego domu i teraz wszystkie nasze rodziny zastępcze są zajęte. Cały wieczór dzwoniłam po różnych miejscach.

– Ja...

– Zanim zaczniesz mówić o rewizji sądowej, od razu dodam, że jedyne miejsce, w którym mogłabym ją teraz ulokować, to miejscowy posterunek policji. Możesz od razu zaoszczędzić czas sobie i sędziemu i po prostu ją tam zawieźć. Może jutro coś się znajdzie, ale szczerze mówiąc, wątpię.

Gdy wróciła do salonu, Mac właśnie kończył. Przywiózł ze sobą żelazną sztabę – cholera wie, skąd on to wszystko brał – i przykręcił ją do futryny.

– Teraz już nikt tu nie wejdzie – oświadczył, pakując ostatnie narzędzia.

Uśmiechnęła się do niego niezręcznie, wdzięczna za jego praktyczne podejście i za to, że nie powiedział ani jednego złego słowa, choć wyciągnęła go z domu w środku nocy i nakazała bawić się w majsterkowicza. Teraz siedział na sofie metr od Sarah. Przyglądał się jej oprawionym zdjęciom – dla niego był to obowiązkowy pierwszy punkt wycieczki po czyimś domu.

– Czyli – mówił – to jest twój dziadek?

– W wojsku był kapitanem – odparła Sarah. W dłoni trzymała pomiętą chusteczkę, głos miała niski.

– Fantastyczne zdjęcie. Nie sądzisz, Tash? Spójrz tylko na mięśnie tego konia.

Miał charakterystyczny dla fotografów dar odprężania ludzi. Nie było na świecie osoby, z którą nie zdołałby natychmiast nawiązać swobodnej więzi. Natasha spróbowała uśmiechnąć się z podziwem, ale mogła myśleć tylko o tym, jak powiedzieć Sarah, że jej nowe łóżko stanie w policyjnej celi.

– Spakowałaś torbę? – zapytała. – Mundurek do szkoły?

Sarah poklepała podręczną torbę obok swojej nogi. Wydawała się nieco podenerwowana, a Natasha musiała sobie przypomnieć, że przecież dziewczyna nawet nie zna ludzi, którzy tak nagle przejęli kontrolę nad jej życiem. Było wpół do pierwszej.

– Dokąd cię w takim razie zabieramy, młoda damo? – zapytał Mac, kierując to pytanie do Natashy.

Natasha wzięła głęboki oddech.

– Pojawiły się pewne komplikacje. Musimy umieścić cię w awaryjnym miejscu, zanim znajdziemy coś odpowiedniejszego.

Oboje spojrzeli na nią z wyczekiwaniem.

– Skontaktowałam się z ludźmi, których znam, i niestety, niewiele jest dostępnych opcji. O tej porze… biorąc pod uwagę napływ potrzebujących…

– No to dokąd jedziemy? – przerwał jej Mac.

– Obawiam się, że musimy cię dzisiaj zabrać na posterunek. To nie ma nic wspólnego z tym wcześniejszym incydentem – zapewniła ją Natasha, gdy Sarah zbladła. – Po prostu żadna rodzina zastępcza nie jest dostępna. Ani hostel. Mało prawdopodobne, by coś się znalazło w najbliższych godzinach.

– Posterunek? – zapytał Mac z niedowierzaniem.

– Nic nie ma.

– Przecież masz jakieś kontakty. Na okrągło robisz takie rzeczy, zmuszasz władze, by zaopiekowały się takimi dziećmi.

– I czasami niektóre z nich kończą na posterunku. To tylko na chwilę, Mac. Crista mówi, że rano znajdzie coś lepszego. Umówiłyśmy się na posterunku.

Sarah pokręciła głową.

– Nie będę spała w celi – oświadczyła.

– Sarah, nie możesz zostać tutaj sama.

– Nigdzie nie jadę.

– Tash, to niedorzeczne. Ona ma czternaście lat. Nie możesz jej zamknąć w celi.

– To jedyna dostępna opcja.

– Wcale nie. Już ci mówiłam. Poradzę sobie tutaj – powiedziała Sarah.

Zapadła długa cisza.

Natasha usiadła, by pomyśleć.

– Sarah, może ty kogoś znasz? Masz jakieś koleżanki, u których mogłabyś przenocować? Innych krewnych?

– Nie.

– Nie masz numeru do swojej mamy?

Dziewczynka spochmurniała.

– Ona nie żyje. Jesteśmy tylko ja i papa.

Natasha zwróciła się do Maca z nadzieją, że on zrozumie.

– To nie jest żadna nietypowa sytuacja, Mac. To tylko jedna noc. Nie możemy jej tutaj zostawić.

– W takim razie zabierzemy ją do nas.

Kompletnie zaskoczyło ją zarówno użycie przez niego tego zaimka, jak i sama idea.

– Nie zostawię czternastolatki, którą właśnie okradziono, w policyjnej celi z Bóg wie kim – dodał.

– Będzie tam bezpieczna – zaoponowała Natasha. – Przecież nie zamkną jej w celi z innymi ludźmi. Zaopiekują się nią.

– Nie obchodzi mnie to.

– Mac, nie mogę jej zabrać do domu. To niezgodne z każdą pro cedurą, każdą wytyczną…

– Pieprzyć procedury – przerwał jej. – Jeśli procedura mówi, że lepiej wsadzić młodą dziewczynę do policyjnej celi, zamiast umieścić ją w czyimś ciepłym, bezpiecznym domu na jedną noc, to ta twoja procedura jest kurewsko bezużyteczna.

Mac rzadko przeklinał. To uświadomiło Natashy, że mówi śmiertelnie poważnie.

– Mac, nie mamy przeszkolenia na opiekunów zastępczych. Ona będzie w takiej sytuacji narażona…

– Zrobiłem kurs pedagogiczny. Musiałem, zanim zacząłem wykładać w szkole.

Wykładać?

Zwrócił się do Sarah.

– Nie wolałabyś jechać... do nas? Możemy zadzwonić do twojego dziadka, żeby go powiadomić.

Sarah zerknęła na Natashę, potem znów na niego.

– Chyba tak.

– Czy jest jakiś inny powód proceduralny, dla którego nie może u nas nocować?

Sarkastycznie zaakcentował słowo „proceduralny", jakby Natasha specjalnie utrudniała sprawę.

Moja praca, zapragnęła powiedzieć. Jeśli w sądzie rozejdzie się wieść, że przygarniam bezdomne i zabłąkane dzieci, mój profesjonalizm stanie pod znakiem zapytania. A poza tym nie znam tej dziewczyny. Przyłapałam ją na kradzieży w supermarkecie, a jej wyjaśnienie wcale mnie nie przekonało.

Spojrzała na Sarah, starając się nie myśleć o Ahmadim, kolejnym młodym człowieku, który wydawał się tak zdesperowany, że dla niego zaryzykowała.

– Dajcie mi pięć minut – powiedziała. Przeszła do sypialni dziewczynki i zadzwoniła do Cristy.

– Spieszę się – oświadczyła Crista, zanim Natasha zdołała cokolwiek powiedzieć. – Mamy problem w jednym z domów. Muszę kogoś odebrać.

– Nie o to chodzi – zapewniła ją Natasha szybko. – Crista, mam tutaj taką sytuację. Dziewczynka nie chce jechać na posterunek. Mojemu... Macowi też nie podoba się ten pomysł. On... zrobił kurs pedagogiczny i uważa, że ona powinna przenocować u nas.

Zapadła przedłużająca się cisza.

– Crista?

– Okej… Czy jesteście przyjaciółmi rodziny tej dziewczyny? Znacie jej rodziców? Możemy powiedzieć, że poprosili was, byście się nią zajęli w zastępstwie?

– Nie bardzo.

Znów zapadła cisza.

– Czy wy ją w ogóle znacie?

– Poznałam ją dziś wieczorem.

– I jesteś… pewna, że to dobre rozwiązanie?

– Ona wydaje się… – Natasha urwała na wspomnienie supermarketu. – Całkiem miła. Grzeczna. Po prostu nikogo nie ma w domu, a mieszkanie zostało okradzione. To… trudne.

Słyszała niedowierzanie w milczeniu Cristy. Znały się od czterech lat i do tej pory nic nie wskazywało na to, by Natasha była zdolna do czegoś takiego.

– Słuchaj – odezwała się w końcu Crista. – Najlepsza rada, jaką mogę ci dać, jest taka, że tej rozmowy nigdy nie było. Nie ma nic w papierach. Jeśli twoim zdaniem dziewczyna jest w porządku, jeśli twoim zdaniem z wami będzie bezpieczniejsza, a tobie nie chce się spędzać połowy nocy w pace, to szczerze mówiąc, do jutra nie muszę wiedzieć, że ona w ogóle istnieje. Zadzwoń do mnie rano.

Natasha zatrzasnęła klapkę telefonu. W pokoju dziewczynki było schludniej i czyściej niż u przeciętnej nastolatki. Wszędzie stały zdjęcia koni, duże, dodawane za darmo do gazet galopujące konie w kolorze i małe fotografie dziecka, które mogło być nią, na brązowym wierzchowcu. Tło w postaci zielonych łąk i bezkresnych plaż kontrastowało osobliwie z krajobrazem za oknem o podwójnych szybach.

Była zmęczona. Zamknęła na chwilę oczy, po czym wróciła do salonu. Mac i Sarah przerwali rozmowę i spojrzeli na nią. Natasha zauważyła, że oczy małej są podkrążone z wyczerpania i szoku.

– Dzisiaj jedziesz z nami – oświadczyła, zmuszając się do uśmiechu – a jutro postaramy się znaleźć dla ciebie pracownika socjalnego.

Sarah poszła spać niemal bez słowa. Milczała przez całą drogę, jakby dopiero teraz dotarło do niej, w jakiej ryzykownej sytuacji się znalazła, a Mac chyba się tego domyślił, bo bardzo starał się żartami dodać jej otuchy. Natasha z trudem rozpoznawała w nim mężczyznę, z którym rozmawiała po raz ostatni jakiś czas temu – był słodki, uważny, łagodny. Bolało, gdy patrzyła, jak swoje najlepsze cechy koncentruje na kimś innym. Było jej łatwiej, gdy myślała tylko o jego wadach.

Prawie się nie odzywała, prowadząc, zaniepokojona sprzecznymi emocjami, które wywołała w niej obecność Maca i dziewczynki. Ta noc stawała się coraz bardziej surrealistyczna. Mac wydawał się taki znajomy, a zarazem po tym krótkim czasie taki obcy. Jakby należał do kogoś innego.

Zapomniała już, jaki bywał miły dla młodych ludzi – głównie dlatego, że poza dziećmi jej siostry rzadko mieli z nimi do czynienia.

– W gościnnym jest pościelone? – zapytał, gdy odsunęła się od drzwi, by wpuścić ich do środka.

– Na łóżku leżą jakieś kartony. – Jego książki. Rzeczy, które posortowała w tych dniach, gdy była w stanie podjąć się tego zadania. Mac był taki roztrzepany, bała się, że je pomiesza.

– Przeniosę je. – Wskazał Sarah gestem. – Może zapytasz, czy chciałaby coś do picia.

– Napijesz się gorącej czekolady? – zapytała. – A może chciałabyś coś zjeść? – Od razu poczuła się głupio, jak stara ciotka, która nie ma pojęcia, co ci młodzi ludzie teraz lubią.

Sarah pokręciła głową. Zajrzała przez otwarte drzwi do salonu. Mac sortował swój sprzęt fotograficzny – na podłodze leżało mnóstwo kartonów.

– Macie ładny dom.

Natasha nagle spojrzała na to wnętrze oczami obcej osoby: duże, wygodne, gustownie umeblowane. Dowodziło wysokich zarobków i uważnej selekcji przy doborze wyposażenia. Zaczęła się zastanawiać, czy dziewczynka widzi braki, dowody na to, że mężczyzna niedawno odszedł.

– Mogę ci coś zaproponować, zanim pójdziesz na górę? Może chcesz, żebym... wyprasowała twój mundurek?

– Nie, dziękuję. – Sarah przycisnęła torbę do piersi.

– W takim razie zaprowadzę cię do pokoju – oświadczyła Natasha. – Na piętrze jest łazienka, którą możesz traktować jak swoją.

– Mam nadzieję, że się nie pogniewasz – powiedział Mac, gdy powoli zeszła na dół. – Pościeliłem sobie w gabinecie.

W sumie się tego spodziewała. Nie mogłaby go przecież wyrzucić o tej porze, nie po wszystkim, co dla niej zrobił. Mimo to perspektywa spania pod jednym dachem dziwnie wytrącała ją z równowagi.

– Masz ochotę na kieliszek wina? – zapytała. – Ja muszę się napić.

Westchnął przeciągle.

– O tak.

Nalała dwa kieliszki i podała mu jeden. Usiadł na sofie, a ona zdjęła buty, po czym opadła na fotel i podwinęła nogi. Dochodziła druga.

– Będziesz musiał to wszystko rano załatwić, Mac – oświadczyła. – Ja idę do sądu.

– Powiedz mi, co mam zrobić.

Mimowolnie zauważyła, że chyba nie musi iść rano do pracy, skoro się nie sprzeciwił.

– Zapisz, do kogo powinienem zadzwonić albo dokąd ją podrzucić. Chyba pozwolę jej pospać... Ma za sobą ciężką noc.

– Jak my wszyscy.

– To był dla niej paskudny szok – kontynuował. – Nawet dorosłemu byłoby trudno.

– Całkiem nieźle sobie poradziła.

– Tak należało postąpić. – Pomachał ręką na schody. – Źle bym się czuł, gdybyśmy ją tam zostawili. Z tym wszystkim.

– Tak.

W milczeniu popijali wino.

– No to co u ciebie słychać? – zapytała w końcu, kiedy cisza stała się zbyt przytłaczająca.

– W porządku. Dobrze wyglądasz.

Uniosła brwi.

– No dobra, jesteś zmęczona, ale wyglądasz dobrze. Ładnie ci w tej fryzurze.

Zwalczyła pokusę, by dotknąć włosów. Mac zawsze tak na nią działał.

– Nad czym teraz pracujesz? – zapytała, by zmienić temat.

– Trzy dni w tygodniu uczę, przez resztę czasu zajmuję się komercją. Głównie portrety. Trochę fotografii podróżniczej. Szczerze mówiąc, niewiele tego.

– Uczysz? – Musiała się bardzo postarać, by ukryć niedowierzanie w głosie. – Myślałam, że się przesłyszałam.

– Nawet to lubię. Wystarcza mi na rachunki.

Natasha przez chwilę się z tym oswajała. Mac przez lata odmawiał pójścia na kompromis. Gdy skończyła się praca w reklamie, wyśmiał jej pomysł, żeby uczyć. Nie chciał się przywiązywać do jednego miejsca, zobowiązać w sposób, który uniemożliwiłby mu przyjęcie innego zlecenia z dnia na dzień. Nawet jeśli oznaczało to, że jego finanse wahały się od ucztowania do głodowania, przy czym przeważało to ostatnie.

Teraz miała przed sobą dojrzałego Maca, Maca zmotywowanego. Poczuła się oszukana.

– Tak. Trochę pozbyłem się złudzeń co do całej tej sceny komercyjnej. Uczenie nie jest takie złe, jak myślałem. Studenci chyba mnie lubią.

Co za niespodzianka, zadrwiła w duchu Natasha.

– Będę to dalej robił, dopóki nie określę, dokąd zmierzam. Płaca nie jest szczególnie zadowalająca.

Zesztywniała, przygotowując się na cios.

– I...

– I na pewnym etapie, Tash, będziemy musieli uporządkować sprawę domu.

Wiedziała, co to oznacza. Permanentna ugoda finansowa.

– Co masz na myśli?

– Nie wiem. Ale nie mogę wiecznie żyć na walizkach. Minął już prawie rok.

Przez długi czas wpatrywała się w swój kieliszek. A więc to koniec, pomyślała, ale gdy na niego spojrzała, upewniła się, że jej twarz nie wyraża żadnych uczuć.

– Dobrze się czujesz?

Dopiła wino.

– Tash?

– Nie mogę teraz o tym myśleć – odparła szorstko. – Jestem zbyt zmęczona.

– Jasne. Może jutro.

– Od rana jestem w sądzie. Mówiłam ci.

– Wiem. Po prostu kiedy będziesz…

– Nie możesz tak po prostu wpaść i nagle oświadczyć mi, że chcesz sprzedać mój dom – syknęła.

– Nasz dom – poprawił ją. – A ty nie możesz udawać, że to dla ciebie niespodzianka.

– Przez ostatnie pół roku nie wiedziałam nawet, w którym jesteś kraju.

– Mogłaś zadzwonić do mojej siostry, jeśli chciałaś się ze mną skontaktować. Ale ty wolałaś siedzieć tutaj i czekać, aż kurz opadnie.

– Aż kurz opadnie? – powtórzyła.

Westchnął.

– Nie chcę się z tobą kłócić, Tash. Po prostu próbuję coś ustalić. To ty zawsze mi powtarzałaś, że powinienem się zorganizować.

– Wiem. Ale jestem zmęczona. Mam przed sobą ważny dzień, więc jeśli ci to nie przeszkadza, chciałabym przeprowadzić podział majątku innym razem.

– Dobrze. Ale mogę ci też od razu powiedzieć, że od teraz muszę być w Londynie i potrzebuję jakiegoś lokum. Jeśli nie podasz mi naprawdę dobrego powodu przeciw, zajmę wolny pokój, dopóki wszystkiego nie ustalimy.

Znieruchomiała, próbując się upewnić, że dobrze go usłyszała.

– Zamieszkasz tutaj?

– Tak.

– Żartujesz?

Uśmiechnął się blado.

– Mieszkanie ze mną było takie straszne?

– Przecież już nie jesteśmy razem.

– Nie. Ale połowa tej nieruchomości należy do mnie, a potrzebuję dachu nad głową.

– Mac, to niemożliwe.

– Ja sobie poradzę, nie wiem, jak ty. To tylko parę tygodni, Tash. Przykro mi, że stawiam cię przed faktem, ale jeśli to ci się nie podoba, możesz sobie coś wynająć. Jeśli o mnie chodzi, przez większą część roku dawałem ci wyłączny dostęp do domu. Teraz coś mi się za to należy. – Wzruszył ramionami. – Daj spokój. To duży dom. Zrobi się z tego koszmar, tylko jeśli sami do tego doprowadzimy.

Był niepokojąco zrelaksowany. Wręcz szczęśliwy.

Miała ochotę obrzucić go przekleństwami.

Miała ochotę walnąć go czymś w głowę.

Miała ochotę trzasnąć drzwiami i zameldować się w hotelu. Ale w jej domu nocowała obca czternastolatka, za którą właśnie zgodziła się wziąć wspólną odpowiedzialność.

Bez słowa weszła po schodach do sypialni, w której nagle przestała się czuć jak u siebie, zastanawiając się, jak trudno byłoby agentowi nieruchomości sprzedać dom, w którym eksplodowała głowa poprzedniego właściciela.

Rozdział szósty

Jako zaś u człowieka, tak i u konia wszelka niemoc w początkach łatwiejsza do uzdrowienia, niżeli kiedy zakorzeni się, a błędnie wprzód tłumioną była.

Ksenofont, *Hippika, czyli jazda konna*

Dziewczynka na zdjęciu uśmiechała się szeroko do swoich rodziców, którzy trzymali ją za ręce, jakby zaraz mieli ją podnieść z podłogi. „Rodzina zastępcza", głosił plakat. „I Ty możesz pomóc". Czyli to nie jej rodzice. W sumie i tak nie było rodzinnego podobieństwa. Pewnie to wszystko modele, którym zapłacono, by udawali szczęśliwą rodzinę.

Nagle poirytowana uśmiechem dziecka Sarah zaczęła się wiercić w fotelu w biurze pracownika opieki społecznej. Wyjrzała przez okno, z którego rozciągał się widok na krzewy i drzewa miejskiego parku. Musiała się dostać na Sparepenny Lane. Wiedziała, że Kowboj John zajmie się Boo tego ranka, gdyby się nie pojawiła, ale to nie to samo. Boo musiał się przebiec. Musiał trenować.

Kobieta skończyła pisać.

– No to tak, Sarah, mamy już większość szczegółów i teraz ustalimy dla ciebie plan opieki. Znajdziemy ci tymczasowy dom, dopóki twojemu dziadkowi się nie polepszy. Czy to ci odpowiada?

Kobieta zwracała się do niej tak, jakby Sarah była rówieśniczką dzieciaka z plakatu. Pod koniec każdego zdania podnosiła głos, jakby zadawała pytanie, choć było jasne, że nikogo nie pyta o zdanie.

– Ja należę do zespołu przyjmowania i oceniania nieletnich – dodała. – Sprawdźmy, gdzie możemy cię umieścić.

– Jak to działa? – zapytał Mac, który siedział obok Sarah. – Czy są rodziny, które... specjalizują się w przyjmowaniu dzieci na krótkie okresy?

– Mamy w rejestrze wiele rodzin zastępczych. Część młodych ludzi... naszych klientów... zostaje u nich tylko na jedną noc. Niektórzy mieszkają z nimi przez wiele lat. W twoim wypadku, Sarah, mamy nadzieję, że chodzi o krótki okres.

– Dopóki twój dziadek nie wyzdrowieje – dopowiedział Mac.

– Tak – potwierdziła kobieta.

Sarah uznała, że odpowiedzi opiekunki społecznej wcale nie brzmią przekonująco.

– Wielu młodych ludzi znajduje się w sytuacji podobnej do twojej, Sarah, wiele rodzin potrzebuje pomocy. Nie martw się.

Mac i jego żona rozmawiali przy śniadaniu tylko z nią, nie ze sobą nawzajem. Zastanawiała się, czy się pokłócili, czy miało to z nią coś wspólnego. Nie przypominała sobie, by papa i nana kiedykolwiek się kłócili. Nana żartowała, że ona mogłaby się kłócić z papą, ale on nigdy nie dawał się sprowokować. Gdy papa był zły, milczał, a jego twarz kamieniała.

– To jak kłócenie się z pomnikiem – wyjaśniała nana konspiracyjnym szeptem, jakby dzieliła się z Sarah jakimś prywatnym żartem.

Poczuła łzy pod powiekami i zacisnęła zęby, żeby je odegnać. Już żałowała tego, że pojechała z Makiem i Natashą. Poprzedniej nocy się bała, ale teraz zrozumiała, że traci kontrolę nad swoim życiem. Oddaje ją w ręce ludzi, którzy niczego nie rozumieli.

Kobieta zajrzała do teczki.

– Widzę, że twoi dziadkowie oficjalnie sprawują nad tobą opiekę. Czy wiesz, gdzie jest twoja matka, Sarah?

Pokręciła głową.

– Czy mogę zapytać, kiedy ją ostatnio widziałaś?

Zerknęła z ukosa na Maca. Nigdy nie rozmawiała z papą o matce. Dziwnie się czuła, piorąc rodzinne brudy przy obcych.

– Ona nie żyje – wyjąkała, wściekła w duchu, że musiała podać tę informację. – Zmarła kilka lat temu.

Dostrzegła współczucie na ich twarzach. Sama jednak nie tęskniła za matką, nie tak jak za naną. Matka nigdy nie była dla niej ciepłym uściskiem, ramionami, w których można się ukryć, lecz chaotycznym, nieprzewidywalnym cieniem, który kładł się na pierwszych latach jej życia. Sarah zapamiętała ją jako serię obrazów – przenoszenie się z domu do domu obcych ludzi, sypianie na sofach, szum głośnej muzyki i kłótni, niepokojące poczucie tymczasowości. A potem, gdy zamieszkała z naną i papą – porządek, rutyna. Miłość.

Kobieta coś pisała.

– Jesteś pewna, że nie masz żadnych przyjaciółek, u których mogłabyś zamieszkać? Innej rodziny?

Mówiła tak, jakby miała nadzieję, że jednak nie będzie jej mieć na głowie. Ale Sarah musiała powtórzyć, że nie istnieje żadna inna osoba, która chciałaby ugościć ją u siebie przez parę tygodni. Nie była popularna. Jej nieliczne przyjaciółki mieszkały w mieszkaniach równie małych jak to jej. Nikogo nie znała na tyle dobrze, by poprosić o nocleg, nawet gdyby chciała.

– Muszę już iść – powiedziała do Maca cicho.

– Wiem – odparł. – Nie martw się, w szkole wiedzą, że się spóźnisz. Ważniejsze, żebyśmy to załatwili.

– A gdzie obecnie przebywa twój dziadek? – Kobieta się uśmiechnęła.

– W Świętej Teresie. Powiedzieli, że będą go przenosić, ale nie wiem kiedy.

– Możemy się tego dla ciebie dowiedzieć. Ustalimy odpowiednią formę kontaktu.

– Czy będę mogła codziennie go odwiedzać? Jak dotychczas?

– Nie jestem pewna. To zależy od tego, gdzie cię umieścimy.

– To znaczy? – zapytał Mac. – To nie będzie gdzieś blisko jej domu?

Kobieta westchnęła.

– Obawiam się, że system działa pod ogromną presją. Nie zawsze możemy zagwarantować klientowi, że zostanie tak blisko domu, jak by chciał. Ale dołożymy wszelkich starań, by Sarah widywała się z dziadkiem regularnie, dopóki on nie wróci do zdrowia.

Sarah słyszała ogromne przerwy pomiędzy słowami kobiety, pustkę, którą powinna wypełniać pewność. Zaczęła sobie wyobrażać, że umieszczono ją u jakiejś roześmianej rodziny wiele kilometrów od papy. Od Boo. Jak będzie się nim zajmować, jeśli dojazd zajmie jej wiele godzin? To się nie mogło udać.

– Wiecie co? – powiedziała, zerkając na Maca. – Sama się sobą zajmę. W zasadzie, gdyby ktoś mi tylko trochę pomógł, mogłabym zostać u siebie.

Kobieta się uśmiechnęła.

– Przykro mi, Sarah, ale w świetle prawa nie możemy pozwolić ci mieszkać samej.

– Ale ja dam sobie radę. Problemem było tylko włamanie. Ja muszę być blisko domu.

– Dołożymy wszelkich starań, by ci to umożliwić – odparła kobieta zgodnie. – A teraz odwieziemy cię do szkoły. Po lekcjach odbierze cię twoja opiekunka społeczna i zabierze cię do nowego miejsca zamieszkania.

– Nie mogę – odparła Sarah gniewnie. – Muszę gdzieś być po szkole.

– Jeśli to jakieś koło zainteresowań, ustalimy to ze szkołą. Na pewno nie będzie im przeszkadzać, jeśli opuścisz jedne zajęcia.

Sarah zastanawiała się, jak dużo może im powiedzieć. Jak by zareagowali, gdyby dowiedzieli się o Boo?

– Dobrze, Sarah. Przejdźmy do tematu religii, to już nie potrwa długo. Czy możesz mi powiedzieć, do jakiej kategorii się zaliczasz?

Głos kobiety ucichł, a Sarah zaczęła się gapić na Maca. Widziała, że źle się tu czuje. Ciągle się wiercił, jakby wolał się znaleźć gdziekolwiek indziej. Cóż, no to już wie, jak ona się czuła. Nagle go znienawidziła, znienawidziła jego i jego żonę za to, że sprowokowali ten cały bałagan. Gdyby wczoraj nie była w takim szoku, sama załatałaby drzwi. Kowboj John by jej pomógł. I wciąż byłaby w domu, żyła swoim życiem, odwiedzała Boo dwa razy dziennie, radziła sobie i czekała na powrót papy.

– Sarah? Kościół anglikański? Katolicyzm? Hinduizm? Muzułmanizm? Inne?

– Hinduizm – odparła buntowniczo, a gdy spojrzeli na nią z niedowierzaniem, powtórzyła: – Hinduizm. – Niemal się roześmiała, gdy kobieta to zapisała. Może jeśli naprawdę utrudni im życie, będą musieli pozwolić jej wrócić do domu. – I jestem ścisłą wegetarianką – dodała. – Wyraz twarzy Maca zdradził, że przypomniał sobie kanapkę z bekonem, którą zrobił jej na śniadanie. Czekała, aż zaprotestuje.

– Okej. – Kobieta wszystko zapisywała. – Prawie gotowe. Panie Macauley, jeśli musi pan iść, dokończę sama.

– I mam klaustrofobię. Nie mogę zamieszkać nigdzie, gdzie jest winda.

Kobieta zrobiła poirytowaną minę. Sarah doszła do wniosku, że wcale nie jest taka sympatyczna, jaką udawała.

– Cóż – oświadczyła szorstko – w takim razie muszę porozmawiać jeszcze z twoją szkołą i twoim lekarzem. Nie wątpię, że gdyby pojawiły się jakieś prawdziwe wymagania lub problemy, oni je potwierdzą.

Mac coś zapisywał.

– W porządku? – zapytał Sarah cicho.

– Po prostu cudownie – odparła.

Miał zaniepokojoną minę. Wie, że rujnuje mi życie, pomyślała. Podał jej świstek papieru.

– Moje numery kontaktowe – powiedział. – Gdybyś miała jakieś problemy, zadzwoń, okej? Pomogę ci, jak tylko będę mógł. Mogę to zrobić, prawda? – zwrócił się do kobiety.

Uśmiechnęła się do niego. Sarah zauważyła, że wiele kobiet uśmiecha się do Maca.

– Oczywiście. Zachęcamy naszych klientów, by w miarę możliwości żyli w zgodzie ze swoimi dotychczasowymi przyzwyczajeniami.

Mac wstał i podał jej teczkę z dokumentami i osobistymi papierami, którą zabrał z mieszkania.

– Trzymaj się, Sarah – powiedział. Zawahał się, jakby nie był pewien, czy faktycznie powinien iść. – Mam nadzieję, że niedługo wrócisz do domu.

Sarah kopnęła nogę swojego krzesła i nie odpowiedziała. Odkryła, że brak reakcji i milczenie to jedyna siła, jaka jej została.

– Bogu dzięki. Już myślałam, że będziemy musieli zadzwonić po innego fotografa.

– Przepraszam. Coś mi wypadło. – Mac położył swoje torby ze sprzętem na podłodze. Ucałował Louisę, dyrektorkę artystyczną, którą znał, po czym zwrócił się do dziewczyny przed lustrem. Zagorzale esemesowała, całkowicie obojętna na zabiegi makijażystki i fryzjerki, która nakręcała jej włosy na wielkie wałki ceramiczne. – Cześć, jestem Mac – przedstawił się, podając jej rękę.

– O. Cześć. Serena.

– Miałeś tu być godzinę temu. – Maria postukała palcem w zegarek. Jej dżinsy wisiały na biodrach tak nisko, że wyglądało to niemal nieprzyzwoicie. Dwie warstwy powiewnej ciemnej tkaniny zawiązane nad nimi odsłaniały kształtny brzuch.

Za jej plecami ktoś nastawiał odtwarzacz CD.

– Uznałem, że przyda się wam trochę więcej czasu na waszą magię, kochanie. – Pocałował ją w policzek i przesunął dłonią po jej nagich plecach. – Rozstawię sprzęt, dobra? Louisa, chcesz jeszcze raz przegadać plan sesji?

Louisa opowiedziała mu pokrótce, jakiej atmosfery oczekują na zdjęciach młodej aktorki. Stylistka z uwagą kiwała głową. Mac również potakiwał, na pozór poświęcając im całą swoją uwagę, choć myślami wciąż znajdował się w wydziale opieki nad dziećmi. Zbiegł po schodach przygnębiającego budynku czterdzieści minut temu, wcale nie czując ulgi. Sarah wyglądała na całkowicie załamaną, skuliła się w sobie, gdy siedzieli w tamtym biurze, i powoli docierała do niej skala zmian w jej sytuacji. Przez chwilę rozważał, by zapytać Tash, czy dziewczyna nie może zamieszkać u nich, ale nawet gdyby udało mu się sformułować to zdanie podczas śniadania, które zjedli w napiętej ciszy, sam również dostrzegał absurd tego wszystkiego. Tash jasno dała mu do zrozumienia, że obecność Sarah mogła kosztować ją zawodową reputację i że z trudem poradzi sobie z jego obecnością w domu. W którym w ogóle nie czuł się jak u siebie. Jak w tej sytuacji miał jej narzucić jeszcze obcą osobę?

– Dużo czerwieni. Bardzo śmiało. Tymi zdjęciami chcemy coś zaznaczyć, Mac. To nie jest kolejna młoda gwiazdka, lecz przyszła poważna aktorka, młoda Judi Dench, mniej rozpolitykowana Vanessa Redgrave.

Zerknął na Serenę, która właśnie chichotała do swojej komórki, i z trudem stłumił westchnienie. Stracił rachubę wyjątkowych młodych gwiazd, które fotografował w ostatniej dekadzie. Ledwie dwie z nich przetrwały początkowy wybuch popularności i dostały role w serialach.

– Okej. Jest gotowa.

W drzwiach pojawiła się Maria z cienkim pędzlem do makijażu w zębach. Upinała blond włosy dziewczyny zwinnymi palcami. Stylistka zdejmowała stroje z długiego wieszaka i układała je sobie w zagięciu ramienia.

– Wezmę te.

– To zajmie dziesięć minut. Tylko sprawdzę tło. – Louisa ich zostawiła.

Maria podeszła do niego.

– Miałam zapytać, dlaczego się spóźniłeś – powiedziała z ciężkim słowiańskim akcentem – ale potem doszłam do wniosku, że mnie to nie obchodzi.

Zahaczył palcem szlufkę jej paska i przyciągnął ją do siebie. Jej włosy pachniały jabłkami, a skóra – makijażem i lakierem do włosów, wielowarstwowymi smarowidłami jej fachu.

– Nie uwierzyłabyś, gdybym ci powiedział.

Wyjęła pędzel z ust.

– Podrywałeś kobiety.

– Czternastolatki, mówiąc wprost.

Jej usta znalazły się tak blisko, że widział mały pieprzyk nad jej górną wargą.

– To żadne zaskoczenie. Jesteś odrażający.

– Staram się.

Pocałowała go, po czym się odsunęła.

– Mam potem następne zlecenie. W Soho. Chcesz się spotkać?

– Jeśli możemy jechać do ciebie.

– A więc mieszkasz w domu byłej żony?

– To też mój dom. Mówiłem ci.

– A ta kobieta nie ma nic przeciwko temu, że się wprowadziłeś?

– Tego nie mogę potwierdzić.

Zmrużyła powieki.

– Nie ufam jej. Która szanująca się kobieta przyjęłaby z powrotem byłego męża w ten sposób? Gdy mój były chłopak w Krakowie próbował wejść do mojego domu, przywitałam go pistoletem ojca. – Wykonała odpowiedni gest.

Mac przez chwilę to rozważał.

– To... chyba jest jakaś opcja.

– Potem wcale nie poczułam się dobrze. Okazało się, że chciał mi tylko zwrócić odtwarzacz CD. – Odwróciła się do wyjścia, a w drodze do drzwi sięgnęła do misy z owocami po winogrono. – W sumie dobrze, że nie trafiłam.

Cholerna brama znów się zacięła. Kowboj John szarpał za skrzydła, próbując ustawić je w jednej linii i równocześnie mocował się z kłódką, gdy zobaczył znajomą postać biegnącą w jego stronę z torbą na biodrze.

– Właśnie miałem zamykać – powiedział, zdejmując kłódkę. – Czekałem na ciebie wczoraj. Myślałem, że coś ci się stało. Gdzieś ty była, dziewczyno? – Zaniósł się ochrypłym, zgrzytliwym kaszlem.

– Zesłali mnie do Holloway. – Upuściła szkolną torbę na bruk i pobiegła do stajni.

Zatrzasnął bramę i poszedł za nią sztywnym krokiem. Jesienny chłód przenikał mu kości.

– Zamknęli cię w więzieniu?

– Nie w więzieniu – odparła, mocując się z ryglem na drzwiach. – Wtrąciła się opieka społeczna. Powiedzieli, że nie mogę dłużej mieszkać w domu bez papy, a potem kazali mi jechać do tej głupiej rodziny. Oni mieszkają w Holloway. Myślą, że teraz jestem u papy... tylko dlatego mogłam tu przyjechać.

Rzuciła się koniowi na szyję, a John zobaczył, jak przechodzi ją silny dreszcz, jakby uwolniło się z niej narastające przez cały dzień napięcie.

– Zaraz, zaraz. – Włączył światła. – Musisz się cofnąć. Co się, do pierona, stało?

Odwróciła się do niego twarzą, miała mokre oczy.

– We wtorek ktoś się włamał do naszego mieszkania. Pewna kobieta podwiozła mnie do domu, jakaś prawniczka czy coś, i potem kazała mi jechać do siebie, bo jej zdaniem nie byłam bezpieczna. A potem zabrali mnie do opieki społecznej i zanim się zorientowałam, zamieszkałam u kogoś innego, i muszę tam zostać, dopóki papa nie wyzdrowieje. U tej rodziny w Holloway. Nawet ich nie znam. Dojazd stamtąd tutaj zajął mi godzinę piętnaście.

– Po co się wtrącali?

– Radziłam sobie do tego włamania.

– Twój dziadek o tym wie?

– Nie mam pojęcia. Dopiero jutro go odwiedzę. Oni nie wiedzą o Boo. Nie mogę im powiedzieć, bo jego też gdzieś przeniosą.

Kowboj John pokręcił głową.

– O to się nie martw. On się nigdzie nie wybiera.

– Nie mam dla ciebie pieniędzy za stajnię. Zabrali książeczki czekowe papy, więc nie mam nic poza pieniędzmi na autobus i lunch.

– Nie martw się. – Nakręcała się jak mały huragan. – Rozliczę się z czynszu z twoim papą, jak już stanie na nogi. Masz pieniądze na paszę dla konia?

Wcisnęła rękę do kieszeni, odliczyła gotówkę i podała mu ją.

– Wystarczy mi na cztery bele siana i kilka worków obroku. Ale musisz go karmić za mnie. Nawet nie wiem, czy będę mogła tu przyjeżdżać, żeby go oporządzić.

– Okej, okej. Posprzątam za ciebie jego boks albo zapędzę do tego jednego z chłopców. A kowal? Wiesz, że przychodzi we wtorek?

– Wiem. Mam trochę oszczędności. W tym miesiącu mogę z nich zapłacić. Ale nie stać mnie na czynsz.

– Powiedziałem ci. Prolonguję czynsz, dopóki Kapitan nie wróci do akcji.

– Wszystko zwrócę.

Zabrzmiała tak, jakby myślała, że jej nie wierzy. Cofnął się o krok.

– Wiem. Masz mnie za głupca? – Wskazał gestem inne konie. – Żadnemu z tych szczurów nie pozwoliłbym na dzień spóźnienia, ale ty i twój papa... A teraz się uspokój, zrób porządek z koniem i potem coś ustalimy.

Trochę się odprężyła. Wzięła zgrzebło i zaczęła szczotkować konia, omiatając jego bok metodycznie, rytmicznie, jak dziadek – jakby czerpała pociechę z tej prostej czynności.

– Sarah... Zaproponowałbym ci, żebyś zamieszkała u mnie, ale trochę tam ciasno. Od dawna jestem sam. Gdybym miał większy dom albo jakąś kobietę pod ręką... Nie jestem pewien, czy zgodziliby się umieścić dziewczynkę w takim otoczeniu.

Odparła, że to nieważne.

Stał tak przez chwilę.

– Pozamykasz, jeśli już pójdę? – Uznał, że ona nigdzie się nie wybiera w najbliższym czasie. Oparł się o drzwi stajni i odchylił kapelusz tak, by lepiej widzieć jej twarz. – Wiesz co, Sarah? Jak chcesz, pojadę jutro do twojego dziadka, żebyś ty mogła przyjechać tutaj.

Wyprostowała ramiona.

– Naprawdę? Nie lubię zostawiać go samego dwa dni z rzędu.

– Żaden problem. Na pewno chciałby wiedzieć, że Boo dalej uprawia ten jego cyrk. I muszę mu coś powiedzieć. Słonko, z tobą też muszę o tym porozmawiać.

Zrobiła zaniepokojoną minę, oczekując kolejnego ciosu.

– Zastanawiam się, czy nie sprzedać stajni Maltańczykowi.

Otworzyła szeroko oczy.

Ale co...

– Spokojnie. Mówię tobie i twojemu dziadkowi, że nic się nie zmieni. Zostanę tu, dopóki nie sprzedam domu. Codziennie będę otwierał i dbał o biznes.

– Dokąd jedziesz? – Otoczyła dłońmi szyję konia i przywarła do niego, jakby on też zaraz miał gdzieś uciec.

– Przeprowadzam się na wieś. Gdzieś, gdzie jest zielono. Moje chłopaki na to zasługują. – Pokiwał głową na swoje konie. Zawahał się. Wyjął papieros z ust i splunął na ziemię. – Wstrząsnęło mną to, co spotkało twojego dziadka, Sarah. Sam nie jestem już młody i jeśli mam jeszcze tylko parę lat, chciałbym je spędzić w jakimś spokojnym miejscu.

Nic nie powiedziała, tylko na niego patrzyła.

– Maltańczyk obiecał mi, że nic się nie zmieni, dziewczyno – zapewnił ją. – Wie o Kapitanie, wie, że nie jest wam teraz łatwo. Mówi, że wszystko utrzyma po staremu.

Nie musiała nic mówić. Odczytał wszystko z jej twarzy. Biorąc pod uwagę, gdzie właśnie wylądowała, jak mogła mu, do cholery, wierzyć?

– Dzięki za natychmiastową reakcję, Michael. Pani Persey wkrótce tu będzie, a ja chciałam jeszcze wstępnie przejrzeć z tobą papiery. – Urwała, gdy do pokoju wszedł Ben z pudełkiem chusteczek i butelką schłodzonego białego wina. – Zazwyczaj nie zachęcamy klientów, żeby sobie popłakali – kontynuowała, gdy postawił ostrożnie butelkę na jej biurku – ale w wypadku klientki takiego kalibru…

– …pozwalacie uronić kilka łez.

Uśmiechnęła się.

– I ukoić ból kieliszkiem ulubionego chablis.

– A myślałem, że w tej części miasta łatwiej o skonfiskowanie przypadkowej puszki Special Brew.

Urok osobisty i poczucie humoru znanego prawnika rozwodowego Michaela Harringtona skrywały ostry jak brzytwa umysł. Natasha przypomniała sobie pierwszy raz, gdy widziała go w sądzie – była jeszcze praktykantką, a on reprezentował stronę przeciwną. Żałowała, że nie wzięła ze sobą magnetofonu, by nagrać zwodniczą swobodę, z jaką obalił sprawę jej mentora.

– Okej. – Zerknęła na zegarek. – Mówiąc krótko, staż małżeński: dwanaście lat, druga żona, są pewne kontrowersje wokół tego, kiedy ona i pan Persey zeszli się po odejściu jego pierwszej żony. Nieco ponad rok temu nakryła go *in flagranti* z *au pair*. Dość standardowa sprawa. A problemy są dwa. Po pierwsze, nie ma ugody finansowej z powodu niepełnego ujawnienia aktywów. Po drugie, ona nie zgadza się na warunki dotyczące opieki, ponieważ utrzymuje, że on znęcał się nad nią fizycznie i psychicznie podczas trwania małżeństwa oraz znęcał się słownie nad jedenastoletnią córką.

– Kiepsko.

– O tak. Dokumenty nie potwierdzają przemocy małżeńskiej. – Natasha przejrzała notatki. – Ona utrzymuje, że robiła, co w jej mocy, by to ukryć, ponieważ nie chciała narażać jego pozycji w interesach. Teraz, jak twierdzi, nie ma nic do stracenia. On natomiast grozi, że wycofa się z wszelkich ustaleń finansowych, jeśli nie będzie miał kontaktu z córką.

– Nie muszę chyba dodawać, że będzie to bardzo głośna sprawa ze względu na jego reputację. Przesłuchanie odbędzie się w obecności kierownika wydziału rodzinnego sądu. Negocjacje okazały się całkowitą katastrofą. Pani Persey uważa... Cóż, jej zdaniem najlepiej nagłośnić jej wersję wydarzeń w mediach. Robię, co mogę, by powstrzymać ją przed pójściem do gazet. – Urwała i złączyła palce w piramidkę. – Przekonasz się, Michael, że ona nie należy do najłatwiejszych klientów.

W drzwiach pojawiła się głowa Bena.

– Już jest.

Michael rzucił okiem na Natashę, po czym wstał i wyciągnął rękę gotów powitać panią Persey w pokoju.

Natasha widziała wiele ofiar przemocy małżeńskiej, pracując w Davison Briscoe; reprezentowała dzieci, których matki przysięgały, że ich mężowie nie skrzywdziliby muchy, choć na ich skroniach goiły się szwy, a pod oczami wciąż widniały fioletowe sińce. Widziała kobiety tak zdominowane przez lata znęcania się, że bały się mówić inaczej niż szeptem. Nigdy natomiast nie spotkała bitej żony pokroju Georginy Persey.

– On znów mi grozi! – Kobieta wbiła pomalowane na jaskrawy odcień paznokcie obu dłoni w ramię Natashy, jeszcze zanim Ben zamknął za nią drzwi. – Zadzwonił wczoraj wieczorem, by mi powiedzieć, że jeśli wkrótce nie zobaczy Lucy, będę miała wypadek.

Jej włosy podskakiwały na ramionach w długich, wygładzonych falach. Kosztowne ubrania opinały ciało poddawane rygorowi ćwiczeń i ukształtowane przez lata odmawiania sobie wszystkiego. Jej twarz natomiast, pokryta nieskazitelnym makijażem, jakby zastygła w grymasie permanentnego oburzenia. Gdy mówiła, miało się wrażenie, jakby cała energia została wyssana z pomieszczenia.

– Proszę usiąść, pani Persey. – Natasha zaprowadziła ją do krzesła, nalała kieliszek wina i podała go jej. – Pozwoli pani, że przedstawię Michaela Harringtona. To prawnik, o którym rozmawiałyśmy. To on będzie reprezentował panią w sądzie.

Pani Persey zachowywała się tak, jakby jej nie słyszała.

– Powiedziałam mu, że to nagrałam. Te jego groźby. Wszystko. Oczywiście to nieprawda, ale tak się bałam. Powiedziałam, że jeśli cokolwiek mi się stanie, taśmy trafią do ciebie. I wiesz, co on zrobił? Roześmiał się. Słyszałam, jak ta dziwka śmieje się razem z nim. – Spojrzała błagalnie na Michaela Harringtona. – Anulował moje karty kredytowe. Wie pan, jaki to wstyd, gdy odmówią przyjęcia karty u Harveya Nicholsa? W kolejce za mną stali ludzie, których znam.

– Zrobimy, co w naszej mocy, by wynegocjować tymczasową ugodę w najbliższych dniach.

– Żądam zakazu naprzykrzania się. Chcę, żeby się trzymał z dala od domu.

– Pani Persey – wtrąciła Natasha – już pani tłumaczyłam, że będzie go bardzo trudno uzyskać bez żadnych fizycznych dowodów na to, że pani i córce coś z jego strony grozi.

– On próbuje zrobić ze mnie wariatkę, panie Harrington. Naciska na mnie coraz bardziej i bardziej, żebym wyglądała na szaloną i żeby sędzia odebrał mi dziecko. – Teraz zwracała się już tylko do mężczyzny. Należała do tych kobiet, dla których inne przedstawicielki jej płci mogłyby nie istnieć.

– Pani Persey. – Michael Harrington usiadł obok niej. – Z dokumentów, które dotychczas przejrzałem, wynika, że o wiele więcej ryzykujemy, nie zgadzając się z decyzją sądu dotyczącą tymczasowej opieki niż z powodu mglistych oskarżeń o niestabilność umysłową.

– Nigdy nie zostawię mojej córki w jego łapach – odparła kobieta z emfazą. Podwinęła rękaw i obnażyła rękę, jakby widziała Natashę po raz pierwszy w życiu. Ku jej łokciowi biegła długa biała blizna. – To pamiątka po tym, jak zepchnął mnie ze schodów. Myślicie, że nie zrobiłby tego Lucy? Myślicie, że powinnam pozwolić, by moja córka przebywała w jednym domu z tym człowiekiem?

Michael skupił się na dokumentach. Natasha pochyliła się do przodu.

– Rozmawiałyśmy już o tym, że musimy jakoś potwierdzić pani oświadczenie o ryzyku, jakie grozi Lucy. Powiedziała mi pani, że niania widziała raz, jak mąż panią uderzył, ale nic takiego nie ma w jej zeznaniach.

– To była niania z Gwatemali, nie ta Polka.

– Czy mogłaby złożyć zeznanie?

– A skąd mam wiedzieć? Jest w Gwatemali! Do niczego się nie nadawała. Musieliśmy ją zwolnić. – Upiła łyk wina. – Przyłapałam ją na przymierzaniu moich ubrań. Jakby mogły na nią pasować! Nosiła co najmniej rozmiar czterdzieści.

Michael Harrington założył skuwkę na swoje pióro.

– Pani Persey, czy ktokolwiek inny był świadkiem aktów przemocy wobec pani lub córki?

– Przecież mówiłam! On jest bardzo sprytny! Robił to wszystko za zamkniętymi drzwiami. Powiedział, że nikt mi nigdy nie uwierzy. – Wybuchnęła głośnym płaczem.

Natasha spojrzała Michaelowi w oczy, po czym sięgnęła po chusteczki i podała je kobiecie.

– Pójdę do mediów! – oświadczyła pani Persey buntowniczo. – Opowiem światu, jaki on jest, on i ta jego dziwka.

– Sugeruję, by jeszcze na chwilę wstrzymać ofensywę medialną – odparł Michael dyplomatycznie. – To nie nastawi sędziego pozytywnie, a to bardzo ważne, byśmy wyglądali na całkowicie niewinnych w tej sprawie.

– Tak uważacie?

Oboje pokiwali głowami.

– Ale to straszne – wymamrotała, głośno wycierając nos. – Takie straszne.

– Proszę to z siebie wyrzucić, pani Persey – zaproponował Michael, gdy znów zaszlochała.

Czas płynął. Zdumiewające, jacy zrelaksowani wydają się prawnicy, jeśli otrzymują trzysta pięćdziesiąt funtów za godzinę, pomyślała Natasha.

– Może zaczniemy jeszcze raz. To bardzo ważne, byśmy wszystko dokładnie zrozumieli.

Natasha wysłała Benowi esemesa:

Możesz iść do domu. My tu jeszcze posiedzimy. Do zobaczenia jutro.

Spędzanie czasu w towarzystwie autentycznie bogatych ludzi przypomina trochę czytanie magazynów wnętrzarskich, rozmyślała Natasha, mierząc wzrokiem ubrania na łóżku. Wywołuje w tobie niezadowolenie z tego, co masz. Gdy patrzyła na tę kobietę o nieskazitelnej cerze, w idealnie skrojonych ubraniach z kaszmiru i jedwabiu, w butach od najlepszych projektantów, jej służbowa garderoba wydała jej się nagle zupełnie pozbawiona gustu, a jej dość standardowa figura – ciamajdowata i ciężka. Tym bardziej trzeba zaznaczyć, doszła do wniosku, składając dżinsy, że poradziła sobie z małżeńską separacją lepiej niż Georgina Persey. Kobieta narzekała jeszcze przez godzinę, nie słuchała rad i przeczyła własnym zeznaniom w mieszaninie wściekłości, zgorzknienia i być może szczerego niepokoju. Gdy w końcu wyszła, Michael Harrington był wstrząśnięty.

Stojąc przy łóżku, Natasha podskoczyła nerwowo, gdy usłyszała, że otwierają się drzwi wejściowe. Nastąpiła krótka cisza, jakby Mac zastanawiał się, co powiedzieć, po czym dobiegło ją z holu ostrożne:

– Cześć.

Mimowolnie zacisnęła zęby – cześć, kochanie, już jestem, jakby znów jakimś cudem stali się szczęśliwą rodziną. Odczekała chwilę, po czym zawołała:

– Jestem na górze. – Wybrała ton, którego zdecydowanie nie można odebrać jako zapraszający.

Tym bardziej wkurzające, że on i tak wszedł na górę. Najpierw w drzwiach pojawiła się jego głowa, a potem cała postać.

– Chyba zamówię jakieś jedzenie. Może masz ochotę?

– Nie – odparła. – Ja... wychodzę.

– Wyjeżdżasz – poprawił ją, widząc walizkę.

– Tylko na weekend. – Podeszła do komody i wyjęła z niej dwa złożone podkoszulki.

– W jakieś miłe miejsce?

– Do Kentu. – Zastanawiała się, czy powiedzieć mu o chatce, którą wynajęła po jego odejściu. Obawiała się jednak, że wtedy założy, iż ona ma gdzie mieszkać, co mogłoby wpłynąć na jego żądania w sprawie tego domu. Conor ostrzegł ją, by nic nie mówiła Macowi, nawet jeśli będzie dla niej miły. W końcu to się na niej zemści. – Masz więc cały dom dla siebie na weekend – dodała. Ułożyła ubrania w walizce i poszła do łazienki po krem do twarzy i kosmetyki do makijażu.

Mac włożył dłonie głęboko do kieszeni dżinsów. Rozglądał się wokół niezręcznie, jakby nagle nawiedziły go wspomnienia ich wspólnych chwil w tym pokoju. Uświadomiła sobie, że nic nie zmieniła po jego odejściu. Podejrzewała, że między innymi z tego powodu Conor nie lubił tu nocować.

– W takim razie urządzę całonocną imprezę.

Okręciła się na pięcie.

– Żartowałem. Zapomniałaś szczotki do włosów.

Zawahała się, po czym sięgnęła po nią. Nie mogła mu powiedzieć, że w domku ma taką samą.

Potarł dłonią kark.

– Rozumiem, że jedziesz z Conorem?

Stała plecami do niego, wkładając rzeczy do walizki.
– Tak.
– Co u niego?
– W porządku.
– Jeśli to dlatego, że ja tu jestem, nie zwracaj na mnie uwagi – dodał. – Wystarczy, że powiesz słowo, a zniknę na cały wieczór. Nie chcę przeszkadzać. Nie musisz wyjeżdżać, jeśli nie chcesz.
– Muszę. To znaczy, nie przeszkadzasz – skłamała. – Często wyjeżdżamy na weekend.
– Ja w każdym razie mam gdzie spać. Wystarczy jedno twoje słowo.
Pakowała się dalej, choć jego obecność sprawiała, że czuła się coraz bardziej skrępowana i osobliwie atakowana. Sypialnia stanowiła jej sanktuarium, było to jedyne miejsce, w którym czuła się jak u siebie, odkąd wrócił. Jego postać była ponurym wspomnieniem czasów, kiedy z radością leżeli w łóżku, całymi dniami oglądając filmy na DVD i jedząc przypalone grzanki... i tych nocy, kiedy leżała pół metra od niego, czując się jak najbardziej samotna osoba na świecie. Tenisówki, trzewiki, dżinsy. Szczotka do włosów. Z trudem uporządkowała myśli.
– Dokąd dokładnie jedziesz?
– A to co? Pięć pytań do? – wyrwało się jej, zanim zdołała się powstrzymać.
– Po prostu staram się być uprzejmy, Tash. Mijamy się codziennie w korytarzu. Próbuję udawać, że możemy przynajmniej odbyć cywilizowaną rozmowę. – Kontynuował obojętnym głosem: – W zasadzie stoję tutaj, czekając, aż moja żona...
– Była żona.
– Moja prawie była żona wyjedzie na weekend z kochankiem. Myślę, że to bardzo cywilizowane, nie sądzisz? Nie możesz się zdobyć na kompromis?
Chciała mu powiedzieć, że to dla niej trudne, o wiele trudniejsze niż się spodziewała, lecz nawet to niewielkie ustępstwo wydawało się jej zbyt dużym uzewnętrznianiem się.

– To tylko… mała wieś niedaleko granicy z Sussex.

Zmarszczył brwi i przeniósł ciężar z nogi na nogę.

– No cóż, to już pewnie nie potrwa długo. Dzwonili z agencji nieruchomości, że dograli wszystkie szczegóły. Jutro wystawią dom na sprzedaż.

Znów poczuła się oszukana. Znieruchomiała na środku pokoju z butami w dłoni.

– Przecież się zgodziliśmy, Tash – dodał na widok jej miny.

– Nie nazywaj mnie tak – odparła z irytacją. – Jestem Natasha.

– Przepraszam. Gdybym miał dość pieniędzy, nie robiłbym tego. Mnie też nie podoba się myśl, że sprzedajemy dom. Nie zapominaj, ile czasu mu poświęciłem.

Przycisnęła buty do piersi. Na zewnątrz rozległa się muzyka, rytm odbijał się niestrudzenie od frontów kamienic.

– Ale może tak będzie łatwiej na dłuższą metę.

– Wątpię – mruknęła szorstko. – Ale jeśli musimy to zrobić, lepiej miejmy to za sobą. – Zasunęła walizkę i z przelotnym uśmiechem, który w ogóle nie przypominał uśmiechu, minęła w drzwiach swojego wkrótce byłego męża, by zejść po schodach na dół.

Rozdział siódmy

Znak niespodzianie dany tak niepokoi burzliwego rumaka, jak człowieka niespodziane widoki, nasłuchy i wrażenia.

Ksenofont, *Hippika, czyli jazda konna*

Październik

Znów go przenieśli. Zlokalizowanie go zajęło Sarah dwadzieścia minut. Leżał na oddziale kardiologicznym, ale w zeszłym tygodniu nabawił się zapalenia płuc, przez co znów trafił na intensywną terapię.

– Mieliśmy nadzieję, że do tej pory jego stan się bardziej poprawi – powiedziała pielęgniarka, prowadząc Sarah do jego łóżka – ale pojawiła się dysfagia, czyli zaburzenia połykania. Biedny staruszek, jest mu teraz trudno.

– Nie jest staruszkiem – odparła Sarah szorstko. – Ma dopiero siedemdziesiąt cztery lata.

Pielęgniarka zwolniła, jakby miała coś powiedzieć, po czym przyspieszyła kroku, aż Sarah musiała za nią podbiec. Zatrzymała się przed niebieską zasłonką w kwiatowy wzór i odsunęła ją, by przepuścić dziewczynkę.

Sarah przysunęła sobie krzesło bliżej łóżka. Zagłówek został podniesiony tak, że dziadek znajdował się w pozycji siedzącej. Zabolało ją serce na widok jego posiwiałego podbródka, opierającego się lekko na piersi. Nigdy nie widywała u niego więcej niż jednodniowego zarostu i wiedziała, że ta przymusowa rezygnacja z dbania o siebie musi mu bardzo dokuczać.

Ostrożnie otworzyła szafkę stojącą obok łóżka, próbując ocenić, czy razem z nim przeniesiono na oddział jego rzeczy. Często musiała dopraszać się o to u pielęgniarek. Odkąd trafił do szpitala, zniknęły dwie jego piżamy, nowa kostka mydła, którą mu przyniosła, i opakowanie maszynek do golenia. Poczuła ulgę, gdy zobaczyła na półce jego kosmetyczkę, mały ręcznik oraz zdjęcie przedstawiającego jego i nanę. Wyjęła je i postawiła na szafce. Jeśli odpowiednio je ustawiła, mógł na nie patrzeć przez cały dzień.

Zerknęła na zegarek, zastanawiając się, ile ma czasu. Hewittowie kładli spory nacisk na określony porządek dnia. Wymagali, by wracała do domu na czwartą, nawet jeśli mówiła im, dokąd idzie. Już dochodziła druga, obawiała się więc, że nie zdąży dotrzeć na Sparepenny Lane, by wyprowadzić Boo.

Dotknęła dłoni dziadka. Jego skóra, cienka i sucha jak papier, sprawiła, że poczuła ucisk w sercu. Kilka tygodni w szpitalu wyssało z niego całą esencję, odarło go z jego solidności. Trudno było w nim dostrzec człowieka, który parę tygodni temu dosiadł konia stojącego dęba. Zamiana ról sprawiła, że czuła się niepewna, pozbawiona korzeni, jakby nic w jej świecie nie miało już sensu.

– Papo?

Otworzył oko i spojrzał bez zrozumienia na koc. Zastanawiała się, czy w ogóle wie, że ona tu jest. Po chwili powoli podniósł głowę.

– Papo?

Jego twarz nie wyrażała niczego. Spojrzała na masę leków na wózku obok. Przez parę tygodni będzie na antybiotyku, poinformowały ją pielęgniarki, na wszelki wypadek. Sięgnęła po okulary, które włożyła mu na nos.

– Przyniosłam ci jogurt. – Odkąd usunęli rurkę z jego gardła, starała się prawie codziennie przynosić mu coś, co mógłby z łatwością przełknąć. Wiedziała, że nie smakuje mu szpitalne jedzenie.

Jego oczy złagodniały, gdy ją rozpoznał. Położyła dłoń na jego dłoni.

– Czeremchowy. Taki, jak lubisz. – Zacisnął palce pod jej dotykiem. – Boo porasta już zimową sierścią, ale dobrze sobie radzi. Wczoraj dużo cwałowaliśmy i ani trochę się nie spocił. Zwiększyłam mu nieco porcje, bo noce są coraz zimniejsze. Daję mu dodatkową miarkę buraków cukrowych... Myślisz, że to dobry pomysł?

Wystarczyło jej to niemal niezauważalne skinienie głową. Wszystko wróciło do normy – to ona próbowała pozyskać jego aprobatę.

– Pojadę do niego, jak tylko stąd wyjdę. Pomyślałam, że może zabiorę go na spacer na mokradła. Nie możemy jechać do parku, bo to sobotnie popołudnie. Za dużo ludzi. Ale na pewno spodoba mu się taka dłuższa wycieczka. – Było to kłamstwo, ale teraz Sarah często się do nich uciekała. Najważniejsze, by dziadek słyszał tylko dobre rzeczy, dopóki tu jest i nie ma nic do roboty.

– Ta nowa rodzina, u której mieszkam, jest bardzo miła. Mnóstwo jedzenia, ale nie takiego smacznego jak u nas. Gdy wrócisz, ugotuję nam cały garnek potrawki rybnej z dużą ilością czosnku, tak jak lubisz.

Jego palce zadrżały. To była ta gorsza ręka, ta, której nie mógł podnieść. Mówiła dalej, jakby ta błaha pogawędka mogła nadać pozór normalności ich obecnemu życiu.

– Chce ci się pić? – zapytała w końcu.

Uniosła plastikowy kubek z wodą. Lekko skinął głową. Przysunęła kubek do jego ust i nachyliła jego podbródek drugą ręką tak, żeby woda kapała mu do ust. Zdobywała się już na takie gesty bez najmniejszych oporów. Odkryła, że jeśli ona tego nie zrobi, nikt inny się nie pofatyguje.

– *Temps** – powiedział.

Spojrzała na niego.

– Chleb. *Chapeau***. – Zacisnął powieki z irytacją.

– Zawołać pielęgniarkę?

Zmarszczył brwi.

– Podniosę cię troszkę. – Sięgnęła za niego po poduszki i podparła go tak, żeby się nie osuwał. Poprawiła łóżko z wprawą, a potem wygładziła kołnierzyk jego piżamy, żeby dziadkowi było wygodniej. – Lepiej?

Pokiwał głową. Wydawał się zrezygnowany.

– Okej. Nie denerwuj się, papo. Lekarz powiedział, że wszystko przyjdzie z czasem. Możliwe, że na samym końcu. Pamiętasz. Poza tym chorowałeś, więc jestem pewna, że te wszystkie leki nie pomogły. Mogły cię trochę otępić.

W jego oczach rozbłysła dezaprobata. Nie podobało mu się, gdy traktowała go jak dziecko. Jego wzrok powędrował do stolika i jej torby.

– Jogurt. Masz ochotę na jogurt?

Westchnął, a jego twarz złagodniała z ulgi.

– *Chapeau* – powtórzył.

– Okej – powiedziała. – *Chapeau.* – Wyjęła łyżeczkę z torebki i zdarła wieczko.

Nawet z perspektywy roku trudno było jej obiektywnie określić, co stało się końcem ich małżeństwa. Może w takich sytuacjach nie sposób nazwać obiektywnej prawdy; może istnieje tylko prawda dwóch osób. Prawda sądowa – żadnych absolutów, tylko punkty widzenia, wszystko zależne od tego, kto lepiej argumentuje. Tyle że w ich wypadku związek zakończył się na długo przed tym, zanim ktokolwiek miał szansę użyć argumentów.

---

* Czas (fr.)

** Kapelusz (fr.)

W pierwszym okresie po odejściu Maca powtarzała sobie, że tak będzie najlepiej. Ich charaktery różniły się fundamentalnie. Życie w złości ją wyczerpywało, zamieniało w kogoś, kogo nie lubiła, a przez ostatni rok żadne z nich nie było szczęśliwe. Może gdyby więcej czasu spędzali razem, wcześniej by to zrozumieli. Powtarzała to sobie wiele razy.

Nie potrafiła jednak siedzieć samotnie w londyńskim domu. Był to przecież, jak lubił żartować, „Dom, który zbudował Mac"* – odcisnął swoje piętno na każdym centymetrze powierzchni. W każdym pomieszczeniu rozbrzmiewało echo tego, co utraciła: na schodach, które przebudował, na półkach, które musiał montować dwa razy, w pustych miejscach po jego książkach, płytach i ubraniach. Większość swoich rzeczy oddał na przechowanie i nawet to ją denerwowało: że drobiazgi, które kochali, które wybierali razem, leżą teraz w jakimś bezosobowym boksie, bo on wolał je zamknąć na klucz, niż sugerować, że jakakolwiek jego część wciąż dzieli z nią życie.

„Resztę zabiorę za tydzień lub dwa", powiedział, gdy stała jak wrośnięta w holu. Przypomniała sobie tę dojmującą świadomość zimnych kamieni pod nagimi stopami. Pokiwała głową, jakby zgadzała się, że to rozsądne rozwiązanie. A potem, gdy zamknął za sobą drzwi, osunęła się powoli po ścianie na podłogę. Siedziała tak, nie wiadomo jak długo pogrążona w katatonii na skutek tego, co się wydarzyło.

Przez wiele tygodni, na długo przed tym, jak rodzina i znajomi dowiedzieli się, że jej małżeństwo dobiegło końca, w weekendy, wczesnym rankiem lub późną nocą, w tych okresach, kiedy nie mogła być w biurze i zatracić się w pracy, wsiadała do samochodu i jechała przed siebie. Pokonywała ulice miasta, nadziemne autostrady, tunele i mroczne, skąpo oświetlone dwupasmowe drogi, przystając tylko po to, by ponownie zatankować. Jechała i słuchała radia, programów, których uczestnicy mieli jej przypominać, że życie wcale nie jest takie złe. Jakoś

---

* Aluzja do popularnej brytyjskiej rymowanki-wyliczanki „This is the house that Jack built" (przyp. tłum.).

im się jednak nie udawało. Słuchała audycji politycznych, dokumentalnych, dramatów i oper mydlanych. Nie włączała muzyki – słuchowego odpowiednika przechadzania się po polu minowym. Człowiek myśli, że już jest dobrze, gdy nagle jakaś ważna dla niego piosenka druzgocze go bez ostrzeżenia. Tańczyliśmy do tego, to włączyliśmy podczas grilla. Kręciła gałką, gdy łzy spływały po jej policzkach. Lepiej słuchać wiadomości, cmokać z niezadowoleniem przy nagłówkach i dziwić się zaciekłości poglądów.

Jej funkcjonujący tylko w połowie mózg koncentrował się na podwójnych wymaganiach słuchania i prowadzenia, aż pewnego sobotniego poranka wylądowała w Kencie. Nagle poczuła nieoczekiwane ssanie w żołądku i ze zdumieniem uświadomiła sobie, że od niemal osiemnastu godzin nic nie jadła. Zauważyła przy drodze herbaciarnię z rodzaju tych stylizowanych na staroangielskie, które przyciągały nie-Anglików złudzeniem prawdziwej Anglii. Zjadła pół rogalika z masłem (przez wiele tygodni nie udawało się jej niczego utrzymać w żołądku), zapłaciła i udała się w ten mokry jesienny poranek na spacer wokół wioski, rozkoszując się zapachami ziemi, gnijących liści, ostrym, gorzkawym smakiem tarniny w żywopłotach. Ku swemu zdumieniu poczuła się nieco lepiej.

Gdy natrafiła na mały domek z tabliczką „do wynajęcia" w połowie drogi prowadzącej na samotną farmę, nawet nie zajrzała do środka. Zadzwoniła na numer agenta i zostawiła wiadomość, że jeśli nieruchomość jest nadal do wynajęcia, ona jest chętna. Pieniądze szczęścia nie dają, pomyślała potem, ale na pewno mogą zapewnić ci lepsze miejsce, żeby przeżywać nieszczęście.

Od tamtej pory Conor przyjeżdżał z nią tutaj we wszystkie weekendy, kiedy nie miał dzieci. Nie posiadał praktycznego zacięcia jak Mac, lecz z radością dotrzymywał jej towarzystwa. Leżał na sofie i czytał gazety, palił w kominku dla czystej przyjemności patrzenia na ogień albo pomagał jej coś ugotować. Gdy pogoda dopisywała, wychodził na zewnątrz z piwem, a ona przycinała i plewiła ogród. Niewiele wiedziała o roślinach, lecz szybko odkryła radość płynącą z wyrywania chwastów i spacerowania po centrum ogrodniczym z dala od milionów miejskich nieszczęść, w które obfitowała jej profesja.

Wynajmowała domek już prawie rok, a praca, którą włożyła w ogród, wydała plon tego lata: byliny wyrosły z nawiezionej ziemi, niedławione przez perz, róże zakwitły, a jabłonie zaowocowały. Kobieta z położonej na końcu drogi farmy, która okazała się nie farmą, lecz stadniną, podrzucała jej worki z nawozem pod bramę.

– Nie, nic za to nie chcę – powtarzała dziarsko. – Mam mnóstwo swojego. Im hojniej nawiezie pani róże, tym dla nich lepiej.

Dom w Kencie dawał jej spokój umysłu. Nie wiązała się z nim żadna historia, potrzebował bezustannej uwagi. Gdy nie udało się jej odwiedzić go w weekend, w Londynie wręcz chodziła po ścianach.

A teraz zyskała kolejny powód, by unikać stolicy.

Po niemal roku Mac ostatecznie zgłosił się po to, co zostawił, odchodząc.

– A… co robią chłopcy w ten weekend?

– Nie jestem pewien. Ona chyba zabiera ich do swojej matki.

– Nie jesteś pewien? To do ciebie niepodobne.

– No tak. Cóż. Była taka cholernie skwaszona, gdy ich podrzuciłem, że nie chciało mi się z nią gadać. – Conor się skrzywił.

Natashę nadal zdumiewały te fizyczne objawy niechęci, która go ogarniała, gdy mówił o swojej byłej żonie.

– Wspominałeś, że podobało im się na łyżwach – przypomniała mu.

Jechali samochodem sportowym, który był symbolem kryzysu wieku średniego Conora. Conor spojrzał w lusterko wsteczne, po czym zmienił pas i odparł lżejszym tonem:

– Bardzo. Ja wyglądałem jak stara baba, a oni nauczyli się jeździć tyłem po dwudziestu minutach. Masz tu jakąś wodę? Chryste, w gardle mi zaschło.

Sięgnęła do torebki i wyjęła małą butelkę, którą dla niego odkręciła. Uniósł ją do ust i zaczął pić.

– Zabrałeś ich do tej restauracji, o której ci mówiłam? Do tej z magikiem?

– Tak. Bardzo im się podobało. Przepraszam... miałem ci o tym powiedzieć.

– Myślisz, że chcieliby tam wrócić?

– Czemu nie? – Upił kolejny potężny łyk. – Może nawet zabiorę ich tam w przyszłą niedzielę. Prawie na pewno będą wtedy ze mną.

Natasha przyglądała mu się przez chwilę, po czym wzięła od niego butelkę, gdy ją jej podał. Rzadko nocowała w mieszkaniu Conora – nigdy nie widziała równie ascetycznie bezosobowego wnętrza. Poza dwiema fotografiami synów, kilkoma zabawkami i kolorową pościelą w drugiej sypialni nic nie sugerowało tam, że to coś więcej niż hotelowy apartament. Conor żył jak mnich. Miał pralkę, ale brudne rzeczy odbierano od niego i dostarczano czyste, ponieważ nie lubił rozwieszać prania. Nie gotował, „no bo po co – mawiał – jeśli miejscowe restauracje robią to o wiele lepiej". Kuchnia błyszczała nieużywana, bo bez powodu sprzątano ją dwa razy w tygodniu.

Natasha podejrzewała, że jakaś jego część jest wściekła na to nowe życie i stąd odmowa zapuszczenia korzeni w tym mieszkaniu – to był jego sposób na zaznaczenie, że nie zamierza zostać tu na długo. Odprężał się nieco w domku w Kencie; gdy rozpalał w kominku, przygotowywał grilla lub przestawiał rzeczy na półkach, dostrzegała w nim pantoflarza, którym kiedyś mógł być.

– Wiesz... Nie powinienem nic mówić, ale jeśli sprawa Perseyów pójdzie dobrze, Richard będzie chciał zamienić z tobą słowo.

– Na jaki temat?

– Oj, daj spokój. Nie jesteś aż taka naiwna. – Uśmiechnął się lekko.

– Awansu na partnera?

– Nie rób takiej zdumionej miny. Od jakiegoś czasu ściągasz nowych klientów, a sprawa Perseyów nada nam nowy profil. Wiem, że miał pewne obawy co do twojego koncentrowania się na prawie rodzinnym, ale zaskoczyło go, jak szybko się to opłaciło. Co masz w planach na przyszły tydzień?

Próbowała opanować myśli, które nagle rozbiegły się w nieoczekiwanych kierunkach.

– Kolejne spotkanie z Harringtonem w sprawie Perseyów. Porwanie dziecka. Och, i przesłuchanie w sprawie wieku osoby proszącej o azyl. Kolejny klient Raviego. – Przypomniała sobie, że tego ranka nie przeglądała telefonu i teraz sięgnęła do torebki. – Dzieciak jest bez papierów, twierdzi, że ma piętnaście lat, ale miejscowe władze są innego zdania. – Paragraf 17: w takim wypadku władze lokalne musiałyby zapłacić za jego azyl. Gdyby udowodniły, że jest starszy, chłopak zostałby przeniesiony do komórki ogólnokrajowej. Wszystko jest kwestią pieniędzy.

– Uda ci się?

– Będzie trudno. Ciężar udowodnienia, że to wciąż dziecko, spoczywa na nas. Moją jedyną nadzieją są błędy proceduralne: nigdy nie otrzymał raportu od oficera prowadzącego, gdy wyniknął problem jego wieku. To mój punkt zaczepienia. – Dokumentacja w sprawach nieletnich była bardzo chaotyczna, a takie sprawy coraz trudniej wygrywało się na merytoryczne argumenty. Nacisk polityczny z góry skutkował bowiem tym, że takie dzieci klasyfikowano jako dorosłych albo po prostu odsyłano do domu.

– Słyszę, że sama masz wątpliwości. Co do jego wieku.

– Sama nie wiem, co myśleć. To znaczy, jeszcze się nie goli ani nic takiego, ale przecież może kłamać. Oni wszyscy utrzymują, że mają piętnaście lat.

– To bardzo cyniczne podejście, gwiazdo. Nie w twoim stylu.

– Ale to prawda. Albo współczesne dzieciaki rodzą się bardziej szczeciniaste.

Czuła na sobie jego spojrzenie.

– Z nikim nie rozmawiałaś o tym twoim Irańczyku, prawda?

Podniosła na niego wzrok.

– O tym, o którym do niedawna wciąż mówiłaś... O Jasiu Wędrowniczku, który nie przyszedł stąd, skąd mówił, że przyszedł. Czy nie poszedł tam, dokąd miał iść.

– O Alim Ahmadim? Nie.

– Nawet z jego opiekunką społeczną?

Skrzyżowała ramiona na piersi.

– I co miałabym jej powiedzieć? To byłoby bez sensu.

– I dobrze. Mogłabyś sobie tym poważnie zaszkodzić. Twoja praca nie polega na ocenianiu ludzi. Masz im tylko zapewnić najlepszą obronę na podstawie informacji, które ci podali. – Zerknął na nią, chyba zdając sobie sprawę z tego, jak protekcjonalnie to zabrzmiało. – Moim zdaniem za bardzo się tą sprawą nakręciłaś. Co z tego, że chłopak nie mógł przejść tego dystansu? Przecież nie próbował oszukać ciebie osobiście.

– Wiem. – Tyle że odebrała to właśnie osobiście... Nienawidziła być okłamywana. To dlatego tak długo czuła się winna z powodu Maca.

– Nie mogłaś przewidzieć, co zrobi.

– Wiem – powtórzyła z naciskiem. – Masz rację. Ale... to wpływa na moje postrzeganie ich wszystkich. Czytam streszczenia spraw i szukam w nich dziur.

– Nie do ciebie należy sądowe badanie ich historii.

– Może nie, ale to nie zmienia faktu, że ten dzieciak stanie teraz przed sądem karnym. Po części to moja wina.

Conor pokręcił głową.

– Jesteś dla siebie zbyt surowa. Nie odpowiadasz za ludzką naturę. Chryste, gdybym za bardzo wczytywał się w historie ludzi, których reprezentuję, w ogóle nie miałbym cholernej roboty.

Odkręciła butelkę z wodą i sama upiła łyk.

– Zazwyczaj potrafię się o tym przekonać. Robię coś dobrego. Wydaje mi się, że stoję po lepszej stronie prawa. Nie mówię, że twoja strona nie jest świetna, ale ty nigdy nie oczekiwałeś tego samego co ja.

– Czyli pieniędzy.

– Tak. – Roześmiała się. – Ale ta sprawa z Ahmadim... Cóż, chyba stałam się przez nią cyniczna, a nigdy nie chciałam taka być.

Uśmiechnął się.

– Pogódź się z tym, dziewczyno. Jeśli nie chciałaś się stać cyniczna, trzeba było zatrudnić się w hospicjum, a nie w cholernej kancelarii prawnej.

Conor nie był zaborczy. Wręcz przeciwnie, kiedy byli już parą, miał spore problemy, by się do czegokolwiek zobowiązać. Nie okłamywał jej – zjawiał się, gdy się umawiali, dzwonił, jeśli obiecał, ale jednocześnie cały czas otaczał się niewidzialnym murem. Nie wyrażał żadnych pragnień ani potrzeb. Okazywał uczucia, nie sugerując, co mogą one oznaczać. Natasha nie miała więc powodu podejrzewać, że jej nowa sytuacja domowa będzie stanowić problem. Aż do chwili, kiedy mu o niej opowiedziała, gdy rozpakowywali samochód.

– Mieszka z tobą od tygodnia? – Postawił walizkę na ziemi.

– Od wtorku.

– I dopiero teraz mi o tym mówisz?

– Praktycznie nie widywaliśmy się w tym tygodniu. Poza tym to trudne. Nie zamierzałam wpaść na ciebie w sądzie i wyszeptać: „Cześć, kochanie, mój były mąż się wprowadził".

– Mogłaś zadzwonić.

– Owszem. Ale nie chciałam. Jak już mówiłam, czułabym się niezręcznie.

– Wyobrażam sobie. – Sięgnął po swoją aktówkę i torbę z zakupami, po czym wszedł do domu cały najeżony.

– Ale nie o to chodzi, prawda? – zapytała, słysząc jego ton.

– Nie wiem, Natasho. A o co? – odparł przesadnie spokojnym głosem.

Poszła za nim do kuchni. W poprzedni weekend zostawiła przy zlewie kwiaty, które zdążyły zwiędnąć; brązowe płatki zwijały się na brzegach flakonu.

– On nie ma gdzie mieszkać, a połowa domu należy do niego.

Odwrócił się do niej twarzą.

– Mógłbym być śmiertelnie chory, stracić wszystko i przejść lobotomię, a mimo to nic nie zmusiłoby mnie do zbliżenia się na pięćdziesiąt metrów do mojej byłej i jej domu.

– Cóż, my jeszcze nie przeszliśmy całego procesu.

– Chcesz powiedzieć, że wciąż się nie rozwiedliście. Coś mi umknęło?

– Wiesz, że to zrobimy, Conor. Po prostu jest jeszcze wcześnie.

– Wcześnie? A może to wcale nie jest takie pewne?

Rozpakowywał zakupy, wkładając w to wyjątkowo dużo energii. Stał do niej plecami, ale widziała, jak zaciska szczękę.

– Ty tak na poważnie?

– Właśnie mi powiedziałaś, że twój nie do końca były mąż znów się wprowadził. Jak mam nie być poważny?

Stanęła przed nim.

– Jezu Chryste, Conor! Jakby moje cholerne życie nie było już dostatecznie skomplikowane. Jesteś ostatnią osobą, po której spodziewałabym się ataku zaborczości.

– Co to ma znaczyć?

– Nie chcesz jechać ze mną na wakacje, a robisz problem z tego, jak z moim byłym dzielimy się majątkiem?

– To nie to samo.

– Nie? Nawet mnie nie przedstawiłeś swoim dzieciom.

Wyrzucił ręce w górę.

– Wiedziałem. Wiedziałem, że je w to wciągniesz.

– Cóż, jeśli naprawdę chcesz o tym rozmawiać, ja też mogę. Jak myślisz, jak się czuję z tym, że zachowujesz się, jakbym nie istniała? Nie możemy się nawet umówić na kawę, jeśli twoi synowie są w pobliżu.

– Oni nadal są w szoku. Ich życie całkiem stanęło na głowie. Ich matka i ja w zasadzie ze sobą nie rozmawiamy. Przedstawienie im mamusi numer dwa raczej nie pomoże, nie sądzisz?

– A dlaczego muszę od razu być mamusią numer dwa? Nie mogę być po prostu twoją przyjaciółką?

– Myślisz, że dzieci są głupie? Szybko zrozumieją, o co naprawdę chodzi.

Zaczęła krzyczeć:

– No to co? Jeśli jesteśmy razem, w pewnym momencie stanę się częścią ich życia. A może to mnie coś umknęło?

– Oczywiście, że nie. Tak, jesteśmy razem. Po co ten cholerny pośpiech? – Jego głos złagodniał: – Nie rozumiesz dzieci, Natasho. Nie zrozumiesz, dopóki sama nie urodzisz. One… one muszą być na pierwszym miejscu. Wciąż bardzo cierpią. Są takie smutne. Muszę je chronić.

Spojrzała na niego.

– A ja tego nie zrozumiem, tak, Conor? Bo jestem bezpłodna i w ogóle…

– Cholera! Natasha, nie to chciałem…

– Spadaj – syknęła. Wbiegła na górę po dwa stopnie naraz i zamknęła się w łazience.

Koń miał nozdrza wielkie jak spodki. Rozszerzyły się tak bardzo, że dostrzegała różową tkankę za czarnym aksamitem. Oczy miał białe i strzygł uszami, bezustannie sprawdzając, co dzieje się za nim. Jego szczupłe nogi naśladowały jakiś wyrafinowany dwukrok. Sal Maltańczyk wysiadł z sulek, podszedł do zwierzęcia i przesunął dłonią po jego mokrej od potu szyi.

– Co myślisz, Vicente? Zarobi dla mnie trochę forsy? – Zaczął wyprzęgać sulki, gestem nakazując siostrzeńcowi to samo po drugiej stronie.

– Raczej trochę cię będzie kosztował. Ma jakiś dziwny chód. Nie podobają mi się jego nogi.

– Ten koń wygrał czternaście razy na piętnaście. Ma nogi lepsze niż ty. To koński odpowiednik supermodelki.

– Skoro tak mówisz.

– Nie odróżniasz kłusaka od inochodźca. To dobry koń. Czuję to. Ralph? Spłuczesz szlauchem nogi mojego konia?

Ralph podbiegł po lejce, a koń, wolny od oków małego powozu, zatańczył jak baletnica na podwórzu.

Sarah przemknęła obok nich, zamknąwszy za sobą bramę. Kowboja Johna nigdzie nie było, a ona zawsze czuła się skrępowana przy ludziach Maltańczyka.

Wiecznie był nimi otoczony. Podobno istniała jakaś pani Salowa, większość jego ludzi miała żony, ale zdaniem Kowboja Johna ona w zasadzie nie wychodziła z cholernego domu.

– Trzyma ją tam od dwudziestu lat. Ona nadaje się tylko do gotowania, sprzątania i... – Poprawił kapelusz. – Nieważne.

Była świadoma ich spojrzeń, gdy szła powoli do boksu Boo. Poczuła ulgę, gdy rozproszyła ich nieudolność Ralpha, który polewał drżące nogi zwierzęcia.

Sarah zawsze współczuła kłusakom i inochodźcom: smukłonogie i wielkookie przybywały do stajni, gdzie karmiono je aż do przesady, biegały w wyścigach, dopóki ich nogi się nie poddały albo Sal nie stracił zainteresowania, a potem znikały. Papa nie pochwalał tego, że zmuszano je do galopowania po asfalcie ani surowych kar wymierzanych tym, które okazywały strach lub nieposłuszeństwo. Wszyscy wymieniali milczące spojrzenia, gdy Sal tracił panowanie nad sobą i bił konia. Nikt jednak nigdy nic nie mówił. Nie należał do osób, którym zwraca się uwagę.

Boo zarżał cicho, gdy weszła do stajni, i uniósł łeb ponad drzwi, szukając przysmaków. Dała mu miętówkę i objęła go za szyję, wdychając jego słodki zapach. Pozwoliła mu obwąchać swoje kieszenie, po czym nalała mu świeżej wody i zaczęła wymiatać słomę.

Pomimo pomocy Kowboja Johna opieka nad Boo sprawiała jej coraz więcej trudności. Hewittowie, którzy w swoim nieskazitelnym domu nie trzymali nawet złotej rybki, okazywali coraz większą frustrację, gdy raz po raz nie udawało się jej wrócić do domu o uzgodnionej porze. Nie miała dla nich żadnego wyjaśnienia (bardzo szybko wyczerpały się jej wymówki takie jak spóźniony autobus, zostawanie za karę po lekcjach czy nadzwyczajna wizyta u dziadka – wiedziała, że przestali jej wierzyć) i za każdym razem musiała wysłuchać kolejnego nerwowego wykładu na temat tego, jakie ważne jest to, by zawsze znali miejsce jej pobytu i czym grozi znikanie na długie godziny. Po wykładzie – jeśli zaczynała podejrzewać, że bliżej się jej przyglądają – następnego dnia nie szła na lekcje. W szkole chyba jeszcze nikt nie zauważył jej nieobecności, ale Sarah wiedziała, że to nie potrwa długo. Czy miała jednak jakiś wybór? Czasami był to jedyny sposób, by dotarła do stajni i nakarmiła konia.

Wypuściła Boo z boksu i wyprowadziła go na długiej wodzy na Sparepenny Lane. Trzymała się krawężnika, by unikać przejeżdżających samochodów i mówiła do niego cicho, gdy nagromadzona energia nakazywała mu zboczyć z drogi lub zaprzeć się przed jakimś znakiem. Należało się tego spodziewać – był to koń, który lubił pracę, potrzebował nie tylko wysiłku fizycznego, ale też umysłowego.

– Jest za mądry jak na konia – mawiał Kowboj John, gdy Boo podważył skobel na drzwiach swojego boksu po raz nie wiadomo który.

– Za mądry jak na ciebie – odpowiadał papa.

– Może za mądry na to, żeby go oddać do cyrku?

Stanęła na końcu ulicy, gdy zapadł cichy zmierzch, starając się nie myśleć o tym, jak słabowicie wyglądał dzisiaj papa. Jak musiał się czuć ze świadomością, że jego stalowy kręgosłup został zredukowany do czegoś tak ulotnego i zależnego od innych? Trudno jej było oglądać go w takim stanie i wierzyć, że wróci do ich mieszkania, do ich dawnego życia. Ale musiała w to wierzyć.

Jeszcze raz przespacerowała się z Boo wzdłuż ulicy, przepraszając go, że nie ma dla niego czasu, jakby mógł to zrozumieć. Rzucał łbem, a jego nastawione uszy i swobodny krok stanowiły nieme żądanie zwiększenia tempa. Gdy zawróciła ku bramie, pochylił łeb z rozczarowaniem, a ją ogarnęło poczucie winy. Sal Maltańczyk i jego klika stali na drugim końcu podwórza, palili i rozmawiali. Gdy pchnęła bramę, zauważyła, że Ralph kręci się wokół nich. Ubóstwiał Sala; gdy ten rzucił mu papierosa, Ralph autentycznie zaczerwienił się z radości.

Kiedy otworzyła swój składzik, w którym przechowywała paszę, do końca straciła humor. Leżały tam ledwie cztery porcje siana – mniej niż pół beli. Była taka zajęta w tym tygodniu, że zapomniała poprosić Kowboja Johna o więcej. Jego składzik był zamknięty. Sięgnęła do kieszeni, szukając drobnych, za które mogłaby kupić trochę siana od Ralpha. Znalazła czterdzieści sześć pensów i bilet na autobus.

Usłyszała za sobą kroki. To Sal otwierał własny składzik. Gwizdał. Przez szparę w drzwiach zobaczyła schludnie poukładane bele i worki z kosztowną paszą. Nigdy nie widziała tylu skarbów w jednym miejscu. Gdy się gapiła, Sal nagle się odwrócił, a ona oblała się rumieńcem na myśl, że została przyłapana.

Zajrzał do jej składziku.

– Brakło ci, co?

Nie odpowiedziała. Zaczęła rozrywać siatkę z sianem.

Sal cmoknął.

– Wygląda na to, że w spiżarce puchy.

– Radzimy sobie.

Zamknął za sobą drzwi i podszedł do niej. Jego koszula była nieskazitelnie czysta, jakby w ogóle nie podchodził do konia, a w jego ustach błyszczał złoty ząb.

– Masz dość siana?

Spojrzała mu w oczy, po czym odwróciła wzrok.

– John miał… mi trochę pożyczyć.

– John miał jakieś swoje sprawy. Wróci dopiero jutro. Czyli masz problem.

– Wystarczy mi. – Zaczęła zbierać swoje resztki. Wyprostowała się i podeszła do drzwi, jednak on stanął w przejściu; nie blokował jej, ale żeby przejść, musiałaby go poprosić, by się przesunął.

– Masz ładnego konia.

– Wiem.

– Nie możesz go karmić tym gównem zebranym z ziemi.

– To tylko do jutra.

Wyjął papierosa z ust, sięgnął po źdźbło z garstki, którą niosła, przyłożył do niego żarzący się koniuszek i patrzył przez chwilę, jak źdźbło znika.

– Nadaje się do spalenia. I niczego innego. Twój dziadek dalej choruje, no nie?

Przytaknęła. Nad ich głowami przejechał pociąg, ale ona nie odrywała wzroku od Sala.

– Nie chcę, żebyś karmiła konia tym gównem. Zostaw to. – Włożył papierosa do ust, wszedł do swojego składziku i wyniósł z niego belę siana. Było jeszcze nieco zielone i wciąż pachniało łąką. Bez wysiłku wniósł je na sznurku do jej składziku i ułożył w kącie. Gdy oparła się o ścianę, przyniósł jeszcze jedną belę, a potem duży worek najlepszej paszy, który ze stęknięciem przerzucił przez jej drzwi. – Masz. To ci na jakiś czas wystarczy.

– Nie mogę – szepnęła. – Nie mam pieniędzy.

Miała wrażenie, że Sal przewierca ją wzrokiem.

– Zapłacisz, jak będziesz miała, okej? Jeśli mam prowadzić tę stajnię, nie będę patrzył, jak dobry koń się marnuje z powodu złej diety. – Kopnął obcasem resztki jej siana. – To wrzuć do koksiaka.

– Ale…

– Bierzesz siano od Johna, tak?

Spojrzał jej w oczy. Niechętnie przytaknęła.

– No to ode mnie też weźmiesz. Muszę lecieć.

Wyszedł na podwórze dumnym krokiem.

Odprowadziła go wzrokiem do jego ludzi, po czym pochyliła się, by odetchnąć zapachem nowych bel. Były lepszej jakości niż te, do których przywykła. Podejrzewała, że na jej miejscu papa nie zgodziłby się ich przyjąć. Ale go tu nie było i na tym polegał problem.

Zerknęła na zegarek i aż się wzdrygnęła. Miała czternaście minut na powrót do Hewittów. Podróż dwoma autobusami zajmowała pięćdziesiąt pięć minut. Przecięła sznurki na belach, chwyciła naręcze siana i pobiegła do czekającego konia.

Cisza w londyńskim domu ma w sobie osobliwą powagę, zauważyła Natasha, zamykając za sobą drzwi. Nikt nie odpowiedział na jej wołanie. Z jakiegoś powodu ten spokój na londyńskiej ulicy i w nieruchomym holu sprawił, że poczuła się jeszcze bardziej samotna niż na wsi. Może to przez świadomość, że tutaj jednak mógł ktoś być.

Przeszła ponad stanowiącymi teraz permanentną dekorację torbami na sprzęt fotograficzny i weszła do salonu. Lekko westchnęła na widok lamp fotograficznych w kącie i zerknęła na automatyczną sekretarkę; czerwona lampka powiedziała jej, że nie ma żadnych wiadomości.

Pociągnęła nosem, szukając zapachów wina i papierosów, które oznaczałyby, że jej eks miał gości w weekend, ale nic nie poczuła. Poduszki na sofie były wgniecione, co mogło oznaczać wieczór przed telewizorem. Podniosła je wszystkie po kolei i wzbiła, po czym schludnie ułożyła i wkurzyła się na samą siebie, że to zrobiła.

Wyszła na korytarz, wzięła torbę i ruszyła po schodach na górę. Echo jej kroków na posadzce sprawiło, że poczuła się skrępowana, jak intruz we własnym domu.

Udało im się z Conorem uratować ten weekend po pełnym złości początku, lecz wiedziała, że oboje zszokowała zajadłość tej kłótni i ujawnienie szerokiego spektrum uczuć, którym oboje próbowali zaprzeczać. W duchu cieszyła się, że obecność Maca pod jej dachem ma dla Conora takie znaczenie, lecz jednocześnie była na niego zła. Prosił ją, by pozwoliła mu decydować o swoim życiu, nie proponując w zamian tego samego w swoim.

– Poznasz moje dzieci, gwiazdo – zadeklarował, gdy ją odwoził. – Obiecuję. Ale daj mi jeszcze trochę czasu, dobrze? – Nie zapytał, czy może wejść na górę.

Postawiła torbę na ziemi i odpięła zamek. Postanowiła załadować pralkę, a potem wyprasować przed telewizorem bluzki do pracy. Później usiądzie przy biurku i przygotuje papiery do sądu na jutro rano, żeby się upewnić, że ma wszystko, co trzeba. Tak wyglądał każdy jej niedzielny wieczór.

Przez parę minut stała jak sparaliżowana tą nową atmosferą. Pomimo swej nieobecności Mac wydawał się dominować w tym wnętrzu, jakby na nowo zagarnął je dla siebie.

– Upewnij się, że nie zabiera książek ani obrazów i ich gdzieś nie chowa – ostrzegł ją Conor. – Dawanie mu swobodnego dostępu do wszystkiego to rozwodowy odpowiednik czeku in blanco.

Nie martwiła jej jednak perspektywa utraty różnych rzeczy, nawet gdyby była skłonna uwierzyć, że Mac by je wziął. To jego obecność, otaczająca go aura, zbijała ją z tropu.

Uświadomiła sobie, że wciąż jest na niego zła; zła, że nie było go przy niej, gdy go potrzebowała, zła, że wrócił, by wywrócić do góry nogami życie, które odbudowała. Typowy Mac – wtrącał się, nie zważając na konsekwencje. Winiła go za ten weekend, nawet jeśli racjonalna część jej mózgu przyznawała, że to nie jego wina. Winiła go za to, że musiała wyjść z własnego domu. A on wydawał się odporny na to wszystko: wkroczył jak zawsze z czarującym uśmiechem i swobodą, jakby nic nie było w stanie go zranić. Jakby ich małżeństwo stanowiło tylko znikający punkt na jego emocjonalnym radarze.

Niemal nieświadomie przeszła do drugiego pokoju. Znów go zawołała, po czym z wahaniem pchnęła drzwi. Zauważyła pomiętą pościel na łóżku, stos brudnych ubrań w kącie obok płóciennego kosza i słaby, słodkawy zapach trawki.

Wcale się jednak nie zmienił. Zatrzymała się w progu, po czym ostrożnie weszła do środka i do łazienki. Obok lustra stała jego maszynka do golenia, pasta i szczoteczka do zębów. Dywanik łazienkowy leżał krzywo na płytkach – musiała zwalczyć pokusę poprawienia go. Cały ten bałagan dziwnie dodał jej otuchy – stanowił echo mężczyzny, którego znała. Chaotycznego. Niedoskonałego. To dlatego się rozwodzimy, przypomniała sobie i pomyślała o nim niemal czule za to, że jej to podarował.

Już miała wyjść, gdy nagle zauważyła marihuanę na szklanej półce, słoiczek kosztownego kremu i złote pudełeczko: kobiece kosmetyki. A obok nich opakowanie płatków kosmetycznych.

Coś w niej ostygło i stwardniało. Mrugając gwałtownie, odwróciła się na pięcie, nie zważając na to, czy przy tym hałasuje, po czym szybko wyszła z pokoju.

Rozdział ósmy

Na takich to rumakach i bogów, i bohaterów jadących malują, a ludzie przyzwoicie ich zażywający okazałymi się na nich wydają.
Ksenofont, *Hippika, czyli jazda konna*

Dywan w gabinecie dyrektora miał odcień głębokiego aksamitnego błękitu, był taki gruby i miękki, że niemal każdy uczeń, który tu wylądował, mógł myśleć tylko o tym, jak by to było zdjąć buty i skarpetki i zanurzyć w nim nagie stopy. Może właśnie dlatego tak wielu gości pana Phippsa zdradzało oznaki rozkojarzenia, co on przypisywał coraz większej liczbie przypadków ADHD w szkole.

Sarah nie myślała o dywanie. Zaprzątał ją tylko fakt, że od niemal czterdziestu ośmiu godzin nie była w stajni.

– Już po raz czwarty nie było cię na podwójnym angielskim w tym semestrze, Sarah. Dawniej był to jeden z twoich ulubionych przedmiotów. – Pan Phipps przeglądał leżące przed nim papiery.

Wykręciła palce.

– Wiem, że twoja sytuacja domowa się skomplikowała, ale zawsze utrzymywałaś wysoką frekwencję. Masz problemy z dojazdem do szkoły? Twoja rodzina zastępcza nie pomaga?

Nie mogła powiedzieć mu prawdy – poinformowała Hewittów, że zgubiła swój bilet miesięczny, a pieniądze, które dali jej na przejazdy, przeznaczyła na słomę dla Boo.

– Oni mają obowiązek, Sarah, zapewnić ci dojazd do szkoły. Jeśli nie pomagają ci dotrzeć na poranne zajęcia, musimy o tym wiedzieć.

– Pomagają.

– W takim razie czemu nie ma cię na lekcjach?

– Ja... Mylą mi się trasy autobusów. Spóźniam się.

Boo zaczynał reagować na brak stałego harmonogramu. Tego ranka niemal wydostał się ze swojego boksu, a potem przestraszył kobietę z wózkiem i wybiegł na ulicę, aż taksówkarz musiał na niego zatrąbić. Sarah stanęła przed maską samochodu i zaczęła na niego wrzeszczeć. Gdy w końcu wprowadziła Boo do parku, koń się zaparł, a potem nie chciał wykonywać poleceń i gryzł wędzidło. Była na niego zła i sfrustrowana, lecz pożałowała tego, gdy wracali do stajni spoceni i nieszczęśliwi.

– Gmina może opłacić ci taksówkę. Zrobimy, co w naszej mocy, Sarah, jeśli to transport jest problemem. – Złączył koniuszki palców. – Ale moim zdaniem nie mówisz całej prawdy. Widzę, że dwa razy nie było cię na geografii w czwartek po południu i trzy razy na wuefie w piątek. Zechcesz mi powiedzieć, jak to się stało?

Spojrzała na swoje stopy. Ktoś z takim pięknym dywanem nie potrafiłby zrozumieć jej życia.

– Pojechałam odwiedzić dziadka – wymamrotała.

– Nadal leży w szpitalu?

Pokiwała głową. Nawet papa był na nią zły, gdy zjawiła się u niego w piątek. Spojrzał na zegar na ścianie i mruknął:

– Źle. *Après**.

---

* Później (fr.)

Tym razem nie musiała się wysilać, by go zrozumieć. Powiedział jej, że więcej ma nie przychodzić o tej porze. Ale tak naprawdę nie miał pojęcia. Nie wiedział, że pół dnia spędza na bieganiu po północno-wschodnim Londynie, że przeskakuje z jednego autobusu do drugiego i gna ulicami, próbując zdążyć do stajni i z powrotem, tak by wszystkich zadowolić.

– Czy zdrowie twojego dziadka się poprawia? – Twarz dyrektora złagodniała.

Gdyby była choć trochę inna, rozpłakałaby się – wszyscy wiedzieli, że Phipps całkiem się gubi w obecności płaczących dziewcząt.

– Trochę – odparła.

– To dla ciebie trudny okres. Ja to rozumiem. Ale powinnaś postrzegać szkołę jako pewną stałą w swoim życiu, coś, na czym możesz polegać. Jeśli masz kłopoty, Sarah, powinnaś z nami rozmawiać. Ze mną, z nauczycielami. Wszyscy chcemy, by ci się udało. – Odchylił się na oparcie fotela. – Ale nie możesz opuszczać lekcji, by zobaczyć się z dziadkiem, kiedy tylko zechcesz. Niedługo musisz zacząć myśleć o egzaminach, to bardzo istotny okres z punktu widzenia twojej edukacji. Niektóre przedmioty sprawiają ci trudności, prawda? Musisz więc utrzymywać wysoką frekwencję, żebyś mogła opuścić te mury z solidnym wykształceniem, niezależnie od tego, co wydarzy się w twoim życiu.

Pokiwała głową, nie patrząc mu w oczy.

– Chcę zobaczyć poprawę, Sarah. Prawdziwą poprawę. Myślisz, że możesz mi to obiecać?

Kowboj John był tam po raz ostatni. Odwiedził papę i pierwsze, co powiedział, gdy wszedł przez bramę, to że zwalnia ją z opłat czynszowych. Powie o tym Maltańczykowi i będą kwita. Będzie miała świeży start, gdy Sal przejmie stajnie. Po jego minie poznała, że jego zdaniem to powinno przynieść jej ulgę. Ona jednak poczuła, że krew odpływa jej z twarzy. Wiedziała, co to oznacza: John po prostu przestał wierzyć, że papa zwróci mu pieniądze.

Przestał wierzyć, że papa wróci do domu.

– Koniec z wagarowaniem, Sarah. Dobrze?

Podniosła głowę.

– Dobrze – odparła, zastanawiając się, czy pan Phipps przejrzy jej kłamstwo.

Natasha aż podskoczyła, gdy natknęła się na niego w kuchni. Była za piętnaście siódma. Gdy mieszkali razem, nie zwlekał się z łóżka przed dziesiątą.

– Mam robotę w Hertfordshire. Kampania wizerunkowa. Makijaż, włosy, pełen zestaw. Dojazd zajmie mi dobre półtorej godziny.

Pachniał lekko szamponem i pianką do golenia, jakby już zdążył wziąć prysznic. Nic nie słyszałam, pomyślała. Postanowiła ukryć zdumienie, robiąc śniadanie.

– Mam nadzieję, że się nie pogniewasz. Zużyłem ostatnią torebkę herbaty. – Pomachał ręką, w której trzymał grzankę. Czytał gazetę. – Kupię, jak będę wracał. Ty nadal pijesz kawę, prawda?

Zamknęła szafkę.

– Chyba będę musiała – odparła.

– Och. Pamiętasz, jak ci mówiłem, że wyjeżdżam w czwartek na parę dni? Zlecenie jednak przepadło, więc zostaję w domu. Nie przeszkadza ci to?

– Nie.

Wylał trochę mleka na blat.

– Chcesz? – Pomachał do niej gazetą. – Przepraszam. Nie chciałem się wpychać przed ciebie.

Pokręciła głową. Zastanawiała się, gdzie usiąść. Naprzeciwko ryzykowała, że zetknie się z nim stopami. Po tej samej stronie stołu mogła wyglądać tak, jakby się do niego przymilała. Sparaliżowana koniecznością dokonania wyboru, stanęła przy szafkach z miską płatków.

– Wezmę dział sportowy. Ty możesz wziąć resztę. Jakieś wieści z agencji nieruchomości? Miałem cię wczoraj zapytać.

– Dwie pary zjawią się w weekend. W związku z tym chciałabym cię prosić, żebyś nie palił trawki w domu.

– Nigdy ci to nie przeszkadzało.

– W zasadzie zawsze mi przeszkadzało. Po prostu nic nie mówiłam. Ale nie o to chodzi. Jeśli ludzie przychodzą oglądać dom, nie wydaje mi się, że to dobry pomysł, by pachniało tu jak w amsterdamskiej kawiarni.

– Jasne.

– Agentka ma klucze, więc nie musisz przy tym być.

Przesunął krzesło, żeby ją lepiej widzieć.

– Nie muszę tu być? A ty znów wyjeżdżasz?

– Tak.

– Często cię nie ma w weekendy. Dokąd się wybierasz tym razem?

– Jakie to ma znaczenie?

Uniósł obie ręce.

– Ja tylko staram się być uprzejmy, Tash.

– Jadę do Kentu.

– Fajnie. Musi ci się tam podobać. Conor ma tam dom, tak?

– Coś w tym rodzaju.

– Nieczęsto tu bywa, co?

– Ciekawe dlaczego. – Skoncentrowała się na swoich płatkach.

– Zaskakujesz mnie. Przecież mu to nie przeszkadzało, gdy jeszcze byliśmy razem... Okej... Okej... – powiedział, gdy poderwała głowę. – Wiem. Rok zerowy. Nie wolno nam rozmawiać o Tym, Co Zaszło Kiedyś.

Zamknęła oczy i wzięła głęboki oddech. Na to było dla niej za wcześnie.

– Oczywiście, że możemy rozmawiać o tym, co zaszło kiedyś, Mac. Po prostu uważam, że życie byłoby łatwiejsze bez sarkastycznych komentarzy na temat tego, co się popsuło w naszym małżeństwie.

– Spoko. Już ci mówiłem, że gdyby chciał tu przyjść, ja się mogę zmyć. Możemy ustalić sobie dyżury, jeśli chcesz. Mnie nie będzie we wtorki, ciebie w środy, coś w tym rodzaju. – Przez chwilę wpatrywał się w gazetę z wielkim skupieniem, po czym dodał: – Możemy podejść do tego nowocześnie.

Sięgnęła po swoją kawę.

– Zakładam, że ta sytuacja nie potrwa na tyle długo, byśmy musieli opracować sobie grafik wieczorów randkowych.

Wieczory randkowe. Boleśnie odczuwała obecność jego niewidzialnej kobiety – wiedziała, że w weekendy, gdy jej nie było, tamta tu przychodziła, nawet jeśli nie zakradała się już do jego łazienki, by to potwierdzić. Czasami miała wrażenie, że czuje jej zapach w powietrzu. Innym razem zdradzało to zachowanie Maca. Był swobodny, zrelaksowany... Jak kiedyś, gdy oboje spędzali dzień w łóżku. Przez cały weekend uprawiałeś seks w naszym domu, myślała wtedy, a potem przeklinała się w duchu.

Płatki zaczęły jej rosnąć w ustach. Przełknęła resztkę, po czym włożyła miskę do zmywarki.

– Wszystko w porządku?

– Świetnie.

– Jak zwykle świetnie. To nie jest dla ciebie za trudne?

Czasami miała wrażenie, że on ją testuje. Jakby chciał usłyszeć, że ona dłużej tego nie zniesie i się wyprowadzi. „Tylko się nie wyprowadzaj", ostrzegł ją Conor pomimo swoich zastrzeżeń do tej sytuacji. Gdy tylko opuścisz dom, stracisz moralną i prawną przewagę. Jeśli Mac zainwestował w ten dom tyle czasu i wysiłku, on również chętnie nie odejdzie, nawet gdyby tak deklarował.

– To on chce sprzedać dom – zaprotestowała.

– Chce, żebyś tak myślała – odparł Conor. Dostrzegał drugie dno w niemal każdym zachowaniu. Uważał Maca za okupanta. „Nie ustępuj nawet na centymetr. Nie wycofuj się. Nie zdradzaj mu swoich planów".

– Ani trochę – odparła radośnie.

– Świetnie. – Jego głos złagodniał. – Trochę się martwiłem, jak to się ułoży, zanim wróciłem.

Nie była pewna, czy może mu wierzyć. Wyglądał na człowieka, którego nic nie zmartwi. To się akurat nie zmieniło.

– Cóż, jak już mówiłam, nie musisz się martwić z mojego powodu.

Spojrzał na nią.

– No co? – zapytała.

– Nic się nie zmienia, prawda, Tash?

– To znaczy?

Wpatrywał się w nią przez chwilę z nieobecnym uśmiechem.

– Nadal nic po sobie nie pokazujesz.

Ich spojrzenia się spotkały. To on pierwszy odwrócił wzrok i upił łyk herbaty.

– Tak przy okazji, wrzuciłem wczoraj pranie do pralki. W koszu były jakieś twoje rzeczy, więc je też dołożyłem.

– Jakie rzeczy?

– Hm... Niebieski podkoszulek. Głównie bielizna. – Dopił herbatę. – Elegancka bielizna. – Przerzucił stronę gazety. – Zauważyłem, że trochę ewoluowałaś w tej dziedzinie...

Jej twarz oblał żar.

– Spokojnie. Nastawiłem niską temperaturę. Znam się na tym. Chyba nawet włączyłem program prania ręcznego.

– Nie – przerwała mu. – Nie... – Czuła się przerażająco obnażona. Na samą myśl...

– Ja tylko chciałem pomóc.

– Nie. Nie, wcale nie. Ty... Ty... – Sięgnęła po aktówkę, przepchnęła się obok niego do drzwi i na progu okręciła się na pięcie. – Nie dotykaj mojej bielizny, okej? Nie dotykaj moich ubrań. Nie dotykaj moich rzeczy. Wystarczy, że tu mieszkasz, nie musisz dodatkowo grzebać mi w majtkach.

– Och, daj spokój. Myślisz, że podnieca mnie twoje brudne pranie? Jezu Chryste, ja tylko chciałem pomóc.

– No to więcej nie pomagaj, okej?

Trzasnął gazetą w stół.

– Nie martw się. Na przyszłość będę się trzymał z dala od twoich majtek. Dawniej też rzadko się do nich zbliżałem, o ile pamiętam.

– Cóż, to było miłe. Bardzo, bardzo miłe.

– Przepraszam. Ja tylko... – Odetchnął głęboko.

Oboje utkwili wzrok w podłodze, po czym podnieśli głowy. Ich oczy się spotkały. Mac uniósł brwi.

– Od teraz będę prał swoje rzeczy osobno. Okej?

– Okej – odparła, po czym z impetem zamknęła za sobą drzwi.

Sarah pochyliła się nisko nad końską szyją, stopy wbiła w strzemiona; wiatr smagał jej policzki mokre od łez, które leciały poziomo z kącików jej oczu. Gnała tak szybko, że całe ciało ją bolało; ręce, które opierała na kłębie i zaciskała na lejcach, brzuch, gdy próbowała utrzymać pozycję wbrew połączonym siłom wiatru i grawitacji, nogi, którymi obejmowała końskie boki. Jej oddech się rwał, ramiona przyciskała do jego szyi, gdy pędził przed siebie, a tupot jego kopyt wypełniał jej uszy. Nie zamierzała go hamować. Potrzebował tego od tygodni, a mokradła były na tyle szerokie i płaskie, by mogła go rozpuścić, dopóki się nie zmęczy.

– Biegnij – szepnęła do niego. – Biegnij. – Wiatr wcisnął jej słowa do gardła. Boo nie usłyszałby jej, nawet gdyby je wykrzyczała. Zamknął się w swoim własnym, czysto fizycznym świecie, instynkt podpowiadał mu, by rozkoszować się wolnością, pozwolić skurczonym mięśniom się rozciągnąć. Jego nogi unosiły się nad ziemią, a płuca zaciskały się z wysiłku utrzymania takiego tempa. Rozumiała go. Ona również tego potrzebowała.

W oddali stalowe słupy wdzierały się w horyzont, połączone kablami, które wyznaczały zarys łańcucha nad całym miastem. Nad nimi na cienkiej wstążce ponad mokradłami, wsparty na betonowych filarach, przetaczał się ruch samochodowy w nigdy niekończącej się procesji. Usłyszała dźwięk klaksonu; to pewnie na nią trąbili, ale nie mogła się skupić na tyle, by to potwierdzić. Boo poruszał się szybciej niż samochody i ciężarówki uwięzione w popołudniowych korkach, a płynący z tej świadomości zachwyt mieszał się w niej z lękiem, gdy zastanawiała się, czy zdoła się zatrzymać. Nigdy jeszcze nie wyprawili się tak daleko, nigdy nie galopowali tak szybko. Boo skręcił, by ominąć starą ramę od roweru w trawie, i niemal wysadził ją z siodła. Gdy próbowała odzyskać równowagę, poczuła, jak jego zad tężeje pod nią, gdy jeszcze zwiększył tempo, aż wszystko wokół niej zaczęło się rozmazywać, sprawiając, że oddech uwiązł jej w piersi. Uniosła głowę znad jego szyi i wypluła z ust włosy z jego grzywy, które biczowały jej skórę, i próbowała ocenić, jaki dystans pokonali. Lekko ściągnęła lejce i zauważyła, że niewiele siły jej pozostało na okiełznanie go, gdyby się buntował. Po części wcale jej to nie zmartwiło – o ile łatwiej byłoby im tak po prostu gnać przed siebie. Wspiąć się na trawiastą skarpę prosto na drogę, przepchnąć się pomiędzy samochodami, krzesząc iskry spod kopyt. Przeskoczyliby nad autami i płotami. Przelecieliby pod słupami, obok magazynów i parkingów, aż dotarliby na wieś. Tylko ona i jej koń galopujący przez wysoką trawę ku jakiejś nieskomplikowanej przyszłości.

Jakaś część Boo wciąż jednak należała do papy. Czując zwiększające się napięcie lejców, posłusznie zwolnił i zastrzygł uszami, jakby chciał jej przekazać, że poprawnie odczytał jej wiadomość. Powoli opadła z powrotem na siodło i wyprostowała się, dodatkowo wzmacniając swoje polecenie, by zwolnił. By postąpił zgodnie z jej życzeniem. By powrócił do ich świata.

Piętnaście metrów od dwupasmowej drogi Boo zwolnił do chodu, jego pokryte pianą boki unosiły się z wysiłkiem po tym, czego właśnie dokonał. Oddech wymykał się z rozszerzonych nozdrzy krótkimi, hałaśliwymi haustami.

Sarah siedziała nieruchomo, przez zmrużone powieki oceniając dystans, który pokonali. Nie czuła już wiatru na policzkach, ale łzy wciąż kapały.

Ruth, opiekunka społeczna, czekała przy bramie szkoły. Sarah szukała drobnych w swojej torbie, gdy ją zauważyła. Stała z boku, mały czerwony samochodzik zaparkowała po drugiej stronie ulicy, jakby nie chciała się narzucać. Każdy dzieciak gapił się na nią, wychodząc przez bramę. Sarah niechętnie do niej podeszła; Ruth nie mogłaby bardziej rzucać się w oczy, nawet gdyby założyła podkoszulek z odblaskowym napisem „Opieka społeczna". Oni wszyscy wyglądali podobnie, jak policjanci w cywilu.

– Sarah?

Jej serce zgubiło rytm, gdy dotarły do niej potencjalne konsekwencje wizyty kobiety. Ruth chyba to zauważyła, bo gdy Sarah zaczęła biec, dodała od razu:

– Twojemu dziadkowi nic nie dolega. Nie musisz się martwić.

Odetchnęła z ulgą i z wahaniem podeszła do samochodu. Otworzyła drzwi pasażera i wsiadła do środka. Planowała, że odwiedzi papę wieczorem; zaczęła się nawet zastanawiać, czy zdoła przekonać Ruth, by ją podwiozła. Dopiero po chwili zauważyła dwie czarne torby na tylnym siedzeniu. W jednej z nich dostrzegła swoje spodnie od dresu. Po pięciu tygodniach i dwóch przeprowadzkach wiedziała już, co to oznacza.

– Dokąd jadę?

– Sarah, obawiam się, że Hewittowie mają już dość. – Ruth zapaliła silnik. – Nie chodzi o ciebie... Mówią, że jesteś uroczą dziewczyną... Ale przerasta ich branie odpowiedzialności za kogoś, kto znika na całe dnie. Tak samo było z MacIversami. Po prostu bali się, że coś ci się stanie.

– Nic mi się nie stanie – odparła Sarah z pogardą.

– Szkoła również się martwi. Podobno wagarujesz. Może powiesz mi, co się dzieje.

– Nic się nie dzieje.

– Chodzi o jakiegoś chłopaka? Mężczyznę? Bardzo często znikasz, Sarah. Nie myśl, że tego nie widzimy. Szkoła i Hewittowie przekazali nam jasny obraz.

– Nie. Nie ma żadnego chłopaka. Żadnego mężczyzny.

– W takim razie o co chodzi?

Sarah wbiła pięty w dywanik. Zapragnęła, by Ruth po prostu ruszyła, zamiast siedzieć przed szkołą – wszyscy gapili się na samochód, wychodząc z lekcji. Ruth jednak czekała na odpowiedź.

– Chciałam zobaczyć się z dziadkiem.

– Ale to nie tylko to, prawda? Pojechałam do szpitala we wtorek, gdy szkoła poinformowała mnie, że znów zniknęłaś. Chciałam cię odebrać, ale tamtego dnia nie odwiedziłaś dziadka. Gdzie byłaś w takim razie?

Sarah wbiła wzrok w swoje dłonie pokryte pęcherzami od lejców. Dowiedzą się. Wiedziała to. Pomyślała o Boo, o tym, co czuła, gdy go dosiadała, o ulotnym poczuciu wolności, gdy pędzili ku innej przyszłości. Włożyła dłoń do torby i instynktownie zacisnęła palce na kluczach do stajni.

– Musisz mi pomóc, Sarah. Kończą mi się opcje dla ciebie. Rozstałaś się z dwiema rodzinami zastępczymi w pięć tygodni. To dobrzy ludzie, mili ludzie. Chcesz skończyć w ośrodku? Mogę cię umieścić w ośrodku, w którym dopilnują, byś wracała zaraz po szkole. Możemy wprowadzić godzinę policyjną albo przydzielić ci kogoś, kto będzie cię codziennie odprowadzał do szkoły i przyprowadzał z niej. Tego właśnie chcesz, Sarah?

Sięgnęła do torby i wyjęła kawałek papieru.

„Pomogę ci – powiedział – jak tylko będę mógł".

– Mac – odparła, zwracając twarz ku Ruth. – Chcę wrócić do domu Maca.

Dziesięć osób. Sześć różnych wizyt. I ani jednej oferty. Agent nieruchomości bardzo ich przepraszał.

– To kwestia stóp procentowych – wyjaśnił. – Ludzi to odstrasza. Teraz dwa razy dłużej się zastanawiają, zanim złożą ofertę.

– Ale my musimy sprzedać ten dom. – Natasha zaskoczyła samą siebie. Nie chciała się wyprowadzać, ale to było, zanim wprowadził się Mac.

– W takim razie jedyne, co mogę zasugerować, to obniżenie ceny. Wszystko się sprzeda, jeśli będzie dość tanie. Och, i proszę mi wybaczyć, ale na pewno pomogłoby wysprzątanie drugiej sypialni. To zniechęca, jeśli potencjalny kupiec musi przechodzić nad męskimi… cóż, męską bielizną, żeby się dostać do łazienki.

Leżała w wannie, zastanawiając się, jak bardzo powinni opuścić cenę, aby udało im się sprzedać dom. Musiało to być na tyle, by zachęciło kupców, ale gdyby obniżyli za dużo, poczułaby się oszukana. Mieli piękny dom na ładnej ulicy. Ta część Londynu stawała się coraz modniejsza – wszyscy tak mówili – a ona potrzebowała dość pieniędzy, by kupić sobie mieszkanie gdzieś indziej.

Sama myśl o ponownej przeprowadzce do mieszkania psuła jej humor. Gdy człowiek osiągnie wiek trzydziestu paru lat, powinien już położyć podwaliny swojego życia. Mieć partnera, osiąść w ukochanym domu, robić karierę. Może spłodzić dziecko lub dwoje. Zerknęła na swój wyraźnie płaski brzuch pod unoszącą się na wodzie warstwą piany. Jeden na cztery. Średni wynik, jakby się nad tym zastanowić. A od tego epizodu z Ahmadim nie była nawet pewna, czy faktycznie robi karierę.

– Natasha?

Usiadła w wannie, żeby sprawdzić, czy pamiętała o zamknięciu drzwi.

– Tutaj jestem – zawołała. Proszę, żeby tylko nikogo ze sobą nie przyprowadził.

Usłyszała tępy odgłos zrzucania różnych rzeczy na ziemię, a potem jego kroki na schodach. Jego sprzęt systematycznie zagarniał dla siebie hol – stosy lamp, płócienne torby na aparaty, ekrany odbijające światło – tak, że od jakiegoś czasu musiała przeskakiwać pomiędzy nimi, jeśli chciała wyjść z domu lub do niego wejść.

– Biorę kąpiel – zawołała znów. Usłyszała, że zatrzymał się przed drzwiami i znów poczuła się osobliwie skrępowana. Niemal go widziała w podkoszulku i dżinsach, jak przeczesuje dłonią włosy.

– Byłem w sklepie – powiedział. – Kupiłem mnóstwo rzeczy. Są w kuchni. Herbatę i w ogóle.

Świetnie, pomyślała. Chcesz za to medal?

– I dzwoniłem do agencji nieruchomości. Powiedzieli, że ta ostatnia para jeszcze może złożyć ofertę. Minęły dopiero dwa dni od ich wizyty.

– Nie zrobią tego, Mac. Jeśli coś ci się podoba, kupujesz to od razu. Wiesz, jak to działa.

Usłyszała sygnał nadchodącej wiadomości. Gdy znów się odezwał, wydawał się rozkojarzony, jakby odpisywał. Nigdy nie potrafił robić wielu rzeczy naraz. Zanurzyła się głębiej, niemal dotykając brodą piany, która stłumiła głos Maca.

– Tak czy inaczej, agent na pewno powiedział ci, że ktoś się zapowiedział na przyszłą środę. Nigdy nic nie wiadomo.

Razem oglądali ten dom. Mac przyjechał prosto ze zlecenia, więc wciąż miał aparat na szyi. Powiedziała mu, że wygląda jak pozer, ale zrobił zdjęcia pokojów, a potem razem cieszyli się, oglądając światło, przestrzeń. Złożyli ofertę następnego ranka.

– Dzwonił do mnie ktoś jeszcze. – Tym razem się zawahał.

Wytarła oczy.

– Kto? – Wyprostowała się.

– Opieka społeczna. W sprawie tej dziewczynki, która u nas nocowała.

– Co z nią?

– Zapytali, czy bylibyśmy skłonni rozważyć przygarnięcie jej na kilka tygodni. Podobno jej obecna rodzina się nie sprawdziła. – Urwał. – Ona sama o nas poprosiła.

Nieufne oczy dziewczyny utkwione w talerzu ze śniadaniem. Jej zszokowana mina na widok zniszczeń w jej mieszkaniu na piątym piętrze.

– Przecież jej nie znamy.

– Powiedziała im, że jesteśmy przyjaciółmi rodziny. Nie chciałem zaprzeczać. W sumie to chyba nie ma znaczenia. Poinformowałem ich, że to raczej nie będzie możliwe.

Natasha wyszła z wanny.

– Dlaczego?

Nie odpowiedział od razu. Usłyszała, jak podchodzi do drzwi.

– Po prostu wydawałaś się… niechętna poprzednim razem. Nie byłem pewien, czy chcesz mieć w domu kogoś, kogo nie znasz, biorąc pod uwagę wszystko inne. Powiedziałem, że masz dużo pracy.

– Nic o niej nie wiemy.

– To prawda.

Owinęła się miękkim białym ręcznikiem i usiadła na krawędzi wanny.

– A ty co myślisz? – Zwróciła się twarzą w stronę drzwi.

– Mnie to nie przeszkadza, gdyby jej miało pomóc przez parę tygodni. Dopóki nie sprzedamy domu. Dzieciak wydawał się w porządku.

Słyszała to w jego głosie. Odetchnąłby tak jak ona. Inny punkt skupienia. Wymuszona przerwa w tej napiętej sytuacji.

Przypomniała sobie skradzione opakowanie paluszków rybnych. Dziewczyna przysięgała, że by za nie zapłaciła. Daj spokój, powiedziała sobie. Nie wszystkie dzieci kłamią. Może ona tylko potrzebuje szansy.

– Tash?

Możliwe, że już nigdy nie trafi się jej podobna szansa zakosztowania macierzyństwa.

– Moim zdaniem nic się nie stanie, jeśli przyjmiemy ją na parę tygodni – oświadczyła – ale musiałbyś dostosować do niej swój grafik. Ja mam dużą sprawę i nie będę w mogła brać wolnego.

– Chyba dam radę.

– Sama nie wiem… To duża odpowiedzialność, Mac. Musiałbyś wziąć na siebie równą część obowiązków… Odstawić podejrzane papierosy, mniej pić. Nie mógłbyś przychodzić i wychodzić, kiedy ci się podoba. To oznaczałoby dla ciebie dużą zmianę stylu życia. W sumie nie wiem, czy…

– Zadzwonię tam – przerwał jej, odwracając się w stronę schodów – i zapytam, jaki powinien być nasz następny krok.

Rozdział dziewiąty

Najprzód więc to znać należy, że tem jest gorącość u konia, czem gniew u człowieka.

Ksenofont, *Hippika, czyli jazda konna*

Usłyszała, że Sarah schodzi na dół, jeszcze zanim ją zobaczyła. Dziewczynka poruszała się zwodniczo lekko, niemal jakby nie chciała, by ją słyszano, lecz Natasha wciąż boleśnie odczuwała obecność innych ludzi w swoim domu – to wystarczyło, by oderwała się od swoich papierów. Pracowała przy kuchennym stole (gabinet utraciła na rzecz Maca, który musiał gdzieś spać) i teraz odchyliła się na krześle, żeby wyjrzeć przez drzwi.

– Wychodzisz?

Sarah okręciła się na pięcie, jakby się spodziewała, że nikt jej nie zobaczy. Miała na sobie puchową kurtkę i wełniany szalik w paski.

– Tylko na chwilę – odparła.

– A dokąd? – Bardzo się starała, by jej pytania brzmiały swobodnie.

– Do koleżanki.

Wstała.

– Podwieźć cię?

– Nie... dziękuję.

– No to może odebrać cię potem, bo wieczorami jest już ciemno? To żaden problem.

Sarah się uśmiechnęła. Nie było to specjalnie przekonujące.

– Nie, dzięki – odparła. – Złapię autobus.

Zanim Natasha zdołała cokolwiek dodać, zniknęła. Po jej wyjściu Natasha wpatrywała się przez chwilę w drzwi, delikatnie zaciskając palce na długopisie.

Sarah mieszkała z nimi od dziesięciu dni. Po pierwszych dwóch, które okazały się dość dziwne, bo niewiele wtedy mówiła i chowała się w swoim pokoju, gdy Natasha wracała do domu, wypracowali sobie w trójkę pewną rutynę. Natasha robiła śniadanie (bo zazwyczaj wstawała pierwsza), a Mac odwoził Sarah do szkoły zgodnie z sugestią opiekunki społecznej. To on odpowiadał za pierwszych parę godzin po szkole, a potem, w zależności od tego, jak długo Natasha zostawała w pracy, albo Sarah i Mac, albo też całą trójką jedli obiad, odgrywając jakąś parodię życia rodzinnego. Na początku niezręcznie się czuła, jedząc z Makiem. Rozmowy były wymuszone i niepewne. On natomiast gawędził z Sarah i jeśli nawet ona nie mówiła dużo, udawało im się osiągnąć coś, co odczuwali jako bezpieczniejsze, a czasami nawet sympatyczne. Życie Sarah, jej niewielkie potrzeby, nawet jej krnąbrność, nadawały ich rozmowom jakiś sens.

Ze szkoły dzwoniono dwa razy, by poinformować ich, że Sarah nie chodzi na lekcje. Dziewczynka utrzymywała, że mylą się jej grafiki. Albo że była obecna i to nauczyciel się pomylił. Ruth, opiekunka społeczna, ostrzegła ich, że Sarah nie zawsze przestrzega ustalonego dla niej planu.

– Mieliśmy już pewne problemy związane z tym, że nie było jej tam, gdzie powinna być – zaznaczyła.

Natasha odnosiła wrażenie, że nie poznali dotąd całej historii.

– Chyba na tym właśnie polega bycie nastolatką – odparł radośnie Mac. – Mnie nigdy nie było tam, gdzie powinienem być.

– Po prostu moim zdaniem nie powinniście jej dawać zbyt dużo swobody – kontynuowała Ruth, kierując swoje słowa bezpośrednio do Natashy. – Wszystko wskazuje na to, że jej dziadek był dość surowy, a ona chyba reaguje na brak stabilności nieposłuszeństwem. Zaczęła wagarować i nie chce rozmawiać o tym, co robi w tym czasie. Nie sugeruję, że będzie wam sprawiać problemy – dodała szybko. – Zaznaczam tylko, że Sarah należy do tych dzieci, które lepiej sobie radzą przy określonej rutynie i jeśli zdołacie ustalić jakieś granice co do tego, kiedy i dokąd wychodzi, wszystkim będzie wtedy lepiej.

Dodała z uśmiechem, że mają tę przewagę, iż to Sarah poprosiła o umieszczenie jej u nich.

– Z naszych doświadczeń wynika, że młodzi ludzie o wiele lepiej sobie radzą w wybranym przez siebie środowisku. Jestem przekonana, że to jest właśnie taki wypadek.

Natasha nie miała czasu, by poczuć się tym mile połechtana. Odkąd Sarah się zadomowiła, starała się spędzać z nimi jak najmniej czasu. Przy kolacji odpowiadała monosylabami i uciekała do swojego pokoju, gdy tylko weszła do domu. Wychodziła tak często, że czasami mieli wrażenie, iż w ogóle nikt z nimi nie mieszka.

Podczas pierwszego obiadu Mac oświadczył:

– Okej. Nigdy nie gościliśmy u siebie nikogo w twoim wieku. Jak chcesz to rozegrać? – Wydawał się taki radosny, taki zrelaksowany.

Natasha stała przy kuchence i zdrapywała przypaloną pizzę z blachy, starając się nie pokazywać po sobie, że podsłuchuje.

– Zazwyczaj odwiedzam po szkole znajomych – odparła Sarah ostrożnie.

Mac wzruszył ramionami.

– Dobra. Powiedzmy, że dwa razy w tygodniu na początek. Moim zdaniem w pozostałe dni powinnaś wracać do domu prosto po szkole, żebyśmy mogli razem przejrzeć twoje zadania. Choć nie mogę obiecać, że będę miał blade pojęcie na temat tego, co powinnaś zrobić.

– Dotychczas sama wychodziłam i sama wracałam.

– A my dotychczas nie mieliśmy tutaj żadnych gości, więc wszyscy będziemy potrzebowali czasu, żeby się przystosować, Sarah. Niedługo damy ci twoje własne klucze, ale na razie musisz z nami współpracować. Okej?

Dziewczynka wzruszyła ramionami.

– Okej.

Natasha założyła, że obecność Sarah będzie zasłoną dymną Maca dla ich wzajemnego zakłopotania. On jednak naprawdę zaangażował się w opiekę nad dzieckiem. Przestał palić, wypijał nie więcej niż jeden kieliszek wina lub piwo co wieczór. Przeglądał książki kucharskie, żeby móc gotować pod nieobecność Natashy. Wydawał się instynktownie wiedzieć, jak rozmawiać z Sarah, co mogłoby jej smakować, co chciałaby obejrzeć w telewizji. Czasami uśmiechała się, gdy coś powiedział, i zwierzała mu się, gdy wracała ze szkoły.

Natasha wciąż nie potrafiła znaleźć odpowiedniego tonu – często brzmiała tak, sama to zresztą słyszała, jakby zwracała się do klienta.

– Potrzebujesz czegoś? Co zazwyczaj jadasz na lunch w szkole? – Wydawało się to niezręczne, jak przesłuchanie, a Sarah zawsze robiła ostrożną minę podczas takich rozmów, jakby sama również postrzegała je jako inwigilację.

Sarah nie chciała nadać bardziej osobistego charakteru ich gościnnej sypialni. Uśmiechnęła się uprzejmie, gdy Natasha pokazała jej nową narzutę kupioną specjalnie dla niej i przybory toaletowe, które umieściła w jej łazience. Grzecznie odmówiła, gdy Natasha zaproponowała wspólne wyjście w weekend, żeby kupiły jakieś plakaty albo zdjęcia do powieszenia. Pewnego popołudnia, gdy dziewczynka była w szkole, Natasha zakradła się do jej pokoju, pragnąc zrozumieć, jaka ona jest, czego może potrzebować, ale jej nieliczne drobiazgi osobiste zdradzały niewiele: miała tanie ubrania z sieciówek, które niczym jej nie wyróżniały na tle rówieśnic, fotografię przedstawiającą ją i dwoje starszych ludzi, zapewne dziadków. Jakieś książki o koniach i szkolny mundurek. Co ciekawe, choć bardzo schludna, zawsze miała ubłocone buty, a jej dżinsy były poplamione i pachniały czymś gryzącym, czego Natasha nie potrafiła zidentyfikować.

Gdy próbowała poruszyć ten temat jednego wieczoru, Sarah się zaczerwieniła i odparła, że wyprowadzała z przyjaciółką psa w parku.

– To nic. Otworzy się, daj jej czas – powiedział Mac, gdy Sarah zniknęła w swoim pokoju. – Pomyśl, jakie to musi być dla niej dziwne. Całe jej życie stanęło na głowie w ostatnich miesiącach.

Nie tylko jej, zapragnęła odpowiedzieć Natasha. Zamiast tego zebrała swoje papiery i poszła pracować do kuchni, czując się coraz bardziej jak intruz we własnym domu.

– ...więc nie pojadę w ten weekend do Kentu.

Conor miał taką minę, jakby nie wierzył własnym uszom.

– Przygarnęliście z Makiem dziecko? – powtórzył.

– Po co ten ton, Conor? Nie przygarnęliśmy jej w tym sensie. Po prostu zatrzymała się u nas, dopóki jej dziadek nie stanie na nogi. To... to w zasadzie ułatwiło mi życie. Napięcie gdzieś wyparowało.

Conor nie postrzegał tego w tym samym świetle.

– Coś mi umknęło, gwiazdo? – mruknął, przesuwając palce po skórzanej aktówce. – Najpierw się do ciebie wprowadza. Teraz opiekujecie się razem dzieckiem. I nie możesz jechać ze mną na wieś, ponieważ bawicie się w szczęśliwą rodzinkę.

Zachowała spokój.

– To jej pierwszy weekend. Opiekunka społeczna przyjdzie w piątek wieczór, żeby się upewnić, że mała się zadomowiła, więc nie mogę tak po prostu zniknąć.

– Więc będziecie się bawić w szczęśliwą rodzinkę.

– Conor, w domu było nie do wytrzymania. Moim zdaniem Macowi było równie ciężko. Trzecia osoba oznacza, że nie będziemy musieli się ze sobą mierzyć pod pewnymi względami.

– Wszystko ładnie pięknie, ale ja tak tego nie postrzegam. Gdy ma się dzieci...

– My nie mamy dzieci. Ta dziewczyna ma własne życie, własne zainteresowania. W zasadzie w ogóle nie bywa w domu.

– To jaki to ma sens, jeśli w ogóle nie bywa w domu? Powiedziałaś, że jej obecność oznacza, iż nie musicie się ze sobą mierzyć.

Boże, nienawidziła kłócić się z prawnikiem.

– Nie przekręcaj moich słów. Chciała u nas zamieszkać, a ja i Mac dostrzegliśmy w tym sposób na ułatwienie trudnej sytuacji domowej. A przy okazji pomożemy młodej osobie, która ma problemy.

– Cóż za altruizm.

Obeszła biurko i kucnęła obok niego. Zniżyła głos.

– Gdybyś poznał całkiem miłe dziecko, które potrzebuje miejsca do spania na kilka tygodni, dziecko, którego życie mógłbyś może zmienić na lepsze... Nie zgodziłbyś się?

Tu go miała.

– Jesteś ojcem. Wyobraź sobie, że to jeden z twoich synów. Nie chciałbyś, żeby zajęli się nim jacyś porządni ludzie? – Próbowała spojrzeć mu w oczy. – Zanim sprzedamy dom, ona będzie mogła wrócić do siebie i nasze drogi się rozejdą. Taki układ odpowiada wszystkim.

Sięgnęła po jego dłoń, ale cofnął ją i przechylił głowę na bok.

– Jasne, rozumiem to wszystko. Ale jedną rzecz mi wytłumacz. – Pochylił się. – Jak opisałaś swoją sytuację władzom? Musieli uznać za co najmniej dziwne... że dwoje ludzi, którzy się od roku nie widzieli, którzy podobno nawet się nie lubią, nagle postanowiło przyjąć pod swój dach zbłąkaną duszyczkę...

Wzięła głęboki oddech.

– Oho. Oho, wiedziałem...

– Nie, Conor, to...

– Nie powiedziałaś im, prawda? Myślą, że wciąż jesteście razem. Tak na dobrą sprawę jesteście po prostu kolejną parą małżeńską – podsumował zjadliwie.

– Nie było sensu poruszać tej kwestii... Bardzo dobrze wiesz, że ze względów zawodowych nie zmieniłam nazwiska.

– Jakie to wygodne.

– Nie miałam zamiaru opowiadać wszystkim o swoim życiu – zaprotestowała. – Tylko tyle. Ludzie znają mnie zawodowo jako Natashę Macauley. Nie wiedziałam, co robić.

– A teraz państwo Macauley adoptują małą dziewczynkę. Ładnie się to dla ciebie poukładało, no nie? Znów jesteście rodziną.

– Nie adoptujemy jej. To nastolatka, która potrzebuje miejsca do spania na parę tygodni. Daj spokój, Conor. Proszę, nie doszukuj się w tym czegoś, czego tam nie ma.

On jednak dostrzegał najwyraźniej całą masę różnych motywów, podstępów, kłamstw. Od wielu dni był w stosunku do niej dziwny, powoływał się na wcześniej umówione spotkania, gdy chciała spędzać z nim czas, albo w ogóle jej unikał. Przejdzie mu, powtarzała sobie. Spojrzała na swój telefon, który po raz czternasty tego dnia pokazywał, że dzwonili do niej tylko z biura. Praca, powiedziała sobie. Skoncentruj się na pracy.

W domu panowała cisza. Jeszcze kilka godzin będzie należał tylko do niej. Ukryła twarz w dłoniach i zamknęła oczy. Potem podniosła głowę i zaczerpnęła powietrza jak ktoś, kto wynurza się z wody. Zadzwoniła do biura i powiedziała do słuchawki:

– Ben, gdy tylko odbierzesz tę wiadomość, zbierz, proszę, wszystkie zeznania świadków w sprawie Nottinghamów. Chcę je mieć na biurku, gdy dotrę do pracy. I od razu daj mi znać, jeśli odezwą się z sądu. Wydaje mi się, że w sprawie Thompsona władze złożą apelację.

To znowu się stało. W jej składziku przy ścianie leżały trzy świeże bele siana, roztaczając lekko słodki aromat letniej łąki. Obok nich spoczywał worek z paszą. Sarah nie zapłaciła za te rzeczy. Zacisnęła palce na zimnej kłódce, wpatrując się w obrazek, który zaskoczył ją już dwa razy w ostatnich tygodniach, i poczuła dziwną mieszaninę wdzięczności, że Boo będzie miał co jeść, i niepokoju, ponieważ nie wiedziała, skąd się to bierze.

Jesień powoli zakradła się do stajni, przynosząc ze sobą chłodne noce i nienasycony głód koni. Sarah spojrzała na podwórze – Kowboj John karmił koksiak brązowymi kopertami i rozmawiał ze swoim psem. Sprzątał ceglaną szopę, którą nazywał swoim biurem, paląc nieotwartą urzędową korespondencję z kilku lat. Pytała go o siano, ale odparł przepraszająco, że sprzedał wszystko, co miał, Salowi i zostawił tylko trochę dla swoich koni.

Napełniła worek, po czym udała się do boksu Boo. Napełniła jego wiadra z wodą i uprzątnęła starą słomę, od czasu do czasu przytulając zgrabiałe palce do derki, pod którą sierść Boo była miękka i ciepła, i wsłuchując się w jego rytmiczne chrupanie.

Myślała, że przeprowadzka do Macauleyów ułatwi jej życie i poniekąd tak się stało. Dom był ładny. Miała bliżej do szkoły i do stajni. Ale pieniądze wciąż stanowiły problem. Bez papy, który płacił czynsz za stajnię, wszystkiego jej brakowało. Natasha uparła się, żeby robić jej kanapki, zamiast dawać pieniądze na lunch, a do tego kupili jej bilet miesięczny, więc nie mogła prosić o drobne na przejazdy. W każdy weekend dawali jej kieszonkowe, czego nie robiła dotychczas żadna rodzina zastępcza, ale to wciąż nie pokrywało kosztów utrzymania Boo.

Nie chciała nawet myśleć o tym, ile jest już winna. Nawet bez siana.

Przypomniała sobie o słoju, który widziała w pokoju Natashy. Kobieta nie miała pojęcia, ile funtowych monet już tam zgromadziła. Przechodząc obok drzwi, Sarah wpatrywała się w słój jak zahipnotyzowana, obliczając, że muszą tam być setki funtów wymieszanych ze srebrnymi monetami. Natasha Macauley podpisywała czeki, nawet nie patrząc na sumy. Zostawiła na kuchennym stole wyciąg z karty kredytowej, który pokazywał, że wydała w zeszłym miesiącu niemal dwa tysiące funtów, choć Sarah nie miała dość odwagi, by sprawdzić na co. Prawniczka miała tyle pieniędzy, że nawet nie zwracała uwagi na drobniaki, które wrzucała do słoika. Pewnie po prostu nie chciała, żeby obciążały kieszenie jej służbowych kostiumów.

Sarah wiedziała, co powiedziałby papa o dziewczynie, która przywłaszczyła sobie nieswoje pieniądze. Coraz częściej miała jednak ochotę odpowiedzieć mu: no to co? Ciebie tu nie ma. Jak inaczej mam utrzymywać twojego konia, dopóki nie wrócisz do domu?

– Sarah.

Aż podskoczyła. Kowboj John gdzieś zniknął, a Sheba nie zaszczekała, co zwykle robiła, gdy ktoś się zbliżał.

– Przestraszył mnie pan. – Cofnęła się do drzwi składziku, wciąż trzymając kłódkę w dłoni.

Stał przed nią Sal Maltańczyk, jego twarz spowijał wieczorny mrok.

– Przechodziłem i zobaczyłem otwartą bramę – powiedział. – Chciałem się tylko upewnić, że wszystko w porządku.

– Wszystko w porządku – odparła. Odwróciła się i zaczęła się siłować z kluczem. – Właśnie miałam iść do domu.

– Zamykasz za Johna?

– Od zawsze mam dodatkowe klucze. Pomagam mu, jeśli musi wyjść wcześniej. Ja… chętnie nosiłabym je dalej, jak już przejmie pan stajnie.

– Jak przejmę stajnie? – Złoty ząb błysnął. – Kochanie, to miejsce należy do mnie. Już od ponad tygodnia. – Oparł się o futrynę. – Ale pewnie, zatrzymaj swoje klucze. To się może przydać.

Zaczęła szukać na podłodze szkolnej torby, ciesząc się, że migotliwa lampa sodowa rzuca za mało światła, by Sal zobaczył rumieniec na jej twarzy.

– Dokąd idziesz?

– Do domu – odparła.

– Twój dziadek wrócił?

– Nie. Ja… Mieszkam u kogoś.

– Już ciemno. Młoda dziewczyna nie powinna włóczyć się sama po nocy.

– Nic mi nie będzie. – Zarzuciła torbę na ramię. – Naprawdę.

– Może cię podwieźć? Mam dużo czasu.

Nadal nie widziała jego twarzy. Pachniał tytoniem, nie papierosami, lecz czymś aromatycznym i słodkim.

– Lepiej nie.

Podeszła bliżej, by przejść obok niego, ale on się nie poruszył. Podejrzewała, że to dla niego zabawa – budzić w innych dyskomfort. Zastanawiała się, czy jego ludzie czekają gdzieś na podwórzu i śmieją się z niej.

– Dostałaś siano?

– Dziękuję. Przepraszam. Chciałam podziękować. – Sięgnęła do kieszeni po pieniądze, które odliczyła tego ranka. – To za dwie ostatnie porcje. – Wręczyła mu je i wzdrygnęła się lekko, gdy ich palce się spotkały.

Uniósł pieniądze do światła, po czym wybuchnął śmiechem.

– Kochanie, a to za co?

– Za siano. I paszę. Za dwa tygodnie.

– To nie wystarczy nawet na dwie bele. To porządne siano.

– Dwa funty za belę. Tyle płacę Johnowi.

– To jest o wiele lepsze siano niż jego. Pięć funtów za sztukę te bele. Powiedziałem ci, że twojego konia będę karmił tylko tym, co najlepsze. Jesteś mi winna trzy razy tyle.

Wbiła w niego wzrok. Chyba nie żartował.

– Nie mam aż tyle – wyszeptała. Sheba zaskowyczała u jej stóp.

– No to mamy problem. – Pokiwał głową, jakby do siebie. – Mamy problem. Bo jest też zaległy czynsz.

– Zaległy czynsz?

– Według ksiąg Kowboja Johna nie płacisz od sześciu tygodni.

– Ale John powiedział, że zwolni nas z zaległego czynszu. Ze względu na mojego dziadka.

Maltańczyk zapalił papierosa.

– To jego obietnica, skarbie. Nie moja. Jeśli o mnie chodzi, przejąłem rentowną firmę, a przy twoim nazwisku widnieje spory deficyt. Nie jestem organizacją charytatywną. Pobieram czynsz.

– Porozmawiam z nim. Ja…

– To już nie jest jego stajnia, Sarah. Teraz to mnie jesteś winna pieniądze.

Sarah policzyła czynsz za sześć tygodni i dodała do tego pieniądze, które jego zdaniem zalegała za paszę. Od sumy końcowej zakręciło się jej w głowie.

– Ja… nie mam takich pieniędzy. Nie od razu.

– Cóż… – Maltańczyk odsunął się, żeby ją przepuścić. Ruszył w kierunku bramy. – Mogę poczekać. Nigdzie się nie wybieram, Sarah. Zorganizuj forsę i wtedy mnie odszukaj.

Wychodziła z sądu, gdy Linda wbiegła po kamiennych schodach. Natasha odwróciła się od prawnika, z którym rozmawiała, a sekretarka wcisnęła jej świstek papieru w dłoń, dysząc ciężko.

– Musisz zadzwonić do tej kobiety. Podobno telefonowała jakaś dziewczyna, że Sarah znów nie pojawiła się w szkole.

– Co? – Myślami wciąż była jeszcze w sądzie.

– Zadzwonili tuż po dziesiątej. Nie chciałam ci przeszkadzać. – Linda pokiwała głową w kierunku sali sądowej. Gdy Natasha nie zareagowała, powtórzyła: – Sarah nie pojawiła się dzisiaj rano w szkole. Założyli, że będziesz wiedziała, co to znaczy. To twoja klientka? Zastanawiałam się, o kim mowa.

Natasha spojrzała na zegarek. Była za kwadrans dwunasta.

– Dzwoniłaś do Maca?

– Maca? Twojego byłego Maca? Po co miałabym do niego dzwonić?

Natasha zaczęła szukać komórki.

– Nie przejmuj się. Wyjaśnię ci to innym razem. – Znalazła aparat i przeszła korytarzem obok prawników i klientów do spokojnego kąta.

– Natasha?

Mac zareagował na jej telefon zaskoczeniem. W tle słyszała śmiech i muzykę, jakby był na imprezie.

– Dzwonili ze szkoły. Znów jej nie ma.

– Kogo? Sarah? – Urwał i polecił komuś, żeby się uciszył. – Przecież zostawiłem ją tam za piętnaście dziewiąta.

– Widziałeś, żeby przeszła przez bramę?

Chwila ciszy.

– Szczerze mówiąc, nie. Kazała mi jechać. Chryste, nie sądziłem, że będziemy musieli trzymać ją za rączkę.

– Dzwonili do mnie dwa razy. Zgodnie z prawem musimy zgłosić jej zaginięcie po dwóch godzinach. Musisz coś z tym zrobić, Mac. Ja mam mniej niż godzinę, potem na całe popołudnie utknę w sądzie. Wyjdę stąd po czwartej, sądząc po tym, co się działo rano.

– Cholera. Jestem w połowie sesji, a potem mam robotę w południowym Londynie.

Słyszała, jak myśli. Zawsze nucił pod nosem, gdy rozwiązywał jakiś problem.

– Okej. Ty zadzwoń do szkoły, sprawdź, czy się nie pojawiła, a ja pojadę do domu, upewnię się, czy jej tam nie ma, i wtedy do ciebie oddzwonię.

Nie było jej ani w domu, ani w szkole, ani w szpitalu. Mac zadzwonił, gdy Natasha spacerowała po swoim biurze i jadła kanapkę. Nakazał jej nie dzwonić do opieki społecznej aż do wieczora.

– Najpierw z nią porozmawiamy – oświadczył.

– A jeśli coś jej się stało? Ostatnio to była tylko jedna lekcja. Teraz to większa część dnia. Mac... musimy zadzwonić do opieki społecznej.

– Ona ma czternaście lat. Pewnie gdzieś imprezuje, upiła się cydrem w jakiejś bramie ze znajomymi.

– No to mnie pocieszyłeś.

– Wróci. Nie oddali się przecież od dziadka, prawda?

Natasha nie podzielała jego pewności. Przez całe popołudnie nie potrafiła się skupić na przesłuchaniu. Gdy patrzyła na Lindsay, swoją dwunastoletnią klientkę, która siedziała z ponurą miną pomiędzy opiekunką a pracownicą opieki społecznej nadzorującą końcowe przesłuchanie w sprawie wniosku o zabezpieczenie miejsca zamieszkania, widziała niewyrażającą żadnych uczuć twarz Sarah, gdy ta opuszczała dom. Pod ich nosem działo się coś, o czym nie mieli pojęcia, i ta świadomość wprawiała ją w zdenerwowanie. Miotała się pomiędzy troską o dziecko, które musi sobie samo radzić z problemem, a narastającym, dokuczliwym przekonaniem, że sprowadziła całą masę kłopotów na swoją bezpieczną, uporządkowaną egzystencję.

– Twoje notatki – szepnął Ben, zajmując miejsce obok niej. – Zostawiłaś je na krześle przed salą.

– Chryste. Dzięki.

Trzeba było to przemyśleć, mówiła sobie, słuchając prawnika strony przeciwnej. Tak bardzo wytrąciła mnie z równowagi perspektywa dzielenia domu z Makiem, że nie pomyślałam o tym, jak wszystko może się jeszcze bardziej skomplikować.

– Pani Macauley, czy chce pani coś dodać? – zapytał sędzia.

Nie panowała nad sprawą. Czuła, jak jej koncentracja pryska.

– Nie, wysoki sądzie. To wszystko.

– Myślałem, że przywołasz jeszcze raport psychiatry – szepnął Ben.

Cholera. Wstała gwałtownie.

– W sumie, wysoki sądzie, przepraszam, ale jest jeszcze jedna kwestia, na którą chciałabym wysoki sąd uczulić…

Mac siedział przy kuchennym stole, gdy wróciła do domu. Położyła teczkę koło lodówki i odplątała szalik z szyi.

– Nadal nic? – zapytała.

– Odkąd wyszłaś z pracy, nie.

– Robi się ciemno. Jak długo powinniśmy jeszcze czekać, twoim zdaniem, zanim do kogoś zadzwonimy? – Niepokojący węzeł w jej żołądku, który pojawił się tam podczas pierwszej rozmowy z Makiem, urósł do rozmiarów wielkiej, ciężkiej kuli. Kilka razy odtworzyła już w głowie rozmowę z opieką społeczną. Władze uznają, że jest głupia albo, co gorsza, bezmyślna. Jedyne, o co ich poprosili, to żeby Sarah chodziła do szkoły. Pracownicy opieki społecznej zaczną gadać. Może zakwestionują jej umiejętności zawodowe. A poza tymi troskami dręczył ją przerażający głos z tyłu głowy, głos, który próbowała uciszać rozsądkiem, praktycyzmem, kolejnym telefonem do Maca. A co jeśli tym razem naprawdę coś się stało? Nie mam w tym żadnego doświadczenia. Prawdziwi rodzice mają lata, żeby przyzwyczaić się do takich nerwów.

– Dajmy jej jeszcze pół godziny – odparł Mac. – Do szóstej. Będzie miała swoją szansę.

Usiadła naprzeciwko niego i wzięła do ręki kieliszek wina, którego jej nalał. Teraz się nie uśmiechał. Otaczająca go aura luzu zniknęła, zastąpiona przez ciszę i napięcie.

– Dotarłeś na swoje drugie zlecenie? – zapytała.

Pokręcił głową.

– Pomyślałem, że zaczekam pod szkołą, jak będzie kończyła lekcje. Na wypadek, gdyby się pojawiła. – Westchnął i upił łyk wina. – Poza tym nie miałem do tego głowy. Nic się nie stało. Pozwolili mi przełożyć na jutro.

Ich oczy spotkały się przelotnie. O ile ona do jutra się zjawi.

– Ja byłam w sądzie bezużyteczna – zwierzyła się. – W ogóle nie mogłam się skupić na pracy. Sama siebie zaskoczyłam.

– To do ciebie niepodobne.

– Nie. – Przegrała. Wyraz twarzy Bena, gdy opuszczali budynek sądu, powiedział jej, że to z jej winy.

– Ach te dzieci – mruknął Mac bez humoru.

Podskoczyli oboje, gdy usłyszeli dzwonek do drzwi.

– Ja pójdę – zadeklarował, odsuwając się od stołu.

Natasha siedziała na krześle i sączyła wino, przysłuchując się, jak Mac otwiera drzwi. Wymamrotał coś niezrozumiale, a potem w korytarzu znów rozległy się jego kroki. Za nim, z twarzą osłoniętą szalikiem i zimnym powietrzem emanującym z ubrań, stała Sarah.

– Witamy z powrotem – powiedział Mac, odwracając się do niej. – Zastanawialiśmy się, czy nie przeniosłaś się do innego hotelu.

Jej oczy krążyły pomiędzy nimi, gdy zastanawiała się, jak duże ma kłopoty.

– Może powiesz nam, gdzie byłaś? – Mac mówił lekkim tonem, lecz Natasha wyczuwała w nim frustrację.

Sarah odsunęła szalik z twarzy.

– U koleżanki.

– Nie tego wieczoru – odparł Mac. – Miałem na myśli cały dzień. Gdy rzekomo miałaś być w szkole.

Kopnęła coś niewidzialnego na podłodze.

– Źle się czułam.

– I...

– I poszłam na spacer. Żeby przewietrzyć głowę.

Natasha uznała, że dłużej tego nie zniesie.

– Na dziewięć godzin? Poszłaś na dziewięciogodzinny spacer, żeby przewietrzyć głowę? Masz chociaż blade pojęcie, ile problemów spowodowałaś?

– Natasha...

– Nie! – Zbyła ostrzeżenie Maca. – Przegrałam dzisiaj sprawę, ponieważ tak się martwiłam tym, gdzie się podziewasz. Ze szkoły dzwonili do nas co godzinę. Mac musiał odwołać ważne zlecenie. Minimum tego, co możesz zrobić, to powiedzieć nam, gdzie byłaś.

Znów naciągnęła szalik na twarz i utkwiła wzrok w podłodze.

– Jesteś tu na naszą odpowiedzialność, Sarah. To oznacza, że odpowiadamy za ciebie w świetle prawa. Musimy pilnować, żebyś chodziła do szkoły, a potem wracała do domu. Tak nakazuje prawo. Czy ty to rozumiesz?

Pokiwała głową.

– No to gdzie byłaś?

Zapadła długa, krępująca cisza. W końcu dziewczyna wzruszyła ramionami.

– Chcesz wylądować w ośrodku zamkniętym? Znikasz po raz czwarty w ciągu dziesięciu dni. Jeśli znów to zrobisz, a szkoła zawiadomi najpierw opiekę społeczną zamiast nas, wylądujesz w ośrodku zamkniętym. Wiesz, co to znaczy? – Natasha podniosła głos. – To znaczy, że cię zamkną.

– Tash...

– Nie będziemy mieli nic do powiedzenia, Mac. Władze uznają, że nie jesteśmy w stanie się nią zajmować, a jeśli dojdą do wniosku, że istnieje ryzyko ucieczki, złożą wniosek do sądu o umieszczenie jej w zamkniętym ośrodku.

Oczy dziewczynki zogromniały pod szalikiem.

– Tego właśnie chcesz?

Sarah powoli pokręciła głową.

– No już – wtrącił Mac. – Uspokójmy się wszyscy. Sarah, my tylko chcemy, żebyś trzymała się zasad, okej? Musimy wiedzieć, gdzie jesteś.

– Mam czternaście lat. – Jej głos był cichy, ale pełen buntu.

– I znajdujesz się pod naszą opieką – zaznaczyła Natasha. – To ty o nas poprosiłaś, Sarah. Możesz więc przynajmniej grać według naszych zasad.

– Przepraszam.

Wcale nie masz skruszonej miny, pomyślała Natasha.

– Jutro – powiedziała – Mac zabierze cię do szkoły przed dzwonkiem i przekaże w ręce nauczyciela. Jedno z nas będzie czekało pod szkołą po lekcjach. Tak będzie, dopóki nie udowodnisz nam, że możemy ci ufać, kiedy mówisz, gdzie jesteś.

Mac wstał, podszedł do szafki i wyjął opakowanie makaronu.

– Okej, na tym zakończymy z nadzieją, że to się więcej nie powtórzy. Sarah, zdejmij kurtkę i siadaj. Pewnie jesteś głodna. Zrobię nam kolację.

Sarah okręciła się na pięcie i wyszła z kuchni. Usłyszeli jej ciężkie kroki na schodach i trzaśnięcie drzwiami, gdy zamknęła się w swojej sypialni.

Zapadła krótka cisza.

– Świetnie poszło.

Mac westchnął.

– Daj jej szansę. Przechodzi trudny okres.

Natasha przełknęła wino, odetchnęła głęboko i spojrzała na niego.

– Czy to znaczy, że nadeszła pora, bym powiedziała ci, że ze słoja w moim pokoju znikają pieniądze? – Nie była pewna, czy ją usłyszał. – I to sporo. Właśnie zauważyłam, że poziom się obniżył. I pamiętam, że przedwczoraj wieczorem wrzuciłam na samą górę cztery funtowe monety. Wczoraj ich nie było.

Mac odmierzał odpowiednią ilość makaronu na wadze.

– No… nie…

– Nie chciałem nic mówić, ale pamiętam, że przedwczoraj rzuciłem na stolik pięć funtów, które wyjąłem z kieszeni z myślą, żeby o nich rano pamiętać. Gdy zszedłem na dół, pieniędzy nie było. – Podszedł do kuchennych drzwi i zamknął je cicho. – Myślisz, że to narkotyki? – zapytał.

– Nie wiem. Nie wydaje mi się, żebym widziała ją na haju.

– Nie… nie wydaje się…

– To nie na ubrania – zastanawiała się dalej. Tę cechę dziewczynki uważała za niemal uroczą. Sarah nie interesowała się modą ani plotkarskimi gazetami, każdego ranka spędzała w łazience nie więcej niż dziesięć minut. – Nie ma telefonu, o ile wiem. I nie czuć od niej papierosów.

– Coś się dzieje.

Natasha utkwiła wzrok w swoim kieliszku.

– Mac, muszę ci coś powiedzieć. Gdy się poznałyśmy, została zatrzymana za kradzież w sklepie.

Znieruchomiał.

– To było tylko opakowanie paluszków rybnych. Przysięgała, że chciała za nie zapłacić. – Znów dałam się oszukać. Myślałam, że postępuję słusznie. Głupia, dręczona wyrzutami sumienia przedstawicielka liberalnej klasy średniej. Nie mam pojęcia, co robię. – Naprawdę mi przykro. Mogłam ci powiedzieć.

Pokręcił głową. Uświadomiła sobie z wdzięcznością, że nie zamierza robić z tego wielkiej sprawy.

– Myślisz... – dodała z wahaniem – ...że mamy...

Mac jej przerwał.

– Jutro nie dam rady – oświadczył, wsypując makaron do gotującej się wody. – Ale daj mi dzień lub dwa, a zacznę ją śledzić. Sprawdzę, co ona kombinuje. Dowiemy się, o co chodzi.

Rozdział dziesiąty

Spoglądający zaś na takowego konia widzą w nim dostojność, swobodę, rycerskość, ogień, dumę, powraz z przyjemnością i groźnością postawy.

Ksenofont, *Hippika, czyli jazda konna*

Przez dwa dni Sarah zachowywała się modelowo. Pozwalała, by Mac odprowadzał ją do klasy, choć otwarcie okazywała przy tym swoje niezadowolenie, i czekała pod bramą, zdzierając czubki butów na chodniku, gdy po nią przyjeżdżał. Piękno nastolatków, pomyślał Mac, polega jednak na tym, że zawsze zakładają, iż są sprytniejsze niż cała reszta. A Sarah nie była tu wyjątkiem.

Trzeciego dnia podrzucił ją do szkoły, powiedział, że nie ma czasu z nią wchodzić, i zapytał, czy poradzi sobie sama. Zauważył przelotny błysk w jej oku, który szybko ukryła, po czym pomachał jej, docisnął pedał gazu, jakby się spieszył i schował się za zakrętem. Zaparkował przy garażach, policzył do dwudziestu, po czym powoli zawrócił na drogę biegnącą wokół szkoły. Uczniowie nadal wchodzili przez bramę z plecakami zawieszonymi nisko na ramionach. Krzyczeli do siebie i łączyli się w grupy wokół komórek. Oczywiście była tam też Sarah – zmierzała w przeciwną stronę, to idąc, to podbiegając w kierunku przystanku.

Mac modlił się, żeby się nie odwróciła, ale była na to zbyt skupiona na sobie. Do diabła, Sarah, zawołał do niej milcząco. Dlaczego z takim uporem próbujesz sabotować swoją przyszłość? Na jego oczach wskoczyła do autobusu; zapamiętał numer i kierunek trasy. Szpital jest w przeciwną stronę, zauważył. Opiekunka społeczna zawiozła Sarah do dziadka w zeszłym tygodniu i wtedy wspomniała, gdzie staruszek leży. Mac zadeklarował, że zabierze ją do niego w ten weekend, i zanotował adres. Dokąd więc ona się wybierała?

Jechał samochodem za autobusem. Stracił ją z oczu, ale wierzył, że zauważy ją, gdyby wysiadła. Wpuścił przed siebie dwa inne auta, żeby nie rzucać się w oczy – godziny szczytu gwarantowały, że nic zgubi autobusu.

Oby chodziło o chłopaka, powtarzał sobie, kręcąc gałką radia. Gdyby to był chłopak, mogliby go zaprosić do siebie, porozmawiać z obojgiem. Z chłopakiem daliby sobie radę. Wpisaliby go w grafik. Ale nie z narkotykami. Proszę, niech to nie będą narkotyki.

Przez dwadzieścia minut śledził autobus jadący przez Londyn do City. Budził gwałtowne protesty kierowców białych furgonetek, którzy krzyczeli, gdy jechał zbyt wolno, i prowokował niegrzeczne gesty eleganckich kobiet, które powinny wiedzieć lepiej, jak się zachować. Gdy zrobiło się bardzo źle, zjechał na bok na parę sekund, by ich wszystkich przepuścić, zastanawiając się, ile mandatów dostanie za bezustanne zajmowanie buspasa. Zabrnął jednak tak daleko, że teraz nie mógł sobie pozwolić na zgubienie jej. Zaczęło padać, gdy dotarł do granic Square Mile, musiał więc wytężać wzrok, szukając jej ciemnego mundurka pomiędzy pracownikami City w garniturach i pod parasolami, którzy wsiadali do autobusu i z niego wysiadali na każdym przystanku. Tłumy ludzi utrudniały mu zadanie. Nieraz zastanawiał się, czy jej jednak nie przeoczył, czy nie szuka wiatru w polu, ale nie rezygnował.

W końcu, gdy szklane wieże dzielnicy finansowej zaczęły ustępować pod naporem brzydszych budynków, bloków mieszkalnych, zauważył ją. Wysiadła z autobusu, pobiegła na tyły i wyskoczyła na wyspę pośrodku drogi. Mac wstrzymał oddech, wiedząc, że jeśli się odwróci, od razu go zobaczy. Ona jednak koncentrowała uwagę na ruchu na drugim pasie. Puściła poręcz i przebiegła na drugą stronę. Zanim Mac uświadomił sobie, że jedzie w złym kierunku, zniknęła w bocznej ulicy.

– Kurwa – powiedział na głos. – Kurwa, kurwa, kurwa. – Wyprzedził autobus, wyciągając przepraszająco rękę do kierowcy, który gwałtownie za nim zahamował, po czym przejechał skrzyżowanie na pomarańczowym świetle, tak że kobieta idąca chodnikiem załomotała pięścią w jego maskę na znak protestu. – Przepraszam, przepraszam, przepraszam – wymamrotał, przyspieszając i zawracając na rondo. Objechał je i włączył się do ruchu w przeciwną stronę, rozglądając się za dziewczyną. Jechał, aż zauważył boczną uliczkę, w której zniknęła. Już miał w nią skręcić, gdy uświadomił sobie, że to jednokierunkowa.

Wahał się tylko przez chwilę, po czym przyspieszył, modląc się, żeby udało mu się dojechać do kolejnej przecznicy, zanim ktoś nadjedzie z przeciwnej strony.

– Wiem... wiem... – krzyknął do motoroweru, którego kierowca zaczął obrzucać go przekleństwami spod kasku.

Dotarł do skrzyżowania i wszystko zniknęło. Nie widział żadnych samochodów ani ludzi, tylko rząd poplamionych sadzą wiktoriańskich budynków, wejście do parku i bloki. Po lewej zauważył główną ulicę, kawiarnię i indyjską knajpkę, którą na chwilę zasłonił autobus. Pod wpływem impulsu skręcił w prawo i tocząc się powoli po bruku, rozglądał się na boki w poszukiwaniu dziewczyny w szkolnym mundurku. Nic. Jakby zapadła się pod ziemię.

Zmienił pas i zaparkował. Siedział przez chwilę w samochodzie, klnąc na siebie. Klnąc na nią. Co ja, do cholery, robię? Uganiam się za dziewczyną, którą ledwie znam, po całym Londynie, no i po co? Za kilka tygodni się wyprowadzi. Jeśli chce sobie zrujnować życie głupimi chłopakami albo narkotykami, co mi do tego? Jej dziadek wyzdrowieje i sam ją naprostuje, a wszyscy będą mogli żyć dalej swoim życiem.

Jego telefon zaczął dzwonić. Sięgnął ręką na dywanik pod siedzeniem pasażera i odkrył, że przez jego nerwowy sposób jazdy wszystko wypadło mu z kieszeni i rozsypało się po samochodzie. Upłynęło parę chwil, zanim zlokalizował aparat.

– Mac?

Maria.

– Cześć – przywitał ją.

– Nic nie mów, już miałeś do mnie dzwonić, ale utknąłeś pod jakimś dużym meblem. – W jej głosie pobrzmiewała uraza.

Nie brał tego do siebie – mówiła tym tonem, nawet jeśli jej herbata miała nieodpowiedni kolor.

– Miałeś do mnie zadzwonić w sprawie lunchu.

– Chryste. Wybacz, skarbie. Coś mi wypadło. Nie dam rady.

– To praca?

– Niezupełnie. – Odchylił się na oparcie fotela i przeczesał dłonią włosy.

– To znów twoja była żona. Uprawialiście szaloną, namiętną miłość przez całą noc i dla mnie już nie masz siły. – Zaczęła się śmiać.

– To nie ma nic wspólnego z Natashą.

– W Polsce Natasha to najpopularniejsze imię prostytutek. Wiedziałeś?

– Przekażę jej. Ucieszy się, jak się dowie.

Maria krzyknęła na kogoś, po czym wróciła do rozmowy.

– To bardzo dla ciebie smutne. Nie zobaczysz mnie przez dwa tygodnie.

– Nie? – Czy to Sarah szła po drugiej stronie wąskiej ulicy? Wyjrzał przez okno, ale gdy dziewczyna się odwróciła, okazało się, że pcha wózek.

– Dostałam duże zlecenie na Karaibach. Mówiłam ci.

– Mówiłaś.

– Dla hiszpańskiej „Elle". Zgadnij, kto robi zdjęcia.

– Mario, wiesz, że nie znam żadnego fotografa modowego.

– Sevi. Wszyscy znają Seviego.

Będzie musiał zadzwonić do Tash i powiedzieć jej, że zgubił małą. Wspólnie zadecydują, czy skontaktować się z opieką społeczną.

– W tym miesiącu robił sesję okładkową dla „Marie Claire".

Może powinien zadzwonić do szkoły i powiedzieć, że Sarah jest u lekarza. A potem zmusi ją, żeby mu wyjawiła, dokąd chodzi.

– „Marie Claire" – powtórzyła Maria z naciskiem.

– Kioskarz zapodział gdzieś moją kopię w tym miesiącu.

– Jesteś bardzo smutnym człowiekiem. Bardzo dużo kiepskich żartów.

– Maria, skarbie, będę kończył. Muszę zadzwonić.

– Robi się z ciebie homoseksualista?

– Nie dzisiaj, nie, ale zastanowię się nad tym.

– Moja siostra wyszła za homoseksualistę. Mówiłam ci?

Przestał słuchać. Duży brązowy koń pojawił się w bramie z drucianej siatki na końcu drogi. Podskoczył lekko przy koszu na śmieci, po czym uciekł w bok, cały czas zmierzając po bruku w jego stronę. Kopyta bębniły na twardym podłożu. Mac zmrużył powieki, szyba zaparowała od wewnątrz, lecz nie miał wątpliwości co do tożsamości jeźdźca. Był w szoku.

– Maria... muszę kończyć. Zadzwoń do mnie stamtąd, to coś ustalimy. – Wepchnął telefon do kieszeni, a gdy od konia dzieliło go dobre pięć metrów, spokojnie otworzył drzwi i wysiadł. Sarah związała włosy, jej drobna sylwetka wyglądała lekko na ogromnym zwierzęciu; wyraźnie widział jej szkolną bluzę. Koń znów uciekł w bok, ale ona nawet się nie poruszyła. Wyciągnęła rękę i pogłaskała go po szyi uspokajającym gestem.

Mac zatrzasnął drzwiczki i szybko wyjął z bagażnika swoją leicę, nie odrywając wzroku od dziewczyny na koniu. Zamknął samochód i podążył za nią – dosiadała zwierzęcia obojętna na otaczający ją chaos i hałasy miasta. Gdy skręcili za róg, zrozumiał, że kierują się do parku.

Przez chwilę się zastanawiał, po czym sięgnął po telefon i wybrał numer. Ukrył się w bramie, by wiatr nie poniósł jego głosu.

– Czy to sekretariat? Dzień dobry... Tak. Jestem opiekunem Sarah Lachapelle. Dzwonię, żeby powiedzieć, że ma dzisiaj wizytę u lekarza i nie przyjdzie na lekcje. Tak, bardzo przepraszam... Wiem, że powinienem zadzwonić wcześniej...

Zanim papa zachorował, niemal połowa szkolenia Boo odbywała się z ziemi. Papa trzymał go na długiej wodzy, stał za nim i uczył go rozumieć różne rodzaje nacisku dłoni i lejców, zachowywać równowagę, pracować mięśniami nóg, pochylać się w lewo lub w prawo. Sarah stawała przy końskim łbie albo łopatkach i wzmacniała przekaz dziadka łagodnym naciskiem lub głosem, a czasami lekkim muśnięciem pejcza. W ten sposób, wyjaśnił papa, Boo może się uczyć, nie musząc uważać na jej brak równowagi. W ustach papy zawsze brzmiało to tak, jakby ona stanowiła przeszkodę, jakby jej obecność utrudniała życie Boo. Bardzo szybko przestała brać to do siebie.

Dziadek miał kiedyś konia Gerontiusa, który był szkolony na długiej wodzy przez trzy lata, zanim komukolwiek pozwolono gó dosiąść. To nie jest substytut treningu, podkreślał dziadek. To podstawa treningu. Cała szkoła nad ziemią, *sauts d'école,* opierała się na tej właśnie bazie. Nie wolno jej było pominąć.

Wszystko pięknie, ładnie, myślała teraz Sarah, ale ja muszę jeździć. Dosiadła konia, by pozwolić mu trochę się poruszać. Beształa go, gdy wzdrygał się na widok ulicznych latarni, słupków drogowych i kratek ściekowych, przeszkód, na które sześć tygodni temu nie mrugnąłby nawet okiem. Nie mogła go odwiedzać przez dwa dni, dwa dni, kiedy może był karmiony i pojony, ale nikt nie wypuścił go z boksu. Dla takiego inteligentnego, sprawnego konia jak Boo była to niemal tortura, a ona wiedziała, że sama poniesie tego koszt.

Zaczęło padać mocniej, a ona podniosła rękę, dając samochodom znak, by się zatrzymały, gdy przechodzili przez ulicę. Boo dostrzegł trawę, a ona poczuła, jak wzbiera w nim energia. Z powodu deszczu park opustoszał, co dawało jej okazję, by popracować bez zbędnych przerw. Koń był bardzo podekscytowany, nawet za bardzo. Po dwóch dniach w odosobnieniu jego kopyta reagowały na sprężystą nawierzchnię jak na prąd elektryczny.

Słuchaj mnie, mówiła mu swoim dosiadem, nogami, rękami. Było jednak coś podniecającego w świadomości, że cała ta moc tylko czeka, by ją uwolnić.

Lewada, podpowiedział słaby głos w jej głowie.

Papa zabronił jej próbować, uznał, że to zbyt ambitny manewr. Lewada wymagała od konia przeniesienia ciężaru na tylne nogi i utrzymania ich pod kątem trzydziestu pięciu stopni. Był to sprawdzian siły i równowagi, przejście do większych wyzwań klasycznego dresażu.

Ale papa to zrobił. Ona umiała zrobić to z ziemi. Wiedziała, że Boo sobie poradzi.

Odetchnęła wilgotnym powietrzem, ocierając krople deszczu z twarzy. Poprowadziła Boo truchtem w małych kółkach, zatrzymywali się, po czym ruszali do przodu – w ten sposób nakłaniała go, by się na niej skoncentrował, tworzyła niewidzialną arenę pomiędzy koszami na śmieci, pachołkami a granicą placu zabaw. Gdy upewniła się, że się rozgrzał, pocwałowali, najpierw na jednej wodzy, potem na drugiej. Próbowała sobie przypomnieć instrukcje dziadka: siedź głęboko, ręce nieruchome, trochę cofnij nogi, więcej kontaktu z zewnętrzną wodzą. Po chwili całkiem się zapomniała, odcięła od niekończącej się frustracji życia pod czyjeś dyktando, pieniędzy, które była winna, widoku papy, zdenerwowanego i nieszczęśliwego w łóżku pachnącym chemiczną sosną i starymi ludźmi. Istnieli tylko ona i Boo, zamknięci w swoim tempie, zatraceni w pracy, aż z ich ciał zaczęła unosić się para. Wróciła do stępa i poluzowała lejce, pozwalając koniowi się rozciągnąć. Nie podskakiwał już, słysząc hałas z ulicy ani na widok dwupiętrowych autobusów – ciężka praca go odprężała, stabilizowała. Papa byłby z niego dzisiaj zadowolony, pomyślała, przesuwając dłonią po mokrej grzywie zwierzęcia.

Lewada. Czy byłby to naprawdę taki wielki grzech, gdyby odrobinę przetestowała Boo? Przecież papa nie musi wiedzieć. Wzięła głęboki oddech, zebrała wodze i ponagliła konia do powolnego truchtu, który stopniowo ograniczała, osiągając piaff, czyli rytmiczne unoszenie kopyt w miejscu. Wyprostowała plecy, starając się odtworzyć w pamięci instrukcje dziadka. Tylne nogi muszą się znaleźć pod środkiem ciężkości konia, pęciny powinny niemal zanurzyć się w ziemi. Odchyliła się lekko, zachęcając zwierzę nogami, przekazując mu, że jego energia musi się gdzieś skoncentrować. Wstrzymywała je najlżejszym naciskiem na lejce. Zakląskała językiem w serii poleceń, a koń stężał, przysłuchując się; zastrzygł uszami. Nie zrobi tego, uświadomiła sobie. Potrzebowali drugiej osoby, kogoś, kto wyjaśniłby mu to z ziemi. Nagle poczuła, że jego zad się pod nią zapada, na moment spanikowała, że stracą równowagę, ale wtedy jego przód uniósł się na jej oczach, a ona pochyliła się, by mu pomóc. Czuła, jak jego mięśnie drżą, gdy próbował utrzymać pozycję. Balansowali tak na przekór grawitacji, a ona oglądała park z nowej perspektywy – z góry.

Po chwili Boo oparł przednie nogi na ziemi tak nagle, że osunęła się na jego szyję, a on wystrzelił do przodu i wierzgnął raz, potem drugi tak żywiołowo, że z trudem utrzymała się w siodle.

Wyprostowała się i wybuchnęła śmiechem. Czuła, jak wzbiera w niej uniesienie. Poklepała konia po szyi, chwaląc go, próbując przekazać mu, jaki jest wspaniały. Pochyliła się i otoczyła ramionami jego szyję.

– Mądry koń, mądry koń – powtarzała, patrząc, jak Boo strzyże uszami, wsłuchując się w jej pochwały.

– Imponujące.

Głos rozległ się tuż za nią. Wykręciła się w siodle. Ścisnęło ją w żołądku.

Marynarka Maca pociemniała od wilgoci.

– Mogę? – zapytał, po czym podszedł bliżej i pogłaskał Boo po szyi. – Zgrzał się – zauważył, odsuwając rękę i pocierając koniuszki palców.

Nie mogła wydusić z siebie głosu. W głowie miała pustkę, zmartwiała z przerażenia.

– Skończyłaś? Możemy wracać? – Wskazał jej gestem Sparepenny Lane.

Pokiwała głową, zaciskając dłonie na lejcach. Kręciło się jej w głowie. Mogłaby uciec. Gdyby dała znak Boo, we dwoje przelecieliby przez park i pobiegli na mokradła. Wyprzedziłaby go o wiele kilometrów, zanim zdołałby ją złapać. Ale niczego nie miała. Nie miała dokąd uciec.

Zawróciła powoli w stronę stajni. Boo zwiesił łeb, najwidoczniej zmęczony intensywnym treningiem, jej postawa również wyrażała porażkę. Wpatrywała się w plecy Maca, nie potrafiąc nic wyczytać z jego zachowania.

Zatrzymała się przed bramą. Kowboj John wyszedł z szopy, by jej otworzyć.

– Brałaś prysznic, cyrkówko? Jesteś cała mokra.

Poklepał konia po grzbiecie, po czym zauważył skradającego się za nim Maca.

– Mogę ci jakoś pomóc, młody człowieku? Masz ochotę na jajka? Owoce? Mam dzisiaj doskonałe awokado. Mogę ci sprzedać całą skrzynkę za jedyne trzy te wasze angielskie funty.

Mac wpatrywał się w Kowboja Johna, jakby nigdy nie widział niczego podobnego. Może dlatego, że John miał na sobie swój najbardziej obskurny kowbojski kapelusz, czerwoną bandanę na szyi i odblaskową kamizelkę, którą ekipa remontująca drogę zostawiła tu w zeszłym roku. A może dlatego, że pomiędzy pożółkłymi zębami trzymał wielkiego skręta.

– Awokado? – zapytał Mac, dochodząc do siebie. – Dobry pomysł.

– Lepszy niż dobry, człowieku. Są idealnie dojrzałe. Jeszcze trochę, a same wyskoczyłyby ze skórki i roztarłyby się na guacamole. Chcesz dotknąć? Boże kochany, to pewnie najlepsza propozycja, jaką dzisiaj dostaniesz. – Zachichotał znacząco.

Mac wszedł przez bramę.

– Proszę pokazać – powiedział.

Sarah zaprowadziła konia do stajni. Zdjęła siodło i uzdę, wytarła je z deszczu, ułożyła w składziku, po czym zaczęła wymiatać słomę. Na drugim końcu podwórza Kowboj John pokazywał Macowi swoje owoce i warzywa. Mac kiwał głową. Cały czas się rozglądał, jakby chciał się nasycić widokiem, i najwyraźniej zadawał pytania. John pokazywał mu różne konie, swoje kury, biuro. Mac wydawał się tym wszystkim naprawdę zainteresowany. W końcu, gdy Sarah napełniała wiadro Boo czystą wodą, John i Mac wyszli spod arkad i ruszyli w kierunku stajni. Lało jak z cebra, strumyki wody spływały po wzniesieniu i wiły się pomiędzy kostkami bruku.

– Skończyłaś, cyrkówko?

Pokiwała głową, stając obok swojego konia.

– Od dwóch dni cię nie widziałem. Miałaś tam jakieś kłopoty? Stary Boo znów zagroził mi dzisiaj rano, że ucieknie.

Zerknęła na Maca, po czym wbiła wzrok w ziemię.

– Coś w tym rodzaju – mruknęła.

– Byłaś u dziadka?

Pokręciła głową. Ku własnemu przerażeniu poczuła, że zaraz się rozpłacze.

– Teraz tam jedziemy – wtrącił Mac.

Poderwała głowę.

– Chcesz? – zapytał.

– Znasz tę dziewczynę? – Kowboj John cofnął się teatralnie, po czym objął gestem skrzynkę z owocami, którą trzymał Mac. – Znasz Sarah? Człowieku, trzeba było mówić. Nigdy nie sprzedałbym ci tego szajsu, gdybym wiedział, że jesteś przyjacielem Sarah.

Mac uniósł brew.

– Nie mogę ci tego sprzedać – powtórzył John. – Chodźmy do biura, to dam ci coś lepszego. To trzymam tylko dla przypadkowych przechodniów. Sarah? Pozdrów ode mnie swojego staruszka. Przekaż mu, że wpadnę w sobotę. Daj mu to. – Podał jej kiść bananów.

Gdy Mac szedł za Johnem do biura, Sarah widziała oczami wyobraźni uśmieszek błąkający się na jego ustach.

Ubranie wciąż miała mokre, gdy wsiadała do samochodu. Mac dostał mandat i teraz zdrapywał go z szyby. Gdy pochylił się i wrzucił go do schowka, zauważył, że Sarah się trzęsie.

– Chcesz coś suchego na przebranie? – zapytał. – Mam w bagażniku zapasowy sweter. Możesz go założyć na mundurek.

Posłuchała jego sugestii. Włączył się do ruchu, zastanawiając się, co powinien powiedzieć. Gdy zatrzymali się na światłach, mruknął:

– A więc o to chodziło. Te nieobecności. Znikanie. – Nie wspomniał o pieniądzach.

Nieznacznie skinęła głową.

Włączył kierunkowskaz, po czym skręcił w lewo.

– No cóż... jesteś pełna niespodzianek. – Odzyskał dobry humor. To tylko dziecko z kucykiem. Tyle że przerośniętym. – Co robiłaś? To całe podskakiwanie w powietrzu?

Wymamrotała coś, czego nie usłyszał.

– To lewada – powtórzyła głośniej.

– Czyli?

– Manewr z *haute école*. Coś jak dresaż.

– Dresaż? To coś, gdzie biega się w kółko?

Uśmiechnęła się niechętnie.

– Coś w tym rodzaju.

– To twój koń?

– Mój i papy.

– Jest bardzo bystry. Nie znam się na koniach, ale wygląda wspaniale. Skąd wzięłaś takiego konia?

Przyglądała mu się przez chwilę, jakby próbowała ocenić, ile informacji może mu powierzyć.

– Papa kupił go we Francji. To selle français. Używają ich we francuskiej szkole jeździeckiej, do której uczęszczał dziadek. – Urwała. – On wie wszystko o ujeżdżaniu koni.

– Wszystko... – mruknął Mac. – Długo to robisz?

– Odkąd pamiętam. – Tonęła w jego swetrze. Naciągnęła rękawy na dłonie i schowała pod nim kolana. Wyglądała jak bardzo przestraszony kłębek wełny. – Mieliśmy tam pojechać. Zobaczyć konie. We Francji. Zanim zachorował.

Mac przypomniał sobie, jak przechodziła przez ulicę pomiędzy samochodami i ciężarówkami i jak potem zatraciła się w koncentracji, zataczając kółka w trawie. W co myśmy się, do diabła, wpakowali?, zastanawiał się.

– To miała być nagroda – kontynuowała. – Dla mnie i dla niego. Wakacje. Nigdy nie byłam za granicą.

Zaczęła skubać rękawy swetra.

– Bardzo chciałam jechać. Papa też.

– No cóż... – Mac zerknął w lusterko wsteczne. – Ludzie często przekładają wakacje, gdy ktoś zachoruje. Jestem pewien, że jeśli wyjaśnicie w biurze podróży, co się stało, pozwolą wam jechać, gdy dziadek wydobrzeje. – Przez chwilę patrzył, jak Sarah obgryza paznokcie. – Potem do nich zadzwonimy. Pomogę ci, jeśli chcesz.

Znów się do niego uśmiechnęła, ostrożnie. Dwa razy w ciągu jednego dnia, pomyślał. Może jednak uda nam się zrobić coś dobrego. Wyciągnął rękę i włączył nawigację.

– Tak. Szpital – powiedział. – Podkręcimy ogrzewanie. Nie mogę pozwolić, żeby dziadek zobaczył cię przemoczoną do suchej nitki.

Mac znał się na medycynie tak samo jak na koniach, ale nawet on zauważył, że niezależnie od tego, w co wierzyła Sarah, pan Lachapelle nie wybierał się na wakacje – ani nawet do domu – w najbliższym czasie.

Leżał częściowo wsparty na poduszkach, jego skóra miała szarawy odcień kogoś poważnie chorego i nie obudził się, gdy weszli do pokoju. Dopiero gdy Sarah wzięła go za rękę, otworzył oczy. Mac stanął skrępowany w drzwiach, czując się jak intruz.

– Papo – powiedziała cicho.

Staruszek od razu utkwił w niej wzrok, mgła zniknęła, gdy zorientował się, kto przyszedł. Uśmiechnął się krzywo.

– Przepraszam, że nie odwiedziłam cię przez dwa dni. Były trudności.

Staruszek pokręcił głową. Uścisnął lekko jej dłoń, po czym spojrzał z ukosa na Maca.

– To jest Mac. Między innymi on się mną teraz zajmuje.

Mac poczuł, że jest oceniany. Staruszek był słabowity, lecz miał wyjątkowo przeszywający wzrok, niemal nim bombardował.

– On jest… bardzo miły, papo. On i jego żona – dodała Sarah.

Mac zauważył, że się zaczerwieniła, jakby ta determinacja, z którą uspokajała starszego pana, zdradzała zbyt dużo na jej temat.

– Bardzo miło mi pana poznać, panie Lachapelle. – Mac podszedł bliżej i ujął dłoń starca. – *Enchanté**.

Kolejny wątły uśmiech. I szerszy na ustach Sarah.

– Nie mówiłeś, że znasz francuski.

– Nie jestem pewien, czy twój dziadek zgodziłby się z taką oceną moich umiejętności – odparł.

Usiadł po drugiej stronie łóżka. Sarah otworzyła szafkę dziadka, zajrzała do jego kosmetyczki i przestawiła zdjęcia.

Skrępowany milczeniem Mac znów zabrał głos, świadom, że mówi nieco za głośno.

– Obserwowałem dzisiaj, jak pańska wnuczka jeździ konno. Jest zdumiewająco utalentowana.

Staruszek spojrzał na dziewczynkę.

---

* Miło mi (fr.)

– Jeździłam dzisiaj rano.

– Dobrze – powiedział powoli. Jego głos skrzypiał jak nieużywany zawias.

Sarah uśmiechnęła się natychmiast, a uśmiech odmienił jej twarz.

– Dobrze! – powtórzyła, jakby potwierdzała jego słowa.

– Dobrze – powiedział znów staruszek.

Wszyscy troje pokiwali z satysfakcją głowami. Mac domyślił się, że był to wielki przełom w rozmowie.

– Naprawdę bardzo się starał, papo. Padało. Wiesz, jaki potrafi być niegrzeczny w deszczu, ale dzisiaj przez cały czas się koncentrował. Jego pysk był superlekki i słuchał, naprawdę słuchał.

Dosiadała teraz konia z prostymi plecami i rękami przed sobą. Staruszek spijał słowa z jej ust, jakby chciał zapamiętać każdy szczegół.

– Byłbyś zadowolony. Naprawdę.

– Nigdy nie widziałem czegoś takiego – wtrącił Mac. – Nie znam się na koniach, proszę pana, ale gdy zobaczyłem, jak skacze na tylnych nogach, zaparło mi dech.

Nagle zapadła cisza. Starzec powoli odwrócił twarz do wnuczki. Przestał się uśmiechać.

Mac zaczął się jąkać:

– Wyglądało to... świetnie...

Sarah zaczerwieniła się po cebulki włosów. Starzec nie odrywał od niej wzroku.

– Lewada – wyszeptała ze skruchą. – Przepraszam.

Starzec pokręcił głową na boki.

– Miał tyle energii. A ja musiałam zaproponować mu coś nowego, żeby utrzymać jego uwagę. Potrzebował wyzwania...

Im bardziej protestowała, tym mocniej staruszek kręcił głową w niemej furii.

– *Gourmand** – powiedział. – *Non gourmand*. Małe. Znowu.

---

* Łakomy (fr.)

Mac próbował odnaleźć sens w jego słowach, dopóki nie uświadomił sobie, że nie ma żadnego sensu. Przypomniał sobie, że pacjenci po udarach miewają problemy z doborem słów.

– To. *Avant**. *Non*. Koń. Koń! – Wyraźnie sfrustrowany Lachapelle zacisnął szczęki i odwrócił wzrok od Sarah.

Mac czuł się zażenowany. Sarah obgryzała paznokcie. Twarz starca wyrażała niemą wściekłość. To wszystko moja wina, pomyślał. Próbował udawać, że go nie ma, ale potem sięgnął po aparat wciąż zawieszony na jego szyi i podniósł go.

– Hm... Panie Lachapelle? Zrobiłem trochę zdjęć, gdy Sarah pracowała. Kłus i te sprawy. Może chciałby je pan obejrzeć? – Pochylił się nad łóżkiem i zaczął przewijać cyfrowe ujęcia. W końcu zatrzymał się na takim, które nie powinno bardziej rozgniewać staruszka, i je powiększył. Sarah włożyła dziadkowi okulary.

Starzec przyglądał się zdjęciu jakiś czas, całkowicie się wyłączając. W końcu zwrócił twarz do Sarah i zamknął oczy skoncentrowany.

– Pysk – wymamrotał w końcu. Jego palce zadrżały.

Sarah zerknęła na zdjęcie.

– Tak – potwierdziła. – Tutaj mi się opierał. Ale tylko na początku, papo. Gdy tylko udało mi się zaangażować tylne nogi, rozluźnił się.

Starzec pokiwał głową wyraźnie zadowolony, a Mac powoli wypuścił wstrzymywane powietrze.

– Masz inne? – zapytała Sarah. – Późniejsze?

Zaczął je przewijać, po czym wręczył aparat dziewczynce.

– Szczerze mówiąc, muszę zadzwonić w parę miejsc – oświadczył. – Zostawię was samych. Tym przyciskiem możesz przewijać, Sarah. Tym powiększać, żebyście mogli z dziadkiem lepiej widzieć. Spotkamy się na dole za pół godziny. – Uniósł dłoń staruszka. – *Monsieur* Lachapelle, miło było pana poznać.

– Kapitanie – podpowiedziała Sarah. – Wszyscy go tak nazywają.

---

* Wcześniej (fr.)

– Kapitanie – powtórzył Mac. – Mam nadzieję, że niedługo się zobaczymy. Obiecuję, że będziemy się dobrze opiekować pańską wnuczką, dopóki nie wróci pan do domu. – Cholera wie, kiedy to będzie, pomyślał, wychodząc z pokoju.

– Żartujesz.

– Nie. Chcesz zobaczyć? – Podał jej odbitki, które wywołał, gdy tylko wrócił do domu.

Natasha sięgnęła po okulary i zaczęła je przeglądać. Wcześniej nie nosiła okularów, zauważył.

– To nie narkotyki – powiedział, gdy nie zareagowała.

Pokiwała głową.

– Fakt. – Zdjęła okulary i spojrzała na niego. – Ale koń? – Wręczyła mu odbitki. – Co my zrobimy z koniem, do cholery?

– Moim zdaniem nie musimy nic robić. To jej koń, ona się nim zajmuje.

– Ale... cały ten czas? To tam znikała?

– Nie rozmawiałem z nią o pieniądzach, ale śmiało możemy założyć, że ich też tam należy szukać.

– Skąd takie dziecko ma konia?

– Trzyma go pod arkadami – kontynuował Mac. W jego głowie wciąż wirowały obrazy miejskiej stajni. – Okazuje się, że to ma coś wspólnego z jej dziadkiem. Jest jakimś zaklinaczem koni. I to nie jest kucyk z bajki. Ta bestia wygląda, jakby wyszła z obrazu Stubbsa. Jest nerwowy. A ona robi z nim cały ten... dresaż. Skacze w powietrze.

– O Boże. – Natasha utkwiła wzrok w ścianie. – A jeśli zrobi sobie krzywdę?

– Moim zdaniem nieźle sobie radzi.

– Ale przecież my nic nie wiemy o koniach. Opiekunka społeczna nic nie mówiła.

– Opiekunka społeczna nie wie. Sarah nie chce, żeby wiedziała. Myśli, że jeśli władze się dowiedzą, odbiorą jej konia. Ma rację?

Wzruszyła ramionami.

– Pojęcia nie mam. Chyba nie ma precedensu.

– Kazała mi obiecać – wyznał Mac – że nic nie powiem.

Oburzyła się.

– Nie możemy jej tego obiecać!

– No cóż, ja już obiecałem. A ona obiecała, że przestanie wagarować. Moim zdaniem to niezły układ.

Podrzucił Sarah do szkoły w porze lunchu i w pośpiechu wypisał jej usprawiedliwienie. Nie mogła uwierzyć, że z nią spiskuje.

– Tylko ten jeden raz – zaznaczył, świadom, że już okazał się zbyt miękki. – Ustalimy coś, jak wrócisz do domu. Okej?

Pokiwała głową. Nie podziękowała, zauważył ponuro, po czym roześmiał się z siebie samego, odjeżdżając. Już myśli jak rodzic. Jak często słyszał narzekania znajomych na temat rzekomej niewdzięczności ich dzieci?

Natasha usiadła. Wcześniej mówiła coś o trudnej sprawie, jakiejś przemocy domowej wewnątrz rodziny lub między rodzinami, jakby w ogóle potrafił zrozumieć różnicę. Poczuł wyrzuty sumienia, gdy uświadomił sobie, że przez lata rzadko jej słuchał, gdy opowiadała o swojej pracy.

– Tash, przecież to dobre wieści – orzekł. – To znaczy, że nie bierze narkotyków. Nie ma żadnego podejrzanego faceta. Jest tylko nastoletnią dziewczyną z obsesją na punkcie koni. Z tym damy sobie radę.

– W twoich ustach to brzmi, jakby było łatwe – odparła niemal z niechęcią. – Ale my mamy problem, Mac. Ona nie poradzi sobie sama z tym koniem. To dlatego urywała się z lekcji. Powiedziałeś, że jej dziadek brał większość obowiązków na siebie. Kto zajmie się zwierzęciem, gdy ona zacznie regularnie chodzić do szkoły? Ty?

Roześmiał się.

– Ja nie mogę. Nie znam się na koniach.

– Ja też nie. Czy jest ktoś, kto mógłby to robić za nią?

Mac przypomniał sobie starego Amerykanina z podejrzanymi papierosami.

– Chyba nie. Tak, teraz rozumiem, o co ci chodzi – zgodził się. – To skomplikowane.

Przez jakiś czas siedzieli w milczeniu.

– Okej – powiedziała w końcu Natasha. Nie patrzyła mu w oczy. – Mam pewien pomysł.

Rozdział jedenasty

Ściśle także zalecić trzeba oprzątaczowi, ażeby konia pomiędzy gromadą ludzi przeprowadzał, z wszelakiemi widokami oswajał, toż do najróżnorodniejszych szelestów i huków przybliżał. Z tych, kiedy się którego stracha źrebiec, nie gniewem, ale łagodnością pouczać go winien, iż nie są groźnemi.

Ksenofont, *Hippika, czyli jazda konna*

Mogłam się od razu domyślić, uznała potem Natasha, że Kent to głupi pomysł. Sarah zaciekle opierała się idei przeniesienia konia.

– Nie. On musi być tutaj, gdzie mogę mieć go na oku – oświadczyła.

– Będzie całkowicie bezpieczny na Howe Farm. Pani Carter zna się na koniach.

– Jego nie zna. Będzie otoczony ludźmi, którzy go nie znają.

– Pani Carter na pewno wie o koniach jeszcze więcej niż ty.

– Ale jego nie zna.

Ciekawe, pomyślała Natasha, że dziewczyna, która od wielu dni nie mówiła dosłownie nic, teraz bezustannie podnosi głos.

– Sarah, nie masz czasu, żeby wszystko wokół niego robić. Sama to powiedziałaś. Jeśli chcesz, żebyśmy dotrzymali naszej części umowy i nie informowali władz, musisz się pogodzić z tym, że trzeba znaleźć inny sposób opieki nad koniem pod nieobecność twojego papy. Na farmie będzie miał zapewnioną opiekę przez cały tydzień.

A my będziemy go odwiedzać w weekendy, będziesz mogła spędzać z nim cały dzień.

– Nie. – Sarah skrzyżowała ramiona na piersi i zacisnęła szczękę. – Nie zostawię go w miejscu, którego nie znam.

– Przecież je poznasz. Poza tym to rozwiązanie krótkoterminowe. I wydaje się bardziej profesjonalne niż jego obecne miejsce.

Sarah dosłownie wypluła z siebie odpowiedź.

– Jest szczęśliwy tam, gdzie jest. – Zmierzyła Natashę gniewnym spojrzeniem. – Nic o nim nie wiesz. Jest szczęśliwy na Sparepenny Lane.

Natasha z całych sił starała się zapanować nad swoim tonem.

– Ale to się nie sprawdza, prawda? Dopóki nie dowiemy się, kiedy twój dziadek wraca do domu, nie możemy dalej tak funkcjonować. Ty nie możesz tak funkcjonować.

– Nie odbierzesz mi konia.

– Nie dramatyzuj, Sarah. Nikt ci go nie odbiera.

– Pomyśl o tym jak o wakacjach dla niego. – Mac leżał na sofie i chrupał jabłko.

Natasha musiała sobie wciąż przypominać, że to również jego dom.

– Może całe dnie spędzać, galopując po polach, czy co tam robią konie. To musi być lepsze niż tkwienie pod arkadami, nie sądzisz?

Okiem prawnika oceniła, że Mac obrał właściwą taktykę. Sarah na chwilę straciła rezon.

– Chyba nie miał dotąd wielu okazji, by tak po prostu hasać po polach, prawda? – Rzucił ogryzek do kosza i trafił do celu z metalicznym stuknięciem.

– Czasami pozwalam mu się paść na długiej lonży – odparła Sarah obronnym tonem.

– Ale to nie to samo co bieganie, gdzie tylko chcesz, prawda?

– Ale on nigdy nie jechał w przyczepie.

– No to się nauczy.

– I...

– Szczerze mówiąc, Sarah, choć nie chcę ci niczego narzucać, ta sprawa nie podlega dyskusji – oświadczyła Natasha stanowczo. – Ty nie masz czasu, żeby się nim zajmować i jednocześnie się uczyć. Ja i Mac za mało wiemy o koniach, żeby ci pomóc. Z radością zapłacimy za jego pobyt na Howe Farm, a gdy twój dziadek stanie na nogi, sfinansujemy jego powrót, i potem wszystko będzie jak dawniej. A teraz przepraszam, ale mam sporo pracy.

Zawahała się na progu. Mac gwałtownie odwrócił wzrok, gdy wspomniała o dziadku Sarah, jakby coś wiedział, ale nie mówił. Czuła na plecach zbuntowane spojrzenie dziewczynki jeszcze długo po wyjściu z pokoju.

Podróż okazała się traumatyczna. Zatrudnili profesjonalną firmę z Newmarket do przetransportowania Boo, jak nazywała konia Sarah, w sobotę. Ogromna ciężarówka z trudem wjechała na Sparepenny Lane; Mac zdradził potem Natashy, że kierowca wydawał się kompletnie zaskoczony adresem stajni, a jego zaskoczenie pogłębiło się, gdy dotarł na miejsce.

– Obsługuje chyba stajnie wyścigowe – wyjaśnił Mac. – Bardziej luksusowe.

– To mnie nie dziwi, biorąc pod uwagę, ile sobie policzył – zripostowała Natasha.

Koń, zestresowany zmianą atmosfery, odmówił wejścia do przyczepy. Sarah błagała i przekonywała, klęła na wszystkich, którzy próbowali podejść bliżej, i wielokrotnie starała się wprowadzić go rampą do miękkiego wnętrza. Ale Boo przystawał, wyrywał się, parę razy stanął dęba ze stresu, strasząc przechodniów i gapiów, gdy załomotał kopytami w bruk. Im dłużej to trwało, tym więcej osób zatrzymywało się na ulicy, żeby popatrzeć, i tym bardziej denerwował się koń – pocił się, błyskał białkami oczu i niemal całkowicie wymykał się spod kontroli. Chłopcy przejeżdżali obok na skuterach, kierowcy zablokowani przez przyczepę trąbili wściekle, Kowboj John, który palił w bramie, zsunął kapelusz na kark i kręcił głową, jakby to wszystko zasługiwało tylko na łagodną dezaprobatę.

Sarah dwa razy krzyknęła na gapiów, żeby poszli do domu i zapewnili im trochę spokoju, aż w końcu kierowca i jego pomagier powiedzieli jej, że nie mają na to czasu, po czym z pomocą brutalnej siły i długiej liny wepchnęli konia do środka, skąd od razu zaczęło się dobywać dzikie rżenie. Boo bił kopytami o boki przyczepy, nawet gdy ciężarówka powoli ruszyła w kierunku głównej drogi.

Nie zgodzili się, by Sarah podróżowała z nimi („Ubezpieczenie, stary. Wybacz"). Gdy Mac przekonał ją, by blada jak ściana wsiadła do samochodu, zauważył, że jej dłonie krwawią.

Nie odzywała się do niego przez całą drogę na farmę.

Wszystko to Mac opowiedział Natashy przez komórkę podczas krótkiego postoju na autostradzie. Ona wyjechała wcześniej własnym samochodem, aby przygotować domek. Przynajmniej tak im powiedziała. W rzeczywistości zamierzała usunąć wszelkie ślady Conora i, co ważniejsze, przygotować się duchowo na inwazję na jedyną część jej życia, która do tej pory należała tylko do niej.

Domek miał tylko dwa pokoje. Jeden został przeznaczony dla Sarah, Mac miał spać na kanapie. Na samą myśl o nich tutaj czuła się osaczona, uwięziona. Bała się, że nawet jeśli Mac wyjedzie, ten dom również zostanie skażony porażką ich małżeństwa, że przestrzeń wolna od niego i od wspomnień teraz będzie niosła niechciane echo. Jak to możliwe, że do tego doszło? Jak mogła tak bez reszty poświęcić swoją niezależność, spokój umysłu, a także prawdopodobnie swój związek? Conor celowo ignorował ją w pracy i mówił, że jest zajęty, jeśli przez przypadek odebrał telefon od niej. Napisała do niego tego ranka, wściekła za to lodowate traktowanie:

To, że twoja żona cię oszukała, nie oznacza, że ja jestem taka sama.

Wysłała wiadomość, zanim zdołała to sobie wyperswadować.

Nie zasłużyłam na to, Conor.

Zatrzasnęła klapkę i usiadła w cichej kuchni, czekając na jego odpowiedź. Gdy esemes nie nadszedł, poczuła się jeszcze gorzej.

Wyszła do ogrodu i poczuła powiew zimy, gdy włoski na jej ramionach stanęły dęba. Skosiła trawnik dwa tygodnie temu, a poranne przymrozki spowolniły wzrost roślin, więc murawa wciąż była równa i zielona. Zgrabiła liście, przycięła krzewy, które potrafiła zidentyfikować, i posadziła długie rzędy cebulek tam, gdzie kiedyś rosły chwasty. Nad rabatami wisiały migoczące miechunki, ich suche pomarańczowe główki mieniły się w szarym jesiennym powietrzu. Ostatnie róże rozkwitały dzielnie na kolczastych gałązkach. To, co kiedyś zaniedbane i dzikie, dzięki niej stało się na swój sposób piękne.

Wzięła głęboki oddech i objęła się ramionami, powtarzając sobie, że tak naprawdę nie miała wyboru w tej sprawie. Przy odrobinie szczęścia Mac nigdy więcej tu nie przyjedzie. Sama będzie przywoziła tu Sarah w weekendy – a wyglądało na to, że dziewczynka cały czas spędzi ze swoim koniem – Conor zaś nie musi wiedzieć o wizycie Maca. Może Conor i Sarah się dogadają. On w końcu rozumiał dzieci. Wiedział, jak z nimi rozmawiać. W przeciwieństwie do niej.

Powoli obeszła działkę, przyglądając się swoim ciemniejącym od wilgoci butom i żałując, że czuje się taka wytrącona z równowagi, odkąd Sarah pojawiła się w jej życiu. Każda rozmowa wychodziła im na opak, jakby Natasha w ogóle nie potrafiła odnaleźć odpowiedniego tonu. Mac traktował dziewczynkę ze swobodą starszego brata. Gdy żartowali przy kuchennym stole albo rozmawiali o jej dziadku, Natasha czuła się wykluczona.

Sarah jej nie lubiła. Każde luźne pytanie traktowała jak przesłuchanie i patrzyła na nią z ledwie skrywaną podejrzliwością. Gdy Mac powiedział przez telefon, że Sarah nie chce z nim rozmawiać, Natasha niemal się ucieszyła. To nie tylko o mnie chodzi!, miała ochotę krzyczeć. Na ciebie też potrafi kręcić nosem!

Gdyby była ze sobą szczera, musiałaby przyznać, że Sarah wyczuwa jej brak zaufania. Tak, pieniądze zostały prawdopodobnie przeznaczone na konia. Owszem, nie było żadnych oznak używania narkotyków i alkoholu. Ale dziewczyna wydawała się jej pod pewnymi względami zbyt opanowana, jakby wciąż jeszcze nie wszystko im wyjawiła.

Nie mogła podzielić się tym z Makiem. Jak, jeśli od początku ukrywała przed nim istnienie domku w Kencie? Poza tym jego odpowiedź na wszystko była prosta – Sarah tak wiele przeszła, że ma prawo być ostrożna. Jego ton sugerował, że to wina Natashy, jeśli tego nie rozumie.

Fantastycznie, miała ochotę powiedzieć. Przygarnęłam pod swój dach byłego męża, nastolatkę, która mnie nie lubi, i płacę za utrzymanie cholernego konia. To jest brak zrozumienia?

Zadzwonił do niej ponownie za kwadrans pierwsza.

– Czy możesz przyjść do nas do stajni? – zapytał. – Znasz właścicielkę, prawda?

– Właśnie zrobiłam nam lunch – odparła, zerkając na świeże bułeczki i garnek z zupą na kuchence.

– Może powiesz to koniowi? Właśnie wystrzelił z przyczepy jak z procy i prawie kogoś zabił – poinformował ją. – O Chryste! Sarah krzyczy na właścicielkę. Muszę kończyć.

Natasha chwyciła kurtkę i wybiegła na drogę. Gdy dotarła na miejsce, Mac próbował udobruchać panią Carter, która zaciskała wargi w ponurą kreskę wyrażającą dezaprobatę.

– Jest nieco zdenerwowana – tłumaczył Mac. – Martwiła się o niego. Nie chciała tego powiedzieć.

– Każdy, kto trzyma tutaj konia – oświadczyła pani Carter – musi przestrzegać moich zasad.

– Ja nie chcę go tu trzymać – wtrąciła Sarah ukryta za drzwiami stajni.

Od czasu do czasu wyłaniał się za nią koński łeb, by zaraz potem zniknąć niespokojnie w mroku. Z wnętrza boksu dochodziły odgłosy rozłupywania drewna.

– Jeśli przebije się przez ścianę – zwróciła się do Natashy pani Carter – będziecie musieli za to zapłacić.

– To dlatego, że go pani przestraszyła.

– Sarah, proszę – powstrzymał ją Mac. – Oczywiście zapłacimy za wszelkie szkody.

My?, pomyślała Natasha.

Przy boksie czekali dwaj mężczyźni.

– A nam ktoś zapłaci? – zapytał jeden z nich. – Bo musimy się zbierać.

Natasha podeszła do nich, wyjmując portfel z kieszeni.

– Niezły numer – mruknął jeden z mężczyzn.

– Niestety nie znam się na koniach – odparła.

– Nie mówiłem o koniu.

Odwróciła się, gdy Sarah wyszła z boksu. Kłótnia pomiędzy dziewczyną a panią Carter przybierała na sile.

– Hoduję konie od czterdziestu lat, młoda damo, i nie życzę sobie takiego zachowania na moim terenie. Nie pozwolę, by ktoś taki jak ty tak niegrzecznie mnie traktował.

– Nie dała mu pani szansy – krzyczała Sarah. – Nigdy tu nie był. Jest przerażony.

– Tego konia należało wyprowadzić z przyczepy, zanim zrobiłby sobie krzywdę.

– Trzeba było zostawić to mnie.

– Sarah – uciszył ją znowu Mac – przestań. Wszyscy musimy się uspokoić. Zapłacimy za wszelkie zniszczenia – powtórzył.

– Nie chcę, by ta kobieta się do niego zbliżała – oświadczyła Sarah.

Pani Carter zwróciła się do Natashy.

– Mówiła pani, że koń umie się zachować. Że ta dziewczyna umie się zachować.

Otworzyła usta, ale to Mac zabrał głos.

– Był bardzo spokojny w swojej drugiej stajni. Widziałem go. Był grzeczny.

– Grzeczny? – powtórzyła pani Carter.

– Umie się zachować przy ludziach, którzy wiedzą, jak traktować konie. – Sarah kopnęła żwir.

– Młoda damo, powinnaś wiedzieć…

– Tydzień – wtrąciła Natasha. – Proszę się nim zająć przez tydzień. Jeśli dojdzie pani do wniosku, że jest narowisty, zamówię dla niego powrotny transport. – Spojrzała na Sarah. – I wtedy znów pomyślimy.

Ciężarówka powoli wyjeżdżała z podjazdu. Natasha pomyślała o zupie, która tężała w garnku w kuchni.

– Proszę, pani Carter, Sarah jest wyraźnie wytrącona z równowagi, tak jak koń. A dzisiaj nie zdołamy go już odwieźć. To logistycznie niemożliwe.

Pani Carter westchnęła. Zmierzyła gniewnym spojrzeniem dziewczynkę, która zaglądała ponad drzwiami do stajni, próbując uspokoić zwierzę.

– Nie mogę zagwarantować codziennego sprzątania.

– Nie szkodzi – odparła Natasha. Nie miała pojęcia, o czym mówi ta kobieta.

– I będzie go musiała trzymać w boksie za rogiem, z dala od innych koni. – Okręciła się na pięcie i odeszła wściekła do swojego biura.

– Świetnie. No to załatwione – mruknął Mac. Uśmiechał się, jakby to od początku było jasne. – Umieram z głodu. Chodź, Sarah. Zostawmy go, żeby się uspokoił, i zjedzmy lunch. Możesz do niego wrócić zaraz po zupie.

Sarah zjadła zupę w rekordowym tempie i spędziła popołudnie w stajni. Mac zasugerował, że powinni ją tam zostawić. To miły dzieciak, tłumaczył. Pani Carter na pewno to dostrzeże, jeśli tylko zostawią je same. Przecież obie kochają konie. Na pewno szybko nawiążą nić porozumienia.

Natasha żałowała, że nie czuje jego pewności.

Po wyjściu dziewczynki zostali w kuchni; Mac kiwał się na krześle. Wpatrywał się w zdjęcie jej rodziców, które dawniej wisiało w gabinecie ich londyńskiego domu, i w bibeloty, które tu przeniosła.

– To nie jest dom Conora, prawda? – zapytał, gdy zebrała talerze ze stołu.

Zobaczyła wnętrze jego oczami: bardzo kobiece. Nie dlatego, że lubiła koronki i kwiaty, lecz z powodu ustawienia różnych przedmiotów, delikatnych akcentów i kompozycji, które zdradzały płeć właściciela.

– Nie kupiłam go, jeśli o to pytasz. Tylko go wynajmuję.

– O nic nie pytam. Ja tylko... – Odchylił się na krześle, zerkając przez próg do salonu. – Jestem trochę zaskoczony.

Nie wiedziała, co mu odpowiedzieć, więc nic nie powiedziała.

– I przyjeżdżasz tu w każdy weekend.

– W prawie każdy. – Nagle poczuła się niezdarna, jakby miała zaraz upuścić naczynia.

– Nie sądziłem, że należysz do osób, które lubią wieś.

– A ja nie sądziłam, że należę do osób, które się rozwodzą. Ale, hej, to się zdarza.

– Jesteście z Sarah pełne niespodzianek.

– Cóż, twoje pojawienie się na moim progu również nie było zapowiedziane. – Odkręciła wodę, ciesząc się, że ma czym zająć ręce. Czuła się tak dziwnie w jego obecności, jakby zamienił się w kogoś obcego. Nie mogła uwierzyć, że kiedyś byli razem. Wydawał się taki odmieniony, taki odległy, a ona miała świadomość tego, jak niewiele zmieniło się w jej życiu.

– Dzięki – mruknął, przerywając ciszę.

Najeżyła się w oczekiwaniu sarkastycznej riposty.

– Za co?

– Że pozwoliłaś nam tu przyjechać. Rozumiem, że to dla ciebie niełatwe.

W jego głosie nie było ani śladu sarkazmu. Jego brązowe oczy były szczere. To ją przeraziło.

– To nic takiego.

– Skoro tak, to chyba właściwa pora, żeby ci powiedzieć, że przez cały ten czas miałem mieszkanie w Notting Hill. – Wybuchnął śmiechem, zanim okręciła się na pięcie. – Żartowałem! – powiedział. – Tash, żartowałem!

– Bardzo śmieszne – odparła lekceważąco, zastanawiając się, dlaczego się uśmiecha.

– Ona się w końcu uspokoi, przecież wiesz – dodał po chwili milczenia.

Znieruchomiała. A więc on również to dostrzegał.

Stanął obok niej przy zlewie, od którego nie odrywała wzroku.

– Wydaje mi się... że niewiele się dla niej liczy poza jej papą i tym koniem. Biorąc pod uwagę wszystko, co się wydarzyło, jest pewnie przerażona, że utraci również Boo. I przez to reaguje zbyt emocjonalnie. Nietrudno ją rozszyfrować. – Wręczył jej zagubioną łyżkę.

Może tobie, pomyślała. Nie mogła jednak powiedzieć tego na głos.

– Wywołałem parę odbitek – powiedział, gdy na powrót usiadł. – Mam je w samochodzie. Może zaparzę herbatę, a ty je przejrzysz?

Nie miała nic innego do roboty. Starała się nie wzdrygać, gdy widziała, jak grzebie w szafkach, szukając kubków i łyżeczek. Robił herbatę zamiast Conora, a ona odczuwała to jako zdradę wobec swojego chłopaka. Miała ponurą świadomość ironii sytuacji.

Usiedli w salonie – Mac w ulubionym fotelu Conora, a ona na kanapie naprzeciwko. Mac zaczął przeglądać album ze zdjęciami.

– To miejsce, w którym go trzyma, wygląda jak żywcem wyjęte z epoki wiktoriańskiej... poza samochodami i tak dalej. Ten staruszek – wskazał palcem starzejącego się czarnego mężczyznę w wytartym kowbojskim kapeluszu – powiedział mi, że w East Endzie wciąż jest jeszcze kilka takich stajni. Dawniej było ich więcej, ale deweloperzy zrównali je z ziemią.

Patrzyła na ciasne podwórko, buchający żarem koksiak i spacerujące swobodnie kurczaki, próbując pogodzić ten obraz z jego lokalizacją. Wyglądało to jak skrzyżowanie *Steptoe and Son** z czymś ukrytym, magicznym, pozostałością stylu życia, który dawno przepadł. Zdjęcia przedstawiały kury, kozy, ogromne konie i chude dzieciaki na tle stosów palet. Nad nimi przejeżdżał błyszczący, nowoczesny pociąg, którego pasażerowie nie dostrzegali scenki poniżej. To były korzenie Sarah. To był jej świat. Czy to miejsce pasowało w ogóle do współczesności? Czy dziewczyna taka jak Sarah mogła do niej pasować?

– I co myślisz?

Gdy oderwała wzrok od odbitek, zauważyła, że Mac uważnie się w nią wpatruje. Naprawdę chciał poznać jej zdanie.

– Nigdy nie widziałam nic podobnego, to na pewno. – Jej uwagę przykuło inne ujęcie: stojący dęba koń i drobna, lecz znajoma postać na jego grzbiecie. Słońce przedarło się przez chmury i zalewało łeb konia, tworząc eteryczny kontrast z ponurą ulicą za nim. Uświadomiła sobie nagle, że już raz to jednak widziała. Z okna pociągu.

– Ale podobają ci się? – Mac uniósł głos. – Bo zastanawiałem się nad pewnym projektem. Zamierzam je pokazać kuratorowi tej galerii niedaleko Waterloo... pamiętasz? Tej, która trzy czy cztery lata temu zorganizowała mi wystawę? Opowiadałem mu o zdjęciach, a on stwierdził, że chciałby je zobaczyć. – Pochylił się i objął szerokimi dłońmi odbitkę, którą trzymała. – Pomyślałem, że mógłbym to przyciąć w ten sposób. Co ty na to?

Zrobił je na filmie, a nie cyfrowo, kontynuował. Za pomocą swojej starej leiki. To była mniej więcej jedna dziesiąta zdjęć na wglądówkach. Nie sposób zrobić nieudanego kadru w takim miejscu. Gdzie

* Bardzo popularny w Wielkiej Brytanii serial komediowy BBC One z lat 1962–1974 o ojcu i synu, którzy trudnią się handlem złomem (przyp. tłum.).

nie spojrzał, czekało na niego gotowe ujęcie. Był to świat skazany na zagładę. Tak powiedział mu stary kowboj. John znał może pięć takich stajni z trzydziestu, które istniały kiedyś. Uznał, że mógłby odwiedzić te inne. Może nawet zrobić z tego cykl. Mówił ze swadą, był pełen entuzjazmu. Od lat nie wypowiadał się w ten sposób o swojej pracy.

W końcu umilkł.

– Zanudzam cię – skwitował. Uśmiechnął się ze skruchą, po czym zebrał swoje prace.

– Nie – odparła, wręczając mu odbitki. – Naprawdę. Są cudowne. Myślę, że... że to najlepsze twoje zdjęcia do tej pory.

Poderwał głowę.

– Serio – zapewniła go. – Są piękne. Oczywiście nie znam się na fotografii.

Uśmiechnął się.

– Bądź co bądź jesteś kobietą...

– ...która kiedyś wypstrykała całą rolkę z osłoną na obiektywie.

Oboje zaśmiali się niezręcznie. W przedłużającej się ciszy Natasha zaczęła wybijać rytm palcem na kolanie.

– Dobra – mruknął Mac, wstając. – Daliśmy jej półtorej godziny. Może lepiej chodźmy tam przekonać się, co wymyśliła nasza Velvet Brown*.

Natasha ułożyła równo magazyny na stoliku; ogarnęło ją osobliwe poczucie, jakby coś straciła. Nie potrafiła na niego spojrzeć.

– Jasne, lepiej tam chodźmy.

Szli aleją w kierunku Howe Farm opatuleni, by ochronić się przed chłodnym powietrzem. Natasha czuła się wyjątkowo niepewnie w swoim błękitnym wełnianym płaszczu. Gdy ich łokcie się zderzyły, odsunęła się.

---

* Główna bohaterka *Wielkiej nagrody* (*National Velvet*), książki autorstwa Enid Bagnold oraz jej ekranizacji z 1944 roku, w której główną rolę zagrała Elizabeth Taylor. Velvet to dwunastoletnia dziewczynka przygotowująca dzikiego konia do startu w wielkiej gonitwie o Puchar Anglii (przyp. tłum.).

Słyszała o parach, które opisywały swoich byłych jako najlepszych przyjaciół. Jak to możliwe? Jak przejść tak gładko od namiętności – czy to miłość, czy też nienawiść – do swobodnej koleżeńskości, kiedy to trzymacie się pod ramię? Pamiętała chwile, w których nienawidziła Maca tak bardzo, że miała ochotę go zabić, momenty, kiedy pragnęła go tak bardzo, że myślała, iż od tego umrze. Jak można przekuć całą tę energię w coś tak neutralnego, tak beżowego jak przyjaźń? Jak można się z tym rozwieść bez widocznych blizn? Wiedziała, że rozpad ich małżeństwa jest jeszcze zbyt świeży, ujawnia się w jej gestach, jej nienaturalnych reakcjach na niego, jej nieustających atakach gniewu. On natomiast parł przed siebie obojętnie niczym statek na wiecznie spokojnych wodach. Wcisnęła podbródek w szalik i przyspieszyła kroku, jakby nie mogła się już doczekać, kiedy dotrze do celu. Miała nadzieję, że jej konsternacja nie ujawnia się na jej twarzy.

Otoczenie nie mogło bardziej się różnić od ciasnej miejskiej stajni z fotografii Maca. Na malowniczym podwórzu z czerwonej cegły kobiety w średnim wieku i nastoletnie dziewczęta w obcisłych bryczesach w kolorach tęczy przekrzykiwały brzęczące radio tranzystorowe, czesząc konie i zamiatając boksy. Wiatr niósł urywki ich rozmów w jej stronę.

– On się nie odnajduje na piasku. Jakby zacinał się z tyłu.

– Robiłam potrójną serpentynę w kontrgalopie pośrodku…

– Jennifer trzymała go na słomie jęczmiennej, ale zaczął kaszleć. Golenie kosztowało ją fortunę…

Konie stały cierpliwie obok podstawek albo wyciągały ciekawskie chrapy ponad drzwiami, zatopione w niemej komunikacji. Był to zamknięty świat o obcym języku i obyczajach, którego mieszkańców łączyła niezrozumiała dla niej pasja. Mac obserwował to wszystko z zainteresowaniem, jego ręce drżały niecierpliwie po bokach, jakby czuły się zagubione bez aparatu.

Nie zastali konia Sarah w stajni. Drzwi były szeroko otwarte. Pani Carter wyszła na ich widok ze swojego biura.

– Powiedziałam, że może skorzystać ze szkółki przez pół godziny, choć miałam wątpliwości. Moim zdaniem powinna pozwolić temu zwierzęciu odpocząć, ale ona utrzymywała, że szybciej się uspokoi, jeśli trochę popracuje. – Swoją opinię wyrażała, zaciskając szczękę. – Nie da się jej zwrócić uwagi, prawda?

– Jej dziadek zna się na koniach. To on ją uczy.

– Nie nauczył jej manier, to na pewno. – Kobieta prychnęła. – Lepiej rzucę okiem, żeby nie zniszczyła mi areny.

Natasha zerknęła na Maca i nagle uświadomiła sobie z przerażeniem, że zaraz wybuchnie śmiechem.

Podążyli za panią Carter, która lekko utykała z powodu artretyzmu, próbując nie nadepnąć na jej psa rasy jack russell, i wkrótce zobaczyli Sarah, która stała na środku wysypanego piaskiem placu treningowego. Koń kłusował wokół niej na dwóch długich lonżach, zmieniał kierunki, wsłuchany w niewypowiedziane instrukcje, i zwalniał miarowo, aż w końcu zaczął kłusować w miejscu. Sarah stała tuż przy jego zadzie, niemal się do niego przyciskała. A przecież nie wolno stawać za koniem.

Natasha wcisnęła ręce do kieszeni, przyglądając się temu w milczeniu. Koń poruszał nogami tak powoli, że wyglądał, jakby płynął; unosił kolana, co nadawało sprężystości jego krokom. Jego intensywne skupienie stanowiło odbicie skupienia dziewczynki. Jego boki dygotały, przechylał łeb, podnosząc i opuszczając kopyta w rytm niesłyszalnej muzyki. A potem znów wystartował, zataczając małe kółka wokół Sarah, która coś do niego mamrotała.

– To jak koński balet – powiedział Mac. Miał aparat przy oku i zużywał kolejną rolkę filmu. – Widziałem już, jak to robiła. Nie pamiętam, jak się to nazywa.

– Piaff – wtrąciła pani Carter. Stała przy bramie i uważnie się przyglądała. Była bardzo cicha.

– Jest dobra, no nie? – Mac opuścił aparat.

– To utalentowany koń – zgodziła się pani Carter.

– Ona chce... uprawiać z nim dresaż. Coś w tym rodzaju. Jak kroki baletowe. Coś w powietrzu.

– Szkoła nad ziemią?

– Chyba właśnie tak to nazywała.

Pani Carter pokręciła głową.

– Chyba się pan przesłyszał. To niemożliwe, by uprawiała szkołę nad ziemią. Nie w jej wieku. To domena europejskich akademii jeździeckich.

Mac zastanawiał się przez chwilę.

– Na pewno mówiła o dresażu.

– Cóż, najpierw powinna popracować nad podstawowymi umiejętnościami... Jeśli jest dobra, może dojdzie do poziomu średnio zaawansowanego przy odpowiednim instruktażu, ale nie zajdzie dalej, jeśli nie będzie występowała w zawodach.

Wypowiadała się tak pewnie, że Natasha poczuła przypływ współczucia dla Sarah. Nie była pewna, na co patrzy, ale dziewczynka wydawała się taka skoncentrowana, taka skupiona na ruchach swojego konia. Zniknęła zbuntowana nastolatka, którą zastąpił wzór spokojnej kompetencji; z każdego jej gestu biła miłość, a łagodne, chętne do współpracy zwierzę w każdym calu ją odwzajemniało. To właśnie to, pomyślała. Twoja wielka pasja.

– Nie widziała pani jeszcze, jak ona jeździ – mówił Mac, jakby bronił Sarah. – Jest fantastyczna.

– Każdy wygląda dobrze na w miarę przyzwoitym koniu.

– Ale ona tylko sobie siedzi. Nawet gdy koń staje dęba... – Udał konia, który staje na tylnych nogach.

Pani Carter szeroko otworzyła oczy.

– Żadnego konia nie należy zachęcać do takich zachowań – oświadczyła stanowczo. – Gdyby się wywrócił, mógłby się zranić albo nawet zabić. Siebie i jeźdźca.

Mac już miał coś powiedzieć, ale tylko westchnął przeciągle i zamknął usta.

Skończyli. Sarah odwróciła się i skierowała się razem z Boo w stronę bramy. Koń nisko zwiesił łeb, wydawał się zrelaksowany. Szturchnął ją nosem w plecy, gdy do nich podeszła.

– Podoba mu się tutaj – powiedziała, chyba się na chwilę zapominając. – Cała jego akcja się zmieniła. Myśli, że tu jest sprężyście. – Uśmiechała się. – Nigdy jeszcze nie ćwiczył na arenie.

– Nie? To gdzie z nim pracujesz w domu? – Pani Carter otworzyła bramę, aby ją wypuścić.

Natasha cofnęła się nerwowo na widok konia.

– Głównie w parku. Tak naprawdę nie mam gdzie.

– W parku?

– Odgrodziłam teren obok placu zabaw.

– Nie możesz trenować w parku. W lecie ziemia jest za twarda, a zimą rujnujesz mu ścięgna, jeśli jest błotniście. Zniszczysz mu nogi, jeśli nie będziesz uważać – zbeształa ją pani Carter.

Sarah się najeżyła.

– Nie jestem głupia. Pracuję tylko wtedy, gdy ziemia jest odpowiednia.

Przelotny, pełen radości uśmiech zniknął. Tak właśnie jest z dziećmi, pomyślała Natasha. Jedno surowe słowo w nieodpowiedniej chwili, a czują się zmiażdżone. Podejrzewała, że Sarah nie będzie się już uśmiechać w obecności pani Carter.

– No cóż, zaprowadź go teraz do stajni. Tej z tyłu. Jak rozmawiałyśmy.

Sarah przystanęła.

– Ale tam będzie się czuł samotny. Przywykł do obecności innych koni.

– Będzie je słyszał – odparła pani Carter stanowczo. – Do tamtej stajni jest za duży. A poza tym Brian musi naprawić dziury, które twój koń wybił w ścianie.

– Słuchaj pani Carter – wtrącił Mac. – Daj spokój. Teraz wygląda na zadowolonego.

Sarah posłała mu spojrzenie niechętnej kapitulacji. Natasha przez chwilę zastanawiała się, dlaczego na ten widok poczuła się tak dziwnie, aż w końcu uświadomiła sobie, co jeszcze dostrzegła na twarzy Sarah. Zaufanie. Dziewczynka odprowadziła konia do jego nowej stajni.

– Dobrze. Musicie jeszcze wypełnić formularze – oświadczyła pani Carter, prowadząc ich w kierunku biura. – Chciałabym również prosić o czek depozytowy i o opłacenie napraw, jeśli to możliwe. – Przyspieszyła kroku, pies biegł za nią. Położyła dłoń na ramieniu Maca... Wszystkie kobiety to robiły, jeśli tylko miały okazję. – Wie pan, to nie jest zły koń. Najlepsze, co możecie dla niego zrobić – dodała cicho – to znaleźć mu nowy dom. Gdzieś, gdzie będzie mógł wykorzystać swój potencjał.

Zapadła cisza.

– Moim zdaniem – odparł Mac – najpierw powinniśmy zapewnić takie warunki jego właścicielce.

Gdy wrócili do domku, Sarah zniknęła w swoim pokoju. Natasha spędziła trochę czasu, szukając czystych ręczników i sprzątając w komodzie z pościelą. Dopiero gdy zeszła na dół, zerknęła na swój telefon, który leżał na stole.

Miała jedno nieodebrane połączenie od Conora i wiadomość tekstową od agenta nieruchomości:

Freemanowie złożyli ofertę. Proszę o telefon. Pilne.

Mac wyszedł na zewnątrz po drewno. Przyglądała się przez chwilę, jak się pochyla i prostuje z łatwością, przerzucając suche polana na jedną stronę, po czym weszła do kuchni, by zadzwonić. Agent poinformował ją, że oferta jest „rozsądna", tylko parę tysięcy niższa od ich ceny wyjściowej. Kupcy nie mieli zobowiązań i chcieli szybko przeprowadzić transakcję.

– Sugerowałbym przyjęcie tej oferty, biorąc pod uwagę sytuację na rynku – dodał.

– Porozmawiam z moim... Oddzwonię do pana. Dziękuję – odparła, po czym się rozłączyła.

– Dziwię się, że nie masz mięśni jak Schwarzenegger od noszenia tego. – Mac wszedł do środka chwiejnym krokiem, niosąc pełen kosz polan. Wydawał się za duży na ten mały domek. Postawił kosz z hukiem obok kominka; na podłogę posypały się drzazgi i kurz.

– To dlatego, że zazwyczaj biorę jedno lub dwa polana, a nie cały kosz.

Wytarł ręce o dżinsy.

– Mam napalić? Robi się miło, gdy płonie ogień. Na zewnątrz czuć, że temperatura spadła. – Otrząsnął się teatralnie z kawałków kory. Koniuszki jego uszu zaróżowiły się z zimna.

Zaintrygowało ją to, jaki wydaje się zrelaksowany, paląc w kominku w domu, który z pewnością odczuwał jako dom innego mężczyzny. Ułożył polana w palenisku, przykucnął, zapalił pod spodem gazetę i dmuchał, dopóki nie upewnił się, że drewno się zajęło.

– Dostaliśmy ofertę na dom – poinformowała go, unosząc telefon. – Dwa tysiące mniej niż chcieliśmy, ale bez dodatkowych obostrzeń. Agent uważa, że powinniśmy się zdecydować.

Przez chwilę patrzył jej w oczy, po czym odwrócił się do ognia.

– Brzmi nieźle moim zdaniem – odparł, dokładając kolejne polano – jeśli ty jesteś zadowolona.

W filmie, rozmyślała potem, to byłaby ta chwila, w której powinnam coś powiedzieć. Ta chwila, kiedy cała ta sprawa faktycznie została stracona, kiedy uczucia i czyny przyjęły własny obrót. Niezależnie jednak od tego, jak długo się zastanawiała, nie przyszło jej do głowy nic, co mogłaby mu wyznać.

– Musimy powiadomić Sarah – orzekła – na wypadek... na wypadek gdyby sprawy potoczyły się szybciej i musielibyśmy jej znaleźć nowy dom.

– Pomyślimy nad tym, jak do tego dojdzie. – Nie odrywał wzroku od ognia.

– W takim razie oddzwonię do agenta – powiedziała, po czym wróciła do kuchni. Jej stopy w skarpetkach marzły na twardej posadzce.

Mac zapytał, czy to on może gotować. Wyjął z bagażnika produkty, przykrył je ręcznikiem i oświadczył, że nie wolno im podglądać, dopóki nie skończy. Natasha, nieco rozbrojona nowo nabytymi umiejętnościami kulinarnymi męża, odkryła, że ta niepodobna do Maca cecha znów wytrąciła ją z równowagi. Dlaczego musiał się zmienić w Pana Idealnego, gdy tylko się rozstali? Wyglądał lepiej, lepiej się zachowywał, miał dorosłą pracę. Nie stracił nic ze swego uroku. Jej życie natomiast utknęło w martwym punkcie. Całą energię zużywała na to, by po prostu brnąć przed siebie. Poczuła się nieco lepiej, gdy jedzenie wylądowało na stole.

– To... hm... meksykańska kuchnia – oświadczył Mac z przepraszającą nutą w głosie.

Natasha i Sarah spojrzały na brązową, grudkowatą masę w niebieskiej misce i na taco wciąż w foliowym opakowaniu. Paski niezdefiniowanej substancji leżały w tłustej warstwie oleju wymieszanego z czymś czerwonym. Ich oczy spotkały się przelotnie nad stołem i obie wybuchnęły spontanicznym śmiechem.

– Okej... Może jeszcze nie do końca radzę sobie z pomiarem czasu – dodał Mac. – Przepraszam. Chyba za długo smażyłem wołowinę.

– A to co? – Sarah szturchnęła palcem błotnistą masę.

Natasha pomyślała, starając się zachować powagę, że wygląda to jak coś, co zostawia po sobie koń.

– To odsmażana fasola – odparł Mac. – Nigdy nie słyszałaś o odsmażanej fasoli?

Sarah pokręciła głową podejrzliwie, jakby myślała, że to żart.

– Smakuje lepiej, niż wygląda. Serio.

Przyglądał się im, czekając.

– No dobra – mruknął w końcu. – Może jednak coś zamówimy.

– Tu nie da się nic zamówić, Mac – powiedziała Natasha. – To jest wieś. Posłuchajcie – rozerwała opakowanie taco – jeśli utopimy to wszystko w śmietanie i serze, będzie nam smakowało. Przecież o to właśnie chodzi w meksykańskiej kuchni, co nie?

Po kolacji Sarah zamknęła się w łazience, a gdy z niej wyszła, oświadczyła, że jeśli im to nie przeszkadza, ona już się położy. Pod ręką ściskała potarganą książkę.

– Dopiero wpół do dziesiątej! – zawołał Mac. Razem z Natashą przenieśli się do małego saloniku, gdzie on teraz opierał stopy na koszu z polanami. – Co z ciebie za nastolatka?

– Zmęczona, jak sądzę – wtrąciła Natasha. – Miałaś dzień pełen wrażeń.

– Co to za książka?

Sarah wyjęła tomik spod pachy. Był oprawiony w czerwony papier i posklejany taśmą.

– Należy do mojego dziadka – odparła, a gdy dalej patrzyli na nią wyczekująco, dodała: – To Ksenofont.

– Czytasz klasyków? – Natasha nie zdołała ukryć zaskoczenia.

– To o ujeżdżaniu koni. Papa ją czytał, więc pomyślałam, że pomoże mi...

– Grecy mogą cię nauczyć czegoś o ujeżdżaniu koni?

Podała książkę Macowi, który zaczął uważnie oglądać okładkę.

– Niewiele się zmieniło – powiedziała. – Słyszałeś o białych koniach z Wiednia?

Nawet Natasha słyszała o tych błyszczących białych ogierach. Zakładała zawsze, że to tylko atrakcja dla turystów, jak Beefeaterzy, strażnicy zamku Tower.

– Ich jeźdźcy wciąż opierają się na traktacie de La Guérinière'a napisanym w 1735 roku. Kapriola, krupada, kurbetty... Szkoła nad ziemią, manewry, to wszystko nie zmieniło się od czasów, gdy wykonywano je na oczach Króla Słońce.

– Korzenie wielu reguł prawnych sięgają równie głęboko – wtrąciła Natasha. – Jestem zaskoczona, że interesują cię teksty klasyków. Czytałaś *Iliadę*? Mam egzemplarz na górze. Może ci się...

Sarah już kręciła głową.

– To tylko... Tu chodzi o szkolenie Boo. Pod nieobecność papy.

– Powiedz mi coś, Sarah. – Mac sięgnął po taco i włożył je sobie do ust. – Po co to wszystko?

– Co?

– To cyzelowanie. To całe upewnianie się, że twoje stopy znajdują się w dokładnie takim, a nie innym miejscu. Że twój koń porusza nogami w taki, a nie inny sposób. To, gdzie dokładnie znajduje się jego łeb. Rozumiem sens przeskakiwania przez przeszkody czy wyścigów. Ale obserwowałem cię w parku, gdy przez cały czas powtarzałaś te same rzeczy, ciągle od nowa. Jaki jest tego sens?

Zrobiła taką minę, jakby jego pytanie ocierało się o herezję.

– Jaki jest czego sens? – zapytała.

– Obsesyjnego powtarzania tych samych drobnych ruchów. Widzę, że ładnie to wygląda, ale nie rozumiem, do czego dążysz. Przez połowę tego czasu nie widziałem nawet, co próbujesz osiągnąć.

Umyła włosy, z powodu wilgoci wciąż rozdzielały się na pasma przeczesane grzebieniem. Spojrzała na niego spokojnie.

– Dlaczego ciągle robisz zdjęcia?

Uśmiechnął się, wyraźnie zadowolony z tej rozmowy.

– Bo zawsze mogę zrobić lepsze.

Wzruszyła ramionami.

– A ja zawsze mogę to zrobić lepiej. Zawsze możemy coś poprawić. Tu chodzi o osiągnięcie doskonałej komunikacji. Mogą tego dokonać nieznaczne ruchy palca na wodzy albo mała poprawka dosiadu. Za każdym razem jest inaczej, bo czasami on ma zły humor, ja mogę być zmęczona, ziemia jest za miękka. Nie chodzi tylko o technikę... Chodzi o dwa umysły, dwa serca, które próbują odnaleźć równowagę. Chodzi o to, co dzieje się pomiędzy wami.

Mac spojrzał na Natashę, unosząc brew.

– Chyba to rozumiemy – zadeklarował.

– Ale gdy Boo to rozumie – kontynuowała Sarah – gdy rozumiemy to oboje, nie ma drugiego takiego uczucia. – Jej oczy uciekły w bok, a dłonie zacisnęły się nieświadomie na niewidocznych lejcach. – Koń jest zdolny do pięknych rzeczy, wspaniałych rzeczy, jeśli tylko wiesz, jak go właściwie poprosić. Chodzi o odblokowanie tego, odblokowanie jego umiejętności... a potem nakłonienie go, by to zrobił. Co więcej, przekonanie go, że on tego chce. Bo robienie tego sprawia, że staje się najlepszy.

Zapadła krótka cisza. Sarah poczuła się skrępowana, jakby za dużo o sobie zdradziła.

– W każdym razie – dodała – on wolałby być w domu.

– Cóż, niedługo go odzyskasz – odparł Mac radośnie – po jego krótkich wakacjach. A my staniemy się tylko złym wspomnieniem. Czymś, o czym będziesz opowiadać znajomym.

– Moim zdaniem – mówiła dalej Sarah, jakby go nie usłyszała – nie będzie zadowolony, jeśli nie zobaczy mnie przez cały tydzień.

Natasha poczuła, jak narasta w niej zniecierpliwienie. Jej ton stał się ostrzejszy.

– Już o tym rozmawialiśmy. Nawet gdyby został w Londynie, nie mogłabyś się z nim widywać. Tutaj przynajmniej masz pewność, że ktoś się nim zaopiekuje. Daj spokój, Sarah... – Nie chciała brzmieć tak surowo, ale była już zmęczona.

Sarah odwróciła się do drzwi, ale jeszcze na nich spojrzała.

– Sprzedajecie dom? – zapytała od progu. – Słyszałam waszą rozmowę w łazience – wyjaśniła.

To za mały dom na sekrety. Natasha spojrzała na Maca, który odetchnął głęboko.

– Tak – odparł. – Sprzedajemy.

– Dokąd się przeprowadzacie?

Podrzucił pudełko zapałek do sufitu i złapał je.

– Cóż, ja pewnie znajdę coś w Islington. Nie jestem pewien, gdzie zamieszka Natasha, ale nie musisz się martwić. To się nie wydarzy jutro, zdążysz jeszcze wrócić do dziadka.

Cały czas stała w progu.

– Nie jesteście już razem, prawda? – Było to bardziej stwierdzenie faktu niż pytanie.

– Nie – potwierdził Mac. – Mieszkamy razem tylko dla dobra dzieci. To znaczy ciebie, tak na marginesie. – Rzucił jej książkę, a ona ją złapała. – Posłuchaj, nie przejmuj się nami – dodał, dostrzegając jej dyskomfort. – Jesteśmy dobrymi przyjaciółmi i z radością pomieszkamy z tobą, dopóki wszystko się nie ułoży. Prawda, Tash?

– Tak – zadeklarowała skrzekliwie. Gdy Sarah na nią patrzyła, czuła, że ta dziewczynka potrafi przejrzeć ją na wylot, dostrzec jej zakłopotanie.

– Sama zrobię sobie śniadanie – poinformowała ich Sarah, wkładając książkę pod pachę. – Chciałabym pójść do stajni najwcześniej, jak się da. Jeśli mogę. – Po tych słowach zniknęła na skrzypiących schodach prowadzących do jej sypialni.

Pierwszą noc w swoim londyńskim domu Mac i Natasha przespali na materacu na zakurzonej podłodze. Podczas przeprowadzki z jej mieszkania zapodziały się gdzieś wkręty łączące obie części ramy łóżka, a byli tak wyczerpani po całym dniu rozpakowywania się, że po prostu położyli materac pod grzejnikiem w salonie i przykryli się kołdrą. Przypomniała sobie teraz, jak leżała w jego ramionach pod oknami wychodzącymi na pogrążoną w mroku ulicę. W oddali samolot przecinał nocne niebo. Otaczały ich potargane kartonowe pudła, które miały im towarzyszyć przez kolejne miesiące, czyjaś tapeta i osobliwe uczucie, że śpią w domu, który jest ich własnością, ale jeszcze do nich nie należy. Obozowanie w tej przestrzeni potęgowało dodatkowo poczucie odmienności, nierealności. Leżała na materacu, jej serce biło za szybko; nie myślała o tym, dokąd zmierzają, jak ten dom będzie wyglądał, lecz rozkoszowała się tą krótką, idealną chwilą, mieszanką szczęścia i obawy, że to nie może trwać wiecznie – już wtedy to podejrzewała.

Czując jego ramię na swojej talii i przestrzeń starego domu wokół, miała wrażenie, że mogą wszystko. Jakby był to punkt początkowy czegoś równie bezkresnego jak to niebo. Odwróciła głowę, by na niego spojrzeć – na tego pięknego, zadurzonego mężczyznę – lekko przesunęła palcami po jego śpiącej twarzy, a potem obsypała ją pocałunkami, aż obudził się powoli i z sennym pomrukiem zaskoczenia i radości przyciągnął ją do siebie.

Nalała sobie duży kieliszek wina. Spojrzała na telewizor, nie wiedząc nawet, co oglądają. Czuła się osobliwie obnażona i nagle uświadomiła sobie z przerażeniem, że jej oczy napełniają się łzami. Odwróciła się nieco od Maca i zaczęła gwałtownie mrugać, po czym upiła duży łyk z kieliszka.

– Hej – powiedział Mac łagodnie.

Nie obejrzała się. Nigdy nie potrafiła dyskretnie płakać. Teraz jej nos pewnie świeci się już jak latarnia. Usłyszała, że Mac wstaje i przechodzi przez mały pokój, by zamknąć drzwi. Potem usiadł i wyłączył telewizor. Przeklęła go cicho.

– Dobrze się czujesz?

– Świetnie – odparła energicznie.

– Nie wyglądasz.

– Ale tak się czuję. – Znów uniosła kieliszek do ust.

– Zdenerwowała cię?

Usiadła prosto.

– Nie... – Wiedziała, że to nie wystarczy. – Chyba trochę mnie wykańcza cała ta sprawa z koniem. W sumie chyba wykańcza mnie obecność nastolatki pod moim dachem.

Pokiwał głową.

– Nie było... łatwo, prawda?

Uśmiechnął się do niej.

Nie bądź dla mnie miły, pomyślała. Nie rób tego. Przygryzła wargę.

– Czy to… przez dom?

Przybrała minę obojętnej nonszalancji.

– Cóż… Wydaje mi się, że to zawsze będzie dla mnie trochę dziwne.

– Ja też nie czuję się z tego powodu dobrze – przyznał. – Kocham ten dom.

Siedzieli w milczeniu, wpatrując się w ogień. Na zewnątrz rozpościerała się czarna noc prawdziwej wsi, tłumiąc wszelkie odgłosy i światło.

– Cała ta praca – mruknęła. – Te długie lata planowania, urządzania i wyobrażania sobie. To po prostu… trudne, ta myśl, że to wszystko zniknie. Nie mogę przestać myśleć o tym, jak to wyglądało, gdy się tam zjawiliśmy, kiedy była to ruina, ale z potencjałem.

– Mam jeszcze zdjęcia – zdradził. – Jak rozwalasz tę ścianę z tyłu cała pokryta kurzem, z tym wielkim młotem…

– To takie dziwne, myśl, że ktoś inny tam zamieszka. O niczym nie będą wiedzieli… ani o odzyskanych drewnianych poręczach, ani dlaczego umieściliśmy to okrągłe okienko w łazience…

Macowi chyba zabrakło słów.

– Cała ta praca. A potem nic. Po prostu idziemy dalej. – Miała świadomość, że to przez wino tyle mówi, ale nie potrafiła się powstrzymać. – Czuję się tak… jakbym zostawiała tam część siebie.

Gdy spojrzał jej w oczy, odwróciła głowę. Polano przesunęło się w palenisku, wzniecając snop iskier w górę komina.

– Chyba już nigdy – powiedziała jakby do siebie – nie zdołam w nic włożyć tyle pracy.

Na górze Sarah otworzyła i zamknęła szufladę przy wtórze leniwego trzasku ognia.

– Przepraszam, Tash. – Zawahał się, po czym wyciągnął rękę i ujął jej dłoń.

Spojrzała na ich splecione palce. Dziwny, ale znajomy dotyk jego skóry pozbawił ją tchu.

Odsunęła się, oblewając się rumieńcem.

– To dlatego nie piję – oświadczyła, wstając. – To był długi dzień. Pewnie wszyscy się tak czują, gdy muszą sprzedać coś, co towarzyszyło im przez długi czas. Ale to tylko dom, prawda?

Twarz Maca nie zdradzała żadnych uczuć.

– Pewnie – potwierdził. – To tylko dom.

Rozdział dwunasty

Wszakże ludziom zdarzyli bogowie człowieka mową nauczać, co winien czynić; konia przecież widna, iże niczego mową nie nauczysz.

Ksenofont, *Hippika, czyli jazda konna*

Pomimo zmęczenia Natasha spała niespokojnie. Wiejska cisza ją przytłaczała, tak jak bliskość Maca i Sarah w małym domku. Słyszała skrzypienie sofy na dole, gdy Mac przekręcał się na bok, i ciche stąpanie gołych stóp, gdy Sarah nad ranem poszła do łazienki. Wydawało się jej, że słyszy nawet ich oddechy, i zastanawiała się, czy to oznacza, że Mac również odnotowuje każdy jej ruch. Spała i budziła się z krótkich, niespokojnych sprzeczek z nim lub wyobrażała sobie, że to obcy najechali jej dom, aż w końcu w błękitnym świetle jesiennego słońca, które wstało daleko nad drzewami, przestała się zmuszać do zamykania oczu. Spłynął na nią spokój, jakby fizyczne okoliczności przekonały jej umysł do nieruchomego trwania. Leżała w łóżku, wpatrzona w coraz jaśniejszy sufit, aż w końcu włożyła szlafrok i wstała.

Nie będzie myśleć o Macu. Zamartwianie się domem jest głupie. Rozmyślanie o dotyku jego dłoni to prosta droga do szaleństwa. Upiła się i straciła kontrolę. Cholera wie, co powiedziałby Conor, gdyby ją wtedy zobaczył.

Spojrzała na zegarek – piętnaście po szóstej – po czym wsłuchała się w tępy szum centralnego ogrzewania, które włączało się na czas. Zerknęła na zamknięte drzwi sypialni, jakby mogła zobaczyć przez nie Sarah śpiącą po drugiej stronie korytarza.

Byłam samolubna, pomyślała. Ona nie jest głupia i wyczuwa mój dyskomfort. Jakie to uczucie utracić tak wiele, być takim zależnym od obcych? Pieniądze, jej wiek, pochodzenie dawały Natashy wybór, którego Sarah mogła nigdy nie mieć. Postanowiła, że przez następne tygodnie postara się być milsza, ukryć swoją rezerwę i nieufność. Sprawi, że ten krótki pobyt Sarah stanie się użyteczny. Mała rzecz, ale ważna. Gdyby bardziej skupiła się na dziewczynce, mogłaby przestać tak dużo myśleć o Macu. Mogłaby zapobiec takim sytuacjom jak ta z poprzedniego wieczoru.

Kawa, zdecydowała. Zrobi sobie kawę i nacieszy się godziną spokoju.

Otworzyła drzwi sypialni najciszej, jak to tylko możliwe, i wyszła na korytarz. Drzwi do pokoju naprzeciwko były uchylone. Wpatrywała się w nie przez chwilę, po czym pod wpływem impulsu podeszła bliżej i pchnęła je lekko. Tak właśnie postępują matki, powiedziała sobie. Na całym świecie matki popychają drzwi sypialni, by spojrzeć na swoje śpiące dzieci. Może poczuć odrobinę tego, co one czuły. Tylko odrobinę. Łatwiej było coś poczuć, spróbować coś poczuć, gdy dziewczynka spała.

Powstrzymał ją przenikliwy dzwonek telefonu, cofnęła dłoń. Telefony o tej porze zawsze oznaczały złą wiadomość. Tylko nie mama i tata, błagała w duchu jakieś niewidzialne bóstwo. I nie moje siostry, proszę.

Głos po drugiej stronie słuchawki nie należał do nikogo z rodziny.

– Pani Macauley?

– Tak?

Mac się budził. Widziała, jak wstaje z kanapy.

– Tu pani Carter ze stajni. Przepraszam, że dzwonię tak wcześnie rano, ale mamy problem. Wasz koń chyba uciekł.

*

– Jak on się wydostał, do cholery? – Mac przecierał oczy. Miał na sobie stary podkoszulek, który pamiętała, wytarty przez lata używania.

– Powiedziała, że niektóre konie potrafią podważyć skobel. Łomoczą w drzwi, a skobel podskakuje czy coś takiego. Nie wiem, nie słuchałam.

O Boże, rozmyślała. Co my jej powiemy? Wpadnie w histerię. I obwini nas o to, że zmusiliśmy ją, by go tu przywiozła.

– Co robimy?

– Mąż pani Carter szuka go na quadzie na okolicznych polach. Ona zamierza do niego dołączyć samochodem. Zapytała, czy możemy wziąć ogłowie i nasz samochód. Obawia się, że mógł się wydostać na drogę szybkiego ruchu. Mógł tam spędzić całą noc.

Objęła się ramionami, gdy wstrząsnął nią dreszcz.

– Mac, musimy ją obudzić i jej powiedzieć.

Mac potarł twarz rękami. Jego mina zdradzała, że boi się tego tak samo jak ona.

– Nie – mruknął, wkładając sweter. – Najpierw go poszukamy. Nie ma sensu jej stresować, jeśli koń szwenda się po pobliskim polu. Była wczoraj taka zmęczona, że może uda nam się go znaleźć, zanim się obudzi.

Na ziemi leżała cienka warstwa szronu, gdy jechali aleją do stajni; opony skrzypiały na posrebrzonym asfalcie. Jechali powoli z otwartymi oknami, wypatrując dużego brązowego konia. Każdy cień przesuwający się w oddali, każdy ślad na skutej lodem ziemi sugerował czyjąś niedawną obecność. Natasha próbowała stworzyć w pamięci mapę okolicznych dróg, myśleć jak zwierzę, którego nigdy nawet nie dotknęła.

– To bez sensu – mruknął Mac nie po raz pierwszy. – Nic nie widać przez te krzaki, a silnik zagłusza wszystko, co moglibyśmy usłyszeć. Wysiadamy.

Zaparkowali samochód w centrum wioski. Natasha przypomniała sobie, że za kościołem jest plac, z którego widać niemal całą dolinę.

Miała w kieszeni lornetkę Conora, ale nie była pewna, czy zdoła odróżnić wielkiego brązowego konia Sarah od jakiegokolwiek innego.

Zrobiło się jasno, ale wciąż było chłodno po nocy, przez co marzła. Wzięła płaszcz, ale podkoszulek, który miała pod spodem, nie chronił jej przed bliską zera temperaturą.

Mac stał na grobowcu i rozglądał się po cmentarzu, mrużąc powieki przed słońcem. Gdy podała mu lornetkę, zauważył, że obejmuje się ramionami.

W porządku?

– Zimno mi. Wyszliśmy z domu w pośpiechu. – A jeśli Sarah się obudziła? A jeśli sama już odkryła, że koń zniknął?

– Masz. – Zdjął szalik i podał jej.

– Ale wtedy tobie będzie zimno.

– Ja nie czuję zimna. Przecież wiesz.

Wzięła szalik i owinęła się nim. Przesiąkł ciepłem jego skóry i jego zapachem do tego stopnia, że na chwilę zakręciło się jej w głowie, co ukryła, idąc w kierunku przełazu. Tak dobrze znała jego zapach, tę delikatnie cytrusową ziołowość. Czystą męskość. Co to za masochizm? Zdjęła szalik, gdy nie patrzył, i wepchnęła go do kieszeni, po czym postawiła kołnierz.

– Nie widzę go – oświadczył Mac, opuszczając lornetkę. – To bez sensu. Może być wszędzie. Za wysokim żywopłotem. W lesie. W połowie drogi do Londynu… Nie wiemy przecież, kiedy zniknął.

– To nasza wina, prawda? – Natasha skrzyżowała ramiona na piersi.

– My tylko chcieliśmy pomóc.

– Jasne. Doskonale nam to wychodzi. – Kopnęła ziemię; kryształki lodu zniknęły pod jej butami.

Mac zwinnie zeskoczył z grobowca i położył dłoń na jej ramieniu.

– Nie rób sobie wyrzutów. Próbowaliśmy zrobić to, co najlepsze.

Spojrzeli na siebie, gdy echo jego słów jeszcze rozlegało się pomiędzy nimi.

– Powinniśmy wracać. – Wyminął ją i ruszył w kierunku samochodu. – Może pani Carter już go znalazła.

Chyba żadne z nich w to nie wierzyło. Coś jej mówiło, że w wypadku Sarah bardzo trudno o nieskomplikowane szczęśliwe zakończenie.

Krótka podróż powrotna upłynęła im w milczeniu. Jeśli Mac zauważył brak szalika na jej szyi, nic nie powiedział. W domu panowały cisza i mrok, gdy weszli do środka, rozkoszując się ciepłem.

– Nastawię wodę. – Zdjęła płaszcz i stanęła przy piecu, opierając różowe palce na jego rozgrzanej powierzchni.

– Co my jej powiemy?

– Prawdę. Cholera, Mac, może to ona zostawiła niezamknięte drzwi. Może to jej wina.

– Mnie się wydawała dość dokładna. O Chryste. – Potarł dłonią nieogoloną brodę. – Ale będzie afera.

Natasha wyjęła z szafki dwa kubki i zaczęła robić kawę. Mac spacerował niespokojnie po salonie. Stanął przy oknie, odsunął zasłony. Pokój zalało szarawe światło, oświetlając pozostałości po wczorajszym wieczorze – kieliszki skwaśniałego wina i palenisko pełne popiołu.

Kawa, pomyślała. Potem zadzwonię do pani Carter. I obudzę Sarah.

– Tash.

Odruchowo zacisnęła szczęki. Kiedy on przestanie tak ją nazywać?

– Tash.

– Co?

– Lepiej tu chodź.

– Dlaczego?

– Wyjrzyj przez okno. To boczne.

Podeszła do niego cicho, wręczyła mu kubek i wyjrzała na ogród. To, co kiedyś było schludnym, kwadratowym trawnikiem, teraz stanowiło grzęzawisko błota i zrytego torfu. Miechunki zniknęły, łodygi ostatnich pączków były połamane, wdeptane w wilgotną ziemię. Przy granicy z otwartym polem leżał postawiony przez nią pieczołowicie wierzbowy płotek. Jej donice walały się rozbite na kamieniach tarasu. Wyglądało to jak miejsce bitwy, scena zbrodni. Jakby jej piękny, zadbany ogród rozjechały buldożery.

Próbowała oswoić się z rozmiarami zniszczeń. Oddech uwiązł jej w gardle, gdy jej pełen niedowierzania wzrok pobiegł bliżej zaparowanego okna.

Po lewej stronie tarasu w niewielkiej odległości od ogrodowej ławki leżała śpiąca Sarah. Owinęła się zimową kurtką i ubłoconymi pozostałościami czegoś, co było kiedyś najlepszą zimową kołdrą Natashy. Kilkadziesiąt centymetrów od jej dłoni, ogromny w małym ogródku, z determinacją ogryzając ostatnie jabłka z nagich gałęzi i łagodnie buchając parą z rozdętych nozdrzy, stał duży brązowy koń.

Rozdział trzynasty

Ująwszy konia nie umiejącego jeszcze zgoła przeskakiwać rowy za zwolniony powodnik, potrzeba samemu rów przed nim przekroczyć, następnie dopiero należy przyciągnąć go powodnikiem, ażeby rów przeskoczył.

Ksenofont, *Hippika, czyli jazda konna*

Sarah siedziała na górnym piętrze autobusu i po raz czwarty przeliczała pieniądze w kieszeni. Wystarczy na dwa tygodnie czynszu, pięć bel siana i worek obroku; wystarczy, by na kolejne dwa tygodnie napełnić składzik. Nie wystarczy, by pozbyć się Maltańczyka. Dochodziła trzecia piętnaście. Rzadko zjawiał się w stajni przed wpół do piątej. Zostawi pieniądze Kowbojowi Johnowi albo pod drzwiami biura z listem i przy odrobinie szczęścia zniknie, zanim dojdzie do następnej rozmowy na temat długu. Odkąd wróciła, Sal wspomniał o tym już dwa razy. Dwukrotnie obiecała mu, że zdobędzie pieniądze, nie mając pojęcia, jak miałaby to zrobić.

Po prostu czuła ulgę, że są z powrotem. Boo wrócił na Sparepenny Lane w mniej niż tydzień po swoim wyjeździe. Mac i Natasha nie mieli wielkiego wyboru: właścicielka stajni wpadła w szał, bo dwie godziny jeździła w mroku, szukając go, oskarżyła Sarah o to, że jest nieodpowiedzialna i głupia, dodała, że niektóre cisy, ligustry i inne krzewy rosnące w tym ogrodzie są trujące. Nawet Mac się za nią nie wstawił. Potraktowali ją z Natashą jak kryminalistkę tylko dlatego, że zniszczyła trochę trawy. Jeszcze nigdy nie widziała u Maca takiej ponurej miny. Nie był zły, miał tylko to rozczarowane spojrzenie, które posyłają ci ludzie, zanim głęboko westchną.

Z taką właśnie miną odprowadził ją i Boo do stajni. Wepchnąwszy ręce głęboko do kieszeni, powiedział jej, że ten mały ogródek był dla Natashy bardzo ważny i że to, że Natasha nie okazuje emocji, nie oznacza, że ich nie ma. Wszyscy mają jakąś pasję, którą pragną chronić; Sarah przecież na pewno coś na ten temat wie.

Zrobiło się jej przykro, gdy zobaczyła, jak Natasha płacze w korytarzu. Nie wiedziała, że Boo zachowa się tak niezdarnie w ogrodzie, ale było to jedyne miejsce, w którym mógł być bezpiecznie zamknięty. Blisko niej. Mac nie dodał nic więcej, ale jego długie pauzy sprawiały, że czuła się źle. Na koniec zasugerował, że będzie lepiej, jeśli ona i Natasha dadzą sobie nieco przestrzeni.

Nikt nie pozwolił jej powiedzieć, czego ona chce: żeby przestali ją za wszystko obwiniać. Powtarzała im obojgu sto razy, że nie można rozdzielić jej z Boo. Musieli zrozumieć, że nie mogła go zostawić w obcym miejscu, wiele kilometrów od tego, co znał. Ironia polegała na tym, że została blisko domu po to, by się o nią nie martwili.

Kiepska atmosfera utrzymywała się przez kilka dni po ich powrocie do Londynu. Wiedziała, że Natasha wciąż jest o to zła. Czasami słyszała, jak rozmawiają z Makiem szeptem za zamkniętymi drzwiami, i podejrzewała, że mówią o niej. Mac zawsze zmuszał się potem do wesołości na jej widok, nazywał ją cyrkówką jak Kowboj John i udawał, że wszystko jest w porządku. Bała się trochę, że się z nią pożegnają. Ale w końcu wszystko się jakoś ułożyło. Wstawała wcześnie i oporządzała stajnię przed szkołą. Przez parę dni Mac budził się na czas, by ją podwieźć. Robił wtedy zdjęcia podwórzu, Boo i Kowbojowi Johnowi, ale potem zaczęła się praca na uczelni i w ogóle przestał przyjeżdżać.

Poprzedniego wieczoru wezwał ją do kuchni (Natasha była w pracy; ona w zasadzie wiecznie była w pracy) i wręczył jej kopertę.

– John powiedział mi, ile potrzebujesz – oświadczył. – Zapłacimy za utrzymanie Boo, ale ty musisz się wszystkim zająć. A jeśli okaże się, że wagarujesz albo nie będzie cię tam, gdzie powinnaś być, przeniesiemy go gdzieś indziej. Czy to jasne?

Pokiwała głową, czując pod palcami banknoty w cienkiej białej kopercie. Musiała bardzo się powstrzymywać, by jej mu nie wyrwać. Gdy podniosła głowę, zauważyła, że Mac uważnie się jej przygląda.

– Skoro tak... Czy myślisz, że... drobne pieniądze mogłyby przestać znikać z domu?

Zaczerwieniła się.

– Chyba tak – wymamrotała.

Nie mogła powiedzieć mu o sumie, którą była winna Salowi, nie teraz, gdy oboje wciąż jeszcze byli na nią wkurzeni. Nie po tym, jak Mac w zasadzie oskarżył ją o to, że kradła.

Starała się myśleć o pozytywach. Oni nie byli tacy źli. Miała swojego konia. Życie układało się tak, jak powinno. No prawie, biorąc pod uwagę, że papa wciąż nie wracał do domu. Ale czasami, gdy siedziała rankiem w autobusie, przypominała sobie, jak wyglądał Boo na tej miękkiej, wysypanej piaskiem arenie, jak po niej płynął, jak się cieszył z tego, że wreszcie ma szansę pokazać, jaki jest dobry. Wyobrażała sobie, jak jej koń galopuje po miękkim zielonym padoku z dala od dymu, hałasu i turkoczących pociągów z pięknie uniesionym łbem, jakby upajał się odległym horyzontem, unosząc ogon wysoko niczym proporzec.

– No to co słychać?

Ruth Taylor podziękowała za herbatę i oparła się wygodniej na aksamitnej beżowej sofie. Praca nie przyzwyczaiła mnie do takich salonów, pomyślała, zauważając obrazy na ścianach i połysk zabytkowych dębowych parkietów. Miło było napić się herbaty, nie martwiąc się tym, skąd wyjęto ten kubek.

– Wszystko w porządku? – Wydobyła teczkę Sarah Lachapelle z torebki, z żalem przypominając sobie, że ma jeszcze cztery wizyty zaplanowane na to popołudnie. Potem nie będzie beżowych sof. Dwie kontrole u młodocianych aplikantów o azyl w paskudnym motelu na Fernley Road, chłopiec, który przysięgał, że ojczym go bije, i uzależniona od cracku nastoletnia matka w Sandown.

Małżonkowie wymienili spojrzenia. Porozumieli się bez słów, po czym mężczyzna powiedział:

– W porządku. Wszystko jest w porządku.

– Zadomowiła się? To już... ile... cztery tygodnie?

– Cztery tygodnie i trzy dni – podpowiedziała kobieta. Pani Macauley zjawiła się tuż po Ruth, a teraz przycupnęła w fotelu z aktówką przy stopach i raz po raz spoglądała ukradkiem na zegarek, jakby czekała na pozwolenie, by znów uciec.

– A szkoła? Jakieś problemy z frekwencją?

Kolejna wymiana spojrzeń.

– Mieliśmy parę zgrzytów na początku – odparł pan Macauley – ale wszystko sobie wyjaśniliśmy. Chyba... doszliśmy do porozumienia.

– Ustaliliście jej określone granice zgodnie z naszą sugestią.

– Tak – potwierdził. – Chyba wszyscy rozumiemy się teraz nieco lepiej.

Och, ależ on był słodki. Dokładnie w jej typie, z tymi zmierzwionymi włosami i błyszczącymi oczami. Przestań, zbeształa się Ruth. Nie wolno ci myśleć w ten sposób o klientach. Zwłaszcza jeśli obok siedzą ich żony.

– Jest zdrowa – kontynuował. – Dobrze się odżywia. Odrabia zadania domowe. Ma... własne zainteresowania. – Zwrócił się do żony. – Naprawdę nie wiem, co jeszcze mogę dodać.

– Sarah doskonale sobie radzi – oświadczyła żona krótko.

– Proszę się nie martwić. Nie przyszłam tu po to, aby was osądzać czy też oceniać wasze umiejętności rodzicielskie. – Uśmiechnęła się do nich. – To nieformalna lokalizacja... opieka krewnych, jak to nazywamy... więc nie będziemy się bardzo angażować. Rozmawiałam już z Sarah, która potwierdziła, że jest tutaj szczęśliwa. Po prostu uznałam, biorąc pod uwagę jej historię, że najlepiej będzie, jeśli wpadnę sprawdzić, jak się wszyscy macie.

– Tak jak już mówiłem – odparł pan Macauley – naprawdę dobrze. Szkoła nie informowała nas ostatnio o żadnych problemach. Sarah nie słucha po nocach głośnej muzyki. Ma tylko sześciu albo siedmiu chłopaków. Zażywa, ale nie nadużywa. Żartowałem – dodał, gdy żona zmierzyła go gniewnym spojrzeniem.

Ruth zajrzała do swojej teczki.

– Czy macie państwo aktualne informacje na temat zdrowia jej dziadka? Przepraszam, wiem, że powinnam sama zadzwonić, ale w naszym wydziale mamy różne zdanie na ten temat.

– Powoli dochodzi do siebie – poinformował ją pan Macauley – chociaż nie jestem ekspertem w tej dziedzinie.

Ruth pożałowała, że włożyła tę brązową spódnicę. Jej nogi wyglądały w niej klocowato.

– Ach, tak. Już pamiętam. Wylew, prawda? Hm... Nie zdrowieje w takim tempie, jak chcieliby lekarze. Czy wyrażacie... zgodę na to, by przedłużyć pobyt Sarah? Wiem, że w założeniu miało to być tylko parę tygodni...

Znów wymienili spojrzenia.

– Szczerze mówiąc, po sześciu tygodniach powinniśmy przeprowadzić oficjalny wywiad, może nawet rozważyć specjalny nakaz opiekuńczy, co nałożyłoby na was pewne obowiązki rodzicielskie.

– Jest jedna potencjalna komplikacja – wtrąciła pani Macauley. – Będziemy niedługo sprzedawać ten dom. W zasadzie już zaakceptowaliśmy ofertę.

– A czy w waszym nowym domu będzie miejsce dla Sarah?

Tym razem na siebie nie spojrzeli. Mężczyzna zabrał głos jako pierwszy.

– Nie jestem jeszcze pewien.

– Chcecie, żeby trafiła do ośrodka? Chcecie znów przerzucić odpowiedzialność na nas? – Proszę, tylko nie mówcie „tak", pomyślała Ruth. Mam zaległości w sprawach o opiekę długie jak wasza ręka. I możecie mi wierzyć, niewiele jest domów dla tych dzieciaków, które wyglądają jak ten.

– Próbujemy to wszystko ustalić. Po prostu jeszcze nie zdecydowaliśmy, dokąd... hm... się przeprowadzamy, prawda, Tash? Ale Sarah na pewno może z nami mieszkać jeszcze kilka tygodni.

Kilka tygodni. W tym czasie wszystko może się zdarzyć. Ruth nieco odetchnęła.

– Miejmy nadzieję, że jej dziadek wyzdrowieje do tego czasu. – Uśmiechnęła się, rozglądając się po salonie. – Piękny dom. Na pewno z żalem go zostawiacie.

Nie odezwali się. Ruth położyła dłonie na teczce i pochyliła się do przodu.

– A jak wy sobie radzicie? Jeśli człowiek nie jest przyzwyczajony do mieszkania z młodzieżą, może się to okazać zaskakująco ciężką pracą. – Skierowała swój komentarz do pani Macauley, która najmniej się odzywała.

– Jest dobrze – odparł pan Macauley.

– Pani Macauley?

Kobieta zastanawiała się przez chwilę. Ruth przypomniała sobie, że ma do czynienia z prawniczką. Bez niespodzianek w takim razie.

– Okazało się to... bardziej męczące, niż zakładałam – odparła Natasha ostrożnie. – Ale z drugiej strony sama chyba nie wiem, czego się spodziewałam.

– Jakieś szczególne trudności?

Chwila zastanowienia.

– Nie. To chyba… to w większości… inny sposób postrzegania różnych rzeczy.

– Nastolatki są jak inny gatunek.

Pan Macauley się uśmiechnął.

– No właśnie.

– Mogą stanowić wyzwanie. Ale szkoła twierdzi, że Sarah się wyciszyła.

– To miły dzieciak – kontynuował mężczyzna. – Ma ambicję.

– Może gdybyście znów rozważali przysposobienie jakiegoś dziecka, lepiej ułożyłoby się wam z młodszym. Czy bierzecie pod uwagę uzyskanie oficjalnego statusu rodziny zastępczej? – W tym wypadku nie ma sensu podkreślać korzyści finansowych, uznała. Dla tej dwójki pieniądze nie stanowią chyba problemu. – W tej okolicy bardzo ich brakuje – dodała. – Jest wiele dzieci w potrzebie.

– Wiem – powiedziała pani Macauley cicho.

Mąż musnął jej dłoń grzbietem własnej. Łagodny gest. Pełen wsparcia. Co ciekawe, kobieta się zaczerwieniła.

– Zastanowimy się nad tym – zadeklarował mężczyzna. – W tej chwili żyjemy raczej z dnia na dzień.

Pod drzwiami jej składziku leżała wiadomość. Pchnęła drzwi nogą, podniosła kartkę papieru, otworzyła ją i spojrzała na nieznajomy charakter pisma.

Siemasz, Cyrkówko! Wybacz, że nie powiedziałem Ci tego osobiście, ale muszę wracać do Stanów. Moja siostra Arlene zachorowała, a jako że nie ma tam żadnej rodziny (głupia kobieta, odstraszyła trzech mężów), muszę się upewnić, że wszystko z nią w porządku.

Maltańczyk ma klucze, będzie karmił moje zwierzęta, ale miej na wszystko oko, okej?

Przekaż Kapitanowi, jak bardzo mi przykro, że nie odwiedzę go w ten weekend, ale na pewno wrócę za tydzień lub dwa. Przywiozę mu

Jimmy'ego Beama, jeśli tylko uda mi się go przemycić pod okiem tych nazistowskich pielęgniarek.

KJ

Złożyła schludnie list i wsunęła go do kieszeni. Czuła się osobliwie poruszona perspektywą nieobecności Johna. Wiedziała, że ma siostrę w Ameryce – bezustannie żartował na temat jej brzydoty – ale dotychczas za każdym razem, gdy znikał, by ją odwiedzić, zostawiał na straży papę. Teraz, bez niego i bez Johna, stajnia wydawała się pozbawiona korzeni. To nie potrwa długo, powiedziała sobie. Wszystko wkrótce się ułoży.

Zaczęło siąpić, kostka brukowa zrobiła się lepka w miejscach niezamiecionych z siana i rozsypanej paszy. Sarah powiesiła kurtkę na haku i włożyła stary płaszcz papy, którego używał jak fartucha. Instynktownie czując, że ruch osłabi jej niepokój, zmieniła Shebie wodę, po czym zajrzała do koni, poprawiła przekrzywione derki i upewniła się, że drzwi stajni są porządnie zamknięte. Wyczesała Boo, zmieniła mu wodę i siano, obejrzała jego kopyta, przegoniła kurczęta i nową, niezidentyfikowaną kozę, po czym odbyła krótką pogawędkę z Ranjeetem z Raj Palace, który przyszedł po jajka. W końcu wróciła do składziku, by zmienić buty na szkolne.

Już miała zamykać, gdy przypomniała sobie o pieniądzach w kopercie. Sięgnęła do kieszeni… i podskoczyła, gdy na jej karku miękko wylądowała jakaś dłoń. Okręciła się na pięcie gotowa do ciosu.

– Co się stało? Myślisz, że to jakiś szaleniec chce cię dopaść? – zapytał Maltańczyk z rozbawieniem. Złoty ząb błysnął w kąciku jego ust w półmroku, gdy pogroził jej palcem.

Wzdrygnęła się i uniosła dłoń do szyi.

– Zostawiasz mi list miłosny, cyrkówko?

Wziął od niej kopertę. W drugiej dłoni trzymał zapalonego papierosa, mocno stał na nogach, jakby podkreślał, że jest właścicielem tego miejsca. Zapach jego wody po goleniu i dymu tytoniowego maskował subtelny, słodki aromat siana i paszy.

– Wiesz przecież, że wszystko możesz mi powiedzieć osobiście.

– To pieniądze – odparła, zawstydzona tym, jak łamie się jej głos. – To pańskie pieniądze.

– Ach… – Gdy brał od niej kopertę, ich palce się zetknęły.

– Muszę już iść – zadeklarowała, sięgając po torbę.

Powstrzymał ją gestem.

Otworzył kopertę i zajrzał do środka. Potem zmarszczył brwi i podsunął jej kopertę pod nos.

– Co to jest?

– Pieniądze na czynsz. Za dwa tygodnie. I za siano i paszę.

Padało coraz mocniej. Sheba wcisnęła się pomiędzy nich, krople deszczu lśniły na jej zmierzwionej sierści. Koń zarżał pod arkadami i uderzył kopytami w betonową posadzkę.

– I? – Spojrzał na nią wyczekująco. Uśmiechał się, ale nie był to prawdziwy uśmiech.

Przełknęła ślinę.

– Nie mam więcej.

– A zaległości?

– Jeszcze nie.

Syknął przez zęby i pokręcił głową.

– Wiesz co, masz szczęście, że trzymałem dla ciebie miejsce. Dwa tygodnie temu zjawiasz się i zabierasz konia, wywozisz go bez słowa. To są dobre maniery, twoim zdaniem?

– To nie była moja…

– Trzymałem dla ciebie miejsce, Sarah, chociaż miałem na nie dwudziestu chętnych. A potem wracasz sobie tak po prostu, jakby nic się nie stało. Nawet nie powiesz „dziękuję".

– Ale, jak już mówiłam, to nie była moja wina. To…

– Skarbie, gówno mnie obchodzi, czyja to była wina. Teraz się zastanawiam, czy znowu nie znikniesz. Z tą całą forsą, którą jesteś mi winna. Masz klucze. Ty i twój koń możecie być jutro w połowie drogi do Timbuktu, o ile wiem. – Podszedł bliżej, kołnierzyk jego koszuli znalazł się na poziomie jej oczu.

Poczuła, że nie zdoła bezgłośnie przełknąć śliny.

– Nie zrobię tego – odparła cicho. – Zawsze spłacam długi. Papa zawsze spłaca długi. John to wie. – Nigdy nie mieliśmy długów, zanim to się stało, pomyślała.

– Ale Johna tu nie ma. Twojego papy tu nie ma. A ta stajnia należy teraz do mnie, nie do nich.

Nie była w stanie mu odpowiedzieć.

Nad arkadami przejechał pociąg, światła wagonów przelotnie rozjaśniły mały dziedziniec, gdy tysiące osób ponad ich głowami wracały do domów i swojego bezpiecznego, wygodnego życia. Sal przechylił głowę, jakby coś rozważał. Podszedł do niej jeszcze bliżej. Za blisko. Oddech uwiązł jej w gardle.

Obniżył głos:

– Twój papa jest chory, Sarah.

– Wiem – szepnęła.

– Twój papa jest naprawdę chory, jak mówi John. Musisz więc coś mi powiedzieć. Jak oddasz to, co jesteś mi winna?

Jego głos był łagodny, melodyjny; jakby śpiewał, jakby próbował ukryć w nim groźbę. Stał tak blisko, że czuła ciepło jego oddechu na twarzy, wyczuwała piżmowy zapach jego wody po goleniu i skórzanej kurtki wymieszany z czymś męskim i nieznanym.

Nie podnosiła wzroku. Słyszała ponure plotki o Salu Maltańczyku. Z nim się nie zadziera. Siedział w więzieniu, ma groźnych przyjaciół i interesy, o które się nie pyta.

– No więc?

– Już mówiłam...

– Nic nie mówiłaś. Ja ci powiedziałem, że myślałem, że zwiałaś. Teraz muszę wiedzieć, jak mnie spłacisz. – Jego oczy wwiercały się w nią. – Musimy coś ustalić, Sarah.

Zamrugała, walcząc z drżeniem w głosie.

– Musimy ustalić, jak zwróci mi się moja inwestycja.

Nie rozumiesz, zapragnęła krzyknąć, że ja też tylko tego chcę? Ten dług wisiał nad jej głową, sprawiał, że jej żołądek zaciskał się w supeł, gdy podliczała, ile jest winna. Kładł się cieniem na każdej wizycie u Boo do tego stopnia, że coraz mniej radości czerpała z przebywania z nim. Ale nikomu nie mogła się bezpieczne zwierzyć. Tylko Maltańczyk mógł ją uwolnić od tego ciężaru.

– Mogłabym dla pana sprzątać – wypaliła.

– Mam od tego ludzi, Sarah.

– Mogłabym opiekować się stajnią w weekendy – wyszeptała.

– To nie jest mi potrzebne – odparł. – Fakt, że będziesz sprzedawała jaja i biegała z miotłą, nie ma dla mnie żadnej wartości. Rozumiesz to? Pojęcie wartości?

Pokiwała głową.

– Jestem biznesmenem. Próbowałem ci pomóc, biorąc pod uwagę twoje wyjątkowe okoliczności. Byłem wyrozumiały. Gdyby chodziło o kogokolwiek innego... – Pokręcił głową. – Straciłbym cierpliwość dawno temu.

Obejrzał się za siebie; deszcz spływał po bruku strumieniami ku bramie błyszczącej w świetle sodowych lamp. Przez chwilę wydawało się jej, że Sal sobie pójdzie. Że to się skończy. Ale on znów się do niej odwrócił.

Podszedł jeszcze o krok, aż oparła się plecami o drzwi. Uniósł dłoń i delikatnie wyjął źdźbło z jej włosów, uniósł je do jej oczu, po czym pstryknął silnymi, pokrytymi odciskami palcami.

Patrzyła prosto przed siebie, próbując się nie wzdrygnąć. Maltańczyk uśmiechnął się leniwie, przeciągle, oczami mówiąc jej, że nic się nie dzieje, że on rozumie. Gdy próbowała odwzajemnić mu się uśmiechem, położył dłoń na jej prawej piersi i powoli przeciągnął kciukiem po sutce. Zrobił to tak lekko i z taką swobodną pewnością, że upłynęły dwie sekundy, zanim zorientowała się, co robi.

– To nie muszą być pieniądze, Sarah – mruknął cicho. Uśmiechnął się i cofnął dłoń, zanim zdołała unieść własną w proteście.

Jej skóra zapłonęła tam, gdzie jej dotykał. Jej policzki oblały się rumieńcem. Oddech uwiązł jej w gardle.

– Szybko dorastasz, skarbie – dodał, wkładając kopertę do kieszeni i potrząsając palcami tak, jakby właśnie się sparzył. – Dla ładnej dziewczyny zawsze znajdzie się jakiś sposób. Tylko daj Salowi znać.

Po tych słowach wyszedł, gwiżdżąc, przez bramę z siatki, a ona stała jak sparaliżowana; torba zwisała bezwładnie z jej ramienia.

– Wychodzę wieczorem. – W końcu zamknęli drzwi za Ruth. Na pożegnanie posłała Macowi jeden z tych uśmiechów, taki nieco za szeroki, jaki zawsze posyłały mu kobiety, i wbrew sobie Natasha poczuła się poirytowana. Podziękowała Bogu, że umówiła się na dzisiaj z siostrą.

– Okej. I tak obiecałem Sarah, że zawiozę ją po szkole do szpitala. Ale w takim razie ja mam wolne jutro, okej? – Nie dodał, dokąd się wybiera.

– Okej. – Zrobiła krok do przodu, ale nie zszedł jej z drogi. – Mam spotkanie, Mac, i już jestem spóźniona – oświadczyła. Miał na sobie dżinsy, które kiedyś uwielbiała, w głębokim odcieniu indygo, miękkie i poprzecierane, bo zawsze wkładał za dużo rzeczy do kieszeni na przekór jej prośbom. Przypomniała sobie, jak opierała się o niego podczas weekendu za miastem kilka lat temu. Wiatr chłostał ją po uszach, a ona głęboko wciskała dłonie w te tylne kieszenie.

– Kupiłem ci coś – powiedział. Sięgnął za siebie i podał jej dużą torebkę cebulek kwiatów. – Wiem, że to zaledwie początek, ale... byłaś taka smutna.

Wzięła je od niego. Przez oka siatki na jej dłonie posypała się ziemia.

– Pomogę ci, jeśli tylko chcesz, w przyszły weekend. Mogę naprawić płot.

Przełknęła ślinę.

– To wszystko odrośnie. Kiedyś. – Podniosła na niego wzrok i uśmiechnęła się. – Ale dziękuję.

Nagle przed jej oczami pojawiła się wizja Maca, roześmianego i rozgadanego, z pasem na narzędzia w talii; ona sama delikatnie sadziła obok niego rośliny, zastępując te zniszczone przez Boo. Czy to mądre?, chciała zapytać samą siebie. Czy nasze ścieżki już nie za bardzo się skrzyżowały?

Stali w korytarzu pogrążeni w zamyśleniu. Gdy Mac przemówił, stało się jasne, że ich myśli pobiegły w dwóch przeciwnych kierunkach.

– Tak naprawdę nie rozmawialiśmy o tym, Tash, ale co zrobimy, jeśli staruszek nie wydobrzeje?

Opierał się o drzwi, blokując jej wyjście.

– Nie wygląda dobrze, wiesz? Nie wydaje mi się, żeby szybko się z tego podniósł.

Wzięła głęboki oddech.

– W takiej sytuacji ona stanie się problemem kogoś innego.

– Problemem kogoś innego?

– Okej. Obowiązkiem kogoś innego.

– A co zrobimy z koniem?

Wyobraziła sobie to zwierzę beztrosko tratujące jej taras i zniszczenia, których dokonało. Tego dnia przestało być dla niej uosobieniem wdzięku i urody.

– Mac, w dniu, w którym opuścimy ten dom, przestaniemy być rodziną. Nie będziemy mogli zaoferować niczego ani jej, ani temu koniowi. Twoja praca uniemożliwia ci sprawowanie samodzielnej opieki i wiesz, że moja na pewno na to nie pozwala. Już mamy z tym trudności.

– To znaczy, że ją zawiedziemy.

– To system ją zawodzi. Brak mu elastyczności i środków, by pomóc komuś takiemu jak ona. – Na widok jego miny nieco złagodziła ton. – Posłuchaj, może uda im się znaleźć jakieś tymczasowe miejsce dla konia w schronisku, może znajdą jej nowy dom gdzieś na wsi, jeśli tak rozpaczliwie będzie chciała go zatrzymać. Może nawet wyjdzie jej to na dobre.

– Nie wyobrażam sobie, by było to możliwe.

– Cóż, mogę popytać. Posprawdzać różne opcje. Niczego nie zdradzając.

Wciąż nie odsunął się od drzwi. Zegarek pokazywał, że Natasha spóźni się na swoje spotkanie.

– Chcesz, żeby się wyprowadziła?

– Tego nie powiedziałam.

– Ale... wygląda na to, że jej nie lubisz.

– Oczywiście, że lubię.

– Nigdy nie mówisz o niej nic miłego.

Zaczęła grzebać w torebce, by ukryć rumieniec, który wypłynął na jej policzki.

– A co mam zrobić? Nie zwalaj wszystkiego na mnie, Mac. To obca osoba. Zaoferowałam jej mój dom... i, pragnę dodać, okłamałam przy tym opiekę społeczną co do statusu naszego związku. Wydałam setki funtów, żeby przenieść tego konia do Kentu i z powrotem. Poświęciłam swój ukochany ogród...

– Nie o to mi chodzi.

– No to o co? Twoim zdaniem powinnyśmy się zaprzyjaźnić, wymieniając porady na temat makijażu? Próbowałam, okej? Chciałam ją zabrać na zakupy. Zaproponowałam, że urządzę jej pokój. Usiłowałam z nią rozmawiać. Czy wziąłeś w ogóle pod uwagę, że ona może nie lubić mnie?

– To tylko dziecko.

– I co z tego? W związku z tym nie jest zdolna do niechęci do kogoś?

– Nie. To znaczy, że to dorosły powinien coś z tym zrobić.

– Och, a więc zostałeś ekspertem od wychowania.

– Nie. Po prostu mam w sobie odrobinę człowieczeństwa.

Spojrzeli na siebie.

Położyła cebulki na stoliku w holu i sięgnęła po teczkę z dokumentami. Miała szkarłatne policzki.

– Jakie to musi być wspaniałe, być tobą, Mac. Wszyscy cię kochają. Cholera, ta przeklęta opiekunka społeczna prawie usiadła ci na kolanach. I z jakiegoś powodu taki sam wpływ masz na Sarah, to świetnie dla was obojga. – Sięgnęła po telefon. – Ale nie atakuj mnie za to, że ja nie mam na nią takiego wpływu, okej? Robię, co mogę. Oddałam swój dom. Poświęcam swój związek tylko przez to, że pozwalam wam tu być każdego dnia i bawię się z wami w cholerną szczęśliwą rodzinkę. Ja też się staram. Robię, co mogę, do cholery.

– Tash…

– Przestań mnie tak nazywać!

Przepchnęła się obok niego, szarpnęła drzwi i zbiegła po schodach, wciąż słysząc jego głos, który zagłuszało walenie jej serca, i zastanawiając się, dlaczego z jej oczu płyną łzy.

– Okej. Chyba całkiem ci odbiło. – Jo zdjęła gumowe rękawice i podeszła do kuchennego stołu, przy którym Natasha powoli sączyła wino. – Mac? Twój były mąż Mac?

– No właśnie na tym polega problem, no nie? Nie jest jeszcze moim byłym mężem, więc ma prawo do tego domu.

– W takim razie sama się wyprowadź. To szaleństwo. Spójrz tylko na siebie. Jesteś wrakiem człowieka.

Dottie, najmłodsza córka Jo, weszła do kuchni, żując gumową kość psa.

– Nie, kochanie. Dostaniesz robaków. – Jo wyjęła kość z ust dziecka i wepchnęła w nie kawałek suszonej moreli, zanim Dottie zdołała zaprotestować. – Rodzice wiedzą?

– Oczywiście, że nie. To potrwa tylko parę tygodni.

– Musisz się wyprowadzić. Jedź do hotelu. Całkiem się rozpadłaś, gdy z nim mieszkałaś. To ci raczej nie pomoże o nim zapomnieć, no nie? Na litość boską, Tash, doszłaś do siebie dopiero latem. Do łóżka, i to już! – krzyknęła, słysząc odgłosy walki w salonie. – Ją też powinnam już położyć. Zostawię cię na chwilę i zrobię to od razu, okej? Już za piętnaście ósma.

– Dobrze – odparła Natasha. W duchu ucieszyła się, gdy urocza Dottie ze swoją pulchną, wysmarowaną dżemem buzią i zapachem talku zniknęła z kuchni. Starsze dzieci zdołały jakoś utracić na tyle swojej dziecięcości, że teraz wyglądały jak ludzie. Dottie wciąż stanowiła bolesne, przeszywające memento czegoś, czego nie mogła mieć. Pustkę, z którą wciąż się nie pogodziła.

– Pożegnaj się z ciocią Tash.

Natasha przygotowała się na pocałunek, zmuszając się do zrobienia swobodnej miny.

– Nie. – Dziecko ukryło twarz w nogach Jo.

– Dottie, to nieładnie... Powiedz dobranoc...

– Nie trzeba. Naprawdę. – Natasha machnęła ręką. – Jest zmęczona. – Wiedziała, że siostra uzna jej szybką reakcję za kolejny dowód braku genu macierzyńskości.

– Daj mi pięć minut, żebym mogła przeczytać jej bajkę.

Jo przytyła, zauważyła Natasha, gdy jej gospodyni posadziła sobie dziecko na biodrze z wprawą wynikającą z lat praktyki. Ciągle narzekała, że na nic nie ma czasu, że dzieci zrujnowały jej figurę. Gdy to mówiła, przeżuwała kolejne ciastko, trzymając w dłoni kubek herbaty.

– To na cukier we krwi – tłumaczyła. – Dzięki temu nie wrzeszczę tak bardzo w okolicach podwieczorku.

Natasha przez długi czas unikała domu siostry. Podczas poronień – jej rodzina wiedziała tylko o jednym – dom Jo wydawał się jej zbyt hałaśliwy z tymi obrazkami malowanymi palcami, pozdzieranym ze ścian tynkiem i plastikowymi zabawkami. Za bardzo przypominał jej o dzieciach, które utraciła. Nienawidziła samej siebie za to, że nie jest w stanie pokonać zazdrości o tę trójkę, ale łatwiej było jej udawać, że jest zbyt zajęta, by złożyć wizytę. Rodzina nazywała ją ambitną pracoholiczką, odkąd aplikowała do szkoły prawniczej. To ona była rodzinnym mózgiem, człowiekiem sukcesu. Gdy tłumaczyła, że jest za bardzo zawalona pracą, by znaleźć czas na wspólny lunch, że musi się przygotować do takiej czy innej sprawy, wiedziała, że spotka się to tylko z pobłażliwym komentarzem i może odrobiną smutku ze strony jej matki na myśl o jej ewidentnej niemożności przelania tej całej energii w ważniejsze rzeczy w życiu.

Nie ośmielali się komentować jej spraw osobistych, odkąd odszedł Mac.

– Przynajmniej masz swoją karierę – mawiali przy tych nielicznych okazjach, gdy znajdowała czas, pocieszając się wiarą, że i tak tylko na tym jej kiedykolwiek zależało.

Jo wróciła dziesięć minut później, wyrzuciła morelę do zlewu, po czym zebrała włosy w koński ogon.

– Naprawdę muszę iść do fryzjera – oświadczyła. – Umówiłam się w zeszłym tygodniu, ale Theo się rozchorował. I tak musiałam zapłacić połowę ceny... Cholerna bezczelność!

Usiadła i z westchnieniem upiła spory łyk białego wina.

– Och. Dzięki ci za to. Cholernie cudowne. No dobra. Pozostałym pozwolę jeszcze pograć, bo w przeciwnym razie nigdy nie uda nam się porozmawiać.

– A u ciebie wszystko w porządku? – zapytała Natasha, podejrzewając, że siostra uważa ją za egoistkę. Samotne, bezdzietne kobiety w pewnym wieku takie właśnie były. Ciągle to słyszała. – I u Davida?

– Nic, czego nie wyleczyłyby dwa tygodnie na Seszelach i chirurgia plastyczna. Och, i seks. Nie pamiętam już, co to jest. – Prychnęła śmiechem. – Nieważne. Teraz ty. Nigdy mi nic nie mówisz, do cholery. Gadaj.

Jej życie stało się tą przedziwną, pełną napięć, małą bańką, uświadomiła sobie Natasha. Tutaj panowała normalność. Jej życie nie było ani trochę normalne.

– Zakładałam, że zostanie tylko na parę tygodni – oświadczyła – i że nie warto nic mówić.

– Poważnie, Tash. Wyprowadź się. Zaproponowałabym ci pokój, ale doprowadzilibyśmy cię do szału w pięć minut. – Znów napiła się wina. – Masz pieniądze. Zarezerwuj sobie przyjemny hotel ze spa. Chodź na masaż i manikiur codziennie po pracy. Kosztem obciążysz jego udziały w domu. To przez niego się wyprowadzisz. Przez jego tupet.

Nie mogę. Sięgnęła po jedną z kredek i zaczęła rysować.

– Możesz. Boże... Wszystko bym oddała za taką możliwość. Co za raj!

– Nie, nie mogę. – Westchnęła, zbierając się na odwagę. – Bo tak jakby wzięłam kogoś pod opiekę. Dziewczynkę.

Po wszystkim Natasha pożałowała, że tak rzadko widywała się z siostrą w ostatnich latach, ponieważ na przekór jej oczekiwaniom Jo zareagowała wspaniale. Nakazała jej dwa razy powtórzyć tę historię, a gdy Natasha mówiła łamiącym się z zawstydzenia głosem, wstała ze swojego krzesła, obeszła stół i uścisnęła ją bardzo mocno, zostawiając ślady mąki na jej ciemnym kostiumie.

– Boże, Tash. To wspaniałe. Zrobiłaś absolutnie fantastyczną rzecz. Szkoda, że nie ma więcej takich ludzi jak ty. Moim zdaniem to cudowne. – Usiadła, jej oczy lśniły. – Jaka ona jest?

– Na tym polega problem. Nie jest tak, jak myślałam. Ona i ja... nie dogadujemy się.

– To nastolatka.

– Tak. Ale z Makiem się dogaduje.

– Saddam Husajn dogadałby się z Makiem. On przez dziewięćdziesiąt siedem procent czasu flirtuje.

– Próbowałam, Jo. My po prostu źle na siebie działamy. Nic nie idzie tak, jak się spodziewałam...

Jo pochyliła się do drzwi, sprawdzając, czy jej dzieci nie znajdują się w zasięgu słuchu.

– Będę z tobą szczera. Gdy tylko Katrin skończyła trzynaście lat, zamieniła się w beznadziejną krowę. Jakby moja słodka dziewczynka zniknęła, a zastąpił ją ten hormonalny potwór. Patrzy na mnie z taką… odrazą, jakbym była fizycznie odpychająca. Wszystko, co mówię, działa jej na nerwy.

– Katrin?

– Dawno jej nie widziałaś. Klnie jak szewc. Pyskuje. Kradnie drobne, chociaż David udaje, że tego nie zauważa. Wykłóca się o wszystko. Została pełnoprawnym członkiem klubu młodocianych jędz. Mogę tak mówić, bo jestem jej matką i kocham ją nad życie. Gdyby nie nadzieja, że moja dawna Katrin wciąż gdzieś tam jest, i wiara, że pewnego dnia wróci, wyrzuciłabym ją z domu wieki temu.

Natasha nigdy nie słyszała, by jej siostra tak obcesowo wyrażała się o swoich dzieciach. Zaczęła się przez to zastanawiać, ile aspektów macierzyństwa postanowiła zignorować, koncentrując się zamiast tego na mglistej, różowej wersji tego, czego jej odmówiono. A może była zbyt surowa wobec Sarah?

– Nie chodzi o ciebie. Z tego, co mówisz, wynika, że ta dziewczynka dużo przeszła. Po prostu… bądź przy niej.

– Nie jestem taka jak ty. Nie umiem tego robić.

– Bzdury. Jesteś świetna, cała ta praca, którą wykonujesz na rzecz pokrzywdzonych dzieci.

– To są klienci. To coś innego. Nie daję sobie rady… I jest coś jeszcze. Oszukał mnie chłopak, którego reprezentowałam. Wmówił mi, że przebył straszną podróż, a potem okazało się, że kłamał. Całkiem straciłam wiarę w swoją zdolność do rozszyfrowywania takich typków.

– Myślisz, że ona cię oszukuje?

– Myślę, że nie mówi mi wszystkiego.

Jo pokręciła głową.

– Ma czternaście lat. Nie powie ci o wielu rzeczach: o nieodwzajemnionej miłości, o tym, że ktoś w szkole ją terroryzuje, o problemach z wagą, o jakiejś małej krowie, która już nie chce się z nią przyjaźnić. One nie mówią nam takich rzeczy. Boją się, że zostaną źle ocenione albo ochrzanione. – Wybuchnęła śmiechem. – Albo jeszcze gorzej, że wkroczymy i spróbujemy rozwiązać problem za nie.

Natasha wpatrywała się w siostrę. Skąd ona to wszystko wiedziała?

– Posłuchaj, wątpię, żeby cię okłamywała w ważnej sprawie. Gdzieś w środku kryje się pewnie przerażona duszyczka, która z radością by się komuś zwierzyła. Idźcie coś zjeść, tylko ty i ona. Albo nie. – Ogryzała paznokieć. – Za duża presja. Zróbcie coś razem. Coś, co lubisz. Nic zobowiązującego. Może wtedy trochę się odpręży. – Poklepała Natashę po ramieniu. – Mówię ci. W najgorszym razie przestaniesz myśleć o tym dupku, który zainstalował się w twoim domu. I pamiętaj, że robisz coś wspaniałego, goszcząc to dziecko pod swoim dachem.

– To drobiazg.

– To nie znaczy, że nie jest to wspaniałe. Dobra. Teraz muszę zagonić do łóżka te dwa potwory.

A Mac?, zapragnęła zapytać Natasha. Jak mam się poczuć lepiej w sprawie Maca? Ale jej siostra już zniknęła za drzwiami.

Staruszek sięgnął po widelec lepszą ręką i powoli włożył sobie kawałek mango do ust z niemą, głęboką satysfakcją. Mac kupił gotowy zestaw w supermarkecie po drodze, a Sarah po kolei nabijała cząstki na widelec, po czym oddała go dziadkowi, by mógł sam jeść.

Mac zaczekał, aż skończą i Kapitan otrze usta papierową serwetką, po czym sięgnął po teczkę.

– Mam coś dla pana, Kapitanie – powiedział.

Staruszek odwrócił się do niego. Wydaje się dzisiaj weselszy, pomyślał Mac, jego reakcje są żywsze, słowa mniej mu się mylą. Dwa razy zażądał wody, całkiem wyraźnie, i powiedział *Chérie**, gdy zobaczył wnuczkę.

---

* Kochanie (fr.)

Mac przysunął sobie krzesło po drugiej stronie łóżka i otworzył teczkę, ukazując jej zawartość.

– Postanowiliśmy udekorować panu pokój.

Zanim Kapitan zrobił speszoną minę, wyjął z teczki pierwszą odbitkę – czarno-białe zdjęcie formatu A4 przedstawiało Sarah i jej konia w trakcie wykonywania stacjonarnego kłusu, czyli piaffu, w parku. Staruszek zerknął na zdjęcie, po czym odwrócił się do wnuczki.

– Dobrze – powiedział.

– Boo świetnie sobie radził tego dnia – wyjaśniła. – Naprawdę mnie słuchał. Naprawdę się starał. Każdy ruch…

– Mały akt piękna – uzupełnił z wahaniem.

Wzruszona tym nagłym przypływem słów Sarah wspięła się na łóżko i położyła się obok niego, kładąc głowę na odzianym w piżamę ramieniu.

Mac sięgnął po kolejną odbitkę.

– To chyba…

– Łopatka – podpowiedziała.

– *Je ne peux pas voir** – poskarżył się staruszek.

Zaczekał cierpliwie, by Sarah włożyła mu okulary, po czym gestem nakazał Macowi przysunąć odbitkę. Mac wyjął z teczki jeszcze jedną, a Kapitan z aprobatą pokiwał głową.

– Wszystkie zawiesimy tu w pokoju – wyjaśnił Mac, po czym sięgnął do plecaka po taśmę. Zaczął ostrożnie wieszać zdjęcia naokoło łóżka, stopniowo zasłaniając nijakie, bladozielone ściany, które ożywiały tylko akwarele z lat osiemdziesiątych i ogłoszenie zachęcające gości, by myli ręce. Kolejne dwie powiesił w nogach łóżka.

Kapitan przyglądał się im z uwagą po kolei, jakby sycił się każdym szczegółem. Mac domyślił się, że będzie się w nie wpatrywał przez cały dzień.

---

* Nie widzę (fr.)

Gdy powiedział Sarah w samochodzie, co zaplanował, przejrzała zdjęcia w zdumionym milczeniu.

– Mogę? – zapytał, zaniepokojony jej brakiem reakcji. – Nie powiększyłem tych, na których robiłaś to, czego ci nie wolno, tego stawania na tylnych nogach i tak dalej.

Uśmiechnęła się do niego smutno.

– Dziękuję – powiedziała. Jej głos sugerował, że nieczęsto spotykała się z takimi hojnymi gestami i nie oczekiwała ich.

– Najlepsze zostawiłem na koniec. – Odwinął zdjęcie, które oprawił. Nawet Sarah go jeszcze nie widziała. Nie wydał dużo na lekką drewnianą ramę i kartonowe tło; za wypolerowanym szkłem znajdowała się jasna i wyraźna fotografia dziewczynki, która przyciskała policzek do pyska konia. Każdy szczegół był widoczny. Udało mu się uchwycić jej kruchość, wyjątkowość jej twarzy, która jeszcze nie zdecydowała, czy będzie piękna, połączonej swego rodzaju eteryczną wspólnotą ze stubbsowską finezją struktury kostnej konia. Monochromatyczność i wysoka rozdzielczość nadawały obu obliczom godności i tajemniczości, których zabrakłoby w kolorze. Mac wiedział, że to jedna z jego najlepszych prac. Zrozumiał to, gdy tylko nacisnął spust migawki. Kiedy zobaczył wydruk, jego serce zgubiło rytm.

– Baucher – powiedział Kapitan, nie odrywając wzroku od zdjęcia. – Sarah.

– Uwielbiam to zdjęcie – wyznał Mac. – Zrobiłem je, zanim opuściliśmy stajnię pewnego poranka w zeszłym tygodniu. Sarah nawet nie wiedziała, że je robię. Podoba mi się, w jaki sposób światło przesuwa się z jej twarzy na konia. To, jak oboje lekko przymykają oczy, jakby błądzili gdzieś myślami.

Kurator galerii podzielał jego opinię. Powiedział, że chce zorganizować wystawę. Zdjęcia bardzo mu się spodobały. To Londyn, który umiera, orzekł. Echa pokazów konnych Dublina. Tyle że lepsze. Zasugerował taką cenę za każdą z prac, że Mac szeroko otworzył oczy.

– Możliwe, że wiosną trafią na wystawę, jeśli tylko się pan zgodzi, ale te kopie są dla pana. Pomyślałem, że miło byłoby mieć na co patrzeć…

Zapadła głęboka cisza. Mac nie należał do osób, które często odczuwają niepewność, ale tym razem nawiedziły go wątpliwości. To za wiele, pomyślał. Ja po prostu przypominam mu o tym, co utracił. Pewnie się boi, że ją wykorzystuję. Za kogo ja się uważam, że wkraczam tu jak jakiś dobry pan, anektuję jego przestrzeń i decyduję za niego, na co ma całymi dniami patrzeć? Czy oklejając ściany tymi zdjęciami, migawkami ze świata, którym staruszek nie może się cieszyć, tylko wypominam mu jego paraliż?

Podszedł do ściany.

– To znaczy, jeśli to za dużo, mogę…

Starzec przywołał go gestem. Gdy Mac zatrzymał się przy łóżku, ujął jego dłoń w swoje i uścisnął ją. Miał mokre oczy.

– *Merci* – wyszeptał ochryple. – *Merci, monsieur**.

Mac z trudem przełknął ślinę.

– Drobiazg – odparł, zmuszając się do lekkiego uśmiechu. – Przyniosę więcej w przyszłym tygodniu.

Dopiero wtedy zwrócił uwagę na Sarah. Była wyjątkowo cicha tego wieczoru. Wciąż przytulała się do dziadka, dłoń zaciskała na jego ramieniu, jakby nie chciała go nigdy zostawić. Mocno zwierała powieki i przechylała głowę. Po jej policzku spływała pojedyncza łza, wyraźnie widoczna w blasku świetlówek. Stanowiła wzruszające studium cierpienia.

Była taka opanowana, taka praktyczna i skupiona na swoim koniu, że czasami Mac zapominał o tym, jaka zagubiona musi się czuć. Jak bardzo musi tęsknić za dziadkiem, z którym spędziła całe dzieciństwo. Znów poczuł się zawstydzony, wrzucił taśmę do plecaka.

---

* Dziękuję. Dziękuję panu.

– No tak – powiedział. – Sarah, spotkamy się na dole, dobrze? Za piętnaście minut?

Położył oprawioną fotografię na łóżku, po czym wyszedł z sali, wciąż mając przed oczami obraz zakłopotanego staruszka, który unosił drżącą dłoń ku włosom wnuczki wciskającej twarz w jego rękaw, by ukryć łzy.

Rozdział czternasty

Nie godzi się atoli zaraz pogardzić tym, który tych ćwiczeń nie przebędzie, jak przynależy. Wiele bowiem, nie przez brak możności, ale przez niedostatek wprawy tylko, nie sprosta im na razie.

Ksenofont, *Hippika, czyli jazda konna*

Kilka lat temu, gdy Mac i Natasha się tu przeprowadzili, okolica była opisywana jako „dobrze się zapowiadająca". Jeśli tak, myślała wtedy, jeszcze dużo jej brakuje. Ulicę charakteryzowała sfatygowana jednolitość. Trzy czwarte domów nie widziało świeżej farby od pięciu, może nawet dziesięciu lat. Na drodze pozbawionej poziomych znaków stały zapomniane samochody na cegłach zamiast kół, a poobijane hatchbacki woziły młode rodziny po sprawunki.

Wiktoriańskie fasady domów pękały i łuszczyły się, cofnięte za małe ogródki frontowe otoczone fragmentami ligustrowego żywopłotu, za którym chowały się motocykle okryte brezentem i zakurzone kosze na śmieci z opadającymi pokrywami. Często przystawała, by pogawędzić z sąsiadami – panem Tomkinsem, starszym malarzem z Indii Zachodnich, Mavis i jej kotami, rodziną ze spółdzielni, która miała ośmioro szczerbatych dzieci. Wszyscy byli przyjaźnie nastawieni, rozmawiali o pogodzie, pytali, co Mac obecnie robi w domu, czy Natasha wie o planach założenia parkingu dla mieszkańców, o buddyjskim ośrodku kultury, który przeniósł się bliżej centrum. Jeśli jakąkolwiek stołeczną ulicę łączyło poczucie wspólnoty, to właśnie tę.

Teraz pan Tomkins się wyprowadził, Mavis dawno już nie żyła, a spółdzielnia odsprzedała swoje budynki i przeniosła najemców nie wiadomo gdzie. Obecnie niemal wszystkie domy miały porcelanowobiałe fasady, pęknięcia zostały zatynkowane, a drzwi – pomalowane na gustowne odcienie barw z palety Farrow and Ball. Ganki okalały sztucznie kształtowane cisy i wawrzyny, a połowa małych ogródków zamieniła się w brukowane podjazdy lub została otoczona nieprzyjaznym żelaznym ogrodzeniem. Przed domami parkowały masywne samochody z napędem na cztery koła i błyszczące mercedesy. Zestresowani korpopracownicy wymieniali tylko krótkie powitania, biegnąc na stację lub z powrotem – rozmiary ich kredytów gwarantowały brak czasu na coś więcej.

Ulica stała się zamożna, a nieliczni wieloletni mieszkańcy zaczęli się rzucać w oczy przez swoje obłażące z farby okna i siatkowe firanki będące pozostałością innej epoki.

Natasha wiedziała, że skorzystała finansowo na tej rewitalizacji, ale w głębi duszy czuła głęboki niepokój, doświadczając tej polaryzacji swojego świata. Teraz ulica odzwierciedlała status swoich rezydentów – małe oazy ambitnej klasy średniej otoczone przez budynki bardziej ponure, mroczniejsze i groźniejsze, zamieszkane przez ludzi niemających dokąd uciec.

Te dwa światy nigdy się nie stykały, chyba że powodem było przestępstwo (najnowszy skradziony samochód, włamanie albo torebka wyrwana w minimarkecie), usługi (każdy miał tu sprzątaczkę albo nianię, rzecz jasna) lub sprawy formalne (Natasha reprezentująca dwunastolatka, którego rodzice alkoholicy wyrzucili z domu).

Myślała o tym teraz, jadąc do Sandown i mijając po drodze spalone samochody i mrugające latarnie. Sarah siedziała w milczeniu obok niej, w dłoni ściskała klucze. Nie odezwała się ani słowem, odkąd opuściły oddział, a Natasha, wciąż zszokowana tym, co zobaczyła, nie próbowała jej do tego zmuszać. Nic nie mogło wyraźniej potwierdzić ciężaru, brawury ich decyzji niż widok staruszka o szczupłej szyi podpieranej przez poduszki i twarzy lekko obwisłej po jednej stronie.

– Jest lepiej – oświadczyła pielęgniarka wesoło. – Przeszliśmy długą drogę, prawda, Henry?

– Henri – warknęła Sarah. – Tak wymawia się jego imię. On jest Francuzem.

Pielęgniarka uniosła znacząco brew do Natashy, po czym wyszła z pokoju.

– Jak... jak długo on tu zostanie, pani zdaniem? – Natasha pobiegła za nią, gdy Sarah witała się z dziadkiem.

Pielęgniarka spojrzała na nią jak na osobę nieco opóźnioną w rozwoju.

– On miał wylew – wyjaśniła. – Nie sposób odpowiedzieć na to pytanie.

– Ale przecież musicie coś zakładać. Dni? Tygodnie? Miesiące? My... opiekujemy się jego wnuczką, więc dobrze byłoby mieć jakieś pojęcie.

Pielęgniarka obejrzała się za siebie. Sarah poprawiała pościel dziadka i rozmawiała z nim, a on przyglądał się jej uważnie.

– Naprawdę powinna pani porozmawiać z lekarzem prowadzącym, ale już mogę pani powiedzieć, że na pewno nie dni – odparła. – Na tygodnie też nie postawiłabym dużych pieniędzy. To był bardzo rozległy wylew, pacjent nadal wymaga długiej rehabilitacji.

– Czy to coś... co mogłaby przejąć młoda osoba? Opiekę nad nim?

Pielęgniarka zrobiła dziwną minę.

– Osoba w jej wieku? Nie. To nie byłby dobry pomysł. To za duża odpowiedzialność dla takiego dziecka. Obecnie pan Lachapelle wciąż cierpi na hemiparezę, czyli częściowe porażenie mięśni jednej strony. Potrzebuje pomocy w myciu się, korzystaniu z toalety. Pojawiły się problemy z odleżynami, nie odzyskał też jeszcze w pełni mowy. Dwa razy dziennie ma fizjoterapię. Na szczęście może sam jeść.

– Zostanie tutaj?

– Oferujemy opiekę długoterminową. Moim zdaniem nie należy go umieszczać w domu opieki, stan jego zdrowia jeszcze się poprawia. – Spojrzała na zegarek. – Przepraszam, muszę iść. Ale on robi postępy. Moim zdaniem te zdjęcia pomogły, co ciekawe. Dały mu coś, na czym mógł się skupić. Wszystkim nam się bardzo podobają.

Natasha zajrzała do małej sali, na której ścianach wisiały prace Maca. Znów ten drugi Mac, czarujący pielęgniarki, pomagający chorym, nawet pod swoją nieobecność.

Wjechały w rozległe osiedle i zatrzymały się na parkingu Helmsley House. Zaczęło padać, a młodzi ludzie, których Natasha widziała po raz pierwszy, gdy poznała Sarah, chronili się pod kapturami i bawili się zapałkami. Przyglądali się jej, jak wysiadała z poobijanego volva, ale ich uwagę odwrócił czyjś telefon.

– Co chciałaś zabrać? – Weszła za dziewczynką po wilgotnych schodach. Deszcz szumiał wokół nich, wylewał się z połamanej rynny i wpadał w studzienki zatkane opakowaniami po chipsach i gumie do żucia.

– Tylko parę książek – odparła Sarah, po czym dodała coś, czego Natasha nie usłyszała.

Przeszły korytarzem, otworzyły drzwi i od razu je za sobą zamknęły, a Natasha poczuła ulgę na widok solidnej ochrony żelaznej sztaby, którą Mac zainstalował w futrynie. W mieszkaniu było zimno. Sarah odwiedziła je kilka tygodni temu z Ruth z opieki społecznej i wtedy wyłączyły ogrzewanie, a także zabrały większość jej rzeczy. Teraz zniknęła w sypialni, a Natasha została w salonie. W pokoju panował porządek, ale unosiła się w nim lodowata atmosfera zaniedbania charakterystyczna dla pustego od dawna domu. Wszystkie fotografie zniknęły, przeniesione albo do pokoju Sarah w ich domu, albo na oddział szpitalny, i ściany wyglądały teraz pusto i obco.

Usłyszała odgłosy otwieranych i zamykanych szuflad oraz suwaka torby podręcznej. Sarah nie wróci do tego mieszkania, tego była pewna. Nawet jeśli staruszek wydobrzeje, nie zdoła codziennie pokonywać tych schodów. Ta myśl ją przytłoczyła. Czy dziewczynka zdaje sobie z tego sprawę? Jest inteligentna. Jak myśli, co się z nią stanie?

Na ścianie w korytarzu zauważyła zapomniane zdjęcie – przedstawiało Sarah w wieku trzech lub czterech lat w objęciach siwowłosej kobiety o bardzo podobnym uśmiechu. Wyglądała jak każde inne dziecko: bezpieczna, pewna w uścisku rodziny, o jasnych oczach nieskażonych lękiem i niepewnością. Za kilka lat będzie musiała zdać się na łaskę obcych ludzi.

Natasha ukryła twarz w dłoniach. To była największa wada rodzicielstwa – to bezkresne, przytłaczające poczucie odpowiedzialności za szczęście kogoś innego.

– Wiesz co, chodźmy coś zjeść – zaproponowała, gdy wsiadły do samochodu, strzepując krople deszczu z rękawów. – Masz ochotę na pizzę?

Sarah zerknęła na nią z ukosa, a Natasha uświadomiła sobie ze wstydem, że to swobodne zaproszenie ją zaskoczyło. Ostatnio jeszcze bardziej zamknęła się w sobie. Dwa razy zapytała, czy może zjeść sama w swoim pokoju, i rzadko się odzywała, nawet do Maca, który jeszcze do niedawna potrafił ją rozśmieszyć.

Natasha przypomniała sobie słowa siostry. Miała obowiązek coś zrobić, przynajmniej spróbować.

– No, zgódź się. Nie mam ochoty gotować, a to był długi wieczór. Znam miłe miejsce blisko centrum. – Próbowała nadać swojemu głosowi wesoły, zrelaksowany ton. Boże, byłoby miło, gdyby Sarah zdołała okazać entuzjazm, a może nawet radość. Jak często miała szansę jadać pizzę w swoim poprzednim życiu, na miłość boską? – Mają tam naprawdę dobrą pizzę – dodała.

Sarah przycisnęła torbę do piersi.

– Okej – zgodziła się.

Restauracja była w połowie pusta, dostały stolik koło okna. Natasha zamówiła pieczywo czosnkowe i dwie cole, podczas gdy Sarah obserwowała ruchliwą, pogrążoną w mroku ulicę. Jej torba spoczywała pod krzesłem. Wybrała z menu pizzę z szynką i ananasem, po czym ledwie ją tknęła. Skubała swoje kawałki tak powoli, że Natasha zaczęła się zastanawiać, czy dziewczynka nie ma zaburzeń odżywiania.

– No to – powiedziała, gdy cisza pomiędzy nimi stała się krępująca – zawsze interesowałaś się końmi?

Sarah pokiwała głową, przesuwając kawałek mozzarelli po swoim talerzu.

– Dzięki dziadkowi?

– Tak.

Uniosła brwi odrobinę, dając Natashy znać, jakie to głupie pytanie jej zdaniem.

– Z której części Francji pochodzi?

– Urodził się w Tulonie, a potem mieszkał w Saumur. W akademii.

Natasha nie ustępowała.

– A skąd wziął się tutaj?

– Zakochał się w mojej babci. Ona była Angielką. To dlatego przestał jeździć.

– Wow. – Natasha wyobraziła sobie francuską wieś i potem przeprowadzkę w miejsce takie jak Sandown. – A czym się zajmował tutaj?

– Pracował na kolei.

– Musiało mu być bardzo ciężko. Zostawić konie. Francję. Całe swoje życie.

– Kochał ją.

W uszach Natashy zabrzmiało to niemal jak nagana. Czy życie naprawdę jest takie proste? Gdy kogoś kochasz tak bardzo, czy naprawdę twoje środowisko musi się stać nieistotne, czy twoje poświęcenia muszą zniknąć w przeszłości? Konie musiały być pasją staruszka, pasją, która nie wygasła nawet na tym dobrowolnym wygnaniu. Jak więc pogodził się z tym, co utracił?

Przywołała w pamięci zdjęcie babki Sarah, kobiety kochanej do tego stopnia. Z jej twarzy biło zadowolenie, mimo iż utraciła matkę

Sarah. Natasha przypomniała sobie małostkowe sprzeczki, nieustępliwą kumulację toksycznej niechęci, która doprowadziła do zakończenia jej małżeństwa. Czy jej pokolenie było po prostu niezdolne do utrzymania miłości na taką skalę?

– Jak poznałaś Maca?

Znieruchomiała z widelcem przy ustach. Odłożyła go na talerz.

– W samolocie.

– Od razu go polubiłaś?

Zastanawiała się przez chwilę.

– Tak. On... Jego trudno nie lubić.

Sarah chyba się z tym zgadzała.

Ciebie też oczarował, pomyślała Natasha zazdrośnie.

– Ty zostawiłaś jego czy on ciebie?

Upiła łyk coli.

– Cóż, to nie takie proste...

– Czyli on zostawił ciebie.

– Jeśli pytasz o to, kto opuścił dom, to tak, on. Ale na tamtym etapie oboje zgodzilibyśmy się, że musimy od siebie odpocząć.

– Chcecie do siebie wrócić?

Poczuła rumieniec na policzkach.

– Nie ma już takiej opcji. Dlaczego pytasz?

Sarah urwała kawałek skórki od pizzy i włożyła go sobie do ust. Przeżuła go, przełknęła, po czym powiedziała:

– Nana wyznała mi kiedyś, że ma nadzieję, iż papa umrze pierwszy. Nie dlatego, że go nie kochała, ale dlatego, że martwiła się, jak sobie bez niej poradzi. Uznała, że ona poradziłaby sobie lepiej niż on.

– Ale jakoś sobie radziliście.

– On nie jest taki szczęśliwy jak wtedy, gdy żyła. Nana zawsze umiała go rozśmieszyć. – Zastanawiała się przez chwilę. – Ja nie umiem go rozśmieszyć. Zwłaszcza tam. Nienawidzi tego miejsca.

– Szpitala?

Pokiwała głową.

– Musi mu być ciężko – oświadczyła z wahaniem Natasha.

– Lepiej by było, gdyby umarł.

Sztućce znieruchomiały w jej dłoniach. Słowa Sarah zawierały pewnie cień prawdy, niezależnie od swojej obcesowości. Dla człowieka, który całe życie spędził na świeżym powietrzu, aktywnie, uwięzienie w takiej egzystencji – gdy karmiono go i przebierano jak dziecko – musiało być nie do zniesienia.

Starała się panować nad głosem.

– Wydobrzeje – zapewniła dziewczynkę miękko. – Pielęgniarka powiedziała, że robi postępy.

Może Sarah jej nie usłyszała, a może uważała, że to nieprawda, w każdym razie odłożyła sztućce na talerz, dając znać, że skończyła, mimo iż pizza na jej talerzu dowodziła czegoś przeciwnego.

– Myślisz, że wróci do domu na Boże Narodzenie? – zapytała.

Natasha sięgnęła po serwetkę, próbując grać na czas, ale nawet jej krótkie zawahanie miało swój wydźwięk.

– Nie potrafię powiedzieć. Nie znam się na tym.

Sarah przygryzła wargę, utkwiwszy wzrok w szybie.

– Przykro mi, Sarah. – Była taka blada. Chyba schudła. Natasha zaczęła się zastanawiać, czy wyciągnąć do niej rękę. – Wiem, że jest ci bardzo ciężko.

– Potrzebuję pieniędzy.

– Słucham?

– Muszę kupić papie trochę rzeczy. Prezenty gwiazdkowe. Nową piżamę i takie tam – oświadczyła Sarah rzeczowo.

Zbita z tropu tą nagłą zmianą tematu Natasha podniosła kolejny kawałek pizzy do ust i zaczęła przeżuwać.

– Czego potrzebuje? – zapytała, gdy przełknęła. – Mogę wpaść jutro do sklepu po drodze do pracy, jeśli chcesz.

– Ja mogę to zrobić, jeśli dasz mi pieniądze.

– Nie będziesz miała czasu, Sarah. Cały swój czas poświęcasz Boo i szkole.

– Mogę wyjść w porze lunchu.

– To bez sensu. Nie wolno ci opuszczać wtedy terenu szkoły. A nie wiem, kiedy indziej mogłabyś to załatwić.

– To dlatego, że wzięłam drobne z twojego słoika, prawda?

– Nie, po prostu nie chcę, żebyś znów opuściła...

– Przepraszam, dobra? Przepraszam za tamto. To było wtedy, gdy nie mogłam powiedzieć wam o Boo. Zwrócę te pieniądze.

– To nie będzie konieczne.

– No to pozwól mi kupić trochę rzeczy dla papy. To ja muszę je wybrać – nalegała. – Wiem, co lubi. – Jej głos zagłuszył restauracyjne hałasy. – Ciągle podkradają mu przybory toaletowe i ubrania, a ja nie mogę nic mu sama kupić, bo opieka społeczna zabrała jego książeczki oszczędnościowe. Nie prosiłabym o to, gdybym nie musiała.

Natasha otarła usta serwetką.

– W takim razie jedźmy razem w sobotę rano. Kupimy wszystko, co będziesz chciała, a potem podrzucę cię do stajni.

Oczy Sarah zdradzały, co sądzi o tym pomyśle.

Dlaczego chciała jechać sama?, zastanawiała się Natasha. Czy dlatego, że nie chciała kupić piżamy, lecz potrzebowała pieniędzy na coś innego? A może po prostu kolejne wyjście z Natashą ją przerastało? Poczuła się wyczerpana. Sarah wpatrywała się w szybę równie obca i niedostępna jak pierwszego dnia.

– Chcesz coś jeszcze? Może lody?

Pokręciła głową. Nawet na nią nie spojrzała.

– W takim razie zapłacę – mruknęła Natasha ze zmęczeniem – a potem wracamy do domu. Nie uprzedziłam Maca, że się gdzieś zatrzymamy.

Nie ufała jej. Sarah przeklinała się w duchu za to, że wzięła pieniądze ze słoika z drobnymi. Gdyby nie ruszyła go wtedy, mogłaby zrobić to teraz, kiedy naprawdę tego potrzebowała.

Postawiła stopę na torbie, sprawdzając, czy to, czego szuka, wciąż leży pod stołkiem. Opieka społeczna przejęła emeryturę dziadka i jego oszczędności, żeby opłacać z tego czynsz, ale o jego obligacjach nie wiedzieli. Gdyby mogła je spieniężyć i unikać Sala jeszcze przez jakiś czas, może w końcu udałoby się jej go spłacić. Znów stanął jej przed oczami, poczuła jego dłoń na piersi, usłyszała jego słowa i aż się wzdrygnęła.

Potrzebowała tych pieniędzy. Pomyślała o innych rzeczach, które wzięła z domu: o szklanej ozdobie, ostrożnie zawiniętej w sweter z myślą, że sprzeda ją w komisie. O płytach, które mógł kupić ktoś w szkole. Coś. Cokolwiek.

– Mój Boże – powiedziała Natasha. – Już piętnaście po dziesiątej. Nie miałam pojęcia, że zrobiło się tak późno. – Wyjęła portfel, by zapłacić rachunek. Wsunęła kartę do czytnika i wdała się w pogawędkę z kelnerem, wbijając kod.

2340.

Łatwo zapamiętać.

Sarah zamknęła oczy, krzywiąc się w duchu na to, co powiedziałby papa, gdyby się dowiedział, co jej chodzi po głowie. „Nic nie usprawiedliwia kradzieży", mawiał, gdy któregoś z chłopców z parkingu zabierał radiowóz po raz czwarty w tym tygodniu. Jak coś ukradniesz, niczego nie zyskasz. Wręcz stracisz, dokonując takiego czynu. Papa nie wierzył nawet w kredyty. Nigdy nie posiadał niczego, za co nie mógłby zapłacić.

Gdy jednak szła do samochodu, podążając za głośnym stukotem szpilek Natashy na mokrym chodniku, te cztery cyfry obijały się po jej głowie rytmicznie, odciskając się w mrocznym zakątku jej umysłu.

Obiecał, że odwiezie ją do domu, a teraz poprosił, by zaczekała dwie minuty na schodach, aż weźmie kluczyki. Zauważył, że w pokoju Sarah pali się światło. Samochodu Natashy nie było. Uprzedziła go, że może dzisiaj pracować do późna, ale zdziwiło go to, że zostawiła dziewczynkę tak długo samą. Gdy stanął na stopniu i sięgnął po klucz, Maria nagle znalazła się za nim. Przytuliła się do jego pleców, obejmując go swoimi długimi, zwinnymi kończynami.

– Wejdźmy do środka.

– Nie.

– Jesteś mi to winien. To był najgorszy film, jaki w życiu widziałam. Jesteś mi winien półtorej godziny życia.

– Dobra. Ale nie tutaj.

Komicznie zmarszczyła czoło.

– Ale ja za tobą tęsknię. To już ponad tydzień! Pokażę ci moje białe ślady – zaproponowała, odsuwając pasek dżinsów o niskim stanie i pokazując opalony brzuch. – Są bardzo, bardzo niewielkie – dodała chrapliwie. – Będziesz musiał ich sam poszukać.

Maria była piękna, nieskomplikowana i pragnęła go. Podejrzewał, że go nie kocha ani nawet nie potrzebuje, ale nic nie mógł na to poradzić, że właśnie dlatego ją lubi. Potrzebował tej pewności, chciał wierzyć, że cokolwiek by zrobił, nie zdołałby jej zranić.

– Kochanie, nie mogę – zaprotestował.

– Przyprowadzasz mnie tu w weekendy. Dlaczego nie teraz?

Zerknął na ulicę.

– Bo moja eks niedługo wróci, a to byłoby nie w porządku.

Odsunęła się od niego.

– To wobec mnie nie jesteś w porządku. Grrr! Dlaczego pozwalasz, by ta żałosna kobieta rządziła twoim życiem. Mówiłeś, że ma chłopaka, tak?

– Tak.

– Uprawia z nim seks?

– Nie wiem – wymamrotał skrępowany. – Chyba tak.

– Oczywiście, że tak. – Położyła dłoń na jego piersi. – Mnóstwo seksu z tym okropnym staruchem. Dwoje okropnych, nudnych ludzi razem. No to skąd wiesz, że nie jest teraz u niego?

Próbował sobie przypomnieć, co mówiła mu rano Natasha, czy wychodzi tego wieczoru. Ale w radiu podawali wyniki krykieta i nie zwrócił na nią uwagi.

– Nie wiem.

Uśmiechnęła się.

– Pewnie uprawia z nim okropny seks. Odrażający seks nudnych ludzi. I śmieje się na myśl o byłym mężu, który boi się uprawiać seks ze swoją piękną dziewczyną we własnym domu, bo to mogłoby ją zdenerwować. – Uśmiechnęła się do niego słodko, rozkoszując się jego skrępowaniem.

– Jesteś bardzo złą kobietą.

– Och, mogę być o wiele gorsza.

– W to nie wątpię.

– No to chodź. Przemycisz mnie do swojego pokoju. Jeden szybki numerek, a potem sobie pójdę. Jakbyśmy znów byli nastolatkami. Cóż, jakbyś ty był nastolatkiem. Dla mnie to nie tak dawno. – Otoczyła jego ramionami swoją talię, a dłonie wsunęła do tylnych kieszeni jego dżinsów, przyciągając go do siebie.

Spojrzał na zegarek. Nie potrafił zagwarantować, że Sarah będzie spała.

– Wiesz co, chodźmy do ciebie.

– W moim mieszkaniu nocują moi dwaj kuzyni. I mój wujek Luca. Jest jak Piccadilly Cuircus. Z bigosem.

– Bigosem?

– To... duszona kapusta.

– Cóż, to podniecające.

– Mac... – Zniżyła głos do chrapliwego szeptu. – Mac... Lubię twój dom. – Wplotła palce w jego włosy. – Lubię twój pokój. Lubię twoje łóżko...

Próbował być stanowczy.

– Ja mógłbym polubić bigos.

Zmrużyła powieki i uśmiechnęła się tym swoim kocim uśmiechem.

– Wiesz, co oznacza to słowo? W tłumaczeniu?

– Nie wziąłem swoich rozmówek angielsko-polskich.

– Kłopoty – wyszeptała, muskając wargami jego ucho. – To słowo oznacza kłopoty.

Sarah pewnie już śpi. A nawet jeśli nie, to co w tym złego? I tak wieczory spędza głównie w swoim pokoju.

Pozwolili jej wstawić do niego mały telewizor, bo nie chciała oglądać tego, co oni. A może po prostu nie chciała z nimi przebywać.

Maria odsunęła się trochę. Opuściła wzrok, po czym znów go podniosła.

– Nie możesz powiedzieć, że za mną nie tęskniłeś – zauważyła.

Natasha pewnie jest w domu Conora, przekonywał sam siebie, wciągając chichoczącą Marię do środka. A Maria to kobieta, która szybko się nudzi. Do głowy przyszło mu stare powiedzenie, gdy uciszał głos ostrzegający go, że źle robi. Stare powiedzenie o darowanych koniach i ich zębach.

– Światła się palą. Mac pewnie już wrócił – powiedziała Natasha, jakby nic innego nie przychodziło jej do głowy.

Sarah zauważyła, że jej usta tworzą cienką kreskę. Wyjęła kluczyk ze stacyjki i sięgnęła po torebkę, którą włożyła za siedzenie, unosząc delikatny zapach drogich perfum.

– Pomóc ci z tą torbą?

Jakby rozmawiała z dzieckiem.

– Nie – odparła Sarah. – Dziękuję. – Nie potrafiła się rozstać z tą torbą. Tego wieczoru chwilami miała wrażenie, że to jedyna rzecz, która trzyma ją przy życiu.

– Jutro musisz jechać autobusem – kontynuowała Natasha, zamykając za nimi samochód. – Mac napisał mi esemesa, że ma zlecenie z samego rana, a ja muszę być na spotkaniu. Poradzisz sobie?

– Tak.

– Dopilnujemy też, by twój dziadek dostał ładne, nowe rzeczy. Z radością za nie zapłacę, Sarah. – Otworzyła drzwi wejściowe i odwróciła się do niej twarzą, gdy je zamykała.

Miała pełną współczucia minę, tak samo pewnie patrzyła na swoich klientów. W domu było ciepło, więc Sarah zdjęła kurtkę.

– To nie jest kwestia zaufania, Sarah. Naprawdę. Gdybym ci nie ufała, nie zaprosiłabym cię do swojego domu. Po prostu moim zdaniem byłoby lepiej, gdybyśmy zrobiły zakupy razem w sobotę po południu. Rano uporam się z pracą i przyjadę po ciebie do stajni. Pojedziemy, dokąd zechcesz. Możemy jechać taksówką do Sefridges, jeśli tak postanowisz. Co myślisz?

Sarah wzruszyła ramionami. Nie musiała patrzeć na Natashę, by wiedzieć, że ta jest rozdrażniona.

– Wiesz co, już późno. Lepiej idź na górę, a do tej rozmowy wrócimy rano.

Odwróciły się równocześnie, gdy usłyszały hałas w kuchni. Natasha zdjęła szalik i podeszła do drzwi.

– Mac? Właśnie mówiłam Sarah, że...

Znieruchomiała, gdy na korytarz wyszła wysoka blondynka ubrana jedynie w męski podkoszulek. Niosła dwa kieliszki wina. Miała włosy jak z reklamy szamponu – niewiarygodnie gęste i błyszczące, a także długie do szyi lekko opalone nogi. Paznokcie jej stóp wyglądały jak małe różowe muszelki.

– Ty musisz być Natasha. – Uśmiechnęła się, chwyciła kieliszki niezdarnie jedną ręką, a drugą wyciągnęła. – Ja jestem Maria.

Jej uśmiech był szeroki, ale nie przyjacielski. Miał w sobie pogardliwą nutę. Sarah stała za Natashą zafascynowana, gdy ręka tej drugiej zawisła w powietrzu.

Natasha nie potrafiła wydusić nawet słowa.

– Mac tyle mi o tobie opowiadał – kontynuowała wysoka kobieta, cofając dłoń bez wyraźnej urazy. – Miałam zrobić herbatę, ale nie masz mleka sojowego, prawda? Mleko krowie źle wpływa na cerę. – Wbiła wzrok w twarz Natashy. – Przepraszam. Muszę wracać na górę. Ktoś czeka... – Uśmiechnęła się i przecisnęła się obok Natashy. Jej pozbawione stanika piersi prężyły się pod podkoszulkiem. Pozostawiła za sobą smugę słabego piżmowego zapachu.

Natasha się nie poruszyła.

Sarah obserwowała tę scenę z otwartą buzią. Natasha zbladła jak ściana, a jej knykcie pobielały na rączce aktówki. Wyglądała tak, jak czuła się Sarah, gdy próbowała się nie rozpłakać.

Po kilku sekundach Sarah podeszła do niej z wahaniem.

– Zrobić ci herbaty? – Ktoś musiał coś zrobić. Strasznie było patrzeć na kogoś, kto musi przechodzić coś takiego. – Ja lubię normalne mleko – dodała słabo.

Natasha wydawała się całkiem nieobecna. Podniosła wzrok, oczy miała ogromne, i zmusiła się do uśmiechu.

– To... bardzo miłe, ale dziękuję, Sarah. – Ewidentnie nie wiedziała, co ze sobą zrobić.

Sarah przyciskała swoją torbę do piersi. Miała ochotę schować się w swoim pokoju, ale gdyby weszła na górę, mogłoby to wyglądać tak, jakby stawała po jego stronie, a sama nie była pewna, jaki ma stosunek do tego, co się właśnie wydarzyło.

– Wiesz co... – Natasha przycisnęła dłoń do policzka. Na jej twarz wróciły kolory, teraz była różowa. – Wiesz co... Ja chyba...

Usłyszały skrzypienie drzwi i wybuch śmiechu. Zaraz potem Mac zbiegł na dół, trzymając ręce na poręczy. Miał na sobie dżinsy, ale od pasa w górę był nagi.

– Tash. – Zatrzymał się w połowie schodów. – Przepraszam. Myślałem, że jesteś... Myślałem, że Sarah jest...

Natasha spojrzała na niego. Nagle wydała się Sarah bardzo zmęczona.

– Nieźle, Mac – powiedziała słabo. Stała tak jeszcze chwilę, kiwając głową, jakby potakiwała samej sobie, po czym okręciła się na pięcie i wyszła, z impetem zamykając za sobą drzwi.

Rozdział piętnasty

Cokolwiek bowiem koń z przymusu czyni (...), tego ani nie pojmuje, ani należycie nie wykonywa (...). Daleko więcej niezgrabnych niż nadobnych ruchów przedstawiać będzie w ten sposób uczony dotkliwie, tak samo koń jak człowiek.

Ksenofont, *Hippika, czyli jazda konna*

Sarah leżała w łóżku, kolana przycisnęła do piersi i otoczyła je ramionami. Kołdra z gęsiego puchu lekko osłaniała jej zwiniętą postać, tworząc miękkie gniazdo, kokon, którego nie miała ochoty opuszczać. Pościel z egipskiej bawełny wciąż rozkosznie pachniała mgiełką z lawendy i rozmarynu, której używała sprzątaczka do prasowania. Zasłony z ciężkiego szarego jedwabiu i woalu wpuszczały do środka łagodne światło, gwarantując, że śpiący nie wybudzi się zbyt gwałtownie. Gdy jednak w pokoju z zabytkową komodą, ogromnym lustrem i kryształowym żyrandolem robiło się coraz jaśniej, ona czuła, że pogrąża się w mroku.

Wpatrywała się w ścianę, koncentrując się na oddychaniu. Nawet jeśli o tym nie myślisz, twój oddech wpływa do twoich płuc i z nich wypływa. Niezależnie od tego, co robisz – biegasz, jeździsz konno czy śpisz – on po prostu wpływa i wypływa, odwala swoją robotę, utrzymując cię przy życiu. Gdy tylko zaczynasz za dużo o nim myśleć, powietrze staje się pasywne. Czeka, byś pozwolił mu napełnić swoje płuca. Waha się, gdy nawiedzają cię złe myśli, gdy czujesz, że twój żołądek zaciska się ze strachu.

Nie mogła go dłużej unikać. W piątek zawsze był w stajni. Będzie w niej przez cały weekend. Nie pozwoli się zbyć tym, co dotąd uzbierała. Zamknęła oczy, zmuszając się, by nie myśleć, nabierając powietrza i wypuszczając je.

Papa pewnie już nie śpi, zawsze był rannym ptaszkiem. Czy on również wpatruje się w ścianę? Czeka, aż światło dnia ukaże mu obrazy konia i wnuczki, którą kocha? Czy wyobraża sobie siebie na koniach, które utracił, pogrążonego w cichej koncentracji, gdy razem tańczyli na ogromnej arenie? A może otumaniony lekami ślini się przez sen, a pielęgniarka energicznie wyciera go gąbką, rozmawiając z nim, jakby był nie tylko za stary, by zrozumieć, ale też za głupi? Przycisnęła kolana mocniej do siebie, gdy wstrząsnął nią dreszcz.

Poprzedniego wieczoru papa ściskał jej dłoń drżącymi palcami. Jego skóra była jak papier, jego dawny zapach zastąpiło coś ostrego i antyseptycznego. Nie był już sobą. Za każdym razem, gdy go widziała, niezależnie od tego, co mówili lekarze na temat jego postępów, czuła, jak się od niej oddala, coraz bardziej rozpacza, jakby fragmenty, które czyniły z niego papę, Kapitana, ukochanego męża nany, uciekały z niego z każdym oddechem. Czasami miała wrażenie, że dokładnie wie, jakie to uczucie.

Trzy kilometry dalej Natashę obudził sąsiad, który nalewał sobie wody do wanny. Przez chwilę głowiła się sennie nad egoizmem ludzi, którzy uważają, że to w porządku nastawiać telewizor na cały regulator piętnaście po szóstej rano. Dlaczego ktoś musi słuchać telewizora, gdy bierze kąpiel? Nie może po prostu posiedzieć sobie w ciszy?

Wiadomości. Wpół do siódmej. Przez cienką jak papier ścianę usłyszała nawet podawaną godzinę. Podniosła się, czując pierwsze ostrzegawcze ukłucia potężnego bólu głowy, i przez chwilę zastanawiała się, gdzie się znajduje, dręczona przeczuciem, że jakieś zapomniane wydarzenie może się stać większym problemem. Nad jej głową zawisły ciemne chmury. Zauważyła obcą pościel. Torebkę przewieszoną przez oparcie krzesła. Wzorzysty beżowy dywan. Niemal pustą butelkę czerwonego wina.

Wspomnienia minionej nocy napłynęły, gdy położyła głowę na hotelowej poduszce i zamknęła oczy. Sposób, w jaki ta kobieta na nią spojrzała – jakby w ogóle się nie liczyła. Śmiech w jej oczach, który oznaczał ujawnione tajemnice, wyszydzoną przeszłość. Jak mógł to zrobić? Otarła oczy. Z drugiej strony, czemu nie? Cóż to było takiego, jeśli nie ostateczna separacja? Czego się spodziewała? Tak wiele obrazów: Mac, gdy jeszcze byli razem, otoczony kobietami, które postrzegały ją jak coś mniej ważnego niż przeszkoda. Jego wygląd: mężczyzny, za którym kobiety się oglądają, o jeden stopień wyżej niż ona na drabinie ludzkiej atrakcyjności, o czym te kobiety wiedziały. Dawały jej do zrozumienia, że wiedzą. Z początku nie uważała tego za istotne, gdy emanował pełnią swojego uroku tylko dla niej, gdy czuła się kochana, potrzebna, pożądana. Mówiła mu w żartach na przyjęciach, by „sobie trochę poflirtował", i czekała, aż ich oczy się spotkają, a on powie jej, że one są niczym w porównaniu z nią.

Z każdym poronieniem jej poczucie własnej kobiecości słabło. W milczeniu oceniała płodność innych kobiet i porównywała je ze sobą na własną niekorzyść. W jej oczach wszystkie wyglądały płodnie, dojrzale. Młodo. Sama czuła się coraz starsza, wyschnięta w środku. A on je czarował, może już planował nowy związek z młodszą, piękniejszą partnerką. Z taką, która da mu dzieci. Jak mogła oczekiwać, że z nią zostanie? Wpadał w złość, gdy mu to mówiła. Pod koniec łatwiej było nic nie mówić. Conor był pierwszym mężczyzną, który pozwolił jej poczuć, że to Mac był szczęściarzem.

Mac nie należał do niej. Bardzo możliwe, że nie należał do niej nigdy. Zapomniała o tym na chwilę, gdy zamieszkali razem, przez tę sztuczną bliskość wymuszoną okolicznościami.

Z trudem podniosła się z łóżka, weszła do łazienki i odkręciła kurki. Wróciła do sypialni i włączyła telewizor. Bardzo głośno.

Sarah poruszała się tak cicho, że zawstydziłaby tym indiańskiego tropiciela. Nieraz pojawiała się niezapowiedziana za jego plecami na schodach albo w kuchni. Jakby postanowiła w ogóle się nie narzucać, mieszkając w tym domu, nie zajmować miejsca i nie hałasować. W normalnych okolicznościach nie obudziłoby go skrzypienie schodów pod stopami schodzącej na dół nastolatki. Ale nie spał już od wielu godzin.

Poprzedniego wieczoru Maria wyszła tuż przed jedenastą, dobre pół godziny po odjeździe Natashy. Nie było sensu jechać za nią – nie miał pojęcia, dokąd pojedzie ani co mógłby jej powiedzieć, gdyby ją znalazł.

Maria prychnęła z pogardą, gdy wrócił na górę, usiadł ciężko na łóżku i podziękował za wino, które mu podała.

– Wkurzyła się o to wino? Kupię jej nową butelkę. To tylko wino z supermarketu. – Upiła łyk. – W Polsce taka niegościnność jest bardzo niegrzeczna.

Wiedział, że Maria rozumie, iż nie chodzi o wino, i w tej chwili poczuł do niej ogromną antypatię. Było to celowe okrucieństwo, które sprawiło jej wyraźną radość.

– Chyba powinnaś już iść – oświadczył.

– Czemu tak się przejmujesz? – zawołała, wkładając dżinsy i ostentacyjnie kręcąc przy tym pupą. – Od roku jej nie widziałeś. Rozwodzisz się za parę tygodni. Sam mi to mówiłeś.

Nie potrafił jej odpowiedzieć. Ponieważ nie chciał zranić uczuć Natashy? Ponieważ, gdy się tu wprowadził, naszła go głupia, optymistyczna myśl, że pozostaną przyjaciółmi? Że gdy już uporają się z bałaganem i traumą rozwodu, ta zabawna, sarkastyczna, błyskotliwa kobieta pozostanie częścią jego życia? A może wiedział, że wyraz jej twarzy, bladej z szoku i urazy, że wyrzut czający się za furią w jej oczach nie pozwolą mu zasnąć aż do świtu?

Wstał, ochlapał twarz zimną wodą, włożył dżinsy i boso zszedł na dół. Sarah była w kuchni, miała na sobie wyprasowany szkolny mundurek, robiła kanapki.

– Przepraszam – mruknął sennie. – Powinienem zrobić ci lunch. – Potarł zarost na podbródku, zastanawiając się, czy ma czas się ogolić.

– Zwykle robi go Natasha – odparła Sarah.

– Wiem. Chyba nie przyszło mi to wczoraj do głowy. Jedziesz do stajni? – Zerknął na zegarek. – Chyba zdążysz.

– Poradzę sobie.

– Podwiózłbym cię, ale mam…

– Nie musisz mnie podwozić – przerwała mu.

– Chcesz jabłko dla Boo? – Sięgnął do miski z owocami i rzucił jej jedno, spodziewając się, że je złapie. To stało się ich zwyczajem. Ale ona odsunęła się i jabłko spadło na podłogę.

Podniósł je i wbił wzrok w sztywne, szczupłe plecy i wysoko uniesioną głowę.

– Jesteś na mnie zła?

– To nie moja sprawa – odparła, pakując kanapki do plecaka.

Sięgnął po czajnik i napełnił go wodą.

– Przykro mi z powodu tego, co się wczoraj stało.

– To nie mnie powinieneś przepraszać. – Włożyła kurtkę.

– Nie wiedziałem, że wróci.

– To wciąż jej dom.

– Nasz dom.

– Nieważne. – Wzruszyła ramionami. – Jak już mówiłam, to nie moja sprawa.

Zaparzył sobie kawę, zdumiony tym, jak źle może się poczuć dorosły mężczyzna przez czternastolatkę. Wiedział, że Natasha będzie zła. Ale tego się nie spodziewał.

– Dasz mi trochę pieniędzy? – Stanęła za nim gotowa do wyjścia.

– Jasne – odparł, ciesząc się, że może zrobić coś, cokolwiek, co nieco załagodzi tę pełną potępienia atmosferę. – Ile potrzebujesz? – Sięgnął do kieszeni.

– Pięćdziesiąt? – zaryzykowała.

Wysypał monety na rękę.

– Masz – powiedział, podając jej srebrny krążek.

– Pięćdziesiąt pensów?

– Chciałaś pięćdziesiąt funtów? Bardzo śmieszne. Słuchaj, mam dzisiaj rano robotę. Wyjmę jakieś pieniądze z bankomatu po południu. Masz dychę. Zaszalej. Idź na burgera ze znajomymi po szkole.

Nie wydawała się tak zadowolona, jak się spodziewał. Ale przynajmniej nie będzie musiał się troszczyć o kolację dziś wieczorem, jeśli Sarah zje na mieście.

Musiał porozmawiać z Natashą. Tyle że wciąż nie wiedział, co jej, do cholery, powie.

Każde streszczenie sprawy, które otrzymuje prawnik – poza tymi tyczącymi się spraw państwowych – jest przewiązane różową wstążką. Ten anachronizm to nie tylko kwestia porządku, nie jest to też jakaś tajemna metoda archiwizowania. Wstążka ma określony cel – symbolizuje zdolność prawnika do utrzymania emocjonalnego dystansu do sprawy. Prawnik ma być niezależny, obiektywny. Gdy wstążka zostaje zawiązana ponownie, akta idą do zwrotu. Prawnik zostawia za sobą fakty danej sprawy.

W niektórych wypadkach jednak, rozmyślała Natasha, siedząc naprzeciwko Michaela Harringtona, łatwiej o obiektywizm niż w innych.

Spotkali się w jego biurze, aby przedyskutować rozwód Perseyów, który wkrótce miał się rozpocząć.

– Wyglądasz na zmęczoną, Natasho – oświadczył Michael, wzywając stażystkę. – Mam nadzieję, że to nie szczegóły sprawy nie dają ci spać po nocach.

– Ależ skąd.

– Uważam, że powinniśmy naradzić się jutro rano z panią Persey. Widzę, że czekamy jeszcze na oświadczenia od śledczych księgowych. Czy możesz przynieść je na spotkanie? Chciałbym też uzgodnić, których świadków przesłuchamy.

Wpatrywał się w nią, a ona nie była pewna, jak długo już gapi się na papiery.

– Natasha? Wszystko w porządku?

– Tak.

– Zdołasz przyjść?

Zajrzała do kalendarza; dzień już miała potwornie zajęty.

– Znajdę czas.

– Dobrze. No tak. W takim razie to chyba wszystko na dzisiaj. – Wstał, a ona zaczęła zbierać swoje rzeczy. – Nie, nie. Nie chodziło mi o to, że musisz od razu wychodzić. Może masz kilka minut? Czas na szybkiego drinka?

Przypomniała sobie wczorajszy wieczór.

– Chętnie napiję się herbaty – odparła, po czym znów usiadła. – Dziękuję.

– Świetnie.

W drzwiach pojawiła się głowa stażystki.

– Beth, możesz nam zrobić dwie herbaty, proszę? Cukier? Obie bez cukru. Dziękuję.

Nagle zmienił temat rozmowy. Zaczął mówić o swoich dorosłych dzieciach, o powrocie do żeglowania, które było jego pasją. Wspomnieli o prawniku, którego oboje znali, a który niedawno był zamieszany w głośny skandal.

– W zasadzie – kontynuował – już od jakiegoś czasu chciałem z tobą porozmawiać. Przeprowadzamy tu pewną restrukturyzację, próbujemy nieco zmienić równowagę sił w kancelarii. I w związku z tym otwiera się u nas wakat.

Czekała.

– Z zainteresowaniem przyglądałem się twojej karierze. Podobała mi się twoja praca nad sprawą Richmond kontra Turner i ta sprawa porwanych trojaczków. Wielu starszych prawników, z którymi rozmawiam, wymienia twoje nazwisko i wszyscy mówią tylko dobre rzeczy.

– Dziękuję.

– Gdybyśmy mieli tutaj wakat, byłabyś nim zainteresowana?

To ją zaskoczyło. Gdy studiowała, kancelaria Harrington Levinson była powszechnie uznawana za przykład nowoczesnej, postępowej firmy, której należy się obawiać. A teraz Michael Harrington, jej założyciel, składał jej propozycję pracy.

– To mi bardzo pochlebia – powiedziała.

Stażystka weszła do biura z herbatą. Zaczekali, aż zamknie za sobą drzwi.

– Muszę jednak zaznaczyć, że możliwe, iż wkrótce zostanę partnerem w mojej obecnej kancelarii.

– Nie jestem pewien, czy to dla ciebie najlepszy krok. Na pewno wiesz, że coraz więcej radców prawnych decyduje się rozpocząć praktykę adwokacką. To kolejny szczebel w karierze. A my z radością byśmy ci w tym pomogli. Mogłabyś przystąpić do egzaminu w mniej niż dwa lata.

Próbowała przeanalizować jego propozycję i jej implikacje. Zostawiłaby za sobą chaos codziennej pracy z klientami i zaangażowania w ich życie na rzecz bardziej obiektywnego stanowiska adwokata procesowego. Od tej sprawy z Alim Ahmadim taka możliwość wydawała się jej kusząca.

– Michael, to bardzo poważny krok – powiedziała, myśląc o Conorze. – Muszę się nad tym zastanowić.

Zapisał coś na kartce i podał ją jej.

– To namiary na mnie. Nie próbuj się ze mną kontaktować przez sekretariat, bo oni chronią mnie jak mastify, ale odezwij się. Odpowiem na każde twoje pytanie: o pieniądze, szkolenia, biuro, o wszystko.

– Czy chciałbyś, żebym przedstawiła ci moje referencje?

– Wiem o tobie już wszystko, co chciałem wiedzieć. – Uśmiechnął się. – Dokąd teraz idziesz? Kolejna narada?

Spojrzała na różową wstążkę, próbując sobie przypomnieć, co ona symbolizuje.

– Można tak powiedzieć – odparła w końcu, odstawiając filiżankę i talerzyk na biurko. – Zadzwonię do ciebie, Michael. Dziękuję. Bardzo poważnie rozważę twoją propozycję.

Niewiele wyróżniało ten budynek spośród innych nowoczesnych apartamentowców bez balkonów, z okropnej rdzawoczerwonej cegły, z dzwonkami przy drzwiach, które stanowiły jedyną wskazówkę, że te małe domki są podzielone na jeszcze mniejsze mieszkania. Tylko na chodniku pod ligustrowym żywopłotem powiewała jeszcze na wietrze zapomniana, pomięta taśma policyjna, która opowiadała własną historię. Jej kontrastowe barwy świadczyły o powadze tego, co rozegrało się za tamtymi drzwiami.

Stała na chodniku, wpatrując się w puste, przesłonięte siatkowymi firankami okna. Gdzie znajdowała się teraz dwudziestosześcioletnia ekspedientka? Stała tam za firanką czy może wciąż leżała w szpitalu? Może za bardzo bała się wrócić do domu? Czy zastanawiała się, jaki splot wydarzeń doprowadził do niej tego młodego człowieka?

Co sprawiło, że Ali Ahmadi wybrał ten konkretny adres? Jak to możliwe, że jego heroiczna podróż z drugiego końca świata zakończyła się sześcioma niskimi stopniami wiodącymi do tych konkretnych drzwi? Jak drobne zaniedbanie z jej strony lub ze strony kogokolwiek innego mogło doprowadzić do takiej katastrofy?

Minęła ją starsza pani z wózkiem na zakupy w kratę. Natasha odsunęła się, zmuszając się do bladego uśmiechu, ale kobieta ledwie na nią spojrzała kaprawymi oczami, nie przerywając swojej samotnej, zdeterminowanej podróży.

Natasha poczuła ucisk w gardle. Może nie przyjechała tu po wskazówki. Może chciała wyszeptać nieme przeprosiny. Mogłam dokładniej go sprawdzić, powiedziała kobiecie w myślach. Gdybym zlokalizowała miejscowość i skontrolowała odległość, którą rzekomo pokonał, mogłabym cię uratować. Nie robiąc nic, by uratować jego, mogłam uratować ciebie.

Rozmyślania przerwał jej dzwonek telefonu.

– Nie zapomniałaś o spotkaniu z klientem o czwartej piętnaście? Myślałem, że wrócisz do tej pory.

To był Ben.

– Przełóż spotkanie – odparła. Stała przy swoim samochodzie i patrzyła na dwie dziewczyny pchające wózki po drugiej stronie ulicy. Obie rozmawiały przez telefon, całkowicie obojętne na swoje dzieci i siebie nawzajem.

– Słucham?

– Odwołaj je. Biorę wolne do końca dnia.

Zapadła przedłużająca się cisza.

– A co mam powiedzieć Lindzie? Dobrze się czujesz?

– Tak. Nie, w zasadzie nie czuję się dobrze. Wracam do domu. Powiedz, że bardzo mi przykro. Spotkanie przełóż na koniec tygodnia. To Stephen Hart. Zrozumie.

Dopiero gdy się rozłączyła, przypomniała sobie, że przecież nie może wrócić do domu.

Jessica Arnold miała dwudziestu trzech chłopaków – czternastu ze swojego rocznika, czterech o rok starszych, a całą resztę spoza szkoły, z Sandown i okolicznych osiedli. Jej obecnymi partnerami byli starsi mężczyźni, którzy czekali na nią przed szkołą w nisko zawieszonych, podrasowanych samochodach i odjeżdżali z piskiem opon, rykiem silnika i w rytm pulsującej muzyki, gdy tylko wsiadła do środka. Spała z większością z nich – nie była to czcza przechwałka, jak w wypadku jej rówieśnic, które również powoływały się na swoje „doświadczenie" – co odzwierciedlało się w wiadomościach nabazgranych na ścianach toalet, w pustych opakowaniach po pigułkach, które wypadały z jej plecaka, i w twarzach mężczyzn z samochodów. Nie należeli oni do typów, których satysfakcjonowałyby przedłużające się pocałunki na parkowej ławce. Jessica obnosiła fioletowe ślady na szyi niczym odznakę. Musiała się tak zachowywać – jakby to był jej wybór, jakby tego właśnie chciała – bo w przeciwnym razie byłaby zwykłą zdzirą.

Jeśli Jessica plasowała się na jednym końcu spektrum nastoletniej aktywności seksualnej, Sarah czaiła się gdzieś na tym drugim końcu, razem z Debbie Dermott, która nosiła grube okulary i aparat ortodontyczny, oraz z Saleemą, która zaraz po szkole wkładała burkę i nigdy nie rozmawiała z chłopcami, nie mówiąc już o całowaniu się z nimi. Nie chodziło o to, że Sarah była brzydka, nie, takie sprawy po prostu jej nie interesowały.

Chłopcy, których znała, nie chcieliby rozmawiać o Boo ani o jego stałych postępach w wykonywaniu ruchów z *basse école* i tych bardziej skomplikowanych z *haute école*. Nie chodziliby z nią do stajni ani nie chcieliby jeździć razem autobusem do domu. Robiliby głupie uwagi na temat zapachów w boksach, krzyczeliby i denerwowali konie, a do tego palili w pobliżu słomy. Nie zrozumieliby jej życia.

Nigdy nie mówiła o tym papie, ale zdarzały się jej nocami takie bolesne chwile, gdy czuła się przytłoczona, a jej ciało przepełniała tęsknota za czymś, czego nie rozumiała. Wtedy wyobrażała sobie siebie w Le Cadre Noir. Zostanie najwspanialszym jeźdźcem, jakiego tam kiedykolwiek widziano. Będzie jej towarzyszył jakiś przystojny młody kapitan w czarnym mundurze ze złotymi epoletami. Będzie wybitnym jeźdźcem i zrozumie wszystkie jej pragnienia. Nie będzie jeździł pooklejanym, nieubezpieczonym samochodem wokół bloku ani chwalił się liczbą wyroków sądowych, nie będzie proponował mokrych pocałunków, które pachną kebabem i sosem chilli. Ona widziała niewinny, połączony z miłością do koni romans, pełen ignorancji w sprawach, o których dowiadywała się tylko z plecaka Jessiki i graffiti na ścianach.

Tak właśnie postrzegała swoją przyszłość; widziała ją równie wyraźnie, jak znała Boo. Ale na sprzedaży swoich płyt i ozdóbek zarobiła zaledwie siedem funtów i pięćdziesiąt pensów, a oprócz tego miała tylko dziesięć funtów Maca i obligacje, których spieniężenie zajmowało co najmniej trzy tygodnie i które były nic niewarte bez podpisu dziadka.

Los mógł ją uleczyć z ignorancji wcześniej, niż się spodziewała.

– Muszę z panem porozmawiać.

– Masz moje pieniądze?

– O tym właśnie chciałam porozmawiać.

– No to mów.

Pokiwała głową na jego ludzi stojących po drugiej stronie dziedzińca.

– Nie przy nich.

Sal pakował swoje zgrzebła – każde z nich błyszczało nieskazitelne, jakby nigdy nie dotknęło kurzu na końskim grzbiecie. Wepchnął ostatnie na miejsce, po czym spojrzał na nią.

– Czego chcesz, cyrkówko?

Zniżyła głos, owijając rączkę szkolnej torby wokół lewego nadgarstka.

– Chciałam zapytać – mruknęła cicho – ile… ile by mi pan odpuścił… gdybym…

Przez chwilę nie odpowiadał. Nie uśmiechał się. Nie okazał zaskoczenia ani radości. Nie wybuchnął, na co w skrytości ducha liczyła, hałaśliwym śmiechem i nie powiedział, że tylko żartował i za kogo ona go uważa.

Pokiwał lekko głową, jakby potakiwał sam sobie, po czym spojrzał na nią i odwrócił się na pięcie. Podszedł do swoich ludzi, którzy zgromadzili się wokół koksiaka. Mróz sprawiał, że zimne powietrze tworzyło obłoczki nad ich głowami, tak że nie sposób było określić, czy palą, czy tylko rozmawiają. Pokazywał im coś gestem i mówił tak cicho, że go nie usłyszała. Wzruszyli ramionami, poklepali się po kieszeniach z kluczykami i papierosami, wrzucili śmieci do ognia. Ralph spojrzał na nią przez dziedziniec, jakby widział ją po raz pierwszy. Może był zazdrosny o uwagę Sala, ale podejrzewała, że teraz stała się kimś innym w jego oczach. Nie wnuczką Kapitana, nie koleżanką, z którą może połączyć cię przygoda, lecz kimś na sprzedaż, kto nie ma wartości. Nie spojrzał na nią po raz drugi, zanim odszedł.

Weszła do boksu Boo, poprawiła mu derkę i oparła czoło na jego ciepłej skórze, czerpiąc z tego otuchę. Jego wielki łeb odwrócił się, gdy koń na nią spojrzał, by określić, co ona robi, a ona pogłaskała go po pysku, wodząc palcami po kościach pod miękką skórą.

Widziała Sala przez drzwi, szedł raźno z tlącym się papierosem pomiędzy kciukiem a palcem. Zasalutował i krzyknął coś w swoim języku, a mężczyźni zniknęli za bramą. Gdy wyjechał ostatni samochód, zamknął bramę i założył na nią ciężki łańcuch. Zapadł zmrok, Sheba spacerowała niespokojnie po podwórzu, jakby nie mogła już się doczekać powrotu Kowboja Johna.

Maltańczyk skręcił w kierunku stajni Boo, gwiżdżąc, jakby nie miał żadnych trosk.

– No to – powiedziała, próbując brzmieć twardo, gdy stanął w drzwiach. Naśladowała dziewczęta z Sandown, te, które krzyczały na chłopców na rowerach. Twarda. Nonszalancka. Jakby nic nie mogło jej zranić. – Jak by to miało wyglądać?

Chyba jej nie usłyszał. Zaciągnął się papierosem, po czym wszedł do stajni i zamknął za sobą drzwi. Boo stracił zainteresowanie i znów zajął się sianem; przeżuwał je powoli za jej plecami. Mrok rozpraszała tylko lampa sodowa na zewnątrz. Nie widziała jego twarzy, ale czuła, że lampa oblewa ją światłem, nadając jej skórze upiorny pomarańczowy odcień.

– Zdejmij bluzę.

Powiedział to tak swobodnie, jakby nakazywał jej zamknąć bramę.

– Co?

– Zdejmij bluzę. Chcę na ciebie popatrzeć. – Znów zaciągnął się papierosem, nie odrywając od niej wzroku.

Spojrzała na niego. Nie teraz, pomyślała. Nie jestem na to gotowa teraz. Chciałam tylko zrozumieć, co sugerujesz.

– Ale…

– Jeśli nie chcesz tego załatwić… – Odwrócił się lekko, jego twarz zobojętniała. – Bawisz się ze mną w dziecinne gierki. Każesz mi myśleć, że można cię traktować poważnie.

Wyjął papierosa z ust dwoma palcami, po czym cisnął go na beton. Niedopałek zamrugał przelotnie, zanim zgasł w kałuży. Zobaczyła jego zimną, kamienną twarz i w jej głowie rozpętała się gonitwa myśli.

Zanim zorientowała się, co robi, zdjęła bluzę przez głowę. Bez ochrony miękkiej podszewki poczuła na ciele języki chłodnego powietrza, którego powiewy penetrowały jej dotąd ciepłą i bezpieczną skórę niczym lodowate palce.

Odwrócił się. Nie widziała jego oczu, lecz poczuła je na sobie – dokładnie oceniały jej wartość. Najwidoczniej to nie ona ją definiowała. Czuła się obnażona pod tym spojrzeniem, jakby przenikało ono jej nagą skórę aż do surowego mięsa pod spodem. To się zaraz skończy, powiedziała sobie. Zmusiła się, by niemal wyzywająco wyprostować ramiona. I potem nic już nie będę mu winna. Wszystko będzie jak dawniej.

– I bieliznę.

Mówił powoli, lecz brzmiało to jak rozkaz. Głos kogoś, kto zawsze dostaje, czego chce.

Musiała sprawdzić, czy dobrze go usłyszała.

– Ale co chcesz... Nie powiedziałeś...

– Teraz mi mówisz, co mam robić? Dyktujesz warunki? – Jego głos stał się surowy.

Dygotała, jej ramiona pokryły się gęsią skórką.

Zamknęła oczy. Serce tłukło się w jej piersi tak głośno, że jego słowa prawie do niej nie docierały.

– Zdejmuj.

Z trudem przełknęła ślinę, po czym sięgnęła za plecy, zaciskając zęby, żeby przestały szczękać – ze strachu czy z zimna, tego nie była pewna. Nie otwierając oczu, zdjęła stanik. Był to tani, cienki model, nieco za duży. Papa kupował sobie skarpety, a ona czuła się tak zawstydzona tym, że może zauważyć jej zakup, iż wybiegła ze sklepu bez mierzenia go. Sal wziął od niej biustonosz i rzucił go na ziemię obok jej nogi. Była naga od pasa w górę. Czuła chłodne powietrze na skórze, jej sutki stwardniały. Usłyszała, jak Maltańczyk gwałtownie wciąga powietrze, jego kroki, gdy podszedł bliżej, i nagle uświadomiła sobie, że spada w przepaść. Nawet nie wiedziała, że stoi na krawędzi.

Nie mogła otworzyć oczu, nie mogła oddychać. Stała tam jak rzecz, jak nic. Odseparowała się od swojego ciała tak, by to nie ona, nie Sarah, stała nago w stajni, gdy nowy koń Sala rżał w boksie obok, pies szczekał na zewnątrz, a ktoś mówił coś na ulicy. To nie była ona, gorąca, sucha dłoń tego mężczyzny nie przesuwała się po jej zimnej skórze, to nie jej twarz owiewał ciepły oddech, to nie do jej ucha on szeptał paskudne, obce słowa. Osobliwy, nieznany zapach uderzał jej nozdrza, jego ostry pasek wciskał się boleśnie w jej biodro, gdy pchnął ją na lodowatą kamienną ścianę. Realny świat się kurczył, aż został w nim tylko on, jego słowa i uporczywy, nieustępliwy dotyk, którego nie potrafiła powstrzymać. To nie była ona. Nie ona. Gdzie się podziała Sarah? To już nie było jej życie, jej rodzina, jej przyszłość. Nie miała nic do powiedzenia. Co to więc za różnica, że ten mężczyzna bierze ją teraz jak coś swojego centymetr po centymetrze, ugniatając, odkrywając i sapiąc? Była zahipnotyzowana, nieobecna, jak nic.

To przecież nie ona, to nie jej drżącą dłoń chwycił i przyciągnął do siebie, gdy jej zaciśnięte zęby dławiły strach. To tylko ten jeden drobiazg, powtarzał głos w jej głowie. Ten jeden drobiazg i będzie po wszystkim. Usłyszała odgłos suwaka, jego ciężki oddech, który jeszcze przybrał na intensywności i chrapliwości. Usłyszała słowa i pomyślała tępo: czy chcę? Poczuła na palcach szorstki dżins, a potem coś miękkiego i ciepłego, ale nieustępliwego. Instynkt podpowiadał jej, że nie powinna tego dotykać.

Nie zdołała się powstrzymać. Wyrwała dłoń, lecz jego silne palce znów się na niej zamknęły, przyciągnęły ją z powrotem na to ciepłe ciało. Uparcie. Bez przekonywania. Rozkazując. Jego gest coś w niej odblokował, uwolnił ją. Z jej gardła wyrwał się okrzyk, zaczęła go odpychać, bić, krzyczeć.

– Zostaw mnie! Zostaw mnie!

Boo wzdrygnął się i odskoczył na bok. Jego kopyta uderzyły o ścianę stajni. Chwyciła torbę i wyrwała się z jego uścisku, wyrwała się z wilgotnego boksu, pobiegła do bramy, otworzyła ją i rzuciła się do ucieczki ku jaskrawym światłom godzin szczytu na ruchliwej ulicy, wkładając bluzę przez głowę.

– Zastanawiałem się, czy tu będziesz. – Conor stał przed nią z kuflem piwa. – Richard chciał z tobą porozmawiać dziś po południu. Musiałem cię usprawiedliwić. – Gdy nie zareagowała, dodał: – Linda się o ciebie martwi.

Odchyliła się na oparcie loży.

– Linda za bardzo się interesuje życiem wszystkich dookoła. Jak widzisz, wszystko ze mną w porządku.

Objął spojrzeniem stojące przed nią puste kieliszki. Zdjął płaszcz i usiadł naprzeciwko. Zbliżał się koniec dnia pracy i pub powoli napełniał się ludźmi. Upił łyk piwa.

– Dzwoniłem do ciebie do domu. Twoja… twój młody gość powiedział mi, że dopiero wszedł i że nie wie, gdzie jesteś.

Upiła kolejny łyk drinka. Jeśli wypijesz dość białego wina, zaczyna ono smakować jak kwaśny sok z winogron.

– Już tam nie mieszkam.

Spojrzał na nią.

– Okej, Natasha. Co się dzieje?

– Och, teraz cię to interesuje?

– Posłuchaj, widzę, że coś się z tobą dzieje. Od pięciu lat nie odwołałaś żadnego spotkania, a dzisiaj nagle wzięłaś całe popołudnie wolnego bez żadnego powodu. – Nie dodał: i jesteś pijana. Nie musiał.

– Brawo, Sherlocku. – Jej głos był niski i opanowany. Uświadomiła sobie, że naprawdę lubi chardonnay, choć to niemodne. Dlaczego wcześniej tego nie zauważyła? – Pojechałam do domu kobiety, którą zaatakował Ali Ahmadi.

– Po co to zrobiłaś, do cholery?

– Nie wiem.

– Myślałem, że masz to już za sobą. Dlaczego tak cholernie się tym przejmujesz?

Zamrugała.

– Bo to mi wciąż doskwiera. Nie mogę przestać o niej myśleć. Nie mogę przestać myśleć o nim. – Szczupłe brązowe dłonie złożone w błagalnym geście. Te same dłonie otaczające kobiecą szyję.

– To niedorzeczne, Natasha. Ty... ty nie zachowujesz się racjonalnie.

– Ach. Pewnie dlatego, że jestem pijana.

– Okej. Zamówię ci taksówkę do domu. Chodź, gwiazdo. – Ujął jej dłoń, ale się odsunęła.

– Nie wracam do domu.

– Dlaczego?

– Bo mieszkam w hotelu.

Patrzył na nią jak na groźny niewypał.

– Mieszkasz w hotelu.

– W Holiday Inn.

– Czy mogę zapytać dlaczego?

Nie, miała ochotę krzyknąć. Nie, bo wypiąłeś się na mnie dawno temu, przy pierwszej oznace kłopotów. Nie, bo mnie ignorowałeś i sprawiłeś, że czułam się jak gówno przez wiele tygodni. Nie, bo zachowywałeś się tak, jakby moje szczęście w ogóle cię nie obchodziło.

– Tak było łatwiej.

Usłyszała pytanie w jego milczeniu. Widziała go po drugiej stronie stołu. Dlaczego sobie po prostu nie pójdzie?

– Tak było łatwiej, okej? Miałeś rację. To stało się zbyt skomplikowane. Popełniłam błąd, zakładając, że dam sobie z tym radę. Zadowolony?

Nie odpowiedział. Z trudem przełknęła ślinę, próbując się skoncentrować na stojących przed nią kieliszkach, ale one zaczęły falować i przemieszczać się w jej stronę. Spojrzała na nie gniewnie, aż w końcu posłusznie ustawiły się w jakimś tam porządku.

Wreszcie poddała się i podniosła wzrok. W oczach Conora widniała dobroć, a na jego twarzy – smutek.

– Och, gwiazdo. Przepraszam. – Wstał, obszedł stolik, usiadł obok niej i westchnął. – Przepraszam – powtórzył.

– Nie przejmuj się. To był głupi pomysł. Chyba postradałam rozum.

– No cóż, to jest jakieś wytłumaczenie. – Objął ją ramieniem i przyciągnął do siebie. Oparła się na nim niechętnie, sztywniejąc w jego ramionach. – Przepraszam – szepnął w jej włosy. – Jestem zazdrosnym głupcem. Nie chciałem, żebyś była nieszczęśliwa.

– Kłamczuch.

– Okej. Nie chciałem, żebyś była szczęśliwa z nim. Ale też nigdy nie chciałem… tego.

– Nic mi nie jest.

– Oczywiście. A mnie jest. I to wszystko moja wina. – Pochylił się, ujął jej twarz w dłonie i uniósł ją ku sobie. – Jedźmy do mnie.

– Co?

– Słyszałaś.

Zaczęła się wyrywać z jego uścisku.

– Conor – powiedziała – sama nie wiem. Życie mi się sypie. Wpadłam do tej strasznej dziury i zupełnie nie wiem, jak się z niej wydostać.

– Ja wiem. – Odsunął włosy z jej oczu. – Jedźmy do mnie.

– Mówiłam ci, muszę...

– Zostać. – Urwał. – Zamieszkać, jeśli chcesz.

Znieruchomiała, nie wiedząc, czy dobrze go usłyszała.

– Niech Mac upora się z tym całym bałaganem – kontynuował. – To on cię w niego wpakował. A ty przyjedź... przyjedź i zamieszkaj ze mną.

– Nie musisz tego robić.

– Wiem, że nie muszę. Ale, możesz mi wierzyć, o niczym innym nie myślałem przez te ostatnie tygodnie. Wyobrażałem sobie, jak razem jecie obiad, rozmawiacie, robicie... – Potarł twarz. – Bóg wie co. Nie mów mi, jeśli to zrobiłaś, tak na marginesie, bo nie chcę wiedzieć. Ale to zmusiło mnie do myślenia. Po prostu miejmy to z głowy.

– Miejmy to z głowy – powtórzyła. – Ależ z ciebie romantyk.

Powiedział to. Zaproponował jej to, czego pragnęła od miesięcy, nawet jeśli bała się do tego przyznać przed sobą. Może to przez szok poprzedniego wieczoru, a może przez zmęczenie ostatnich tygodni, ale nie wiedziała, jak na to odpowiedzieć.

– To poważny krok, Conor. Oboje...

– ...jesteśmy w rozsypce. Pasujemy do siebie.

– W twoich ustach brzmi to tak zachęcająco.

– Mówię serio, Natasha. – Zawahał się. – Kocham cię.

Opróżniła swój kieliszek.

– Sama nie wiem. To dość niespodziewane.

– Wolałabyś zostać w Holiday Inn. Wiedziałem, że zawsze miałaś słabość do tej karuzeli. – Mówił teraz trochę za szybko, śmiał się zgryźliwie.

Nagle ogarnęła ją czułość, chwyciła go za rękę.

– Przyjadę wieczorem – zadeklarowała. Oparła się o niego i pozwoliła wziąć się w ramiona. Zamknęła oczy, gdy oparł podbródek na jej ramieniu, obojętny na spojrzenia rzucane im ze stolika obok. – Ale nie będziemy się z niczym spieszyć.

Rozdział szesnasty

Kiedy się atoli znajduje w bliskości nieprzyjaciół, konia dzierżeć w swojej władzy; tak bowiem jeździec najwięcej możen będzie prawdopodobnie szkodzić wrogom, a sam najmniej ucierpieć od nich.

Ksenofont, *Hippika, czyli jazda konna*

Próbował się do niej dodzwonić piętnaście razy pomiędzy poniedziałkowym wieczorem a tym porankiem i za każdym razem trafiał na pocztę głosową. Jej sekretarka utrzymywała, że Natasha jest w sądzie. Fakt, że w ogóle nie pytała, kto dzwoni, kazał mu podejrzewać, że uprzedziła ją, by nie łączyła rozmów z nim. Przestał zostawiać wiadomości, tylko jej nazwisko, swoje nazwisko. Już dawno zapomniał, co chciał jej powiedzieć.

Nalał sobie kolejną kawę, przeklinając dzbanek Natashy, z którego zawsze się rozlewało, niezależnie od tego, jak ostrożnie przechylał dzióbek. Przypomniał sobie nagle piękny włoski ekspres do kawy, który otrzymali jako prezent ślubny – błyszczący model Gaggia leżał w jakimś magazynie w zachodnim Londynie. Teraz wydawała mu się taka głupia ta determinacja, która nakazała mu wziąć to, co uważał za swoje, nawet jeśli oznaczało to, że nikt nie będzie tego używał. Obiecał sobie, że podaruje jej ten ekspres. Od roku nie miał go w rękach, więc raczej nie będzie za nim tęsknił. Różne takie rzeczy obiecał sobie w ostatnich dniach.

Sarah spała na piętrze. Gdy wróciła w poniedziałkowy wieczór, poszła prosto do swojego pokoju. Nie chciała nic jeść ani pić, nie chciała też rozmawiać. Unikała go, unikała kontaktu wzrokowego, chowała się w swoim pokoju, a on podejrzewał, że wciąż go w ten sposób karze. Dziwne, doprawdy, że nagle zaczęła okazywać taką lojalność Natashy. Miał ochotę zapukać do jej drzwi, zdyscyplinować ją, przypomnieć jej, że w zasadzie to Natasha jako pierwsza dopuściła się zdrady. Ale gdy to rozważał, uświadomił sobie, jakie to niedorzeczne – prawić kazania czternastolatce, by usprawiedliwić własne czyny.

Wczoraj oznajmiła, że źle się czuje, i spędziła cały dzień w swoim pokoju. Wyglądała tak mizernie i blado, że nie musiała się bardzo starać, by go przekonać, że potrzebuje dnia wolnego.

Dwadzieścia po szóstej, mniej więcej trzydzieści sześć godzin po tym, jak Natasha wyszła z domu, usłyszał zgrzyt klucza w zamku. Cicho zamknęła za sobą drzwi, zdjęła buty na wycieraczce i weszła do środka w samych rajstopach. Miała na sobie kostium, w którym zniknęła, i podkoszulek pod spodem. To pewnie jego podkoszulek, pomyślał Mac.

Spojrzeli na siebie.

– Mam dużą sprawę – oświadczyła. – Przyszłam się tylko przebrać i wziąć ładowarkę do telefonu. – Twarz miała bladą, bez makijażu, a włosy wciąż lekko zmierzwione od snu. Wyglądała na wyczerpaną.

– Dzwoniłem do ciebie. Mnóstwo razy.

Pomachała telefonem.

– Padł. Przecież powiedziałam, że przyszłam po ładowarkę.

Weszła na schody.

– Natasha, proszę, zaczekaj pięć minut. Naprawdę musimy porozmawiać.

– Dzisiaj nie mam czasu. Za godzinę muszę być w biurze.

– A my musimy porozmawiać. Wrócisz wieczorem?

Zatrzymała się w połowie drogi.

– Będę późno. A gdy wrócę, będę musiała popracować.

– Wciąż jesteś na mnie zła? Z powodu Marii?

Nieprzekonująco pokręciła głową.

Przeskakując po dwa stopnie naraz, przepchnął się obok niej i stanął wyżej.

– Och, daj spokój – mruknął. – Przecież sama masz chłopaka. Chryste.

– Ale nigdy go tu nie zapraszam, żeby cię tym upokorzyć – zripostowała. – Posłuchaj, nie chcę się w to teraz wdawać...

– Nie. Ty nigdy nie chcesz. Ale skoro już zaczęliśmy, powiedz mi, jak upokorzyła cię obecność Marii tutaj? Ty i ja nie jesteśmy już razem. Od początku otwarcie przyznawałaś, że masz chłopaka. Jedyne, co się stało, to że faktycznie ją poznałaś. Posłuchaj, nie twierdzę, że nie było to nieco niedyplomatyczne, ale to był błąd. Myślałem, że spędzasz wieczór poza domem. Nigdy bym jej nie zaprosił, gdybym wiedział...

Nawet nie chciała na niego spojrzeć.

– Tash?

Gdy w końcu to zrobiła, jej oczy były zimne. Wyglądała na pokonaną.

– Nie mogę tego dłużej ciągnąć, Mac. Okej? Ty wygrywasz. Możesz tu mieszkać, dopóki nie sprzedamy domu. Zapraszaj sobie tu, kogo tylko chcesz. Mnie to już nie obchodzi.

– Co cię nie obchodzi?

– Myślę, że byłoby lepiej dla wszystkich, gdybyśmy zakończyli tę maskaradę.

Rozłożył ramiona na schodach tak, żeby nie mogła przejść.

– Hola, hola, hola. Co? Tak po prostu odchodzisz? I jak to ma niby zadziałać? Co zrobimy z Sarah? Przecież wiesz, że sam nie zdołam się nią zająć.

– Wyprowadzę się, gdy tylko znajdziemy dla niej nowe miejsce. To i tak była kwestia tygodni. Po prostu nieco przyspieszamy sprawę.

– Nie możesz zostać jeszcze trochę? Kilka tygodni?

Wypowiedziała te słowa, jakby je wcześniej ćwiczyła:

– Wiesz równie dobrze jak ja, że jej dziadek wcale nie zdrowieje. Ona potrzebuje stabilnej rodziny, która odpowiednio się nią zaopiekuje. Rodziny, która nie będzie wykorzystywać jej jako bufora pomiędzy dwojgiem dojrzałych ludzi ewidentnie niepotrafiących uporać się ze sobą w dojrzały sposób.

– Tak to właśnie widzisz?

– A może mi powiesz, że jest inaczej? – Weszła stopień wyżej tak, że musiał się cofnąć, aby się nie zetknęli. Uświadomiwszy sobie swoją przewagę, wykonała kolejny krok.

– A koń?

– Wierz mi lub nie, Mac, ale ten koń nie znajduje się obecnie na szczycie listy moich priorytetów.

– Więc tak po prostu ją zostawisz?

– Ani mi się waż – syknęła. – Nie waż się jej wykorzystywać. Tu chodzi o ciebie i o mnie. Niezależnie od tego, jak zachowujemy się przy niej i przy innych, nigdy już nie będziemy szczęśliwą rodziną, Mac, i ty to wiesz. – Jej knykcie pobielały, gdy zacisnęła dłoń na poręczy. – O niczym innym nie myślałam przez ostatnie trzydzieści sześć godzin. Niepotrzebnie oferowaliśmy jej dom, który wcale nie był prawdziwym domem. Postąpiliśmy nieuczciwie wobec niej, udając, że może być inaczej.

– To ty tak sądzisz.

– Nie, ja to wiem. Czas, żebyśmy oboje zdobyli się na szczerość... wobec niej i wobec siebie. A teraz przepraszam, ale naprawdę muszę się przebrać. – Przecisnęła się obok niego i weszła na górę.

– Tash.

Zignorowała go.

– Tash... Nie kończ tego w ten sposób. – Dogonił ją. – Daj spokój, popełniłem błąd.

Odwróciła się do niego. Na jej twarzy mieszały się różnorakie emocje – gniew, gorycz, smutek.

– A jak to się miało zakończyć, Mac, co?

– Nie wiem. Ale to mi się nie podoba. Nie podoba mi się... że jesteś taka. Myślałem, że możemy...

– Co? Że możemy się wszyscy czule pożegnać i odejść w kierunku zachodzącego słońca?

– Ja nie...

– Rozwód nigdy nie jest miły, Mac. Wiesz co? Czasami ludzie po prostu cię nie polubią. Czasami ten twój słynny urok po prostu nie zadziała. I...

– Tash...

Odetchnęła głęboko i drżąco.

– Ja... ja nie mogę już dłużej przebywać blisko ciebie.

Na ulicy zaparkował samochód, buchnęła z niego niestosownie głośna jak na tak wczesną porę muzyka. Stali na schodach, dzieliły ich tylko centymetry i żadne z nich nie potrafiło się ruszyć. Mac wiedział, że powinien odejść, ale nie był w stanie unieść stóp. Czuł zapach jej perfum, zapach, którego nie rozpoznawał. Widział jej dłoń zaciskającą się na balustradzie, jakby bez tego wsparcia miała się przewrócić.

– Wiesz, co jest w tym wszystkim najgorsze?

Przygotował się na kolejny werbalny cios.

– Wiesz, czego naprawdę nie mogę znieść?

Nie mógł wydobyć z siebie głosu.

– To jest... Znów czuję się tak jak przed twoją wyprowadzką. – Jej głos się załamał. Ciężkim krokiem weszła do sypialni.

Na piętrze Sarah odsunęła się od balustrady i pobiegła do swojego pokoju. W jej uszach wciąż rozbrzmiewały słowa Natashy. Wszystko się rozpadało. Natasha się wyprowadzała i ona też będzie musiała odejść. „Niepotrzebnie oferowaliśmy jej dom". Nie rozróżniała poszczególnych słów, ale to zdanie usłyszała dokładnie. Spojrzała na swoje odbicie w lustrze. Miała na sobie swój największy, najgrubszy sweter i wełniane rajstopy pod dżinsami. I mimo to wciąż było jej zimno. Czy znowu ze szkoły odbierze ją Ruth, z czarnymi torbami pełnymi jej rzeczy na tylnym siedzeniu, by przewieźć ją gdzieś indziej? Nawet nie mieli odwagi, żeby z nią o tym porozmawiać.

Usiadła na podłodze obok łóżka i wcisnęła pięści do oczu, żeby się nie rozpłakać. Przez cały poprzedni dzień i noc czuła dłonie Sala na swojej skórze, słyszała jego odrażające słowa. Natarła się porządnie drogimi kremami i balsamami Natashy, próbując pozbyć się jego zapachu i tego niewidzialnego śladu, który pozostawiły jego usta. Wzdrygnęła się na myśl o tym, kto znalazł jej stanik wciąż leżący na podłodze w boksie Boo. Z jakiegoś powodu to wizja stanika leżącego tam na słomie denerwowała ją najbardziej.

W pokoju obok Natasha otwierała i zamykała szuflady, trzaskała drzwiami szaf.

Będzie musiała powiedzieć papie. Nie pójdzie dzisiaj do szkoły, a po tamtej wizycie w stajni będzie musiała mu powiedzieć, że potrzebuje go w domu – że on musi wrócić do domu. Zaopiekuje się nim, niezależnie od tego, co na ten temat sądzą inni. To jedyny sposób. Jeśli Sal dowie się, że papa wrócił, zostawi ją w spokoju.

Natasha zapukała do jej drzwi.

– Sarah?

Z trudem podniosła się z podłogi i usiadła na łóżku. Zrobiła obojętną minę.

– Cześć – powiedziała.

Natasha miała opuchniętą twarz, pobladłą z braku snu.

– Chciałam cię tylko uprzedzić, że teraz jestem trochę zajęta i mogę późno dzisiaj wrócić, ale może moglibyśmy potem porozmawiać?

Pokiwała głową. Porozmawiać. Parę słów, zanim wyrzucę cię z powrotem na śmietnik.

Natasha przyglądała się jej uważnie.

– Dobrze się czujesz?

– Tak – odparła Sarah.

– To dobrze. Cóż, tak jak powiedziałam, cała nasza trójka dziś wieczorem. I zadzwoń do mnie, gdybyś miała jakieś problemy. Znasz mój numer.

Gdy wyszła, Sarah usłyszała, jak coś uderzyło w drzwi wejściowe. Dziesięć minut później zakradła się na dół i zauważyła na wycieraczce but Maca.

Na chodniku stał terenowy samochód Sala, błyszcząca, masywna zniewaga, na której widok poczuła ucisk w żołądku i obronnie skrzyżowała ramiona na piersi. Wzięła głęboki oddech, ciasno otuliła się kurtką, po czym pchnęła bramę z siatki.

Stał na drugim końcu dziedzińca, rozmawiał z Ralphem i swoimi dwoma pomagierami, ogrzewali dłonie nad koksiakiem i pili kawę ze styropianowych kubków. Gdy Ralph ją zauważył, odwrócił się i zaczął głaskać jednego z koni Sala. Miała nadzieję, że nie oznacza to, iż nie nakarmił wczoraj za nią Boo. Nie przyszła, bo doszła do wniosku, że lepiej będzie pozwolić, by Sal ochłonął przez dwadzieścia cztery godziny.

Nie był to jedyny powód, ale może niepotrzebnie się martwiła. Sal nawet na nią nie spojrzał, choć przecież musiał usłyszeć, jak otwierała bramę. Modliła się, by nie zauważył, że to ona. A może doszedł do wniosku, że lepiej będzie udawać, iż tamten wieczór się nie wydarzył. Może nawet się wstydził, choć w głębi ducha podejrzewała, że Sal nigdy niczego się nie wstydzi.

Weszła do swojego składziku i zamieniła szkolne buty na buty do jazdy konnej, boleśnie świadoma szeptanych rozmów na drugim końcu dziedzińca. Proszę, tylko tu nie przychodź. Szybko rozpinała guziki kurtki, by się przebrać, zanim on tu wejdzie. Napełniła wiadro poranną paszą Boo, przełożyła siano do worka, który zarzuciła sobie na ramię, po czym raźnym krokiem ruszyła do stajni, zwiesiwszy głowę, by nie musieć nikomu patrzeć w oczy.

Upłynęła chwila, zanim uświadomiła sobie, że drzwi są otwarte. Upuściła worek z sianem.

Boo zniknął. Jego boks był otwarty, na słomie wciąż leżały jego odchody. Rozejrzała się po dziedzińcu. Dlaczego przenieśli go do innego boksu?

Sprawdziła wszystkie po kolei. Nad drzwiami wystawały różne łby, gniade, srokate, kasztany. Ani śladu Boo. Poczuła ucisk u nasady gardła, w jej piersi wezbrała panika. Podbiegła do zgromadzonych przy koksiaku mężczyzn, strach pokonał wszelkie inne uczucia, które żywiła do Sala.

– Gdzie jest Boo? – zapytała, siląc się na spokój.

– Jaki Boo? – Sal nawet się nie odwrócił.

– Boo-hoo – wymamrotał jeden z jego ludzi, po czym roześmiał się nieprzyjemnie.

– Gdzie on jest? Przeniosłeś go?

– Utknął tu gdzieś jakiś kot? Słyszę dziwne dźwięki. – Sal objął dłonią ucho. – Jakby miauczenie.

Obeszła jego ludzi tak, że musiał na nią spojrzeć. Jej oddech się rwał, panika rozlewała się po niej niczym zimny pot, który wystąpił na jej skórze.

– Gdzie on jest? Gdzie go przeniosłeś? Sal, to nie jest śmieszne.

– A widzisz, żebym się śmiał?

Chwyciła rękaw jego płaszcza. Strząsnął jej dłoń.

– Gdzie mój koń? – zapytała gniewnie.

– Twój koń?

– Tak, mój koń.

– Sprzedałem swojego konia, jeśli o to ci chodzi.

Pokręciła lekko głową, marszcząc brwi.

– Sprzedałem swojego konia. Ty nie masz konia.

– O czym ty mówisz?

Sięgnął do kieszeni, wyjął z niej mały, oprawiony w skórę notes, otworzył go i pokazał jej stronę.

– Byłaś mi winna czynsz za osiem tygodni. Osiem tygodni. Plus siano i obrok. Warunki twojej umowy mówią, że jeśli nie płacisz przez osiem tygodni, twój koń przechodzi na moją własność. Sprzedałem go, żeby opłacić twoje rachunki.

Dźwięki dochodzące z ulicy zagłuszyło dzwonienie w jej uszach. Ziemia zachwiała się niebezpiecznie pod jej stopami jak pokład na wzburzonym morzu. Czekała na puentę, czekała, by zaprzeczył temu, co wyczytała na jego twarzy.

– Sprzedałem twojego konia, Sarah, jeśli naprawdę nie kapujesz.

– Nie... nie możesz go sprzedać! Nie miałeś prawa go sprzedać! Jaka umowa? O czym ty mówisz?

Przechylił głowę na bok.

– Każdy otrzymuje kopię warunków umowy. Twoja jest w składziku. Może nie zauważyłaś. Działam zgodnie z prawem jako właściciel tej stajni. – Jego oczy wyglądały jak zimne, czarne kałuże cuchnącej, słonawej wody. Patrzył na nią, jakby była niczym.

Zerknęła na Ralpha, który kopał jakiś kamyk. To była prawda. Zauważyła to w skrępowaniu widocznym na jego twarzy.

Odwróciła się do Sala, kręciło się jej w głowie.

– Posłuchaj – powiedziała. – Przepraszam za te pieniądze. Przepraszam za wszystko. Znajdę je. Przyniosę je jutro. Tylko oddaj mi konia. Zrobię... zrobię wszystko. – Nie dbała o to, kto ją teraz słyszy. Zrobiłaby wszystko, czego zażądałby Sal. Okradłaby Macauleyów. Wszystko.

– Nie rozumiesz? – Głos Sala stał się szorstki, nieprzyjemny. – Sprzedałem go, Sarah. Nawet gdybym chciał go odzyskać, nie mam jak.

– Komu? Komu go sprzedałeś? Gdzie on jest? – Zacisnęła obie dłonie na jego płaszczu.

Wyrwał się jej.

– To nie mój problem. Sugeruję, żebyś na przyszłość wypełniała swoje finansowe zobowiązania. – Sięgnął do kieszeni. – A właśnie. Nie zarobiłem na nim. Wredny temperament. Jak jego właścicielka. – Odwrócił się do swoich ludzi, czekając na nieunikniony wybuch śmiechu. – To twoja działka po spłaceniu długu. – Gdy wpatrywała się w niego z niedowierzaniem, odliczył pięć dwudziestofuntowych banknotów i wręczył je jej. – No to teraz jesteśmy kwita, cyrkówko. Musisz sobie znaleźć innego kucyka do swoich sztuczek.

Słabe uśmiechy na twarzach jego ludzi powiedziały jej to, co już wiedziała: nigdy nie zdradzą jej, komu Sal sprzedał Boo. Wkurzyła go, więc się na niej zemścił.

Kolana ugięły się pod nią. Chwiejnym krokiem wróciła do swojego składziku i usiadła na beli siana. Wbiła wzrok w swoje drżące dłonie, z jej gardła wyrwał się niski jęk. W kącie tuż za drzwiami jaśniała złowieszczo w słabym świetle biała kartka zapisana maszynowym pismem. Rzekome warunki umowy. Musiał je zostawić tutaj wczoraj.

Położyła głowę na kolanach i objęła je ramionami, wyobrażając sobie swojego konia, przerażonego, ładowanego na ciężarówkę, upchniętego gdzieś, z ogromnymi oczami i łbem uniesionym ze strachu. Milion kilometrów stąd. Jej zęby szczękały. Podniosła głowę i przez szparę w drzwiach zauważyła, że mężczyźni dalej rozmawiają, śmieją się z czegoś. „Boo-hoo", zakwilił drwiąco jeden z nich. Inny cisnął niedopałek na ziemię i przygniótł go obcasem. Ralph zerknął na składzik i chyba ją zauważył, zwiniętą w kłębek w mroku. On również odwrócił wzrok.

– Dobra robota – powiedział Harrington, gdy wyszli z sali sądowej. – Świetnie sobie poradziłaś z tym świadkiem. W białych rękawiczkach. To niezły początek.

Natasha wręczyła papiery Benowi i zdjęła perukę. Wciąż była zgrzana po przypływie adrenaliny i zaczęła ją swędzieć głowa. Wyjęła dwie spinki z włosów i włożyła je do kieszeni.

– Jutro nie pójdzie nam tak łatwo – odparła.

Ben przez chwilę przeglądał akta, po czym wręczył jej jedną z teczek.

– To są raporty księgowe, na które czekaliśmy. Chyba nie ma tam nic nowego, ale nigdy nie wiadomo.

– Przejrzę je dziś wieczorem.

Na korytarzu pojawił się Conor. Mrugnął do niej, a ona zaczekała, aż Ben pogrąży się w rozmowie z Harringtonem, po czym podeszła do niego.

– Jak poszło? – zapytał, całując ją w policzek.

– Och, całkiem nieźle. Harrington w zasadzie rozniósł w proch ich deklaracje finansowe.

– Za to mu płacą. Chcesz jeszcze wrócić do biura?

Spojrzała na Bena.

– Nie, wszystkie papiery mam na dole. Możemy iść.

Ujął ją pod ramię zaskakująco zaborczym gestem.

– Jesteśmy umówieni na wieczór?

Nagle ujrzała przed oczami Maca na schodach. „Masz chłopaka", powiedział. „Dlaczego Maria tak ci przeszkadza?"

– Nie mogę zostać – odparła. Włożyła płaszcz. – Obiecałam Sarah, że porozmawiamy o jej przyszłości. Ale przydałaby mi się długa kąpiel w twojej wannie i kieliszek wina, zanim będę musiała tam wrócić.

Przystanął.

– Cóż, wina możesz się napić, ale z kąpieli nici.

Zrobiła zdumioną minę.

– Zaprosiłem chłopców. Uznałem, że powinnaś ich poznać.

– Dzisiaj? – Nie zdołała ukryć przerażenia.

– Dostatecznie długo czekaliśmy. Omówiłem to z ich matką. Myślałem, że się ucieszysz.

– Ale… – Westchnęła. – Jestem w środku dużego procesu, Conor. Wolałabym ich poznać, gdy będę mniej… rozkojarzona.

Zbył jej wątpliwości.

– Nic nie musisz robić, gwiazdo, tylko się uśmiechaj i bądź uroczą sobą. Wystarczy, że ich poznasz. A tam, zrób sobie kąpiel. My posiedzimy w salonie. Pozwolimy ci odgrywać rolę ozdoby.

Zdobyła się na słaby uśmiech.

– Damy ci małe fory, zanim zmusimy cię do chodzenia na czworakach i udawania konia.

Ostatnie słowo nieco ją uderzyło, ale Conor tego nie zauważył – uśmiechał się do siebie, pochłonięty wizją całej ich czwórki w swoim salonie. Pomyślała o Sarah, o czekającej ją rozmowie i o tym, co ona będzie dla niej oznaczać. Conor już prowadził ją do drzwi.

– Do tego ja gotuję, ty szczęściaro. Masz ochotę na paluszki rybne na białym pieczywie z sosem pomidorowym, czyli keczupem?

Nie widziała napisu na przedniej szybie autobusu. Siedziała pod wiatą już niemal godzinę, wpatrując się w czerwone autobusy, które podjeżdżały na przystanek, z sykiem hamulców wypluwały z siebie tłum pasażerów na chodnik, połykały następnych i znikały, rozpraszając mrok tylnymi światłami. Nic nie widziała. Oczy miała zamglone od łez, palce u rąk i nóg odrętwiałe z zimna. Była jak sparaliżowana, nie potrafiła zdecydować, w który autobus wsiąść, nawet gdyby zdołała rozszyfrować, w jakim kierunku zmierzają.

Wszystko przepadło. Papa nie wracał. Boo zniknął. Nie miała domu, nie miała rodziny. Siedziała na zimnej plastikowej ławce otulona płaszczem i ignorowała obojętne spojrzenia tych, którzy przychodzili, czekali i odjeżdżali, zajęci własnym życiem.

Wypowiedział jej imię dwa razy, zanim je usłyszała. Taka była pogrążona w swoim bólu, taka otępiała.

– Sarah?

Stał przed nią Ralph z papierosem w kąciku ust.

– Dobrze się czujesz?

Nie odpowiedziała. Zastanawiała się, po co w ogóle pyta. Wcisnął się w kąt, chowając się pod wiatą i za stojącymi w kolejce ludźmi.

– Przepraszam, dobra? Nie miałem z tym nic wspólnego.

Nie mogła wydobyć z siebie głosu. Nie była pewna, czy powinna w ogóle jeszcze otwierać usta.

– Zrobił to wczoraj. Powiedział, że wisisz mu mnóstwo kasy, Sarah. Próbowałem, ale wiesz, jaki on jest… Nie wiem, co zrobiłaś, ale strasznie go wkurzyłaś.

Słyszała, że wysyłają konie za granicę, stłoczone w ciężarówkach, bez jedzenia i wody. Niektóre były tak słabe, że trzymały się na nogach tylko otoczone przez inne. Po jej policzku spłynęła pojedyncza łza.

– W każdym razie. – Ralph splunął hałaśliwie na chodnik, prowokując tym Nigeryjkę, która zmierzyła go gniewnym spojrzeniem. – Jeśli ci coś powiem, nie możesz mu zdradzić, że wiesz ode mnie, dobra?

Powoli podniosła głowę.

– Bo gdybyś coś wiedziała, on od razu domyśliłby się, że to ode mnie, no nie? Więc dalej nie będę z tobą gadał ani w stajni, ani na ulicy, ani w ogóle. Będę się zachowywał, jakbym cię nie znał, dobra?

Pokiwała głową. Coś w niej zapłonęło.

Zerknął na nią, potem za siebie i chciwie zaciągnął się papierosem. Gdy odetchnął, trudno było określić, czy to dym, czy może gorąca mgiełka jego oddechu.

– Jest w Stepney. Za parkingiem. Mają go Cyganie. Sal wystawi przeciwko niemu swoją szarą klacz i tego gniadego kłusaka. Pojutrze.

– Ale przecież Boo nie pociągnie sulek. Nigdy nie chodził w zaprzęgu.

Ralph zrobił zawstydzoną minę.

– Chodził. Sal zaprzągł go do swojej dwukółki i odwiózł go tam dzisiaj przed śniadaniem. – Wzruszył ramionami. – Był całkiem niezły. Nie taki szybki jak szara klacz, ale nie wierzgał ani nic takiego.

To przez całe to chodzenie na długiej lonży, pomyślała z rozkojarzeniem Sarah. Uległby Salowi we wszystkim.

– Gdzie się ścigają?

– Tam, gdzie zwykle. Na wiadukcie. Bądź tam około wpół do siódmej.

– Co mogę zrobić? – zapytała. – Jak mam go odzyskać?

– Mnie w to nie mieszaj, staruszko. Już za dużo powiedziałem.

Odwrócił się, by odejść, ale chwyciła go za nadgarstek.

– Ralph. Proszę. Pomóż mi. – Miała mętlik w głowie. – Proszę.

Pokręcił głową.

– Sama nie dam rady – powiedziała. Cały czas się zastanawiała. Siedziała, zaciskając drugą dłoń w kieszeni, podczas gdy Ralph zaciągał się papierosem i udawał, że nie czuje jej palców na nadgarstku.

– Muszę już iść, staruszko – mruknął w końcu. – Jestem umówiony.

– Posłuchaj – zaproponowała – umówmy się gdzieś. Gdzieś daleko od toru... tak, żeby Sal cię nie zobaczył. Spotkajmy się za fabryką mebli. Przynieś mi siodło Boo i uzdę. – Sięgnęła do kieszeni, wyjęła klucze do stajni i wcisnęła mu je. – Masz. Możesz je zabrać, zanim Sal się tam pojawi.

– A po co ci to?

– Żeby go dosiąść.

– Co? Tak po prostu weźmiesz i go sobie osiodłasz? Odjedziesz na nim? Proszę pana, czy mogę odzyskać mojego konika?

– Tylko się ze mną spotkaj, Ralph.

– Nie. A co ja będę z tego miał? Jeśli Sal się dowie, że ci pomogłem, spuści mi łomot.

Nie wypuściła jego nadgarstka, ale zniżyła głos tak, by inni pasażerowie jej nie słyszeli.

– Dam ci złotą kartę kredytową.

Wybuchnął śmiechem.

– Jasne.

– Z numerem pin. Obiecuję, Ralph, że ją dla ciebie zdobędę. Od kogoś, kto ma pieniądze. Wyjmiesz mnóstwo gotówki, zanim ktoś się połapie. Może nawet tysiące.

Spojrzał na nią uważnie, po czym wyswobodził rękę z jej uścisku.

– Lepiej, żebyś mnie nie robiła w konia.

– Musisz mi obiecać, że tam będziesz – odparła. – Nie ma uprzęży, nie ma karty.

Znów obejrzał się za siebie, po czym splunął na swoją dłoń i wyciągnął ją w jej stronę.

– W piątek rano za fabryką mebli. Jak cię nie będzie do siódmej, ja się zmywam.

Liam dziabnął swój makaron widelcem i zmarszczył nos.

– Wygląda jak smarki – powiedział.

– Nie wygląda jak smarki – odparł Conor spokojnie. – A ty, Joseph, przestań kopać nogę od stołu. Wywrócisz nasze napoje.

– I smakuje jak smarki – mruknął Liam.

Chłopiec zerknął na Natashę.

– To tylko pesto. Twoja matka mówi, że cały czas się takim zajadacie.

– To pesto mi nie smakuje – oświadczył Joseph, energicznie odsuwając od siebie talerz.

Tylko dzięki interwencji Natashy talerz nie przewrócił szklanki z sokiem, który wylałby się na jej makaron.

Chłopcy nie chcieli jeść paluszków rybnych taty. Chcieli iść na pizzę. Przebywali w restauracji już od prawie czterdziestu pięciu minut, a ona i Conor nie zdołali zamienić nawet słowa, tylko zamówili drinki.

– Joseph, usiądź prosto, dobrze? Wiem, że w domu tak nie siedzisz.

– Ale to nie jest dom.

– To restauracja – zaznaczył Conor – więc tym bardziej powinieneś siedzieć porządnie.

– Nie podobają mi się te krzesła. Pupa mi się na nich ślizga.

Conor po raz czternasty poprawił młodszego syna na krześle, a Natashę zaskoczyła jego mina wyrażająca rezygnację i cierpliwość. Kolacja z jego synami przypominała negocjacje pokojowe pomiędzy dwoma zwalczającymi się bałkańskimi narodami. Za każdym razem, gdy coś ustalili, wybuchał kolejny konflikt – a to o pieczywo czosnkowe, o serwetki, o krzesło, które było najwyraźniej za śliskie na pupę małego człowieka. Wszystkie te pretensje chłopcy kierowali do ojca. Na nią nie zwracali uwagi ani nie próbowali włączyć jej do rozmowy.

Czy to matka tak ich przeszkoliła? Nakazała im zebrać informacje o dziewczynie taty? Czy Natasha padła ofiarą niechęci, zanim w ogóle zdołała ich poznać?

Poczuła na sobie wzrok Liama i zmusiła się do uśmiechu, próbując nie myśleć o tym, że mogłaby przygotowywać się teraz do jutrzejszej rozprawy.

– No tak – powiedziała, ocierając usta chusteczką. – Lubicie bajki o Parowozie Tomku? Mój siostrzeniec je uwielbia.

– Nie – prychnął Liam pogardliwie. – To dla bobasów.

– Przecież można kupić naprawdę świetne zestawy kolejek, takie dla dorosłych, z Tomkiem i jego przyjaciółmi. Widziałam.

Spojrzeli na nią obojętnie.

– To co lubicie w takim razie? – kontynuowała dzielnie. – Jakie macie hobby?

– Lubicie jeździć na rowerach, prawda, chłopcy? – wtrącił Conor. – I grać w gry komputerowe.

– Joseph zepsuł moje PlayStation – oświadczył Liam – a mamusia mówi, że nie mamy dość pieniędzy, żeby je naprawić.

– Wcale nie zepsułem – zaprotestował Joseph, po czym dodał ponuro pod nosem: – Kupogłów.

– Mamusia mówi, że nie mamy pieniędzy. Żadnych pieniędzy na zabawki.

– Cóż, to nieprawda – odparł Conor. – Wasza matka dostaje ode mnie furę pieniędzy. A jeśli czegoś wam brakuje, powinniście mi powiedzieć. Wiecie, że robię, co mogę.

– Mamusia mówi, że płacisz za nas najniższą krajową.

– Ja chcę Nintendo – oświadczył Liam. – Wszyscy w szkole mają.

– Nie wydaje mi się – mruknął Conor z napięciem.

– A właśnie że tak.

– Moim siostrzeńcom i siostrzenicom nie wolno grać w gry – powiedziała Natasha. – A mimo to umieją się dobrze bawić.

– No to są głupi.

Wzięła głęboki oddech i nabrała trochę makaronu na widelec.

– No, chłopcy. Opowiedzmy Natashy, co fajnego robimy razem. Czasami jeździmy na rowerach do Richmond Park, prawda? Lubimy jeździć na rowerach.

– Nie – zaprotestował Joseph. – Nakrzyczałeś na mnie, że za wolno jeżdżę.

– Nie nakrzyczałem na ciebie, Joe. Po prostu chciałem cię widzieć.

– Ale ty masz naprawdę duże kółka, a ja mam małe.

– Lubimy też jeździć na łyżwach – kontynuował Conor.

– Powiedziałeś, że to zdzierstwo – wtrącił Liam.

– Faktycznie, moim zdaniem było trochę drogo. – Conor spojrzał na nią z ukosa. – Ale dobrze się bawiliśmy, no nie?

– Zawsze kłócicie się z mamą o pieniądze – oświadczył Joseph ponuro.

Natasha straciła resztki apetytu. Złożyła swoją serwetkę i położyła ją obok talerza.

– Chłopcy – powiedziała, sięgając po żakiet – miło było was poznać, ale niestety muszę już iść.

– Tak szybko? – Conor położył dłoń na jej ramieniu.

– Już prawie ósma, a wiesz, że jutro czeka mnie ważny dzień.

– Myślałem, że może dzisiaj postawisz nas na pierwszym miejscu. Biorąc pod uwagę tę specjalną okazję, i w ogóle.

– Conor...

– Za pół godziny odwiozę ich do domu. To tylko chwila, na litość boską.

– Posłuchaj – zniżyła głos – postaw się w sytuacji Sarah. To dziecko, a będzie się przeprowadzać po raz czwarty w czasie kilku miesięcy. Z tobą i twoimi chłopcami będę już zawsze. – Ukradkiem dotknęła jego dłoni, świadoma ciekawskich dziecięcych spojrzeń. – Może nawet będzie lepiej, jeśli skrócimy to pierwsze spotkanie. Poznam twoich synów, Conor, ale najpierw muszę się uporać z własnym bałaganem. To ja ją przyjęłam pod swój dach. Nie mogę tak po prostu odejść.

– Jasne – mruknął szorstko. Wrócił na swoje krzesło, a gdy sięgnęła po torebkę, dodał od niechcenia: – Mac tam będzie?

– Nie mam pojęcia – odparła.

– Nie. Oczywiście, że nie.

Przez długi okres, zanim został fotografem, Mac stosował w życiu strategię, która, jeśli nie zapowiadała jego kariery, to na pewno sugerowała jej kierunek. Gdy sytuacja stawała się dla niego niewygodna lub nadmiernie emocjonalna, gdy nie chciał sobie radzić z tym, co działo się wokół niego, wyciszał dźwięki w swoim umyśle i przyglądał się scence z oddali, jakby ustawiał kadr. Surowe emocje filtrował przez soczewkę, redukował do roli pięknej kompozycji, wyjątkowej fuzji światła i linii. W wieku dwudziestu trzech lat w taki właśnie sposób oglądał ciało swojego ojca w trumnie; znajoma twarz była zbyt nieruchoma i zimna, jakby już dawno została porzucona. Skadrował ją, obserwując z dystansu, w jaki sposób śmierć rozluźnia mięśnie, niweluje napięcia, a razem z nimi całą mimikę. Przypomniał sobie, jak patrzył na Natashę, kiedy leżała w łóżku po drugim poronieniu, zwinięta w kłębek pod kołdrą w pozycji embrionalnej, jakby nieświadomie naśladowała to, co straciła. Już wtedy odwróciła się od niego, odseparowała. Czuł echo jej pustki w sobie, aż stało się niemal nie do zniesienia, skupił się więc na sposobie, w jaki światło układało się na fałdach narzuty, na delikatnych pasmach jej włosów i mglistości wczesnego poranka.

Robił to również teraz, przyglądając się dwóm dziewczynom, które siedziały naprzeciwko niego. Starsza przycupnęła skromnie na sofie w swoim biurowym kostiumie i wyjaśniała młodszej, że jutro rano się wyprowadzi i już nie wróci, dlatego też dziewczynka będzie musiała się przeprowadzić do innego, bardziej odpowiedniego domu.

Sarah nie krzyczała, nie płakała, nie prosiła, czego się obawiał. Przyglądała się tylko Natashy i kiwała głową, nie zadając żadnych pytań. Może spodziewała się tego od chwili, w której przekroczyła ich próg. Może to on łudził się nadzieją, że jakoś to poukładają.

To Natasha najbardziej przyciągała jego wzrok. Na tle jasnych poduszek sofy, wyprostowana i opanowana, wyglądała tak, jakby przeszła nad nią burza, pozostawiając za sobą jeśli nie błękitne, to spokojne niebo; niebo, pod którym dostrzegasz wszystko nawet w oddali. Zrezygnowała, stwierdził. Cokolwiek jej tamtej nocy zrobiłem, uwolniłem ją. Ta myśl wywołała w nim niespodziewany ból i nagle uświadomił sobie, że to on najbardziej ulega emocjom z całej trójki. Tylko on mrugał, by powstrzymać łzy.

– Coś wymyślimy, Sarah – mruknął, gdy w pokoju zapadła cisza. – Opłacę czynsz za twojego konia, jeśli będzie trzeba. Nie pozwolimy, żeby coś się wam stało.

W końcu Natasha wstała.

– Tak – oświadczyła, po raz pierwszy patrząc mu prosto w oczy. – No to wszystko jasne. Wszyscy wiedzą, co się dzieje. Nie będzie wam przeszkadzało, jeśli pójdę się spakować?

Niska, trzydziestopięcioletnia kobieta z dyskretnym makijażem i włosami, których nie czesała od rana. Nie modelka i nie stylistka, żaden przykład klasycznego piękna. Mac odprowadził ją wzrokiem. Sarah dyplomatycznie utkwiła wzrok w jej torebce.

– Dobrze się czujesz? – zapytał. Słyszeli stukot obcasów Natashy na piętrze, gdy wyciągała swoje rzeczy z szaf.

– W porządku – odparła Sarah spokojnie. – W sumie jestem trochę głodna.

Uderzył dłonią w czoło, zmuszając się do uśmiechu.

– Kolacja. Wiedziałem, że o czymś zapomniałem. Zaraz coś zrobię. Idziesz ze mną?

– Zaraz przyjdę – zapewniła go.

Jakby zgadła, że potrzebna mu chwila samotności. Tak sobie wtedy pomyślał. Dopiero później okazało się, że chodziło jej o coś zupełnie innego.

Rozdział siedemnasty

Iże w niebezpieczeństwach pan ciało swoje koniowi powierza.

Ksenofont, *Hippika, czyli jazda konna*

Sarah stała za zaparkowanym fordem transitem sto metrów od skrzyżowania dwóch wiaduktów, nie zwracając uwagi na obłoczki oddechu, które parowały w wilgotnym powietrzu przed jej ustami. Czekała już pół godziny, na tyle długo, by stracić czucie w palcach u stóp w ten chłodny poranek i by jej kurtka przemokła od nieustępliwej mżawki. Stała pod lampą sodową na opustoszałym odcinku drogi, w miejscu, gdzie mokradła wcinały się w miasto pod pajęczyną słupów wyznaczającą nieunikniony kierunek urbanizacji.

Już prawie straciła nadzieję, gdy zauważyła pierwsze furgonetki. Przestąpiła z nogi na nogę, plecak ciążył jej na ramionach, nie odrywała wzroku od samochodów, które zaczęły wyrzucać na pobocze pasażerów. Nawet stąd widziała ludzi Maltańczyka, którzy klaskali, by rozgrzać dłonie, śmiali się i częstowali papierosami, oraz gapiów, którzy zjawili się za nimi. Był to naprawdę duży wyścig, największy, jaki dotąd oglądała. Pobocze pod wiaduktem szybko zapełniało się samochodami, z których wylewał się tłum. Atmosfera była radosna, pełna wyczekiwania pomimo wczesnej pory i nijakiego otoczenia. Ten punkt wyznaczał metę wyścigu i początek jej drogi. Patrzyła na wszystkich tych mężczyzn, na ich samochody i nagle poczuła, że drży. Włożyła dłoń do kieszeni i zacisnęła palce na dodających otuchy krawędziach plastikowej karty.

Było pięć po wpół do siódmej.

Na próbę zacisnęła palce w butach, zastanawiając się, czy da radę pobiec na nogach, których już nie czuje. Mężczyźni zbierali się w małe grupki, niektórzy chowali się pod kolorowymi parasolami i gawędzili, jakby spotkali się tylko po to, by z samego rana poplotkować. Trzy razy pytała Ralpha, czy jest pewien, i za każdym razem przysięgał, że tak. Ale czy mogła mu ufać? Czy ich przyjaźń mogła pokonać jego uwielbienie dla Maltańczyka? A może to pułapka? Wciąż myślała o tym, jak odwrócił się od niej w stajni. Ralph żył według własnych zasad: był egoistyczny, wyrachowany. Niegodny zaufania. Tyle że ona musiała mu zaufać, nie miała wyboru.

Zaburczało jej w brzuchu. Za dwadzieścia siódma. Powinni już dawno tu być. Musiała nastąpić zmiana planów. To był inny wyścig. Boo nie przyjedzie, pomyślała i poczuła ból w sercu. Co zrobi, jeśli go tu nie będzie? Nie miała żadnego zapasowego planu. Spaliła za sobą wszystkie mosty, wszystko zrujnowała w chwili, w której opuściła dom Macauleyów. Pomyślała przelotnie o Macu i Natashy, którzy już pewnie wstali. Kiedy się zorientują, co zrobiła?

Obok niej w żółwim tempie przejechał samochód, kierowca z zaciekawieniem zmierzył ją wzrokiem przez powoli poruszające się wycieraczki. Zaczęła udawać, że szuka czegoś w kieszeniach, by wyglądać jak zwyczajna osoba rozpoczynająca zwyczajny dzień.

Za dziewiętnaście siódma.

Usłyszała znajomy głos, który przyniósł skądś wiatr.

– Na tych mokradłach jest więcej kapusty niż u was w kieszeniach, chłopaki. Nie gadać, płacić. – Kowboj John kroczył leniwie ku największemu skupisku furgonetek, jego wytarty kapelusz lśnił od wilgoci, wyciągniętą ręką pozdrawiał innych. Dostrzegła ze swego miejsca rozżarzoną końcówkę jego papierosa.

– Przyjechałeś prosto z lotniska? Zmiana czasu rzuciła ci się na głowę, Kowboju.

– O moją głowę nie musisz się martwić. Martw się o nogi swojego konia. Widziałem kulawe kundle, które osiągały większą prędkość niż ta twoja chabeta. – Rozległ się wybuch śmiechu. – Zaczęli już? Sal do mnie napisał. Mieliście zacząć o szóstej trzydzieści. Powinienem spać, ale całkiem wybiła mnie z rytmu ta zmiana czasu.

– Zaczęli przy Old Axe. Powinni tu być w każdej chwili.

Poderwała głowę, słysząc klakson i czyjeś krzyki.

Jak na komendę ruch się uspokoił, samochody zniknęły, monotonny ryk silników ucichł. Zapanowała próżnia w atmosferze; mężczyźni znieruchomieli, czekając na potwierdzenie tego, co widzą, po czym rzucili się do przodu po mokrym wjeździe, by zajmować lepsze miejsca. Najpierw mała kropka, potem wyraźny zarys – to był on, kłusował po estakadzie nad nimi, uwięziony pomiędzy dyszlami jasnoniebieskich sulek, z wysoko uniesionym ze strachu łbem, poganiany przez siwowłosego, przysadzistego mężczyznę, który mocno skracał mu lejce z dwukółki. Szara klacz Maltańczyka pędziła tuż za nim, zrównała się z nim, a Sal wychylił się i wykrzyczał obelgę, gdy ich mijali.

Nie potrafiła oderwać wzroku od swojego konia, jego wielkiego, muskularnego ciała uwięzionego pomiędzy identycznymi dyszlami, jego nóg, które zlewały się w jedno na twardym asfalcie, gdy przemknął obok. Miał klapki na oczach, przez co wyglądał jak ślepy, bezradny, jak jakiś zakładnik. Zbiegli z drogi na zjazd, na chwilę zniknęli za skrzyżowaniem, po czym wyłonili się z powrotem, zatoczywszy pętlę ku tłumowi gapiów, gdy na wiadukcie znów popłynął ruch. Zgromadzeni przenieśli się na zjazd, by wyjść im na spotkanie, a Sarah schowała się za białą furgonetką, wstrzymując oddech. Dwa konie pojawiły się na zjeździe i wyhamowały pod masywnymi betonowymi filarami. Rozległy się wiwaty, okrzyki, trzaskały drzwi, ktoś głośno protestował. Boo skręcił gwałtownie, jakby nie był pewien, czy powinien się zatrzymać, a woźnica mocno szarpnął jego łeb do tyłu, przez co koń niemal się wywrócił.

Usłyszała głos Kowboja Johna.

– A ten co tu robi, do cholery?

A jeśli jej się nie uda? Jeśli to wszystko się zawali? Poczuła, jak oddech więźnie w jej gardle, po czym opuszcza jej ściśnięte płuca w długim, drżącym wydechu. Myśl. Oceniaj. Długie bezsenne godziny spędziła, czytając rady Ksenofonta dla kawalerzystów, i teraz wróciło do niej jedno zdanie: „Takie bowiem jak najdokładniejsze wymiarkowanie naprzód ruchów wroga korzyść przynosi wielokrotną"*.

Przesunęła się nieco za białą ciężarówką, nie odrywając wzroku od swojego konia. „Jestem tutaj, Boo", powiedziała mu, przygotowując się do działania.

Mac usłyszał, jak Natasha puszcza wodę pod prysznicem, zerknął na zegarek i skrzywił się, gdy zobaczył, jaka to nieludzka pora. Przez chwilę leżał w łóżku, czując, że jest coś, co powinien zrobić. W końcu powaga tego poranka przedarła się do jego świadomości. Natasha się wyprowadzała. To było to. Wszystko się kończyło.

Usiadł. Po drugiej stronie korytarza pod prysznicem lała się woda, wyciąg zawodził słabo pełnym wahania dyszkantem. Będzie chciała wyjść, robiąc jak najmniej zamieszania.

– Wrócę i przygotuję dom do sprzedaży – poinformowała go, gdy Sarah poszła spać poprzedniego wieczoru. – Ekipa porządkowa. Inspekcje. Co tylko trzeba. Mogę też porozmawiać z opieką społeczną, jeśli wolałbyś tego nie robić. Ale nie zostanę tutaj dłużej. – Prawie na niego nie patrzyła, gdy mówiła, przekładała książki na półkach.

– Nie musisz tego robić, Tash – powiedział cicho.

Zignorowała jego słowa.

---

* Ksenofont, *Hipparch, czyli Naczelnik jazdy*, dz. cyt. (przyp. tłum.).

– Mam dużą sprawę, Mac. To największa sprawa w mojej dotychczasowej karierze. Muszę się na niej skupić.

Nie słyszał urazy ani gniewu. To była Natasha, której nienawidził – ta zdystansowana, niedostępna wersja jego żony. Ta, której chłodne, fałszywie uprzejme zachowanie stanowiło dowód wszystkiego, co najwyraźniej zrobił źle w ich małżeństwie.

Rozległ się dźwięk dzwonka, przenikliwy i napastliwy. Listonosz? O tej porze? Natasha nie usłyszy go pod prysznicem. Westchnął, włożył podkoszulek i zszedł po schodach.

Na progu stał Conor. Mac spojrzał na jego elegancki garnitur, schludnie ogolony podbródek i nie po raz pierwszy pomyślał o tym, jak bardzo nie lubi tego człowieka.

– Cześć, Mac – przywitał się Conor spokojnie.

– Cześć, Conor. – Mac nie zamierzał niczego ułatwiać. Stał i czekał.

– Przyjechałem zabrać Natashę.

Zabrać. Jakby ją wcześniej wypożyczył. Mac się zawahał, po czym cofnął, by pozwolić mu wejść. Każdy krok tamtego w korytarzu wzbudzał w nim urazę. Conor wszedł do środka tak, jakby rościł sobie jakieś prawa do tego domu, skręcił w lewo do salonu i usiadł na kanapie ze spokojną pewnością kogoś, kto zna otoczenie, po czym otworzył swoją gazetę.

Mac przygryzł wargę.

– Wybacz, że nie zostanę i nie pogadam – oświadczył. – Powiem mojej żonie, że już jesteś.

Wszedł na górę, czując palący gniew na to, co się tu dzieje. Mężczyzna siedział na sofie, którą on wybrał, za którą zapłacił, i czekał, by odebrać mu żonę. Gdy tylko wydał z siebie ten jęk protestu posiadacza, przypomniała mu się Maria, ledwie ubrana, z dwoma kieliszkami wina. Jej podstępny zachwyt, gdy udało się jej zranić Natashę.

Zakręciła wodę. Zapukał do drzwi łazienki. Gdy nie usłyszał odpowiedzi, zapukał znowu, po czym z wahaniem pchnął drzwi.

– Tash?

Zobaczył jej odbicie, zanim zobaczył ją samą. Stała przed lustrem, owinięta ręcznikiem, woda wciąż kapała na jej nagie ramiona z mokrych włosów. Wzdrygnęła się, gdy wszedł, i nieświadomie uniosła dłoń do szyi. Ten obronny gest odczuł niczym cios.

– Pukałem.

Wszędzie leżały częściowo spakowane walizki. Tylko minuty dzieliły ją od szybkiej ucieczki.

– Przepraszam. Zamyśliłam się. Ta sprawa...

– Conor przyjechał.

Jej oczy zogromniały.

– Nie spodziewałam się go.

– Cóż, czeka na dole, by cię zabrać. – W jego głosie zabrzmiała nuta sarkazmu.

– Och – mruknęła. Podniosła szlafrok z łóżka i otuliła się nim. Pochyliła się, by wytrzeć włosy ręcznikiem. – Powiedz mu... A zresztą nic, nie przejmuj się tym.

Przesunął dłoń po krawędzi otwartej walizki. Nie poznawał wielu z tych poskładanych ubrań.

– A więc to tak – powiedział. – Po prostu odchodzisz.

– Tak. Jak ty kiedyś – odparła z werwą, prostując się, by wyszczotkować włosy. – Czy Sarah już wstała?

– Nie sprawdzałem.

– Przez to wszystko, co się wczoraj wydarzyło, zapomniałam o jednej rzeczy... Miała jakiś papier do podpisania. Zgodę na jakąś szkolną wycieczkę.

– Ja to zrobię.

Rozłożyła kostium na łóżku i przymierzyła najpierw jedną, a potem drugą koszulę do granatowej marynarki. Gdy byli małżeństwem, zawsze pytała go, czy coś pasuje, a potem zazwyczaj decydowała się na coś innego. Przez kilka pierwszych lat żartowali sobie z tego.

Skrzyżował ramiona na piersi.

– No to... dokąd mam przesyłać twoją pocztę?

– Nie musisz tego robić. Będę tu wpadać co parę dni. Po prostu zadzwoń, jeśli trzeba będzie coś omówić. A co z opieką społeczną? Mam do nich zadzwonić, gdy po południu wyjdę z sądu?

– Nie – odparł. – Najpierw porozmawiam z Sarah. Zapytam ją, co byłoby dla niej... – Nie mógł powiedzieć „najlepsze". Wiedział, że nic nie będzie dla niej najlepsze. – Tash...

Stała plecami do niego.

– Co?

– Ja tak nie mogę. Wiem, że sprawy się nieco skomplikowały, ale nie rozumiem, dlaczego to się musi tak skończyć.

– Rozmawialiśmy już o tym, Mac.

– Wcale nie. Mieszkaliśmy tu razem przez prawie dwa miesiące i w ogóle nie rozmawialiśmy. Nie rozmawialiśmy o tym, co się pomiędzy nami stało ani co, do cholery...

Odwrócił się gwałtownie. W drzwiach stanął Conor.

– Pomyślałem, że może przyda ci się pomoc z bagażami.

Pachniał wodą po goleniu. Kto, do licha, myśli o wodzie po goleniu o takiej godzinie?

– Mam zabrać to, co leży na łóżku, Natasho?

Już miała mu odpowiedzieć, ale wtrącił się Mac:

– Jeśli ci to nie przeszkadza – oświadczył, stając przed Conorem – wolałbym, żebyś poczekał na dole.

Zapadła krótka, pełna napięcia cisza.

– Przyszedłem po bagaże Natashy.

– Wchodzisz do mojej sypialni – powiedział Mac powoli – a ja proszę cię, żebyś tego nie robił.

– W zasadzie to nie jest...

Odwrócił się do niego.

– Posłuchaj, stary – mruknął, praktycznie nie panując nad niechęcią, która rozbrzmiała w jego głosie – połowa tego domu należy do mnie. Proszę cię ładnie, żebyś się wyniósł z mojej sypialni... naszej sypialni... i zaczekał na dole, żebym mógł dokończyć prywatną rozmowę z kobietą, która przynajmniej teoretycznie wciąż jest moją żoną. Mógłbyś to dla mnie zrobić?

Natasha przerwała szczotkowanie włosów. Przeniosła wzrok z jednego mężczyzny na drugiego, po czym dyskretnie skinęła głową na Conora.

– Złożę siedzenia w samochodzie – oświadczył Conor, po czym wyszedł, ostentacyjnie pobrzękując kluczykami.

W pokoju zapadła cisza. Wyciąg w łazience się wyłączył.

Mac poczuł, że jego puls powoli się uspokaja.

– Cóż, to by było na tyle. – Próbował się uśmiechnąć, ale mu to nie wyszło. Czuł się głupio.

Natasha miała nieodgadnioną minę.

– Owszem – powiedziała, zaciskając szczęki. Znów zaczęła się krzątać. – Muszę się zbierać, Mac, jeśli pozwolisz. Ale zadzwoń do mnie wieczorem, jak już ustalicie z Sarah jakieś ramy czasowe na to wszystko. – Sięgnęła po kostium i skryła się w łazience.

W tym wyścigu brały udział dwa kłusaki, klacz Sala i Boo. Nikt się nie spodziewał, że Boo wygra, uprzedził ją Ralph; duże pieniądze postawiono przeciwko niemu mimo jego imponującej postury i faktycznie dobiegł na metę ostatni.

Ze swojego punktu obserwacyjnego za furgonetką widziała, jak woźnica zeskoczył z sulek, chwycił lejce i mocno kopnął konia w zad. Boo pierzchnął w bok, wykrzywiając szyję z bólu. Z jej ust wyrwał się jęk protestu, nogi same zaczęły ją nieść w tamtą stronę. W ostatniej chwili się powstrzymała, skuliła się za samochodem, mocno zacisnęła powieki i powiedziała sobie, że musi się skupić, nie wolno jej działać pochopnie. Sto metrów dalej jeden z ludzi Sala trzymał spoconą klacz za uzdę i osłaniał dłońmi płomień zapalniczki, próbując odpalić od niego papierosa.

– Serio, Sal, musisz szprycować tego konia jakimiś dziwnymi witaminami – mruknął, chowając zapalniczkę do kieszeni.

– To nie mój koń się tam rozpędził.

– Przestraszył go wiatr. Po tamtej stronie przyjęliśmy go na siebie z całą siłą.

– Już ci mówiłem, Terry, ten wyścig jest rozstrzygnięty.

Boo miotał się po asfalcie, niezadowolony z ciążących mu sulek, przerażony, że ktoś znów wymierzy mu kopniaka. Mężczyzna przywiązał go mocno do lusterka swojej furgonetki, warknął coś do niego, groźnie uniósł rękę, po czym odszedł. Strzelała niewidzialnymi kulami w jego tłusty łeb, w myślach kopała go tak, jak on kopnął Boo. Nigdy jeszcze nie czuła takiego gniewu. Zmusiła się, by spokojnie oddychać, i zauważyła niedaleko Kowboja Johna, który wdał się w nerwową rozmowę z Salem. Patrzył na Boo i kręcił głową, jego kapelusz ociekał deszczem. Sal wzruszył ramionami i zapalił kolejnego papierosa. John położył dłoń na jego ramieniu, próbując odseparować go od tłumu, ale gdy tylko się odwrócili, Sala wezwała grupa ludzi odliczających pieniądze.

Poczuła spokój. Przyglądała się temu wszystkiemu z uwagą myśliwego, kalkulowała strategicznie jak Ksenofont i jednocześnie cały czas poruszała się do przodu za zaparkowanymi samochodami i pomiędzy masywnymi, szorstkimi filarami przecinających się estakad. Już tylko centymetry dzieliły ją od Boo, stała na tyle blisko, by widzieć pot na jego szyi, jego pociemniałą od deszczu skórę, na tyle blisko, by ocenić, iloma rzemieniami przywiązano go do sulek. Tylko mnie nie wołaj, ostrzegła go. Mężczyźni kłócili się obok szarej klaczy. Sal hałaśliwie dowodził, że to on wygrał i w związku z tym Boo należy do niego, ten drugi mężczyzna się sprzeciwiał. Koń Sala dwa, a nawet trzy razy przestał biec kłusem. Powinien zostać zdyskwalifikowany. Jedni protestowali, inni się zgadzali.

– Musimy się zmywać – krzyknął ktoś z irlandzkim akcentem. – Wracajmy do domu. Gliny zaraz tu będą.

Przekradła się za Boo i zauważyła, że koń wyciąga szyję, by zobaczyć, kto to; uniemożliwiały mu to uprząż i klapki na oczach.

– Cicho – mruknęła, przesuwając dłoń po jego unoszącym się ciężko boku.

Zastrzygł uszami, gdy ją rozpoznał. Obejrzała się na mężczyzn i wysunęła dyszle z uprzęży, sprawnie rozpinając sprzączki.

Gdy głosy na chwilę ucichły, schowała się za filarem, czując w piersi nierówne bicie serca. Głosy znów się podniosły, wybuchła prawdziwa kłótnia. Wyjrzała ze swej kryjówki, zobaczyła, jak dzielą pieniądze, dyskutują, przekazują je sobie, i zrozumiała, że to jej jedyna szansa – nie będą się rozglądać, gdy liczą gotówkę.

Miała już tylko sekundy. Jej palce drżały, gdy rozpinała pasy, adrenalina pompowała krew do jej uszu, zagłuszając odgłosy ruchu na wiadukcie. Zabieram cię stąd, Boo. Trzy pasy. Dwa pasy. Jeszcze tylko jeden. Mamrotała do niego pod nosem. No dalej. Odpinała ostatni pasek, jej palce ślizgały się na mokrej skórze, gdy usłyszała to, czego się najbardziej obawiała.

– Ej! Ty!

Wielki mężczyzna, ten z karkiem szerszym niż jego głowa, szedł w jej stronę. Stawiał długie kroki i groźnie się w nią wpatrywał.

– Ej! Co ty robisz?

Boo zaczął się miotać na boki, odczuwając jej niepokój; syknęła na niego, by się nie ruszał.

– No dalej – wymamrotała do sprzączki, gdy obejrzał się na nich drugi mężczyzna i zauważył, że coś jest nie tak, że ta dziewczyna nie przyjechała z nimi. Dostrzegła konsternację Johna, minę Sala, jego szok, gdy ją rozpoznał. No dalej.

Mężczyzna zerwał się do biegu. Ostatnia sprzączka nie chciała puścić. Szarpnęła ją, jej oddech zaczął się rwać. Mężczyznę dzieliły od nich już tylko metry, gdy nagle dyszle opadły z hukiem na ziemię. Boo był wolny. Chwyciła jego grzywę, odpięła linkę od wędzidła i wskoczyła na jego grzbiet niesiona strachem.

– Wio! – zawołała, przyciskając nogi do jego boków, a ten wspaniały koń skoczył do przodu, jakby tylko na to czekał, spinając mięśnie pod nią z taką siłą, że musiała zatopić palce w jego grzywę, żeby nie zostać z tyłu.

Rozpętała się burza. Słyszała krzyki, odgłosy zapalanych silników, gdy pochyliła się nisko nad jego szyją i ponagliła go w panice.

– Wio! – krzyczała, zbierając niezdarnie za długie lejce do powożenia, które zwisały bezwładnie wzdłuż jego nóg. Skierowała go na pochylnię, na wąską drogę prowadzącą na wiadukt. W trzech, czterech krokach znaleźli się na górze, usłyszała pisk opon i ryk klaksonów, gdy przelecieli przez dwupasmową jezdnię.

Galopowała po wiadukcie wysoko nad miastem, pomiędzy samochodami, niemal nie dostrzegając kierowców, którzy skręcali gwałtownie, by ją wyminąć. Nie widziała nic poza odległymi mokradłami, nie słyszała nic poza szumem krwi w uszach, nie wiedziała nic poza tym, że na pewno ją ścigają. Wiedziała, dokąd uciekać – przeżywała tę chwilę nocą wiele razy, gdy planowała trasę ucieczki. I nagle go zobaczyła, jakby wychodził jej na spotkanie. Zjazd w lewo zakorkowany przez nieruchome pojazdy kilkaset metrów przed nią. Wiedziała, że jeśli zdoła tam dotrzeć, a potem skręcić w lewo w strefę przemysłową, nikt jej nie złapie.

Nagle mały niebieski hatchback skręcił gwałtownie na pobocze, gdy kierowca za późno postanowił zmienić pasy, nie dostrzegając galopującego za nim konia. Krzyknęła cicho, starając się powściągnąć Boo. Widziała, że ten samochód i korki na obu pasach ją zatrzymają. Odwróciła głowę w prawo. Nie mogła przeskoczyć zapory rozdzielającej pasy ruchu, bo wpadłaby prosto pod koła samochodów nadjeżdżających z naprzeciwka. Nie było drogi ucieczki. Obejrzała się za siebie i zauważyła terenówkę Sala, która torowała sobie drogę pomiędzy samochodami rykiem klaksonu. Jeśli zostanie na estakadzie, złapie ją. Przełknęła ślinę, czując w gardle metaliczny posmak strachu.

Zmierzyła wzrokiem samochód, wciąż pędząc w jego stronę i siłą woli ponaglając go, by jej ustąpił. Nie miała wyboru. Wybacz mi, papo, szepnęła, po czym zacisnęła palce na grzywie i popędziła Boo prosto na maskę.

Boo, całkowicie zbity z tropu jej żądaniem, zawahał się, lecz zrozumiał nacisk jej nóg i słowa zachęty i nagle wzbił się w powietrze; jego masywny, umięśniony grzbiet rozciągnął się pod nią, gdy przeskoczył samochód. Poczuła się jak Ksenofont – słyszała odgłosy toczącej się pod nią bitwy, lecz całym swoim ciałem, całą sobą zawierzyła odwadze zwierzęcia, którego dosiadała. Poczuła się wszechmocna, chroniona, uskrzydlona. Była gniewem i chwałą, pragnęła tylko przetrwać. Świat znieruchomiał. Z jej gardła wyrwał się cichy okrzyk. Zamknęła oczy, po czym je otworzyła, widziała tylko niebo, gwałtownie skręcające w dole samochody, i nagle wylądowali. Boo potknął się na śliskiej nawierzchni, ona niemal zsunęła się z jego szyi, zawisła na jego boku, gorączkowo sięgając po za długie lejce, jego grzywę, cokolwiek, byle tylko się na nim utrzymać.

Galopował wzdłuż drogi, jego kopyta tworzyły niewyraźną plamę na asfalcie, a ona z jękiem wysiłku wyciągnęła lewą rękę, chwyciła uprząż i podciągnęła się z powrotem na grzbiet. W końcu skręcili w zjazd prowadzący do kanału, a odgłosy zablokowanego ruchu i pełne niedowierzania klaksony stopniowo cichły za ich plecami.

– Kim jest twój pierwszy świadek?

Wysłała kolejną wiadomość Benowi, prosząc go, by raz jeszcze sprawdził, czy ma odpowiednie papiery na rano i czy na pewno będzie czekał przed sądem za trzydzieści minut. Stała w kolejce po kawę z Conorem.

– To psycholog dziecięcy. Jeden z naszych. Zamierzamy przestraszyć męża sugestią, że może się nam udać podtrzymać oskarżenia o przemoc domową, podczas gdy Harrington i jeszcze jeden prawnik będą za kulisami naciskać na panią P., by zgodziła się na dzielenie opieki w zamian za lepsze warunki finansowe.

Nie jestem kompletnym imbecylem

– odpisał Ben.

Sama to osądzę

– wystukała na klawiaturze.

– Żona dostanie to, czego chce – mruknął zgorzkniale Conor. – Nie będzie musiała już nigdy kiwnąć palcem, a porządny ojciec zostanie zmieszany z błotem. Nie sądziłem, że możesz grać tak ostro.

Szturchnęła go.

– To jedyny sposób, żeby dziecko mogło zostać z matką. Daj spokój, Conor, to rozwód. Zrobiłbyś dokładnie to samo na moim miejscu. – Zmrużyła powieki, przeglądając się w wiszącym na przeciwległej ścianie lustrze. – Włosy mam w porządku? Harrington podejrzewa, że przed sądem będzie prasa.

– W porządku.

Nie mogła sobie pozwolić na błąd w tej sprawie. Musiała nie tylko ją wygrać, ale także pokazać się od jak najlepszej strony Michaelowi Harringtonowi. Wciąż pamiętała o jego propozycji, o tym małym darze od losu w chwilach, gdy czuła się obezwładniona bałaganem reszty swojego życia. Czy to byłoby takie złe, przejść na drugą stronę? Wyszłoby jej to na dobre, gdyby zaprzestała codziennych kontaktów z klientami. Na przykład Ali Ahmadi. Gdyby przeniosła się do Harrington Levinson, nie popełniłaby znów takiego błędu.

Nie wspominała Conorowi o tej propozycji. Nie chciała przyznać się nawet przed sobą, z jakiego powodu.

Dotknął jej stopy swoją.

– Nie mam nic ważnego przed południem, więc podrzucę cię i zawiozę twoje rzeczy do siebie.

Zaskoczył ją.

– Jesteś pewien?

– No. Przecież nie powiedziałem, że cię rozpakuję. Nie spodziewaj się, że zamienię się w modelowego męża.

– Dzięki, Conor.

– Nie ma sprawy, gwiazdo. Jak już mówiłem, niewiele mam przed południem do zrobienia.

– Dzięki, że pozwoliłeś mi u siebie pomieszkać.

Przez chwilę wbijał wzrok w swoje buty, po czym spojrzał na nią dziwnie.

– Dlaczego tak mówisz? Nie jesteś gościem. – Zmarszczył brwi. – Chcesz powiedzieć, że to tylko tymczasowe? Jestem jakimś zapchajdziurą?

– Nie wygłupiaj się. Ale nie wiem, jak długo powinnam zostać, szczerze mówiąc. Nie miałam jeszcze okazji się nad tym zastanowić. Po prostu nie wiem, czy powinnam przenosić się...

– Z deszczu pod rynnę?

– Tego nie powiedziałam. Ale sam stwierdziłeś, że oboje jesteśmy w rozsypce, jak to uroczo ująłeś.

– I pasujemy do siebie. Proszę o tym nie zapominać, pani mecenas.

Zorientowała się, że przesunęła się na początek kolejki.

– Och, przepraszam. Bezkofeinowa latte z chudym mlekiem.

– Innymi słowy, po co w ogóle zawracać sobie głowę – mruknął Conor. Dziewczyna przy kasie uśmiechnęła się słabo, jakby słyszała ten dowcip tylko kilkaset razy dziennie. – Dla mnie podwójne macchiato.

– Pozwól mi uporać się z tą sprawą, Conor. O niczym innym nie mogę teraz myśleć.

Czekała, by coś powiedział, a gdy tego nie zrobił, sięgnęła do torebki z wykalkulowaną wesołością.

– Ja zapłacę – oświadczyła. – Przynajmniej tyle mogę zrobić, biorąc pod uwagę, że przeze mnie nie zjadłeś śniadania. Może masz ochotę na muffinkę? – Otworzyła portfel.

Nigdzie go nie widziała. Wjechała na dziedziniec fabryki mebli, po czym skręciła za róg, gdzie ciężarówki osłaniały parking od strony ulicy. Oddychała ciężko, deszcz spływał po jej twarzy z taką siłą, że musiała wycierać oczy, by cokolwiek widzieć. Zeskoczyła na ziemię. Boo był zlany potem, wstrząśnięty wydarzeniami ostatnich dwóch dni, wychłodzony przez ulewę. Musiała pociągnąć za lejce, by zmusić go do pójścia za sobą.

– Ralph? – zawołała.

Nie odpowiedział. Otaczały ją ciemne okna biurowców, które spoglądały na nią obojętnie; szum wody zagłuszał jej okrzyki. Żaluzje w fabryce wciąż były zamknięte. Pierwsi pracownicy mieli się zjawić za pół godziny.

Poszła dalej w kierunku zaparkowanej furgonetki.

– Ralph?

Nic.

Wytarła krople deszczu z twarzy, pewność siebie ją opuszczała, adrenalina, która krążyła w jej żyłach przez ostatnie pół godziny, zaczęła słabnąć. Była tylko dziewczyną czekającą na parkingu na kłopoty.

Nie przyjdzie. Oczywiście, że nie przyjdzie. Była naiwna, że w to wierzyła. Pewnie powiedział Salowi, gdzie mają się spotkać. Znieruchomiała na myśl, że gdyby ludzie Sala zaszli ją od tyłu, znalazłaby się w pułapce.

Zdusiła panikę, próbując myśleć strategicznie. Czy poradzi sobie bez siodła? Czy poradzi sobie z tą głupią uzdą z klapkami? Odpowiedź była prosta: nie miała wyboru. Nie mogła ryzykować czekania tutaj na nie wiadomo kogo. Zebrała lejce w lewą dłoń, przygotowując się, by znów dosiąść Boo.

– Nie musisz tak krzyczeć, cyrkówko. – Ralph wynurzył się z bramy i podszedł do niej dziarskim krokiem w kapturze naciągniętym na głowę. – O cholera – mruknął, patrząc na konia.

Podbiegła do niego, ciągnąc za sobą opierającego się Boo.

– Przyniosłeś? – zażądała odpowiedzi.

Wyciągnął rękę.

– Najpierw plastik.

– Przecież cię nie wykiwam, Ralph. – Sięgnęła do kieszeni i wyjęła zwitek banknotów.

– A gdzie karta?

– Nie mogłam jej dostać, ale masz tu dwadzieścia funtów.

– Spadaj. Masz mnie za frajera?

– Pięćdziesiąt.

– Więcej zarobię, jak sprzedam to siodło. Sto pięćdziesiąt.

– Sto. To wszystko, co mam.

Wyciągnął rękę. Położyła na niej przeliczone pieniądze. Pieniądze Sala. Z radością się ich pozbywała.

– A gdzie siodło?

Wskazał palcem bramę, zajęty liczeniem banknotów. Poprosiła go, by przytrzymał Boo, gdy go siodłała. Jej oddech wciąż się rwał, gdy zaciągała popręg. Zdjęła mu uzdę z klapkami i wyrzuciła ją za ścianę na nieużytki, po czym założyła Boo jego własną.

– Wiesz co, dziewczyno? – Ralph wcisnął gotówkę do kieszeni dżinsów. – Masz jaja.

Włożyła stopę w strzemię i podciągnęła się na grzbiet. Boo się cofnął, znów gotów do drogi.

– Dokąd go zabierasz? Sal będzie cię szukał, przecież wiesz. Nie ma sensu próbować w Stepney ani w stajniach Whitechapel. Pewnie poszukasz czegoś na południowym brzegu rzeki.

– Nie tutaj. Posłuchaj, Ralph, musisz dla mnie zrobić coś jeszcze.

– O nie. – Pokręcił głową. – Już dużo ode mnie wyciągnęłaś, cyrkówko.

– Jedź do Świętej Teresy. Powiedz mojemu dziadkowi... Powiedz mu, że pojechaliśmy z Boo na nasze wakacje. On będzie wiedział, co to znaczy. Powiedz mu, że zadzwonię do niego.

– A czemu miałbym coś dla ciebie robić? Kobieto, ściągnęłaś mnie tutaj o szóstej piętnaście rano. To powinno być nielegalne.

– Proszę cię, Ralph. To naprawdę ważne.

Poklepał się po kieszeni i odwrócił w kierunku ulicy.

– Może to zrobię – zadeklarował. Za duże adidasy zsuwały się z jego dwunastoletnich stóp. – Ale jestem zajętym człowiekiem...

– Nie mogę teraz rozmawiać, Natasho. Właśnie wychodzę. – Mac upuścił torbę z aparatem na podłogę holu.

– Moja karta kredytowa, Mac. Leży na stoliku, na którym wczoraj zostawiłam torebkę?

Musiał się ugryźć w język. Wyprowadziła się z domu, więc nie mogła teraz oczekiwać, że będzie się uganiał za jej zgubami. Zajrzał do pokoju.

– Nie. Nic tam nie ma.

Zapadła krótka cisza. W tle rozlegały się rozmowy i brzęczenie kubków.

– Cholera – powiedziała.

Uniósł brew. Natasha rzadko przeklinała.

– O co chodzi?

– Czy ona tam jest?

– Nie, sprawdzałem. Musiała wyjść przed nami.

– Zabrała moją kartę kredytową.

– Co?

– Słyszałeś.

Podniósł wzrok do sufitu.

– Znowu się jej czepiasz. Pewnie gdzieś ją zostawiłaś.

– Nie, Mac. Właśnie otworzyłam torebkę i zauważyłam, że nie mam karty kredytowej.

– Jesteś pewna, że to ona?

– Cóż, chyba nie ty, prawda? Mówię ci, Mac, ukradła mi cholerną kartę.

– Przecież nie zna pinu.

Usłyszał stłumioną rozmowę, a po chwili Natasha wróciła do telefonu.

– Cholera. Muszę jechać do sądu. Nie mogę się spóźnić. Mac, mógłbyś...

– Odbiorę ją ze szkoły. Porozmawiam z nią.

– Nie wiem, czy mam ją zastrzec.

– Jeszcze nie. Przecież ona nie wyda wszystkich twoich pieniędzy w szkolnej stołówce. Najpierw z nią porozmawiam. Na pewno istnieje jakieś niewinne wyjaśnienie.

– Niewinne wyjaśnienie? Na kradzież mojej karty?

– Posłuchaj, nawet nie wiemy na pewno, czy to ona. Najpierw z nią porozmawiajmy, dobra? Mówiłaś, że chciała kupić jakieś rzeczy swojemu staruszkowi.

Zapadła długa cisza.

– Tak, chciała, ale to nie usprawiedliwia kradzieży.

Znów zaczął protestować, ale mu przerwała:

– Wiesz co, Mac? Te dzieciaki miewają trudne życie, ale nie zawsze to one są ofiarami.

Rozłączył się i stanął w korytarzu. Najpierw zirytowały go słowa Natashy, musiał siłą powstrzymywać instynktowną odpowiedź. Nie pamiętał, by tak cynicznie traktowała klientów. Nie podobało mu się to.

Już miał sięgnąć po torbę z aparatem, gdy przypomniał sobie osobliwe opanowanie Sarah poprzedniego wieczoru, to, że postanowiła zostać w salonie, gdy on poszedł do kuchni robić kolację. Wierzył, że próbowała postąpić dyplomatycznie. Wciąż w to wierzył.

Stał tak jeszcze przez chwilę, po czym powoli wszedł po schodach na górę i otworzył drzwi do jej pokoju.

Nie sposób wejść do pokoju nastolatki, nie czując się przy tym jak jakiś podejrzany intruz. Nieśmiało wsunął dłonie do kieszeni, jakby się bał, że czegoś dotknie. Nie był pewien, czego szuka, wiedział tylko, iż musi się upewnić, że wszystko jest w porządku. Może jednak zna tę dziewczynę. Otworzył szafę i westchnął z ulgą. To były jej ubrania, jej dżinsy, jej buty. Posłała łóżko. Już miał wyjść z pokoju, gdy nagle zawrócił.

Zniknęło zdjęcie jej dziadka. Tak jak grecki traktat o jeździectwie, który czytała. Spojrzał na puste miejsce na stoliku przy łóżku, gdzie leżały te rzeczy, po czym wszedł do łazienki. Brak szczoteczki do zębów. Brak grzebienia. Brak mydła. Nad grzejnikiem wisiał jej szkolny mundurek. Jedyny zestaw, jaki miała.

Zbiegł po schodach na dół i chwycił za telefon.

– Tash? – Zaklął pod nosem. – Tak, wiem, że jest w sądzie. Może ją pani dla mnie złapać? To pilne. Proszę jej powiedzieć… Proszę jej powiedzieć, że mamy problem.

Rozdział osiemnasty

Sądzę, iż gdybym został kawalerzystą, byłbym człowiekiem, który ma skrzydła.

Ksenofont, *Wychowanie Cyrusa**

Przestało padać. Sarah kłusowała dziarsko wzdłuż bezkresnego zielonego pobocza ku Royal Docks i lotnisku City, obserwując, jak sierść Boo schnie i zmienia kolor. Koń uspokoił się, czując jej znajomy ciężar na grzbiecie, słysząc jej głos, ale jej serce wciąż boleśnie łomotało w piersi, a szyja bolała ją od ciągłego odwracania głowy.

Tutaj było więcej przestrzeni, niebo wyglądało jak płaska szara nieskończoność, której linii nie zakłócały wysokie budynki. Mogli się z Boo poruszać szybciej, ale byli bardziej widoczni, co sprawiało, że brnęli dalej przed siebie, trzymając się pobocza, z którego mogli szybko uciec, zmieniając kierunek w razie potrzeby. Obejrzała się na samochody, przecinając asfaltową drogę. Kopyta Boo zastukały na pustej nawierzchni. Gdy znów stanęli na trawie, przeszli do cwału, przeskakując nad rowami melioracyjnymi.

---

* Ksenofont, *Wychowanie Cyrusa*, wstęp K. Głombiowski, przeł. i przypisami opatrzyli K. Głombiowski i in., Wrocław 2014, s. 208 (przyp. tłum.).

Szare chmury rozstąpiły się i nagle tuż przed Sarah wyrosło lotnisko. Brała pod uwagę londyńskie mosty, ale obawiała się panujących na nich korków – dziewczyna na koniu wzbudzałaby zainteresowanie – dlatego też podążyła na wschód przez bezkresne osiedla w komunistycznym stylu w Newham i Beckton, przecięła równinę północnego Woolwich i zostawiła za sobą lśniące wieże Canary Wharf.

Godziny szczytu powoli mijały, a niekończący się strumień samochodów, ich nieustępliwy pochód ku City osłabł. Od czasu do czasu mijało ją jakieś auto, skracając sobie drogę przez Blackwall Tunnel albo Isle of Dogs, ale nikt nie zwrócił na nią uwagi – ani mężczyzna jedzący kanapkę, ani młodociany pirat drogowy zasłuchany w dudniącą muzykę. Miała na sobie wiatrówkę i kaptur, który osłaniał jej twarz. Nie zamierzała się zatrzymywać w tej okolicy, chyba że okazałoby się to absolutnie koniecznie. Otaczały ją magazyny, tanie hotele i drogi szybkiego ruchu; przez takie miejsca przejeżdżali tylko menedżerowie średniego szczebla i przedstawiciele handlowi.

Boo się męczył; zwolniła do chodu, by dać mu odetchnąć, i sprawdziła znaki. Na poszarzałej trawie stał samotnie ponury pub, w tle majaczyło parę zniszczonych domów. Nieco dalej stały pierzeje nowo wybudowanych apartamentowców (teraz już nie budowało się „bloków"), za którymi płynęła Tamiza oświetlona migoczącymi smugami światła w miejscach, gdzie słońce przedarło się przez chmury. Dalej znajdowały się już tylko dziurawa asfaltowa droga otoczona betonowymi budynkami i terminal promowy. Zwolniła, obejrzała się za siebie, po czym skierowała konia w tamtą stronę.

– Panie Elsworth, proszę podać swoje pełne imię i nazwisko.

– Peter Graham Elsworth.

– Dziękuję. Czym się pan zajmuje?

– Prowadzę praktykę psychoterapeutyczną i doradczą specjalizującą się w leczeniu dzieci, zwłaszcza tych cierpiących na skutek jakiegoś rodzaju traumy.

– Praktykuje pan od ponad trzydziestu lat i ma pan opinię jednego z najwybitniejszych ekspertów w swej dziedzinie, czy tak?

Elsworth lekko wyprostował plecy.

– Publikuję swoje teksty recenzowane w licznych wydawnictwach akademickich, owszem.

Natasha zajrzała do notatek. Siedząca za nią pani Persey nerwowo stukała skąpo obutą stopą o podłogę, wydając z siebie ledwie słyszalne westchnienia irytacji i frustracji.

– Panie Elsworth, czy sądzi pan, że dzieci mają tendencję do przeżywania traumy w pewien określony sposób?

– Nie. Dzieci przeżywają traumę na wiele różnych sposobów, podobnie jak dorośli.

– Nie ma więc jednej standardowej reakcji na traumatyczne wydarzenie.

– Dokładnie.

– Czy można w takim razie powiedzieć, że niektóre dzieci otwarcie reagują na traumatyczne wydarzenie: na przykład płaczą, zwierzają się przyjaciołom bądź dorosłym, podczas gdy inne dzieci, które mogą przeżywać równie niepokojące doświadczenia, niczego po sobie nie pokazują?

Elsworth zastanawiał się przez chwilę nad odpowiedzią.

– To zależy od etapu rozwoju dziecka i jego relacji z ludźmi wokół… a także od natury traumy, rzecz jasna.

– Gdyby, na przykład, dziecko czuło, że ujawnienie czegoś złego mogłoby zdenerwować rodzica, czy zachowałoby to dla siebie? – Jej peruka, wciąż dla niej obca, znów zaczynała gryźć. Zwalczyła pokusę podrapania się po głowie.

– Zdecydowanie tak wynika z mojego doświadczenia.

Pan Persey patrzył prosto na nią. Wysoki, barczysty mężczyzna o rumianych policzkach i kolorycie świadczącym o trzech prawdziwych wyjazdach wakacyjnych rocznie utkwił w niej przeszywające spojrzenie, które w innych okolicznościach wzbudziłoby w niej niepokój.

Nietrudno było się domyślić, dlaczego pani Persey jest taka rozdygotana i histeryczna.

– Czy z pańskiego doświadczenia wynika również, że w wypadku, gdy zaangażowani są rodzice, rodzice, powiedzmy, pozostający w konflikcie, dziecko może ukrywać dowody traumy, jeśli czuje, że w przeciwnym razie tylko pogłębiłoby konflikt w związku?

– To powszechnie znany mechanizm psychologiczny. Dziecko stara się chronić rodzica, jeśli wierzy, że mówienie prawdy przysporzyłoby temu rodzicowi więcej problemów.

– Nawet jeśli to rodzic okazałby się sprawcą?

– Sprzeciw. – Adwokat pana Perseya zerwał się z krzesła. – Wysoki sądzie, ustaliliśmy już, że nie ma żadnych dowodów na przemoc pana Perseya wobec jego dziecka. Kontynuowanie tej linii przesłuchania przy użyciu tak emocjonalnego języka może wprowadzać w błąd.

Natasha zwróciła się do sędziego.

– Wysoki sądzie, ja pragnę tylko ustalić, że w takich sprawach brak wyraźnych dowodów materialnych bądź fizycznych, a nawet ustne zeznanie dziecka nie mogą oznaczać, iż nie doszło do takiego wydarzenia.

Adwokat pana Perseya, gruba ryba o nazwisku Simpson, prychnął pogardliwie.

– Równie dobrze można by argumentować, że kobieta uskarżająca się na przemoc w związku nie musi pokazywać siniaków na dowód. Tyle że w tym wypadku nawet dziecko zaprzecza, by dochodziło do przemocy.

Należał do tych adwokatów, którzy uważali, że to poniżej ich godności występować przeciwko młodszym i mniej znanym kolegom; w branży wciąż pokutowało wiele różnych uprzedzeń.

– Wysoki sądzie, jeśli wysoki sąd pozwoli mi kontynuować, pokażę, iż dzieci stanowią szczególny wypadek właśnie z tego powodu. Są o wiele skłonniejsze ukrywać traumę, pragnąc chronić swoje najbliższe otoczenie.

Sędzia nie podniósł głowy.

– Proszę kontynuować, pani Macauley.

Znów pochyliła się nad papierami, gdy Ben wepchnął jej w dłoń karteczkę z wiadomością. „Zadzwoń do Maca, pilne", przeczytała. Zbita z tropu odwróciła się do niego.

– Czego chciał? – wyszeptała.

– Nie wiem. Powiedział tylko, że koniecznie musisz do niego oddzwonić.

Teraz nie mogła tego zrobić.

– Pani Macauley? Zamierza pani kontynuować?

– Tak, wysoki sądzie. – Zbyła Bena gestem. – Panie Elsworth, czy w takim razie… czy pana zdaniem to prawdopodobne, by dziecko, które boi się jednego rodzica, mogło lub chciało ukrywać wszelkie problemy w tej relacji przed drugim rodzicem?

– Wysoki sądzie…

– Zezwolę, panie Simpson. Pani Macauley, proszę przejść do rzeczy.

Elsworth zerknął na sędziego.

– To zależy od wieku i okoliczności, ale tak, to prawdopodobne.

– Od wieku i okoliczności. To znaczy?

– Cóż, na podstawie pracy z klientami mogę stwierdzić, że często im młodsze dziecko, tym mniejsza jego skuteczność w ukrywaniu traumy. Trauma ujawnia się, nawet jeśli dziecko nie jest zdolne do wyartykułowania powodów swojego zdenerwowania, w innych zachowaniach: nocnym moczeniu, zaburzeniach obsesyjno-kompulsyjnych, nietypowej agresji.

– W takim razie w jakim wieku dziecko jest zdolne do ukrywania swojego zdenerwowania… skutecznie? Do tego stopnia, że nie przejawia żadnego z zachowań, które pan właśnie opisał.

– To zależy od dziecka, ale widywałem już dzieci siedmio- i ośmioletnie, które przejawiały zaskakującą skuteczność w ukrywaniu tego, co im się przydarzyło.

– W ukrywaniu głęboko traumatycznych doświadczeń?

– W niektórych wypadkach, owszem.

– W takim razie dziecko dziesięcioletnie również byłoby do tego zdolne?

– Oczywiście tak.

– Panie Elsworth, czy słyszał pan o zespole alienacji rodzicielskiej?

– Tak.

– To... cytuję, „zaburzenie występujące u dziecka obsesyjnie zaangażowanego w potępianie i/lub krytykowanie jednego z rodziców. Innymi słowy, w potępianie, które jest nieusprawiedliwione lub wyolbrzymione". Czy pańskim zdaniem to właściwa definicja?

– Nie jestem ekspertem, ale tak, to brzmi jak właściwa definicja.

– Panie Elsworth, jest pan, jak sam pan powiedział, specjalistą z wieloletnim doświadczeniem, którego artykuły pojawiają się w najważniejszych periodykach psychologicznych w kraju. Czy wierzy pan w kliniczne występowanie zespołu alienacji rodzicielskiej?

– Nie. Ale nie jestem pewien, czy to odpowiednie...

– Okej, ujmę to inaczej. Czy może mi pan powiedzieć, ile dzieci pan leczy?

– Ogólnie? W mojej praktyce? Przez te wszystkie lata, cóż, liczby idą w tysiące. Ponad dwa tysiące, jak sądzę.

– Czy którykolwiek z pana małych klientów kiedykolwiek przejawiał objawy tego, co rozumie pan pod pojęciem zespołu alienacji rodzicielskiej?

– Leczyłem wiele dzieci, które zostały przekonane, by źle myśleć o jednym z rodziców, wiele takich, które nauczono wrogości do rodzica trwającej wiele lat. Leczyłem wiele dzieci głęboko skrzywdzonych rozwodem rodziców. Ale nie mogę powiedzieć, bym wierzył, że takie stany psychologiczne stanowią dowód na istnienie tego zespołu. Moim zdaniem byłoby to wyolbrzymianie pewnych faktów.

Pozwoliła, by to zdanie wybrzmiało.

– Panie Elsworth, czy dysponuje pan jakąkolwiek wiedzą na temat statystyk dotyczących składania fałszywych skarg na przemoc fizyczną lub seksualną wobec dzieci podczas spraw rozwodowych i spraw o opiekę?

– Wiem, że w ostatnim czasie powstały liczne prace na temat tego zjawiska.

– Prace publikowane w periodykach naukowych? Prace szanowanych w środowisku badaczy? Czy może pan streścić dla nas pokrótce wnioski płynące z tych badań? Ile takich skarg okazało się fałszywych?

– W jednym z ostatnich raportów z 2005 roku badacze dowodzą, że odsetek fałszywych skarg jest bardzo niski. O ile pamiętam przekrój spraw przebadanych w tamtym roku pokazał, że fałszywe oskarżenia w kontekście spraw o opiekę nad dziećmi to od jednego do siedmiu koma sześć procent.

– Od jednego do siedmiu koma sześć procent. – Pokiwała głową, jakby potakiwała samej sobie. – To znaczy, że ponad dziewięćdziesiąt procent to uzasadnione oskarżenia o przemoc. Czy te wyniki korespondują z pana doświadczeniem klinicznym?

Psycholog milczał przez chwilę.

– Moje doświadczenie, pani Macauley, pokazuje, że przemoc wobec dzieci jest bardzo rzadko zgłaszana, zarówno podczas spraw rozwodowych i o opiekę, jak i poza nimi.

Zauważyła, że Michael Harrington uśmiecha się z satysfakcją. Sama z trudem się przed tym powstrzymała.

– Nie mam więcej pytań, wysoki sądzie.

Łącząca północ z południem przystań promowa Woolwich była pusta. Nikt nie siedział na ławkach promu Ernest Bevin, pasażerowie w garniturach przesiedli się parę minut wcześniej po drugiej stronie na Docklands Light Railway. Gdy prom przybił do brzegu, zawahała się, po czym poprowadziła Boo po długiej rampie na pokład i ustawiła go z dala od mostka. Boo rozejrzał się wokół, po czym przesunął się odrobinę na lepkich deskach, gdy silniki zaczęły wibrować, ale poza tym ze spokojem przyjął ten nowy środek transportu. Na pustym pokładzie nie było żadnych furgonetek ani samochodów, tylko ona i Boo. Znów obejrzała się za siebie, błagając kapitana, by już ruszyli, i modląc się, by w jej polu widzenia nie pojawiła się żadna furgonetka. Racjonalnie rzecz biorąc, istniała niewielka szansa, by ktokolwiek ją śledził, wiedziała o tym, ale lęk głęboko zakorzenił się w jej kościach. Wszędzie widziała ten samochód, widmowy, wynurzający się zza rogów, zaparkowany przed nią. Wiecznie obecne zagrożenie.

Gdy tak stała, ściskając lejce Boo w dłoni, na mostku pojawił się bileter. Wysoki, nieco przygarbiony mężczyzna o czarnej, przetykanej siwizną brodzie znieruchomiał na chwilę, jakby musiał potwierdzić to, co widzi, po czym powoli zszedł po schodach. Sarah mocniej chwyciła lejce i przygotowała się na sprzeczkę. Jednak gdy mężczyzna podszedł bliżej, okazało się, że się uśmiecha.

– To pierwszy koń, jakiego tu od trzydziestu lat widziałem – powiedział. Stanął nieruchomo parę kroków od Boo i pokręcił głową. – Mój tata pracował na promie w latach trzydziestych i czterdziestych. Pamiętał czasy, kiedy za praktycznie cały transport w mieście odpowiadały konie. Mogę go pogłaskać?

Niemal osłabła z ulgi bez słowa pokiwała głową.

– Uroczy chłopak, prawda? – Mężczyzna przesunął dłoń po szyi Boo. – Piękne zwierzę. Konie na górze, ludzie tam, na dole, tak to kiedyś było. – Wyciągnął palec. – Oczywiście, zanim do użytku oddano te promy. – Wskazał wielki żółto-biały pomost spinający obie burty łodzi. – Dobrze się czuje? Nie będzie się denerwował?

– Nie – wymamrotała. – Nie będzie.

– Jak się nazywa?

Zawahała się.

– Baucher – odparła, po czym dodała, choć sama nie wiedziała po co: – Otrzymał imię po słynnym francuskim dżokeju.

– Wspaniałe imię, co? – Mężczyzna pogłaskał Boo po łbie. – Wspaniałe imię dla wspaniałego konia. Mam tu gdzieś jeszcze pocztówkę ze starymi dyliżansami na pokładzie. Sprzed wielu lat. Poczekaj, to ci pokażę, jak już ruszymy.

– Ile? – wypaliła. – To znaczy, za niego. Ile musimy zapłacić?

Mężczyzna zrobił zdziwioną minę.

– Tu się nie płaci, dziecko. O nie. Nikt nie płaci za przeprawę tym promem od 1889 roku. – Roześmiał się. – Czyli, mniej więcej, odkąd ja tu pracuję... – Odwrócił się, po czym sztywnym krokiem wrócił na mostek.

Prom zawibrował, a następnie odbił płynnie od północnego brzegu Tamizy i wypłynął na mętną, wirującą wodę. Stała samotnie na otwartym pokładzie obok swojego konia i patrzyła na zaniedbane nabrzeże, na górujące nad nim dźwigi, błyszczące kaptury Thames Barrier i błękitno-srebrne hangary cukrowni Tate, wdychając wilgotne powietrze.

Zgłodniała. Przez dwanaście godzin nie czuła w żołądku nic poza ściskaniem strachu. Zdjęła plecak, otworzyła go i znalazła herbatnik. Przełamała go na pół i dała część Boo, który zaczął ją natarczywie trącać aksamitnym pyskiem, dopóki nie poczęstowała go drugim kawałkiem.

Stała tak ze swoim koniem pośrodku rzeki, jak na jakimś obcym lądzie, we śnie na jawie, z którego jeszcze się nie wybudziła. A może to wcale nie było dziwne; po prostu kolejny koń w pochodzie sięgającym początków stulecia. Im bardziej oddalali się od brzegu, tym spokojniej oddychała. Rozjaśniało się jej w głowie, jakby wynurzyła się z wielkiego cienia. Furgonetka została na północnym brzegu razem z całym tym zamieszaniem, stresem i strachem, który dławił ją od miesięcy. Teraz wszystko stało się proste. Odkryła, że się uśmiecha, zmusza do pracy mięśnie, które musiały ulec atrofii w ostatnich tygodniach.

– Masz – powiedziała, podając Boo kolejny kawałek herbatnika. – Czas na naszą podróż.

Ben wręczył jej kolejną karteczkę: „Dzwonił do Lindy cztery razy".

Zerknęła na nią, gdy poprawiała perukę, próbując złapać spinką oczka siatki. Radcy prawni dopiero niedawno zyskali przywilej noszenia peruk; była temu przeciwna, ale partnerzy kancelarii przekonali ją, by taką włożyła. Powiedzieli, że dzięki niej przeciwnicy będą ją traktowali poważniej. Podejrzewała jednak, że chcieli podyktować wyższą stawkę klientom, a peruka im to umożliwiała.

– Oddzwoń do niego – wyszeptała, wręczając mu swój wyłączony telefon. – Numer jest w książce adresowej. Powiedz, że nie mogę rozmawiać, dopóki sędzia nie zarządzi przerwy.

– Linda mówiła, że był zdenerwowany. Mówił coś o wyprowadzce Sarah.

Po drugiej stronie sali Simpson próbował zdyskredytować zeznanie Elswortha. Ciężka sprawa, pomyślała Natasha. Elsworth należał do najwybitniejszych specjalistów w swojej dziedzinie – o czym świadczyły stawki, jakie podyktował za swoje zeznanie.

– Powiedz mu, że uzgodnimy datę jej wyprowadzki po tym, jak porozmawia z nią o mojej karcie. I powiedz, że nie mogę odbierać telefonu, więc nie ma sensu, żeby znów do mnie dzwonił.

Zaczęła notować, próbując zebrać myśli.

– Przyszpiliłaś go, no nie? – Pani Persey zacisnęła chude palce na jej nadgarstku. – Wszystko, co mówiłaś, dowodzi, że stosował wobec niej przemoc. – Jej oczy były ogromne, napięcie ujawniało się pomimo kunsztownie nałożonego makijażu.

Natasha zauważyła, że sędzia przygląda się tej wymianie zdań z niezadowoloną miną.

– Porozmawiamy o tym na zewnątrz. Ale tak, dobrze poszło – odszepnęła, po czym pochyliła się do przodu, skupiając się na Simpsonie.

Po paru minutach wrócił Ben. „Nie wyprowadziła się, zniknęła", głosiła wiadomość. Zniknęła.

„??? Gdzie?", nabazgrała.

„Mac nie wie. To twoja rodzina?"

Natasha ukryła twarz w dłoniach.

– Pani Macauley – dobiegł ją głos. – Wszystko w porządku?

Poprawiła perukę.

– Tak, wysoki sądzie.

– Potrzebuje pani krótkiej przerwy?

Szybko podjęła decyzję.

– Jeśli wysoki sąd pozwoli, wynikła niespodziewana pilna kwestia, z którą powinnam się uporać.

Sędzia odwrócił się do Simpsona, który wpatrywał się w nią z ledwie skrywaną furią, jakby wszystko to sobie zaplanowała.

– Dobrze. Ogłaszam dziesięciominutową przerwę.

Odebrał, zanim rozległ się pierwszy dzwonek.

– Uciekła – powiedział. – Zmyła się z połową swoich rzeczy.

– Dzwoniłeś do szkoły?

– Grałem na czas. Zadzwoniłem i powiedziałem, że jest chora. Pomyślałem, że gdyby jednak tam była, mógłbym udawać, że się pomyliłem.

– Ale jej tam nie ma.

– Zniknęła, Tash. Zabrała zdjęcia, szczoteczkę do zębów, wszystko.

– Pewnie jest w stajni. Albo u dziadka.

– Dzwoniłem do szpitala. Nie miał dzisiaj żadnych gości. Są tego pewni. Teraz jadę do stajni.

– Nie zostawiłaby konia – oświadczyła z przekonaniem. – Zastanów się, Mac. Nie zostawiłaby tego konia i nie uciekłaby nigdzie daleko bez dziadka. On jest dla niej najważniejszy.

– Obyś miała rację. Nie podoba mi się to.

Mac wydawał się wyjątkowo, jak na niego, podenerwowany.

Nagle przypomniała sobie, jaka cicha i pogodzona z losem wydawała się Sarah poprzedniego wieczoru. Czuła, że coś jest nie tak, ale była taka wdzięczna, że dziewczynka akceptuje zbliżające się zmiany bez robienia scen, że nie zadawała żadnych pytań.

– Muszę wracać na salę. Zadzwoń, jak dojedziesz do stajni. Ona ma moją kartę, pamiętasz? Tak jak mówiłeś, pewnie pojechała kupić dziadkowi jakąś cholerną nową piżamę na mój koszt.

Kowboj opierał się o pordzewiały samochód i rozmawiał z jakimś chłopcem, gdy Mac pchnął bramę, próbując ignorować owczarka alzackiego, który warknął ostrzegawczo na jego widok. Zajrzał pod arkady; boks był otwarty. I pusty.

– Hm... Panie... Hm... John? To ja, Mac... Pamiętasz mnie? Przyjaciel Sarah.

Kowboj wsadził skręta do ust i uścisnął mu rękę. Zasznurował wargi.

– No pewnie, że cię pamiętam – powiedział.

– Szukam Sarah.

– Ty i wszyscy inni – mruknął staruszek – stąd do Tilbury Docks. Cholera wie, co tu się działo, gdy mnie nie było.

Chłopiec przeniósł wzrok z Johna na Maca i z powrotem.

– Jak już mówiłem, John, ja rzadko tu bywałem.

– Co z ciebie za pożytek?

– Ja się w nic nie angażuję. Przecież wiesz.

– Była tutaj? – zapytał Mac.

– Widziałem ją tylko przez sekundę. Nawet mnie nie powiedziała, co się dzieje. Coś pogmatwanego, to na pewno. – Kowboj John ponuro pokręcił głową.

– Zaraz... Widziałeś ją? Dzisiaj?

– O, pewnie, że widziałem. Widziałem ją o siódmej rano. Przeleciała nad estakadą, jakby ten jej przeklęty cyrkowy koń miał skrzydła. Bóg jeden wie, jak to możliwe, że się nie zabiła.

– Jeździła konno?

– Jeździła? – Kowboj John spojrzał na niego jak na idiotę. – To ty nic nie wiesz?

– Co mam wiedzieć?

– Szukamy jej od rana. Uciekła. Zabrała tego swojego konia, zanim ktokolwiek się zorientował, co jej chodzi po głowie, i zniknęła.

– Ale dokąd?

– No, gdybym to wiedział, tobym tu chyba teraz nie stał! – Kowboj John z irytacją zacisnął zęby.

Chłopiec zapalił papierosa, nisko pochylając twarz nad płomieniem zapalniczki.

Mac podszedł do składziku Sarah.

– Masz klucz?

– To już nie jest moja stajnia. Oddałem…

– Ja mam – wtrącił chłopiec. – Dała mi go, żebym karmił jej konia, jak jej nie ma – wyjaśnił.

– A ty jesteś…

– Dean.

– Ralph – mruknął Kowboj John, popychając chłopaka długimi, zbrązowiałymi palcami. – To jest Ralph.

Chłopiec sięgnął do kieszeni i wyjął z niej ciężki pęk kluczy. Przekładał je przez chwilę ostrożnie, po czym odpiął jeden i włożył do kłódki. Mac pchnął drzwi. Składzik był pusty. Nie było siodła ani uprzęży, tylko parciany kantar i jakieś zgrzebła w pudełku.

– John? Myślisz, że ona uciekła z koniem?

Kowboj John uniósł wzrok do nieba i szturchnął porozumiewawczo Ralpha.

– Bystrzak, no nie? – powiedział. – Tak, zabrała tego przeklętego konia i zostawiła mnie z kupą gnoju w jego miejsce. Mam tu bardzo, bardzo niezadowolonych ludzi. Podejrzewam, że wyprawiały się tu rzeczy, o których mi się nie śniło. – Zmierzył Ralpha gniewnym spojrzeniem. – Ale najpierw muszę się zastanowić, jak powiedzieć *Le Capitaine* w szpitalu, że nie mam pojęcia, gdzie się podziała jego ukochana wnuczka.

Mac zacisnął powieki i westchnął głęboko.

– No to jest nas dwóch – mruknął.

Słońce stało w swoim najwyższym punkcie, czyli wcale nie wysoko ze względu na porę roku. Odbyło już większą część swojej podróży, więc teraz świeciło jej w oczy, przez co musiała mrużyć powieki pod czapką. Dokonała w głowie kilku obliczeń, starając się określić, jak daleko zajedzie przed zmrokiem. Zanim Boo zmęczy się tak, że nie zdoła iść dalej.

Wytrzymały koń pokonywał osiemdziesiąt, dziewięćdziesiąt pięć kilometrów dziennie. Tak czytała. Zwierzęta doprowadzano do takiej formy stopniowo, wzmacniając ich mięśnie ciężką pracą, a ich grzbiety i nogi – regularnymi wspinaczkami po zboczach. Należało często sprawdzać ich kopyta i chronić pęciny.

Boo nie miał żadnej ochrony. Sarah mówiła do niego teraz, gdy przemierzali przedmieścia żwawym kłusem, kierując się za znakami na Dartford. Czuła, jak jego tempo słabnie, czytała w jego uszach i miarowym kroku nadzieję, że zaraz poprosi go, by zwolnił. „Jeszcze nie", powiedziała mu cicho, słabo ściskając go udami i ponaglając go łagodnie dosiadem. Jeszcze nie.

Tutaj panował większy ruch, a dziewczyna na koniu przyciągała zaciekawione spojrzenia, prowokowała uwagi przejeżdżających kierowców ciężarówek i dzieci zgromadzonych w kolejce przed sklepem. Trzymała nisko głowę, porozumiewając się tylko z koniem. Udawało się jej przejeżdżać obok, zanim ktokolwiek się zorientował, co widzi.

Znalazła spokojną ulicę i ośmieliła się skorzystać z bankomatu. Zsiadła z konia, przeprowadziła go na drugą stronę, wyjęła kartę Natashy z kieszeni i wbiła numer, który znała na pamięć. Odcisnął się ponuro na jej sumieniu. Maszyna zaszumiała, rozważając jej prośbę wyjątkowo długo. Jej serce zerwało się do galopu. Może już wiedzą. Natasha odkryła, co zrobiła Sarah, zrozumiała ogrom jej zdrady. Chciała zostawić im list, wyjaśnić, ale nie mogła znaleźć słów, jej myśli mieszały się ze strachu, szoku i poczucia straty. Poza tym nie mogła nikomu zdradzić celu swojej podróży.

W końcu na wyświetlaczu pojawiła się wiadomość. Jaką kwotę chce podjąć? Dziesięć funtów, dwadzieścia, pięćdziesiąt, sto, dwieście pięćdziesiąt? Po tygodniach oszczędzania, martwienia się o każdy funt, te liczby ją oszołomiły. Nie chciała kraść, ale wiedziała, że gdy Macauleyowie się dowiedzą, co zrobiła, zablokują kartę. Nie będzie żadnych więcej pieniędzy. To może być jej jedyna szansa.

Wzięła głęboki oddech i położyła dłoń na klawiaturze.

Czekał na nią przed salą sądową, gdy wyszła z niej w południe. Stał plecami do niej i szybko się odwrócił, kiedy usłyszał jej głos.

– Coś nowego?

– Zabrała konia.

Patrzył, jak Natasha stopniowo przyswaja informację: najpierw konsternacja, jakby nie zrozumiała jego słów, potem to samo niedowierzanie, które i on poczuł. I coś na kształt zawstydzonego śmiechu z powodu niedorzeczności tego pomysłu.

– Co to znaczy: zabrała konia?

– To znaczy, że uciekła z koniem.

– Ale dokąd mogła uciec z koniem?

Przesunęła wzrok z jego twarzy na Kowboja Johna, który wolnym krokiem przemierzał korytarz, nucąc pod nosem. Wejście po schodach zajęło mu chwilę.

– Nie rozumiem, czemu nie mogłeś po prostu zadzwonić – wysapał, zaciskając dłoń na ramieniu Maca. Pachniał starą skórą i mokrym psem.

Mac cofnął się i popchnął go do przodu.

– Natasha, to jest... Kowboj John. Prowadzi stajnię, w której Sarah trzyma swojego konia.

– Prowadziłem. Cholera! Gdybym trzymał rękę na pulsie, nie znaleźlibyśmy się w tej sytuacji. – Kowboj John ujął jej dłoń, po czym zgiął się wpół i splunął w chusteczkę.

Natasha wykrzywiła usta z dłonią w powietrzu. Grupa ludzi przyglądała im się dyskretnie. Na końcu korytarza chuda, kosztownie odziana blondynka zamilkła z szoku.

– No to co robimy?

– Może ją znajdziemy na początek? Musimy się rozdzielić i zacząć rozpytywać. Dziewczyna z koniem przyciąga uwagę.

– Przecież mówiłeś, że szukałeś jej cały ranek i nic nie słyszałeś. John widział ją niedaleko mokradeł – wyjaśnił Mac.

John dotknął ronda kapelusza i utkwił wzrok w jakimś odległym punkcie.

– Wiedziała, dokąd jechać, tyle wiem. Miała plecak na plecach i nieźle galopowała.

– Zaplanowała to. Powinniśmy powiadomić policję, Tash.

John gwałtownie pokręcił głową.

– Nie chcecie angażować w to władz. Stąd się wzięły jej problemy. Poza tym… policja? Nie, nie, nie, nie, nie. Ta dziewczyna nie zrobiła nic złego. Narobiła zamieszania, to fakt, ale nie zrobiła nic złego…

Mac spojrzał Natashy w oczy. Nic nie mówili. Czekał, zaskoczony jej powściągliwością. W końcu przypomniał jej:

– To ty powiedziałaś, że mamy prawny obowiązek zgłosić jej zaginięcie.

Utkwiła wzrok w końcu korytarza, po czym zamrugała szybko.

– Tash?

Jej następne słowa sprawiły, że pochylił głowę, jakby nie wierzył w to, co usłyszał.

– Posłuchaj, nie chcę jeszcze niczego zgłaszać. Poprzednim razem wróciła, prawda? – Spojrzała na Johna. – Pan ją zna. Dokąd mogła pojechać?

– Jedyne miejsce, w które ta dziewczyna kiedykolwiek jeździła, to odwiedzić dziadka.

– No to jedźmy tam – zaproponował Mac. – Porozmawiamy ze staruszkiem. Może on ma jakiś pomysł. Tash?

Spojrzała na niego.

– No co?

– Ja nie mogę jechać, Mac. Mam rozprawę.

– Tash, Sarah zaginęła.

– Jestem tego świadoma, ale znikała już wcześniej. A ja nie mogę tak po prostu rzucać wszystkiego za każdym razem, gdy ona postanowi urwać się na parę godzin.

– Muszę ci powiedzieć, że moim zdaniem tym razem raczej nie wróci. – Kowboj John zdjął kapelusz i podrapał się po głowie.

– Nie mogę zostawić tej sprawy. – Objęła gestem chudą blondynkę, która owinęła się kaszmirowym szalem niczym ofiara wypadku. – To największa sprawa w mojej karierze. Wiesz o tym. – Nie wytrzymała jego spojrzenia i zaczerwieniła się lekko.

Poczuł w żołądku skurcz złości.

– Nie mogę tak po prostu wszystkiego rzucić, Mac.

– Przepraszam, że cię niepokoiłem – mruknął szorstko. – Będę cię łapał u Conora, jak się pojawi, dobrze?

– Mac! – zaprotestowała, ale on już się odwrócił.

Jakimś cudem nic, co dotąd zrobiła, nie rozczarowało go tak bardzo jak to.

– Mac!

Usłyszał, jak Kowboj John sapie za jego plecami, powłócząc nogami.

– O cholera, naprawdę każesz mi znów łazić po tych cholernych schodach?

*„Tudzież piersi szersze, i ozdobę i moc i to jeszcze przyczyniają, (...) Wtedy szyja prosto przed jeźdźcem wznosić się będzie, a oko swobodnie spoglądać poprzed nogi"**.

Nie mogła sobie przypomnieć, by papa ją przytulał... Nie tak, jak przytulała ją nana – jakby było to równie naturalne jak oddychanie.

---

* Ksenofont, *Hippika, czyli jazda konna*, dz. cyt. (przyp. tłum.).

Gdy wracała ze szkoły, podchodziła do jej fotela, a nana brała ją w ramiona i przyciskała do swojej nylonowej podomki. Jej ciepły, słodki pudrowy zapach wypełniał jej nozdrza, gdy kładła głowę na miękkim biuście, niewyczerpanym źródle miłości i bezpieczeństwa. Gdy nana przychodziła powiedzieć jej dobranoc, tuliła ją nieco dłużej, niż trzeba.

Po jej śmierci przytłoczona smutkiem Sarah opierała się czasami o papę, a on otaczał ją ramieniem i klepał po łopatce. Nie przychodziło mu to jednak naturalnie, a ona zawsze miała wrażenie, że oddycha z ulgą, gdy brała się w garść. Odczuwała ten brak kontaktu z drugim człowiekiem jak tępy ból na długo przed tym, zanim zrozumiała, czego jej brakuje.

Było to może rok temu, gdy dziadek siedział przy stole. Weszła do kuchni po wcześniejszym powrocie ze stajni i zapytała go, co czyta. Znała tę książkę z widzenia na tyle dobrze, że nie była nawet ciekawa, co to. A dziadek położył ją ostrożnie na laminowanym blacie i zaczął jej opowiadać o człowieku obdarzonym umiejętnościami poety, o dowódcy znającym się jak nikt na wojennym kunszcie, o jednym z pierwszych orędowników partnerstwa z koniem, które nie opierałoby się na okrucieństwie i przemocy. Przeczytał jej kilka fragmentów. Słowa, gdyby nie zagadkowy ton tłumaczenia, mogłyby pochodzić z dowolnego współczesnego poradnika na temat jeździectwa. „Jeżeli się więc konia przywodzi do takich ruchów i układu postawy, jakie sam obiera, ilekroć przed rówieśnikami popysznić się pragnie, wtedy sprawi się, iż koń i rad będzie jeździe, i okazale, dumnie i godnym widzenia się przedstawi"*.

Przysunęła się bliżej niego.

– To dlatego zawsze ci mówię, że nie wolno ci tracić panowania nad sobą przy koniu. Musisz traktować go z dobrocią, z szacunkiem. To wszystko jest tutaj. To ojciec współczesnego jeździectwa. – Postukał palcem w okładkę.

---

* Tamże (przyp. tłum.).

– Musiał naprawdę kochać konie – powiedziała.

– Nie. – Papa z przejęciem pokręcił głową.

– Ale pisał…

– Tu nie chodzi o miłość – odparł. – W całej tej książce nie ma ani jednej wzmianki o miłości. On nie jest sentymentalny. Wszystko, co robi, cała *douceur**, jaką okazuje, bierze się stąd, że rozumie, jak wydobyć ze zwierzęcia to, co najlepsze. Tak właśnie koń i człowiek razem osiągają doskonałość. Nie chodzi o buzi-buzi. – Wykrzywił twarz w grymasie, a Sarah wybuchnęła śmiechem. – Nie chodzi o emocje. On wie, że najlepszy sposób, by koń i człowiek zwyczajnie się rozumieli, to wzajemny szacunek.

– Nie rozumiem.

– Koń nie chce być twoim pieszczochem, *chérie*. Nie chce, byś ozdabiała go wstążkami i śpiewała mu jak te głupie dziewczyny w stajniach. Koń jest *dangereux***, potężny. Ale może być chętny do pracy. Jeśli dasz mu powód, by dla ciebie pracował, by cię chronił, by rozumiał rzeczy, które sam chce zrobić, wtedy osiągniesz coś pięknego.

Obserwował ją, próbując się przekonać, czy zrozumiała. Ale ona czuła się rozczarowana. Pragnęła wierzyć, że Boo ją kocha. Pragnęła, by chodził za nią po podwórzu nie dlatego, że miała jedzenie, ale dlatego, że chciał z nią być. Nie chciała myśleć o nim jak o środku do celu.

Papa poklepał ją po dłoni.

– To, co postuluje Ksenofont, jest lepsze. On domaga się szacunku, najlepszej opieki, stałości, uczciwości, dobroci. Czy koń byłby szczęśliwszy, gdyby mówił o miłości? *Non*.

Tak bardzo nie chciała się z nim zgodzić.

– Przecież widzisz, że istnieje miłość w tym, co robi – kontynuował dziadek, mrużąc oczy. – Jest miłość w tym, co robi, co… proponuje. Tylko to, że o niej nie mówi, nie oznacza, że nie ma jej w każdym

---

* Tu: dobroć (fr.)

** niebezpieczny (fr.)

jego słowie. Ona tam jest, Sarah. W. Każdym. Najdrobniejszym. Geście. – Uderzył pięścią w stół.

Teraz to dostrzegła, nawet jeśli wtedy tego nie widziała. Nigdy w dobitniejszy sposób nie dał jej do zrozumienia, jak bardzo ją kocha.

Odpoczęli nieco pod Sittingbourne. Pozwoliła mu paść się przez jakiś czas na porośniętym bujną roślinnością polu na długiej lonży, a sama nasyciła długo nieodczuwany głód kanapką, którą zapakowała rano. Siedziała w cichej alei na plastikowej reklamówce, która odgradzała ją od mokrej trawy, i obserwowała, jak jej koń unosi głowę, gdy od jedzenia odrywała go przelatująca nad nim wrona lub jeleń w zagajniku.

Szybko jechała przez otwarty teren, galopowała wzdłuż zaoranych pól, trzymając się ścieżek dla koni, gdzie tylko było to możliwe, i poboczy, by chronić nogi Boo. Przez cały ten czas uważała, by mieć odległy szum silników w zasięgu ucha i drogę po swojej prawej, wiedziała bowiem, że nie może się zgubić, jeśli będzie się trzymać blisko niej. Boo nabierał sił na wypasach. Wierzgnął kilka razy, gdy po raz pierwszy rozpuściła wodze, i rzucał łbem z radości, unosząc ogon. Roześmiała się wtedy, zachęcając go, chociaż wiedziała, że powinna oszczędzać jego energię na czekającą ich podróż.

Czy kiedykolwiek wcześniej miał taką swobodę? Gdy jego oczy napotykały tylko odległe zielone horyzonty, a kopyta amortyzowała miękka ziemia? Kiedy ona czuła się taka wolna? Na kilka wspaniałych kilometrów pozwoliła sobie zapomnieć, że ucieka, i skupiła się na czystej radości kontaktu z tym niezwykłym zwierzęciem, dzieliła jego zachwyt otoczeniem, czuła jego siłę, której był gotów się zrzec na jej korzyść. Pędzili razem obrzeżami pól, przeskakując przez niskie żywopłoty i płytkie rowy wypełnione mętną wodą. Zarażony jej optymizmem Boo biegł szybciej, nie chciał zwalniać przed przeszkodami, wolał je przeskakiwać, strzygł uszami, a jego długie nogi pożerały ziemię pod nimi.

*„Sądzę, iż gdybym został kawalerzystą, byłbym człowiekiem, który ma skrzydła”**.

Ona miała skrzydła, jak Ksenofont. Ponagliła konia, zachłystując się powietrzem, śmiejąc się; łzy zbierały się w kącikach jej oczu i spływały poziomo po jej twarzy. Boo zacisnął szczęki na wędzidle, wyciągnął nogi i pogalopował przed siebie, jak galopują konie od zarania dziejów – ze strachu, z radości, z dumy z tego, co robią najlepiej. Pozwoliła mu na to. Nie miało znaczenia, dokąd zmierza. Jej serce rosło, puchło. O tym właśnie mówił papa, nie o niekończących się godzinach poświęcanych na doskonalenie jednego ułożenia nóg, nie o zataczaniu kółek, nie o pasażach, o uważnym ważeniu tego, co można osiągnąć. Jedno zdanie papy kołatało się po jej głowie w rytm niemego tętentu kopyt na miękkiej ziemi.

– To twoja ucieczka – powiedział jej papa.

To twoja ucieczka.

– To już drugi gość dzisiaj. Ucieszy się. – Pielęgniarka właśnie zamykała za sobą drzwi, gdy zjawili się przed pokojem Kapitana. Zawahała się. – Muszę was uprzedzić, że nie radził sobie najlepiej w ostatnich dniach. Dzisiaj po południu ma się zjawić lekarz, ale podejrzewamy, że miał kolejny wylew. Możecie mieć trudności ze zrozumieniem go.

Mac dostrzegł przerażenie na twarzy Johna. Już musieli sobie zrobić długą przerwę na papierosa na parkingu, by kowboj przygotował się na to, co czekało go w środku.

– Drugi gość? – zapytał Mac. – Była tu jego wnuczka?

– Wnuczka? – zapytała pielęgniarka z ożywieniem. – Nie… chłopiec. Chyba go znał. Miły dzieciak.

Kowboj John chyba tego nie usłyszał. Lekko pokręcił głową, jakby próbował wziąć się w garść, po czym weszli do sali.

---

* Ksenofont, *Wychowanie Cyrusa*, dz. cyt., s. 208 (przyp. tłum.).

Kapitan ciężko opierał głowę na poduszce, miał lekko otwarte usta. W kilka dni postarzał się o kolejną dekadę.

Podeszli do łóżka z dwóch stron, po czym ostrożnie osunęli się na krzesła, żeby go nie obudzić. Mac bębnił palcami w kolana, zastanawiając się, czy w ogóle powinni tu być. John zerknął na staruszka, po czym utkwił wzrok w zdjęciu przedstawiającym Sarah i Boo i zakurzonych dekoracjach bożonarodzeniowych, które wisiały na ścianach wokół niego.

– Ładne te fotki – mruknął. – Dobrze, że ma je przed oczami.

Siedzieli tak przez jakiś czas, nie kwapiąc się do tego, by obudzić staruszka i przekazać mu, że zawiedli go w najgorszy możliwy sposób. Kapitan miał płytki oddech, jakby kosztował go on mnóstwo wysiłku, jakby jego ciało było zbyt zmęczone, by zdobyć się na coś więcej niż trwanie. Jego lewa ręka, kiedyś taka silna, teraz wyglądała jak przykurczony szpon na jego piersi ledwie okrytej kołdrą. Miał wymizerowane policzki, skórę suchą i tak przezroczystą, że przebijały przez nią fioletoworóżowe żyły. Na stoliku obok łóżka stała szklanka z bawarką przykryta wieczkiem ze sztywnym dzióbkiem.

Mac przerwał milczenie.

– Nie możemy mu powiedzieć, John – szepnął.

– Nie mamy prawa mu nie powiedzieć. To jego najbliższa rodzina. Zaginęła, a on ma prawo pomóc nam jej szukać.

Jak miałby to zrobić?, chciał zapytać Mac. Przecież ta wiadomość go dobije. Oparł łokcie na kolanach i zwiesił głowę. Wolałby być wszędzie, byle nie tutaj. Chciał przeczesywać ulice, wypytywać ludzi. Wolałby siedzieć na komisariacie i przyznawać się do swojej porażki jako potencjalny rodzic lub odwiedzać znajomych Sarah. Dziewczyna i koń nie mogli tak po prostu rozpłynąć się w powietrzu. Ktoś na pewno ją widział.

– Hej… Hej, Kapitanie…

Podniósł wzrok. Kowboj John się uśmiechał.

– Jak się masz, ty leniu śmierdzący? Nie znudziło cię jeszcze to leżenie?

Kapitan lekko przechylił głowę ku niemu. Wymagało to od niego niewiarygodnego wysiłku.

– Potrzeba ci czegoś? – John się pochylił. – Chcesz wody? Czegoś mocniejszego? Mam trochę Jimmy'ego Beama w kieszeni. – Uśmiechnął się szeroko.

Kapitan zamrugał. Mógł w ten sposób sygnalizować rozbawienie. A może po prostu mrugał.

– Podobno źle się czujesz.

Staruszek wpatrywał się w niego spokojnie.

Mac zauważył, że nawet John słabnie; spojrzał na Maca, a potem znów na staruszka.

– Kapitanie, ja... ja muszę ci coś powiedzieć. – Przełknął ślinę. – Muszę ci powiedzieć, że ta twoja Sarah zrobiła coś szalonego.

Staruszek nie odrywał od niego wzroku, nawet przestał mrugać.

– Zwiała z tym twoim koniem. I... i całkiem możliwe, że jak już stąd wyjdziemy, okaże się, że czeka na nas w stajni. Ale muszę ci powiedzieć, że ona chyba... – Wziął głęboki oddech. – Ona chyba go zabrała i gdzieś uciekła. – Za jego plecami Sarah uśmiechała się na czarno-białym zdjęciu przytulona do szyi swojego konia. Wiatr zdmuchnął pasmo włosów na jej usta.

– Nie chcieliśmy pana martwić – kontynuował Mac. – I muszę zaznaczyć, że było jej u nas dobrze. Naprawdę. Była szczęśliwa... Na tyle, na ile mogła być bez pana... I nigdy nie dała nam żadnych powodów do zmartwień. Ale dzisiaj rano wszedłem do jej pokoju, i ta pańska książka zniknęła, tak jak jej plecak, a gdy zajrzałem do łazienki...

– Mac... – przerwał mu John.

– ...zniknęła też jej szczoteczka do zębów. I to możliwe, że jest, jak mówi John, że ona czeka w stajni i się z nas śmieje, ale zastanawiałem się, czy może wie pan, gdzie ona może być, albo...

– Mac, zamknijże się w końcu.

Urwał.

John pokiwał głową na staruszka.

– On próbuje coś powiedzieć. – Pochylił się nad nim nisko i zdjął kapelusz, aby przysunąć ucho do ust Henriego. Spojrzał Macowi w oczy. – Nie? – mruknął skonsternowany.

Mac zajął jego miejsce, próbując ignorować szum aparatury, głosy pielęgniarek za drzwiami i wsłuchać się w chrapliwy szept. Wyprostował plecy.

– „Wiem" – powtórzył.

Uświadomił sobie, że staruszek wygląda na zupełnie nieporuszonego ich wyznaniem. Na jego twarzy nie było śladu niepokoju. Teraz to on spojrzał w oczy Johna.

– On mówi, że wie.

Rozdział dziewiętnasty

Koń zasię niesforny nie tylko nic nie warcien, ale jeszcze częstokroć to samo zrządza co zdrajca.

Ksenofont, *Hippika, czyli jazda konna*

Późnym popołudniem zaczęło padać. Najpierw spadło kilka niepewnych kropli, ale ich rozmiar – a także szybko zbliżające się do niej czarne chmury – ostrzegł ją, co nadchodzi. Niebo wyglądało tak, jakby dzień miał się skończyć w ciągu paru minut, zamiast stopniowo przechodzić w wieczór. Żadnego łagodnego zachodzenia słońca, tylko światło w jednej chwili, a w następnej mrok i ciężki, ulewny deszcz.

Kierowca zahamował gwałtownie tuż przed nią. Pociągnęła Boo do tyłu ze strachem, a mężczyzna wystawił głowę przez okno:

– Idiotka! Powinnaś mieć na sobie odblaski – zawołał. – Mogłem zabić was oboje.

Jej głos, gdy już go z siebie wydobyła, był ochrypły, rwał się ze strachu.

– Przepraszam – odparła. – Ja… zapomniałam o nich.

– No to wracaj na główną drogę – krzyknął, mrugając światłami hamowania – gdzie cię będzie widać, do cholery.

Zrobiło się ciemno. Deszcz padał już od godziny, a Boo, którego wcześniejsza energia wyczerpała się na dodatkowych kilometrach, teraz powłóczył ciężko nogami ze zwieszoną głową; grzywa oblepiała jego szyję. Sarah próbowała mu dodać otuchy, ale ją też wszystko bolało. Plecak pełen rzeczy, które uznała za bezcenne, ciążył jej coraz bardziej na ostatnich kilometrach, a siedzenie miała tak obolałe, że co chwilę zmieniała pozycję, na próżno usiłując znaleźć wygodniejszy dosiad. Jej siodło pociemniało od wody i choć miała na sobie kurtkę przeciwdeszczową, jej dżinsy całkiem przemokły. Wiedziała, że jeśli to potrwa dłużej, szorstki, mokry materiał obetrze jej lodowatą skórę. Ale widziała przed sobą światła miasta. Tam odpoczniemy, powiedziała koniowi.

Gdy dotarła do dwupasmowej drogi, napotkali ogłuszający ruch. Trzymała się pobocza, ignorując błyski reflektorów i otępiający ryk silników, mijała ciężarówki ustawione na specjalnie poszerzonym pasie, których kierowcy odpoczywali przed ostatnim etapem podróży. Kabiny miały zaciągnięte zasłony, co oznaczało, że śpią, w innych małe telewizory rzucały ruchome cienie na tandetne, krzykliwie udekorowane, udomowione wnętrza. Widziała ciężarówki czeskie i polskie, fotografie rodzin i plakaty nagich kobiet, ręcznie robione znaki ostrzegające, że „Ta ciężarówka jest regularnie sprawdzana" i „Nielegalna imigracja to przestępstwo". Paru kierowców zauważyło ją, gdy przejeżdżała obok, jeden krzyknął do niej coś, czego nie usłyszała.

Boo był zbyt zmęczony, by cokolwiek go teraz rozpraszało. Zaczął się kołysać na boki, jego nogi miały coraz większe trudności z pokonywaniem dystansu. I nagle to zobaczyła, ogromny znak nad główną drogą. Usiadła prosto, zebrała lejce. Gdy wyjechała na wzgórze, zauważyła w zatoce błyszczące okna promów, do których prowadziły eleganckie zawijasy estakad.

Jeszcze tylko trzy kilometry. Poczuła ukłucie czegoś na kształt podekscytowania. Przesunęła dłonią po szyi wyczerpanego konia, prosząc go o jeszcze chwilę cierpliwości.

– Dasz radę – wymamrotała. – Tylko nas tam doprowadź. A ja obiecuję, że już nigdy cię nie zostawię.

– Proszę podać swoje pełne imię i nazwisko.

– Constance Devlin.

– Oraz zawód.

– Pracuję jako nauczycielka w Norbridge School. Jestem wychowawczynią klasy czwartej, pełnię funkcję wychowawczyni od jedenastu lat. – Urwała, by napić się wody, po czym podniosła głowę do świetlika, o który bębnił deszcz.

– Pani Devlin, jak długo zna pani Lucy Persey?

– Cóż, to mała szkoła. Znam ją, odkąd rozpoczęła u nas nauczanie początkowe, a sama uczę ją od roku. Udzielam też korepetycji językowych, a Lucy ma dodatkowe lekcje od niemal dwóch lat.

– Czy mogłaby pani mówić trochę głośniej? – poprosił sędzia. – Nie słyszę pani.

Kobieta oblała się rumieńcem. Natasha uśmiechnęła się do niej, próbując dodać jej otuchy. Poza salą sądową Constance Devlin okazała się wyjątkowo zdenerwowanym świadkiem. Nie chciała brać w tym udziału, o czym poinformowała Natashę wiele razy. Nie na tym polega jej praca. Nigdy nie występowała w sali sądowej. Była też pewna, że szkoła nie będzie zadowolona, jeśli dowie się o jej zaangażowaniu w sprawę rozwodową. Natasha od razu ją rozszyfrowała: stara panna, która dobrze czuje się tylko we własnym środowisku, w świecie miłych młodych dziewcząt, w zamkniętej, oderwanej od rzeczywistości atmosferze ekskluzywnej placówki edukacyjnej. Oddana pracy i gotowa się rozpłakać, jeśli w pokoju nauczycielskim pojawią się ciastka nieodpowiedniej marki.

– Wolałabym, by zadała mi pani najmniej pytań, jak to tylko możliwe. – Jej drżące dłonie kontrastowały z wyważonym, spokojnym głosem.

– Czy powiedziałaby pani, że dobrze zna swoich uczniów, pani Devlin?

Natasha starała się mówić możliwie najłagodniejszym tonem.

– Tak. Prawdopodobnie lepiej niż większość nauczycieli. – Spojrzała na sędziego, nerwowo wykręcając chusteczkę w pulchnych palcach. – Mamy bardzo małe klasy. To dość... dobra, mała szkoła.

– Jaka jest pani opinia na temat Lucy Persey?

Constance Devlin milczała przez chwilę.

– Cóż, nigdy nie należała do najrozmowniejszych uczniów. Już w pierwszej klasie była trochę nieśmiała. Ale zawsze była taka wesoła. Jest bystra. Ma zdolności matematyczne, a jej poziom umiejętności czytania i pisania zdecydowanie wykracza ponad przeciętną. – Uśmiechnęła się lekko, myśląc o dziecku. Po chwili jej uśmiech zbladł. – Chociaż przez ostatni rok... trochę się opuściła.

– Opuściła?

– Jej stopnie się pogorszyły. Ma kłopoty z nauką.

– Czy zmieniła się również jej osobowość?

– Moim zdaniem stała się jeszcze bardziej zamknięta w sobie.

Do sali wszedł Ben i cicho usiadł za nią. Spodziewała się kolejnej wiadomości, ale on podał jej tylko teczkę z raportami szkolnymi. Na chwilę odpłynęła myślami. Mac powinien być już w szpitalu. Jeśli znajdzie tam Sarah, czy zadzwoni, by dać jej znać?

– Widzę tutaj, pani Devlin, że Lucy opuściła wiele godzin.

– Zdarzały się takie przypadki, owszem.

– Opuszczała przeciętnie piętnaście dni w semestrze. Rodzice wiedzieli?

– Cóż... Zakładałam, że tak. Mamy do czynienia przede wszystkim z panią Persey.

– Szkoła ma do czynienia przede wszystkim z panią Persey. – Natasha pozwoliła, by to zdanie wybrzmiało. Zauważyła, że pan Persey szepcze coś nerwowo do swojego adwokata. – Jak pani Persey usprawiedliwiała nieobecność swojej córki w szkole w tych dniach?

– To nie były konkretne powody. Mówiła, że Lucy źle się czuje. Że boli ją głowa. Parę razy nie podała żadnego powodu.

– Czy szkoła miała jakąś opinię na temat tych nieobecności?

– Niepokoiła nas trochę ich liczba. A także... zmiana w zachowaniu Lucy.

– Fakt, że zamknęła się w sobie i opuściła się w nauce?

– Tak.

– Pani Devlin, jak długo jest pani nauczycielką?

Starsza kobieta oddychała spokojniej, jej głos nieco się podniósł.

– Dwadzieścia cztery lata. – Rozejrzała się po sali, gdy to powiedziała.

Natasha uśmiechnęła się do niej zachęcająco.

– Na podstawie pani doświadczeń, jeśli zachodzi zmiana w charakterze i osiągnięciach szkolnych dziecka połączona z większą liczbą nieobecności, jaka może być tego przyczyna?

– Sprzeciw. – Simpson zerwał się z krzesła. Zachęca pani świadka do snucia przypuszczeń.

– Moim zdaniem doświadczenie pani Devlin przemawia na korzyść jej opinii.

– Proszę przeformułować pytanie, pani Macauley.

– Pani Devlin, czy pani zdaniem takie zmiany behawioralne sugerują problemy w domu?

– Sprzeciw, wysoki sądzie.

– Proszę usiąść, panie Simpson. Pani Macauley, proszę to ująć inaczej.

– Pani Devlin, jeśli pani uczniowie mają problemy w domu, jakie zmiany zachowania ujawniają się w szkole najczęściej?

– No cóż... – Pani Devlin zerknęła z wahaniem na pana Perseya. – Powiedziałabym, że gorsze stopnie... może zamknięcie się w sobie lub wybuchy agresji. Albo wahania nastrojów.

– Czy w trakcie swojej kariery nauczycielskiej uczyła pani wiele dzieci, które miały problemy w domu?

– O tak – odparła kobieta ze znużeniem. – Obawiam się, że nauka w prywatnej szkole nie izoluje dzieci od rozpadu rodziny.

– Pani Devlin, gdyby w domu było naprawdę źle, gdyby, powiedzmy, Lucy cierpiała z powodu większej traumy niż trauma rozwodu, czy byłaby pani w stanie to stwierdzić?

Zapadła długa cisza, tak długa, że sędzia przerwał swoje zajęcia i zaczął niecierpliwie stukać piórem w blat. Czekając, aż świadek zbierze myśli, Natasha napisała liścik do Bena. „Mac dzwonił?"

Ben pokręcił głową.

– Pani Devlin? – wtrącił sędzia. – Czy słyszała pani pytanie?

– Słyszałam – odparła kobieta cicho i wyraźnie. – Słyszałam, a odpowiedź brzmi: nie wiem.

Niech to szlag, pomyślała Natasha.

Pani Devlin oparła dłonie na drewnianym pulpicie przed sobą.

– Wiem tylko, że kiedy dziecko milknie, cierpi. Wszystko w Lucy, jej milczenie, jej brak radości z rzeczy, które kiedyś ją cieszyły, jej odcięcie się od przyjaciół, to wszystko mówi mi, że ona cierpi. – Wzięła głęboki oddech. – Ale nie wiem, z jakich dokładnie powodów cierpią dzieci takie jak Lucy, bo one nie ufają nam na tyle, by nam o tym powiedzieć. Nie mówią nauczycielom i nie mówią rodzicom, bo nie mogą być pewne, że ci się nie zdenerwują, gdy usłyszą coś, czego nie chcą słyszeć. Tak więc nie, pani Macauley, one nam tego nie mówią, bo przez połowę czasu i tak nikt ich nie słucha.

W sali zapadła grobowa cisza. Pani Devlin zwracała się teraz bezpośrednio do rodziców, miała zaczerwienioną twarz, coraz bardziej podnosiła głos.

– Widzę to tydzień po tygodniu, rok po roku. Obserwuję, jak światy tych dzieci się rozpadają, życie, które znają, dobiega końca, a one nie mają nic do powiedzenia w tej kwestii. Nie decydują o tym, gdzie będą mieszkać, z kim będą spędzać czas, kim jest nowa mamusia lub nowy tatuś... Dobry Boże, czasami nie wiedzą nawet, jak będą się od teraz nazywać... A od nas, nauczycieli, rzekomo wzorów do naśladowania, oczekuje się, że powiemy im, iż to w porządku, że takie jest życie, że trzeba się z tym pogodzić. Och, i mamy pilnować, żeby przy tym wszystkim nie opuszczały się w nauce.

– Pani Devlin… – wtrącił sędzia.

Ale tama już puściła.

– Ale tak nie jest. To zdrada. To zdrada, a my wszyscy milczymy na ten temat, bo… cóż, no bo życie jest ciężkie i czasami te dzieciaki muszą się tego nauczyć, prawda? Takie jest życie. Ale gdybyście widzieli to z mojej perspektywy, te zagubione dzieci, te zagubione dzieci, które nie wiedzą, co robić, bardziej samotne, niż możecie to sobie wyobrazić… Cały ten potencjał zmarnowany… Cóż, szczerze mówiąc, dla mnie to żadna różnica, czy takie dziecko jest bite, czy nie. – Otarła twarz pulchną dłonią. – O tak, ja wiem, o co mnie pani pyta, pani Macauley. Tak, właśnie to powiedziałam… że dla mnie to bez różnicy. A fakt, że stoję tutaj, że prosi się mnie o to, bym określiła dokładnie, która cząstka tego dziecka cierpi i kogo za to winić, tylko po to, by można rozstrzygnąć, kto najwięcej ugra na tym potwornym małżeńskim nonsensie, cóż, ten fakt czyni ze mnie osobę współwinną.

Pani Persey siedziała jak rażona gromem. Jej mąż na drugim końcu ławki mamrotał wściekle do swojego prawnika:

– Nie zamierzam tego wysłuchiwać! Ta kobieta to histeryczka.

– Pani Devlin… – Natasha nie zdołała powiedzieć nic więcej, ponieważ nauczycielka uniosła dłoń.

– Nie – oświadczyła stanowczo. – Prosiła mnie pani, żebym wzięła w tym udział, więc teraz powiem wszystko. O tak, te dzieci to jakoś przeżyją. – Pokiwała sarkastycznie głową. – Na pewno powtarzacie sobie, że dorosną trochę szybciej i staną się trochę mądrzejsze. Ale wiecie, co jeszcze? Przestaną ufać. Staną się bardziej cyniczne. Spędzą życie na czekaniu, aż wszystko znów się rozpadnie. Bo to rzadkie, to bardzo rzadkie, by ktoś potrafił powściągnąć własny ból i mimo niego ofiarować swojemu dziecku wsparcie i zrozumienie, którego ono potrzebuje. Z mojego doświadczenia wynika, że większość rodziców nie ma czasu ani energii, by tego dopilnować. A może są na to zbyt samolubni. Ale co ja tam wiem? Nie jestem matką. Nawet nie jestem mężatką. Jestem tylko jedną z tych pechowych osób, którym płaci się za zbieranie szczątków.

Urwała. Na sali panowała cisza, wszyscy czekali. Stenotypistka, która wszystko to notowała, zamarła wyczekująco. Pani Devlin wzięła głęboki oddech. Gdy w końcu odzyskała panowanie nad sobą, zwróciła się do sędziego:

– Proszę, czy mogę już iść? Bardzo chciałabym już sobie pójść.

Sędzia był w wyraźnym szoku. Zerknął na Natashę. Bez słowa pokiwała głową i uświadomiła sobie, że Simpson robi dokładnie to samo.

Pani Devlin sięgnęła po torebkę i z determinacją ruszyła do drzwi. Gdy mijała ławkę, na której siedzieli Perseyowie, przystanęła. Miała różowe uszy i głos jej drżał, gdy powiedziała:

– Lucy zaskakująco łatwo będzie zboczyć na złą drogę. Wystarczy, że przestaniecie słuchać.

Natasha stała nieruchomo, odprowadzając tę niską, schludnie ubraną postać wzrokiem do ciężkich drewnianych drzwi, za którymi ostatecznie zniknęła. Usłyszała pomruk niezadowolenia po swojej prawej stronie. Nagle zobaczyła tę scenę oczami kogoś innego, ujęła ją w kadr jak Mac: rodzice ten jeden raz bardziej wściekli na wspólnego wroga niż na siebie nawzajem; jej asystent uśmiechający się do siebie na widok tego nieoczekiwanego zwrotu akcji; sędzia szepczący coś do stenotypistki. Zaczęła odpinać perukę.

– Wysoki sądzie – powiedziała. – Proszę o krótką przerwę.

– Co chcesz?

Stała przy kasie dla pasażerów pieszych, woda kapała z jej kurtki na podłogę dużego baraku. Zdjęła czapkę, ale widok dziewczynki w butach do jazdy konnej i mokrych dżinsach wciąż przyciągał uwagę. Czuła na sobie wzrok innych pasażerów.

– Bilet – powtórzyła cicho. – Dla jednej osoby i jednego konia.

– Jaja sobie robisz? – Gruby mężczyzna przeniósł wzrok na ludzi stojących za nią w kolejce, jakby szukał potwierdzenia. Widzicie, z czym ja się tu muszę użerać?, mówiła jego mina.

– Wiem, że zabieracie konie. Regularnie pokonują Kanał. – Podniosła paszport Boo. – Mój koń jest przecież z Francji.

– I jak się tu dostał, twoim zdaniem?

– Na łodzi.

– Sam wiosłował?

Za jej plecami rozległ się stłumiony śmiech.

– Na promie. Wiem, że przewozicie konie przez Kanał. Proszę posłuchać, ja mam pieniądze. Oboje mamy paszporty. Muszę tylko...

Mężczyzna przywołał gestem kogoś siedzącego za grubą szybą. Jego koleżanka w takiej samej służbowej marynarce wstała i podeszła do okienka. Zauważyła przemoczone ubranie Sarah i paszport w jej dłoni.

– Nie można przewozić konia z pasażerami pieszymi – oświadczyła, gdy mężczyzna wyjaśnił jej sytuację.

– Wiem. – Głos Sarah stężał ze zdenerwowania. – Nie jestem głupia. Po prostu chcę wiedzieć, jak mam mu załatwić przeprawę.

– Musi przebywać w transporterze. Trzeba to załatwić przez specjalistyczną firmę. Musi mieć papiery od weterynarza. Odpowiednie przepisy Departamentu Środowiska regulują warunki przewozu inwentarza żywego.

– To nie jest inwentarz. To selle français.

– Może sobie być nawet pekińczykiem. Władze surowo kontrolują sposób przewożenia zwierząt przez Kanał i jeśli nie zdołasz mnie przekonać, że dwie z tych czterech nóg są sztuczne, on będzie się zaliczał do tej kategorii.

– Może mi pani pomóc? Może mi pani powiedzieć, gdzie znajdę taką firmę? To naprawdę pilna sprawa.

Czuła się przytłoczona wilgotnym, rzęsiście oświetlonym pomieszczeniem. Przywiązała Boo do białej barierki na zewnątrz i przez okno widziała, że czeka tam na nią posłusznie, ale zebrała się już wokół niego grupa osób. Dzieci wyciągały ręce, by go dotknąć.

– Muszę przeprawić się dzisiaj – dodała łamiącym się głosem.

– Nie ma mowy, nie bez papierów. Nie możemy tak po prostu wsadzić konia na prom pasażerski.

Ktoś cmokał z niezadowoleniem. Nagle poczuła się wyczerpana, łzy frustracji piekły ją w oczy. To nie ma sensu. Słyszała to w ich głosach. Odwróciła się bez słowa i podeszła do drzwi.

– Myślała, że co my tu mamy? Autobusy dla koni?

Słyszała, jak się z niej śmieją, gdy wychodziła na zewnątrz; chłodny wiatr zaatakował ją z boku.

Odwiązała Boo. Transporter? Papiery? Skąd miała to wszystko wiedzieć? Spojrzała na prom. Pochylnia była opuszczona, pojazdy powoli zajmowały przestrzeń pomiędzy lądem a statkiem, prowadzone na pokład wąskimi kolejkami przez ludzi w odblaskowych kamizelkach. Nie zdołałaby się pomiędzy nimi przekraść. Nie ma mowy. W jej piersi wezbrał ciężki, wstrzymywany szloch. Jak mogła być taka głupia?

Podszedł do niej mężczyzna. Zmierzył Boo łagodnie oceniającym wzrokiem kogoś, kto zna się na koniach.

– Jesteś tutaj na jakiejś sponsorowanej wycieczce? – zapytał.

– Nie. Tak – odparła, ocierając oczy. – Tak. Jestem na sponsorowanej wycieczce. Muszę się dostać do Francji.

– Słyszałem, co mówiłaś w środku. Będzie ci potrzebny nocleg – oświadczył.

– Nocleg?

– Hotel dla twojego konia. Jest jedno miejsce, pięć kilometrów stąd. Tam pomogą ci wszystko załatwić. Masz. – Napisał nazwę na wizytówce i wręczył ją jej. – Wróć na rondo, wybierz trzeci wyjazd i stamtąd będziesz miała jeszcze ze dwa, trzy kilometry. Skromne miejsce, ale czyste i niedrogie. Wygląda na to, że twojemu koniowi przydałby się odpoczynek.

Spojrzała na wizytówkę. Willett's Farm, napisał.

– Dziękuję – zawołała za nim, ale on już odszedł, a jej głos rozproszyła morska bryza.

Natasha siedziała w swoim fotelu i przekładała srebrnego konia z ręki do ręki. Nieco zaśniedział, a gdy go potarła, na jej palcach pojawiła się szara smuga.

Richard, starszy partner kancelarii, rozmawiał z klientką. Jego donośny głos i beznadziejna akustyka starego budynku sprawiały, że dźwięk niósł się po korytarzu, jakby stał za drzwiami. Teraz śmiał się od serca, hałaśliwie. Zaczęła się zastanawiać, czego dowiedziała się Linda z jej rozmów telefonicznych przez te wszystkie lata: terminy wizyt u ginekologów, nieudane cytologie, bełkotliwe kłótnie, jej rozpadające się małżeństwo. Nigdy nie zwracała uwagi na to, jak głośno mówi.

Za piętnaście czwarta.

Przed nią leżały w schludnych stosikach opieczętowane teczki. Ostrożnie położyła małego konia na samej górze. Sarah, na swój własny sposób, nie różniła się niczym od Alego Ahmadiego. Zauważyła okazję i ją wykorzystała; tak postępowały wszystkie dzieci we wczesnym wieku zmuszone do polegania na samych sobie. Jej zachowanie, choć nieprzewidywalne, nie było niezrozumiałe.

I choć Natasha była na nią zła, wiedziała, że nie może jej winić. Winiła siebie, ponieważ myślała, że zdoła przyjąć Sarah do swojego życia bez żadnych kosztów, bez wstrząsów dla swojej uporządkowanej egzystencji. I tak jak w wypadku Ahmadiego los jej odpłacił.

Niemal czterdzieści minut zajęło jej przekonanie pani Persey, że Richard to najlepsza osoba, by przejąć jej sprawę.

– Ale ja chcę ciebie – zaprotestowała kobieta. – Ty wiesz, jaki jest mój mąż. Obiecałaś, że mi pomożesz.

– Z tego właśnie powodu wprowadziliśmy do sprawy Michaela Harringtona. To najlepszy, najtwardszy adwokat w tej dziedzinie.

Proszę mi wierzyć, pani Persey, moja nieobecność w żaden sposób nie wpłynie na pani sytuację. Przy odrobinie szczęścia wrócę za dzień lub dwa, a do tego czasu zajmie się panią Richard, który jest już wprowadzony w sprawę i do pani usług.

Musiała zaproponować zniżkę za tę „niedogodność". Richard poinformował ją szorstko, że pieniądze odejmą z jej wynagrodzenia. Natasha podejrzewała, że pani Persey nie zauważyłaby nawet, czy zniżka faktycznie pojawiła się na rachunku końcowym – a poza tym i tak nie zrobiłoby to na niej takiego wrażenia jak na Natashy – ale należała do kobiet, dla których niezbędne było poczucie, że coś zyskały na dobrowolnej zamianie. Jeśli to jest koszt zatrzymania klienta, oświadczył Richard, w takim razie musisz to zrobić. Jego niezadowolone prychnięcie, gdy wyjąkała słowa „nagła sprawa rodzinna", sprawiło, że nagle ogarnęło ją współczucie dla jej współpracowników z dziećmi.

– Natasha? Czy to jakiś żart? – Conor wszedł do jej biura bez pukania. Spodziewała się go.

– Nie, to nie żart – odparła, po czym wstała i sięgnęła do szuflady po klucze. – Tak, przekazuję sprawę Perseyów i tak, wszyscy na pewno poradzą sobie beze mnie przez parę dni. Przy odrobinie szczęścia wrócę może nawet jutro.

– Nie możesz tak po prostu zostawić tej cholernej sprawy. To ważna klientka, Natasho. Proces jest w gazetach.

– Richard się nią zajmie pod moją nieobecność. Ma Harringtona od spraw finansowych, a po dzisiejszej rozprawie byłabym bardzo zdziwiona, gdyby nie zgodzili się na ugodę w kwestii opieki. Nasza myszata pani Devlin chyba oddała nam przysługę.

Conor stanął po drugiej stronie biurka i oparł na nim dłonie.

– Pani Persey chce ciebie. Nie możesz jej niańczyć podczas przygotowań, a potem zostawić jej z dnia na dzień w środku postępowania.

– Już z nią rozmawiałam. Nie zamierzałam wzywać więcej świadków. Resztę mogę zostawić Harringtonowi.

Zaczął kręcić głową i wtedy wypaliła:

– Conor, żadnego z nich tak naprawdę nie obchodzi dobro Lucy... Tu chodzi o pieniądze i wyrównywanie rachunków. W większości rozwodów właśnie o to chodzi, o czym dobrze wiesz.

– Ale dokąd ty się wybierasz? – zapytał.

– Nie jestem pewna.

– Nie jesteś pewna?

Do biura weszła Linda z kubkiem herbaty, a zaraz za nią Ben.

– To interesujące – wymamrotała.

– To nagła sprawa rodzinna – oświadczyła Natasha, zamykając aktówkę.

Conor utkwił w niej wzrok.

– To ta dziewczyna. Myślałem, że oddajesz ją opiece społecznej. Podobno miała się stać problemem kogoś innego.

Próbowała uciszyć go wzrokiem. Widziała, jaką ciekawość wzbudził w Benie i Lindzie.

– Niech Mac to załatwi.

– Nie.

– Mac? – powtórzyła Linda, już nawet nie udając, że nie słucha. – Twój były Mac? A co on ma z tym wszystkim wspólnego?

Natasha ją zignorowała.

– Mac nie wie, gdzie zacząć – odparła. – Sam sobie nie poradzi.

– No tak. A my przecież zawsze rzucamy wszystko dla Maca.

– To nie tak.

– No to zadzwoń na policję. To kradzież.

Linda postawiła kubek na biurku.

– Mogę ci jakoś pomóc? – zapytała.

Natasha nie odpowiedziała.

Conor zacisnął szczęki.

– Natasho, muszę ci powiedzieć, że jeśli porzucisz sprawę na tym etapie, popełnisz zawodowe samobójstwo w tej kancelarii.

– Nie mam wyboru.

– Nie dramatyzuj.

– „Zawodowe samobójstwo”? I to ja dramatyzuję?

– Natasha. To rozwód Perseyów. Zatrudniłaś Michaela Harringtona. Wynik tej sprawy może zdecydować o tym, czy zostaniesz tutaj partnerem. Może ugruntować reputację tej firmy. Nie możesz tak po prostu rzucić wszystkiego, by uganiać się za jakimś podejrzanym dzieciakiem, który pewnie zaraz się sam znajdzie.

Wstała i podeszła do okna.

– Linda, Ben, możecie zostawić nas samych? – Zaczekała, by wyszli. Podejrzewając, że stanęli tuż za drzwiami, zniżyła głos. – Conor, ja…

– Przecież przyłapałaś ją na kradzieży. I od początku miałaś co do niej wątpliwości. Od pierwszego dnia.

– Nie znasz całej historii, Conor.

– Ciekawe dlaczego.

– Okej. No to co byś zrobił, gdyby to było twoje dziecko?

– Ale ona nie jest twoim dzieckiem. O tym właśnie mówię, do cholery.

– Jestem za nią odpowiedzialna w świetle prawa. To czternastoletnia dziewczynka.

– Dziewczynka, którą dzisiaj rano przeklinałaś za to, że ukradła ci kartę kredytową.

– Fakt, że to złodziejka, nie zwalnia mnie z moich zobowiązań.

– Ale czy ta mała złodziejka jest warta tego, by zrujnować sobie dla niej karierę? Jezu, Natasha, kilka tygodni temu zamartwiałaś się, że ten mały piechur zrujnuje ci karierę. Teraz masz zamiar wszystko to zaprzepaścić dla jakiejś gówniary, która nawet nie jest twoją klientką.

Słyszała jego słowa tak, jak mogłoby je usłyszeć jedno z tych dzieci – gówniara, złodziejka, spisana na straty. Sięgnęła po płaszcz.

– Słuchaj, przepraszam. Nie o to mi chodziło. Ja po prostu próbuję cię chronić.

– Tu nie chodzi o chronienie mnie, prawda, Conor? Ty wcale nie próbujesz dbać o moją karierę.

– To znaczy?

– Tu chodzi o Maca. Nie możesz znieść myśli, że przygarnęłam ją razem z nim i że teraz jej zniknięcie oznacza, że znów będę z nim współpracować.

– Och, nie przesadzaj.

– No to o co ci chodzi?

– Jestem partnerem w tej kancelarii, Natasha. Jeśli znikasz w środku sprawy, nie tylko tracimy pieniądze; nasza reputacja otrzymuje potężnego kopniaka. Twoim zdaniem będzie nam łatwo zdobyć kolejną dużą sprawę, jeśli rozniesie się, że porzucamy klientów w trakcie?

– A kto musi o tym wiedzieć? Możliwe nawet, że do jutra wrócę. Wyjaśnię wszystko Harringtonowi. On zrozumie.

– No to jest lepszy ode mnie. Zamierzasz porzucić wszystko – położył straszny akcent na to słowo – dla dzieciaka, którego nawet nie lubisz, i dla byłego męża, który zmienił twoje życie w piekło. No to powodzenia – skwitował lodowatym tonem. – Mam nadzieję, że będzie warto.

Budynek kancelarii nigdy nie należał do tych najsolidniejszych. Tym razem jednak Conor trzasnął drzwiami z taką siłą, że z półek spadło kilka książek.

Boo usłyszał ten dźwięk jako pierwszy. Był tak zmęczony przez ostatni kilometr, że niemal płakała z poczucia winy przy każdym kroku. Powłóczył kopytami, nisko zwieszał głowę i każdym opierającym się mięśniem błagał ją, by pozwoliła mu się zatrzymać. Ona jednak nie miała wyboru: obolała, zesztywniała ze zmęczenia ponaglała go do chodu. W końcu, gdy zauważyła znak informujący, że od Willett's Farm dzieli ją pół kilometra, zsiadła z konia i szła obok niego, by dać mu chociaż odrobinę wytchnienia. Łzy wyczerpania mieszały się na jej twarzy z kroplami deszczu.

I wtedy to usłyszeli, dźwięk niesiony przez porywisty wiatr: łomot w oddali, stęknięcie i kwik bólu, podniesione męskie głosy, a potem znów wszystko zniknęło, gdy wiatr zmienił kierunek. Hałas miał piorunujący wpływ na Boo. Poderwał łeb, zapominając o zmęczeniu, po czym znieruchomiał i zwrócił się całym ciałem ku niespodziewanemu zakłóceniu. Konie to cyniczne stworzenia, powiedział jej kiedyś papa. Zawsze spodziewają się najgorszego. Boo, odważny z natury, zaczął się trząść, gdy próbowała usłyszeć to, co on słyszał. Sama musiała zwalczyć dreszcz. Dźwięk, chociaż słaby, zwiastował coś naprawdę strasznego przed nimi.

Ruszyli przed siebie, Boo szedł ostrożnym, powolnym krokiem istoty, która boi się tego, co widzi, a jednocześnie nie potrafi powstrzymać się od patrzenia, niczym koński odpowiednik kobiety w koszuli nocnej w horrorze.

Stanęli w bramie i objęli wzrokiem scenę, która rozgrywała się przed nimi. Ogromna ciężarówka stała na środku podwórza, jej tył był rzęsiście oświetlony. Kobieta w kraciastej kurtce stała na brzegu platformy z dłońmi uniesionymi do twarzy, podczas gdy w środku dwóch mężczyzn próbowało utrzymać konia, który był dziwnie wygięty – jego zad opadał do ziemi, a przodu w ogóle nie było widać. W ciężarówce chyba częściowo zawaliła się ścianka działowa, a mężczyźni, krzycząc i dając sobie znaki rękami, próbowali wyciągnąć spod niej konia.

Krew lała się strumieniami. Pokrywała podłogę, tryskała na metalowe boki naczepy; niosła się w powietrzu ku Sarah w postaci lekkiej mgiełki, przez którą poczuła smak żelaza na wargach. Boo zarżał i cofnął się ze strachu.

– Nie zatamuję tego. Potrzebny mi jeszcze jeden bandaż, Bob. – Jeden z mężczyzn klęczał przy końskiej szyi i robił zastrzyk. Odrzucił strzykawkę na bok. Miał całe czerwone ręce i smugi krwi na twarzy. Nogi konia trzęsły się konwulsyjnie; tęższy mężczyzna bliżej tyłu ciężarówki zaklął, gdy kopyto trafiło go w kolano.

– Lekarz już jedzie – krzyknęła kobieta – ale zajmie mu to parę minut. Jest u Jake'a. – Wdrapała się na ciężarówkę, próbując zdjąć ściankę z konia.

– Nie mamy paru minut.

– Czy mogę jakoś pomóc?

Kobieta odwróciła się, zobaczyła Boo oraz czapkę jeździecką Sarah i na tej podstawie wywnioskowała, że dziewczyna może się przydać. Skinęła głową w kierunku stajni.

– Zostaw go tam, skarbie, i pomóż mi to podnieść.

– Ona nie jest ubezpieczona, Jackie – stęknął starszy mężczyzna, siłując się z bolcem w podłodze.

– Inaczej go stąd nie wydostaniemy – wtrącił mężczyzna z tyłu z grubym irlandzkim akcentem. – Jezu, staruszku, jak ty się w to wpakowałeś? – Jego głowa zniknęła za ścianką. – Ten środek uspokajający w ogóle nie działa. Masz jeszcze jedną strzykawkę, Jackie?

Sarah wepchnęła Boo do boksu, po czym pobiegła do ciężarówki.

– Tam w biurze jest szafka – warknęła do niej kobieta. – Otwarta. Poszukaj butelki oznaczonej jako... No, cholera, co to było? Romifidyna. I strzykawkę, a potem je tu przynieś, dobrze?

Sarah popędziła do biura; atmosfera nieszczęścia i rozpaczliwe miotanie się konia dochodzące z ciężarówki dodały jej sił. Przeszukała szafkę, znalazła małą przezroczystą buteleczkę i igłę w foliowym opakowaniu. Gdy tylko wróciła, kobieta wyciągnęła po nie rękę.

– O Jezu, Jackie, chyba je złamał. – W ciężarówce rozległ się zrozpaczony głos. Krew kapała z gumowych mat na brukowany podjazd. Tworzyła oleiste owale wokół każdego kamienia.

– Tak czy inaczej podaj mu środek. To żadna różnica dla niego, jeśli faktycznie to zrobił, a jeśli jest na granicy, może uda się go w ten sposób podtrzymać przy życiu. Gdzie ten cholerny weterynarz?

– Hej. – Jackie przywołała Sarah gestem. – Spróbuj to przytrzymać.

Sarah wspięła się na pakę i chwyciła podstawę ścianki, która mocno się wygięła. Jej dłonie ślizgały się na desce mokrej od krwi. Utkwiła wzrok w dziedzińcu, próbując nie patrzeć na leżącego obok konia.

Jackie rozerwała foliowe opakowanie igły zębami. Odkręciła buteleczkę, wepchnęła końcówkę do szyjki, pociągnęła za tłok, po czym podała strzykawkę dalej. Sarah podskoczyła, gdy tylna noga poderwała się w jej stronę.

– W porządku, skarbie?

Pokiwała głową bez słów. Mężczyźni byli mokrzy od krwi; wywołująca mdłości kałuża otaczała zad konia, rozszerzając się leniwie, złowieszczo, niemal pulsując. Sarah zauważyła, że jej dżinsy, jej kurtka już są poplamione.

– Spokojnie, staruszku, spokojnie – uspokajał konia Irlandczyk. – No już. Zamyka oczy, Jackie. Myślę, że tyle wystarczy. Ale nie dostanę się do nogi, dopóki nie usuniemy tej ścianki.

Bolały ją plecy, ale nie mogła im tego powiedzieć. Podniosła wzrok, gdy podwórze oblały światła reflektorów, oślepiając ją. Usłyszała trzaśnięcie drzwi i kroki. Rudowłosy mężczyzna wbiegł po rampie do środka, otwierając torbę lekarską.

– O cholera, nie wygląda to dobrze.

– Chyba złamał nogę, Tim.

– Strasznie dużo krwi. Jak długo się tak wykrwawia?

– Parę minut. Założyłem opaskę uciskową na przodzie, ale nieźle trzasnęło, gdy padał.

Nogi konia w końcu znieruchomiały, wierzgnął jeszcze tylko raz, i to słabo. Weterynarz kucnął plecami do niej i rozpoczął badanie. Zasłaniał go jej Irlandczyk i część ścianki, która jeszcze się nie zawaliła.

– Nie wiem, jak on to zrobił. Spanikował, gdy wyładowywaliśmy rocznika, wierzgnął i jakimś cudem przełożył przednią nogę ponad ściankę. Gdy próbował się cofnąć, pociągnął ją całą za sobą. To stało się tak szybko, że wciąż nie mogę w to uwierzyć.

– Nigdy nie przestanie mnie zdumiewać, jakie kłopoty potrafi ściągnąć na siebie koń. No dobra, usuńmy tę ściankę, żebym mógł mu się lepiej przyjrzeć. Wy, dziewczyny, chwyćcie tył, a my przesuniemy go ku wam i uwolnimy przód.

Sarah zebrała wszystkie siły, oblała się potem, świadoma, że kobieta z kręconymi włosami obok niej spurpurowiała z wysiłku. Jej kurtka pachniała krwią i papierosami. W końcu udało im się przesunąć ogromną środkową ściankę. Przechylili ją i ostrożnie wynieśli z ciężarówki, po czym oparli o bok samochodu.

Jackie wytarła dłonie w dżinsy, nie zwracając uwagi na plamy.

– W porządku?

Sarah pokiwała głową. Jej dżinsy również były ciemnoczerwone.

– Chodź – powiedziała kobieta. – Nic już nie możesz zrobić. Wejdziemy do biura. Nastawię wodę na herbatę. Masz ochotę?

Myśl o gorącej herbacie była tak kusząca, że Sarah na chwilę zaniemówiła. Poszła za Jackie do małego biura i usiadła na miejscu, które jej wskazano. Szare plastikowe krzesło od razu zabarwiło się na czerwono krwią z jej ubrań.

– Cholernie głupi biznes – mówiła Jackie, napełniając czajnik. – Tracimy tylko parę rocznie, ale za każdym razem pęka mi serce. To nie wina Thoma. On należy do tych ostrożnych. – Obejrzała się za siebie. – Cukier? Jest dobry na szok.

– Tak, poproszę. – Trzęsła się. Gdy usunęli ściankę, rzuciła okiem na konia; wyglądał jak Boo.

– Dam ci dwie kostki. Ja też wezmę dwie. Przeklęty koń.

Na jednej ze ścian wisiała duża tablica z czternastoma imionami koni. Obok umieszczono dokumentację, wytyczne Departamentu Środowiska i listę numerów alarmowych. Różni kierowcy przyklejali pocztówki do ścian obok jedynej kartki bożonarodzeniowej i fotografii anonimowych koni. Sarah rozpoznała Jackie obok jednego z nich.

– Masz.

Wzięła kubek z herbatą, rozkoszując się ciepłem, które rozgrzewało jej zziębnięte dłonie.

– Zaczekam na nich, zanim zaparzę im herbatę. Jeśli odratują konia, to jeszcze potrwa.

– Myśli pani, że przeżyje?

Jackie pokręciła głową.

– Wątpię. Nigdy nie widziałam, by koń tak się wpakował. Musiał mocno kopnąć nogą w ściankę, by wygiąć ją do tego stopnia. A te konie czystej krwi mają takie patykowate nogi... – Usiadła ciężko za biurkiem i spojrzała na zegar. Potem przeniosła wzrok na Sarah, jakby zobaczyła ją po raz pierwszy. – Trochę późno na konne przejażdżki. Nie jesteś stąd, prawda?

– Ja... Polecono mi to miejsce. Potrzebuję stajni na tę noc.

Jackie przyglądała się jej uważnie.

– Wybierasz się dokądś?

Sarah upiła łyk herbaty i pokiwała głową. Jeśli ostatnie miesiące ją czegoś nauczyły, to tego, by mówić jak najmniej.

– Wyglądasz bardzo młodo.

Sarah spojrzała kobiecie w oczy.

– Wszyscy tak mówią. – Zmusiła się do uśmiechu.

Jackie otworzyła przed nią wielką księgę.

– Cóż, na pewno możemy udostępnić ci stajnię. Wygląda na to, że będziemy mieć jedno wolne miejsce. Jak się nazywa twój koń?

– Baucher – odparła Sarah.

– Paszport?

Sięgnęła do plecaka i podała kobiecie dokument.

– Ma wszystkie aktualne szczepienia.

Jackie przejrzała książeczkę, zapisała numer i wręczyła go jej.

– Dwadzieścia pięć za noc, w tym jest siano i pasza. Dodatkowa pasza płatna ekstra. Powiesz mi, czego mu trzeba, a ja to załatwię.

– Czy możemy tu zostać przez parę dni? Muszę zorganizować następną część podróży.

Jackie przez chwilę bawiła się piórem kulkowym.

– Zostań, jak długo chcesz, skarbie, dopóki płacisz. Zapisz mi tylko numer, pod którym można się z tobą skontaktować.

– Nie mogę zostać tutaj?

– Nie, chyba że lubisz spać na sianie. – Jackie westchnęła. – Nie masz noclegu?

– Myślałam, że to miejsce jest też dla ludzi.

– Nie podejmujemy tu ludzi, skarbie. Nie są warci zachodu. Kierowcy zazwyczaj nocują w swoich ciężarówkach, inni zatrzymują się w okolicznych pensjonatach. Mogę dać ci numer, jeśli chcesz. Proszę. – Wskazała listę na ścianie. – W Koronie mają zazwyczaj jakieś wolne łóżka. Czterdzieści funtów za noc za pokój. Kath się tobą zajmie. Teraz nie ma ruchu. Zadzwonię do niej.

– To daleko?

– Jakieś siedem kilometrów.

Sarah zwiesiła ramiona. Milczała przez parę minut, próbując zapanować nad swoim głosem.

– Przyjechałam tutaj konno – wyznała w końcu, wciskając twarz w kołnierz. – Nie mam jak się tam dostać. – Doskwierało jej ogromne zmęczenie. Nie była w stanie iść dalej. Była gotowa błagać tę kobietę, by pozwoliła jej przespać się na podłodze biura.

Rozległ się stłumiony strzał.

Obie podniosły głowy. Jackie wyjęła z szuflady paczkę papierosów, wytrząsnęła jednego ruchem nadgarstka i postukała nim w biurko. Odezwała się dopiero po chwili.

– Powiedziałaś, że przyjechałaś tutaj konno? Skąd?

Sarah wciąż czuła w sobie wibracje tamtego strzału.

– To… skomplikowane.

Jackie zapaliła papierosa, odchyliła się w fotelu i zaciągnęła się głęboko.

– Masz kłopoty? – Jej głos stał się surowy.

Sarah znała ten ton. Tak brzmiał ktoś, kto myślał o tobie same najgorsze rzeczy.

– Nie.

– To twój koń?

– Widziała pani jego paszport.

Kobieta wpatrywała się w nią z powagą.

– Jest na nim moje nazwisko. Proszę posłuchać, on mnie zna. Mogę go nakłonić, by mnie zawołał, jeśli to coś pomoże. Mam go od czterech lat.

Lekarz wyszedł z ciężarówki z zamkniętą torbą.

– Mamy wolny pokój na tyłach. Dwadzieścia pięć funtów i dorzucę kolację, bo widzę, że z nami utknęłaś. Obiecałam Thomowi, że go dzisiaj nakarmię, więc jedna osoba więcej przy stole nie robi różnicy. Ale – pochyliła się – to wszystko nieoficjalnie. Coś tu jest nie w porządku. Przenocuję cię, ale nie chcę się w to angażować.

Ich rozmowę przerwało skrzypnięcie drzwi. Do biura weszli dwaj mężczyźni, wypełniając je swoją obecnością. Irlandczyk pokręcił głową.

– No szkoda – wymamrotała Jackie. – Chodź, Thom, siadaj, zrobię ci herbaty. I ty też, Bob. Usiądź obok…

– Sarah – podpowiedziała. Zaciskała dłonie na kubku, bojąc się, że jeśli coś powie albo zrobi, straci swoją szansę na nocleg.

– Poważne złamanie i przerwana tętnica. Biedak nie miał żadnych szans. – Twarz Irlandczyka poszarzała z szoku, miał na niej smugi czerwieni w miejscach, gdzie musiał się nieświadomie dotykać. – Tim nie miał nawet kiedy podpisać jego papierów. Pojechał do źrebiącej się klaczy. Jeden do jednego, nie?

– Och, pieprzyć herbatę. – Jackie zatrzasnęła pokrywkę czajnika. – Lepiej się czymś wzmocnijmy. – Sięgnęła do drugiej szuflady biurka i wyjęła z niej butelkę bursztynowego płynu. – Ty nie, Sarah. – Jej oczy rozbłysły ostrzegawczo.

Domyśliła się, ile mam lat, uznała Sarah. Nie zamierzała wplątywać się w to bardziej niż to konieczne.

Nie podniosła głowy.

– Ja wolę herbatę – powiedziała.

Rozdział dwudziesty

Ta zaś rada i ten obyczaj co do koni najzbawienniejszy, żeby się na niego nigdy gniewem nie unosić. Nierozwagą bowiem jest gniew i często porywa do czynów, których potem żałować przychodzi.

Ksenofont, *Hippika, czyli jazda konna*

Mimo deszczu czekała przed kancelarią, czując się niezręcznie w eleganckim kostiumie i szpilkach, gdy przemierzała chodnik małymi, niecierpliwymi krokami. Gdy tylko zobaczyła jego samochód, podbiegła do niego z aktówką i torebką wsuniętymi pod ramię. Odetchnął z ulgą: istniała więc jeszcze jakaś część Natashy, którą rozumiał. Uśmiechnął się i pochylił, by otworzyć jej drzwi pasażera, a ona wsiadła do środka, ignorując trąbienie kierowców za nimi.

– Myślałem, że…

– Nic nie mów – przerwała mu. Zaciskała zęby, włosy miała śliskie od deszczu. – Jak tylko ją znajdziemy, ty i ja nigdy więcej się nie zobaczymy. Okej?

Uśmiech zamarł mu na ustach. Już miał włączyć się do ruchu, ale się zatrzymał.

– Dzięki, Mac, że zgodziłeś się przejechać całe miasto tylko po to, żeby mnie zabrać.

– Mam ci dziękować? Okej. Dzięki, Mac. Nawet sobie nie wyobrażasz, jak bardzo czekałam na tę małą wycieczkę. Lepiej? – Zaczerwieniła się z gniewu, rumieńce tworzyły czerwone plamy na jej policzkach.

– Nie musisz jechać, jeśli nie chcesz. Co jasno dajesz do zrozumienia.

– Ja również za nią odpowiadam. Co jasno dajesz do zrozumienia.

Jego cierpliwość zaczynała się powoli wyczerpywać.

– Wiesz co? Już jest dostatecznie trudno bez znoszenia tych twoich humorów. Jak chcesz jechać ze mną, w porządku, ale jeśli zamierzasz się tak zachowywać, od razu podrzucę cię do domu. Pojedziemy na dwa samochody.

– Znoszenia moich humorów? Masz jakiekolwiek pojęcie, co musiałam zrobić, żeby móc jej szukać? Co to może zrobić z moją reputacją?

– Miło znów cię widzieć.

Natasha podskoczyła, gdy Kowboj John wcisnął głowę pomiędzy przednie siedzenia.

– Pomyślałem sobie, że lepiej będzie wam przypomnieć, że macie publiczność. – Zapalił papierosa.

Natasha odwróciła się do Maca z otwartymi ustami.

– On się zna na koniach – wyjaśnił jej – i zna Sarah, odkąd była dzieckiem.

Gdy nie odpowiedziała, dodał:

– Załatwisz sprawę konia, jak ich już znajdziemy, Tash?

Zaczęła grzebać w torebce.

– No to gdzie ona jest? Wiecie coś? Muszę wracać do pracy najszybciej, jak tylko się da.

– Jasne – wymamrotał Mac, włączając się w końcu do ruchu. – Bo przecież tylko ty masz prawdziwą pracę.

– Jestem w trakcie ważnej sprawy, Mac.

– No tak. Już mówiłaś.

Odwróciła się w fotelu, by na niego spojrzeć.

– To znaczy?

– To znaczy, że nie robisz nic, tylko wciąż powtarzasz, jakie to dla ciebie trudne. Jak to zakłóca ci życie. Jak ja zakłócam ci życie.

– To nieuczciwe.

– Ale prawdziwe. Bierzesz w ogóle pod uwagę, że to może być po części twoja wina?

Kowboj John cofnął się na swoje siedzenie i zakrył twarz kapeluszem.

– O Boziu.

– Moja wina?

Korki były straszne. Mac wystawił prawe ramię przez okno, wciskając się na kolejny, równie zapchany pas.

– Tak. Twoja – odparł. Może dlatego, że dręczyło go poczucie, iż cały dzień kręcą się w kółko. Może dlatego, że bał się o dziewczynkę. A może przez Natashę, która wyglądała tak sztywno w swoim schludnym mundurku, przez Natashę, która wiecznie traktowała go jak najgorszego wroga, jak jedynego winnego, jak chłopca do bicia. – To ty odeszłaś, Natasha. To ty zgodziłaś się nią zaopiekować, a potem uznałaś, że to za trudne. – Wyczuwał oburzenie w jej milczeniu, ale już go to nie obchodziło. – Myślisz, że tylko dla ciebie to był kłopot? Musiałem odwołać zlecenia, John też ma pewnie lepsze rzeczy do roboty.

Szarpnął kierownicę i śmignął na wewnętrzny pas. Miał wrażenie, że samochód kurczy się wokół niego.

– Może gdybyś została i przedłożyła dobro Sarah nad własną zranioną dumę, nie doszłoby do tego wszystkiego.

– Uważasz, że to moja wina?

– Ja tylko mówię, że odegrałaś w tym pewną rolę.

Zaczęła krzyczeć:

– Tak? A kto przyprowadził do domu swoją dziewczynę i pozwolił jej paradować przy Sarah w samej bieliźnie?

– Nie paradowała w samej bieliźnie!

– Prawie nic na sobie nie miała. Wchodzę do mojego domu... naszego domu... i wita mnie w nim ta cholerna nastoletnia modelka w samych majtkach!

– Macie fajny dom – wtrącił John.

– Myślisz, że Sarah się to podobało? Przecież odgrywaliśmy przed nią szczęśliwą rodzinkę!

– Och, nie udawaj, że to ma cokolwiek wspólnego z ucieczką Sarah.

– Cóż, atmosferze w domu się to raczej nie przysłużyło, prawda?

– Przecież przeprosiłem. – Walnął pięścią w kierownicę. – Powiedziałem, że to się więcej nie powtórzy. Poza tym, daj spokój, przecież sama zapraszałaś swojego chłopaka do naszego domu, no nie? Do mojej sypialni.

– To nie jest twoja sypialnia.

– No to do naszej sypialni.

– Coraz lepiej – mruknął John, zaciągając się papierosem.

– Nie zaprosiłam go ani razu, odkąd tam zamieszkałeś. Więc przestań...

– Tylko dlatego, że miałaś gdzie z nim jeździć.

– Och. – Odwróciła się do szyby i skrzyżowała ramiona na piersi. – Zastanawiałam się, kiedy o tym wspomnisz.

– O czym?

– O moim drugim domu. Ostrzegano mnie. – Pokręciła głową. – Mogłam słuchać.

Spojrzał na nią.

– O czym ty mówisz, do cholery?

– O tym, że wykorzystasz dom w Kencie przeciwko mnie, gdy dotrzemy do etapu negocjowania ugody.

– Och, na litość boską, nie wygłupiaj się. Myślisz, że obchodzi mnie twoja cholerna wynajmowana chatka? Jeśli o mnie chodzi, możesz sobie kupić pieprzony jacht i na nim spędzać weekendy.

– Nie chcę wam przeszkadzać. – John znów pochylił się do przodu, wydmuchując z ust chmurę dymu. – Wierzcie mi, mógłbym was słuchać cały dzień. Ale czy nie zbaczamy trochę z tematu?

Mac czuł niewygodne łomotanie serca w piersi.

Natasha odsunęła się od niego najdalej, jak tylko mogła w tym małym, trochę przeładowanym samochodzie… jakby był skażony, jakby wolała się znaleźć gdziekolwiek indziej.

– Czy możecie, urocze gołąbeczki, zawrzeć rozejm? – kontynuował John. – Tylko dopóki jej nie znajdziemy. Byłoby… miło.

Siedzieli w milczeniu, gdy Mac jechał na wschód przez miasto. Mocno zacisnął szczęki.

– Proszę bardzo – oświadczyła Natasha słabo. Sięgnęła po potarganą mapę. – Dokąd jedziemy?

– To jej się spodoba. – John zachichotał.

Mac uparcie spoglądał przed siebie.

– Do Francji – odparł, rzucając jej paszport na kolana. – Sarah ucieka do Francji.

Pokonali cały zakorkowany Blackwall Tunnel, zanim wytłumaczyli jej, co się stało w szpitalu. Kilka razy oświadczyła, że źle go usłyszeli albo że choroba upośledziła procesy umysłowe staruszka, aż w końcu zirytowała tym Kowboja Johna.

– Kapitan jest chory, ale równie bystry jak ty, paniusiu – wymamrotał.

Mac czuł, że Kowboj John nie polubił Natashy. Mierzył ją wzrokiem równie podejrzliwie jak syczące gęsi na swoim podwórzu.

– Nawet jeśli dobrze usłyszeliście, bardzo trudno mi uwierzyć, że Sarah uznała, iż ma realną szansę, by konno pokonać drogę do… Gdzie to jest?

– Zobacz na mapie. – Mac wskazał miejscowość palcem, nie odrywając wzroku od drogi. – W samym środku Francji.

Natasha zmrużyła powieki.

– Nie uda się jej tam dojechać, prawda?

– Nie uda się jej pokonać Kanału. Chyba że ten jej koń go przepłynie.

– Uważamy z Johnem, że nie uda się jej dotrzeć nawet do Dover.

Gdy wyjechali z tunelu, wieczorne niebo już ciemniało, a Mac całkiem podupadł na duchu, stwierdziwszy, że korki po drugiej stronie w ogóle się nie zmniejszyły. Włączył prawy kierunkowskaz, sygnalizując, że skręca na dwupasmówkę.

– John uważa, że koń będzie musiał dużo wcześniej odpocząć.

Natasha odkaszlnęła aluzyjnie, po czym opuściła szybę. Pociągnęła nosem i odwróciła się w fotelu. Zapadła złowieszcza cisza.

– Czy to jest to, co mi się wydaje? – zapytała.

– A skąd mam wiedzieć? – mruknął John. – Nie siedzę w twojej głowie.

– Czy to jest… trawa?

Ostrożnie wyjął skręta z ust i obejrzał go dokładnie.

– Mam nadzieję, biorąc pod uwagę, ile zapłaciłem.

– Nie możesz tego palić w samochodzie. Mac, powiedz mu.

– No przecież nie wysiądę, żeby zapalić, no nie, paniusiu?

Natasha na chwilę ukryła twarz w dłoniach. Mac dojrzał wzrok Johna w lusterku, błyszczało w nim rozbawienie.

Natasha podniosła głowę i wzięła głęboki oddech.

– Wiesz co, panie Kowboj, czy jak się tam nazywasz, naprawdę byłabym wdzięczna, gdybyś nie palił narkotyków w samochodzie. Nie, jeśli stoimy w korku. – Wierciła się w fotelu, mierząc wzrokiem pojazdy po obu stronach.

– To na chorobę lokomocyjną. Poza tym stresuję się, jak się kłócicie. A nam, starym ludziom, to szkodzi. Wiesz przecież, co się stało z Kapitanem.

Przełknęła ślinę. Miała minę kogoś, kto lada chwila eksploduje.

– Popraw mnie, jeśli się mylę. Twierdzisz, że jeśli nie pozwolimy ci palić nielegalnych substancji w samochodzie Maca, zwymiotujesz albo umrzesz z powodu stresu?

– Mniej więcej.

Mac obserwował, jak Natasha stara się zapanować nad oddechem. Chwilę to trwało. Po raz pierwszy od wielu dni naszła go ochota, by się uśmiechnąć.

Był taki czas według Kowboja Johna, kiedy londyńska godzina szczytu trwała dokładnie tyle: jedną godzinę. Teraz ruch zwalniał, a korki się wydłużały od chwili, w której kończyła się szkoła, i rzadko trwało to krócej niż cztery godziny. Nie mogli, zauważył z obojętnością postronnego obserwatora – albo kogoś, kto wypalił właśnie większą część siedmiogramowej działki marihuany – wybrać gorszej pory na wyjazd z miasta. Och, a jeśli im to nie przeszkadza, to jemu chce się sikać. Znowu.

Jakby nie dość mieli problemów, zaczęło lać jak z cebra. Samochód Maca stał teraz w długim korku na A2; strumień czerwonych świateł hamowania przypominał ogon wielkiego czerwonego smoka wijącego się pomiędzy piszczącymi wachlarzami jego wycieraczek.

Natasha milczała przez ostatnie pół godziny – wysyłała wiadomości z telefonu, przeglądała papiery i robiła notatki. Odbyła z kimś przyciszoną, lecz bardzo nerwową wymianę zdań na temat swojej sprawy i zamieniła szeptem kilka słów z – prawdopodobnie – Conorem. Gdy trzasnęła klapką telefonu, poczuł złośliwą satysfakcję. Po raz piętnasty zaczął kręcić gałką radia, próbując złapać najnowsze wiadomości.

– Nie wiem, po co się męczysz – syknęła. – Przecież widać, że utknęliśmy w korku.

Zignorował zaczepkę. Wiedział, że to rozmowy przez telefon tak ją zdenerwowały. Gdyby wyjaśnił, że nasłuchuje informacji o wypadkach z udziałem koni, w niczym by to nie pomogło.

– Moim zdaniem musiała już wyjechać z Londynu – powiedział, bębniąc palcami w kierownicę. – Powinniśmy zjechać z A2 na następnym zjeździe i może znaleźć jakąś drogę B. Musiała się na taką przenieść już dawno temu. Jeśli będziemy mieli szczęście, zdołamy ją wyprzedzić.

Wystawił rękę przez okno w geście podziękowania, gdy ktoś pozwolił mu zmienić pas.

– Myślę, że powinniśmy pojechać tam, gdzie naszym zdaniem zdołałaby dotrzeć, a jeśli jej nie znajdziemy do ósmej, dzwonimy na policję.

Na tylnym siedzeniu widział teraz tylko kapelusz Johna, który mu przytaknął.

– Niezły plan – powiedział kapelusz. – Ale ciągle nie podoba mi się mieszanie w to policji.

– Bo musiałbyś wyrzucić swój zapasik przez okno?

– Kochanie, musiałabyś wyrywać ten zapasik z moich zimnych martwych dłoni, żeby się go pozbyć.

– Da się załatwić – odparła słodko.

Mac spojrzał na nią.

– Przyszło mi do głowy coś jeszcze. Jeśli zablokujemy twoją kartę kredytową, nie będzie miała żadnych pieniędzy. Zmusimy ją, żeby zawróciła.

Natasha zastanawiała się przez chwilę.

– Ale jeśli pozbawimy ją środków, narazimy ją na większe ryzyko.

– Moim zdaniem brak forsy jej nie powstrzyma – wtrącił Kowboj John. – Jest zdeterminowana.

– Zależy, ile już wyjęła – zauważył Mac – ale jeśli pozwolimy jej dalej używać karty, nie wiadomo, dokąd pojedzie. W zasadzie pomagamy jej w ucieczce.

– Jesteś całkowicie pewna, że to ona ma twoją kartę? – zapytał John. – Znam tę dziewczynę od wielu lat i ona nie jest złodziejką, mówię wam.

Mac czekał, aż Natasha odpowie, może wspomni o paluszkach rybnych w supermarkecie i pieniądzach, które ginęły z ich domu. Ona jednak tylko siedziała w fotelu, pogrążona w myślach.

– Tash?

– Jeśli będzie dalej używać karty – odparła, myśląc na głos – uda nam się określić jej lokalizację. Karta ma taką funkcję, że można zadzwonić do banku, by poznać szczegóły ostatnich transakcji. – Odwróciła się do niego i po raz pierwszy nie miała takiej miny, jakby go o coś oskarżała. – Często już po paru godzinach od użycia karty. To nasza jedyna szansa na śledzenie jej ruchów bez angażowania policji. Jeśli zapłaciła za hotel, jeszcze lepiej. Moglibyśmy od razu tam pojechać. – Pozwoliła sobie na nikły uśmieszek. – Może uda nam się ją znaleźć nawet dzisiaj.

Kowboj John wydmuchał z ust wielką smugę dymu.

– Nie jest taka głupia, na jaką wygląda, ta twoja pani.

– Nie jestem jego panią – zaprotestowała Natasha energicznie, po czym wybrała numer na klawiaturze. – Otwórz swoje okno, Kowboju. W tym samochodzie śmierdzi.

– Dartford – oświadczyła triumfalnie piętnaście minut później. – Wyjęła z bankomatu sto funtów w Dartford dzisiaj przed południem. Jesteśmy na właściwym tropie.

Na mapie wydawało się to takie łatwe, myślała Natasha, wodząc palcem po cienkiej czerwonej linii: A2 prowadziła dość prostą drogą przez Sittingbourne, Gillingham do Canterbury. Gdy jednak samochód toczył się w ciemnościach w długich korkach, a deszcz i oddechy trzech osób skraplające się na szybach ograniczały widoczność, nic nie wskazywało na to, że dziewczyna i koń w ogóle istnieli, a co dopiero, że podróżowali tą trasą.

Natasha siedziała w milczeniu. Im bardziej oddalali się od Londynu, tym bardziej ciążył jej żołądek. Z każdym kilometrem coraz lepiej rozumiała ogrom zadania, jakie sobie postawili. Sarah mogła się znajdować wszędzie w promieniu osiemdziesięciu kilometrów. Mogła pojechać z Dartford na wschód. Mogła przewidzieć, że będą jej szukać w Dover, i na tej podstawie skorzystać z jednego z mniejszych portów. W najgorszym razie mogli to wszystko źle zrozumieć i wcale nie przedostawała się do Francji.

Zanim dotarli do Canterbury, była już przekonana, że zabrnęli za daleko. Powiedziała swoim towarzyszom, że Sarah nigdy nie dotarłaby do tego punktu. Patrzcie na pogodę. Wytężała wzrok, wyobrażając sobie, że dostrzega jakieś postaci w tym słabym świetle; rozpraszali ją ludzie i przypadkowe samochody pod ulicznymi latarniami.

– Myślę, że powinniśmy zawrócić.

Ale Mac upierał się, że Sarah na pewno wybrała tę trasę, a jeśli tu jej nie spotkali, oznacza to, że muszą jechać dalej.

– Wyjechała z miasta o siódmej rano – podkreślił. – Do tej pory mogła zajechać diabli wiedzą gdzie. – Pochylał się nad kierownicą, przeczesując wzrokiem ciemną linię horyzontu.

John nie był pewien. Koń jest silny i zrobi wszystko, o co poprosi go ta dziewczyna, chyba że…

– Chyba że co? – Odwróciła się do niego. – Co chciałeś powiedzieć?

W samochodzie było ciemno, twarz Johna pozostawała w ukryciu.

– Chyba że mieli wypadek.

O siódmej ruch trochę osłabł, a coraz więcej znaków wskazywało na Dover. Zatrzymali się czterokrotnie, gdy John oświadczał po raz kolejny, że musi na stronę, albo gdy mijali tablice hoteli i pensjonatów. Słysząc pytanie Natashy o dziewczynę i konia, wszyscy recepcjoniści bez wyjątku patrzyli na nią jak na wariatkę. Nie mogła ich za to winić: w jej uszach również brzmiało to jak szaleństwo.

Za każdym razem, gdy wracała do samochodu, pytała obu mężczyzn, czy są pewni, że dziadek powiedział, iż Sarah jedzie do Francji, aż w końcu Mac oświadczył, że ma ich przestać traktować jak debili. Przez cały ten czas Ben lojalnie informował ją esemesami o przebiegu spotkania partnerów, które zostało zwołane bez niej.

Linda mówi, żebyś się nie martwiła

– zakończył transmisję, co Natasha uznała za pewny znak, że powinna zacząć się martwić.

W którymś momencie w ostatniej godzinie wszyscy stracili wiarę. Mac próbował liczyć, jak daleko mogli zajechać dziewczyna i koń podróżujący ze średnią prędkością dwudziestu czterech kilometrów na godzinę, biorąc pod uwagę niesprzyjające warunki pogodowe i brak jedzenia.

– Moim zdaniem zatrzymała się gdzieś w okolicach Canterbury – zawyrokował. – Albo powinniśmy zawrócić do Sittingbourne.

– Pewnie strasznie zmokli – wtrącił John ponuro, przecierając szybę rękawem.

– A moim zdaniem my powinniśmy się gdzieś zatrzymać, obdzwonić wszystkie hotele i spytać, czy ją widzieli – odparła Natasha. – Ale ktoś będzie musiał mi pożyczyć swój telefon. W moim wyczerpuje się bateria.

Mac sięgnął do kieszeni i podał jej komórkę. Gdy ją od niego wzięła, zaczęła myśleć o tym, że w ostatnim roku ich małżeństwa zarówno jego komórka, jak i jej były starannie ukrywane ze względu na swoją obciążającą zawartość w postaci zalotnych wiadomości do innych ludzi – symptom ogólnego rozkładu.

– Dzięki – powiedziała. Jednak wcale nie chciała z niej korzystać. Nie chciała ryzykować, że zobaczy wiadomość od tamtej kobiety albo nieodebrane połączenie dowodzące, że Mac również wolałby teraz robić coś zupełnie innego.

– Muszę siku – powiedział znowu John.

– Cóż, musimy też zatankować – odparł Mac. – Jedźmy do Dover. Jeśli tam właśnie zmierza, w sumie nie ma znaczenia, czy ją wyprzedziliśmy.

– Ale jeśli zatrzymała się w Canterbury, dotrze do Dover dopiero jutro.

– No to nie wiem, co innego mógłbym zasugerować – mruknął. – Nic nie widać. Możemy jeździć po ciemku przez całą noc i nic nie zdziałamy. Jedźmy do Dover, a potem zróbmy tak, jak sugerowałaś, Tash, zatrzymajmy się w hotelu z telefonem. Podzwonimy, a przy okazji coś zjemy. Wszyscy jesteśmy zmęczeni.

– A potem co? – Ostrożnie odłożyła jego komórkę na deskę rozdzielczą.

– No cóż… będziemy się modlić, żeby użyła gdzieś tej cholernej karty kredytowej, jak sądzę. Bo poza tym nic innego nie przychodzi mi do głowy.

Hotel okazał się jedną z tych anonimowych placówek średniej klasy należących do międzynarodowej sieci; dwa budynki z rdzawoczerwonej cegły połączone szklanym tunelem. Natasha stała w ogromnej recepcji w pomiętym i przepoconym kostiumie, nie mogąc się doczekać, by w końcu usiąść, zjeść coś i wypić. Mac gawędził z recepcjonistką, która uśmiechała się do niego wyraźnie niekorporacyjnym uśmiechem. Natasha odnotowała to z ponurą miną, po czym odwróciła wzrok. Kowboj John siedział w fotelu pod ścianą z wyciągniętymi nogami, głowa zwisała mu nisko pomiędzy kościstymi ramionami. Zauważyła, że goście omijają go z pewnym dystansem i poczuła się za niego zawstydzona. Gdy jednak podniósł głowę i mrugnął lubieżnie do młodej kobiety, doszła do wniosku, że jej współczucie było zbyteczne.

– Okej – powiedział Mac, wkładając portfel do kieszeni. – Mamy jeden pokój z podwójnym łóżkiem i jeden z dwoma pojedynczymi.

– Przecież potrzebujemy trzech pokojów.

– Nic więcej nie mają. Jeśli chcesz spróbować gdzieś dalej, proszę bardzo, ale ja jestem padnięty. Mnie to pasuje.

A w którym pokoju będziesz spał?, zapragnęła zapytać. Jego twarz była jednak tak napięta ze zmęczenia, że Natasha w milczeniu poszła za nim do windy.

To John rozstrzygnął problem.

– Ja wezmę kąpiel i coś zjem – oświadczył, biorąc klucz od Maca, gdy drzwi rozsunęły się na drugim piętrze. – Zadzwońcie do mnie, jak ustalicie, co dalej.

Wyszedł na korytarz, zostawiając ich samych w windzie. Poczuli się nagle bardzo skrępowani.

Pokój, jak każdy pokój hotelowy, w którym dotychczas spała, znajdował się na samym końcu korytarza. Poszli w jego stronę w całkowitym milczeniu. Gdy dotarli do drzwi, uznała, że powinna coś powiedzieć, ale wtedy Mac wręczył jej klucz.

– Ty zacznij dzwonić. Ja pojadę do portu i sprawdzę, czy jej tam nie ma.

– Nie jesteś głodny?

– Zjem coś po drodze.

Gdy odprowadzała go wzrokiem, zauważyła nagle, jak nietypowo zwiesza ramiona, i wtedy w pełni uświadomiła sobie ciężar odpowiedzialności, jaką czuł wobec Sarah.

Ten dowód jego rozpaczy sprawił, że gdy weszła do pokoju, usiadła na chwilę, starając się nie myśleć o tym, co dzieje się z jej karierą podczas jej nieobecności, ani o byłym mężu spacerującym po zalanych deszczem ulicach Dover i o okropnym, zawstydzającym braku tego, co powinna czuć zamiast niechęci. Natasha Macauley zrobiła więc to, co robiła zawsze, gdy prawdziwe życie zaczynało ją przerastać: nastawiła czajnik, chwyciła notes i długopis, po czym usiadła przy hotelowym telefonie.

Było prawie wpół do jedenastej, gdy Mac wrócił. Natasha pożyczyła książkę telefoniczną z recepcji i obdzwoniła nie tylko wszystkie hotele w Dover, ale też hotele i pensjonaty w promieniu piętnastu kilometrów od miasta. Nikt nie słyszał o Sarah Lachapelle ani nie widział dziewczyny z koniem. Zastanawiała się, czy zadzwonić do Maca, ale uznała, że to bez sensu. Poinformowałby ją, gdyby się czegoś dowiedział, tak jak zrobiłaby ona.

Kowboj John zadzwonił ze swojego pokoju pół godziny wcześniej i oświadczył, że jeśli nic się nie dzieje, on się zdrzemnie przez parę godzin. Życzyła mu dobrej nocy, modląc się, żeby nie podpalił swojego pokoju. Zesztywniała i obolała zamówiła jedzenie i butelkę wina, po czym zaczęła spacerować po dywanie. Przeciągała się właśnie, gdy usłyszała pukanie do drzwi.

W korytarzu stał Mac. Nic nie powiedział, wchodząc do środka. Usiadł ciężko na jednym z łóżek, po czym osunął się na nie, osłaniając ramieniem oczy przed światłem.

– Nic – powiedział. – Jakby rozpłynęli się w powietrzu.

Nalała mu kieliszek wina. Podniósł się zmęczony i wziął go od niej. Miał podbródek poszarzały od zarostu i pachniał zimnym słonym powietrzem.

– Zwiedziłem całe Dover. Poszedłem nawet na plażę, na wypadek gdyby tam postanowiła przenocować.

– Byłeś w kasach?

– Pytałem ludzi, którzy ładują pojazdy na prom. Doszedłem do wniosku, że zauważyliby ją, gdyby się pojawiła. Powiedzieli, że wszystkie zwierzęta są transportowane ciężarówkami. Nie zdoła pojechać dalej, Tash. To niemożliwe.

Siedzieli w milczeniu, pijąc wino.

– A jeśli wybrała inny port? Założyłem, że to będzie Dover... Ale jeśli wybrała Harwich? Albo Sittingbourne?

– Harwich jest w inną stronę.

– To nas przerasta – powiedział. – Moim zdaniem powinniśmy zadzwonić na policję.

– Nie doceniasz jej. Ona to zaplanowała, Mac. Ma moją kartę kredytową. Jest gdzieś bezpieczna.

– Przecież obdzwoniłaś wszystkie hotele.

Wzruszyła ramionami.

– No to może nie dotarła aż tutaj. Nie zdołam obdzwonić wszystkich hoteli na południu Anglii. Cholera... Może zatrzymała się na farmie. Albo w jakiejś stajni. Może ma tu gdzieś przyjaciół. Może być teraz w milionie miejsc.

– I dlatego powinniśmy wezwać policję.

Usiadła na brzegu drugiego łóżka i jęknęła z frustracją.

– O Jezu, Sarah. W co ty, do cholery, z nami pogrywasz? – Słowa padły z jej ust, zanim uświadomiła sobie, że wypowiedziała je na głos.

– Moim zdaniem ona sobie z nami nie pogrywa, Tash.

– Myślisz, że przypadkiem ukradła moją kartę?

– Myślę, że była zdesperowana.

– Niby czemu? Daliśmy jej wszystko, o co poprosiła. Zajęliśmy się jej koniem. Miałam zabrać ją na zakupy, żeby mogła sprezentować dziadkowi, co tylko chciała. – Pokręciła głową. – Nie. – Strach i zmęczenie nadały jej głosowi surowy ton. – Myślę, że to po prostu było dla niej za dużo, za ciężka praca. Nie spodobały się jej nasze reguły i zwyczaje. Nie spodobało się jej, że nie mogła odwiedzać tego konia, kiedy tylko naszła ją ochota. Kazaliśmy jej chodzić do szkoły, Mac, kazaliśmy się jej spowiadać z tego, dokąd znika. Wymuszaliśmy porządek w miejsce chaosu. W ten sposób nam odpłaca.

– Odpłaca?

– Zakładasz, że ona myśli tak jak my. Że ona jest jak my. Ale musisz przyznać, że od początku była jak zamknięta księga. Nie mamy bladego pojęcia, kim naprawdę jest Sarah Lachapelle. – Gdy podniosła wzrok, zauważyła, że Mac uporczywie się w nią wpatruje.

– No co? – zapytała, gdy zaczęło jej to działać na nerwy.

– Jezu. Ale ty się stałaś cyniczna.

Odczuła to jak cios.

– Stałam się cyniczna – powtórzyła powoli. Poczuła ucisk w gardle, ale zwalczyła go. A jak myślisz dlaczego?, miała ochotę zapytać. Jak myślisz, przez kogo? – Okej, Mac. Dlaczego ciągle zakładasz, że Sarah jest w tej sytuacji ofiarą?

– Bo ma czternaście lat? Bo nie ma nikogo?

Przed jej oczami stanął Ali Ahmadi.

– To nie czyni z niej anioła. Okradła nas, zabrała moją kartę, ukrywała przed nami różne rzeczy. A teraz uciekła.

– Od początku widziałaś w niej tylko to, co najgorsze.

– Nie, ja po prostu jej nie wybielam.

– No to co tu robisz? Po co chcesz ją odszukać?

– Fakt, że widzę, jaka jest naprawdę, nie zwalnia mnie z troski o jej dobro.

– Naprawdę chodzi ci o jej dobro? A może po prostu nie chcesz, żeby postrzegano to jako twoją porażkę?

– Co to ma znaczyć, do cholery?

– To nie wpływa korzystnie na twój wizerunek, no nie? Prawniczka, obrończyni uciśnionych dzieci nie zdołała upilnować jednej dziewczynki, którą przyjęła pod swój dach. Moim zdaniem właśnie dlatego nie chcesz zadzwonić na policję.

– Jak śmiesz? – Z trudem zwalczyła pragnienie, by chlusnąć mu winem w twarz. – Ja widuję takie dzieciaki codziennie. Widzę, jak siedzą bezradne i przerażone na sądowej ławie, a potem słucham, jak wesoło obrzucają mnie obelgami czterdzieści minut później za to, że udało mi się uchronić je przed wyrokiem albo znaleźć inne miejsce do życia. Wiem, że w połowie przypadków prosto z sądu idą ukraść kolejny samochód albo torbę ubrań w sklepie. Ja znam te dzieciaki. Nieraz mnie ograły. Wcale nie są głupie i nie zawsze są bezradne.

Zdjęła buty i cisnęła je na dywan.

– Pod pewnymi względami Sarah to przyzwoita dziewczyna, ale nie jest ani lepsza, ani o wiele gorsza od innych. A fakt, że ja to widzę, nie czyni mnie złą osobą, niezależnie od tego, co sobie na mój temat myślisz.

Weszła do łazienki, trzasnęła drzwiami i usiadła na klapie od sedesu. Wyciągnęła przed siebie ręce, zauważyła, że drżą, po czym zrzuciła na podłogę dywanik łazienkowy i dwa ręczniki w wyrazie bezsilnej furii.

W sypialni panowała cisza.

Siedziała tak, gdy mijały minuty, czekając, aż usłyszy, że Mac wstaje i wychodzi. Nie bardziej nie chciał z nią zostać, niż ona chciała być z nim. Powie mu, że byłoby lepiej, gdyby spał w pokoju Kowboja Johna.

Najgorsze było jednak to, że miał trochę racji. Nie chciała angażować w tę sprawę policji. Nie chciała musieć tłumaczyć się z okoliczności, w których przyjęła Sarah pod swój dach, z całkowitej porażki, jaką poniosła, próbując się nią opiekować, czy chociaż zapewnić podstawowe bezpieczeństwo. Gdyby po prostu ją znaleźli, Sarah mogłaby po cichu przenieść się do kogoś bardziej kompetentnego.

Wydała z siebie długi, drżący oddech. Och, tak łatwo było Macowi wpaść w złość, znów odgrywać dobrego glinę. Łatwo być miłym, gdy cię to nic nie kosztuje. Tak właśnie wyglądało ich małżeństwo. Ukryła twarz w dłoniach, oddychała zapachem taniego środka do czyszczenia łazienek, czekając, aż rozjaśni się jej w głowie. Nie chciała, by zobaczył, jak zraniły ją jego słowa. Nie chciała okazywać przy nim żadnych uczuć.

Gdy wyszła z łazienki z opanowaną miną, w głowie szumiało jej od wymyślonych wcześniej argumentów, lecz w pokoju panowała cisza. Mac spał na łóżku, zakrywając twarz ramieniem. Bezszelestnie podeszła do drugiego łóżka i spojrzała na niego, na tego mężczyznę, swojego prawie byłego męża, przygnieciona jego bliskością i antypatią, jaką do niej czuł.

Odkryła, że nie potrafi oderwać od niego wzroku, i uświadomiła sobie, jak rzadko go widywała przez ostatnie dwa miesiące. Jej oczy powędrowały do jego ramion, do piersi ukrytej pod wypłowiałym podkoszulkiem. Jak wiele razy wtulała się w niego nocami? Jak wiele razy, przypomniała sobie, odwracała się do niego plecami, mocno zaciskając powieki, by powstrzymać ukradkowe łzy? Jak mógł nią teraz tak gardzić po tej całej miłości, którą jej okazał?

Przelała resztkę wina do kieliszka i opróżniła go jednym długim, pełnym urazy haustem. Potem, niemal niechętnie, sięgnęła po narzutę złożoną w nogach łóżka Maca i przykryła go aż po szyję.

Zgasiła światło. Nie położyła się, lecz usiadła przy oknie i wyjrzała przez szybę na chłostany wiatrem parking i atramentowe morze w oddali, wciąż mając nadzieję, że dostrzeże w cieniu zarysy dziewczyny i konia podążających w dół ciemnej ulicy.

Gdy się obudziła ze sztywną szyją i kończynami owiniętymi niewygodnie wokół krzesła, pokój zalewało blade, niebieskie światło brzasku, a Maca nie było.

Rozdział dwudziesty pierwszy

Atoli kiedy uczyni tak, jakoś pragnął, jeśli mu odwzajemnisz się łagodnem obejściem, (...) tym sposobem najprędzej wdroży się do wypełniania swej powinności.

Ksenofont, *Hippika, czyli jazda konna*

Sarah właśnie kończyła oporządzać ostatni boks Jackie, gdy nagle podskoczyła, słysząc głos Thoma.

– Nie chciałem cię przestraszyć – powiedział, stając po drugiej stronie drzwi.

– Ja... nie słyszałam pana – mruknęła w swój szalik. Gorący oddech odbił się od jej skóry.

– Przyszedłem zapytać, czy zjesz śniadanie. Jackie gotuje. Jest zachwycona tym, że oporządziłaś za nią wszystkie konie.

Zmrużyła powieki w słońcu.

– Wcześnie wstałam. A ona uprała moje dżinsy i rzeczy...

– Ach, dobre maniery i etyka pracy. Twoi rodzice coś jednak zrobili dobrze. – Uśmiechnął się.

Ostatnią godzinę spędził na szorowaniu wielkiej ciężarówki. Słyszała szum węża pod ciśnieniem za stajniami, plusk wody rozpryskującej się na metalowych powierzchniach, sporadyczne skrobanie i jego celowo wesołe gwizdanie. Poprzedniego wieczoru przy kolacji był przygnębiony, wstrząśnięty śmiercią konia. Grzebał widelcem w jedzeniu i nie reagował na wysiłki Jackie, która próbowała go pocieszyć. Sarah była równie cicha z powodu bliskiego katatonii wyczerpania zajściami tego dnia. Z radością uciekła do swojego pokoju. Jackie i jej mąż korzystali z każdej wymówki, by trochę się rozerwać: gdy zasypiała, słyszała, jak śmieją się i rozmawiają.

Obudziła się krótko po szóstej trzydzieści i przez chwilę nie poznawała otoczenia. Potem, gdy wróciła jej pamięć, niemal odruchowo zerwała się z łóżka w podkoszulku i wybiegła z domu, by poszukać Boo.

Gdy wystawił łeb przez drzwi stajni i zarżał, znów zaczęła oddychać. Weszła do jego boksu, trzęsąc się z zimna w porannym powietrzu. Boo stał spokojnie w pożyczonej derce i w zasadzie wcale nie było po nim widać, jak długą trasę przebył poprzedniego dnia. Sprawdziła jego nogi, podniosła kopyta, po czym, uspokojona, przytuliła twarz do jego szyi i wróciła do domu, gdzie znów nie mogąc zasnąć, ubrała się, by posprzątać jego boks.

Oporządziła pozostałe zwierzęta nie z dobroci serca, jak zdawał się wierzyć Thom, lecz dlatego, że z powodu braku konkretnego planu musiała zrobić wszystko, co w jej mocy, by zapewnić sobie kolejny nocleg. Istniał cały system transportowy, o którym nie miała pojęcia: przez Kanał przewożono kucyki migrujące wraz z rodzinami, kłusaki i konie wierzchowe do konkursów, których wartość oscylowała w zakresie od pięciu do sześciu zer, a które zmieniały stajnie. Wszystkie one, tak jak ona, czekały tu na nowe życie, którego jeszcze nie znały. Konie o mniejszej wartości, te kontuzjowane i zniedołężniałe, podróżowały na kontynent w ciężarówkach do przewozu bydła i nie doświadczały takich luksusów. Na pokładzie czekały na rozładunek prosto do rzeźni.

– Wczoraj… To musiał być straszny widok. Mam nadzieję, że nie miałaś koszmarów. – Jego oczy zdradzały, że często się uśmiechał lub mrużył je od słońca. Było widać, że to Irlandczyk, nawet zanim przemówił.

Oparła się o widły, wyobrażając sobie przerażonego konia.

– Myśli pan, że bardzo cierpiał?

– Nie. Konie doznają wstrząsu. Jak ludzie. A potem weterynarz bardzo szybko z nim skończył.

– Smutno panu?

Wzruszył ramionami, chyba go zaskoczyła.

– Och... Nie. On nie był mój. Ja nie posiadam koni. Tylko je przewożę.

– Czy jego właściciel będzie smutny?

– Nie bierz sobie tego do serca, dziecko, ale pewnie nie. To był tylko słaby przełajowiec z niepewnymi nogami. Właściciel sprzedał go właśnie w hurcie francuskiemu handlarzowi. Szczerze mówiąc, gdy dzwoniłem do niego dziś rano, bardziej martwiły go kwestie ubezpieczenia.

Sarah czubkiem buta ukruszyła trochę zaschniętego na podłodze błota.

– Jak się nazywał?

– Koń? O Chryste, teraz pytasz... – Uniósł wzrok do nieba.

Wtedy Sarah poczuła, że może mu się porządnie przyjrzeć. Z rodzajem przerażonego zachwytu zauważyła, że jego lewa ręka nie jest prawdziwa, lecz została wykonana z gumy w kolorze ludzkiej skóry.

– Diablo – odparł, przenosząc na nią wzrok.

Zaczerwieniła się, zawstydzona, że przyłapał ją na gapieniu się.

– Nie, Diablo Blue. To on. Tak. Mam powiedzieć Jackie, że zaraz przyjdziesz? Ja muszę podjechać do Dover, żeby naprawić ściankę działową w naczepie.

Zamyśliła się. Może dlatego, że był o wiele bardziej wstrząśnięty wydarzeniami poprzedniego wieczoru niż Jackie i jej mąż. Może przez sposób, w jaki głaskał konie po chrapach, gdy przechodził obok boksów – jakby nie był świadom tego, co robi. Może przez tę rękę. Coś w każdym razie powiedziało jej, że Thom nie stanowi zagrożenia.

– A mogę się zabrać z panem? – zapytała, wkładając kurtkę. – Muszę skorzystać z bankomatu.

Teoretycznie Thom Kenneally mieszkał w Irlandii, ale w praktyce większą część każdego tygodnia spędzał, przewożąc konie pomiędzy Anglią, Irlandią a Francją. Kiedyś był dżokejem, zanim nie stracił ręki w wypadku. Od tamtej pory miał trudności z utrzymaniem roboty, dopóki nie zajął się transportem.

Nie wszyscy mogą to robić, powiedział. Wiele koni boi się załadunku i nie wystarczy mieć do nich cierpliwość i zachować spokój, aby bezpiecznie wsadzić je do naczepy; trzeba też umieć czytać konie, przewidzieć, zanim postawią kopyto na rampie, czy będą się szarpać w tył, kopać, czy stawać dęba, gdy już się znajdą w środku, nawet jeśli one same jeszcze tego nie wiedzą. Przewoził stare kucyki, doświadczone konkursowe konie wierzchowe, czasami szczudłonogie konie wyścigowe, których wartość sprawiała, że prowadził ciężarówkę zlany potem. Aż do wczoraj miał tylko jedną ofiarę w swojej sześcioletniej karierze. Ale nie, nie zamierzał rezygnować.

– Ta praca mi odpowiada – powiedział. Zostawili naczepę u spawacza, który obiecał, że do południa ją naprawi. Thom miał zamiar wyjechać z resztą ładunku po lunchu. – Lubię konie. Poza tym moja dziewczyna jest bardzo niezależna. Potrzebuje przestrzeni.

– A ona lubi konie?

Uśmiechnął się.

– Nie bardzo. Chyba wiedziała, że albo to będzie to, albo przeprowadzę się gdzieś do stajni wyścigowej. Przynajmniej teraz nie musi się użerać ze zwierzętami rano, w południe i wieczorem.

– Ja bym chciała się użerać – odparła Sarah, po czym się zaczerwieniła.

– Tu masz bankomat.

Zwolnił i zaparkował przed sklepem spożywczym. Sarah wysiadła z szoferki i przebiegła na drugą stronę ulicy. Wyjęła kartę z kieszeni, włożyła ją do bankomatu, po czym wpisała numer, rozglądając się, czy nikt nie patrzy. Wstrzymała oddech.

Spodziewała się ostrej odmowy albo nawet, w swoich najgorszych koszmarach, alarmu. Ale maszyna wciąż była zdumiewająco posłuszna. Wyjęła jeszcze sto funtów, po czym wepchnęła je głęboko do kieszeni, przepraszając w duchu papę, Maca i Natashę. Już miała przebiec na drugą stronę ulicy, gdy zauważyła budkę telefoniczną w staromodnym stylu, czerwoną, ze szklanymi drzwiami. Thom czytał gazetę, więc zajrzała do środka i zmarszczyła nos, czując odór uryny. Automat przyjął kartę, a ona wybrała numer.

Telefon brzęczał miarowo w oddali. W końcu, gdy już miała się poddać, usłyszała kliknięcie.

– Oddział neurologiczny.

– Czy mogę rozmawiać z panem Lachapelle'em? – Musiała przekrzyczeć przejeżdżającą ciężarówkę.

– Z kim?

– Z panem Lachapelle'em. – Zatkała drugie ucho palcem. – Tu Sarah, jego wnuczka. Czy może mnie pani do niego przełączyć? Leży w sali numer cztery.

Nastała krótka cisza.

– Chwileczkę.

Stała w wąskiej kabinie, obserwując nieobecnym wzrokiem ruchliwą drogę. Siedzący w szoferce Thom zauważył ją i pokiwał głową, jakby dawał jej znać, że nie musi się spieszyć.

– Halo? – rozległ się inny głos.

– Och, chciałabym rozmawiać z panem Lachapelle'em. Tu Sarah.

– Cześć, Sarah. Tu siostra Dawson. Zaniosę mu telefon. Muszę ci jednak powiedzieć, że pojawiły się pewne komplikacje. Jeśli u ciebie będzie głośno, możesz go nie usłyszeć.

– Dobrze się czuje?

Kobieta zawahała się lekko, ale to wystarczyło, by Sarah poczuła ukłucie w sercu.

– O której przyjdziesz? Mogę uprzedzić kogoś, by porozmawiał z tobą i twoją rodziną zastępczą.

– Nie mogę – odparła. – Nie mogę dzisiaj przyjść.

– Okej. No cóż, radzi sobie... dobrze. Ale pogorszyła się jego mowa. Będziesz musiała mówić głośno, żeby cię zrozumiał. Połączenie jest kiepskie. Dam mu słuchawkę.

Odgłosy kroków, skrzypienie drzwi. Stłumiony głos:

– Panie Lachapelle, to pańska wnuczka. Przyłożę panu słuchawkę do ucha. Dobrze?

Sarah wstrzymała oddech.

– Papo?

Nic.

– Papo?

Długa cisza. Może jakiś dźwięk. Trudno jej było powiedzieć przez hałas na drodze. Znów zatkała drugie ucho dłonią. Wtrąciła się pielęgniarka:

– Sarah, on cię słyszy. Najlepiej byłoby, gdybyś po prostu do niego mówiła. Nie oczekuj odpowiedzi.

Przełknęła ślinę.

– Papo? – powtórzyła. – Tu Sarah. Ja... nie mogę dzisiaj przyjść.

Hałas i zachęcające słowa pielęgniarki:

– On cię słyszy, Sarah.

– Papo, jestem w Dover. Musiałam zabrać Boo. Sprawy się pokomplikowały. Ale dzwonię, żeby ci powiedzieć... – Jej głos się łamał. Zacisnęła powieki, nakazując sobie wziąć się w garść. Nie mogła pozwolić, by usłyszał w jej głosie, jak się teraz czuje. – Jedziemy do Saumur, ja i Boo. Nie mogłam ci wcześniej powiedzieć.

Czekała, natężając słuch, próbując ocenić jego reakcję. Cisza w słuchawce była boleśnie przytłaczająca. Wyczytała z niej milion rzeczy, a gdy milczenie się przedłużało, poczuła, że jej determinacja słabnie.

– Przepraszam, papo – krzyknęła do słuchawki – ale nie zrobiłabym tego, gdybym nie musiała. Przecież wiesz. Wiesz o tym. – Zaczęła płakać. Wielkie słone łzy kapały na betonowe płyty pod jej stopami. – Tylko tak mogłam go ochronić. Siebie ochronić. Proszę, nie bądź zły – szepnęła, wiedząc, że tego nie usłyszy.

Nie odpowiedział.

Szlochała cicho, gdy słuchawkę znów przejęła pielęgniarka.

– Czy powiedziałaś już wszystko, co chciałaś? – zapytała wesoło.

Sarah wytarła nos rękawem. Teraz widziała dziadka wyraźnie – leżał w łóżku, a na jego twarzy malował się niepokój i ledwie skrywana furia. Nawet przykuty do łóżka wiele kilometrów stąd potrafił jej przekazać swoją lodowatą dezaprobatę. Jak miał ją zrozumieć?

– Sarah? Jesteś tam jeszcze?

Pociągnęła nosem.

– Tak – odparła ze sztuczną wesołością. – Tak, nie usłyszałam pani. Obok przejeżdżała ciężarówka. Dzwonię z budki.

– No tak, nie wiem, co mu powiedziałaś, ale on chce, żebym ci powtórzyła...

Zacisnęła powieki, by powstrzymać kolejne łzy.

– Dobrze. Powiedział „dobrze".

Krótka pauza.

– Co?

– Tak. To na pewno to. Mówi „dobrze". Kiwa głową. No to co? Do zobaczenia niedługo?

Gdy tylko usiadła z powrotem w szoferce, odwróciła twarz do okna, by ukryć zaczerwienione oczy. Siedziała, pozwalając, by włosy opadły jej na twarz, i czekając na dźwięk kluczyka w stacyjce.

Dobrze. Ciche słowo papy wciąż rozbrzmiewało w jej uszach.

Thom nie zapalił silnika. Gdy w końcu na niego spojrzała, zauważyła, że przygląda się jej uważnie.

– No dobra, dzieciaku. Powiesz mi, co się dzieje?

Nie kupował tej bajeczki o sponsorowanej podróży. Spokojnym głosem opowiedziała mu historię, którą raz po raz ćwiczyła w myślach tego ranka. Oczy miała skupione, wyraz twarzy – neutralny.

– Do Francji – powtórzył. – To sponsorowana podróż do Francji. Zbierasz pieniądze dla ofiar wylewów. I nie masz żadnych papierów.

– Myślałam, że wyrobię je w Dover. Zamierzałam zapytać pana jak.

Siedzieli w przydrożnej kawiarni. Kupił jej kubek herbaty i muffinkę, która leżała teraz na talerzyku przed nią, wilgotna i solidna, w foliowym opakowaniu.

– I podróżujesz sama.

– Jestem bardzo niezależna.

– Najwyraźniej.

– No to pomoże mi pan?

Odchylił się na oparcie krzesła i przyglądał się jej przez chwilę. Potem się uśmiechnął.

– Wiesz co, Sarah? Ja też cię zasponsoruję. Pokaż mi formularz.

Jej oczy przelotnie zogromniały, od razu odwróciła wzrok, ale to zauważył.

– Chyba... zostawiłam go w torbie.

– No widzisz.

– Ale pokaże mi pan, jak mam wyrobić dokumenty dla Boo, żeby mógł kontynuować podróż?

Już miał coś powiedzieć, ale się powstrzymał. Wyjrzał przez okno, za którym samochody obciążone wyładowanymi bagażnikami dachowymi ustawiały się w kolejce do terminalu promowego. Sarah zaczęła się bawić opakowaniem wilgotnej muffinki. Nie miała daty przydatności do spożycia. Spokojnie mogła mieć ze trzy lata.

– Mam pasierbicę, która jest trochę do ciebie podobna – oświadczył cicho. – Gdy była w twoim wieku, ciągle pakowała się w kłopoty, głównie dlatego, że wszystko dusiła w sobie i myślała, że może każdy problem rozwiązać po swojemu. Ostatecznie... i to naprawdę była ostateczność – uśmiechnął się smutno do jakiegoś osobistego wspomnienia – udało nam się ją przekonać, że nic nie jest na tyle złe, by nie można było o tym komuś powiedzieć. Rozumiesz to? Nic.

Mylił się i Sarah to wiedziała. Mówienie prawdy zapoczątkowało ten cały bałagan. Gdyby nie powiedziała Natashy prawdy o papie tamtego pierwszego wieczoru…

– Sarah, czy ty masz jakieś kłopoty?

Do doskonałości doprowadziła minę, która niemal niczego nie wyrażała. Zrobiła ją teraz dla niego, czując się dziwnie, jakby powinna go za to przeprosić. To nic osobistego, pragnęła mu powiedzieć, ale nie rozumiesz? Możesz być taki sam jak cała reszta. Chcesz dobrze, ale nie rozumiesz, jakie szkody wyrządzasz.

– Już mówiłam – odparła spokojnie. – To sponsorowana podróż.

Zacisnął wargi, nie po to, by wyrazić dezaprobatę, lecz raczej rezygnację. Upił łyk kawy.

– Jackie prawie cię wczoraj wyrzuciła, wiesz? Ma nosa do kłopotów.

– Zapłaciłam tyle, ile chciała.

– To prawda.

– Niczym nie różnię się od innych.

– Jasne. Jesteś typową nastolatką bez żadnego transportu, która próbuje przeprawić konia przez Kanał.

– Już mówiłam. Panu też mogę zapłacić, jeśli pan chce.

– O, to na pewno.

– No to świetnie.

Czekała, by oderwał wzrok od swojej kawy. Musiał ją uznać za fascynującą.

– Możesz mi pokazać tę kartę kredytową?

– Co?

– Pokaż mi kartę, z której przed chwilą wyjęłaś pieniądze.

– Zapłacę gotówką. – Poczuła ucisk w żołądku.

– Wolałbym tą kartą, jeśli mam ci pomóc. To nic takiego, prawda? – Spojrzał jej w oczy. – Chyba że na karcie jest inne nazwisko…

Odepchnęła od siebie talerz i wstała.

– Wie pan co? Potrzebowałam tylko podwiezienia do miasta. Nie muszę panu nic mówić tylko za to, że podrzucił mnie pan do bankomatu. A pan nie musi mnie dręczyć, okej? Jeśli nie chce mi pan pomóc, niech mnie pan zostawi w spokoju. – Po tych słowach wyszła, minęła samochód i skręciła ku głównej drodze.

– Hej! – zawołał za nią. – Hej!

Gdy się nie odwróciła, krzyknął:

– Nie wyrobisz papierów bez weterynarza. To może potrwać dni, a nawet tygodnie. Do tego musisz być pełnoletnia, żeby je podpisać. Jestem pewien, że nie masz osiemnastu lat, Sarah. Tak samo jak nie jestem pewien, jak długo Jackie będzie chciała cię mieć w pobliżu, nieważne, ile boksów oporządzisz. Lepiej to przemyśl.

Przystanęła.

– Moim zdaniem, dzieciaku, powinnaś rozważyć powrót do domu – dodał ze współczującą miną. – Ty i twój koń.

– Ale ja nie mogę. Po prostu nie mogę. – Ku jej przerażeniu w jej oczach wezbrały łzy. Zamrugała gwałtownie, by je powstrzymać. – Nie zrobiłam nic złego, okej? Nie jestem złą osobą. Ale nie mogę wrócić.

Thom wciąż się w nią wpatrywał. Opuściła wzrok, próbując uciec przed jego spojrzeniem. Miała wrażenie, że ten człowiek widzi wszystko – jej nieszczerość, jej bezbronność, nie tak, jak widział je Maltańczyk, jakby odzierał ją z każdej cząstki godności, lecz z pewnym współczuciem. To było nawet gorsze.

– Proszę posłuchać, ja naprawdę muszę się tam dostać. – Samochody mknęły obok nich po drodze szybkiego ruchu. Przelotnie pozazdrościła tym blaszanym rumakom, które z taką łatwością mogły pokonać Kanał. – Nie mogę powiedzieć nic więcej. Muszę się dostać do Francji.

Zostawiła kurtkę w szoferce. Stała na zimnym parkingu, wiatr od morza szarpał ją za włosy. Otuliła się ramionami. Thom wpatrywał się w nią jeszcze przez chwilę, po czym się odwrócił. Już myślała, że wróci do ciężarówki, ale on przeszedł kilka kroków, po czym się zatrzymał. W końcu odwrócił się do niej.

– No to... jak ja ci nie pomogę, co zrobisz?

– Znajdę kogoś, kto mi pomoże – odparła buntowniczo. – Wiem, że uda mi się znaleźć kogoś, kto zechce to zrobić.

– To mnie właśnie martwi – wymamrotał zrezygnowany. Przez chwilę się zastanawiał. – Okej – powiedział. – Może uda mi się przerzucić cię do Francji. Tak – dodał, gdy próbowała mu przerwać – ciebie i twojego konia. Ale musisz mi wszystko powiedzieć. Taki jest układ, Sarah. Nie pomogę ci, dopóki mi nie powiesz, co się dzieje.

„Diablo Blue" ociągał się z wejściem na rampę. Zarżał, postawił obie przednie nogi na krawędzi i błysnął białkami oczu. Jego wygięta, muskularna szyja stężała, zastrzygł uszami i potknął się niezdarnie, czując nieznany dotyk bandaży ochronnych, którymi Thom owinął jego nogi.

Thom był niewzruszony: stał spokojnie za nim, mówił do niego łagodnie, gdy koń nie chciał się ruszać, zwalniał naprężenie długiej lonży w chwilach, gdy zwierzę na krótko przestawało się szarpać. Poprosił Sarah, by nałożyła koniowi uzdę, po czym przełożył długą linę przez wędzidło, nad łbem, za uszami i znów z drugiej strony wędzidła.

– Jak się szarpnie, poczuje nacisk – wyjaśnił dziewczynce. – To jak kara za złe zachowanie, tyle że łagodniejsza niż inne uprzęże używane do transportu. Hej, jest dobrze. Nie rób takiej miny. Nie będziemy się spieszyć.

– Jackie powiedziała, że wróci przed wpół do drugiej.

– Eh, wtedy nas już dawno nie będzie. – Usiadł na rampie i pogłaskał chrapy konia gestem człowieka, który ma mnóstwo czasu.

Sarah nie podzielała jego spokoju. Jackie zadawałaby pytania, domagałaby się wyjaśnień. Co gorsza, mogłaby przekonać Thoma, że popełnia błąd.

– Powiedziała, że jedzie tylko do handlarza paszą. Posłuchaj, może ja spróbuję?

– Nie – odparł Thom. – Ty jesteś zbyt spięta. W zasadzie fakt, że tu stoisz, w niczym nie pomaga. Idź, usiądź w szoferce.

– Nie…

– Usiądź w szoferce. Tak będzie szybciej.

Jego ton ucinał wszelką dyskusję. Konie, już załadowane do naczepy, rżały niecierpliwie, jeden z nich skubnął trochę siana, po czym wystawił kasztanowy łeb nad ścianką działową, żeby sprawdzić, co się dzieje na zewnątrz. Sarah jeszcze raz zerknęła nerwowo na dużego gniadosza przywiązanego do końca liny Thoma, po czym zrobiła, co jej kazano.

Wsiadła do szoferki na miejsce pasażera, sięgnęła do kieszeni i dotknęła karty kredytowej.

– Ile możesz zapłacić za przeprawę? – zapytał Thom, a ona cofnęła się nerwowo, obawiając się, że źle go oceniła. – Wróćmy na chwilę do kawiarni.

Poczuła do niego pogardę, uznała go za jeszcze jednego oszusta, jeszcze jednego kanciarza, dopóki nie wyjął telefonu z kieszeni kurtki. Usiedli przy tym samym stoliku. Jej muffinka wciąż leżała na talerzyku w folii.

– Clive? Tu Thom Kenneally. Ja w sprawie koni.

Milczała, siedząc naprzeciwko niego przy laminowanym stoliku, gdy wyjaśniał temu nieznajomemu – choć sam znał go na tyle dobrze, by zapytać o jego dzieci – że może mieć problem z ciężarówką.

– Powiem ci, stary, że mogę mieć trudności z powodu starego ubezpieczenia. Spawacz powiedział, że w ściance brakowało jednego bolca mocującego, nie mogłem tego zauważyć, ale dla nich to trochę luka. Wiesz, o co mi chodzi? A jeśli tak, może to zniweczyć twoje szanse na odzyskanie pieniędzy, a mnie tak podniosą stawki, że szkoda gadać. Tak… Tak właśnie jest, no nie? No właśnie. Ten twój Diablo

Blue… Z papierów wynikało, że nie chodził w tej samej lidze co Desert Orchid, wiesz, o co mi chodzi? – Wybuchnął śmiechem. – Tak było, serio? Tak, podejrzewałem, że nie był czempionem. Zastanawiałem się, czy możesz mi oddać drobną przysługę. Wynagrodzę ci to w gotówce i niczego nie będziemy oficjalnie zgłaszać. Zgodziłbyś się na coś takiego? Mniej zamieszania?

Gawędził jeszcze pięć minut, zapewniając niewidzialnego Clive'a, że porządnie naprawił naczepę i że tak, z radością zabierze w piątek dwa jego konie. Ma nadzieję, że ich wieloletnia współpraca… i tak dalej, i tak dalej. Gdy w końcu się rozłączył, upłynęło parę sekund, zanim pełen determinacji uśmiech zniknął z jego twarzy. Włożył telefon do kieszeni kurtki.

– Okej, dzieciaku. Jesteś winna panu Clive'owi trzysta pięćdziesiąt funciaków za jego martwego konia. Jeśli wrócimy do twojego bankomatu, myślisz, że ta karta to udźwignie?

– Nie rozumiem…

– Tyle będą kosztowały papiery twojego konia – wyjaśnił. – Bóg jeden wie, po co się w to pakuję, ale taka jest cena twojego biletu.

Upłynęło jeszcze dziesięć długich minut, podczas których obgryzła dwa ostatnie paznokcie do żywego, zanim głuche dudnienie kopyt i łomot powiedziały jej, że rampa w końcu została podniesiona. Usłyszała opuszczanie bolców i klikanie zapadek zabezpieczających. Otworzyły się drzwi kierowcy, wpuszczając do środka powiew zimnego powietrza, i na sam koniec do szoferki wdrapał się Thom.

– Nieźle, prawda, biorąc wszystko pod uwagę? Dwa konie obok niego to wytrawni podróżnicy. Pomogą mu. – Uśmiechnął się szeroko. – Możesz już oddychać.

Przekręcił kluczyk w stacyjce. Ciężarówka zatrzęsła się, gdy jej ogromny silnik obudził się do życia. Sarah sięgnęła po pas.

– Zostawiłaś Jackie wiadomość? – Poprawił lusterko.

– I pieniądze. Napisałam jej, że zmieniam trasę i jadę do Deal.

– Zuch dziewczyna. Oj, dzieciaku, nie rób takiej miny. Mamy pneumatyczne zawieszenie, konie nic nie poczują. Wygodniej im się jedzie niż nam. Założę się, że twój koń wsadzi pysk w siano, zanim dojedziemy do końca alei.

Nie mogła mu powiedzieć, że to nie zachowania Diablo Blue się boi. Drżała na myśl o tym, że celnicy dokładnie przeczytają jego opis. O tym, że ktoś, kto zna się na koniach, zauważy, że Diablo Blue urósł o całe pięć centymetrów przez te trzy tygodnie, odkąd wydano mu dokumenty.

– Jesteś tego pewna? – zapytał Thom. – Jeszcze nie jest za późno, żeby zawrócić. Jestem przekonany, że gdybym porozmawiał z twoją rodziną zastępczą, coś byśmy wymyślili.

Dobrze, powiedział papa. Dobrze. Pielęgniarka nie miała wątpliwości.

– Chcę już jechać. Natychmiast – dodała.

Zerknęła w boczne lusterko. Za stajniami, poza zasięgiem jej wzroku, pod brezentową płachtą spoczywał koń, który teraz był Baucherem, czekając na odbiór przez miejscowego rzeźnika. Paszporty i dokumenty podróżne leżały w potarganej teczce na desce rozdzielczej.

– Okej. – Thom zakręcił ogromną kierownicą, a ciężarówka wyjechała na główną drogę. – W takim razie czas na wielki statek dla ciebie, dla mnie i dla pana Diablo Blue.

Rozdział dwudziesty drugi

Powściągać należy ognistego konia od rozpędzania się w chód najchyższy, od współubiegania się zaś z drugim koniem wstrzymywać go pod wszelkim względem, gdyż konie współzawodniczące z innemi prawie zwykle najzapamiętalszemi bywają.

Ksenofont, *Hippika, czyli jazda konna*

Kowboj John siedział nad czwartym talerzem jaj, bekonu i grzanek i pocierał dłonie.

– Niezłe – oświadczył, wsadzając serwetkę za kołnierzyk. – Niezłe jak na żarcie przy autostradzie.

Mac upił kolejny łyk kawy.

– Nie rozumiem, jak można zjeść cztery śniadania – mruknął, mierząc wzrokiem uszczuplony bufet.

– Zapłaciłem za to – odparł John. – Więc mi się należy.

W sumie to ja za to zapłaciłem, pomyślał Mac. Czuł jednak taką ulgę, spędzając czas z kimś wesołym, że nic nie powiedział. Jadalnia w hotelu Tempest International była pełna gości – przedstawiciele handlowi rozmawiali przez telefony, zestresowane matki goniły małe dzieci wokół stołu z płatkami, a ojcowie kryli się za gazetami. Od czasu do czasu do stolika podchodziła pyzata dziewczyna z Europy Wschodniej, by zaproponować dolewkę kawy, na co John nieodmiennie odpowiadał:

– Ależ tak! Dziękuję!

Tego ranka wydawał się ożywiony, częściej się uśmiechał pod wytartym brązowym kapeluszem, kołnierzyk i mankiety miał schludnie odprasowane. Mac, którego ubrania zawsze wyglądały tak, jakby chodził w nich od paru dni, czuł się przewrotnie niechlujny w jego towarzystwie. Wstał przed świtem i nie mogąc zasnąć ani nie mając do roboty nic innego, znów poszedł nad morze. Patrzył, jak odbijają pierwsze promy, gdy robiło się coraz jaśniej, wsłuchiwał się w tęskne okrzyki mew, które krążyły nad jego głową, i zastanawiał się z przyprawiającym o mdłości strachem, gdzie się podziewa Sarah.

Wrócił do pokoju tuż po ósmej, wszedł do środka i zauważył, że Natasha nie siedzi już w fotelu przy oknie, jak wtedy, kiedy wychodził, lecz śpi na łóżku. W pokoju panowała cisza, którą zakłócał jedynie słaby szmer rozmów na końcu korytarza. Podciągnęła kolana do piersi w osobliwie dziecięcej pozycji, włosy opadały jej na twarz, marszczyła brwi nawet we śnie. Na biurku leżał jej telefon, który już o tej porze rozbłyskiwał wyciszonymi powiadomieniami. Przez chwilę rozważał, czy ich nie przejrzeć, na wypadek gdyby Sarah postanowiła zadzwonić, ale powstrzymała go myśl, że Natasha mogłaby się obudzić i przyłapać go na naruszaniu jej prywatności. Zamiast tego wziął prysznic, próbując się umyć niepieniącym się hotelowym mydłem, po czym zszedł na dół na śniadanie i odkrył, że Kowboj John już od jakiegoś czasu raczy się bufetem.

– No to jaki mamy plan na dziś, szefie? – John wytarł jajko z talerza skórką od grzanki.

– Nie mam pojęcia.

– Cóż... Tak sobie myślałem i chyba postawiłbym pieniądze na to, że ona tu gdzieś jest. Ta dziewczyna nigdy nigdzie nie była, odkąd ją znam. Nie zdoła przeprawić tego przeklętego konia do Francji. Dlatego myślę sobie, że albo znajdzie miejsce, w którym go zostawi i popłynie sama, a w takim razie ktoś z nas powinien na nią czekać obok kas, albo szybko dojdzie do wniosku, że utknęła, i zostanie tu, żeby się zastanowić, co dalej.

– Nie wyobrażam sobie, by zostawiła tego konia. – Mac przypomniał sobie ich krótki pobyt w Kencie.

John się uśmiechnął.

– To samo sobie pomyślałem, człowieku. No to musi tu jakoś dotrzeć, a potem się tu zatrzyma. Nie dzwońmy więc jeszcze po gliny. Musimy tylko wszystkiego przypilnować. Podzwonić po stajniach, popytać w hotelach, czy nie zgłosiło się do nich dziecko korzystające z karty kredytowej Natashy.

Mac odchylił się na oparcie krzesła.

– W twoich ustach to brzmi jak prosta sprawa.

– Najlepsze plany zwykle są proste, chyba że masz jakąś alternatywę...

Przy ich stoliku stanęła Natasha. Miała mokre włosy, patrzyła na nich ostrożnie, jakby się obawiała, że skrytykują ją za to, iż wstała ostatnia.

– Proszę. – Mac odsunął dla niej krzesło. – Chcesz kawy?

– Nie zamierzałam tak długo spać. Trzeba było mnie obudzić.

– Pomyślałem, że przyda ci się odpoczynek. – Zauważył cień, który przemknął po jej twarzy, a który próbowała ukryć. Jak łatwo błędnie zinterpretować niewinną uwagę, jeśli nad każdą waszą rozmową ciąży burzliwa historia.

– Twój telefon – odparła, podając mu komórkę. – Zostawiłeś go w pokoju. Twoja dziewczyna dzwoniła.

– Pewnie w związku ze zleceniem, które miałem mieć rano... – zaczął tłumaczyć, ale ona już wstała i poszła do bufetu.

John pochylił się nad stołem.

– Coś jeszcze chodzi mi po głowie.

Mac go nie słuchał. Natasha stała przy koszyku z pieczywem i kręciła głową, mówiąc coś nerwowo do telefonu.

– Może za bardzo się martwimy.

Odwrócił się do stolika.

– Jej staruszek. On całkiem nieźle wyszkolił tego konia, to zwierzę umie więcej niż jakiekolwiek inne, które dotąd widziałem, a pracuję z nimi od wielu lat.

– No i?

– Z nim będzie bezpieczna.

– Będzie bezpieczna z kim? – Natasha usiadła przy stoliku z grzanką między zębami.

– Z koniem. John uważa, że będzie bezpieczna z koniem.

Położyła grzankę na talerzu.

– Ten koń to superbohater z westernu? Odpędzi atakujące ją węże? Ostrzeże o zbliżających się Indianach?

Kowboj John zsunął kapelusz na kark i zmierzył ją gniewnym spojrzeniem. Ostentacyjnie zwrócił się do Maca:

– Chodziło mi o to, że przed pewnymi rzeczami będzie mogła uciec, przed sytuacjami, które się jej nie spodobają. Poza tym ludzie boją się koni. Zostawią ją w spokoju, ludzie, którzy w przeciwnym razie chętnie zaczepiliby samotną młodą dziewczynę. – Upił łyk kawy. – Moim zdaniem jest o wiele bezpieczniejsza na tym koniu niż bez niego.

Natasha napiła się soku.

– Chyba że ją zrzuci. Albo pod niego wpadnie. Albo zostanie zaatakowana przez kogoś, kto będzie chciał go ukraść.

John spojrzał na nią nieufnie.

– Ojej, aleś ty radosna. Widzę, czemu zostałaś prawniczką.

Młoda kelnerka podeszła do ich stolika. Mac uśmiechnął się i podniósł kubek. Gdy odeszła, zauważył, że Natasha mu się przygląda. Nie było to przyjacielskie spojrzenie.

– Mac wolałby, gdybym była kelnerką.

– Co to ma znaczyć, do cholery?

– To znaczy – mówiła tylko do Johna – że należał do tych mężczyzn, którzy ciągle powtarzają, że lubią mądre kobiety. Dopóki „mądra” nie zaczęło oznaczać „skomplikowana” i „doświadczona”, bo wtedy uznał, że bardziej podobają mu się dwudziestodwuletnie kelnerki i modelki. – Zaczerwieniła się.

– Twoim zdaniem to coś złego? – John zachichotał.

Mac ukrył się za kubkiem z kawą.

– A może uznałem, że łatwiej rozmawia się z ludźmi, którzy nie są na mnie wiecznie wściekli.

To ją ubodło. Zauważył jej rumieniec i poczuł się osobliwie zawstydzony.

John sztywno wstał od stołu.

– No tak, przypominacie mi, gołąbeczki, dlaczego nigdy się nie ożeniłem. Jeśli chcecie obgadać jakiś plan, ja idę umyć zęby. Za pięć minut będę gotowy na dole.

Odprowadzali go wzrokiem, gdy kołysząc się, przemierzał restaurację. Natasha przeżuwała swoją grzankę.

– Przepraszam – powiedziała do swojego talerza. – Niepotrzebnie...

– Tash?

Podniosła głowę.

– Czy możemy zawrzeć rozejm? Tylko dopóki jej nie znajdziemy. To wszystko jest trochę... męczące.

Dostrzegł przebłysk gniewu. Zauważył niewypowiedziane: „Męczące? Myślisz, że to moja wina?".

– Masz rację – odparła. – Jeszcze raz przepraszam.

Na drugim końcu sali John uchylił kapelusza kelnerce. Mac zauważył jego uprzejmy gest.

– Okej. No to jaki jest plan? Bo ja żadnego nie mam.

– Nie mogła ujechać daleko – powiedziała. – Moim zdaniem powinniśmy dać jej czas do... czwartej? Jeśli do tej godziny się nie znajdzie, no to okej, dzwonimy na policję.

Natasha i Kowboj John siedzieli na ławce przed kasą biletową. Głowy ukryli za postawionymi kołnierzami, próbując osłonić się przed podmuchami wiatru i wrzaskami krążących nad nimi mew. Tego ranka obdzwonili prawie całe południe Anglii z dwóch pokojów hotelowych, a potem, zmęczeni wielogodzinnym przebywaniem w zamkniętym pomieszczeniu, postanowili dołączyć do Maca. Czas płynął, a każda godzina bez Sarah potęgowała ich rosnący niepokój. Siedzieli przed ponurym barakiem, obserwując stały strumień pasażerów pieszych, którzy wysiadali z autokarów, by kupić bilet lub skorzystać z toalety. Od czasu do czasu dzwonił Ben z jakimś pytaniem od Richarda, a Natasha wykrzykiwała odpowiedź, próbując zagłuszyć wycie wiatru. Od czasu do czasu Kowboj John wstawał, by pospacerować po asfalcie; palił papierosy i szczupłą dłonią przytrzymywał na głowie swój kapelusz.

– Nie podoba mi się to – oświadczył, patrząc na morze. – To niepodobne do Sarah.

Ledwie go słyszała. Myślała o tym, co odpowiedziała Linda na pytanie, czy Conor wstawił się za nią na wczorajszym zebraniu partnerów.

– Próbował – odparła głosem sugerującym, że robił to bez przekonania. – Co ciekawe, to Harrington naprawdę cię bronił. Zadzwonił do nich. Ja... hm... tak się składa, że słyszałam rozmowę. Zaznaczył, że twoja strategia była... innowacyjna i że twój wyjazd w żaden sposób nie wpłynął na sprawę. – Wydawała się zaskoczona, że Natasha nie ucieszyła się na tę wieść.

Poranek w sądzie okazał się udany. Richard przesłuchał lekarza rodzinnego, a Harrington księgowego śledczego, obnażając kłamstwa pana Perseya co do jego strat finansowych. Tak nim wstrząsnął, doniósł jej Ben, że Harrington powiedział potem, iż byłby zaskoczony, gdyby do końca następnego dnia nie osiągnęli ugody. Natasha odparła, że to świetnie, próbując ignorować zazdrość i poczucie straty, które ją ogarnęły.

Teraz szedł ku nim Mac, klaszcząc w dłonie; wiatr wzburzył jego włosy nad czołem. Patrząc na niego, poczuła wyraźnie, że ma na sobie pomięty kostium, a jej bluzka lekko pachnie stęchlizną. Od chodzenia po mieście w szpilkach bolały ją stopy. Będzie musiała sobie kupić ubranie na zmianę, jeśli szybko nie znajdą Sarah.

– Nic?

Pokręciła głową.

– Nikt nie pamięta żadnego konia. Ale powiedzieli nam, że wczoraj dyżur miała inna obsada kas. Nie chcieli nam też pokazać list pasażerów... Ustawa o ochronie danych osobowych.

Mac przeklął cicho pod nosem.

– Bank też się nie odezwał w sprawie karty?

– To nic nie znaczy. Czasami musi upłynąć kilka godzin, zanim przetworzą transakcję.

Kończyły im się pomysły. A z braku konkretnego planu wyczerpywała się też energia, która napędzała ich poprzedniego dnia, a którą teraz zastępowała osobliwa melancholia.

Dzień się dłużył. Rozdzielili się i po kolei jeździli lub spacerowali po Dover albo zostawali w hotelu, by dzwonić na następne numery z książki telefonicznej. Właścicielka sklepu ze słodyczami na Castle Street zarzekała się, że widziała dziewczynę na koniu poprzedniego wieczoru, ale nie umiała nic więcej dodać. Coraz bardziej sfrustrowany Mac zatrzymywał ludzi na ulicach, właścicieli sklepów, pracowników promów. Kowboj John wrócił do swojego pokoju, obdzwonił hotele, które sprawdzili poprzedniego wieczoru tak na wszelki wypadek, i od czasu do czasu ucinał sobie drzemkę. Natasha odebrała jeszcze kilka telefonów z pracy, wyjaśniła, że nie, jednak nie wraca dzisiaj, i spacerowała po mokrych ulicach Dover, walcząc z ogarniającą ją rozpaczą.

Uzgodnili, że spotkają się o szóstej w pubie nad morzem. Natasha chciała zjeść w hotelu, ale John oświadczył, że jeśli spędzi jeszcze choć minutę w tej antyseptycznej dziurze, zwariuje. Pub, niepoddający się kaprysom mody, cuchnął odorem piwa i starych papierosów. Gdy tylko John usiadł w środku, natychmiast się odprężył.

– Od razu lepiej – powtarzał, klepiąc wytarte welurowe siedziska, jakby znalazł dom z dala od domu.

Natasha zaczekała, aż mężczyźni podejdą do baru, po czym wybrała numer. Usiadła i przycisnęła dłoń do ucha, by zagłuszyć odgłosy telewizora, który rykiem podawał wiadomości sportowe nad jej głową.

Odebrał po ośmiu sygnałach. Pewnie zobaczył, kto dzwoni, i nie mógł się zdecydować, czy powinien podnieść słuchawkę.

– Conor?

– No.

– Dzwonię, żeby zapytać, co u ciebie słychać.

– Znalazłaś ją?

– Nie.

– Gdzie jesteś?

– W Dover. Na pewno zmierza w tę stronę, ale nie potrafimy jej zlokalizować. – Gdy tylko to powiedziała, pożałowała, że nie ominęła jakoś formy „my".

– Jasne.

Zapadła długa cisza. Natasha obejrzała się za siebie – Mac gawędził z barmanką, może wyjaśniał jej, co robią tutaj z Johnem. Dziewczyna uniosła brwi i pokręciła głową. Natasha widziała tę reakcję tyle razy w ciągu ostatniej doby, że nie musiała słyszeć słów.

– Conor?

– No?

– Tak się zastanawiałam… – Przeczesała włosy palcami. – Chciałam się upewnić, że wszystko z nami w porządku. Nie chciałam rozstawać się w gniewie.

Przez chwilę zwlekał z odpowiedzią.

– Chciałaś się upewnić, że wszystko z nami w porządku?

– Przepraszam, że tak uciekłam, ale musisz zrozumieć, że nie mogłam zostawić tego Macowi.

Usłyszała jego ciężki oddech pomimo ryku telewizora.

– Ty nic nie rozumiesz, gwiazdo, prawda?

– Wyjaśniłam ci całą sprawę. Podobno Harrington świetnie poradził sobie dzisiaj w sądzie. Fakt, że mnie tam nie było…

– Nie. Nie rozumiesz. – Jego głos złagodniał.

– Czego nie rozumiem?

– Ani raz mnie nie zapytałaś, Natasha. Postanowiłaś wywrócić swoje życie do góry nogami i ani raz nie poprosiłaś mnie o pomoc.

– Co?

– Nawet nie przyszło ci do głowy, że mogłabyś mnie poprosić, prawda? Co ci to mówi o naszym związku?

Mac śmiał się teraz z kelnerką.

– Nie sądziłam, że chciałbyś... – odparła. – Biorąc pod uwagę, co...

– Nie. Tobie nie przyszło do głowy, żeby zapytać. Nie wiem, co się dzieje pomiędzy tobą a Makiem, ale nie chcę być w związku z kimś, kto nawet nie ma odwagi przyznać się do własnych uczuć.

– Jesteś niesprawiedliwy. Ja...

Ale on już się rozłączył.

Sarah wymachiwała kawałkiem chleba w powietrzu, obojętna na fakt, że jej wysoki angielski głos przyciąga uwagę francuskich gości przy sąsiednich stolikach.

– Oni są jak takie tajne bractwo, wiesz? Mają czarne czapki i czarne mundury...

– Ach, wiedziałem, że tu chodzi o modę – zażartował Thom.

Zignorowała go.

– ...i potrafią przekonać swoje konie absolutnie do wszystkiego. Przeskakują przeszkody szerokie na trzydzieści centymetrów. Wiesz, jak trudno przeskoczyć taką przeszkodę?

– Mogę to sobie wyobrazić.

– Papa zawsze powtarzał, że gdy przybył do Le Cadre Noir, po raz pierwszy w życiu poczuł się rozumiany. Jakby na świecie było tylko parę innych osób mówiących jego językiem i wszystkie one mieszkały w tym jednym miejscu.

– Znam to uczucie.

– Ale bardzo ciężko pracowali. Zaczynał treningi o szóstej rano i czasami pracował cały dzień z różnymi końmi, nad różnymi manewrami. Niektóre były z zakresu *basse école*... takie bardziej podstawowe, a inne z zakresu *haute école*. Każdy koń specjalizuje się w innym manewrze. Ulubiony koń dziadka specjalizował się w kaprioli. Wiesz, co to jest?

– Nie.

Wydęła policzki.

– To jedno z najtrudniejszych zadań dla konia. To manewr wojenny, który sięga korzeniami tysiące lat wstecz. Koń podnosi się na tylnych nogach, a gdy zawisa w powietrzu, dodatkowo wierzga. Zastanawiałam się kiedyś, jak by to było znaleźć się na polu bitwy, dźgnąć kogoś, a wtedy twój koń zrobiłby... Bum! – Zamarkowała kopnięcie tylnymi kopytami.

– Dość przerażające.

No ale działało, bo w przeciwnym razie nie robiliby tego tyle lat.

Uparła się, że zapłaci. Nie czuł się dobrze z myślą, że jego kolacja zostanie sfinansowana kradzioną kartą kredytową, ale zapewniła go, że zwróci wszystko co do pensa, gdy jej papa stanie na nogi. Sarah miała w sobie coś takiego, co kazało mu wierzyć we wszystko, co mówiła.

Gdy dotarli do Francji i wyjechali na *autoroute**, z każdą chwilą ożywiała się coraz bardziej, aż trudno mu było pogodzić tę rozgadaną, pewną siebie dziewczynę z cichym, nieufnym dzieckiem z poprzedniego wieczoru.

– Przyjaciel papy John zawsze żartuje, że wykonujemy cyrkowe sztuczki, ale to nie są żadne sztuczki. Zrozumiesz dopiero, jak to zobaczysz. Konie to robią, ponieważ bardzo chcą. Chodzi o nauczenie ich, by tego chciały. W ten sposób, gdy występują, nie ma stresu, nie ma napięcia. I to dlatego są szkolone bardzo powoli, krok za krokiem,

---

* szosa (fr.)

żeby zrozumiały, jak wykonywać tę pracę bez opierania się. – Nabrała łyżeczkę czekoladowego musu i włożyła ją sobie do ust. – Tak samo szkoli się konie do wyścigów?

Prawie zakrztusił się kawą.

– Nie. Nie do końca. Nie.

Drzwi do kawiarni przy stacji benzynowej otworzyły się i zamknęły, wpuszczając do środka kolejną francuską rodzinę. Jedząc, obserwowali, jak matka rozmawia z dwójką dzieci i pokazuje im rzeczy, które mogą sobie wziąć z bufetu.

– To od jak dawna jesteście z dziadkiem sami?

– Od czterech lat.

– Nie masz kontaktu ze swoją mamą?

– Zmarła jeszcze przed naną.

– Przykro mi.

– Mnie nie. Nie chcę, by zabrzmiało to okropnie, ale... ona zawsze stwarzała problemy. Byłam naprawdę mała, gdy mnie zostawiła. Ale tęsknię za babcią. – Podkurczyła nogi pod siebie i ułamała kawałek czekolady.

– Byliśmy naprawdę szczęśliwi, ja, babcia i dziadek. Ludzie mi nie wierzą, gdy mówię, że nie tęsknię za mamą, ale ja nigdy za nią nie tęskniłam. Ani jednego dnia. Wszystko z tamtego okresu, gdy byłam z nią, wydaje się złe. Niewiele pamiętam, ale wiem, że się bardzo bałam. Odkąd dziadkowie wzięli mnie do siebie, nie bałam się ani razu. Pewnego dnia – objęła gestem francuską prowincję – sprowadzę tu papę. Mieliśmy przyjechać tu razem w listopadzie. On bardzo chciał. Ale potem miał wylew i wszystko się... – Zamilkła, jakby musiała odzyskać nad sobą panowanie. – Myślę, że to mu pomoże, gdy dowie się, że tu jestem. Gdy odzyska siły, przyjedzie tutaj. Będzie szczęśliwy.

– Wydajesz się przekonana, że to wszystko ci się uda.

– Mój dziadek był jednym z najlepszych jeźdźców we Francji. Umiał sprawić, by koń uniósł się w powietrze, robił rzeczy, które nie wydawały się możliwe. – Włożyła kolejną porcję czekolady do ust. – Ja zamierzam tylko przejechać parę kilometrów.

Thom spojrzał na nią, na to dziecko, na jej podróżującego na gapę konia. W jej ustach to wszystko miało sens.

Natasha zatrzasnęła klapkę telefonu i zaklęła. Było ciemno, a oni całą trójką jeździli bez celu po Dover. Właśnie wrócili z bankomatu ulokowanego w sennej, przemysłowej dzielnicy pełnej warsztatów samochodowych i anonimowych niskich biurowców. To właśnie tam, według informacji z banku, po raz ostatni korzystano z karty. Świadomość, że byli tak blisko, ale jej nie widzieli, wzmagała napięcie w małym samochodzie. Nikt nie wspomniał o ich wcześniejszej deklaracji, że zadzwonią na policję – wiedzieli, że Sarah musi być w pobliżu. Ten mały kawałek plastiku tego dowodził. Ale co dziewczyna na koniu robiła w takim miejscu?

Odwróciła się do Kowboja Johna.

– Powiedz mi coś, John. Jakim cudem dziadek Sarah wylądował w tamtym mieszkaniu? To nie było... No cóż, to nie jest najładniejsze miejsce, prawda?

– Myślisz, że taki miał plan? Myślisz, że tego właśnie chciał od życia?

Mac wzruszył ramionami.

– Nie wiemy o nim nic poza tym, że najwyraźniej wychował dziecko, które umie pokonać grawitację.

John oparł się wygodniej, emanując niemal wyczuwalnym zadowoleniem.

– Okej. Opowiem wam o Henrim. Pochodził z dość prymitywnej rodziny. Mieli farmę gdzieś na południu. Miał jakieś problemy z tatą, więc gdy trochę podrósł, wyrwał się stamtąd, kiedy tylko mógł, i wstąpił do armii.

Domyśliła się, że John należy do tych ludzi, którzy lubią opowiadać historie i z radością nastawiła się na słuchanie – to pozwalało jej nie myśleć. Mac też nie protestował – uwielbiał słuchać o życiu innych, był to rezultat długich lat dogadzania osobom, które fotografował.

– To dzięki wojsku wylądował na końskim grzbiecie, wstąpił do kawalerii czy coś takiego, a w latach pięćdziesiątych zaczął awansować, aż przyjęli go do Le Cadre Noir, którą właśnie odbudowywano po wojnie. – Zmierzył wzrokiem siedzących przed nim ludzi. – To było wielkie osiągnięcie, musicie to wiedzieć. To najlepsi jeźdźcy z całego kraju. Elitarna akademia. Boże, jak on kochał to miejsce. Gdy o nim mówił, prostował ramiona... Wiecie, co mam na myśli?

– No to jakim cudem wylądował w Sandown?

– Kobiety. – John wykrzywił się do Natashy, jakby to ona ponosiła częściową odpowiedzialność. – Zakochał się.

Le Cadre Noir udała się w jedną z pierwszych międzynarodowych tras w 1960 roku i to podczas jednego z występów Henri Lachapelle zauważył drobną ciemnowłosą kobietę w pierwszym rzędzie na widowni. Przyszła na każde z trzech przedstawień. Ironia polegała na tym, że nawet nie lubiła koni – namówiła ją przyjaciółka – ale zafascynował ją młody człowiek w sztywnym czarnym mundurze, który sprawiał, że jazda konna wyglądała jak magia.

Odszukał ją po przedstawieniu pewnego wieczoru i, jak opisał to Johnowi po wielu latach, poczuł się tak, jakby całe jego życie do tego momentu było tylko próbą generalną.

– Chyba nie miał wcześniej wielkiego doświadczenia w miłości i to go naprawdę mocno uderzyło – mówił John, zapalając kolejnego papierosa. – Spędzili razem trzy kolejne wieczory, a potem pisali do siebie i odwiedzali się przez pół roku, kiedy tylko było to możliwe. Problem polegał na tym, że z dala od niej Henri zaczynał wariować. Wiecie, jacy są ci młodzi kochankowie, a Henri nigdy nie robił nic na pół gwizdka. Przestał się przykładać do treningów, na czym ucierpiały jego umiejętności. Zaczął kwestionować różne rzeczy, które mówili mu w szkole. W końcu powiedzieli mu, że albo będzie robił, jak oni chcą, albo może się zmywać, a on się wkurzył i rzucił to wszystko. Wyjechał do Anglii, ożenił się z dziewczyną i...

– Żyli długo i szczęśliwie – skwitowała Natasha, przypominając sobie tamto zdjęcie. Zdjęcie kobiety, która była kochana.

John niemal zmiażdżył ją spojrzeniem.

– Żartujesz sobie? – mruknął. – Kto w tych cholernych czasach dostaje szczęśliwe zakończenie?

Rozdział dwudziesty trzeci

Koń zasię niesforny nie tylko nic nie warcien, ale jeszcze częstokroć to samo zrządza co zdrajca.

Ksenofont, *Hippika, czyli jazda konna*

Nie minął rok, a Henri Lachapelle uświadomił sobie, że popełnił potworny błąd. Nie była to wina Florence – ona go kochała, dbała o siebie i starała się być dobrą żoną. To nie była wina Florence, że jej troska o jego szczęście napawała go poczuciem winy ani że często przeradzało się ono w coś na kształt rozdrażnienia.

Poprosił ją o rękę tamtego wieczoru po Le Carrousel, zziajany, zakrwawiony i wciąż pokryty piaskiem. Publiczność na miejscach wokół niej wstała i zaczęła klaskać. Godzinami spacerowali po ulicach Saumur, nawigując pomiędzy pijanymi i motocyklami – planowali swoją przyszłość, umacniali namiętność upojeni marzeniami. Następnego ranka nie pojawił się na pierwszym treningu, lecz spakował swój niewielki dobytek do płóciennego worka i poprosił o audiencję u Grand Dieu. Poinformował, że pragnie być zwolniony z zajmowanej pozycji.

Grand Dieu zmierzył wzrokiem jego podbite oko i opuchnięty policzek. Odłożył pióro na biurko. Zapadła długa cisza.

– Wiesz, dlaczego zdejmujemy koniom zadnie podkowy, Lachapelle?

Henri zamrugał, choć sprawiało mu to ból.

– Żeby nie zraniły innych koni?

– A także żeby w tym czasie, kiedy uczą się stanąć na własnych nogach, kiedy buntują się, szarpią i kopią, co jest nieuniknione w tym procesie, przez przypadek nie zrobiły krzywdy samym sobie. – Oparł dłonie na blacie. – Henri, jeśli to zrobisz, zranisz siebie samego bardziej, niż możesz to sobie wyobrazić.

– Z całym szacunkiem, sir, nie wierzę, bym mógł być tu szczęśliwy.

– Szczęście? Myślisz, że jeśli cię zwolnię, to da ci szczęście?

– Tak, sir.

– Nie ma innego szczęścia na tym świecie niż to, które osiąga człowiek, kochając swoją pracę. To jest twój świat, Henri. Nawet głupiec to widzi. Nie możesz wyrwać człowieka z jego świata i oczekiwać, że będzie szczęśliwy.

– Z całym szacunkiem, sir, już podjąłem decyzję. Chciałbym otrzymać odprawę.

Było to wspaniałe uczucie – zostać zwolnionym, widzieć swoją przyszłość tak wyraźnie. Tylko raz prawie zmienił zdanie – gdy wyszedł na zadaszony dziedziniec pożegnać się z Gerontiusem. Ten wspaniały koń zarżał na jego widok, szturchnął nosem jego kieszenie, po czym oparł łeb na jego ramieniu, a Henri połaskotał go po chrapach. Zamrugał, by odpędzić łzy. Nigdy wcześniej nie musiał się żegnać z ukochanym stworzeniem; dopóki nie poznał Florence, nikogo nie kochał. Tylko tego wspaniałego, łagodnego konia.

Zamknął oczy, wdychając znajomy zapach ciepłej skóry zwierzęcia, czując aksamitną miękkość jego nozdrzy i obezwładniające poczucie gracji, które płynęło z przebywania w jego obecności. Potem zacisnął zęby, zarzucił worek na ramię, odwrócił się i ruszył ku bramie L'École de Cavalerie.

Pierwsze miesiące w Anglii okazały się znośne, ich udręki łagodziła cicha satysfakcja płynąca z faktu, że poślubił ukochaną dziewczynę.

Florence rozkwitła pod wpływem jego zabiegów; milion razy dziennie napotykał znaki, które pozwalały mu usprawiedliwić jego decyzję. Jej rodzina, choć z oczywistych względów pełna rezerwy wobec młodego Francuza, który zawrócił w głowie ich córce, traktowała go uprzejmie. Nie z wrogością, jaką okazywałby jego ojciec każdej dziewczynie, którą przyprowadziłby do domu. Florence chytrze poprosiła go, by włożył swój mundur na pierwsze spotkanie z nimi; wciąż jeszcze pamiętali o wojnie – pokolenie jej rodziców widziało w umundurowanych mężczyznach tylko dobro.

– Ale nie myślicie o osiedleniu się we Francji? – zapytał jej ojciec kilkakrotnie. – Dla Florence rodzina jest bardzo ważna. Źle by się czuła tak daleko od domu.

– Mój dom jest tutaj – odpowiadał Henri, naprawdę w to wierząc. A siedząca obok niego Florence czerwieniła się z radości.

Wynajął kwaterę i po kilku tygodniach w Anglii pobrali się w urzędzie stanu cywilnego w Marylebone – wszystko stało się tak szybko, że przez następne miesiące sąsiedzi rzucali podejrzliwe spojrzenia na talię Florence, ilekroć ich mijali. Henri postanowił szukać pracy – przejechał cały Londyn i przedmieścia wzdłuż i wszerz, próbując zatrudnić się jako instruktor jazdy konnej, ale jeździectwo wciąż pozostawało domeną bogatych, a przy tych kilku okazjach, kiedy przyjęto go na okres próbny, jego słaba znajomość języka, niezrozumiały akcent i bardzo sztywne zasady co do ujeżdżania zrażały do niego ludzi. On z kolei uznał angielskie podejście do koni za niepojęte, nastawienie do hippiki oparte na polowaniach – za niedbałe, niechlujne i, co najgorsze, za nieczułe. Anglicy woleli dominować nad koniem, zamiast z nim pracować i zachęcać, by sam pokazał cały wachlarz swoich umiejętności.

Anglia go rozczarowała. Żywność była tu gorsza niż w wojsku. Ludzie wydawali się zadowoleni z jedzenia wszystkiego z puszek; niewiele było targów, na których dało się kupić tanie, świeże produkty. Chleb mieli gąbczasty i pozbawiony smaku, mięso mielili na brązową papkę i formowali z niego dania o przedziwnych nazwach: pulpety, siekane, zapiekanka pasterska. Czasami przynosił do domu świeże produkty i sam je przyrządzał: sałatkę z pomidorów, rybę ożywioną paroma suchymi ziołami, jeśli udało mu się je znaleźć. W takich sytuacjach rodzice Florence szeroko otwierali oczy przy kolacji, jakby zrobił coś wywrotowego.

– Dla mnie nieco za ostre – mawiała jej matka – ale dziękuję, Henry. To bardzo miło, że podjąłeś wysiłek.

– Obawiam się, że to nie na mój gust – dodawał jej ojciec, odsuwając swój talerz na środek stołu.

Henri czuł się przytłoczony wiecznie szarym niebem, raz po raz wracał do wąskiego domku w Clerkenwell i informował wszystkich, że znów został zwolniony, często bez wypłaty. Nie potrafił się kłócić w języku, którego jeszcze nie rozumiał. Siadali do rodzinnych posiłków w coraz bardziej napiętej atmosferze. Ojciec Florence Martin pytał przy herbacie, czy Henri znalazł kolejną pracę, a gdy padała odpowiedź przecząca, dodawał, że może trzeba byłoby nieco podszkolić się w angielskim, żeby znaleźć „porządną" robotę. Porządną, czyli polegającą na tym, że siedzi się za biurkiem.

W takich sytuacjach Florence ściskała jego dłoń pod stołem.

– Henri jest taki utalentowany, tato – mówiła. – Wiem, że już niedługo znajdzie się dla niego posada.

Zaczął się cieszyć z tego, że bariera językowa wyklucza go z tych rozmów.

Nocami śnił o Gerontiusie. Wyjeżdżał na plac du Chardonnet powolnym, rozkołysanym cwałem, po czym ponaglał dzielnego, starego konia do zmiany wiodącej nogi lub do pasażu. Tańczył, wykonywał piruety, unosił się na jego grzbiecie w perfekcyjnej lewadzie i patrzył na świat z góry. A potem, nieustępliwie, budził się w ciasnej sypialni Florence w jej domu rodzinnym, z ponurymi brązowymi meblami, widokiem na ruchliwą ulicę i z lekko pochrapującą żoną w wałkach na głowie u boku.

Po roku nie potrafił już dłużej ukrywać rozmiarów swojego błędu. Anglicy okazali się gorsi niż Paryżanie – traktowali go podejrzliwie, gdy otwierał usta, starsi mężczyźni mruczeli obraźliwe komentarze na temat wojny, myśląc, że ich nie rozumie. Ci, którzy go otaczali, nie mieli zamiaru się uczyć ani w niczym doskonalić. Obchodziło ich tylko zarabianie pieniędzy, które przepiją w piątkową noc z ponurą determinacją. Albo siedzieli w domach nawet przy ładnej pogodzie, za zaciągniętymi zasłonami, zahipnotyzowani swoimi nowymi telewizorami.

Florence wyczuwała jego zgryzotę i próbowała mu ją rekompensować, kochając go mocniej, chwaląc go, zapewniając, że wszystko się polepszy. Dostrzegał w jej oczach tylko desperację, czuł, że jej miłość przeradza się w uzależnienie, i za każdym razem oświadczał, że w kolejnym tygodniu znów będzie szukał pracy, choć wiedział, że żadna posada się dla niego nie znajdzie. Gdy próbowała ukrywać swoje rozczarowanie, napełniało go to poczuciem winy i urazą.

Nastał kwiecień – niemal piętnaście miesięcy po jego przyjeździe do Anglii – kiedy zebrał się na odwagę, by napisać do Varjusa. Nigdy nie był wylewny, więc jego list był krótki:

Drogi przyjacielu,

czy przyjmą mnie z powrotem? Ciężko się żyje, gdy człowiek ulega prawu ciążenia.

Nadał list na poczcie, czując potworne wyrzuty sumienia, lecz także nadzieję. Florence zrozumie. Nie mogła chcieć męża, który nie zarabia, który nie może utrzymać jej i domu. W końcu oswoi się z Francją. A jeśli nie – tutaj zaczynał dręczyć go wstyd – czy to byłoby takie złe, gdyby nigdy nie wrócił? Przecież nie może być szczęśliwa w obecnej sytuacji. Na pewno zrozumiałaby, że żaden mężczyzna nie może żyć bez tego, co kocha.

Świadomość, że jego list toruje sobie drogę na kontynent, podtrzymywała go na duchu przy kolejnej dłużącej się kolacji. Tym razem był to kurczak. Pani Jacobs gotowała go tak długo, aż stwardniał jak wyprawiona skóra, a potem polała go jakimś serowym sosem. Obok leżała pokornie mała kupka niezidentyfikowanych warzyw.

Siedział w milczeniu, skrupulatnie dzieląc swoją porcję na kawałki widelcem i wsadzając je sobie do ust, podczas gdy pan Jacobs mamrotał coś ponuro o „ruskim facecie", który poleciał w kosmos. Wyczyn pana Gagarina odebrał jako osobisty afront.

– Nie rozumiem, co oni robią, wysyłając ludzi do nieba – oświadczył po raz trzeci. – Przecież to wbrew naturze.

Henri szybko zorientował się, że pan Jacobs nie lubi zmian, i był niemal pewien, że fakt, iż jego córka poślubiła Francuza, podpada pod „niemile widzianą" kategorię.

– Moim zdaniem to ekscytujące – wtrąciła Florence.

Zaskoczyła tym Henriego – rzadko wyrażała opinię sprzeczną z poglądami ojca.

– I romantyczne – dodała, krojąc swojego kurczaka na małe kawałki. – Podoba mi się myśl, że ktoś jest tam, w górze, pomiędzy tymi wszystkimi migoczącymi gwiazdami, i patrzy na nas. – Uśmiechnęła się do niego tajemniczo.

Zauważył, że jej matka uśmiecha się do nich obojga.

– Florence pragnie ci coś powiedzieć, Henry – wyjaśniła, widząc jego skonsternowaną minę.

Florence wytarła usta i położyła serwetkę na kolanach. Nieco się zaczerwieniła.

– O co chodzi? – zapytał.

– Zamierzałam utrzymywać to w tajemnicy jeszcze jakiś czas, ale nie mogłam. Powiedziałam matce. Będziemy musieli ustawić jeszcze jedno nakrycie na stole.

– Dlaczego? – Pan Jacobs oderwał wzrok od swojej gazety. – Kto przychodzi?

Florence i jej matka wybuchnęły śmiechem.

– Nikt nie przychodzi, ojcze. Ja... rodzina nam się powiększy... – Ujęła dłoń męża pod obrusem. – Będziemy mieli dziecko.

No cóż, ci Francuzi naprawdę są inni, powiedziała potem pani Jacobs do swojego męża, gdy młodsza para zamknęła się już w swoim pokoju. Tak wiele razy słyszała, że są tacy wyrafinowani, a chyba nigdy w życiu nie widziała bardziej zszokowanego mężczyzny.

Henri właśnie wychodził z mieszkania, gdy spotkał listonosza na schodach. Varjus odpisał po tygodniu, taki miał charakter. Henri rozerwał kopertę i odczytał pospiesznie skreślone słowa z niewyrażającą niczego miną.

Grand Dieu to dobry człowiek, wyrozumiały. Myślę, że jeśli porozmawiasz z nim z pokorą, wybaczy Ci ten jeden błąd. Przecież wie, że jesteś prawdziwym kawalerzystą! Będę wyglądał Twojego powrotu, przyjacielu.

– Dobre wieści, chłopie? – Listonosz wepchnął złożoną gazetę do skrzynki numeru czterdzieści siedem.

Henri zmiął list w kulkę i wcisnął ją głęboko do kieszeni.

– Przepraszam. Nie mówię po angielsku – odparł.

„Dwie drogi" – powiedział mu Grand Dieu. Czemu nie ostrzegł go, jak szybko zamienią się w jedną?

Otworzył drzwi i wszedł do wąskiego korytarza. W powietrzu unosił się zapach rozgotowanej kapusty; przelotnie zamknął oczy, zawczasu obawiając się tego, co zostanie podane na kolację. Nagle pewien dźwięk nakazał mu się zatrzymać w pół kroku. W salonie, po drugiej stronie ściany pokrytej tapetą anaglypta rozlegał się hałaśliwy szloch.

Otworzyły się drzwi do kuchni i stanęła w nich Florence. Podeszła do niego i wspięła się na palce, by go pocałować.

– Co się dzieje? – zapytał. Miał nadzieję, że nie wyczuje alkoholu w jego oddechu.

– Powiedziałam rodzicom, że po narodzinach dziecka przeprowadzimy się do Francji – oświadczyła. Miała spokojny głos, splotła palce przed sobą. Słowo „Francja" sprowokowało kolejną falę hałaśliwych szlochów.

Spojrzał na żonę z konsternacją.

Ujęła go za ręce.

– Długo nad tym myślałam. Ty dałeś mi wszystko... wszystko – spojrzała na swój brzuch – ale wiem, że nie jesteś tutaj szczęśliwy, Henri. I trudno tego od ciebie oczekiwać, biorąc pod uwagę, jakie zamknięte umysły mają tutaj ludzie, jak bardzo podejście do koni różni się tutaj od tego tam. Powiedziałam więc matce i ojcu, że gdy tylko dojdziemy do siebie po porodzie, zaczniesz mnie tam utrzymywać.

Spojrzała na jego twarz.

– Czy Le Cadre Noir przyjmie cię z powrotem, kochanie? Jestem przekonana, że gdy już się we wszystkim odnajdę, mogłabym prowadzić ci mały dom w pobliżu. Nauczę się francuskiego. Tam wychowamy dziecko. Co o tym myślisz?

Zaniepokojona jego brakiem reakcji, zaczęła się bawić rąbkiem mankietu.

– Chciałam powiedzieć, że wyjeżdżamy od razu. Ale nie jestem pewna, jak poradziłabym sobie z porodem, nie umiejąc rozmawiać z lekarzami... a matka chybaby oszalała, gdyby nie było jej przy mnie w tym dniu. Ale powiedziałam, że wyjedziemy, jak tylko dziecko się urodzi. Mam nadzieję, że słusznie postąpiłam... Henri?

Ta dzielna, piękna Angielka. Wzruszyła go tak, że brakło mu słów. Nie zasługiwał na nią. Nie miała pojęcia, jak blisko się znalazł... Podszedł do niej i ukrył twarz w jej włosach.

– Dziękuję – szepnął. – Nawet nie wiesz, co to oznacza. Zapewnię nam lepszą przyszłość... nam i naszemu dziecku.

– Wiem o tym – odparła cicho. – Chcę, byś znów latał, Henri.

Usłyszał płacz dziecka, zanim dotarł do małego domku. Słabe zawodzenie odbijało się echem na spokojnej ulicy. Nie musiał otwierać drzwi do ich pokoju, by wiedzieć, co za nimi zastanie.

Florence pochylała się nad kołyską i szeptała uspokajająco do niemowlęcia, lekko poruszając nad nim rękami. Odwróciła się, słysząc kroki Henriego. Była blada, a w jej oczach odbijały się długie, nerwowe godziny.

– Od jak dawna płacze?

– Niedługo. Naprawdę. – Wyprostowała się i odsunęła na bok. – Odkąd matka wyszła.

– No to dlaczego...?

– Wiesz, że boję się brać ją na ręce, gdy cię nie ma. Znów mnie zawodzą. Upuściłam dziś po południu kubek, a...

Zacisnął zęby.

– *Chérie*, twoim rękom nic nie dolega. Lekarz tak powiedział. Po prostu brak ci pewności siebie.

Wyjął Simone z kołyski i zręcznie przytulił ją do swojej piersi, a ona natychmiast się uspokoiła. Otworzyła małe usta i zamknęła je przy jego koszuli, szukając mleka. Florence usiadła na krześle w kącie i wyciągnęła ręce po córkę, po czym zabrała ją od niego, dopiero gdy poczuła się pewnie.

Kiedy karmiła małą, Henri zdjął buty i ustawił je schludnie przy drzwiach. Zdjął kurtkę i postawił czajnik na kuchence. W końcu znalazł pracę na kolei. Nie było tak źle. Nic nie było złe, jeśli towarzyszyła ci świadomość, że to tylko tymczasowe. Nie rozmawiali ze sobą, ciszę przerywało tylko chciwe ssanie dziecka i przejeżdżające od czasu do czasu za oknem samochody.

– Wychodziłaś dzisiaj?

– Chciałam... ale już ci mówiłam, bałam się wziąć ją na ręce.

– Twoi rodzice kupili nam wózek. Mogłaś ją włożyć do wózka.

– Przepraszam.

– Nie przepraszaj.

– Ale ja… Henri…

Nie musisz przepraszać. Tylko przestań tak wszystko komplikować. Przestań się tak denerwować dzieckiem, przestań narzekać na swoje ręce, które rzekomo cię zawodzą, i na te urojone zawroty głowy.

– Nerwy – oświadczył lekarz, gdy parę tygodni po narodzinach córeczki Florence zaczęła narzekać, że jej ciało nie pracuje, jak powinno. Czasami tak bywa z młodymi matkami, wyjaśnił Henriemu i jego teściowej w wąskim korytarzu po badaniu. Widzą problemy, niebezpieczeństwa tam, gdzie ich nie ma. Mogą nawet halucynować.

– Przynajmniej nawiązała z dzieckiem więź – zauważył. – Matka i dziecko powinny przez jakiś czas pomieszkać z babcią. Dopóki Florence nie zyska więcej… pewności w swoim macierzyństwie.

Co miał powiedzieć Henri? Pokiwał posłusznie głową, dziwiąc się, jak oni mogą nie dostrzegać, że każdy atom w jego ciele nastaje na przeprawę przez Kanał.

Florence znów zaczęła płakać. Widział, jak pochyla głowę i próbuje zetrzeć zdradliwe łzy z bawełnianej sukienki Simone, i czuł na piersi dławiący ciężar. Jak długo jeszcze?, miał ochotę krzyknąć. Pomyślał o Gerontiusie, który być może wciąż na niego czekał z łbem pochylonym nad drzwiami stajni.

– Przepraszam. Wiem, że uważałeś, iż to Francja będzie dla nas odpowiedzią – powiedziała cicho.

No właśnie. Ta niewypowiedziana kwestia wisiała nad nimi od tygodni. Florence nie poradziłaby sobie sama, a on nie mógł ryzykować, że coś stanie się dziecku. Nie mógł jednocześnie wrócić do Le Cadre Noir i być dla niej wsparciem. Nie miał żadnej rodziny, u której mógłby ją umieścić, ani pieniędzy, by zapłacić za niańkę.

Musieli zostać tutaj, blisko jej rodziców.

Wstał i podszedł do jej krzesła.

– Napiszę do *monsieur* Varjusa – zadeklarował.

Podniosła wzrok.

– To znaczy…

– Zostaniemy w Anglii nieco dłużej. – Wzruszył ramionami, zaciskając zęby. – To nic takiego. Naprawdę.

Ktoś inny dosiądzie jego konia.

Dziecko otworzyło piąstkę i zacisnęło palce na jej obnażonej skórze, wymagająco, entuzjastycznie.

– Może gdy poczuję się lepiej... – dodała Florence cicho.

A w przyszłym roku pojawią się nowi jeźdźcy, nowi *écuyers*, pragnący zająć jego miejsce.

Gdy zarzuciła mu rękę na szyję, dziękując mu ze szlochem i wtulając się w jego obolałe ramiona, uświadomił sobie ze wstydem, że czuje tylko rozpacz. Jego druga myśl była jeszcze gorsza: jakim cudem kobieta utrzymująca, że nie może używać rąk, tuli się do niego tak mocno?

– Poznaliśmy się jakiś rok później. Pracował na torach nad moją stajnią. Po raz pierwszy, odkąd opuścił swój kraj, widział konie, takie, które nie ciągnęły wózka w każdym razie. – Kowboj John odchylił kapelusz do tyłu. – Pewnego popołudnia podniosłem głowę i zobaczyłem, że gapi się na moją starą kobyłę, jakby miał przywidzenia. Obaj byliśmy nowi w tej okolicy, obaj byliśmy z zewnątrz. Pomachałem na niego, a on zjadł swoje kanapki pod stajnią i przez cały ten czas jedną ręką głaskał moją starą kobyłę po chrapach. Wiele osób uważało, że jest trochę sztywny, ale ja go lubiłem. Dogadywaliśmy się. Przez lata siadywaliśmy w moim biurze, piliśmy herbatę i rozmawialiśmy o małej farmie, jaką kupi pewnego dnia we Francji, o szkółce jeździeckiej, którą założy, gdy zarobi trochę pieniędzy.

– Czy tego właśnie pragnęła Florence? – zapytała Natasha. Tak pochłonęła ją ta historia, że na krótko zapomniała w ogóle, po co znaleźli się w tym samochodzie.

– Och, Florence zgodziłaby się na wszystko, o co by ją poprosił. Myślę, że czuła się naprawdę winna, że go sobą obarczyła. Wiedziała, tak jak i on, że nie poradziłaby sobie we Francji, nie z jej chorobą. Większość swojej energii poświęcała na to, by mu to wynagrodzić.

– Nie rozumiem. Chorobą?

John spojrzał na nich, marszcząc brwi.

– To wy nie wiedzieliście?

– O czym?

– Sarah wam nie powiedziała? Jej babcia miała... no, jakżeż to się nazywa? Stwardnienie rozsiane. Przez wiele lat jeździła na wózku. Sarah pomagała dziadkowi opiekować się starszą panią, odkąd nauczyła się chodzić.

Ostatecznie opuścili Dover i postanowili jechać wzdłuż wybrzeża do Deal. Mac prowadził w mroku, wymieniając nazwy hoteli, na wypadek gdyby trafili na taki, do którego Natasha jeszcze nie zadzwoniła. Dwukrotnie. Natasha wciąż rozmawiała z Johnem, całkowicie pochłonięta losami Henriego Lachapelle'a.

– Sarah opowiadała o dziadkach w taki sposób, że myślałam, iż byli sobie bardzo bliscy.

John prychnął śmiechem.

– Jasne, że byli sobie bliscy, ale całe życie tego człowieka jest pełne żalu.

– Masz na myśli matkę Sarah?

– O Boże, Simone to był dopiero numer. Ognista, zbuntowana... Całkowite przeciwieństwo Henriego. Wszystko, co on dusił w sobie, ona z siebie wyrzucała. Florence nie dawała sobie z nią rady, nie miała siły, a on starał się ją trzymać na krótkiej wodzy, tak jak teraz Sarah. Był staromodnym zwolennikiem surowej dyscypliny, może nawet zbyt surowej, zdaniem niektórych. Nie podobało mu się, że jego córka zadaje się z miejscowymi chłopcami, że późno wraca do domu. Sytuacja z Florence sprawiała chyba, że zachowywał się zbyt opiekuńczo. A Simone sobie tego nie życzyła. Ooo, nie. Walczyła z nim bezustannie. Im bardziej on ciągnął w jedną stronę, tym bardziej ona szarpała w przeciwną.

Zapalił kolejnego papierosa.

– Najsmutniejsze jest to, że teraz wie, jak źle z nią postępował. Powinien był ustąpić. W rzeczywistości byli do siebie bardziej podobni, niż zdawali sobie sprawę. Ale to trudne, wiecie? Gdy myślisz, że kogoś tracisz, nie zawsze zachowujesz się w najmądrzejszy sposób.

Zerknęła na Maca. Był równie pochłonięty opowieścią Johna jak ona.

– Zanim ostatecznie zrozumiał, co robił źle, Simone weszła już na drogę narkotyków, a on nie zdołał jej z niej zawrócić. Potem uciekła do Paryża i przez cztery czy pięć lat w ogóle się do nich nie odzywała. Chyba że potrzebowała pieniędzy, rzecz jasna. Piekielnica prawie złamała im serca. Wiem, że on wini za to siebie. A potem, dziesięć lub jedenaście lat temu, Simone zjawiła się pewnego dnia na ich progu z małym dzieckiem i oświadczyła, że sobie nie radzi. Urodziła we Francji. Nic im nigdy nie powiedziała. To dopiero był dla nich szok. Powiedziała, że musi uporządkować swoje życie tam i zaczęła zostawiać im córeczkę. Za każdym razem na trochę dłużej, aż w końcu w ogóle się nie pojawiła wtedy, kiedy obiecała. Ostatecznie zawnioskowali o opiekę i ją dostali. Simone nie stawiła się nawet na rozprawę. Henri z początku był wściekły... Bardzo starał się chronić Florence, a dziewczynka stanowiła dla niej dodatkowy ciężar... ale powiem wam szczerze, że naprawdę się ucieszyli, gdy pojawiła się Sarah. – Uśmiechnął się. – Tego dnia, gdy uzyskali prawo do opieki, jakby oboje narodzili się na nowo. Staruszek znów myślał o koniach... i byli szczęśliwi. Najszczęśliwsi, odkąd ja ich poznałem w każdym razie. To był dla nich cios, gdy dowiedzieli się o śmierci Simone, ale chyba też trochę ulga. Henri przez wiele lat szukał jej po całym kraju, dawał jej pieniądze, wybawiał ją z kłopotów, w jakie się pakowała, starał się ją wyprowadzić na prostą... Sarah nie wie o tym wszystkim, rozumiecie? Chciał uchronić przed tym małą... Wiedział takie rzeczy... – Wzdrygnął się. – Żadna dziewczynka nie musi wiedzieć, że jej matka... W każdym razie Florence odeszła... Kiedy? Cztery lata temu. Po pogrzebie otrzymali od rady miasta propozycję zamiany mieszkania na parterze na gratyfikację finansową. Urzędnicy potrzebowali tego lokum dla innych niepełnosprawnych osób. No to Henri wziął pieniądze, przeprowadził ich do Sandown, a resztę wydał na Bauchera, tego ich końskiego rollsa. I wtedy znów stał się trochę sobą. Postawił sobie za cel zapewnić Sarah lepsze życie.

– Chciał, by Sarah była taka jak on – powiedziała na głos Natasha.

Kowboj John pokręcił głową.

– Wiesz co, Pani Prawnik? On chciał czegoś dokładnie przeciwnego. Och, możesz sobie myśleć o niej, co chcesz, ale Sarah – mruknął, patrząc w dal – to jedyne, co temu człowiekowi wyszło w życiu.

Dziewczyna zasnęła. Thom jechał przez noc, zerkając na nią od czasu do czasu. Zwinęła się w kłębek na przednim siedzeniu i oparła głowę o szybę. Potem, niemal mimowolnie, przenosił wzrok na monitor, który pokazywał jej konia w boksie pomiędzy dwoma innymi. Stał czujnie, jakby nie mógł sobie pozwolić na relaks, przygotowując się do kolejnego etapu ich podróży.

Nie powiedział Kate, co zrobił... bo dobrze wiedział, co by od niej usłyszał. Powiedziałaby mu, że całkiem zwariował, oskarżyłaby o brak odpowiedzialności, o narażanie życia tego dziecka. Wiedział, że gdyby jego pasierbica Sabine uciekła w ten sposób, złapała okazję i wyjechała z obcym człowiekiem do innego kraju, oboje oszaleliby ze strachu i troski.

Jak miał jej wyjaśnić, że musiał pozwolić tej dziewczynie jechać dalej? Że słysząc jej paplaninę w czasie tych ostatnich godzin, trochę jej nawet zazdrościł? Jak wiele osób ma okazję spełnić swoje marzenie? Jak wiele osób w ogóle wie, czego pragnie? Gdy mówiła o swojej podróży, o miłości do tego konia, o nieskomplikowanym życiu, które sobie dla siebie wyobrażała, o swoim dziadku, widział, jak łatwo jest dać się pokonać, pogrążyć się w rutynie i przyziemnych troskach.

To oczywiście nie powstrzymywało go od martwienia się. Nieraz przychodziło mu do głowy, że powinien zatrzymać samochód na poboczu i zadzwonić po policję. Znów spojrzał na ekran telewizora. Koń lekko uniósł łeb i spojrzał prosto w kamerę.

– Opiekuj się nią, staruszku – powiedział Thom cicho. – Bóg jeden wie, że będzie jej potrzebna pomoc.

Piętnaście po ósmej zatrzymali się w restauracji przy trasie, by skorzystać z toalety. John poprosił o dużą czarną kawę z dwiema kostkami cukru, na co Natasha odparła, że po kawie jeszcze częściej będzie chciał do kibelka, po czym podszedł do budki telefonicznej, by zadzwonić do szpitala. Rutynowa rozmowa, oświadczył wesoło. Lubił dzwonić lub wpadać codziennie. Staruszek chciałby wiedzieć, co się dzieje.

– I co mu powiesz? – zapytała.

– Prawdę. Wiemy, że jest blisko, ale nie wiemy, gdzie dokładnie. Ale to przebiegły staruszek. Pewnie sam jej podpowiada, dokąd ma jechać, żebyśmy jej nie znaleźli. – Na samą myśl o tym wybuchnął śmiechem i śmiał się przez całą drogę do budki.

Podeszła do stolika i postawiła plastikową tacę przed Makiem, próbując zignorować fakt, że wyłączył telefon, jakby przed chwilą sprawdzał swoje wiadomości.

– Jeśli powiem, że to prawdziwa enigma, zdzielisz mnie tą tacą w głowę? – zapytał.

– Nigdy nic nie mówiła.

– Nigdy nie pytaliśmy.

– Ale ona w ogóle nic nie zdradzała. Rozmawiałam z nią o jej dziadkach, a ona powiedziała tylko, że byli szczęśliwi.

– Może – mruknął Mac, mieszając śmietankę w kawie – tylko to się dla niej liczyło.

Widząc Johna, podniosła kubek z czarną kawą, ale on tylko pokręcił głową z ponurą miną.

– Gołąbeczki, ja muszę się zmywać. Henri nie czuje się dobrze. Jeśli Sarah zniknęła... No cóż, ktoś powinien z nim być.

– Jest bardzo źle?

– Poprosili, żebym przyjechał. Cóż, chcieli, żeby to była Sarah, ale powiedziałem, że to obecnie niemożliwe. – Szukał drobnych w kieszeni, sprawdzając, ile przy sobie ma. Nagle wydał im się bardzo zmęczony i słaby.

Wstała i sięgnęła po torebkę, zapominając o kawie.

– Podwieziemy cię na stację. Proszę. – Wręczyła mu trochę gotówki. – To na pociąg.

– Nie potrzebuję twoich pieniędzy, paniusiu – mruknął z irytacją.

– To nie dla ciebie, to dla niego. Żeby nie był sam. Och, na litość boską, zamów taksówkę z dworca – dodała. – Zarobiłeś te pieniądze.

Spojrzał na banknoty, które trzymała w dłoni. Po raz pierwszy, odkąd się poznali, ten doświadczony, drwiący wyraz zniknął z jego pomarszczonej twarzy. Wziął pieniądze i uchylił kapelusza.

– No to dziękuję – powiedział. – Zadzwonię, jak będę wiedział, co z nim.

Gdy wsiedli do samochodu, uświadomiła sobie, że ten nagły brak jego ciętego humoru zaniepokoił ją bardziej niż wszystko, co się do tej pory wydarzyło.

Gdy zaparkowali przed stacją, zadzwonił jej telefon. Odebrała.

– Tak, to ja – potwierdziła, patrząc na Johna, który powoli wysiadał. – Przepraszam... Czy może pani powtórzyć? – Połączenie było kiepskie, machnęła ręką do Maca, by zgasił silnik. – Jest pani pewna? Bardzo dziękuję za informację... Tak, będziemy w kontakcie.

– Wszystko w porządku? – John stał w otwartych drzwiach. Ewidentnie chciał już iść, ale wyraz jej twarzy musiał go zatrzymać.

Zatrzasnęła klapkę telefonu.

– Co? – mruknął Mac. – Nie siedź tak...

– Dzwonili z banku. Nie uwierzycie... Ona jest we Francji.

Rozdział dwudziesty czwarty

Ażeby tedy nie zawodził się Naczelnik jazdy czy to uderzając, czy cofając się, wskaże mu to świadomość dzielności koni.

Ksenofont, *Hipparch, czyli Naczelnik jazdy*

Sarah śniła o koniach, krwi i autostradach. Obudził ją powiew chłodnego powietrza, które wpadło do środka, gdy Thom otworzył drzwi po stronie kierowcy. Wyprostowała się. Zegar na desce rozdzielczej wskazywał za piętnaście ósma.

– Dzień dobry. – Był ubrany i ogolony, jakby nie spał już od jakiegoś czasu.

– Gdzie jesteśmy?

Wokół niej panowała zaskakująco pogodna atmosfera, jakby cały świat był jaśniejszy o kilka tonów niż Anglia. W pobliżu zauważyła nieskazitelnie czyste podwórze stajenne, kryte czerwonym gontem budynki w kolorze miodu otaczał gęsty, przycięty żywopłot. Przy bramie rosły dwa wypielęgnowane, wysokie cisy, a boksy oporządzał mężczyzna, który z radosną swobodą przerzucał widłami brudną słomę na taczki.

– Pod Blois – odparł Thom. – Przynajmniej się wyspałaś.

– Gdzie jest Boo? – Znów ogarnęła ją ta sama instynktowna panika.

– Masz na myśli pana Diablo? W środku. – Wskazał kciukiem stajnie. – Dotarliśmy tu wczoraj w nocy, ale spałaś jak zabita, więc nie miałem sumienia was porzucać. Jest w trzecim boksie od lewej. Czuje się dobrze. Miał na sobie trochę piany, gdy tu dotarliśmy, ale teraz jest jak nowo narodzony.

Zamrugała, gdy zauważyła, jak Boo wyciąga chrapy do siatki z sianem.

– Ten nocleg ja stawiałem, ale muszę wracać do Calais, panno Sarah, więc obawiam się, że tutaj się rozstajemy.

Próbowała zebrać myśli, gdy Thom pomógł jej osiodłać konia, po czym wręczył jej dwa croissanty, które wybłagał u właścicielki stajni. Otworzył kieszonkową mapę, na której zaznaczył najlepszą dla niej trasę.

– To jakieś sto, sto dwadzieścia kilometrów stąd na południowy zachód – wyjaśnił, wskazując palcem czerwoną drogę. – Podwiózłbym cię, gdybym tylko mógł, ale nie mogę stracić kolejnych czterech godzin. Jest piękna pogoda do jazdy, a te drogi są dość spokojne. Moim zdaniem nie powinnaś mieć kłopotów. Tylko się nie spiesz, dobrze?

Jestem już blisko, uświadomiła sobie nagle z zachwytem. Widziała nazwę na mapie. W porównaniu z rozmiarami Francji była to kwestia centymetrów.

– Tutaj jest kolejna stajnia. – Obrysował długopisem małą wieś. – Tu masz numer telefonu, na wszelki wypadek. Zadzwoniłem tam już, więc będą się ciebie spodziewać. Powinnaś tam dostać wieczorem coś do jedzenia, ale na twoim miejscu spróbowałbym poszukać też czegoś wcześniej, na wszelki wypadek. I nie zapomnij, że oczekują konia o imieniu...

– Diablo Blue – dokończyła.

– No to co? Poradzisz sobie? – zapytał z powagą. Na jego twarzy odmalowała się obawa.

– Jasne – odparła. Była tego pewna. Przeprawiła się przecież przez morze, no nie? Podróżowała na najwspanialszym koniu we Francji i miała błogosławieństwo papy.

– Tu masz mój numer. Zrób to dla mnie i zadzwoń, gdybyś napotkała kłopoty, dobrze? A tam, zadzwoń, jak dojedziesz do celu. – Złożył mapę i wcisnął ją w jej dłoń. – Po prostu zadzwoń do mnie. Chciałbym wiedzieć, że nic ci się nie stało.

Pokiwała głową, chowając mapę głęboko do kieszeni.

– I z nikim nie rozmawiaj. Zwłaszcza z ludźmi takimi jak ja. Tylko... tylko nie rzucaj się w oczy i nie zatrzymuj się, dopóki nie dotrzesz na miejsce.

Znów pokiwała głową i uśmiechnęła się lekko.

– Masz euro, które wymieniliśmy?

Sięgnęła do plecaka i dotknęła palcami koperty.

Thom westchnął.

– Boże drogi. Jesteś najdziwniejszą autostopowiczką, jaką kiedykolwiek spotkałem. Ale życzę szczęścia i tobie, i temu twojemu wielkiemu koniowi. – Zawahał się, jakby wciąż nie był pewien, czy dobrze robi.

– Nic mi nie będzie, Thom – zapewniła go. Poczuła ukłucie bólu na myśl o rozstaniu; przy nim czuła się bezpieczna. Wiedziała, że pod jego opieką nic złego nie spotka jej ani Boo. Nagle pozazdrościła jego pasierbicy, którą z taką determinacją ratował, i dodała po chwili: – Ale dziękuję.

– E tam – mruknął.

Podszedł do niej i wyciągnął zdrową rękę. Uścisnęła ją nieco zawstydzona. Oboje się uśmiechnęli, jakby równocześnie pomyśleli to samo.

– Przyjemnie się z tobą podróżowało, panno Sarah. – Zaczekał, aż wsiądzie na konia, po czym podszedł do swojej ciężarówki. – A twój staruszek to, zdaje się, dobry człowiek – zawołał, odwracając się nagle. – Gdy się dowie, że tu dotarłaś, na pewno się ucieszy.

Pola we Francji były szersze niż te po drodze do Dover, płaskie, ciągnęły się aż po horyzont bez końca. Ziemia natomiast wyglądała jak w Anglii: żyzna, lepka, brązowa, jeszcze niebronowana, a tylko zaorana – jej szorstkie grudy wyglądały jak wzburzone morze. Wypoczęty Boo kroczył przed siebie wesoło trawiastym poboczem z postawionymi uszami, wyraźnie zadowolony, że ma pod nogami solidną ziemię. Okrycie zimowe tej rasy niewiele różniło się od letniego, było tylko trochę gęstsze. Thom musiał go wyszczotkować, gdy spała, ponieważ był nieskazitelnie czysty. Jechali przez kraj, który był jej obcy, ale nie do końca – był to kraj z opowieści papy, mówiący językiem, z którym się osłuchiwała od najmłodszych lat. Widząc go na plakatach, na znakach drogowych, czuła się trochę tak, jakby ten kraj do niej przemawiał. Jakby oczekiwał, że ona go zrozumie.

Przejeżdżała przez małe wioski, ciche, eleganckie uliczki, rzędy identycznych małych domków z szarego kamienia, które miały w oknach zadbane skrzynki na kwiaty lub okiennice pomalowane jaskrawą farbą. Minął ją mężczyzna, który niósł dwie bagietki i gazetę pod pachą. Skinął jej głową, jakby dziewczyna na koniu nie była tu niczym niezwykłym.

– *Bonjour** – powiedział.

– *Bonjour* – odparła, czując ukłucie radości. Było to pierwsze francuskie słowo, które wypowiedziała, odkąd się tutaj zjawiła. Zatrzymała się na głównym placu przy korycie dla zwierząt, z którego Boo napił się wody. Komicznie strzygł uszami, chłepcąc. Zsiadła i odpoczywali tam razem przez pół godziny. Ochlapała twarz zimną wodą, zjadła swoje croissanty i pozwoliła matce z dwojgiem małych dzieci o uroczystych minach pogłaskać konia. Kobieta powiedziała, że Boo jest bardzo przystojny, na co Sarah odparła po francusku, że rasa selle français jest z tego znana. Dorastała, słuchając, jak papa o tym mówi, lecz gdy usłyszała te słowa w swoich ustach, poczuła się dziwnie.

– Ach – zauważyła kobieta – *comme le Cadre Noir***.

Jej swobodną uwagę Sarah odczuła jak ukłucie ostrogą. Kobieta wymieniła tę nazwę z taką beztroską, jakby wymieniała nazwę miejscowej sali gimnastycznej albo angielskiej stajni Sarah.

---

* Dzień dobry (fr.)

** jak w Cadre Noir (fr.)

Znów dosiadła konia i kierując się znakami, ruszyli w kierunku Tours. Przejechała przez drugą część wioski, obok wiatraka i przez most, by po kilku minutach znów znaleźć się na otwartym terenie. Omijała autostrady biegnące po estakadach, przemierzała pola pełne wirujących turbin, a miarowy łopot szerokich, eleganckich skrzydeł przypominał jej bicie serca. Każdy przebyty kilometr poprawiał jej humor, aż zaczęła śpiewać dziecięcą piosenkę, którą nucił dla niej papa, gdy była mała. Odsunęła szalik z twarzy, czując rosnące podekscytowanie.

– *Ah, ah, Monsieur Chocolat! Oh, oh, Monsieur Cacao...** – Jej głos niósł się przez puste, oszronione pola. Boo zaczął gryźć wędzidło i rzucać łbem, prosząc, by przyspieszyli, a ona, nie mogąc się już doczekać celu, świadoma, że dzielą ich od niego tylko godziny, ścisnęła go udami. Zimne powietrze szczypało jej skórę, jej ciało karmiło się energią konia. Jej zmysły się wyostrzyły, jakby absorbowała ten nowy krajobraz każdą swoją komórką. Byli tylko ona i jej koń, niezauważeni, wolni. Czuła tę wolność tak jak każdy jeździec od tysięcy lat.

Jestem we Francji, papo, powiedziała mu cicho, i jest pięknie. Wyobraziła sobie staruszka na łóżku, śniącego o tych samych drogach, po których teraz podróżowała, i myślącego z satysfakcją o jej zamierzeniu. Jakby słysząc jego głos, jego instrukcje, wyprostowała ramiona, poprawiła kąt ułożenia nóg, skróciła lejce i przeszła do galopu. Boo zaczął rytmicznie stawiać nogi, pokonując zielone pobocze eleganckim krokiem, w stylu, na którego widok staruszek, gdyby tylko mógł ich teraz zobaczyć, pokiwałby głową z aprobatą.

Już jako dziecko nienawidziła długich podróży samochodem. Nie zapadały jej w pamięć radosne biwaki, przyczepy kempingowe nad brzegiem morza, wesołe miasteczka i lody oraz zachwyceni krewni,

---

* Ach, ach, Panie Czekolado, Och, och, Panie Kakao... (fr.)

co później wspominało jej rodzeństwo. Pytana o wspomnienia z podróży z lat dzieciństwa, Natasha wymieniała bezkresne autostrady, długie kilometry pomiędzy bramkami przerywane okrzykami „Daleko jeszcze?", rodziców sprzeczających się na przednich siedzeniach oraz dyskretne kopnięcia i szczypanie sióstr ściśniętych obok niej z tyłu. Pamiętała też zapaszek wymiotów, bo któraś z nich za każdym razem musiała się pochorować.

Minęło już prawie trzydzieści lat, ale odrazy, którą czuła, wciąż nie zastąpiła rzekoma radość otwartej drogi ani podniecenie płynące z odkrywania nowych destynacji. Gdy byli małżeństwem, Mac uwielbiał podróże samochodem, przystanki tam, dokąd zaprowadził ich kaprys, całonocną jazdę, która dla niego była zabawą, podczas gdy ona w duchu marzyła o konkretnym planie. Niepewność, gdzie zje następny posiłek albo czy będzie miała gdzie spać, zbijała ją z tropu, a jej małomiasteczkowe przyzwyczajenia, jak zdawał się postrzegać to Mac, sprawiały, że czuła się gorsza, ale też winna psucia mu zabawy. Pod koniec małżeństwa uzgodnili, że zaczną wyjeżdżać z biurem podróży, co nie satysfakcjonowało żadnego z nich. Ona siedziała przy basenie, czytała i próbowała kryć się z pracą, którą przeszmuglowała, on krążył po hotelowym kompleksie jak ktoś, kto próbuje sobie przypomnieć, gdzie coś zostawił, i ostatecznie lądował w barze, pijąc z nowymi znajomymi.

Jej karta kredytowa została użyta po raz kolejny poprzedniego wieczoru na francuskiej stacji benzynowej. Trudność, jak poinformował ją operator karty, polega na tym, że transakcja została opisana jako „La Bonne Route, Paryż", a opis ten odpowiadał siedmiu takim lokalizacjom w północnej Francji.

– Cóż, moim zdaniem powinniśmy jechać do tego miejsca z końmi – oświadczył Mac na promie poprzedniej nocy.

Zdołali wykupić bilety na jeden z ostatnich rejsów. Ona niemal się nie odzywała, wbijała wzrok w szybę, za którą rozciągały się noc i wzburzone morze, i próbowała pogodzić to, co usłyszała od urzędniczki bankowej, z tym, co jej zdaniem było prawdopodobne. Jak Sarah zdołała pokonać Kanał z koniem? Jak zdołała przedostać się do Francji? To wszystko nie miało sensu.

– A jeśli to nie ona? – zapytała.

Mac podał jej butelkę z wodą. Oparł stopy na siedzeniu obok niej, a ona trochę się odsunęła.

– To znaczy? – Odkręcił swoją butelkę i upił łyk. – Boże, ale mi się chce pić. – Nie ogolił się, jego podbródek był porośnięty miękkim zarostem.

– A jeśli sprzedała kartę albo ktoś ją ukradł? Jeśli jedziemy za złą osobą?

– To możliwe, ale byłby to niezły zbieg okoliczności, gdyby ten ktoś też próbował dostać się do Francji. A poza tym nie mamy żadnych innych śladów, no nie?

Pokazała palcem mapę na stoliku pomiędzy nimi.

– Spójrz tylko na te odległości, Mac. John powiedział, że koń może przebiec pięćdziesiąt, sześćdziesiąt kilometrów dziennie na upartego. Dostatecznie trudno byłoby jej dotrzeć do Dover w tym czasie. Jak więc miałaby przepłynąć Kanał z koniem i przejechać jeszcze pół Francji? Spójrz, Saumur dzieli od Calais prawie pięćset kilometrów. Ona nie może liczyć na to, że dotrze tak daleko.

– No to co sugerujesz?

Odchyliła się na oparcie.

– Powinniśmy zawrócić – zaproponowała niepewnym głosem. – Albo zadzwonić na policję.

Mac pokręcił głową.

– Posłuchaj, podjęliśmy pewne decyzje. Moim zdaniem powinniśmy jechać do Saumur.

– A jeśli się mylimy?

– A jeśli nie? To ma sens, by próbowała tam dotrzeć. Jej dziadek myśli, że właśnie tam jedzie. Twoja karta kredytowa to potwierdza.

Znów utkwiła wzrok w szybie.

– A ja myślę… Myślę, że się pomyliliśmy. Trzeba było zadzwonić na policję wczoraj rano. Masz rację… Nie chciałam ich w to mieszać, bo nie chciałam, by wszystko się wydało. Przyznaję. Ale to już zaszło za daleko, Mac. Jesteśmy odpowiedzialni za czternastoletnią dziewczynę, która zaginęła, najprawdopodobniej w innym kraju. Moim zdaniem, gdy tylko zjedziemy z promu, powinniśmy zadzwonić na policję. To odpowiedzialny krok.

– Nie – powtórzył uparcie. – W chwili, gdy zadzwonimy na policję, ona straci tego konia. Straci wszystko. Nic. Zaginęła tylko pod tym względem, że my nie wiemy, gdzie ona jest. Ona na pewno bardzo dobrze wie, dokąd jedzie. Ja zamierzam jej zaufać, wierzyć, że sobie poradzi.

– To nie jest tylko twoja decyzja.

– Wiem. Ale jestem gotów wziąć za nią odpowiedzialność, gdyby coś się stało.

– Ja też jestem jej opiekunem.

Gdy Mac spoglądał na nią tak bezpośrednio, wciąż jeszcze nieco zbijało ją to z tropu.

– Wiesz co? Gdybyś naprawdę chciała zadzwonić na policję, zrobiłabyś to wczoraj. Dobrze wiesz, Tash, że żadne z nas nie chce angażować w to glin, nawet jeśli mamy różne powody.

Nigdy nie był taki stanowczy, gdy jeszcze byli małżeństwem.

– Było, nie było, płyniemy promem. Mamy jakieś pojęcie na temat tego, dokąd ona jedzie. Ja głosuję za tym, żebyśmy jechali do tej konnej akademii i tam na nią czekali.

Uraza zaostrzyła ton jej głosu.

– A jeśli się mylisz, jeśli ona nie jest bezpieczna, jeśli się okaże, że nie ma jej tam, gdzie myślimy, jesteś gotów z tym żyć?

Od tamtej pory niewiele rozmawiali. Mac zjechał z promu w Calais i ruszył dalej. Nie skierował się na *autoroute*, wybierał lokalne drogi, drogi, po których mógł się poruszać koń, i przez cały czas wytężał wzrok.

Natasha usnęła i obudził ją dopiero dźwięk jego głosu. Rozmawiał przez telefon, ton miał cichy i natarczywy.

– To nie tak – powiedział, by dodać po chwili: – Nie, nie, kochanie. To nie jest dobry pomysł. Wiem, wiem.

Zawstydzona podsłuchiwaniem, odwróciła twarz, zacisnęła powieki i starała się oddychać miarowo, dopóki się nie rozłączył. Odczekała jeszcze dziesięć minut, zanim ostentacyjnie ziewnęła. Zasugerował, by zjechali na pobocze i się zdrzemnęli. Było po pierwszej w nocy, a szanse na znalezienie hotelu malały z każdą chwilą.

– Nie będziemy spać długo – dodał. – Najwyżej parę godzin. Potem pojedziemy dalej.

Po ostatniej godzinie, która upłynęła im w napiętym milczeniu, Natasha z radością się zgodziła. Zjechali na parking przy stacji benzynowej częściowo oświetlony lampami sodowymi. Nikogo więcej tu nie było, po drugiej stronie niskiego, kolczastego żywopłotu rozciągały się płaskie pola Sommy, ponure w ciemnościach, przytłoczone ciężarem swojej historii. Silnik powoli zgasł.

Siedzieli obok siebie skrępowani, jak w surrealistycznej parodii jakiejś randki, preludium do pierwszego pocałunku.

Mac chyba również to poczuł, bo stał się pełen rezerwy i bardzo uprzejmy. Zaproponował, że odda jej tylną kanapę, a ona równie uprzejmie podziękowała, przesiadła się, zwinęła swój płaszcz w poduszkę i położyła na nim głowę, świadoma, że rano jej kostium będzie jeszcze bardziej wymięty niż teraz.

– Chcesz pożyczyć moją kurtkę? Nie jest mi zimno.

– Nie, dziękuję.

Zasnął tak jak za czasów ich małżeństwa – jakby skoczył w przepaść. Odchylił oparcie siedzenia, więc widziała jego odprężony profil w słabym świetle, jego ramię wsparte na czole. Słyszała cichy odgłos jego regularnego oddechu.

Sama nie zdołała zasnąć. Leżała w tym obcym samochodzie w obcym kraju, a jej myśli pędziły jak auta na drodze w oddali. Rozmyślała o swojej zaprzepaszczonej karierze, o mężczyźnie w Londynie, który już jej nie kochał, o dziewczynie, która była gdzieś tam daleko, pod tym samym niebem, w pajęczynie smutku i samotności. Zrobiło jej się zimno i pożałowała, że nie wzięła kurtki Maca. Przypomniał jej się chłopiec, którego kiedyś reprezentowała, a który przez wiele miesięcy sypiał na parkingu. Wygrała jego sprawę z pełną determinacją, lecz nie mogła sobie przypomnieć, czy kiedykolwiek zastanawiała się nad tym, co to oznaczało dla niego.

Przez cały ten czas, przez te długie godziny, mężczyzna, z którym kiedyś pragnęła spędzić życie, mężczyzna, któremu przysięgała miłość, mężczyzna, z którym powinna leżeć teraz w łóżku małżeńskim w jakimś równoległym wszechświecie i wsłuchiwać się w oddechy ich śpiących dzieci, wiercił się i mruczał coś na przednim siedzeniu oddalony od niej o milion kilometrów. Może śnił o swojej długonogiej kochance. Leżała w mroku i nagle pojęła ku swemu zdumieniu, że rozwód wcale nie oznacza kresu cierpienia.

– Linda? Tu Natasha.

– Co słychać? Rozwiązałaś już swoje... rodzinne problemy?

Wiedzieli. Conor zapewne powiedział im wszystko. Spojrzała na swoją pomiętą spódnicę, podarte pończochy, których oczka boleśnie rzucały się w oczy w ostrym świetle poranka.

– Nie. Jeszcze nie.

– Gdzie jesteś? Kiedy wracasz?

Spali przez kilka godzin, obudzili się tuż po świcie. Mac sięgnął pomiędzy siedzeniami i potrząsnął jej ramieniem. Gdy otworzyła oczy, skonsternowana i zdezorientowana, musiało upłynąć kilka sekund, zanim przypomniała sobie, gdzie się znajduje. Parę milczących, zaspanych godzin później zatrzymali się na stacji, by się odświeżyć.

– Nie... jestem pewna. To zajmie więcej czasu, niż myślałam. Mogę rozmawiać z Benem?

– Wyszedł. Z Richardem.

– Z Richardem? Dlaczego wyszedł z Richardem?

– Nikt do ciebie nie dzwonił?

– Nie... A czemu?

– W sprawie Perseyów. Poszli na ugodę. Jego prawnik skontaktował się z nami dziś rano i przedstawił nową ofertę. Więcej niż ona chciała. Zgodziła się na ustalone terminy spotkań. Bóg jeden wie, czy będzie się ich trzymała, jak uważa Richard, ale na razie się zgadzają.

– Dzięki Bogu.

– Teraz z nią świętuje. Zabrał ze sobą Michaela Harringtona i Bena. Poszli do Wolseley na śniadanie z szampanem. To już inna kobieta. Ostrzegłam Bena, żeby na siebie uważał... Mierzyła go wzrokiem jak głodna lwica biegnącą antylopę.

Richard nawet nie zadzwonił. Jej przelotna radość, że sprawa zakończyła się satysfakcjonującą ugodą, szybko przeminęła, przytłoczona świadomością, że ona nie doczeka się za to żadnych słów uznania. W oczach Richarda przestała być częścią tego sukcesu.

W tej samej chwili zrozumiała, że nie zostanie partnerem w kancelarii. Nie w tym roku. Może nawet nie przez wiele lat.

– Lin? – zapytała. – Czy... – Westchnęła. – Och, nieważne.

Tępy ból przeszywał jej skronie. Stała na parkingu francuskiej stacji benzynowej w ubraniu sprzed dwóch dni i pocierała czoło, przyglądając się mijającym ją samochodom. Jakim cudem wylądowała aż tutaj? Dlaczego nie zrobiła tego, co doradzała każdemu stażyście, i nie utrzymała dystansu wobec klienta? Jak mogła się nie domyślić, że chaos życia tych dzieciaków jest zaraźliwy?

– No to jak się czujesz?

– Dobrze – skłamała.

– Nikt tu nie wie, co o tym wszystkim myśleć – kontynuowała Linda ostrożnie. – Nigdy nie odsłaniałaś kart.

– A teraz za to płacę, tak?

– Istnieje pogląd, że mogłaś to lepiej rozegrać.

Zamknęła oczy.

– Muszę kończyć, Lin – powiedziała. – Zadzwonię później.

Mac szedł przez parking. To jest prawdziwe piekło, pomyślała, jej kariera w ruinie, jej życie osobiste w strzępach, utknęła z byłym mężem na wieczność w małym samochodzie i kłóciła się z nim bezustannie, gdy próbowali usprawiedliwiać wszystkie złe decyzje, które podjęli.

– Och! Natasha! Zapomniałam ci powiedzieć. Mieliśmy tu dzisiaj gościa z samego rana. Nigdy nie zgadniesz, kto przyszedł.

Zatrzymał się, by zamienić parę słów z dwiema starszymi kobietami, które właśnie wysiadały z auta. Cokolwiek im powiedział, sprawił, że wybuchnęły śmiechem. On również uśmiechnął się szeroko. Do niej przestał się tak uśmiechać na długo przed swoją wyprowadzką. Poczuła ucisk w sercu.

– Mhm?

– Ali Ahmadi.

Oderwała od niego wzrok.

– Co powiedziałaś?

– Ha! Wiedziałam, że to cię zainteresuje. Ali Ahmadi.

– Ale to niemożliwe! On siedzi w areszcie. Dlaczego wypuścili go, zanim jego sprawa trafiła na wokandę?

Linda wybuchnęła śmiechem.

– Ten dzieciak, o którym czytałyśmy, to inny Ali Ahmadi. Wiedziałaś, że to najpopularniejsze nazwisko w Iranie? W zasadzie Ali Ahmadi to irański John Smith. W każdym razie ten, którego reprezentowałaś, przyszedł, żeby cię poinformować, że we wrześniu rozpoczyna naukę i za dwa lata będzie zdawał maturę. Słodki dzieciak. Przyniósł ci bukiet kwiatów. Postawiłam je w twoim biurze.

Usiadła na niskim murku, przyciskając słuchawkę do ucha.

– Ale…

– Wiem. Trzeba było sprawdzić. Kto by pomyślał, że jest ich dwóch? To miło, prawda? Przywraca wiarę w ludzi. Jakoś nie wyobrażałam go sobie jako agresora. Och, i oddałam mu ten wisiorek z koniem, który miałyśmy mu odesłać. Mam nadzieję, że nie masz nic przeciwko. Z radością go wziął.

– Ale... On przecież skłamał co do dystansu, który przeszedł. Obciążył mnie tym samym jako swojego prawnika.

– Dokładnie to samo powiedziałam Benowi. Ale że była też tłumaczka, wyciągnęliśmy jego teczkę i poprosiliśmy ją, żeby jeszcze raz rzuciła okiem na notatki. I znalazła coś interesującego.

Natasha milczała.

– Ali Ahmadi faktycznie powiedział, że pokonał tysiąc czterysta kilometrów w trzynaście dni, ale nigdy nie mówił, że piechotą. Tak wszyscy, łącznie z tłumaczką, założyli. Zanim wyszedł, Ben go o to zapytał... Och, nie uwierzyłabyś, jak teraz mówi po angielsku! Niewiarygodne! W każdym razie Ben zapytał go, jak mu się to udało. Chłopak wyjaśnił, że część drogi przeszedł, czasami podwiozła go jakaś ciężarówka, a potem uwiesił się takiego małego konia. I część drogi przejechał na nim. Jakiś muł czy coś takiego. Ale nie w tym rzecz... On cię nigdy nie okłamał.

Natasha całkiem przestała słuchać, gdy Linda mówiła jeszcze, gdzie postawiła kwiaty, i dopytywała ją, kiedy znów zadzwoni. Ukryła zmęczoną głowę w dłoniach, myśląc o chłopcu, który serdecznie uścisnął jej ręce w geście podziękowania, o chłopcu, który przebył tysiąc czterysta kilometrów w trzynaście dni. O chłopcu, który zawsze mówił jej tylko prawdę.

Gdy podniosła głowę, zauważyła, że Mac stoi parę kroków od niej z dwoma styropianowymi kubkami w rękach. Nagle odwrócił wzrok, jakby przyglądał się jej przez jakiś czas. Rozłączyła się.

– Okej – powiedziała, biorąc od niego kawę. – Wygrałeś. Jedziemy do Saumur.

Źle skręciła. Znów spojrzała na swoją małą mapę, już poprzecieraną od ciągłego składania i rozkładania, ale ta nijak nie tłumaczyła, dlaczego droga, która powinna ją zaprowadzić kilka kilometrów za Tours do stajni zarezerwowanej przez Thoma, jakimś cudem wywiodła ją na bezkresne tereny przemysłowe. Przez kilka kilometrów jechała mniej więcej wzdłuż linii kolejowej, ale mapa Thoma nie uwzględniała torów, więc nie miała pojęcia, czy to właściwy kierunek. Zaufała instynktowi, doszła do wniosku, że lada chwila pojawi się drogowskaz na Tours albo jakiś inny punkt orientacyjny. Nic takiego się jednak nie wydarzyło, soczyście zielony krajobraz powoli przekształcił się w coś, co przypominało obrzeża Londynu – połacie betonu z masywnymi pustymi magazynami, parkingi, gigantyczne plakaty Monoprix i Super-U, których rogi łopotały bezradnie na wietrze. Od czasu do czasu mijał ją z rykiem pociąg, na co Boo się wzdrygał, a potem zapadała cisza przerywana okazjonalnie przez przejeżdżający samochód.

Słońce zaczęło zachodzić, temperatura spadać, a ona powoli traciła pewność co do tego, czy właściwie oceniła kierunek, w którym się poruszała. Zatrzymała się, spojrzała na mapę, a potem na niebo, próbując określić, czy wciąż jedzie na południowy zachód, czy może jednak na południowy wschód. Chmury przysłoniły słońce, co utrudniało jej czytanie z cieni. Była głodna i żałowała, że nie zatrzymała się na jednym z przyjaźnie wyglądających rynków, które mijała. Tak bardzo chciała dojechać do celu. Taka była pewna, że do tej pory będzie już w stajni.

Otoczenie stawało się coraz bardziej ponure, w opuszczonych budynkach brakowało szyb w oknach. Chyba zmierzała ku bocznicy kolejowej: tory się rozdzielały i mnożyły, na każdej z linii stały wagony, poniszczone i pomazane sprejami, nad jej głową krzyżowały się kable na słupach. Podenerwowana, postanowiła zawrócić tam, skąd przyjechała. Westchnęła ciężko, przeciągle i dała Boo sygnał do odwrotu.

– *Que fais-tu ici?**

Okręciła się w siodle na widok pięciu motocykli, motokrosów i motorowerów, z których dwa miały siodełka dla pasażerów. Dwie

---

* Co ty tu robisz? (fr.)

osoby miały na głowach kaski, reszta jechała bez nich. Palili, mierzyli ją twardymi spojrzeniami. Wiedziała, że ci młodzi ludzie są tacy sami jak jej sąsiedzi z osiedla.

– *Eh? Que fais-tu ici?**

Nie chciała się odzywać. Wiedziała, że akcent zdradzi jej angielskie pochodzenie. Odwróciła się i ruszyła przed siebie, prowadząc Boo na lewo. Coś jej podpowiedziało, że nie może przejechać pomiędzy nimi. Miała tylko nadzieję, że stracą zainteresowanie i odjadą.

– *Tu as perdu les vaches, cowboy***.

Mimowolnie ścisnęła boki Boo nogami. Dobrze wyszkolony koń wyczuje nawet najlżejsze napięcie u swojego jeźdźca, więc ten ruch i minimalnie wzmożony nacisk na lejce przykuły uwagę Boo.

– *Hé!****

Jeden z nich przemknął obok niej. Innych wciąż słyszała za sobą, gwizdali na nią i rozmawiali między sobą. Jechała dalej z obojętną miną, świadoma, że nie ma pojęcia, czy nie zmierza w ślepy zaułek. Strefa przemysłowa była ogromna, składała się z wielkich magazynów i opuszczonych parkingów. Czarno-czerwone graffiti na murach świadczyły o braku zajęcia, a może nadziei.

– *Hé! J'ai parlé à toi!*****

Usłyszała, że jeden z motocyklistów dodaje gazu. Jej serce załomotało dziko.

– *Eh! J'ai parlé à toi! Putain!******

– *Allez-vous en* – powiedziała bardziej pewnie, niż się czuła. Idźcie sobie.

Zaczęli się śmiać.

– *Allez-vous en!* – zawołał jeden z nich, przedrzeźniając ją.

---

* Ej? Co ty tu robisz? (fr.)

** Pogubiłaś swoje krowy, kowbojko (fr.)

*** Hej! (fr.)

**** Hej! Mówię do ciebie! (fr.)

***** Ej! Mówię do ciebie! Kurwo! (fr.)

Robiło się coraz ciemniej, więc przyspieszyła do kłusu. Siedziała prosto jak struna, słyszała motory, które ślizgały się i dodawały gazu za jej plecami. Przed nią rozbłysły światła. Gdyby zdołała wrócić na główną drogę, musieliby zostawić ją w spokoju.

– *Putain! Pour quoi tu te prends?**

Jeden z motocykli zrównał się z nią, po czym się cofnął. Poczuła, że koń tężeje, strzyże uszami, czeka na sygnał, którego jeszcze nie dała. Położyła dłoń na jego szyi, czerpiąc z niego otuchę, pragnąc, by powstrzymał narastającą w niej panikę. Zaraz sobie pojadą, powiedziała mu cicho. Znudzą się i zostawią nas w spokoju. Jeden z motorów zajechał jej drogę. Boo zatrzymał się gwałtownie, opuścił zad, a jego łeb wystrzelił w powietrze. Objechały ich jeszcze dwa motocykle tak, że teraz stały przed nimi już trzy. Miała szalik na twarzy i czapkę nasuniętą na brwi.

Ktoś cisnął niedopałek na ziemię. Siedziała nieruchomo, jedną ręką nieświadomie głaszcząc Boo po łopatce.

– *Putain! Tu ne sais pas qu'il est impoli d'ignorer quelqu'un?***

Chłopak miał północnoafrykańskie rysy. Przechylił głowę, patrząc na nią.

– *Je... je dois aller au Tours**** – odparła, próbując zapanować nad drżeniem w głosie.

– *Tu veux aller au Tours...* – Rozległ się nieprzyjemny śmiech. – *Je te prendrai au Tours. Monte à bord*****. – Poklepał siodełko i wszyscy wybuchnęli śmiechem.

– *Il y a quoi dans ce sac?******

Spojrzała na nich po kolei.

---

* Kurwo! Co ty sobie myślisz? (fr.)

** Kurwo! Nie wiesz, że to niegrzeczne, tak kogoś ignorować? (fr.)

*** Ja... ja jadę do Tours (fr.)

**** Jedziesz do Tours... Zawiozę cię do Tours. Wskakuj (fr.)

***** Co tam masz w tej torbie? (fr.)

– *Rien** – odparła. Polowali na jej plecak.

– *Il est trop plein pour rien***. – Jeden z chłopaków, blady, z ogoloną głową w bejsbolówce, zsiadł z motoru.

Próbowała zapanować nad oddechem. Oni są tacy sami jak chłopcy z osiedla, powiedziała sobie, po prostu się popisują. Trzeba im tylko pokazać, że się nie boisz.

Chłopak podszedł do niej powoli. Miał na sobie brudną kurtkę khaki i paczkę papierosów w kieszonce na piersi. Zatrzymał się kilka kroków od niej, zmierzył ją wzrokiem, po czym bez ostrzeżenia skoczył do przodu, krzycząc:

– Hurra!

Boo prychnął i odskoczył w tył. Chłopcy wybuchnęli śmiechem.

– Spokojnie – szepnęła, znów ściskając jego boki nogami. – Spokojnie.

Chłopak w czapeczce zaciągnął się papierosem, po czym znów ruszył do przodu. Teraz się już nie zatrzymają, domyśliła się. Wyczuli jakąś nową grę, jakąś nową torturę. Dyskretnie oceniła dystans, próbując określić, jak najlepiej ich wyminąć, którędy uciekać. Wiedziała, że znają ten teren, zapewne spędzali tu długie godziny nie wiadomo na czym, jeździli motorami, zabijali czas, szukali miejsc, które mogli okraść i zniszczyć z frustracji i nudy.

– Hurra!

Tym razem była na niego gotowa i Boo wzdrygnął się, ale nie odskoczył. Panowała nad nim stanowczo ręką i nogą, milcząco przekazywała mu, by się nie ruszał, nie pozwalała mu odczuć strachu. On był jednak niepewny. Widziała, że zerka w tył, że jego wygięta szyja tężeje, czuła jego wargi na końcu lejców, gdy nerwowo gryzł wędzidło. Gdy silniki znów zaryczały, zrozumiała, co musi zrobić.

---

* Nic (fr.)

** Trochę na to za ciężka (fr.)

– *S'il vous plaît* – poprosiła – *laissez-moi la paix**.

– *Renvois-moi et je te laisserai la paix***. – Wskazał gestem jej plecak.

– *Hé! Putain! Renvois-le, ou j'en fais du pâté pour chien!****

Chłopak z północnej Afryki powiedział coś o mięsie i to dało jej impuls do działania. Zebrała lejce i nogami cicho przekazała Boo instrukcje. Buntował się przez kilka sekund, paraliżowany przez strach, ale w końcu lata treningów wzięły górę i zaczął posłusznie kłusować w miejscu. Unosił nogi rytmicznie, ostrożnie, po dwie naraz w przesadzonej wersji piaffu.

– *Regardez! Un cheval dansant!*****

Chłopcy zaczęli krzyczeć, dodawać gazu, przybliżali się coraz bardziej i bardziej, zafascynowani widokiem. Zdławiła strach, próbując zagłuszyć hałas. Koncentrowała się, budowała siłę Boo, budowała ten sekretny rdzeń energii w jego centrum. Opuścił łeb do piersi i uniósł nogi wyżej. Wyczuwała jego zdenerwowanie, serce ją bolało, gdy widziała, jak bardzo jej ufa, że jest gotów zrobić wszystko, o co ona go poprosi, pomimo lęku. Usłyszała, jak jeden z chłopców krzyczy do niej coś jeszcze, ale jego głos zagłuszyło dudnienie krwi w jej uszach.

– *Alors, comme ça on se fait valser, hein?******

Chłopak, który zsiadł z motoru, podszedł bliżej. Uśmiechał się twardo, drwiąco. Przypominał jej Sala Maltańczyka. Prawą nogą dyskretnie odsunęła od niego Boo. Koń kołysał się już teraz w *terre à terre*, ponaglany do tego jej determinacją. Absorbował napięcie z otoczenia i z trudem go powstrzymywała. Energia wzbierała też w chłopcach; niebezpieczna, rozciągliwa. Wyczuwała ich łaknienie

---

* Proszę, daj mi spokój (fr.)

** Oddaj to, to dam ci spokój (fr.)

*** Hej! Kurwo! Oddaj to albo zrobię z niego pasztet dla psa! (fr.)

**** Patrzcie! Tańczący koń! (fr.)

***** No, no, niezły tancerz, co? (fr.)

kłopotów, chaosu. Niemal słyszała ich myśli, gdy kalkulowali możliwości. Proszę, zwróciła się do Boo. Tylko ten jeden raz. Musisz to dla mnie zrobić.

– *Faites-la descendre!** – krzyknął jeden z chłopaków, pokazując innym, by ściągnęli ją z końskiego grzbietu.

Poczuła czyjąś rękę na nodze. To był dla niej sygnał. Ścisnęła piętami boki Boo i dosiadem nakazała mu, by się uniósł, uniósł, a potem krzyknęła „Hop!", a on wyskoczył w powietrze, górując nad nimi i jednocześnie z wstrząsającą werwą wyrzucił poziomo za siebie tylne nogi. Kapriola! Świat znieruchomiał, zamarł i przez sekundę widziała to, co musieli widzieć mężczyźni w bitwie dwa tysiące lat temu – twarze swoich wrogów pełne przerażenia, gdy wielkie bestie unosiły się w powietrze na przekór grawitacji, a ich nogi, one same przekształcały się w powietrzną broń.

Na ziemi rozległy się okrzyki strachu, oburzenia. Dwa motocykle upadły na ziemię, a chłopak, który wcześniej zsiadł, przewrócił się na tyłek. Gdy kopyta Boo dotknęły ziemi, rzuciła się do przodu, bodąc go piętami.

– Wio! – krzyknęła. – Wio! – I ten wspaniały koń przeskoczył nad motorami, ślizgiem wypadł za róg i popędził asfaltową drogą tam, skąd przyjechali.

W ciemnej sali szpitalnej kilkaset kilometrów dalej Henri Lachapelle obudził się z głową przechyloną w jedną stronę, tak jak zostawiły go pielęgniarki z wieczornej zmiany, i spojrzał na zamazane zdjęcie konia, czekając, by nabrało ostrości i solidności. Jakimś cudem przesunęło się, gdy spał, a teraz koń patrzył prosto na niego, jego opalizujące oko zaglądało w oczy Henriego z rodzajem łagodnej pewności. Jego cierpliwość wydawała się niewyczerpana. Oczy Henriego, suche i obolałe, zamknęły się i otworzyły kilkakrotnie, gdy ogarnęła

* Bierzcie ją! (fr.)

go konsternacja. Gerontius, zawołał z radością. Koń zamrugał powoli, pochylił chrapy, jakby go rozpoznał, a Henri próbował sobie przypomnieć, skąd się tu wzięli. Nic nie było jasne; łatwiej było pozwolić nieść się tym nowym falom, akceptować bez walki te zabiegi i obce twarze.

Czuł sztywną skórę swoich butów do konnej jazdy na łydkach, miękką, czarną serżę kołnierzyka na szyi, słyszał w oddali śmiech swoich kolegów *écuyers*, gdy przygotowywali się tak jak on. Zapach dymu z paleniska, karmelizowanego cukru i ciepłej skóry wypełnił jego nozdrza, miękka bryza znad Loary musnęła jego twarz. Siedział na końskim grzbiecie, jechał ku czerwonej kurtynie, dłonie w rękawiczkach lekko obejmowały skórzane lejce, spoglądał spokojnie pomiędzy postawionymi uszami konia. Czuł pod sobą długie, silne nogi Gerontiusa, jego charakterystyczne, eleganckie kroki, równie dlań znajome jak jego własne, i głęboką radość, rodzaj euforii. Gerontius go nie zawiedzie, tym razem pokaże, co jest wart. Tym razem będzie człowiekiem, który ma skrzydła.

Bo tym razem coś się zmieniło: w zasadzie nie musiał nawet sygnalizować swoich próśb koniowi. Nawiązali telepatyczną więź, zrozumienie, którego nie pokazał mu dotąd żaden Grand Dieu. Zanim jego ostrogi wyszeptały cokolwiek do boków konia, zanim przesunął ciężar albo wypowiedział choć słowo, Gerontius go uprzedzał. Jakie szlachetne stworzenie, pomyślał Henri z zachwytem. Jak mogłem go zostawić na tak długo?

Koń wygiął szyję, zebrał się w sobie na środku areny, jego jedwabista sierść lśniła w blasku świateł, lekko unosił kopyta. Obaj znaleźli się w centrum wiru oczekiwań... i nagle ze świstem stanął na tylnych nogach, niemożliwie wysoki, nie chwiał się ani nie tężał, jego dumny łeb był nieruchomy i spokojny, patrzył na publiczność tak, jakby przyznawał jej prawo do upajania się jego chwałą. Henri również tam był, pochylony za nim, ze sztywnymi nogami i idealnie prostymi plecami. Z jego piersi wyrwał się jęk euforii, gdy uświadomił sobie, co się dzieje: unosili się w powietrzu, a on mógł już nigdy nie schodzić na ziemię.

I wtedy ją zobaczył, dziewczynę w żółtej sukience. Stała przed swoim fotelem i unosiła nad głową szczupłe ręce. Klaskała, w oczach miała łzy dumy, uśmiechała się szeroko.

„Florence!", zawołał. „Florence!" Gromkie oklaski, które popłynęły ku niemu z areny, wypełniły jego uszy, jego serce, ogłuszyły go, wokół niego eksplodowały światła... Florence... tak, że stały się wszystkim, niosąc go jeszcze wyżej, zagłuszając odległe piszczenie maszyn, nerwowe okrzyki i nagłe trzaśnięcie drzwi na oddział.

Mac zapukał do jej pokoju.

– Jesteś gotowa? *Madame* powiedziała, że kolacja jest o ósmej, pamiętaj.

Włożyła źle skrojone spodnie i cienką bluzkę z czerwonej bawełny – jedyne, co na nią pasowało w miejscowym hipermarkecie – po czym odparła zmęczonym głosem:

– Daj mi pięć minut. Spotkamy się na dole.

Usłyszała jego kroki w korytarzu, odbijające się od drewnianej boazerii. Sięgnęła do torebki po tusz do rzęs, coś, co ożywi jej bladą, wyczerpaną twarz.

Wjechali do miasta tuż po piątej. Zatrzymali się dopiero w École Nationale d'Équitation, domu Le Cadre Noir, ale brama była zamknięta. Głos w interkomie, ewidentnie poirytowany nieustępliwością, z jaką Mac naciskał dzwonek, poinformował ich, że szkoła otwiera się dla publiczności dopiero dwa tygodnie po świętach. I nie, odpowiedział na kolejne pytanie Maca, żadna dziewczyna nie przyjechała tutaj z koniem. Ani Mac, ani Natasha nie mówili biegle po francusku, ale biegłość nie była konieczna, by wyczuć ton sardonicznego niedowierzania w głosie mężczyzny.

– Nigdy nie zdołałaby nas wyprzedzić – zauważyła Natasha. – Najlepiej będzie znaleźć jakiś nocleg i potem postanowić, co dalej. – Znów skontaktowała się z operatorem karty, ale nie odnotowano żadnej nowej transakcji. Sarah nie wyciągała pieniędzy od zeszłego wieczoru. Natasha sama nie potrafiła określić, czy to dobrze, czy źle.

Château de Verrières leżał w centrum średniowiecznego miasteczka, od tyłu sąsiadował z École de Cavalerie. Sam *château* był przestronny, bogato zdobiony, piękny; w takich miejscach zatrzymywali się na pierwszym etapie związku, kiedy wciąż próbowali coś sobie nawzajem udowodnić, kiedy jeszcze Mac używał wody po goleniu i komplementował ją niezależnie od tego, co postanowiła na siebie włożyć. Kiedy jeszcze ona uznawała za zabawne albo czarujące te jego zachowania, na które za dwa lata zacznie narzekać.

– Równie dobrze możemy dla odmiany zatrzymać się w jakimś miłym miejscu – oświadczył. Silił się na wesołość, ale ona wiedziała, że odkąd stanęli na francuskiej ziemi, jego lęki jeszcze się wzmogły, tak jak jej. Byli wobec siebie ostrożni przez te ostatnie godziny. Jakby sytuacja rozrosła się do takich rozmiarów, stała się tak przytłaczająca, że zabrakło miejsca na inne uczucia. Może dlatego, że żadne z nich nie było już pewne, jak to się wszystko skończy.

Gdy zeszła na dół, znalazła Maca przy masywnym kominku; wyjaśniał właścicielce *château* sytuację. Francuzka wysłuchała jego historii z uprzejmym niedowierzaniem.

– Myślicie, że to dziecko przyjechało tu konno z Calais?

– Wiemy, że zmierza do Le Cadre Noir – wyjaśnił. – Musimy tylko porozmawiać z kimś w akademii... żeby się dowiedzieć, czy już przyjechała.

– *Monsieur*, gdyby czternastoletnie angielskie dziecko zjawiło się tutaj bez opieki na koniu, całe Saumur by o tym wiedziało. Jesteście pewni, że udałoby się jej dotrzeć tak daleko?

– Wiemy, że podejmowała pieniądze pod Paryżem wczoraj wieczorem.

– Ale to wciąż ponad pięćset kilometrów.

– To możliwe – oświadczyła stanowczo Natasha, myśląc o Alim Ahmadim. – Wiemy, że to możliwe. – Porozumieli się z Makiem spojrzeniami.

– Teraz nikogo już tam nie będzie – odparła kobieta. – Jeśli chcecie, mogę zadzwonić po żandarmów i zapytać, czy mieli takie doniesienie.

– To by nam bardzo pomogło – powiedział Mac. – Dziękujemy. Przyjmiemy każdą pomoc. – Gdy kobieta odeszła, by dopilnować ich posiłku, zapytał: – Wszystko w porządku?

– Tak. – Wyjrzała przez okno, ponaglając to dziecko siłą woli, by wyjechało spomiędzy drzew na końcu wawrzynowego żywopłotu. Zaczęła już widzieć Sarah wszędzie: za zaparkowanymi samochodami, na końcach wąskich uliczek. Ona tu będzie. Ale gdy rozmyślała o Alim Ahmadim, nie dostrzegała triumfu jego charakteru ani bukietu kwiatów, który czekał na nią w biurze, lecz własne porażki. Czuła z przyprawiającym o mdłości przerażeniem, że popełniła potworny błąd.

Siedząc przy stoliku z Makiem, w tym romantycznym otoczeniu, doszła do wniosku, że nie jest wcale głodna i zamiast tego piła. Trzy, cztery kieliszki wychyliła, zanim w ogóle to zauważyła. Milcząco uzgodnili, że nie będą rozmawiać o Sarah, ale żaden inny temat nie przychodził jej do głowy, nie wiedziała, gdzie podziać wzrok. Błądziła oczami po dłoniach Maca, jego skórze, jego zmierzwionych brązowych włosach. On również mówił wyjątkowo mało jak na niego, pożerał swoją kolację i tylko czasami wydawał z siebie pomruki aprobaty.

– Pyszne, no nie? – zapytał, zanim zauważył, że ona tylko grzebie widelcem w talerzu.

– Wyborne – odparła.

Wydawał się nieufny, jakby nie był pewien, co może jej powiedzieć, a jego skrępowanie potęgowało jej własne, więc gdy odmówił deseru i dodał, że weźmie teraz długą kąpiel, oboje odetchnęli z ulgą.

– Ja chyba pójdę na spacer – powiedziała.

– Jesteś pewna? Zrobiło się zimno.

– Potrzebuję powietrza. – Próbowała się uśmiechnąć, ale się jej nie udało.

Lodowate powietrze pozbawiło ją tchu, musiała ciasno otulić się płaszczem, który lekko pachniał dymem. Po swojej prawej miała masywną klasycystyczną fasadę akademii, a w oddali szerokie ulice Saumur z miodowego kamienia.

Podeszła do kasztanowca i zatrzymała się pod nim. Podniosła głowę, by spojrzeć pomiędzy eleganckimi gałęziami na niebo, na bezkresny atramentowy przestwór nieskażony metropolitalną poświatą i migoczący milionem maleńkich kropek światła. Nie myślała już o swojej pracy, o straconej sprawie, o zrujnowanym związku. Nie ośmielała się myśleć o Sarah ani o tym, gdzie może teraz być. Zamiast tego myślała o Ahmadim, który jej nie okłamał. Zawstydzało ją to, jak szybko, jak łatwo zmieniła zdanie na jego temat.

Nie była pewna, jak długo przebywała na zewnątrz, gdy usłyszała kroki na żwirowej ścieżce. Zobaczyła Maca i jej serce stanęło.

– Co się stało? To policja? – zapytała, gdy zauważyła telefon w jego dłoni. – Znaleźli ją?

Miał suche włosy, chyba się jeszcze nie wykąpał.

– To był Kowboj John – odparł z ponurą miną. – Chodzi o staruszka, o dziadka Sarah. Zmarł dzisiaj wieczorem.

Nie mogła wydobyć z siebie głosu. Czekała, by zachował się jak Mac, by się roześmiał i przeprosił, powiedział, że to jakiś chory żart, ale on tego nie zrobił.

– Jezu, Tash – mruknął w końcu – i co teraz, do cholery?

Słyszała delikatne trzeszczenie nagich gałęzi na wietrze, ze zdumiewającą intensywnością czuła chłód na policzkach.

– Znajdziemy ją – odparła, dziwiąc się, jak piskliwie brzmi jej głos. – Musimy ją znaleźć. Nie rozumiem, co innego…

Coś wzbierało w jej piersi, potworne, nieznajome dławienie, które przelotnie napełniło ją paniką. Wyminęła go szybkim krokiem, a potem zaczęła biec do domu. Przeszła przez elegancki, ogromny hol i weszła po mahoniowych schodach do swojego pokoju. Łzy popłynęły, zanim położyła się na masywnym łóżku twarzą w dół i z ramionami nad głową. Pozwoliła, by ciężka narzuta wchłonęła słone krople. Sama nie wiedziała, czemu płacze: czy z powodu dziewczyny, samotnej w obcym kraju, której ostatnia więź z ukochaną rodziną właśnie została przecięta, czy z powodu osieroconego chłopca, którego tak źle oceniła, czy też z powodu katastroficznego bałaganu, którego narobiła we własnym życiu. Oswobodzona przez alkohol, obcość otoczenia, fakt przebywania w nie tym kraju, destabilizację tych ostatnich dwóch dni, zaniosła się szlochem, który wstrząsnął nią całą, wydobywając się gdzieś z jej głębi. Płakała cicho, nie wiedząc, czy kiedykolwiek uda się jej przestać.

Słyszała za sobą motocykle. Galopowali, ile sił, oddychała płytkimi haustami, paraliżowana strachem. Boo pędził przed siebie z szyją prostą jak struna, jego kopyta krzesały iskry w gasnącym świetle dnia. Wykręciła głowę w prawo, kierując się ku czemuś, co wyglądało jak droga, usłyszała pisk opon za plecami, kolejne groźne *Putain!* i wpadła na parking supermarketu.

Galopowała pomiędzy samochodami, niemal nie dostrzegając zszokowanych par, które pchały wózki, kierowcy, który cofał i musiał się zatrzymać. Motocykle się rozproszyły, widziała je kątem oka. Próbowała wstrzymać Boo – gdyby została w pobliżu supermarketu, otoczyliby ją ludzie, przy których chłopcy nie mogliby jej nic zrobić – ale jego kark był sztywny, nieczuły. Przerażony, zatracił się we własnym świecie.

Odchyliła się do tyłu, poziome oznakowania rozmazywały się przed jej oczami.

– Boo! Prr! – zawołała i z popłochem uświadomiła sobie, że nie zdoła go zatrzymać. Ze świadomością, że musi utrzymać się w siodle, przeskoczyła przez niską barierkę, wybój, zostawiła za sobą pusty parking i zauważyła, że zbliża się do granicy działki, że czarna otchłań za niskim murkiem to puste pole. Stanęła w strzemionach i pociągnęła za jedną wodzę, wykorzystując starą sztuczkę, która powinna skłonić Boo do zawrócenia, dzięki czemu wytraciłby prędkość.

Źle jednak oceniła odległość od murku i kąt, który przed nim obrała. Tak jak koń nie dostrzegła spadku po drugiej stronie muru, więc gdy zwierzę zerwało się do skoku, wciąż zaślepione strachem, a jego przednie nogi uniosły się w powietrze, dopiero wówczas oboje zrozumieli swój błąd.

Odgłosy motorów ucichły. Wyleciała ku ciemnemu niebu, niemal nieświadoma tego, że krzyczy. Boo się potknął, jego łeb zniknął pod nią i zaczęła spadać. Zobaczyła przelotny błysk oświetlonej nawierzchni drogi, usłyszała potworny chrzęst i wszystko spowiła czerń.

Gdy nie zareagowała na jego dyskretne pukanie, Mac przekręcił gałkę w drzwiach mimo obawy, że może to wywołać nowy konflikt pomiędzy nimi. Nie mógł jednak wrócić do swojego pokoju – wyglądała na taką zagubioną, była taka blada w blasku księżyca, charakterystyczne dla niej opanowanie całkowicie zniknęło.

– Tash? – zawołał cicho. Powtórzył jej imię, po czym powoli otworzył drzwi.

Leżała na łóżku z baldachimem z rękami skrzyżowanymi nad głową. Przez chwilę wydawało mu się, że śpi. Już miał na powrót zamknąć drzwi, gdy zauważył drżenie jej ramion i usłyszał stłumiony szloch. Znieruchomiał. Natasha od lat nie płakała w jego obecności. Przez długi czas po swoim odejściu piętnaście miesięcy temu wspominał wyraz jej twarzy w holu, zaciśniętą szczękę i minę wyrażającą całkowite opanowanie, gdy stała w swoim służbowym kostiumie i obserwowała, jak wynosi swoje rzeczy do samochodu.

To było jednak wieki temu.

Powoli przeszedł przez pokój. Wzdrygnęła się, gdy położył dłoń na jej ramieniu.

– Tash?

Nie zareagowała. Nie był pewien, czy nie może odpowiedzieć, czy może po prostu chce, by sobie poszedł.

– Co się stało? – zapytał. – Co ci jest?

Twarz, którą uniosła z poduszki, była blada i opuchnięta od łez. Tusz do rzęs spływał po jej policzkach. Mac musiał zwalczyć pragnienie starcia go.

– A jeśli jej nie znajdziemy? – Jej oczy błyszczały.

Głębia jej oczywistego bólu go zszokowała, nie poznawał jej. Nie mógł oderwać od niej wzroku.

– Znajdziemy – zdołał tylko wykrztusić. – Nie rozumiem, Tash…

Podniosła się i usiadła, podciągnęła kolana pod brodę i oparła na nich czoło. Musiała dwa razy powtórzyć, zanim ją zrozumiał.

– On nam zaufał.

Usiadł na łóżku obok niej.

– Tak, ale…

– Miałeś rację, to wszystko moja wina.

– Nie… nie… – szepnął. – Głupio zrobiłem, że tak powiedziałem, nie powinienem był. To nie twoja wina.

– Moja – powtórzyła uparcie głosem zniekształconym przez szloch. – Zawiodłam go. Zawiodłam ją. Nie opiekowałam się nią tak, jak powinnam. Ale to było zbyt…

– Dobrze sobie radziłaś. Tak jak mówiłaś, robiłaś, co mogłaś. Oboje się staraliśmy. Nie mogliśmy wiedzieć, że stanie się coś takiego.

Zdumiała go myśl, że jego słowa mogły wywołać w niej taką reakcję. Wydawało mu się, że już dawno uodporniła się na wszystko, co z nim związane.

– Hej, daj spokój, to były tylko słowa… Byłem zły…

– Nie. Miałeś rację. Trzeba było zostać. Gdybym została… Może gdybym ją nakłoniła, żeby się wobec mnie bardziej otworzyła… Ale nie mogłam mieszkać z tobą. Nie mogłam mieszkać z nią.

Widział jej chude ręce w czerwonej bluzce, smugi tuszu i łez na skórze. Zapragnął wyciągnąć do niej dłoń, ale bał się, że w rezultacie znów zamknie się w sobie.

– Nie mogłaś mieszkać z Sarah? – zapytał cicho, ostrożnie.

Jej twarz znieruchomiała, szloch ucichł.

– Pokazała mi, że nigdy nie byłabym w tym dobra. Mieszkanie z Sarah uświadomiło mi... że może jest powód, dla którego nie miałam dzieci. – Z trudem przełknęła ślinę. – A to, co stało się potem, dowodzi, że miałam rację. – Jej głos się załamał, znów się rozpłakała, trzęsła się, nagle osłabła.

Oszołomił go ten gwałtowny atak żalu z powodu ich utraconych dzieci.

– Nie, Tash – powiedział cicho, chwytając ją za rękę. Miała palce mokre od łez. – Nie... Nie, Tash. To nie tak... Daj spokój... – zaprotestował łamiącym się głosem. Przyciągnął ją do siebie, otoczył ramionami i zaczął kołysać, niemal nie zdając sobie z tego sprawy. – O Chryste. Nie... Byłabyś wspaniałą matką, wiem, że tak.

Oparł policzek na czubku jej głowy, odetchnął znajomym zapachem jej włosów i uświadomił sobie, że po jego policzku również spływa łza. Poczuł, że żona otacza go ramionami; przywarła do niego, dając mu do zrozumienia, że może jednak jest potrzebny, chciany, że może ma jej coś do zaoferowania. Siedzieli tak w ciemnościach, tuląc się do siebie i rozpaczając, za późno, za dziećmi, które utracili, za wspólnym życiem, którego się zrzekli.

– Tash... – szepnął. – Tash...

Jej szloch ucichł, a jego miejsce zajęło niewypowiedziane pytanie, wypełniając przestrzeń pomiędzy nimi, odciskając się na ich skórze tam, gdzie się dotykali. Ujął jej twarz w dłonie, spojrzał na jej opuchnięte powieki, wilgotną skórę, próbując coś z niej wyczytać, i nagle dostrzegł coś, co sprawiło, że myślenie zniknęło.

Pochylił ku niej swoją twarz i z niskim pomrukiem pocałował jej dolną wargę, wodząc palcami po jej rysach, obcych, a jednak znajomych. Wyczuł jej chwilowe wahanie i jakaś jego część również się zawahała... Co to jest? Czy przestajemy? Ale potem jej szczupłe palce zacisnęły się na jego palcach, a z jej ust wyrwały się delikatne zwierzęce jęki, gdy zaczęła szukać nimi jego ust.

Przycisnął ją do materaca z westchnieniem ulgi i pożądania. Całował jej szyję, jej włosy, rozpinał guziki pomiętej bluzki, czuł piżmowy zapach jej skóry i stał się niezdarny z pożądania. Natasha otoczyła nogami jego plecy, a on uświadomił sobie, że nigdy taka nie była. Nie w ostatnich latach. Ta Natasha była kimś nowym, a jego uczucia wobec niej znacznie się skomplikowały.

Otworzył oczy i spojrzał na nią w słabym świetle wpadającym do środka przez okno – widział rozmazany tusz, niemyte włosy, słabe pulsowanie tętna na jej wygiętej, bladej szyi i czułość, która w nim rozkwitała, zastąpiło coś mrocznego i męskiego. Zareagowała na nią ta jego część, do której się jej nie przyznawał, gdy byli małżeństwem. To nie była kwestia powracania na stare terytorium. To było coś, czego sam nie rozpoznawał.

– Pragnę cię – usłyszał jej głos, jakby sama się temu dziwiła, chrapliwy jak jego, równie chciwy i zdesperowany. – Pragnę cię – powtórzyła, a on zdjął podkoszulek przez głowę z myślą, że choć nie było to pytanie, istniała na nie tylko jedna możliwa odpowiedź.

Rozdział dwudziesty piąty

Po zranieniu konia i jeździec na wszelki traf narażony zostaje.
Ksenofont, *Hippika, czyli jazda konna*

Biały ptak krążył nad jej głową, zataczał ogromne, leniwe koła, warkocząc cicho, potem coraz głośniej, aż w końcu, gdy hałas stał się nie do zniesienia, odleciał. Zamrugała, nie widząc go wyraźnie w jaskrawym świetle, i w duchu poprosiła, by się uciszył.

Leżała nieruchomo, gdy hałas znów się wzmógł i tym razem ziemia zawibrowała pod nią tak, że zmarszczyła brwi, odczuwając ból w głowie i prawym ramieniu. Proszę, błagała w duchu, już nie. Jest za głośno. Zacisnęła mocno powieki, by odgrodzić się od tej brutalnej inwazji na jej zmysły. W końcu, gdy wszystko to zaczęło ją przytłaczać, hałas ucichł. Poczuła słabą wdzięczność, ale wtedy rozległy się inne dźwięki. Trzaskanie drzwiami. Krzyki.

Au, pomyślała. Moje ramię. Tak mi zimno. Nie czuję nóg. Światło było przyćmione, na ułamek sekundy otworzyła oczy, by zobaczyć, że pochyla się nad nią ciemny kształt.

– *Ça va?**

---

* Wszystko w porządku? (fr.)

Ogarnęła ją panika, zanim jej świadomość podpowiedziała jej powód. Coś było nie tak, bardzo nie tak. Zamrugała, zapominając o bólu, i spojrzała na pochylającego się nad nią mężczyznę. Odkryła, że leży w rowie kanalizacyjnym. Z trudem się podniosła i cofnęła, aż natrafiła na betonowy słupek.

Mężczyźni. Motocykle. Przerażenie.

Farmer stał kilka kroków od niej, patrzył na nią z troską, parę metrów dalej pracowała jego wielka żółta maszyna rolnicza. Miała otwarte drzwi, musiał z niej nagle wyskoczyć.

– *Que faire?** – zapytał.

Jej oczy nie chciały się skupić. Rozglądając się, zauważyła, że leży na wielkim zaoranym polu, a w oddali stoją magazyny strefy przemysłowej. Strefa przemysłowa. Skok w ciemność.

– Mój koń – powiedziała, zrywając się na równe nogi i mimowolnie krzycząc z bólu. – Gdzie jest mój koń?

Farmer się cofał, pokazując jej gestem, by się nie ruszała.

– *Je téléphonerai aux gendarmes* – mruknął. – *D'accord?***

Potykając się, już szła przed siebie, ku drodze, marząc o tym, by rozjaśniło się jej w głowie i przed oczami.

– Boo! – krzyczała. – Boo!

Nie widziała podejrzliwej miny farmera, gdy jego grube, kwadratowe palce wahały się nad klawiaturą telefonu. Gdyby ją zauważyła, może coś by z niej wyczytała. Narkotyki?, mówiła mina. Choroba psychiczna? Jeden bok ma cały umazany błotem i siniec na twarzy; może jakieś kłopoty?

– *Tu as besoin d'aide?**** – zapytał ostrożnie.

Nie usłyszała.

– Boo! – krzyknęła, wspierając się na betonowym słupku i krzywiąc, gdy próbowała utrzymać równowagę. Wszystko ją bolało, wciąż

* Co się stało? (fr.)
** Zadzwonię po żandarmów. Dobrze? (fr.)
*** Potrzebujesz pomocy? (fr.)

miała mgłę przed oczami. Nawet ona widziała jednak, że pola są puste z wyjątkiem kilku wron w oddali i obłoczków jej oddechu. Jej głos po prostu się rozpływał w nieruchomym powietrzu poranka.

Odwróciła się do mężczyzny.

– *Un cheval?* – zapytała błagalnie. – *Un cheval brun? Un selle français?** – Dygotała z zimna i strachu. To się nie może dziać. Nie teraz, nie po tym wszystkim. Lęk ściskał jej gardło, wstrząsał nią, obezwładniając ją ogromem tego, co się wydarzyło. To ją przerastało, było zbyt okropne. Nie mógł uciec. Oczywiste, że nie mógł uciec.

Farmer stał przy drzwiach swojej maszyny.

– *Tu as besoin de mon aide?*** – powtórzył, tym razem bez przekonania, jakby miał nadzieję, że cudzoziemka oświadczy, iż sama da sobie radę.

Tymczasem Sarah już kuśtykała w stronę drogi. Nie wiedziała, gdzie ma zacząć szukać, była zbyt zajęta wykrzykiwaniem imienia konia, by usłyszeć farmera. Autentyczny, otępiający szok płynący z faktu, że straciła Boo, pokonał ból, który czuła w ramieniu, i miarowe łomotanie w jej głowie.

Przeszła niemal całą długość zaoranego pola, zanim uświadomiła sobie, że nie tylko jej koń zniknął.

Prawie pięćdziesiąt kilometrów dalej Natashę również zbudziło nieokreślone poczucie braku. Zanim zorientowała się, że dźwięk, który słyszy, to Mac znikający w łazience, odczuła nieobecność jego ciała u swego boku. Wciąż jeszcze czuła ciężar jego ramienia na swojej talii, solidną długość jego nogi wciśniętą w tyły jej ud, jego ciepły oddech na szyi. Bez niego czuła się nieugruntowana, jakby szybowała swobodnie w przestrzeni, zamiast tulić się do niego wygodnie w wielkim podwójnym łóżku. Mac.

---

* Koń? Brązowy koń? Selle français? (fr.)

** Potrzebujesz mojej pomocy? (fr.)

Usłyszała, że podnosi klapę od sedesu i pozwoliła sobie na nikły uśmiech na dowód tej intymności. Schowała się głębiej pod kołdrą, wdychając zapach świadczący o długich godzinach rozkoszy, namiętności odczuwanej i odwzajemnianej. Myślała o nim, o jego wargach na swojej skórze, o jego dłoniach, jego ciężarze, intensywności jego spojrzenia, jakby cały miniony rok nie zniknął, lecz stracił na znaczeniu w obliczu siły ich uczuć. Myślała o tym, co sama robiła, o braku skrępowania, o pożądaniu, o tym, co wydostało się z niej tak niespodziewanie, jakby stanowiło całkowicie oddzielną część tego, kim myślała, że jest. Jakby ich dawne kłótnie, ich okrucieństwa, sprawy, które powstrzymywały ich od bycia sobą w swoim towarzystwie, wszystko jeszcze uwypukliły. Wiedziała, że go zaskoczyła, zaskoczyła samą siebie. Kiedy ostatnio czuła się jak lepsza wersja siebie w jego oczach?

Przesunęła się na jego stronę łóżka, wdychając wciąż jeszcze ciepły odcisk jego skóry. Usłyszała, jak spuszcza wodę i odkręca kran, by umyć ręce. Czy to byłoby takie złe, owinąć się wokół niego jeszcze raz, zanim będą musieli wstać i wznowić poszukiwania? Czy to byłoby takie złe, gdyby wykorzystała jego usta, jego dłonie, jego skórę, by wzmocnić się przed tym, co przyniesie dzień? Jak by to było wykąpać się razem w tej wielkiej wannie na lwich łapach, wziąć to silne ciało dla siebie centymetr po namydlonym centymetrze? Kocham go, pomyślała, a świadomość ta przyniosła jej ulgę, jakby ta deklaracja oznaczała, że może już przestać walczyć.

Westchnęła z zadowoleniem, a potem prozaicznie potarła oczy, świadoma smug tuszu z poprzedniego wieczoru, wygładziła włosy, które zmierzwiły się z tyłu jej głowy. Jej ciało biło blaskiem, mrowiło ze zniecierpliwienia; w duchu go ponagliła. Pragnęła go obok siebie, na sobie, w sobie. Czuła głód jego fizyczności, choć dotąd myślała, że takie odczucia już w niej nie istnieją. Nigdy nie czuła się tak z Conorem. Odczuwała fizyczne pożądanie, jasne, ale to było jak zaspokajanie apetytu, którego oboje byli świadomi, a nie to upojne, instynktowne poczucie bycia połową całości. Miała wrażenie, że jego chwilowa nieobecność jest jak amputacja.

To wtedy usłyszała głos. Najpierw pomyślała, że to ktoś na korytarzu, ale gdy wytężyła słuch, uświadomiła sobie, że to Mac. Wstała, owinęła się prześcieradłem i boso podeszła do drzwi łazienki. Zawahała się nieco, po czym przycisnęła ucho do starego dębowego panelu.

– Skarbie, pogadamy później. Wiesz co… Jesteś niemożliwa. – Śmiał się. – Nie, ja nie… Maria, nie będziemy teraz o tym rozmawiać. Już ci mówiłem, że ciągle szukam. Tak, zobaczymy się piętnastego… Ja też. – Znów się roześmiał. – Muszę kończyć, Maria. Pogadamy, jak wrócę do domu.

Nawet po wielu latach od tego dnia Natasha kojarzyła zapach pszczelego wosku z nadchodzącą katastrofą. Odsunęła się od drzwi, jej uśmiech zniknął, blask przemienił się jakimś cudem w lód, który skuł jej krew. Udało jej się dotrzeć do łóżka tuż przed tym, zanim wyszedł z łazienki. Opanowała oddech i potarła twarz, nie wiedząc, jak to rozegrać.

– Nie śpisz – zauważył.

Czuła na sobie jego wzrok. Jego głos był szorstki z braku snu.

– Która godzina? – zapytała.

– Piętnaście po ósmej.

Serce boleśnie łomotało w jej piersi.

– No to lepiej się zbierajmy – odparła, szukając swoich ubrań na podłodze. Nie patrzyła na niego.

– Chcesz już wstać? – zapytał zdumiony.

– Myślę, że to dobry pomysł. Pamiętaj, że musimy pogadać z policją. *Madame*… miała zadzwonić na policję w naszym imieniu. – Zauważyła swoje figi pod masywną komodą z drewna orzechowego. Zaczerwieniła się na myśl o tym, jak tam wylądowały.

– Tash?

– Co? – Włożyła je, stojąc plecami do niego i ukrywając swą nagość pod prześcieradłem.

– Dobrze się czujesz?

– Tak. – Podciągnęła figi na biodra i odwróciła się do niego. Wzrok miała jasny, neutralny. Za tą fasadą życzyła mu powolnej, bolesnej śmierci. – A co? Nie powinnam?

Próbował odczytać jej nastrój. Uśmiechnął się i niepewnie wzruszył ramionami.

– Po prostu uważam, że powinniśmy się zbierać – kontynuowała. – Pamiętaj, po co tu jesteśmy. – Zanim zdołał cokolwiek powiedzieć, zebrała swoje rzeczy i schowała się w łazience.

Żandarm rozmawiał z personelem administracyjnym Le Cadre Noir, zanim zjawił się w *château*.

– Nikt nie zgłosił dziewczyny odpowiadającej opisowi – poinformował ich, gdy siedzieli w saloniku przy kawie podanej przez *madame*, która przyglądała im się dyskretnie z oddali – ale zapewnili mnie, że dadzą wam znać, gdy tylko taka się pojawi. Zostajecie?

Natasha i Mac spojrzeli na siebie.

– Pewnie tak – odparł Mac. – To jedyne miejsce, do którego może przyjechać Sarah. Zostaniemy, dopóki się nie zjawi.

Ich historia wywołała taką samą reakcję u policjanta jak u *madame*: pewne niedowierzanie i niewypowiedzianą wątpliwość co do tego, jak jako potencjalni rodzice mogli się zgodzić na tak daleką, samotną podróż dziecka.

– Czy mogę zapytać, dlaczego waszym zdaniem zmierza do Le Cadre Noir? Macie świadomość, że to elitarna akademia?

– To z powodu jej dziadka. Był członkiem, czy jak to się tam nazywa, wiele lat temu. To on zasugerował, że ona właśnie tu przyjedzie.

Ich odpowiedź usatysfakcjonowała inspektora. Zapisał coś w swoim notesie.

– A poza tym używała mojej karty kredytowej. Wiemy, że jest już we Francji – dodała Natasha. – Wszystko wskazuje na to, że podróżuje w tym kierunku.

Mina policjanta nie zdradzała niczego.

– Uprzedzimy żandarmów w promieniu osiemdziesięciu kilometrów. Jeśli ktoś ją zobaczy, od razu damy wam znać. – Wzruszył ramionami. – Ale nie będzie to łatwe... wyłowić jedną młodą kobietę na koniu w tej okolicy... Musicie zrozumieć, że w takich miejscach jak Saumur otaczają nas ludzie na końskim grzbiecie.

– Rozumiemy – zapewniła go Natasha.

Po wyjściu policjanta przez chwilę milczeli. Natasha wodziła wzrokiem po pokoju, ciężkich zasłonach i wypchanych ptakach w szklanych gablotach.

– Moglibyśmy pojeździć po okolicy – mruknął Mac. – To lepsze niż siedzenie tutaj przez cały dzień. *Madame* obiecała, że do nas zadzwoni, gdyby coś się stało. – Wyciągnął rękę, by dotknąć jej ramienia, a ona się odsunęła i zaczęła grzebać w torebce.

– Chyba nie ma sensu, żebyśmy oboje siedzieli w samochodzie – odparła. Miała ochotę go walnąć, gdy robił tę urażoną minę. – Ja przejdę się do akademii. Ty jedź. Będziemy w kontakcie.

– To śmieszne. Po co mamy się teraz rozdzielać? Natasha, pojedziemy razem.

Nastąpiła krótka pauza. Zebrała swoje rzeczy, nie patrząc na niego.

– Okej – zgodziła się w końcu, po czym wyszła z pokoju.

Zauważyła ślady kopyt na drugim końcu zaoranego pola. Próbowała po nich biec, ale gruba warstwa lepkiego i ciężkiego błota przywarła do jej butów, spowalniając jej ruchy. W końcu dotarła na sam koniec, ale po kilku błotnistych odciskach na asfalcie ślad po Boo zniknął.

Spacerowała przez kolejną godzinę, przemierzając pola zygzakiem, wchodząc do zagajników. Ochrypła od krzyków, aż znalazła się w kolejnej wsi. Cała się trzęsła, była przemarznięta i pusta w środku. Bolało ją ramię, a jej żołądek ściskał się z głodu. Wyprzedzały ją samochody, nie zauważając jej albo ignorując; od czasu do czasu ktoś na nią trąbił, gdy za bardzo zbliżyła się do drogi.

Gdy dotarła do wioski, zauważyła rząd małych sklepików. Zapach pieczywa z *boulangerie** upajał i dodawał otuchy, będąc kompletnie poza jej zasięgiem. Włożyła zmarzniętą dłoń do kieszeni i wyjęła z niej trzy monety. Euro. Nie pamiętała, skąd się tam wzięły. Thom włożył jej pieniądze do koperty i do jej zaginionego plecaka. Reszta. Z jakiejś transakcji z poprzedniego dnia. Spojrzała na monety, na *boulangerie* i na budkę telefoniczną po drugiej stronie placu. Wszystko straciła: paszport, dokumenty Boo, pieniądze, kartę kredytową Natashy.

Tylko jedna osoba mogła jej teraz pomóc. Sięgnęła do wewnętrznej kieszeni po fotografię papy; pomięła się, więc postanowiła wyprostować ją kciukami. Sztywnym krokiem przeszła przez plac, weszła do *bar tabac* i zapytała o telefon.

– *Tu es tombé?*** – zapytała ze współczuciem kobieta za barem.

Pokiwała głową, nagle świadoma swoich ubrań, błota.

– *Pardonnez moi**** – powiedziała, gdy zauważyła, że zostawia za sobą brudne ślady.

Kobieta wpatrywała się w jej twarz, z troską marszcząc brwi.

– *Alors, assids-toi, chérie. Tu voudrais une boisson?*****

Pokręciła głową.

– Angielski – odparła niewiele głośniej od szeptu. – Muszę zadzwonić do domu.

Kobieta zmierzyła wzrokiem trzy monety w jej dłoni. Wyciągnęła rękę i pogłaskała ją po policzku.

– *Mais tu as mal à la tête, eh?****** Gérard!*

Kilka sekund później pojawił się za barem wąsaty mężczyzna z dwiema butelkami syropu w kolorze wiśni w dłoniach. Postawił je na barze. Kobieta mruknęła coś do niego, obejmując Sarah gestem.

---

* piekarnia (fr.)

** Miałaś wypadek? (fr.)

*** Przepraszam (fr.)

**** A tam, siadaj, kochanie. Chcesz się czegoś napić? (fr.)

***** Boli cię głowa, co? (fr.)

– Telefon – powiedział.

Wstała, by podejść do budki, ale on pomachał palcem.

– *Non, non, non. Pas là. Ici**.

Zawahała się, myśląc, czy to bezpieczne, ale uznała, że nie ma wyboru. Mężczyzna uniósł bar i poprowadził ją przez ciemny korytarz. Telefon stał na niskiej komodzie.

– *Pour téléphoner*** – powiedział.

Gdy podała mu swoje monety, pokręcił głową.

– *Ce n'est pas nécessaire****.

Przez chwilę próbowała przypomnieć sobie kierunkowy do Anglii. Potem wybrała numer.

– Neurologia.

Na dźwięk angielskiego głosu nagle ogarnęła ją nieoczekiwana tęsknota za domem.

– Tu Sarah Lachapelle – przedstawiła się z napięciem. – Muszę rozmawiać z dziadkiem.

Zapadła cisza.

– Czy możesz chwilkę zaczekać, Sarah?

Usłyszała szepty, takie, jak gdy ktoś zasłania dłoń słuchawką. Zerknęła nerwowo na zegar, nie chcąc narażać francuskiej pary na za duże koszty. Widziała przez drzwi, że kobieta podaje komuś kawę i mówi coś z ożywieniem. Pewnie rozmawiają o niej, o Angielce, która spadła z konia.

– Sarah?

– John? – Jego głos zbił ją z tropu, spodziewała się pielęgniarki.

– Gdzie ty jesteś, dziewczyno?

Zamarła. Nie wiedziała, co mu powiedzieć. Czy papa zgodziłby się, by zdradziła Johnowi, gdzie jest? A może chciałby, by jechała dalej? Mówienie prawdy zazwyczaj obracało się przeciwko niej.

---

* Nie, nie, nie. Nie tam. Tutaj (fr.)

** Możesz dzwonić (fr.)

*** Nie trzeba (fr.)

– Muszę porozmawiać z papą – oświadczyła. – Możesz dać mu słuchawkę?

– Sarah, musisz mi powiedzieć, gdzie jesteś. Ludzie cię szukają.

– Nie – zaprotestowała stanowczo. – Nie chcę z tobą rozmawiać. Chcę rozmawiać z papą.

– Sarah...

– To ważne, John. Naprawdę ważne. Proszę, zrób to dla mnie. Proszę, nie utrudniaj mi tego... – Była bliska łez.

– Nie mogę, kochanie.

– Możesz. Rozmawiałam z nim przedwczoraj. Jeśli przystawisz słuchawkę do jego ucha, usłyszy, co mam...

– Sarah, dziewczyno, twój dziadek odszedł.

Utkwiła wzrok w ścianie. Ktoś włączył w barze telewizor, słyszała w oddali ryk kibiców i podekscytowany głos komentatora sportowego.

– Dokąd odszedł?

Długa pauza.

– Sarah, dziecko, on odszedł.

Zalała ją nowa fala chłodu, unosząc ją z ziemi.

Pokręciła głową.

– Nie.

– Dziecko, musisz jak najszybciej wracać do domu. Pora wracać.

– Kłamiesz – oskarżyła go, szczękając zębami.

– Przykro mi, skarbie.

Trzasnęła słuchawką. Cała się trzęsła, musiała usiąść. Osunęła się bezszelestnie na linoleum na podłodze i siedziała tam, podczas gdy pokój kołysał się lekko wokół niej.

– *Alors!*

Nie wiedziała, ile minut upłynęło, ale usłyszała, że kobieta woła męża, a potem poczuła, że stawiają ją na nogi dwie pary rąk. Przeprowadzili ją przez główną salę, delikatnie posadzili na ławce z czerwonej sztucznej skóry, a potem kobieta postawiła przed nią parujący kubek gorącej czekolady, do której wrzuciła kilka kostek cukru i rozmieszała je.

– *Regardez!* – powiedział jeden z klientów. – *Elle est si pâle!**

Ktoś inny mruknął coś na temat szoku. Słyszała ich jak z oddali. Dostrzegała kolejne twarze, współczujące uśmiechy. Ktoś zdjął czapkę z jej głowy, a ona zawstydziła się swoich brudnych włosów i błota pod paznokciami. Nic jej nie zostało. Papa odszedł. Boo odszedł.

Kobieta rozcierała jej dłoń, zachęcając ją do picia gorącej czekolady. Uprzejmie upiła łyk, zastanawiając się, czy zaraz nie zwymiotuje.

– *Tu as perdu ton cheval?* – zapytał ktoś, a ona poczuła dziwne kołatanie w głowie, gdy próbowała przytaknąć. – *De quelle couleur est il?***

– *Brun**** – odparła ponuro. Czuła się lekka jak piórko, słyszała wszystko z oddali. Zastanawiała się przez chwilę, czy jeśli przestaną trzymać ją za ręce, uniesie się w powietrze i zniknie. A dlaczego nie? Nic już nie trzymało jej na ziemi, nikomu na niej nie zależało. Nie miała po co jechać dalej, nie miała po co wracać. Boo leżał pewnie martwy w jakimś rowie podobnym do tego, w którym ją znaleziono. Chłopcy mogli go ścigać przez wiele kilometrów. Mógł zostać skradziony, potrącony, wchłonięty przez ten ogromny kraj i nigdy go już nie zobaczy. A papa... papa zmarł, gdy jej nie było. Już nigdy nie zobaczy jego rąk, jego silnych, starych pleców, gdy czesał konia, pochylał się i przesuwał zgrzebło, zaciskając szczęki z wysiłku. Nigdy już nie zasiądą razem przed telewizorem, by komentować wiadomości. Wszystko straciło sens.

Nagle zobaczyła siebie samą jako małą kropkę całkowicie osamotnioną we wszechświecie. Nie było już dla niej miejsca, osoby ani domu. Ta nagła świadomość przytłoczyła ją tak, że poczuła, jakby miała zemdleć. Zauważyła, że ci wszyscy ludzie się na nią gapią i zapragnęła, żeby sobie poszli. Potem przyszło jej do głowy, że mogłaby położyć się na tej ławce i przespać sto następnych lat.

---

* Patrzcie! Ona jest taka blada! (fr.)

** Zgubiłaś konia? Jakiej jest maści? (fr.)

*** Brązowy (fr.)

Słyszała zatroskane pomruki. Poczuła, że jej powieki opadają, a wtedy kobieta znów przytknęła kubek do jej ust.

– *C'est le secousse*[*] – oświadczył ktoś, po czym uniósł jej powieki, żeby sprawdzić.

– Nic mi nie jest – odparła, zastanawiając się, jak to możliwe, że mówi coś tak ewidentnie prawdziwego i nieprawdziwego zarazem.

– *Mademoiselle.* – Stanął przed nią chudy mężczyzna z papierosem. – *Le cheval est brun?*[**]

Spojrzała na niego.

– *Il est de quelle taille? Comme ça?*[***] – Uniósł dłoń na wysokość swojego ramienia.

Nagle odzyskała ostrość widzenia. Pokiwała głową.

– Chodź, chodź – ponaglił ją mężczyzna. – Proszę, chodź.

Poczuła, że kobieta podaje jej ramię, i ogarnęła ją wdzięczność. Miała wrażenie, że jej nogi nie należą do niej. Były słabe jak wyciory do fajki, które uginały się pod najlżejszym naciskiem. Zamrugała w świetle dnia, które wydawało się zbyt jaskrawe po wyjściu z ciemnego baru. Kobieta wsiadła z nią do samochodu z tyłu, a chudy mężczyzna zajął miejsce za kierownicą. Mogliby mnie wywieźć gdziekolwiek, pomyślała nieprzytomnie. Robiła wszystko, przed czym przestrzegał ją papa. Nie potrafiła jednak wykrzesać z siebie energii, by się tym przejąć. Ponieważ papa odszedł. Raz po raz powtarzała sobie te słowa, ale nic się nie działo. Nic nie czuła.

Po dwóch lub trzech kilometrach wjechali na podjazd zastawiony rdzewiejącymi maszynami rolniczymi; wysokie wieże belowanego siana opakowanego w folię błyszczały czarnym plastikiem. Gęś zasyczała gniewnie, gdy wysiedli z samochodu, a chudy mężczyzna ją odpędził.

---

* Jest w szoku (fr.)

** Panienko. Koń jest brązowy? (fr.)

*** Jakiej jest wielkości? O taki? (fr.)

Wyszli za róg masywnej szopy i wtedy go zobaczyła: stał w oborze, jego siodło i uprząż położono schludnie po drugiej stronie wrót.

– Boo? – szepnęła z niedowierzaniem, zapominając o bólu ramienia.

Boo zarżał twierdząco.

– *Le fermier l'a trouvé ce matin, en haut par le verger. En tremblant comme une feuille, il a dit**.

Z trudem to do niej dotarło. Wyrwała się z ich uścisku i pobiegła do konia. Wspięła się na bramę i niemal wpadła do obory. Zarzuciła mu ramiona na szyję i przycisnęła mokrą od łez twarz do jego skóry.

Kto by pomyślał, że dziewczyna może tak płakać z powodu konia?, pytano w *bar tabac* jeszcze długo po tym, jak została wyprawiona w dalszą drogę z kolejnym kubkiem gorącej czekolady i połową bagietki w żołądku. Płakała nieprzerwanie przez trzydzieści minut, gdy bandażowała zakrwawione kolana swojego konia, gdy głaskała go i szeptała do niego czule, nie odchodząc od niego ani na chwilę. To nienormalne, żeby ktoś miał taki emocjonalny stosunek do zwierzęcia.

– Ach, wiecie, jakie są dziewczyny – powiedziała kobieta za barem, odkurzając butelki. – W tym wieku wszystkie pałają prawdziwą pasją do zwierząt. Ja byłam taka sama. – Urwała i skinęła głową na swojego męża, który na chwilę oderwał wzrok od gazety. – Cały czas jestem, oczywiście – dodała, chichocząc, i przy wtórze śmiechu klientów wróciła do kuchni.

Mac zaczekał, aż Natasha wsiądzie do samochodu, po czym zapalił silnik. Przez cały ranek prawie się do niego nie odzywała. Za każdym razem, gdy próbował coś powiedzieć, nawiązać jakoś do tego, co się wydarzyło, robiła tę swoją małżeńską minę oznaczającą ukrytą dezaprobatę i niewypowiedziane oskarżenie. Trudno było postanowić, jak na to zareagować: pragnęła go poprzedniej nocy… przecież to nie on się na nią rzucił. Dlaczego więc teraz tak go traktowała, do cholery?

* Rolnik znalazł go dziś rano w sadzie. Podobno trząsł się jak osika (fr.)

Wiedział, że postąpił słusznie, lecz trudno mu było pogodzić tę spragnioną, namiętną istotę z poprzedniej nocy z zimną, pełną rezerwy kobietą, która siedziała obok niego. Obudził się owinięty wokół niej, przez sen przyciskał usta do nasady jej karku, a jego pierwsza myśl po przebudzeniu była pełna podekscytowania. Mieli szansę – coś się pomiędzy nimi otworzyło, odsłoniło się. Może, rozmyślał, jeszcze nie jest za późno. To nie był tylko seks, choć on sam go zaskoczył. Miał wrażenie, że Natasha odarła się z jakiejś warstwy, pozwoliła tylko jemu zobaczyć coś, co zamknęła w sobie wiele lat temu. Po wszystkim znów zaczęła płakać, a on tulił ją, szeptał do niej, czuł, że coś mu dała. Zdumiewało go to, że zmarnowali tyle czasu osobno.

„Pragnę cię".

Jak więc wytłumaczyć dzisiejszy poranek? Wiedział, że kocha swoją zmienną, skomplikowaną żonę, lecz nie był pewien, czy ma dość energii, by przełamywać bariery, które z taką determinacją pomiędzy nimi wznosiła. Masz rację, przyznał w duchu. Mężczyzn męczą „trudne" kobiety, a oto dlaczego: bierzecie wspaniałą sytuację i tworzycie z niej coś toksycznego.

– Słyszałaś, jak rano rozmawiałem przez telefon? – zapytał nagle.

Nigdy nie potrafiła kłamać. Oblała się rumieńcem.

– Nie – odparła.

– Nie jesteśmy razem, ja i Maria, jeśli o to ci chodzi. Przyjaźnimy się. Mieliśmy dzisiaj wspólne zlecenie. Musiałem je odwołać.

Machnęła ręką.

– Patrz, jesteśmy.

– Ma nowego chłopaka – dodał, ale ona już wysiadła z samochodu.

Zaparkowali przed École Nationale d'Équitation. Mac udał się za Natashą do biura, w którym przywitała ich młoda kobieta z długimi włosami związanymi w koński ogon i nieskazitelną cerą osoby, która całe życie spędza na świeżym powietrzu. Przeprosiła za wczorajsze nieporozumienie. Nie pojęli od razu powagi sytuacji, wyjaśniła, ani nie słyszeli o ich powiązaniu z Le Cadre Noir.

Gdy Natasha tłumaczyła sprawę, Mac oglądał fotografie w sepii przedstawiające konie zastygłe w powietrzu pod niezwykłymi kątami i mężczyzn w spiczastych czapkach i szamerowanych mundurach, którzy dosiadali koni spokojnie, jakby nie było nic dziwnego w jeździe na koniu, który stoi na dwóch nogach ugiętych pod kątem czterdziestu pięciu stopni. Dalej wisiały fotografie członków, wszystkich *écuyers* Le Cadre Noir od początku dziewiętnastego wieku z nazwiskami. Tylko jedno lub dwa zdjęcia rocznie obwiedziono złotą ramką. Jedno szczególnie rzuciło mu się w oczy: Lachapelle, 1956–1960. Pomyślał o staruszku, który pewnie nawet nie wiedział o tym, jak upamiętniono jego czas spędzony tutaj, jak go uhonorowano. Poczuł smutek na myśl, że ktoś, kto przez całe życie poszukiwał piękna i doskonałości, swoje ostatnie lata przeżył w taki sposób. Teraz trochę lepiej rozumiał to rozpaczliwe pragnienie starca, zdecydowane instrukcje, które wydawał Sarah. Czegóż więcej można pragnąć dla swoich dzieci niż doskonałości i piękna? Oraz satysfakcji płynącej z podążania za nimi?

– Proszę – powiedział, sięgając po album ze zdjęciami. – To jest Sarah i jej koń. Na tym nieco lepiej widać jej twarz.

Kobieta przyglądała się zdjęciom, kiwając głową.

– Jest bardzo utalentowana.

Nie potrafili stwierdzić, czy tylko ich pociesza, czy mówi prawdę.

– Jej dziadek nazywał się Lachapelle. To właśnie on. – Wskazał palcem tablicę.

– Czy przyjechał z wami? Mamy tu wiele zjazdów absolwentów. Mamy nawet publikację, *Les Amis du Cadre N...**

– Zmarł wczoraj wieczorem – przerwała jej Natasha.

– To dlatego dziewczynka uciekła?

– Nie – odparła Natasha, zerkając na Maca. – Naszym zdaniem jeszcze o tym nie wie.

* Przyjaciele Le Cadre N... (fr.)

Kobieta oddała album Macowi.

– Przykro mi, że nie możemy w niczym pomóc, ale jeśli tylko czegoś się dowiemy, *madame, monsieur*, oczywiście natychmiast damy wam znać. Może chcecie zwiedzić akademię, skoro już tu jesteście?

Wyznaczony przez nią młody mężczyzna oprowadził ich po kompleksie. W końcu wyszli na Carrière d'Honneur, ogromny plac treningowy z piasku, po którym jeździł mężczyzna w czarnej czapce na dziarskim kasztanku. Obserwowały go tuziny koni ze swoich nieskazitelnie czystych boksów. Galopował raz w jedną stronę, raz w drugą, a jego wierzchowiec prychał z wysiłku.

Gdy szli, młody mężczyzna wyjaśniał: tutaj trzymamy konie do pokazów, tutaj konie do dresażu, tam konie do skoków. Mieli ich łącznie około trzystu. W tym świecie królowały ład i najwyższe standardy. Myśl, że takie miejsca wciąż istnieją, napełniła Maca osobliwą otuchą.

– Dlaczego zwiedzamy? – mamrotała Natasha od czasu do czasu, gdy szli zadrzewioną aleją do kolejnej stajni, kolejnej areny, poznając świat wierny zasadom, których nie rozumieli.

Wiedział jednak, że czuje to samo co on: co innego mieliby robić? Tu przynajmniej mogli lepiej zrozumieć, co motywuje Sarah. Paradoksalnie najbliżsi poznania jej znaleźli się prawie tysiąc kilometrów od domu.

Natasha sięgnęła po telefon.

– Zadzwonię do banku – powiedziała. – Minęło już kilka godzin.

– Jesteście tu na wakacjach? – zapytał ich przewodnik po angielsku z ciężkim akcentem, gdy Natasha odeszła na bok.

– Nie do końca – odparł Mac.

– Fotograf – mruknął mężczyzna, wskazując torbę Maca.

– Tak. Ale nie jestem tutaj z powodu pracy.

– Powinien pan sfotografować Le Carrousel. To przedstawienie na koniec roku akademickiego. Występują wszyscy *écuyers*.

– Przepraszam na moment. – Rozdzwonił się jego telefon.

– Co się stało? – Natasha przerwała swoją rozmowę.

Odwrócił się do niej plecami i zaczął przeczesywać włosy palcami, słuchając.

– O Chryste – powiedział, gdy się rozłączył.

– Ona wie – domyśliła się Natasha. – Wie, że dziadek nie żyje.

Pokiwał głową.

Przycisnęła dłoń do ust.

– W takim razie wie, że nic jej nie zostało.

Zaczął się zastanawiać, czy pobladł tak samo jak ona. Wpatrywali się w siebie, obojętni na konie i piękno otoczenia.

– Zablokuj kartę, Tash – powiedział w końcu. – Jeśli postanowi w ogóle tu nie przyjeżdżać, musimy uniemożliwić jej wyjazd dokądkolwiek indziej.

– Ale wtedy znajdzie się w większym niebezpieczeństwie. Musimy dopilnować, by miała dość pieniędzy na jedzenie i nocleg. Nocami jest zimno.

– Możemy ją ścigać po całej Francji przez wiele tygodni. Tu jest milion miejsc, w których można zostawić konia. Musimy to zatrzymać.

– Wiem, ale odcinanie jej od jedynego źródła gotówki to nie jest dobry sposób.

– Gdybyśmy odcięli ją jeszcze w Anglii, nie dotarłaby nawet w połowie tak daleko. – Zabrzmiało to tak, jakby ją winił. Nie mógł nic na to poradzić.

– Znalazłaby inny sposób.

– Ale my szukamy jej od dwóch dni i dwóch cholernych nocy, a wciąż nie mamy pojęcia, gdzie...

– *Monsieur?* – Młody przewodnik przyciskał krótkofalówkę do ucha. – *Monsieur? Madame? Attendez, s'il vous plaît**. – Zaczął pospiesznie wyrzucać z siebie francuskie słowa, po czym dodał: – Jest tu angielska dziewczynka. Dziewczynka z koniem. Mademoiselle Fournier mówi, że powinniście pójść ze mną.

---

* Proszę o uwagę (fr.)

Nie tak wyobrażała sobie swój triumfalny wjazd do akademii. Przez pierwsze dwa dni swojej podróży myślała o tym bezustannie – o uniesieniu, jakie poczuje, gdy dotrze do miejsca, które stanie się dla niej drugim domem. To było jej przeznaczenie. Miała to w genach, jak powtarzał dziadek.

Przez dziesięć ostatnich kilometrów te słowa służyły jej za podporę, potrzebowała ich, by w ogóle brnąć przed siebie. Przejechała przez Saumur obojętna na eleganckie szerokie ulice, miodowe fasady kamienic i ponadczasowe piękno rzeki. Wyczerpany Boo przyciągał zaciekawione spojrzenia swoimi obandażowanymi kolanami, przechodnie od czasu do czasu cmokali na niego z dezaprobatą, jakby krytykowali ją za to, że dosiada rannego zwierzęcia. Wiedziała, że wygląda nie mniej dziwnie z posiniaczoną twarzą i w zabłoconym ubraniu. Dwanaście kilometrów, osiem kilometrów, cztery... Ponaglała go do przodu, zagryzała wargi, by powstrzymać łzy z powodu bólu w ramieniu i migreny, która nie chciała ustąpić.

Niemal zaszlochała, gdy zauważyła tabliczkę „École de Cavalerie", a potem rozpoznała georgiańską fasadę budynku w kształcie podkowy. Nigdzie nie było jednak koni, mężczyźni na dziedzińcu nie mieli na sobie czarnych bluz, lecz współczesne zielone umundurowanie.

– Le Cadre Noir? – zapytała jednego z nich, gdy przechodził przez plac du Chardonnet.

– *Non!* – Spojrzał na nią jak na wariatkę. – *Le Cadre Noir n'a pas été ici depuis 1984. C'est à St Hilaire de Fontaine.* – Wskazał gestem rondo. – *C'est pas loin d'ici... cinq kilomètres?**

Przeszło jej przez myśl, że nie da rady. Ale potem wzięła się w garść i podążyła za instrukcjami żołnierza przez kilka rond, małe miasteczko, a potem tak daleko, iż zaczęła się obawiać, że znów się zgubiła przy długiej, soczyście zielonej alei, po której obu stronach pasły się stada koni.

---

* Nie! Nie ma tu Le Cadre Noir od 1984. Teraz jest na St Hilaire de Fontaine. To niedaleko stąd... pięć kilometrów? (fr.)

I nagle ukazała się jej oczom, większa niż się spodziewała, nowocześniejsza w każdym aspekcie. Nie było eleganckiej staromodności dziedzińca pełnego ludzi w mundurach ze zdjęć papy. Zobaczyła bramę, sześć aren o olimpijskich rozmiarach, restauracje, parkingi, sklep z pamiątkami. Przejechała przez otwarte wrota, nie zwracając na siebie uwagi. Powieki opadały jej z wyczerpania, aż zobaczyła tabliczkę „Grand Manège des Écuyers", która powiedziała jej, że jej podróż dobiega końca.

Poprowadziła Boo wokół krytej areny przez frontowe wejście, obok którego wisiał wykaz następnych przedstawień z cenami biletów, na tyły, gdzie odciski kopyt na zakurzonej betonowej ścieżce ze stajni dowodziły, że tą drogą przeprowadza się konie. Po drugiej stronie masywnych drewnianych wrót usłyszała głos mężczyzny. Wyprostowała się lekko, wzięła głęboki oddech, po czym pochyliła się i krzywiąc się z bólu, załomotała w bramę. W środku zapadła cisza, po czym ktoś zawołał „Hop!". Sarah zaczerpnęła tchu i znów uparcie uderzyła pięścią w drewniane panele.

Usłyszała zgrzyt odsuwanej zasuwy, wrota się otworzyły, ukazując obszerną przestrzeń: nowoczesną katedrę wysypaną piaskiem. Wokół niej stały konie, dosiadali ich jeźdźcy w charakterystycznych czarno-złotych mundurach, które znała od dzieciństwa. Była to chyba swego rodzaju próba kostiumowa. W spokojnej, uroczystej atmosferze każdy mężczyzna koncentrował się na ruchach swojego lśniącego, umięśnionego rumaka.

Człowiek, który jej otworzył, spojrzał na nią, po czym surowo zganił ją po francusku, wymachując rękami. Była taka zmęczona, że prawie nie rozumiała jego słów. Przerwała mu więc:

– Muszę porozmawiać z Grand Dieu – oświadczyła łamiącym się z wyczerpania głosem. – *Je dois parler au Grand Dieu.*

Zapadła krótka, zdumiona cisza, a ona wykorzystała chwilową konsternację mężczyzny i przejechała obok niego. Boo zastrzygł uszami.

– *Non! Non!* – Mężczyzna z krótkofalówką pobiegł za nią.

– *Que faire?** – Z drugiego końca szkoły nadszedł ku nim starszy mężczyzna w spiczastym kapeluszu. Jego twarz była pomarszczona, miał opadające powieki. Jego czarny mundur był nieskazitelnie czysty, wykrochmalony tak, jakby miał podtrzymywać ciało w środku.

– *Désolé, Monsieur.* – Młodszy mężczyzna ujął lejce Sarah i zaczął ciągnąć Boo w kierunku wyjścia. – *Je ne sais pas ce que...***

– *Non!* – Sarah ponagliła Boo do przodu, odtrącając rękę nieznajomego. – Puść go. Muszę porozmawiać z Grand Dieu.

Mężczyzna podszedł jeszcze bliżej. Spojrzał na obandażowane kolana Boo, a potem na Sarah.

– *Je suis le Grand Dieu****.

Usiadła prosto.

– *Mademoiselle* – kontynuował mężczyzna niskim, poważnym tonem – *vous ne pouvez pas entrer ici. C'est Le Cadre Noir. C'est pas pour...*****

– Muszę dla pana jeździć – przerwała mu. – *Je... je dois monter mon cheval pour vous.* – Czuła, że inni jeźdźcy przerywają swoje ćwiczenia, że to na niej skupiają uwagę. – Nie mogę wrócić. Musicie mi pozwolić tu zostać.

Mężczyzna uniósł dłoń, aby wyprosić ją gestem.

– Mademoiselle, przykro mi, ale to nie jest miejsce dla ciebie. Ty i twój koń nie jesteście w odpowiedniej formie, by...

Zauważyła innego człowieka z krótkofalówką, który chyba wzywał ochronę. Pod wpływem paniki sięgnęła do kieszeni i wyjęła z niej zdjęcie papy.

– *Monsieur! Regardez! C'est Henri Lachapelle******. Zna go pan. On był tutaj. – Uniosła zdjęcie do jego oczu; jej ręka się trzęsła. – Pan go zna.

---

* Co się dzieje? (fr.)

** Przepraszam, proszę pana. Nie wiem, o co... (fr.)

*** Ja jestem Grand Dieu (fr.)

**** Panienko, tu nie wolno wchodzić. To Cadre Noir. To nie jest... (fr.)

***** Proszę pana! Proszę spojrzeć! To Henri Lachapelle (fr.)

Zatrzymał się i wziął od niej fotografię. Drugi mężczyzna mówił coś szybko, obejmując ją gestem.

– Henri Lachapelle? – powtórzył mistrz, przyglądając się odbitce.

– *Mon grandpère**. – Poczuła ucisk w gardle. – Proszę. Proszę. To on kazał mi tu przyjechać. Proszę, pozwólcie mi dla was jeździć.

Starszy mężczyzna obejrzał się za siebie na innych jeźdźców, potem znów spojrzał na zdjęcie. Gdy się w nie wpatrywał, inny mężczyzna przeszedł przez arenę szybkim krokiem z krótkofalówką w dłoni. Wymamrotał coś do ucha mistrza i pokiwał głową na słuchawkę.

Obaj spojrzeli na nią.

Starszy mężczyzna oszacował ją wzrokiem.

– Przyjechałaś... Przyjechałaś tu konno z Anglii? – powiedział powoli.

Przytaknęła, nie ośmielając się oddychać.

Mężczyzna pokręcił lekko głową, jakby nie potrafił tego pojąć.

– Henri Lachapelle – mruknął.

Odszedł powoli, wzniecając chmury piasku błyszczącymi czarnymi butami. Sarah siedziała na koniu nieruchomo, nie wiedząc, co robić. Czy w ten sposób mówił jej, że ma się wynosić? Mężczyzna z krótkofalówką poszedł za nim. Zauważyła, że przywołują gestami innych jeźdźców, nakazując im zebrać się po dwóch stronach areny.

Grand Dieu stanął na końcu obszernego placu. Patrzył na nią przez długą chwilę, po czym pokiwał głową.

– *Commence***.

Pojawiły się wątpliwości co do tego, dokąd pojechała dziewczyna: przewodnik źle usłyszał i zaprowadził ich na jedną z aren odkrytych,

---

* Mój dziadek (fr.)

** Zaczynaj (fr.)

dopiero potem doszło do nerwowej wymiany zdań, która nakazała im zawrócić. Natasha biegła za Makiem, starając się pohamować ogarniającą ją euforię; eleganckie buty ocierały jej pięty.

– To może nawet nie być ona – powiedziała, próbując nie okazywać podekscytowania.

Uniósł brew.

– A twoim zdaniem ile Angielek dziennie przyjeżdża tu konno?

Przewodnik przywołał ich gestem. Biegli przez dziedzińce, długie stajnie, w których konie jadły spokojnie w swoich boksach, i znów przez rześkie zimowe powietrze, aż w końcu przed wysokim białym budynkiem Natasha rozpoznała dziewczynę z kucykiem, która wyszła im wcześniej na spotkanie.

– *Ici, Madame** – powiedziała, kiwając na nich dłonią. – Jest w Grand Manège des Écuyers. Na naszej oficjalnej arenie. – Gdy Natasha ją minęła, dziewczyna uśmiechnęła się, szeroko otwierając oczy. – Przyjechała tu z Anglii? Sama? *C'est incroyable, eh?***

– Tak – potwierdziła Natasha. – To niezwykłe.

Wrócili do foyer, w którym wisiały pozłacane fotografie byłych członków. Otworzyły się kolejne drzwi, a stojący przed nią Mac znieruchomiał. Nikt nic nie mówił. Budynek był ogromny, stanowił pomnik sztuki ujeżdżania, przestrzeń w środku była usiana odzianymi na czarno jeźdźcami. Poczuła się, jakby wchodziła w obraz jednego z dawnych mistrzów malarstwa. Jakby cofnęła się w czasie o pięćset lat. Mężczyzna z krótkofalówką wymruczał coś do dziewczyny, która gestem pokazała im, by poszli za nią na widownię.

Poczuła, że Mac ciągnie ją za rękaw.

– Tash, zobacz – powiedział cicho.

Podążyła za jego wzrokiem, schodząc za nim po schodach, aż stanęli obok areny.

---

* Tutaj, proszę pani (fr.)

** To niewiarygodne, co? (fr.)

Sarah jechała bardzo powoli ku jej centrum. Jej koń, to żywiołowe, lśniące zwierzę, które cieszyło się takim dobrym zdrowiem w Kencie, teraz było podrapane i ubłocone. Dwa prowizoryczne bandaże zwijały się nad jego kolanami, w ogonie miał rzepy. Jego oczy były puste ze zmęczenia. Ona widziała jednak tylko Sarah: dziecko tak blade, że wręcz upiorne, niczym zjawa. Opuchnięta powieka przysłaniała jej jedno oko, plecy i prawą nogę miała całe w błocie. Wydawała się zbyt drobna dla tego wielkiego konia, chude ręce poczerwieniały jej z zimna. Ona jednak zdawała się tego wszystkiego nie dostrzegać – koncentrowała się całkowicie na tym, co robiła.

Niedaleko niej stał starszy mężczyzna o nienaturalnie prostych plecach, w czarnej marynarce i bryczesach. Obserwował Sarah, która nakazywała Boo kłusować i galopować, zataczać małe, eleganckie kółka wokół mężczyzn siedzących na własnych koniach i przyglądających się temu wszystkiemu obojętnie. Natasha nie mogła oderwać od niej wzroku. Sarah wyglądała jak ktoś zupełnie inny, bardziej kruchy i starszy. Koń zwolnił do kłusu, po czym przeciął arenę na ukos, unosząc kopyta niczym baletnica, jakby przy każdym kroku na krótko zatrzymywał się w powietrzu. A potem prostował nogi niemal do granic wytrzymałości i zwalniał, aż w końcu zaczął robić to wszystko w miejscu.

Twarz Sarah zastygła w masce skupienia, napięcie ujawniało się w cieniach pod jej oczami i zaciśniętej szczęce. Natasha obserwowała nieznaczne ruchy jej pięt, niedostrzegalne wiadomości, które przesyłała przez lejce. Widziała, że koń słyszy, akceptuje, słucha mimo zmęczenia, i pojęła, że choć w ogóle nie zna się na tych zwierzętach, stała się świadkiem czegoś pięknego, czegoś, co można osiągnąć tylko przez lata nieustępliwej dyscypliny i niekończącej się pracy. Zerknęła na stojącego obok Maca i zrozumiała, że on też to widzi. Pochylał się, nie spuszczając wzroku z dziewczyny, jakby siłą woli nakazywał jej odnieść sukces.

Koń poruszał nogami w górę i w dół w rytmicznym tańcu, posłusznie pochylając masywny łeb. Tylko kropelki śliny, które pryskały z jego pyska, zdradzały, ile go to kosztuje wysiłku. A potem zaczął chodzić w kółko, zataczał kręgi wokół własnych tylnych nóg w zdyscyplinowanym, płynnym ruchu, który Natasha zapragnęła nagrodzić oklaskami za jego elegancję i nieprawdopodobieństwo. Sarah wymamrotała coś do niego pod nosem i lekko go dotknęła, by mu podziękować; ten drobny gest sprawił, że Natasha poczuła łzy pod powiekami. Gdy koń nagle stanął na tylnych nogach, chwiejąc się i z wysiłkiem pokonując grawitację, zaczęła płakać. Łzy płynęły po jej policzkach, gdy na jej oczach to zagubione dziecko i to zmęczone zwierzę dawały z siebie wszystko. Nagle ogarnęła ją zaborczość.

Poczuła, że palce Maca otaczają jej palce. Uścisnęła jego dłoń, wdzięczna za jego ciepło, jego siłę, nagle przerażona, że mógłby ją puścić. Sarah zaczęła galopować wokół areny w pięknym, wolnym, kontrolowanym tempie. Dosiadała konia tak nieruchomo, jakby została wykuta z marmuru. Gdy Natasha zerknęła na starszego mężczyznę, zauważyła, że jego towarzysze na koniach zdjęli kapelusze i położyli je na piersiach w oficjalnym geście, po czym po kolei ponaglili konie w tym samym kierunku, za nią, z pochylonymi głowami, jakby salutowali temu, co właśnie zobaczyli.

Mac wypuścił jej dłoń i sięgnął po aparat, zaczął trzaskać zdjęcia jedno po drugim. Natasha sięgnęła po chusteczkę i nagle uświadomiła sobie, że się cieszy. Sarah dokonała czegoś wspaniałego. Ktoś powinien to dla niej uwiecznić.

Koń zwolnił do kłusu, a potem do stępa. Mężczyźni włożyli kapelusze i popatrzyli na siebie, jakby sami byli zdziwieni tym, co właśnie zrobili. Gdy dziewczyna wyjechała na środek areny, gdzie stał starszy mężczyzna, ustawili się znów po bokach, by patrzeć. Sarah, poszarzała ze zmęczenia po tym, czego właśnie dokonała, zatrzymała konia dokładnie przed mężczyzną i ustawiła go w linii. Boo był mokry z wysiłku i wyczerpania.

– Zrobiła to – mamrotał Mac. – Sarah, dokonałaś cudu, udało ci się.

Dysząc ciężko, dziewczyna pochyliła głowę, oddając honor starszemu mężczyźnie niczym wojowniczka powracająca z pola bitwy. Mężczyzna zdjął kapelusz i skinął jej głową w odpowiedzi. Nawet ze swojego miejsca Natasha widziała, z jakim napięciem Sarah wpatruje się w tego człowieka, jak każda cząstka niej tężeje w oczekiwaniu na jego werdykt. Uświadomiła sobie, że wstrzymuje oddech, i znów sięgnęła po dłoń Maca.

Grand Dieu podszedł krok bliżej. Spojrzał na Sarah, jakby próbował zobaczyć w niej coś, czego jeszcze nie widział. Twarz miał poważną, a oczy pełne dobroci.

– *Non* – powiedział. – Przykro mi, młoda damo, ale *non*. – Wyciągnął rękę i pogłaskał jej konia po szyi.

Oczy Sarah zogromniały, jakby nie mogła uwierzyć w to, co słyszy. Zacisnęła palce na grzywie Boo, a potem spojrzała na widownię, być może dostrzegając Natashę i Maca po raz pierwszy. W końcu niemal niezauważalnie westchnęła i bezwładnie zsunęła się z końskiego grzbietu.

Rozdział dwudziesty szósty

*Nadmierna żałoba po zmarłych to niesłuszność; jest bowiem szkodą dla żyjących, a zmarli jej nie odczują**

Ksenofont

Milczała podczas krótkiej podróży powrotnej do *château*. Nie protestowała, gdy Natasha wzięła ją za rękę – może by dodać jej otuchy, a może ze strachu, że znów ucieknie. Nie nakłaniali jej do mówienia; wszyscy chyba rozumieli, że jeszcze przyjdzie czas na pytania.

Gdy dotarli na miejsce, Natasha zaprowadziła Sarah do jej pokoju na piętrze, rozebrała ją jak małe dziecko i położyła na dużym łóżku. Gdy otuliła kołdrą jej chude ramiona, dziewczyna zamknęła oczy i zapadła w sen. Natasha usiadła obok niej i położyła dłoń na wybrzuszeniu jej śpiącego ciała, jakby ten drobny ludzki gest mógł ją pocieszyć. Nie była pewna, czy kiedykolwiek widziała, by ktoś był taki blady, taki wychudzony. Teraz, gdy uświadomiła sobie skalę tego, co przeszła Sarah, poczuła się do głębi wstrząśnięta.

Po tym, jak Grand Dieu obwieścił swoją decyzję, rozpętało się piekło. Gdy Sarah osunęła się na ziemię, Natasha i Mac razem wbiegli

---

* Cytat powszechnie przypisywany Ksenofontowi, niemniej nie udało się go odnaleźć w korpusie jego dzieł. Tłumaczenie własne (przyp. tłum.).

na arenę. Mac podniósł pozbawione życia ciało dziewczynki, a Grand Dieu złapał lejce. Obojętna na rozlegające się wokół niej krzyki, na to, że mademoiselle Fournier przyciska dłonie do ust, Natasha ze zdumieniem odnotowała, z jaką łatwością Mac podniósł Sarah – jakby nic nie ważyła. Wzruszyła ją opiekuńczość, z jaką ją przytulił. Kilka minut później, gdy Sarah powoli dochodziła do siebie w biurze, usiedli po obu jej stronach, a Natasha ujęła jej twarz w dłonie. Heroiczna natura jej podróży na krótko ich rozdzieliła i sprawiła, że w ich oczach stała się kimś zupełnie innym. Nie wiedzieli, jak ją teraz traktować.

A potem Sarah przeniosła nierozumiejący wzrok na Maca, po czym znów zamknęła oczy, jakby to, co zobaczyła, ją przerosło.

– Już dobrze, Sarah – powiedziała Natasha, głaszcząc ją po spoconych, brudnych włosach. – Nie jesteś sama. Już nie jesteś sama.

Ale dziewczynka chyba jej nie usłyszała.

Lekarz wezwany z drugiego końca École Nationale zdiagnozował złamany obojczyk i silne stłuczenia, ale zarekomendował przede wszystkim wypoczynek. Pojawiła się herbata. Orangina. Ciastka. Sarah nakazano jeść i pić – uległa bez przekonania. Wszyscy rozmawiali po francusku. Natasha ledwie to słyszała. Przytulała dziewczynkę, która wydawała się niezdolna do samodzielnego siedzenia, i próbowała w nią wlać siłę i odwagę. Przeprosić za to, na ile sposobów ją zawiodła.

*C'est incroyable**. Opowieść o niezwykłym wyczynie szybko rozprzestrzeniła się po École Nationale, zjawiły się grupy ludzi, niektórzy w bryczesach i spiczastych czapkach, by zerknąć na Angielkę, która przejechała konno pół Francji.

C'est incroyable. Natasha słyszała, jak szepczą do siebie, gdy Mac niósł Sarah do samochodu. Widziała, jakby z oddali, że spojrzenia, które ich odprowadzały, mają w sobie mniej podziwu. Jakby triumf

---

* To niewiarygodne (fr.)

Sarah mógł być tylko wynikiem jakiegoś niedostatku ze strony jej i Maca. Nie złościło jej to – jej zdaniem ci ludzie mieli rację.

Boo został zabrany do centrum weterynaryjnego, gdzie opatrzono mu urazy. Miał spędzić noc w stajniach. Przynajmniej tyle mogą zrobić dla tak niezwykłego zwierzęcia, zauważył Grand Dieu. Mac przyznał potem, że przez jakiś czas Grand Dieu stał przed stajnią i obserwował przez drzwi, jak Boo, nakarmiony, napojony i obandażowany, położył się na gęstej słomie i zaczął się przetaczać z niskim jękiem przyjemności po miękkim złotym posłaniu.

– *Alors* – powiedział, nie patrząc na Maca. – Za każdym razem, gdy dochodzę do wniosku, że wiem już wszystko o koniach, one znów mnie czymś zaskakują.

– Ja tak samo myślę o ludziach – odparł Mac.

Grand Dieu położył dłoń na jego ramieniu.

– Porozmawiamy jutro – oświadczył. – Przyjedźcie o dziesiątej. Ona zasługuje na wyjaśnienie.

A teraz, w końcu, Sarah spała, a Natasha czuwała nad nią, jakby ceną za jej odnalezienie miała być wieczna troska. Późne popołudnie przeszło w wieczór, niebo pociemniało. Natasha zjadła czekoladowy batonik, wypiła butelkę wody z minibaru i przeczytała kilka stron książki, którą zostawił poprzedni gość. Sarah nawet się nie poruszyła. Czasami Natasha, zaniepokojona bezruchem dziecka, podchodziła ukradkiem do łóżka i sprawdzała, czy mała oddycha, po czym wracała na swój fotel.

Gdy trochę po ósmej wyszła na korytarz, Mac już na nią czekał. Wyglądał tak, jakby przebywał tam od jakiegoś czasu. Zauważyła, że na jego twarzy pojawiły się nowe zmarszczki, napięcie ostatnich dni dawało o sobie znać. Cicho zamknęła za sobą drzwi. Mac wstał.

– Nic jej nie jest – poinformowała go – ale całkiem odpłynęła. Chcesz zobaczyć…

Pokręcił głową. Potem odetchnął głęboko i spróbował się uśmiechnąć.

– Znaleźliśmy ją – powiedział.

– Tak. – Dlaczego żadne z nich nie czuło uniesienia, którego się spodziewali?

– Nie mogę przestać myśleć... – Urwał. – To, jak wyglądała... co mogło się stać...

– Wiem.

Stali na korytarzu w bezruchu. Wokół pachniało starą pastą do podłóg, wytarte dywany tłumiły dźwięki. Nie mogła oderwać od niego wzroku.

Podszedł bliżej i pokiwał głową na swoje drzwi.

– Chcesz się przespać u mnie? – zapytał. – To znaczy, jeśli ona śpi w twoim łóżku, nie będziesz miała gdzie...

Zawsze będzie jakaś Maria.

Gdy się odezwała, jej głos był neutralny, rzeczowy.

– Nie... Nie powinnam zostawiać jej samej – powiedziała. – Prześpię się w fotelu. Nie czułabym...

– Pewnie masz rację.

– Tak sądzę.

– Będę obok, gdybyś mnie potrzebowała.

Próbował się uśmiechnąć, ale jego twarz była zbyt smutna i zrezygnowana, jakby jemu również powrót Sarah uświadomił, jak blisko znaleźli się triumfu i katastrofy. Nie zdołała się opanować – musnęła palcami nowe zmarszczki pod jego oczami.

– Ty też musisz odpocząć – szepnęła miękko.

Jego spojrzenie uświadomiło jej, że jest zgubiona. Cała ta kruchość, ta miłość... jakby stalowe drzwi się rozsunęły, ukazując coś, co jej zdaniem dawno zniknęło.

Trwało to tylko chwilę. Mac utkwił wzrok w podłodze. Zaczął grzebać w kieszeniach.

– Nic mi nie jest – powiedział, nie patrząc jej w oczy. – Śpijcie dobrze. Zadzwońcie po mnie rano.

Sarah spała tak głęboko, że gdy się obudziła, upłynęło kilka minut, zanim pojęła, gdzie się znajduje. Uniosła głowę z poduszki, czując piasek pod powiekami, i przez wysokie okno zobaczyła liście kasztanowca. Poniżej przejechał samochód, całkiem ją wybudzając.

Podsunęła się na poduszkach, świadoma stęchłego zapachu swojej skóry i brudnych ubrań. To wtedy zauważyła Natashę. Kobieta spała zwinięta w fotelu, z kocem naciągniętym pod brodę i gołymi stopami.

Sarah jak przez mgłę przypomniała sobie dotyk jej dłoni, które głaskały ją po włosach, i zaskakujący tembr strachu i ulgi w jej głosie, gdy wypowiedziała jej imię. A potem wróciła myślami na arenę, do pełnego żalu spojrzenia Grand Dieu, gdy ten powiedział *non*.

Poczuła bolesny ucisk w piersi. Osunęła się na miękkie białe poduszki i utkwiła wzrok w wysokim, wysokim suficie, jedynej widocznej barierze oddzielającej ją od wielkiego, pustego świata. Powiedział *non*.

Non.

– Jeśli nie chce rozmawiać, chyba nie powinniśmy naciskać. – Natasha stała w holu, a Mac regulował rachunek.

Spojrzała na samochód – Sarah siedziała z tyłu i czekała, opierając skroń na szybie. Wpatrywała się w pustkę.

– Nie chodzi o to, że ona nie chce rozmawiać o dziadku, Mac. Ona w ogóle nie chce mówić.

Policja znalazła jej paszport, pusty portfel i część rzeczy na drodze do Blois. Nawet odzyskanie cennego papierowego wydania Ksenofonta z oślimi uszami nie wyrwało jej z otępienia.

Mac sięgnął po swoją kartę kredytową i podziękował *madame*, która uparła się, że przygotuje prowiant na drogę dla dziewczynki. Wszyscy próbują ją karmić, pomyślała Natasha, jakby jedzenie mogło wypełnić te ogromne dziury, które połykały jej życie.

– Jest wyczerpana – odparł. – Ten pomysł stanowił jej siłę napędową od nie wiadomo jak dawna, może o wiele dłużej, niż myślimy, a właśnie usłyszała, że nic z tego nie będzie. Zmarł jej dziadek.

Przejechała konno tysiąc czterysta kilometrów albo więcej. Jest w szoku, zmęczona i rozczarowana. Do tego ma naście lat. W każdym podręczniku piszą chyba, że nastolatki długie okresy spędzają na nierozmawianiu z nikim.

Natasha otoczyła się ramionami.

– Pewnie masz rację.

Słońce pojawiało się sporadycznie, jakby bawiło się w chowanego z ciężkimi szarymi chmurami, ale żadne z nich nie zauważyło, jaka malownicza trasa dzieliła ich od Le Cadre Noir. Portier został uprzedzony, że ma się ich spodziewać. Natasha zauważyła, że patrzy z ciekawością na tylne siedzenie, gdy go mijali.

Mademoiselle Fournier czekała na nich przed główną stajnią. Powitała ich oboje pocałunkami, jakby to, co przeżyli, zbliżyło ich do siebie, po czym ujęła Sarah za ramiona i uśmiechnęła się szeroko.

– Jak się dzisiaj czujesz, Sarah? Na pewno bardzo potrzebowałaś snu.

– Dobrze – wymamrotała dziewczynka.

– Chcesz zobaczyć swojego konia, skoro czekamy na *monsieur* Varjusa? Baucher bardzo wygodnie spędził noc. Musi być bardzo silny. Jest tuż obok...

Zaczęła ich prowadzić ku boksom, gdy Sarah jej przerwała:

– Nie.

Zapadła krótka, niezręczna cisza.

– Nie chcę, nie teraz.

W głosie Maca pojawiła się wyraźna nuta przeprosin:

– Myślę, że Sarah wolałaby najpierw porozmawiać z Grand Dieu.

Uśmiech mademoiselle Fournier ani trochę nie zbladł.

– Oczywiście. Nie pomyślałam. Chodźcie za mną.

Na ścianach biura wisiały fotografie, dyplomy i medale. Natasha zauważyła, że Mac przygląda się uważnie każdemu zdjęciu.

Monsieur Varjus wszedł do biura szybkim krokiem, jakby właśnie oderwał się od innego, równie istotnego zajęcia. Towarzyszył mu mężczyzna, który przedstawił się jako *monsieur* Guinot z ramienia administracji. Sarah usiadła pomiędzy Natashą a Makiem. Wyglądała, jakby skurczyła się w sobie, jakby postanowiła od teraz zajmować w świecie mniej miejsca. Natasha przesunęła dłoń w jej stronę, ale tylko o parę centymetrów. Tuż po przebudzeniu Sarah na powrót otoczyła się murem. Jej wczorajsza kruchość zniknęła.

Grand Dieu miał na sobie czarny mundur, buty wypastowane na wysoki połysk, a jego przyklepane włosy dowodziły, że ostatnie godziny spędził na końskim grzbiecie. Usiadł za biurkiem i przez chwilę przyglądał się Sarah, jakby znów go zaskoczyło, że dziecko takich rozmiarów mogło być odpowiedzialne za to, co widział dzień wcześniej. Z silnym akcentem wyjaśnił po angielsku, że Le Cadre Noir przyjmuje nie więcej niż pięcioro nowych członków rocznie, zazwyczaj jednego lub dwoje. Jest egzamin nadzorowany przez najbardziej doświadczonych koniarzy w kraju, a minimalny wiek podejścia do egzaminu to osiemnaście lat. Aby wstąpić do szkoły, trzeba nie tylko z sukcesem zdać egzamin, ale też legitymować się narodowością francuską.

– To żaden problem, Sarah, skoro urodziłaś się we Francji – podpowiedziała Natasha.

Sarah nie zareagowała.

– Abstrahując od tego wszystkiego, mademoiselle, chciałbym powiedzieć, że osiągnęłaś coś wspaniałego. Ty i twój koń. „Dobry koń skraca podróż". Wiesz, kto to powiedział? Wasza George Eliot. – Mężczyzna pochylił się nad biurkiem. – Jeśli zdołasz spełnić wymagania naszej szkoły, nie ma powodu, dla którego mielibyście tu za kilka lat nie wrócić. Oboje macie umiejętności i odwagę. Aby dokonać tego, czego ty dokonałaś w tym wieku… – Pokręcił głową. – Cóż, jeszcze wciąż trudno mi w to uwierzyć.

Spojrzał na swoje dłonie.

– Chciałbym ci też powiedzieć, że twój dziadek był wybornym jeźdźcem. Bardzo żałowałem, że odszedł. Wierzę, że mógł zostać *maître écuyer*. Byłby z ciebie bardzo dumny.

– Ale mnie nie przyjmiecie.

– Mademoiselle, nie mogę przyjąć do szkoły czternastolatki. Musisz to zrozumieć.

Sarah odwróciła wzrok, przygryzając wargę.

Mac zabrał głos:

– Sarah, słyszałaś, co powiedział *monsieur* Grand Dieu. Jego zdaniem jesteś bardzo utalentowana. Może uda nam się uzgodnić, w jaki sposób moglibyście z Boo trenować, i może pewnego dnia tu wrócicie. Tash i ja chcemy ci w tym pomóc.

Sarah wpatrywała się w swoje śnieżnobiałe tenisówki, które kupił dla niej tego ranka razem ze zmianą ubrania. Zapadła długa cisza.

Natasha słyszała stukot kopyt na betonie za oknem i odległe rżenie. Sarah, powiedz coś, proszę.

Sarah podniosła wzrok na Grand Dieu.

– Czy weźmiecie mojego konia? – zapytała.

– Słucham? – Mężczyzna zamrugał z konsternacją.

– Czy weźmiecie mojego konia? Bauchera?

Natasha spojrzała na Maca. Na jego twarzy odbijało się jej zdumienie.

– Sarah, przecież nie chcesz oddawać Boo.

– Nie mówię do ciebie – oświadczyła dziewczyna stanowczo. – Mówię do niego. Chcecie go?

Mężczyzna zerknął na Natashę.

– Nie jestem pewien, czy to właściwa pora na...

– Myśli pan, że on jest utalentowany? *Est-ce que vous pensez il est bon?**

– *Mais oui. Il a courage aussi, c'est bien***.

– W takim razie daję go panu. Ja już go nie chcę.

W pokoju zapadła cisza. Mężczyzna z sekcji administracyjnej mruknął coś do ucha Grand Dieu.

---

* Myśli pan, że jest dobry? (fr.)

** Ależ tak. A do tego odważny, a to dobrze (fr.)

Natasha pochyliła się ku nim.

– Panowie, Sarah wciąż jest bardzo zmęczona... Nie sądzę, by chciała...

– Przestań mi mówić, czego chcę! – Głos Sarah wybrzmiał w małym pomieszczeniu. – Ja mówię, że już go nie chcę. *Monsieur* może go wziąć. Weźmiecie go? – zapytała nieustępliwym, władczym tonem.

Grand Dieu przyglądał się jej przez chwilę, jakby próbował ocenić, na ile jest poważna. Zmarszczył brwi.

– Naprawdę tego właśnie chcesz? Oddać go Le Cadre Noir?

– Tak.

– W takim razie tak, z wdzięcznością go przyjmę, mademoiselle. To ewidentnie bardzo utalentowany koń.

Sarah nieco się rozluźniła. Wcześniej tak mocno zaciskała zęby, że Natasha widziała zarys mięśnia w jej policzku. Teraz wyprostowała plecy i odwróciła się do niej.

– Możemy już iść?

Wszyscy wyglądali jak sparaliżowani. Mac siedział z otwartą buzią. Natasha poczuła mdłości.

– Sarah... to bardzo poważna decyzja. Kochasz tego konia. Nawet ja to wiem. Proszę, nie decyduj od razu, zastanów się. Bardzo wiele przeszłaś...

– Nie, nie muszę się zastanawiać. Chcę, żeby chociaż raz ktoś mnie posłuchał. Boo zostaje tutaj. A teraz, jeśli mamy wracać, chcę już iść. Natychmiast – dodała, gdy nikt się nie poruszył. – Albo pójdę sama.

Nie potrzebowali dalszej zachęty. Wszyscy naraz wstali, a Mac posłał zdeprymowane spojrzenie wielkiemu mistrzowi, wychodząc za Sarah na zewnątrz.

– *Madame* – powiedział Grand Dieu, gdy Sarah oddaliła się na tyle, by ich nie słyszeć. Ujął dłoń Natashy w swoje. – Jeśli będzie chciała go odwiedzać, jeśli kiedykolwiek zmieni zdanie, nic się nie stanie. Jest młoda. Wiele się wydarzyło...

– Dziękuję – odparła Natasha. Powiedziałaby więcej, ale uniemożliwił jej to ucisk w gardle.

Mężczyzna spojrzał przez okno na Sarah, która stała w słońcu ze skrzyżowanymi ramionami i kopała kamyk.

– Jest taka sama jak dziadek – mruknął.

Zaczęło lać jak z cebra tuż po tym, jak opuścili Saumur. Burzowe chmury zbiły się w niepokojące kłębowisko nad horyzontem, by powoli przemieszczać się w ich stronę. Jechali w milczeniu, Mac przedzierał się przez smugi deszczu, koncentrując uwagę na drodze.

Natasha niemal mu zazdrościła: cisza w małym samochodzie stała się przytłaczająca, a ona nie chciała zostać sam na sam z myślami. Od czasu do czasu zerkała w lusterko na osłonce przeciwsłonecznej i widziała w nim odbicie chudej postaci na tylnym siedzeniu wpatrzonej w przesuwający się za szybą krajobraz. Twarz Sarah nie wyrażała żadnych uczuć, ale otaczająca ją aura nieszczęścia była tak obezwładniająca, że wypełniała cały samochód. Natasha dwa razy próbowała jej powiedzieć, że jeszcze nie jest za późno, że mogą wrócić po konia, ale za pierwszym razem Sarah ją zignorowała, a za drugim zatkała uszy dłońmi. Ten gest tak zaniepokoił Natashę, że umilkła.

Daj jej trochę czasu, powtarzała sobie. Postaw się w jej sytuacji. Straciła dziadka, swój dom. Nie widziała jednak w tym sensu: dlaczego dziewczynka, która tak zażarcie walczyła o tego konia, o jedyne, co jej zostało na tym świecie, o jedyną więź pomiędzy jej przeszłością a być może przyszłością, tak szybko z niego zrezygnowała?

Wróciła myślami do ich ostatnich chwil w Le Cadre Noir. Grand Dieu odprowadził ich do stajni.

– Chciałbym, żebyś zobaczyła swojego konia, zanim odjedziesz, Sarah – oświadczył. – Chcę mieć pewność, że jego stan cię zadowala.

Natasha domyśliła się jego motywów: wierzył, że na widok Boo Sarah zmieni zdanie, że to zmusi ją do zmierzenia się z prawdziwymi konsekwencjami jej decyzji.

Dziewczyna poszła do stajni bardzo niechętnie, po czym zatrzymała się kilka metrów przed nią, za daleko, by cokolwiek zobaczyć przez wysokie drzwi.

– Proszę – namawiał ją mistrz. – Zobacz, o ile lepiej dzisiaj wygląda. Zobacz, jak nasz weterynarz opatrzył jego urazy.

No dalej, Sarah, ponagliła ją w duchu Natasha. Obudź się. Przekonaj się, co zamierzasz zrobić. Teraz nie miałaby nic przeciwko przejęciu odpowiedzialności za Boo. Na tym etapie zrobiłaby wszystko, dosłownie wszystko, by ulżyć cierpieniu tego dziecka. Sarah przelotnie spojrzała na wynik pracy weterynarza. Nawet gdy koń wystawił łeb ponad drzwiami i wydał powitalne rżenie, które pochodziło z głębi jego brzucha, nie podeszła ku niemu. Jej ramiona zesztywniały, nieco mocniej wepchnęła dłonie do kieszeni, po czym nieznacznie kiwnęła głową Grand Dieu, odwróciła się i ruszyła w kierunku samochodu. Koń nadstawił uszu, odprowadzając ją wzrokiem.

Nie tylko Sarah i jej straty zajmowały teraz Natashę. Deszcz siekł karoserię, ograniczając widoczność świateł pojazdów przed nimi oraz drogi, a ona wpatrywała się w dłonie Maca, gdy powoli zbliżali się do Calais. Gdy zostawią ten samochód w Anglii, dla niej również wszystko się skończy. Wynegocjują porozumienie w kwestii tego, kto zajmie dom na ostatnie tygodnie, omówią finanse, a potem on odejdzie do swojego nowego domu, a ona zostanie sama, by zbierać fragmenty tego, co zostało z jej życia. Nie miała niczego. Straciła swój ukochany dom, naraziła karierę, zrujnowała potencjalny związek. Straciła mężczyznę, którego kochała. To straszne odkryć, że już nie chcesz życia, które się przed tobą rozciąga.

Zamknęła oczy. Gdy je otworzyła i spojrzała na miasteczko pod autostradą, zauważyła przygarbioną dziewczynę na rowerze, która pedałowała pustą ulicą ze spokojnym wdziękiem kontrastującym z pogodą. Nagle przypomniała sobie swoją podróż pociągiem sprzed paru miesięcy, gdy zobaczyła dziewczynę i stającego dęba konia w londyńskim zaułku. To nie nieprawdopodobieństwo tego obrazka utrwaliło go w jej pamięci, lecz spokój, poczucie, że dziewczyna i zwierzę pracują w harmonii. Wystarczył ułamek sekundy, by to rozpoznała.

A potem w jej głowie rozbrzmiał głos, pełen napięcia wysoki głos Constance Devlin, jej świadka. „Lucy zaskakująco łatwo będzie zboczyć na złą drogę. Wystarczy, że przestaniecie słuchać".

– Mac, zatrzymaj samochód – powiedziała nagle.

– Co? – odparł Mac.

– Zatrzymaj samochód.

Wiedziała tylko, że nie może pozwolić, by ta podróż była kontynuowana. Mac zjechał na pobocze i spojrzał na nią zdezorientowany, a ona wygramoliła się z samochodu i otworzyła tylne drzwi.

– Chodź – powiedziała do Sarah. – Musimy porozmawiać.

Dziewczynka odsunęła się, jakby nagle przeraziła się jej szaleństwa.

– Nie – oświadczyła Natasha; sama nie była pewna, skąd się biorą te słowa. – Nie jedziemy dalej, Sarah, dopóki nie porozmawiamy. Chodź. Ze mną.

Wzięła ją za rękę, wyciągnęła z samochodu i w deszczu zaprowadziła pod markizę kawiarni po drugiej stronie drogi. Usłyszała protest Maca i własną determinację, gdy zażądała, by zostawił je same.

– Dobrze.

Odsunęła dla siebie krzesło i usiadła. W środku nie było żadnych klientów, nie wiedziała nawet, czy lokal jest otwarty. Przyprowadziła tu Sarah, choć sama nie wiedziała, co chce jej powiedzieć. Wiedziała tylko, że nie zdoła dalej siedzieć w tym samochodzie otoczona falami bólu, niemego cierpienia i nic z tym nie zrobić.

Sarah posłała jej spojrzenie pełne nieufności, po czym usiadła obok.

– Okej, Sarah. Jestem prawniczką. Od rana do wieczora próbuję przewidzieć, w jakie gierki grają ludzie, a potem ich przechytrzyć. Jestem naprawdę niezłym sędzią ludzkich charakterów. Zazwyczaj potrafię stwierdzić, co kogo napędza, ale teraz mam trudności.

Sarah utkwiła wzrok w blacie stołu.

– Nie rozumiem, dlaczego dziewczyna, która kłamała, kradła i oszukiwała, aby zatrzymać konia, dziewczyna, która miała tylko jeden cel w życiu, cel obracający się wokół tego konia, postanowiła odrzucić to wszystko.

Sarah nie odpowiedziała. Odwróciła się i oparła dłonie na kolanach.

– To jakiś napad złości? Myślisz, że jeśli to wszystko wysadzisz w powietrze, ktoś wkroczy i zmieni dla ciebie reguły? Bo jeśli tak jest, od razu powiem, że oni niczego nie zmienią. Ci ludzie działają w zgodzie z zasadami ustanowionymi trzysta lat temu. Nie zmienią ich dla ciebie.

– Nie prosiłam, by je zmienili – syknęła Sarah.

– Okej. Myślisz, że nie mówią prawdy, gdy przekonują cię, że pewnego dnia staniesz się dość dobra? Nie wiem, może nie chce ci się próbować?

Sarah nie odpowiedziała.

– Chodzi o twojego dziadka? Obawiasz się, że nie zdołasz się zaopiekować koniem bez jego pomocy? My możemy ci pomóc, Sarah. Wiem, że miałyśmy nie najlepszy początek, ale to... to dlatego, że nie byłyśmy wobec siebie szczere. Myślę, że możemy się poprawić.

Czekała. Wiedziała, że brzmi tak, jakby rozmawiała z klientem. Nic nie mogła jednak na to poradzić. To jest mój głos, powiedziała sobie cicho. Lepiej nie potrafię.

A Sarah tylko siedziała.

– Czy możemy już wracać do domu? – zapytała.

Natasha zacisnęła powieki.

– Co? To wszystko? Nic więcej nie powiesz?

– Chcę już jechać.

Poczuła przypływ znajomego gniewu. Miała ochotę krzyknąć: dlaczego tak wszystko utrudniasz, Sarah? Dlaczego jesteś taka zdeterminowana, by robić sobie krzywdę? Zamiast tego wzięła głęboki oddech i odparła spokojnie:

– Nie. Nie możemy tego zrobić.

– Co?

– Wiem, kiedy jestem okłamywana, i wiem, że ty mnie okłamujesz. Dlatego też nie, nigdzie nie pojedziesz, dopóki nie powiesz mi, co się dzieje.

– Chcesz prawdy.

– Tak.

– Ty chcesz rozmawiać o prawdzie. – Sarah roześmiała się zgryźliwie.

– Tak.

– Bo sama zawsze mówisz prawdę. – Przybrała drwiący ton.

– To znaczy?

– Uch… no nie wiem, może to, że nadal kochasz Maca, ale mu o tym nie powiesz? – Pokiwała głową na samochód, w którym za zalaną deszczem szybą Mac wpatrywał się w mapę. – To takie oczywiste, że aż żałosne. Nawet w samochodzie nie wiesz, co ze sobą zrobić obok niego. Widzę, jak na niego ukradkiem zerkasz. Jak przez przypadek ciągle na siebie wpadacie. Ale mu nie powiesz.

Natasha przełknęła ślinę.

– To skomplikowane.

– Tak, skomplikowane. Wszystko jest skomplikowane. Bo wiesz, tak jak ja wiem… – Jej głos się załamał. – Wiesz, jak ja wiem, że czasami powiedzenie prawdy tylko pogarsza sprawę, a nie polepsza.

Natasha spojrzała na drugą stronę drogi, na Maca.

– Masz rację – przyznała w końcu. – Okej? Masz rację. Ja jednak mogę żyć z tym, co czuję do Maca. A gdy patrzę na ciebie, Sarah, widzę kogoś, kto wypuszcza z rąk koło ratunkowe. Widzę kogoś, kto tylko wywołuje więcej bólu. – Pochyliła się do przodu. – Dlaczego, Sarah? Dlaczego to sobie robisz?

– Musiałam.

– Nie, nie musiałaś. Ten człowiek uznał, że za kilka lat możesz stać się dość dobra, jeśli tylko…

– Za kilka lat.

– Tak, za kilka lat. Wiem, że to cała wieczność, gdy człowiek jest młody, ale czas szybko płynie.

– Dlaczego nie możesz odpuścić? Dlaczego nie możesz uznać, że podjęłam dobrą decyzję?

– Bo to nie jest dobra decyzja. Niszczysz sobie życie.

– Nie rozumiesz.

– Rozumiem, że nie musisz się odcinać od wszystkich, dlatego że cierpisz.

– Nie rozumiesz.

– Och, uwierz mi, rozumiem.

– Musiałam go zostawić.

– Nie, mówię ci, że nie musiałaś. Chryste! Czego najbardziej pragnął dla ciebie twój dziadek? Co by powiedział, gdyby wiedział, co zrobiłaś?

Sarah gwałtownie odwróciła głowę. Zrobiła straszną minę. Zaczęła krzyczeć.

– Zrozumiałby!

– Nie jestem pewna...

– Musiałam go zostawić. Tylko w ten sposób mogłam go ochronić!

Zapadła cisza. Natasha znieruchomiała.

– Ochronić?

Dziewczyna przełknęła ślinę. Wtedy Natasha to zobaczyła: błysk wilgoci w kącikach jej oczu, drżenie pobielałych knykci. Gdy znów się odezwała, miała łagodny głos.

– Sarah, co się stało?

Nagle Sarah zaczęła się gwałtownie zanosić potwornym, pełnym żalu zawodzeniem. Płakała tak, jak płakała Natasha trzydzieści sześć godzin temu – jej szloch wyrażał ostateczną stratę i beznadziejny smutek. Natasha wahała się tylko chwilę, po czym przyciągnęła dziewczynę do siebie, przytuliła ją mocno i zaczęła szeptać słowa pociechy.

– Już dobrze, Sarah. Już dobrze.

Gdy jednak szloch powoli przeszedł w czkawkę, a Sarah zaczęła opowiadać stłumionym, łamiącym się głosem historię pełną samotności, sekretów, długów, strachu, mrocznej ścieżki, którą niemal obrała, oczy Natashy wypełniły się łzami.

Przez strugi wody na szybie Mac obserwował Natashę, która tuliła Sarah tak mocno, że niemal bezwzględnie. Teraz coś mówiła, kiwała głową, a cokolwiek to było, dziewczynka się z nią zgadzała. Nie wiedział, co robić; uznał, że Natasha ma jakiś plan. Nie chciał się wtrącać, jeśli uzyskiwała teraz jakieś wyjaśnienie dotyczące ostatnich trzech dni.

Siedział więc w samochodzie, patrzył i czekał z nadzieją, że Natasha znajdzie jakiś sposób, by wszystko naprawić. On sam czuł się całkowicie bezradny.

Do ich stolika podeszła jakaś kobieta, pewnie właścicielka. Natasha coś zamówiła, po czym odwróciła się do niego. Ich oczy się spotkały – jej nagle zalśniły, a potem pomachała do niego, by do nich dołączył.

Wysiadł z samochodu, zamknął go za sobą i podszedł do nich. Nadal siedziały pod markizą. Obie uśmiechały się nieśmiało, jakby zawstydziło je to, że przyłapał je tak blisko siebie. Moja żona, moja prawie była żona, pomyślał z bólem, wygląda pięknie. Niemal triumfalnie.

– Mac – powiedziała – nastąpiła zmiana planów.

Zerknął na Sarah, która zaczęła skubać chleb ze stojącego przed nią koszyczka.

– Czy ta zmiana planów obejmuje konia? – zapytał, podsuwając sobie krzesło.

– Zdecydowanie tak.

Usiadł. Niebo nad nimi zaczęło się przejaśniać.

– Bogu niech będą dzięki.

Przez całą drogę powrotną do Anglii Natasha siedziała z tyłu z Sarah; szeptały coś do siebie, od czasu do czasu podnosząc głos, by włączyć Maca do rozmowy. Postanowili nie wracać do Saumur. Sarah powiedziała, że zna kogoś, komu ufa na tyle, by przywiózł jej Boo. Zadzwonili do Le Cadre Noir, gdzie, ku widocznej uldze Sarah, najwyraźniej oczekiwano ich telefonu. Koń czuł się dobrze. Będzie bezpieczny, dopóki ktoś się po niego nie zgłosi. Nie, powiedziała Natasha, Sarah nie wróci po konia osobiście…

– Niestety musimy zorganizować pogrzeb – wyjaśniła miękko.

Od czasu do czasu Mac zerkał do tyłu na dwie pochylone ku sobie głowy, które planowały, rozmawiały w pozornie idealnej komitywie. Sarah zamieszka z Natashą. Rozpatrywały wszystkie opcje: szkoła z internatem – Natasha zadzwoniła do siostry, która powiedziała, że słyszała o szkole przyjmującej konie – albo stajnie położone daleko od tamtej części Londynu. Natasha zapewniła dziewczynkę, że nie będzie miała więcej problemów z Salem. Bez podpisu Sarah na warunkach umowy jego tytuł do konia był nic niewarty, a Natasha zamierzała wysłać mu oficjalne pismo, by go o tym powiadomić i ostrzec, że ma się trzymać z daleka. Boo będzie bezpieczny. Znajdą dla niego inne życie. Miejsce, gdzie będzie mógł biegać po zielonych łąkach.

Natasha, pomyślał Mac, robiła to, w czym była najlepsza – organizowała. Gdy od czasu do czasu padało nazwisko Henriego Lachapelle'a, Sarah krzywiła się jak do płaczu, a wtedy Natasha ściskała jej dłoń albo klepała ją po ramieniu. Małe akty dobroci, by dać jej raz po raz do zrozumienia, że nie jest sama.

Mac widział to wszystko w tylnym lusterku, a jego wdzięczność przyćmiewało osobliwe poczucie wykluczenia. Wiedział, że Natasha nie robi tego specjalnie, że dzięki temu, co wydarzyło się pomiędzy nimi dwiema, on również będzie mógł zatrzymać Sarah w swoim życiu. Może w ten łagodny sposób Natasha dawała mu do zrozumienia, że ich wspólna noc była błędem, że gdy ustąpiła intensywna atmosfera poszukiwań, woli wrócić do bardziej stabilnej egzystencji z Conorem. Co to w ogóle było, tak na marginesie? Łabędzi śpiew? Zakończenie? Nie ośmielił się zapytać. Powtarzał sobie, że czasami czyny przemawiają głośniej niż słowa, a biorąc to wszystko pod uwagę, Natasha nie mogła wyrazić się jaśniej.

Gdy dotarli do Calais, Sarah w końcu zatelefonowała do człowieka, który mógł przetransportować jej konia do Anglii. Wzięła telefon Natashy i przez jakiś czas spacerowała po asfalcie, jakby musiała tę rozmowę odbyć na osobności. Maca uderzyło to, jaka wydawała się zrelaksowana na myśl o pozostawieniu Boo w obcym kraju, ale po jakimś czasie zrozumiał: nie istniało lepsze miejsce – chyba że z nią – w którym wolałaby go umieścić.

– Jesteś bardzo milczący – zauważyła Natasha, gdy Sarah rozmawiała kilka kroków od nich, przechadzając się pomiędzy samochodami czekającymi w kolejce na prom z lewą dłonią przyciśniętą do ucha.

– Chyba nie mam nic do powiedzenia – odparł. – Wszystko już ustaliłyście.

Posłała mu dziwne spojrzenie, jakby usłyszała nutę podenerwowania w jego głosie.

– Proszę – powiedziała Sarah, wracając i przerywając ich rozmowę. – Thom chce z tobą pogadać. – Stanęła blisko Natashy, gdy podawała jej komórkę, jakby przepaść pomiędzy nimi została zasypana.

Gdy obserwował Natashę, dręczyły go tak pogmatwane i skomplikowane myśli, że nie słyszał, co mówiła. Coś się w niej zmieniło, jej twarz złagodniała, pojaśniała. Los odmówił jej macierzyństwa, lecz teraz znalazła chyba nowy cel. Odwrócił się, gdy poczuł nagle, że nie zdoła ukryć własnych uczuć.

– Nie, to naprawdę nie... Jest pan pewien? – powiedziała, po czym dodała po chwili: – Tak. Tak, wiem.

Odwrócił się do niej, gdy zakończyła rozmowę. Patrzyła na Sarah.

– Nie weźmie żadnych pieniędzy – oświadczyła. – Nie chciał nawet o tym słyszeć. Powiedział, że w środku tygodnia wybiera się w tamtym kierunku i że wtedy przywiezie Boo.

Przelotny uśmiech Sarah wyrażał zaskoczenie, jakby ona również nie mogła uwierzyć w ten hojny gest.

– Ale jest pewien haczyk – kontynuowała Natasha. – Powiedział, że w zamian musisz go zaprosić na swój pierwszy występ.

Niezwykłość młodych ludzi, pomyślał potem Mac, polega na tym, że dla nich nadzieja nie gaśnie. Czasami wystarczy parę słów wiary, by na nowo rozpalić w nich iskrę pewności, że przyszłość może być czymś wspaniałym, a nie nieustępliwą serią przeszkód i rozczarowań.

– Brzmi uczciwie – skwitowała Natasha.

Sarah pokiwała głową.

Gdyby tylko, rozmyślał Mac, wracając do samochodu, to samo dotyczyło dorosłych.

Natasha przez chwilę grzebała kluczem w zamku, po czym otworzyła drzwi i włączyła światła w ciemnym korytarzu. Było tuż po pierwszej w nocy, zapuchnięta od snu Sarah weszła po schodach na autopilocie, jakby znalazła się w domu. Natasha podążyła za nią, pościeliła jej łóżko, wręczyła czysty ręcznik i w końcu, gdy upewniła się, że dziewczynka zasnęła, powoli zeszła na dół.

Po raz pierwszy od czterdziestu ośmiu godzin czuła pewność, że Sarah znów nie zniknie. Coś się zmieniło, dokonała się sejsmiczna zmiana pomiędzy nimi. Uświadomiła sobie, że poza odpowiedzialnością, którą właśnie na siebie wzięła, poza świadomością, że właśnie skutecznie zobowiązała się do wielu lat finansowego wsparcia i emocjonalnej huśtawki, czuje też – na jakimś głębszym poziomie – ten rodzaj podekscytowania, którego nie czuła od lat.

Mac siedział na sofie w salonie, wyciągał przed siebie długie nogi, stopy opierał na obitym lnem podnóżku, w dłoni wciąż trzymał kluczyki. Miał zamknięte oczy, więc pozwoliła sobie przeciągle na niego spojrzeć, chłonąć jego pomięte ubrania i bezdyskusyjnie męską obecność. Zmusiła się, by odwrócić wzrok. Dalsze gapienie się na niego zakrawałoby na masochizm.

Ziewnął i wyprostował się, a ona zaczęła się rozglądać z obawy, że poczuł na sobie jej badawcze spojrzenie. Zauważyła, że podłoga jest usiana zdjęciami – odbitki w formacie dwadzieścia pięć na trzydzieści leżały w rzędach na błyszczącym drewnianym parkiecie. Musiał je tam zostawić tego ranka, gdy odkrył, że Sarah zniknęła. Gdy wodziła wzrokiem po seriach czarno-białych obrazów przedstawiających konie w ruchu, grę świateł na pomarszczonej starej twarzy Kowboja Johna, obrazów, które zwiastowały powrót Maca do tego, co robił najlepiej, jej uwagę przykuło jedno zdjęcie.

Kobieta rozmawiała przez telefon. Uśmiechała się, obojętna na zabiegi aparatu, otaczały ją nagie gałęzie w ogrodzie, łagodne światło chowało się nisko gdzieś za nią. Była piękna: zimowe słońce odbijało się na jej skórze, jej oczy łagodziła nienazwana rozkosz. Soczewka aparatu nie stworzyła chłodnego odbicia jakiegoś cząstkowego obrazu, lecz weszła w intymny, tajemniczy związek ze swoim obiektem.

Wpatrywała się w zdjęcie kilka sekund, zanim uświadomiła sobie, że ta kobieta to ona. Wyglądała jak jakaś wyidealizowana wersja samej siebie, osoba, której obecnie nie poznawała, osoba, którą dawno pochowała w zajadłości swojego rozwodu. Poczuła, jak coś się w niej zaciska i pęka.

– Kiedy je zrobiłeś?

Otworzył oczy.

– Kilka tygodni temu. W Kencie.

Nie mogła oderwać oczu od zdjęcia.

– Mac? – zapytała. – Czy ty właśnie tak mnie widzisz?

W końcu ośmieliła się na niego spojrzeć. Mężczyzna przed nią miał na twarzy nowe zmarszczki wyżłobione przez smutek; jego skóra poszarzała ze zmęczenia, zaciskał wargi, jakby przedwcześnie akceptował rozczarowanie. Pokiwał głową.

Serce zaczęło się tłuc w jej piersi. Pomyślała o Henrim, o Florence, o Sarah, która dzielnie wyrzuciła z siebie prawdę w deszczowe nieznane.

– Mac – oświadczyła, wpatrując się w fotografię – muszę ci coś powiedzieć. Muszę ci powiedzieć, nawet jeśli okaże się, że to najgłupsza, najbardziej upokarzająca rzecz, jaką w życiu zrobiłam. – Wzięła głęboki oddech. – Kocham cię. Zawsze cię kochałam i nawet jeśli już dla nas za późno, musisz wiedzieć, że jest mi przykro. Musisz wiedzieć, że rezygnacja z ciebie na zawsze pozostanie największym błędem mojego życia.

Jej głos zaczął się łamać, gdy brakło jej tchu. Ujęła zdjęcie w drżące dłonie.

– Teraz wiesz. Jeśli mnie nie kochasz, w porządku. Bo powiedziałam ci prawdę. Będę wiedzieć, że zrobiłam wszystko, co mogłam, a jeśli ty mnie nie kochasz, nie ma absolutnie nic, co by to zmieniło – dokończyła w pośpiechu. – W sumie wcale nie jest w porządku – dodała. – W zasadzie to mnie pewnie trochę zabije. Ale musiałam ci powiedzieć.

Typowa dla niego urocza swoboda nagle go opuściła.

– A co z Conorem? – zapytał niemal gniewnie.

– To skończone. To nigdy nie...

– Kurwa – powiedział. Wstał. – Kurwa.

– Co ty...? – Ona również wstała zszokowana jego wybuchem i tak niepodobnym do niego przeklinaniem. – Co ty...

– Tash – przerwał jej, wchodząc pomiędzy zdjęcia, które rozsypały się po wypolerowanej podłodze. Dzieliły ich tylko centymetry.

Wstrzymała oddech. Był już tak blisko, że czuła ciepło jego skóry. Tylko nie mów nie, nakazała mu w duchu. Nie zażartuj okropnie i nie znajdź jakiejś dyplomatycznej wymówki, by wyjść. Drugi raz tego nie zrobię.

– Tash. – Ujął jej twarz w dłonie. Jego niski głos się łamał. – Żono.

– To znaczy...

– Nigdy więcej się ode mnie nie odcinaj. – Jego słowa brzmiały niemal gniewnie. – Nigdy się nie odcinaj.

Zaczęła przepraszać, ale słowa zagubiły się w pocałunkach i łzach. Podniósł ją, a ona owinęła się wokół niego, otoczyła go nogami, jej skóra przywarła do jego skóry. Ukryła twarz na jego szyi.

– To będzie długa droga powrotna – powiedziała o wiele później, gdy wchodzili po schodach do sypialni. Trzymała go za dwa palce. – Naprawdę myślisz, że uda się nam…

– Będziemy stawiali małe kroki, Tash. – Podniósł głowę ku dziewczynce, która spała nad nimi. – Ale teraz wiemy przynajmniej, że to możliwe.

Epilog

Nikt przynajmniej ani nie oddali się od takiego rumaka, ani nie utrudzi się patrzeniem na niego, dopóki on jaśnieje tą świetnością swoją.

Ksenofont, *Hippika, czyli jazda konna*

Podróż z domu, który wybudował Mac, do małej bocznej uliczki za Gray's Inn Road zajmowała czterdzieści pięć minut za dnia i dodatkowe pół godziny w popołudniowych korkach. Natasha spojrzała na zegarek i obliczyła, że ma tylko parę minut, by skończyć pracę, zanim będzie musiała wyjść.

– Uda ci się ominąć korki? – Do pokoju weszła Linda z naręczem papierów do podpisania.

– Pewnie nie – odparła. – Nie w piątek.

– No cóż, tak czy inaczej miłej zabawy. I nie zapomnij, że w poniedziałek o dziewiątej przychodzi ten nowy chłopak. Specjalista od imigracji.

Natasha wstała i zaczęła zbierać swoje rzeczy.

– Nie zapomniałam. Nie pracuj do późna, dobrze?

– Jeszcze chwilę posiedzę. Chcę uporządkować akta. Pracownik tymczasowy z zeszłego tygodnia zniweczył cały mój system.

Kancelaria Macauley i Partnerzy miała trudne początki, lecz po osiemnastu miesiącach Natasha poczuła, że jej wybór, by pójść na swoje, okazał się słuszny. Nie było sensu zostawać w Davison Briscoe; nie tylko dlatego, że Conor bardzo źle przyjął jej nowiny – sam chyba jako pierwszy uwierzył, że ona i Mac się zejdą, na długo przed tym, jak oni sami podjęli taką decyzję – lecz głównie ze względu na reperkusje sprawy Perseyów i to, że Richard przestał traktować ją jak potencjalnego partnera. W zasadzie, gdy tylko wróciła, przestał ją w ogóle uważać za wartościowego pracownika. Kiedy odkryła, że zaprasza Bena na lunch częściej, niż z nią rozmawia, uznała, że czas na zmiany.

Los pobłogosławił jej Lindą. Dzięki zaufanej asystentce, która postanowiła odejść wraz z nią, utrzymywała się na początku na powierzchni nie tylko zawodowo, ale też emocjonalnie. Podejrzewała, że w Davison Briscoe tęsknią za Lindą Blyth-Smith jeszcze bardziej niż za nią.

– Udanego weekendu, Lin. – Przerzuciła płaszcz przez ramię, gotowa zbiec po schodach.

– Nawzajem. I powodzenia.

Na Gray's Inn Road już panował tłok, a korki dochodziły aż do West Endu. Minęło parę minut, zanim zauważyła go po drugiej stronie ulicy. Rozejrzała się, po czym przebiegła pomiędzy powoli toczącymi się samochodami z plikiem papierów przyciśniętym do piersi.

– Jak w zegarku – oświadczył Mac, gdy pochyliła się, by go pocałować. – Co powiesz o takiej jakości usług?

– Jesteś cudowny. – Zrzuciła papiery na dywanik samochodowy. – A ty – dodała, zerkając do tyłu na dziecko śmiejące się do niej z fotelika – roztarłeś całego banana na marynarce taty.

– Żartujesz! – Mac obejrzał się za siebie. – Jak mogłeś, stary?

– Mała będzie z nas taka dumna – zachichotała Natasha. Zapięła pas i rozejrzała się po mobilnym koszu na śmieci, znanym też jako samochód Maca.

Tradycyjnie już występy Maca i Natashy na takich imprezach prowokowały masę żartów. Zawsze zjawiali się na nich w coraz bardziej poobijanym samochodzie Maca, umazani dziecięcymi wymiotami lub podejrzanie pachnący, bo po drodze eksplodowała czymś pielucha. W otoczeniu błyszczących fur z napędem na cztery koła i masywnych mercedesów innych rodziców wyglądali jak niegrzeczne przedszkolaki. Tego dnia, gdy przywieźli ze sobą Kowboja Johna (żadnej maryśki, kazali mu obiecać, nie, nawet odrobiny), Mac z wyjątkową radością przedstawił go małżonce dyrektora jako „poprzedniego nauczyciela Sarah".

– Uczycie tu wielu cyrkowych sztuczek? – zapytał Kowboj John niewinnie. A gdy kobieta spojrzała na niego pytająco, dodał: – Paniusiu, a może macie ochotę na kilka kartonów naprawdę dobrych awokado?

John mieszkał godzinę jazdy od szkoły Sarah, w oszalowanym białym domku z dwoma starymi końmi, które pasły się na pobliskiej łące, i wciąż sprzedawał przechodniom produkty niewiadomego pochodzenia. Gdy Sarah wróciła, przeprosił ją z nietypową dla siebie niezręcznością, mówiąc, że bardzo ją zawiódł. Zawiódł Kapitana. Nie potrafił zrozumieć, do jasnej anielki, w jakie gierki bawił się Sal. Spłacił przecież dług Kapitana, a Sal o tym wiedział. Sarah spojrzała na Natashę.

Mogłam z tobą porozmawiać – powiedziała cicho. – Mogłam komuś powiedzieć.

Przy milczącej zgodzie wszystkich nigdy więcej nie wspominali o stajniach Sparepenny Lane.

– To po co tam jedziemy? – zapytał Mac. Samochody toczyły się powoli przez Westway, powodując korki na zielonych przedmieściach Londynu.

– To... – Natasha wygrzebała z torebki list – ...uroczystość zakończenia roku dla szczególnie uzdolnionych i utalentowanych uczniów. Będziemy słuchać gry na instrumentach, recytacji poezji – tu

Mac jęknął – a Sarah zaśpiewa. Żartowałam – dodała od razu, gdy odwrócił do niej głowę. – Sarah...

– ...będzie robić to, co zwykle robi Sarah. Nawet nie zauważy, jak wyglądamy – dokończył, włączając się w sznur samochodów. – Gdy tylko znajdzie się w pobliżu Boo, ta dziewczyna zapomina o całym świecie.

Wszyscy na pamięć znają te narzekania współczesnych matek na niemożność połączenia opieki nad dzieckiem z pracą, rozmyślała Natasha, gdy powoli toczyli się przez miasto. Nie sposób jednak pojąć tej absolutnie paraliżującej mózg nieustępliwej żonglerki, jeśli się tego nie doświadczy na własnej skórze. Ona sama w dziewięć miesięcy wzbogaciła się o dwójkę dzieci i konia. Ironia polegała na tym, że po wszystkich tych latach nacisków na to, by zredukowała poziom stresu, piła mniej alkoholu, myślała pozytywnie i uprawiała seks w ściśle określonych porach, ona poczęła podczas najbardziej przerażających, pijanych trzech dni życia.

Oboje zgadzali się jednak, gdy tak leżeli po obu stronach synka, podziwiając jego pulchne kończyny, policzki i strzechę odziedziczonych po Macu włosów, że na tym właśnie polega jego piękno. Przyszedł na świat, ponieważ tak miało być.

O domu w Kent już dawno zapomnieli, zastąpiwszy go innym, który wynajęli, po tym jak wycofali z rynku swój dom w Londynie. Mac, Natasha i dziecko spędzali w nim dni powszednie, podczas gdy Sarah uczęszczała do elitarnej szkoły z internatem położonej na północno-zachodnim krańcu M25, jednej z niewielu placówek w kraju, które nie tylko akceptowały konie, lecz także oferowały szkolenie na poziomie, jakiego Sarah potrzebowała. Koszt okazał się rujnujący, nawet biorąc pod uwagę jej stypendium.

– Ale, hej – powiedział Mac, gdy pocztą nadeszła prośba o uregulowanie czesnego, a oni pochylili się nad nią przy kuchennym stole – nikt nigdy nie mówił, że posiadanie rodziny będzie tanie.

Nie szczędzili pieniędzy. Tutaj Sarah rozkwitła, niczym się nie wyróżniając w grupie nastolatków, których rodziny były nieobecne z przeróżnych powodów. Choć nie miała zadatków na wybitnego naukowca, ciężko pracowała, zawierała przyjaźnie i, co najważniejsze, w końcu zaczęła wyglądać na szczęśliwą.

Gdy w weekendy jeździli do położonego sześć kilometrów od szkoły wynajętego domku, a ona przenosiła się do nich, opowiadała im nie tylko o zachowaniu Boo na arenie, jego wielu osiągnięciach i drobnych rozczarowaniach, ale coraz częściej wspominała też o swoich znajomych. Nie należała do osób szczególnie towarzyskich, ale przedstawiła im kilkoro przyjaciół – miłych nastolatków, uprzejmych, ambitnych, już myślących o swoim życiu po szkole.

Nie stała się też bardziej otwarta ani uczuciowa – miała w sobie naturalną rezerwę, szybko otaczała się murem, gdy czuła się nieszczęśliwa lub niepewna. W zaciszu ich małego domku coraz częściej opowiadała jednak o Davidzie, Helen i Sophie, o takim to a takim koniu, który nie chciał wejść do przyczepy, gdy jechali na konkurs do Evesham, a Natasha i Mac w milczeniu wymieniali wtedy pełne satysfakcji spojrzenia nad kuchennym stołem. Przebyli długą drogę. Każde z nich.

Na boiskach stały samochody; błyszcząca karoseria tworzyła lustrzaną mozaikę po jednej stronie pola do krykieta. Rodzice szli przez trawę, kobiety w szpilkach śmiały się i wspierały na mężach, gdy ich obcasy tonęły w ziemi. Sarah zobaczyła ich, jeszcze zanim porządkowy pokierował samochód Maca na miejsce. Podbiegła do nich w nieskazitelnych bryczesach i śnieżnobiałej koszuli.

– Przyjechaliście – powiedziała, gdy Natasha wysiadła z samochodu, czując, że spódnica klei się do jej ud.

– Za nic byśmy tego nie przegapili – odparł Mac, całując Sarah w policzek. – Jak się masz, kochanie?

Sarah otwierała już jednak tylne drzwi.

– Cześć, Henry, mój mały żołnierzyku! Patrzcie na niego! – Odpięła mu pas i wzięła go na ręce, uśmiechając się, gdy wyciągnął rączki do jej włosów. – Znowu urósł!

– Wysmaruje ci całą koszulę bananem. Cześć, kochanie. – Natasha ucałowała ją z myślą, że nie tylko dziecko urosło. Z każdym tygodniem Sarah subtelnie przeistaczała się w kobietę. Niewiele zostało z chudej dziewczynki, którą poznali. Teraz przewyższała Natashę, równie gibka i piękna jak jej koń. – Przygotowana?

– Tak. Boo świetnie sobie radzi. Och, tęskniłam za tobą. Tak, tęskniłam. Tak, tęskniłam. – Sarah przytulała Henry'ego, na co chłopiec reagował radością jak zwykle.

Henry scementował naszą nową rodzinę, pomyślała Natasha. Gdy postanowili przekazać Sarah wiadomość o ciąży kilka tygodni po tym, jak sami otrząsnęli się z szoku, opiekunka społeczna wyraziła obawę, że dziewczynka może się poczuć odepchnięta, że to może wzmocnić jej poczucie braku stabilizacji. Natasha i Mac podejrzewali natomiast, że będzie całkiem inaczej, i mieli rację. Wszystko okazało się o wiele łatwiejsze, gdy pojawiła się osoba, którą Sarah mogła pokochać bezwarunkowo.

Poszli w stronę areny, na której już zapełniały się miejsca. Chłopiec w mundurku wręczył im program wieczoru. Interpretacja Le Carrousel w wykonaniu Sarah zajmowała honorowe miejsce, co Natasha z dumą odnotowała.

– Może chcecie, żebym go w weekend popilnowała? – zapytała Sarah, sprawnie wyplątując palce Henry'ego ze swoich włosów. – Mogę to zrobić. Nie mam żadnych planów.

– Myślałam, że idziesz na imprezę. – Natasha zaczęła przetrząsać torebkę w poszukiwaniu wilgotnej chusteczki. Charakterystyczne bananowe smugi już rozprzestrzeniały się po odzianym w biel ramieniu Sarah. – Nie wybierałaś się gdzieś z tymi dziewczynami z szóstej klasy?

Zerknęła na niego tylko ukradkiem, ale Mac od razu to zauważył.

– Oho. O co chodzi?

– No co? Nie mogę zaproponować, że posiedzę z dzieckiem?

Mac przybrał żartobliwie surowy ton.

– Co kombinujesz, młoda damo?

– Zarezerwowałam wam naprawdę dobre miejsca. Tylko dwa, ale pomyślałam, że weźmiecie Henry'ego na kolana. Stąd będziecie wszystko widzieć.

Mac przystanął.

– No mów. O co chodzi? – Zawsze był lepszy niż Natasha w odczytywaniu nastrojów Sarah.

Dziewczyna próbowała zrobić zawstydzoną minę, ale cała promieniała.

– Zostałam przyjęta na kurs.

– Jaki kurs?

– W Saumur. Letni kurs treningowy. Sześć tygodni pod kierunkiem *monsieur* Varjusa. Dzisiaj rano dostałam list.

– Sarah, to wspaniale. – Natasha ją uścisnęła. – Niebywałe osiągnięcie. Myślałaś, że nie masz szans.

– Nauczyciele przesłali płytę z naszym występem i napisali list polecający. *Monsieur* Varjus odpowiedział w swoim liście, że widzi ewidentne postępy. Osobiście do mnie napisał.

– To wspaniale.

– Wiem. – Zawahała się. – Ale kurs jest drogi. – Wyszeptała sumę.

Mac aż gwizdnął.

– Będziesz musiała bardzo często opiekować się dzieckiem.

– Ale ja muszę jechać. Jeśli dobrze mi pójdzie, bardzo mi się to przyda, jak będę składać aplikację. Proszę! Zrobię wszystko.

Natasha zobaczyła oczami wyobraźni samochód kombi, który oglądali z Makiem w salonie w zeszłym tygodniu, a który teraz zaczął znikać.

– Znajdziemy pieniądze. Nie martw się. Może zostało coś jeszcze na koncie twojego dziadka...

– Serio? Serio?

Ktoś ją zawołał, głos przebił się przez tłum. Obejrzała się za siebie, potem spojrzała na zegarek i cicho zaklęła pod nosem.

– Lepiej już idź.

Orkiestra stroiła instrumenty. Sarah podała Henry'ego Natashy, wyszeptała przeprosiny i pobiegła ku stajniom.

– Dziękuję! – zawołała, machając do nich nad głowami widzów. – Bardzo wam dziękuję! Wszystko to kiedyś spłacę. Naprawdę!

Natasha przytuliła syna, odprowadzając dziewczynkę wzrokiem.

– Już to zrobiłaś – powiedziała cicho.

Sarah poprawiła popręg, wyprostowała się i lekko przesunęła dłoń po schludnych wstążkach, które przez cały poranek wplatała w grzywę Boo. Ze swego miejsca za pospiesznie ustawionymi ekranami widziała uspokajający się tłum. Zauważyła, że Natasha podaje Henry'ego Macowi, po czym sięga do torebki. Aparat. Mac wziął od niej sprzęt, czule kręcąc głową.

Uwielbiała fotografie Maca; wytapetowała nimi cały pokój. Po śmierci papy Mac zebrał wszystkie stare zdjęcia, które znaleźli w mieszkaniu w Sandown – zdjęcia jej i nany, odbitki w sepii przedstawiające papę na Gerontiusie – a potem je skopiował i sprytnie obrobił cyfrowo, tak że stały się wyraźniejsze, większe, a twarz papy – bardziej widoczna. W dniu pogrzebu razem z Natashą oprawili kilka z nich i ustawili je w jej pokoju, gdzie je znalazła, gdy wrócili do domu.

– Wiemy, że nie jesteśmy twoją biologiczną rodziną – powiedzieli jej tego wieczoru – ale bardzo chcielibyśmy zostać tą drugą.

Nigdy nie zapytała, dlaczego nadali dziecku imię Henry, ale się domyślała. Chłopiec związał ze sobą dwie części jej życia. Czasami odnosiła wrażenie, że dostrzega w nim cechy papy. Nawet jeśli nie miało to sensu. Wciąż widziała papę wszędzie – w rzeczach, których nauczył Boo, słyszała jego głos w głowie, ilekroć dosiadała konia. Patrz na mnie, papo, zwracała się do niego w duchu.

W wieczornym powietrzu unosił się zapach świeżo skoszonej trawy i delikatny aromat truskawek z namiotu z przekąskami, który rozstawiono za areną. Zapadła krótka cisza, a potem orkiestra zaczęła grać utwór, który ćwiczyli od tygodni. Boo nastawił uszu, rozpoznając dźwięki. Poczuła, jak przenosi ciężar z nogi na nogę, gdy zaczął się przygotowywać do czekającego go zadania.

Wieczorem pewnie zjedzą coś kupionego na wynos w swoim małym domku po drugiej stronie wioski. Mac będzie żartobliwie indagował ją o chłopców, a Natasha zapyta, czy pomoże przy kąpieli Henry'ego. Za każdym razem powtarzała, że Sarah wyświadcza jej tym ogromną przysługę, choć obie wiedziały, że ona to uwielbia. Za dwa miesiące pojedzie do Francji.

Nagle ogarnęło ją przemożne poczucie sensu istnienia... nawet jeśli nie znajdowała się tam, gdzie było jej przeznaczone, tutaj właśnie należała. Człowiek nie może chcieć więcej od życia.

Zerknęła na pana Warburtona, swojego instruktora jazdy, który szeptem liczył tempo, trzymając lejce Boo.

– Gotowa? – zapytał, podnosząc wzrok. – Pamiętaj, co ci mówiłem. Spokojnie, naprzód, prosto i lekko.

Wyprostowała ramiona, zacisnęła uda wokół swojego konia i wyjechała na arenę.

Podziękowania

Książka ta nie powstałaby bez technicznego wsparcia i pomocy całej masy ludzi. Chciałabym podziękować zwłaszcza Nicoli McCahill i prawnikowi Johnowi Bolchowi. Wszystkie błędy prawnicze popełniłam wyłącznie ja, czasem też nieco naginałam fakty, by dostosować je do potrzeb fabuły.

Jestem wdzięczna również Yolaine i Thierry'emu Augerom z Château de Verrières w Saumur, fotografom Markowi Molloyowi i Andrew Buurmanowi, Sheili Crowley z Curtis Brown, Carolyn Mays, Auriol Bishop, Eleni Fostiropolous, Lucy Hale z Hachette UK, Lindzie Shaughnessy i Robowi Kraittowi z AP Watt.

Dziękuję Annabel Robinson z FMCM, Hazel Orme i Francesce Best. Cathy Runciman dziękuję za francuskie tłumaczenia, nalewanie wina i bezgraniczną przyjaźń, a Hannah Mays, Chrisowi Luckleyowi i Sonyi Penney za szczegółowe szkolenie podczas mojej pierwszej podróży do Le Cadre Noir.

Dziękuję Drew Hazellowi, Cathy Scotland i Jeannie Brice, a także Barbarze Ralph i Johnowi Alexanderowi.

Dziękuję różnym członkom Writersblock; wiecie, o kogo chodzi.

Dziękuję Simonowi i Charlotte Kelvinom, których hojne datki na organizacje charytatywne oznaczają, że pojawią się oni w jakiejś postaci w mojej następnej powieści.

Dziękuję mojej rodzinie, Lizzie i Brianowi Sandersom oraz Jimowi Moyesowi, a przede wszystkim Charlesowi, Saskii, Harry'emu i Lockiemu. Jazda konna to praca badawcza. Naprawdę.

W 2007 roku przeczytałam w „Philadelphia Weekly" artykuł dziennikarza Steve'a Volka o czternastoletniej Mecce Harris. Cały swój wolny czas spędzała ona w miejskich stajniach Filadelfii, gdzie miłości do koni i konnej jazdy uczyli ją Philadelphia Black Cowboys, instytucja oferująca dzieciom z najgorszych dzielnic szansę na szukanie innego sposobu na życie dzięki opiece nad końmi.

Mecca miała wrodzony talent i determinację, została wybrana do meczu polo przeciwko drużynie Yale jako gracz drużyny Work to Ride. Jesienią 2003 roku otrzymała formularz aplikacyjny z prestiżowej szkoły polo w Kalifornii. Nigdy nie udało się jej go wypełnić.

Piętnastego października 2003 roku Mecca Harris, jej matka i partner matki zostali zamordowani w swoim domu – rzekomo padli ofiarą porachunków narkotykowych.

Ta historia utkwiła mi w pamięci nie z powodu wzruszających zdjęć Mekki, chudej małej dżokejki, której spod czapki wystawały warkocze, lecz dlatego, że choć moje życie nie niosło ze sobą aż tylu wyzwań, to mogłam być ja. Cały okres dorastania spędziłam w miejskich stajniach rozsianych po zaułkach Londynu; moimi arenami były miejscowe parki. Konie trzymały mnie z dala od kłopotów (choć moi rodzice mogą się z tym nie zgodzić) i podarowały mi pasję, która towarzyszyła mi przez trzydzieści lat.

Teraz mieszkam na farmie. Mogę trzymać konia na zielonej łące zamiast pod kolejowymi arkadami. Mecca Harris również powinna mieć swoją zieloną łąkę. Tę książkę dedykuję jej i dzieciom takim jak ona, dla których konie mogą się stać drogą ucieczki.